S.F.
V.

Thomas Mann

Große kommentierte Frankfurter Ausgabe

Werke – Briefe – Tagebücher

Herausgegeben von

Heinrich Detering, Eckhard Heftrich, Hermann Kurzke,

Terence J. Reed, Thomas Sprecher, Hans R. Vaget,

Ruprecht Wimmer in Zusammenarbeit mit dem

Thomas-Mann-Archiv der ETH,

Zürich

Band 14.2

Thomas Mann

ESSAYS I

1893–1914

KOMMENTAR

von Heinrich Detering

unter Mitarbeit

von Stephan Stachorski

S. FISCHER VERLAG

Frankfurt a. M.

Ausstattung: Jost Hochuli, St.Gallen
Satz: pagina GmbH, Tübingen
Druck: Gutmann GmbH, Talheim
Einband: G. Lachenmaier, Reutlingen
Printed in Germany
ISBN 3-10-048350-2

KOMMENTAR

[FRÜHLINGSSTURM!]

Entstehungsgeschichte

Im Frühjahr und Sommer 1893 gab der siebzehn- bzw. achtzehnjährige Gymnasiast Thomas Mann am Lübecker Katharineum unter dem für Lehrer und Mitschüler leicht durchschaubaren Pseudonym »Paul Thomas« (seinen beiden Vornamen) die Zeitschrift *Der Frühlingssturm* heraus, die auch im Abonnement erworben werden konnte (vgl. *An unsere Leser* [I], Textband S. 20). Der Untertitel lautete im ersten Heft (Mai 1893) *Monatsschrift für Kunst, Litteratur und Philosophie*, im zweiten nur noch *Monatsschrift für Kunst und Litteratur*. Das so ambitioniert angekündigte Unternehmen endete bereits mit dem zweiten Heft, der »Doppelnummer für Juni und Juli 1893«. Als mögliche Gründe für den Abbruch kommen persönliche und finanzielle Schwierigkeiten, aber auch Zensurmaßnahmen der Schulleitung in Frage. Das Blatt erschien in schlichter Aufmachung im Selbstverlag in der Lübecker Druckerei Max Schmidt; finanziert wurde der Druck vermutlich von Thomas Mann selbst, vielleicht gemeinsam mit dem Schulfreund (und Mitverfasser) Graf Vitzthum.

Vom ersten Heft ist kein, vom zweiten nur ein einziges Exemplar bekannt (faksimiliert bei Bartels/Rudolph 1994, S. 17–31). Da die »Doppel-Ausgabe« mit Umschlag und Titelei sechzehn Seiten umfasst, dürfte das erste Heft einen Umfang von nur acht Seiten gehabt haben. Außer Thomas Mann war vor allem dessen engster Schulfreund Otto Grautoff beteiligt (dessen gelegentlich behauptete Mitherausgeberschaft aber nicht belegt ist); weitere Beiträge lieferten die Mitschüler Theodor Nagel, Graf Vitzthum (unter dem Pseudonym Wilhelm Ludwig) und der spätere *Simplicissimus*-Herausgeber Korfiz Holm (unter dem Pseudonym »Anthropos«).

Den biographischen Entstehungszusammenhang des *Frühlingssturm* hat Thomas Mann selbst rückblickend geschildert. In *Im Spiegel* (1907, Textband S. 181–184) erinnert er allgemein an seine

Zeit als »verkommener Gymnasiast«, später im *Lebensabriß* (1930) an die »Zurücklegung einer kritisch-essayistischen Phase. Denn in einer wenig schulgemäßen Schülerzeitschrift, betitelt ›Der Frühlingssturm‹, die ich in Sekunda zusammen mit einigen revolutionären Primanern herausgab, glänzte ich hauptsächlich als philosophisch-wühlerischer Leitartikler.« (GW XI, 100) Vorausgegangen war ein gescheiterter Versuch, »eines meiner Schülerprodukte [...] unter einem angenommenen Namen an die Feuilleton-Redaktion einer Zeitung meiner Vaterstadt Lübeck zu senden« ([*On Myself*], 1940; GW XIII, 133). Der Gymnasiast, der daraufhin selbst Redakteur wurde und redaktionelle Mitteilungen als »Die Leitung« unterzeichnete, blieb zu Ostern 1893, gemeinsam mit Grautoff, zum zweiten Mal sitzen und konnte deshalb im Mai 1893 nicht, wie geplant, mit der Mutter, den beiden Schwestern und dem Bruder Viktor nach München übersiedeln. Erst zu Ostern des folgenden Jahres ging er von der Schule ab und verließ Lübeck.

Die literarische Bedeutung des Blattes besteht nicht nur in der Herausgeberschaft Thomas Manns, dessen frühest erhaltene literarische Arbeiten hier vorliegen, sondern auch in seiner zeitungsgeschichtlichen Sonderstellung: Der *Frühlingssturm* ist »die erste jugendeigene Zeitung in Deutschland, die sich urkundlich belegen läßt« (Bartels/Rudolph 1994, S. 7). Es werden ausschließlich literarische und kritische Beiträge gedruckt, schulische Belange kommen dagegen gar nicht zur Sprache. Es handelt sich also nicht um eine Schülerzeitung im engeren Sinne, sondern um eine von Schülern verfasste und herausgegebene literarische Zeitschrift – und damit um ein Novum gegenüber einer im Laufe des 19. Jahrhunderts breit entfalteten Tradition erzieherisch ausgerichteter Jugendzeitschriften. Die nächsten Versuche mit von Schülern für Schüler verfassten und herausgegebenen Periodika werden erst im Zuge der Schulreformbewegungen ab 1912 greifbar.

Stil und Konzeption des *Frühlingssturm* weisen darauf hin, dass die Zeitschrift an Vorbilder der Wiener Moderne und der *Freien Bühne* Otto Brahms anknüpfen sollte (dazu Ohl, 1995). Soweit er zu rekonstruieren ist, zeigt auch Thomas Manns einleitender Text selbst in seiner Verschränkung von erzählerischen und programmatischen Passagen eine Adaption jener feuilletonistisch-impressionistischen Prosa, die er um diese Zeit bei Hermann Bahr (1863–1943) bewunderte und auch in seiner frühest erhaltenen Erzählung *Vision* (im 2. Heft des *Frühlingssturm*) nachzuahmen versuchte, die er Bahr widmete. Der Name *Frühlingssturm* greift eine Leitmetapher des Jugendstil auf; es ist eine bezeichnende Koinzidenz, dass ein wenig später entstandenes Gemälde von Thomas Manns nachmaligem Lieblingsmaler Ludwig von Hofmann, das allegorisch den Aufbruch der Jugend darstellt, denselben Titel trägt (1899; jetzt im Museum auf der Darmstädter Mathildenhöhe).

Thomas Manns Beiträge zum *Frühlingssturm* ergeben ein Panorama seiner frühen literarischen Interessen. Neben der Bahr gewidmeten Erzählung stehen Gedichte, die an Dehmel und Jacobsen erinnern; erste Wagner- und Ibsen-Erlebnisse kommen zur Sprache (*Lübecker Theater*, Textband S. 24), die früheste (nur fragmentarisch erhaltene) Rezension Thomas Manns gilt Ibsens *Baumeister Solness* (Textband S. 19). Am deutlichsten zeichnet der Aufsatz *Heinrich Heine, der »Gute«* (Textband S. 21ff.) die Richtung von Thomas Manns künftiger kritischer Essayistik vor. Die Haltung, die er selbst rückblickend als »revolutionär« und »wühlerisch« ironisiert hat, findet sich strenggenommen nur in diesen Beiträgen des Herausgebers selbst; die erhaltenen Beiträge der übrigen Verfasser beschränken sich auf epigonale Adaptionen impressionistischer Prosa und jugendstilhafter Natur- und Liebeslyrik.

Textlage

Von dem verschollenen ersten Heft des *Frühlingssturm* sind nur Bruchstücke erhalten, die beide in Zitaten aus dem Jahr 1925 vorliegen: Arthur Eloesser zitiert in seiner zum 50. Geburtstag des Dichters geschriebenen Monographie *Thomas Mann. Sein Leben und sein Werk*. Berlin 1925 neben dem Gedicht *Zweimaliger Abschied* längere Passagen aus dem einleitenden Essay, ebenso Hermann A. Stolterfoht (ein entfernter Verwandter Thomas Manns) in seinem zum selben Anlass unter dem Pseudonym »Alfons Hermann« veröffentlichten Aufsatz *Aus Thomas Manns Schülerzeit. Eine Erinnerung zu seinem 50. Geburtstag* (in: *Niedersachsen*, 30. Jg., Bd. 1, H. 6, vom 7. Juni 1925; unter dem tatsächlichen Verfassernamen erneut im *Lübecker General-Anzeiger*, 50. Jg., Nr. 208, vom 6. September 1931; vgl. hier auch das Bruchstück der *Solness*-Besprechung, Textband S. 19). Aus diesen Zitaten lassen sich weder der ursprüngliche Titel noch der genaue Zusammenhang des Textes erschließen. Vielmehr sind in beiden Zeugnissen, mit nur partiellen Überschneidungen und in teilweise abweichendem Wortlaut, einzelne Formulierungen und zusammenhängende Passagen als Zitate markiert; weiteres wird paraphrasiert. Dabei ist Eloesser, wie sich im Fall nachprüfbarer Zitate zeigt, als Zeuge etwas zuverlässiger, während Hermann mit seiner Vorlage offenbar freier umgeht. Dafür spricht auch der Vergleich beider Texte. Die in der Ich-Form gehaltene längere Passage, die Eloesser zitiert, erscheint bei Hermann so in der Er-Form, als habe er einige erzählende Passagen erst aus einem ihm vorliegenden Ich-Text abgeleitet, umformuliert und dann in einen vergleichsweise frei konstruierten, vorgegebene Motive lose aufnehmenden Kontext gestellt. Gleichwohl erscheinen auch in diesen von Hermann selbst formulierten Sätzen einzelne Formulierungen, die als Zitat markiert sind. Der einzige Fall, in dem eine dieser Formulierungen auch bei Eloesser zitiert wird, zeigt weitgehende Übereinstimmung (Hermann: »Cäsar unter dem Arm und eine Bostanjoglio zwischen den Lippen«; Eloesser: »meinen Cäsar unterm Arm und eine Bostanjoglo zwischen den Lippen«). Umgekehrt bestätigt ein Satz bei Eloesser (über die Selbstvorstellung des Verfassers als Sekundaner) eine im Wortlaut abweichende Formulierung bei Hermann. Ungewiss bleibt, ob der Hinweis auf die »Lektüre von Nietzsche und Schopenhauer« aus Thomas Manns Text stammt oder eine freie Zutat Hermanns darstellt.

Die hier im Textband abgedruckten Fragmente bieten – als einziger Text dieses Bandes – in ihrer Anordnung den Versuch einer vorsichtigen Rekonstruktion des ursprünglichen Textes aus seinen durch Zitat oder Paraphrase bezeugten Teilen. Dabei sind alle Passagen berücksichtigt, die bei Eloesser oder Hermann als Zitat markiert sind. Text, der bei beiden erscheint, wird nach Eloessers Version wiedergegeben. Die in der Ich-Form geschriebenen Absätze stammen aus Eloessers, die hier in eckige Klammern gesetzte und in der 3. Person erzählte Passage aus Hermanns Wiedergabe.

Vollständig und im Zusammenhang werden die entsprechenden Abschnitte aus den Beiträgen von Hermann und Eloesser hier unter Paralipomena abgedruckt.

Die zusammenhängenden der als Zitate markierten Passagen sind in GW XI, 545 wiederabgedruckt worden (unter dem Titel *Frühlingssturm*, jedoch ohne Markierung der unterschiedlichen Vorlagen, ohne Markierung von Auslassungen und mit einer Kürzung, so dass der Eindruck eines vollständig überlieferten Textes entsteht). In ARE I, 5f. (unter derselben Überschrift) und in E I, 11f. sind dieselben Passagen sowie einige weitere Abschnitte aus Hermanns Aufsatz wiederabgedruckt worden (in ARE I, 5f. in eckigen Klammern im fortlaufenden Text, in E I, 305f. im Kommentarteil).

Stellenkommentar

17 5 *Cäsar*] Gaius Julius Cäsars Schrift *De bello Gallico* war die erste umfangreichere Pflichtlektüre im Lateinunterricht.

5 *Bostanjoglo*] Orientalische Zigarette; ein Bostandschi ist der Wächter eines türkischen Serails.

18 4 *Dies Erlebnis … Symbol.*] Vgl. in Eloessers Wiedergabe (hier unter Paralipomena) die Formulierung »dieses symbolische Naturereignis«.

Paralipomena

1. Arthur Eloesser: *Thomas Mann. Sein Leben und sein Werk*. Berlin 1925, S. 40f.

Vor mir liegen zwei Heftchen, die ein gewisser Paul Thomas, sonst Untersekundaner in Lübeck, als »Monatsschrift für Kunst, Literatur und Philosophie« mit einigen Kameraden herausgegeben und größtenteils selbst geschrieben hat. Der Lübecker Drucker[,] zu einem Verleger reichte es nicht, hat sie mit zärtlichem Blumenrand ungefähr wie ein Hochzeitscarmen hergerichtet, und es muß auch sonst gesagt werden, daß dieser »Frühlingssturm« nicht so furchtbar brausend einherkommt, nicht mit der Drohung, Dämme zu zerreißen und Häuser umzuwerfen. Der Herausgeber Paul Thomas ist übrigens so aufrichtig, den jugendlichen und bescheidenen Zivilberuf eines Sekundaners nicht zu verschweigen, sich in Anonymität keine Alterswürde anzumaßen.

»Es war mittags. Nach der Schule. Zwischen 1 und 2 Uhr. Ich hatte noch keine Lust nach Hause zu gehen und bummelte, meinen Cäsar unterm Arm und eine Bostanjoglo zwischen den Lippen, durch die Straßen und vors Tor hinaus.

Vor welches? – Das ist erstens ganz egal, und zweitens weiß ich es selber nicht, denn ich gab nicht im mindesten acht darauf, wohin ich ging. Ich schlenderte völlig gedankenlos – wenn man aus der Schule kommt, ist man das immer, ins Ungewisse hinein, und ich weiß nur, daß ich mich nach geraumer Zeit auf einer Bank befand, vor der sich eine umfangreiche Grasfläche ausbreitete.

Es war ein merkwürdig warmer Frühlingstag. So warm, daß alles Knospen und Blühen um mich her ersichtlich darunter litt. Alles sah durstig und müde aus. Regungslos ragte eine Gruppe Kastanienbäume neben mir in die Höhe. Über der begrasten Höhe lag zolldick Staub.

Und kein Luftzug. Nicht das allergeringste merkbare Leben in all dieser schlaffen Trockenheit.«

Das ist nicht übel. Aber die Zeit schreitet vorwärts, und es gibt heute Siebzehnjährige, die das nicht schlechter, die das viel glänzender machen, und vielleicht gerade, weil sie nun wieder in die gute Schule von Thomas Mann gegangen sind. Jener Paul Thomas nun, mit dem Cäsar unter dem Arme und der Bostanjoglo zwischen den Lippen, schickt einen Frühlingssturm über den staubigen Grasplatz, und nachdem er dieses symbolische Naturereignis sehr gut arrangiert hat, verspricht er im Namen seiner Freunde, im Namen der Untersekunda, nicht anders hinein zu fahren in die Fülle von Gehirnverstaubtheit und Ignoranz und bornierten aufgeblasenen Philistertums, »die sich uns entgegenstellt«. Man hat das heraufsteigende 20. Jahrhundert das eiserne genannt. Man sollte es lieber das geistige nennen. Mut, Kraft, Frische stellt ihm die Jugend zur Verfügung. Und zum Schluß entrollt sie »das Banner der Ideale«. Im zweiten Heft aber hat unser Paul Thomas eine *Vision*, »dem genialen Künstler Hermann Bahr gewidmet«, der später ein großer Bewunderer von Thomas Mann sein sollte.

2. Alfons Hermann [d. i. Hermann A. Stolterfoht]: *Aus Thomas Manns Schülerzeit. Eine Erinnerung zu seinem 50. Geburtstag.* In: *Niedersachsen*, 30. Jg., Bd. 1, H. 6, 7. Juni 1925 (Anfang), S. 355.

Ein ungewöhnlich schwüler Maientag des Jahres 1893. Glühend brennt die Mittagssonne. Die großen Hoftüren des Katharineums zu Lübeck, jener ehrwürdigen Anstalt, die u. a. Emanuel Geibel, Ernst Curtius, Theodor Storm, Werner v. Siemens zu ihren Schülern zählte, stehen weit geöffnet. Herr G., der Kustos mit dem Seemannsbart, waltet seines Amtes. Er steht vor der Tür und blickt auf »die Scharen der Befreiten, die sich teilen und enteilen nach rechts und links«. Unter den erwachsenen Schülern geht ein Jüngling mit schönen, großen, dunklen Augen, offenbar reifer als seine Klassengenossen. Er schreitet gemessen und mit einer feierlichen nachdenklichen Würde, den Kopf etwas zur Seite geneigt, seinen »Cäsar unter dem Arm und eine Bostanjoglio zwischen den Lippen« durch die Straßen vors Tor hinaus in die Wallanlagen, die die alte schöne Stadt umsäumen.

Er blickt ernst. Mochte es ihn bekümmern, daß er, der Achtzehnjährige, der in Prima hätte sein können, noch die Bänke der Untersekunda drückte, einer Klasse, die er jetzt zum zweiten Male zu durchlaufen begann. Denn er gehörte beileibe nicht zu den »Musterschülern, die sich auf nichts als auf die langweiligen Vorteile der Ehre verstanden«, vielmehr hatte er im verflossenen Winter zu den Schülern gehört, »die nicht in Betracht kamen und die Vorteile der Schande genossen«.

Ging ihm das nun wieder durch den Sinn? Mit nichten! Er hielt dies vielmehr für einen »glücklichen Zustand«, der ihm ermöglichte seinen literarischen Neigungen zu fröhnen und in der Lektüre von Nietzsche und Schopenhauer zu schwelgen.

So schlenderte er völlig gedankenlos ins Ungewisse hinein. »Nach einer Weile ließ er sich auf einer Bank nieder, vor der sich eine umfangreiche Grasfläche ausbreitete. Über der begrasten Ebene lag zolldick der Staub. Und kein Luftzug. Nicht das allergeringste merkbare Leben in all' dieser schlaffen Trockenheit. Eine absolute Stille.

Für ihn lag in dieser staubigen Stille ein solcher Stumpfsinn, eine so blödsinnige Schlaffheit, daß er unwillkürlich eine heftige körperliche Bewegung machte, wie um die Natur aus ihrer dumpfen Regungslosigkeit aufzuschrecken. Und da plötzlich, als ob er das Zeichen dazu gegeben hätte, begann in der Ferne ein Rauschen laut zu werden, ein Säuseln eigentlich nur, aber näher und näher. Und dann kam es krachend und brausend durch Bäume und Buschwerk daher und fuhr durch die schlafenden Kronen der alten Kastanien und strich über die Grasfläche, daß der dumme Staub in Wolken sich erhob, verscheucht, aufgewettert ... Frühlingssturm!«

Dies Erlebnis wird für ihn zum Symbol. Und als er zu Hause wieder am Schreibtisch sitzt und den Cäsar mit kräftigem Wurf in die Ecke geschleudert hat, greift er zur Feder:

»Frühlingssturm!

Unser würdiges Lübeck ist eine gute Stadt. O, eine ganz vorzügliche Stadt! Doch will es mich oftmals bedünken, als gliche sie jenem Grasplatz, bedeckt mit Staub, und bedürfe des Frühlingssturms, der kraftvoll das Leben herauswühlt aus der erstickenden Hülle. Denn das Leben ist da! Gewiß, das merkt man an einzelnen grünen Halmen, die sich frisch aus der Staubschicht erheben, voll Jugendkraft und Kampfesmut, voll vorurteilsfreien Anschauungen und strahlenden Idealen!«

Es blieb nicht bei diesen Worten, die Thomas Mann – so heißt der Jüngling, von dem hier die Rede ist – alsbald in die Tat umsetzte. Er gründete an jenem Maientage des Jahres 1893 die Zeitschrift »Der Frühlingssturm, Monatsschrift für Kunst, Literatur und Philosophie« und er fuhr fort in dem Einführungsaufsatz, dem ich zum Teil die oben bezeichneten Zeilen entnehme: »Frühlingssturm! Ja, wie der Frühlingssturm in die verstaubte Natur, so wollen wir hineinfahren mit Worten und Gedanken in die Fülle von Gehirnverstaubtheit und Ignoranz und bornierten, aufgeblasenen Philistertums, die sich uns entgegenstellt. Das will unser Blatt, das will ›Der Frühlingssturm‹! –«

Stellenkommentar zu Paralipomena

16 4–7 *»Musterschülern … Schande genossen«.*] Stolterfoht zitiert hier anscheinend aus einer Passage, die Thomas Mann später im *Zauberberg* fast wörtlich wieder aufgegriffen hat. Hans Castorp erinnert sich dort »des etwas schimpflichen, aber humoristischen, angenehm verwahrlosten Zustandes, dessen er genossen hatte«, als er »in Untersekunda sitzengeblieben« war: »Hauptsächlich schien ihm, daß die Ehre bedeutende Vorteile für sich habe, aber die Schande nicht minder, ja, daß die Vorteile der letzteren geradezu grenzenloser Art seien«, und er vergegenwärtigt sich, »wie es sein müsse, wenn man endgültig des Druckes der Ehre ledig war und auf immer die bodenlosen Vorteile der Schande genoß […]«. (*Herr Albin*; GW III, 116)

[ÜBER IBSENS »BAUMEISTER SOLNESS«]

Entstehungsgeschichte und Textlage

Im nicht mehr nachweisbaren ersten Heft der von Thomas Mann unter dem Pseudonym »Paul Thomas« herausgegebenen Zeitschrift *Der Frühlingssturm* (Lübeck, Mai 1893; zu dieser Zeitschrift vgl. hier den Kommentar zu [*Frühlingssturm!*]) muss eine Rezension von Henrik Ibsens (1828–1906) Schauspiel *Baumeister Solness* (1892) erschienen sein. Da die deutsche Erstaufführung am Berliner Lessingtheater erst im Januar 1893 stattgefunden hatte, kann es sich sowohl um eine Aufführungskritik gehandelt haben als auch um einen Artikel anlässlich der im selben Jahr bei Reclam (in der Übersetzung von Ibsens Sohn Sigurd) erschienenen Leseausgabe.

Von diesem Text ist nur das hier abgedruckte kurze Fragment erhalten, das Hermann A. Stolterfoht (ein entfernter Verwandter Thomas Manns) in einem unter Pseudonym veröffentlichten Aufsatz zu Thomas Manns 50. Geburtstag zitiert (Alfons Hermann: *Aus Thomas Manns Schülerzeit. Eine Erinnerung zu seinem 50. Geburtstag*. In: *Niedersachsen*, 30. Jg., Bd. 1, H. 6, vom 7. Juni 1925; unter dem tatsächlichen Verfassernamen erneut im *Lübecker General-Anzeiger*, 50. Jg., Nr. 208, vom 6. September 1931). In Stolterfohts eher anekdotischer als dokumentarischer Darstellung dient das Zitat lediglich als Beleg dafür, wie Thomas Mann »mitten in den literarischen und kritischen Aufsätzen, in denen sich sein Können offenbart, den Schüler nicht verleugnet«.

Die Bedeutung des Fragments liegt im Nachweis der frühen Lektüre von Ibsens symbolistischem Spätwerk, das lebenslang zu den literarischen Bezugsgrößen Thomas Manns gehören wird. In einem Brief an den Bruder Heinrich vom 18. Februar 1905 nennt Thomas Mann die eigenen Erfahrungen mit dem *Fiorenza*-Drama seinen »Solneß-Absturz« (GKFA 21, 315). In seinem Brief an Grautoff vom 20. Februar 1901 spricht er, anspielend auf Ibsens letztes

Schauspiel von 1899, »von ›uns Todten‹, wenn wir ›erwachen‹« (GKFA 21, 157). Mit ähnlicher Selbstverständlichkeit wird Ibsen schon in der (im zweiten Heft der Zeitschrift erschienenen) Besprechung *Lübecker Theater* erwähnt (Textband S. 24).

Das Schlagwort vom »robusten Gewissen« resümiert in Ibsens Drama die Forderung des jungen und vitalen Mädchens Hilde, die der verliebte, alternde und von moralischen Selbstzweifeln gequälte Künstler mit seinem »kränklichen Gewissen« nicht mehr zu erfüllen vermag (2. Aufzug, 6. Szene).

AN UNSERE LESER [I]

Entstehungsgeschichte und Textlage

Die nicht namentlich signierte redaktionelle Mitteilung erschien auf der vorderen Umschlag-Innenseite von *Der Frühlingssturm. Monatsschrift für Kunst und Litteratur. Doppel-Ausgabe für Juni und Juli 1893.* (Zu dieser Zeitschrift vgl. hier den Kommentar zu [*Frühlingssturm!*].) Da auf der Titelseite »Paul Thomas«, also Thomas Mann, allein als Herausgeber genannt ist, besteht an seiner Verfasserschaft kein Zweifel. Das einzige bekannte Exemplar des Heftes befindet sich im TMA und ist bei Bartels/Rudolph 1994, S. 17ff. vollständig faksimiliert. Der Text wurde in ARE I, 6 wiederabgedruckt. Textgrundlage ist hier der Erstdruck.

Der kurze Text ist der einzige Beleg dafür, dass die Zeitschrift auf längere Sicht geplant und auch im Abonnementsvertrieb gehandelt wurde. Der hier publizierte »Manuskript-Vorrat« umfasst außer Thomas Manns Heine-Essay, seiner kurzen Besprechung einer Aufführung in *Lübecker Theater* und seiner Prosa-Skizze *Vision* zwei ähnlich impressionistisch getönte Erzähltexte (*Untergang. Eine helgoländer Skizze* des unter dem Pseudonym »W[ilhelm] L[udwig]« publizierenden Schulfreundes Graf Vitzthum und *Vorm Gewitter. Eine Skizze* von Otto Grautoff) sowie sechs unter der Überschrift *Gedichte* zusammengefasste und numerierte Texte, die von Theodor Nagel, »Wilhelm Ludwig«, Korfiz Holm (alias »Anthropos«) und »Paul Thomas« selbst verfasst sind (von dem Letzteren *Dichters Tod* und *Nacht*).

Der Einleitungstext rahmt das Heft zusammen mit dem gleich überschriebenen Text am Ende ein; vgl. hier *An unsere Leser* [II].

HEINRICH HEINE, DER »GUTE«

Entstehungsgeschichte und Quellenlage

Von den Schülerarbeiten Thomas Manns gilt dieser Essay heute allgemein als wichtigster Text. Die Erinnerung des Autors an seine Rolle als »philosophisch-wühlerischer Leitartikler« im *Frühlingssturm* (*Lebensabriß*, 1930; GW XI, 100) lässt sich am ehesten auf ihn beziehen. Thomas Manns Bewunderung Heines wird auch durch seine im selben Heft veröffentlichten Verse *Dichters Tod* bestätigt (GW VIII, 1104), »die ich dem Heinrich Heine nachzumachen versuchte« (an Roland Biermann-Ratjen, 12. Mai 1954; DüD I, 12). Eloesser erinnert 1925 daran, dass Heine neben Schiller der »andre Liebling des Halbwüchsigen« gewesen sei. (Eloesser 1925, S. 38)

Trotz der offensichtlichen rhetorischen Schwächen werden hier erste Grundlinien eines eigenständigen Konzepts von Literatur und Kritik erkennbar. Das geschieht in Auseinandersetzung mit dem zumal für die Vorkriegs-Essayistik dominanten Einfluss Heines, aber vielleicht schon hier auch unter dem Einfluss Nietzsches (dazu Höbusch 1996 und Lehnert 1998).

Thomas Manns Polemik richtet sich gegen einen Artikel des Stettiner Pastors Konrad Scipio (1859–1906): *Zur Würdigung Heinrich Heines*. (Erschienen in: *Zeitgeist* [*Beiblatt des Berliner Tageblattes*], Nr. 10 vom 6. März 1893, Nr. 11 vom 13. März, Nr. 12 vom 20. März, Nr. 13 vom 27. März und Nr. 14 vom 3. April; Wiederabdruck bei Höbusch 1996, S. 295–319.) Thomas Mann bezieht sich nur auf Scipios im letzten Teil zusammengefasste Argumentation; möglicherweise hat er nur diesen Teil gelesen. Der kulturprotestantische, bürgerlich-liberale Scipio verteidigt, während des aktuellen Reichstagswahlkampfes, Heine gegen Anfeindungen durch die antisemitische Rechte, indem er ihn als einen loyalen Protestanten und Patrioten darstellt. (Dazu Höbusch 1996) Diese Apologie wendet sich eingangs gegen das populäre Heine-Bild »der Backfische wie der männlichen und weiblichen Blaustrümpfe unserer durchschnittlichen Schöngeisterei«. Scipio sieht Heines religiöse Überzeugung im Widerspruch zum zeitgenössischen »System des Polizeichristenthums« und verspottet, wohl mit Blick auf den Hofprediger Adolf Stoecker, ein »königlich preußisches Christenthum, zu dem bemerkenswerther Weise ›der deutsche Gott‹ die Grundlage gegeben hatte.« Gleichwohl will er zeigen, dass Heine »sein deutsches Vaterland immer heiß geliebt« habe und es deshalb »an der Zeit« sei, »den Wahrspruch auf antideutsche Vaterlandslosigkeit Heine gegenüber fallen zu lassen«; »Heines Deutschthum« schließe auch die Bejahung der konstitutionellen Monarchie ein. Um Verständnis wirbt er für Heines »Napoleon-Kultus, der uns doch nur dann widerwärtig berühren dürfte, wenn wir Heine als unsern Zeitgenossen beurtheilen könnten«. Heines Herkunft aus dem Judentum wird ebenso erörtert wie mögliche Motive seiner Taufe. Dabei erscheint seine Nähe zur »Religion, nicht zur Kirche« als genuin protestantisch: »Heine als religiöser Mensch ist nun durch und durch *Protestant*.« Nicht zu rechtfertigen vermag Scipio allein Heines Lebenswandel; die »Periode der wilden Sinnenlust [...] entbehrt denn auch jedes sittlichen Faktors«. Der knapp resümierende Schlussabsatz lautet:

> Alles in Allem haben wir an Heinrich Heine einen Dichter-Genius, der zu den »besten Namen« gezählt ist – das ist allgemein zugestanden. Aber wir haben an ihm auch einen Deutschen, der sein Vaterland heiß geliebt hat, und einen Protestanten, der aus positiver protestantischer Religion den Kampf aufgenommen hat für Toleranz und Freiheit, die durch Jesuitismus und jesuitismusartige Mächte schwer bedroht waren. Das ist weniger zugegeben, weil, abgesehen vom böswilligen Mißverstehen, die leider hervortretenden Züge von sündlicher Haltlosigkeit in Heines privatem Charakter einer gerechten Würdigung seines Gesamtbildes hindernd in den Weg treten. Vorstehende Erörterung möchte an ihrem kleinen Theile dazu mitwirken, daß auch ihm gegenüber dem schönsten Gottesgedanken Raum gegeben würde: »Weil auch er viel Liebe in sich getragen hat, darum soll auch ihm viel vergeben werden.«

Thomas Manns Wiedergabe vergröbert also zwar Scipios Argumentation, trifft aber durchaus ihren ideologischen Kern. Sein Widerspruch gilt nicht lediglich einzelnen Zügen dieses Heine-Bildes – so stellt er Heines Judentum gegen seinen Protestantismus offensiv und zustimmend heraus, verteidigt seinen Lebenswandel, betont gegen den Patrioten den Kosmopoliten und gegen den Frommen den Spötter –, sondern darüber hinaus dem Gestus der Argumentation. Dabei tritt er selbst als bohémienhafter Artist gegen den Bildungsbürger auf und vertritt darüber hinaus eine Form der Kritik, wie Friedrich Nietzsche sie seit *Menschliches, Allzumenschliches* proklamiert hatte. Die im Sinne Nietzsches ›psychologische‹ Relativierung von gut und böse, wahr und unwahr, schön und hässlich führt zur Etablierung der »Größe« als eines außermoralischen und wertambivalenten Begriffs. Ein derartiger ästhetischer Relativismus wird auch Heine selbst zugeschrieben, der zugleich Monarchist und Napoleon-Bewunderer, Freidenker und Bibel-Leser gewesen sei. Diesem Heine unterstellten intellektuellen Habitus sucht der Stil des Textes selbst zu entsprechen.

Da für eine Nietzsche-Kenntnis Thomas Manns vor 1895 keine expliziten Belege zu finden sind (auch wenn Eloesser 1925, S. 80 bemerkt, Thomas Mann habe »Nietzsche gelesen, noch bevor er mit Schopenhauer bekannt wurde«), muss die Hypothese eines so frühen Nietzsche-Einflusses sich mit dem Hinweis auf begriffliche Ähnlichkeiten begnügen, die vielleicht schon aus eigener Lektüre, vermutlich aber aus mündlicher Vermittlung durch Heinrich Mann resultieren. Der Bruder hatte sich bereits seit dem Januar 1891 mit Nietzsche beschäftigt: »Auf Schopenhauer ist jetzt Nietzsche gefolgt …« (an Ludwig Ewers, 22. Januar 1891; HM/Ewers, 202).

Als Spuren einer ersten und wohl nicht sehr vertieften Nietzsche-Rezeption kommen hier vor allem Kernbegriffe des ersten Teils in Frage, die freilich ohne erkennbares Verständnis des ursprünglichen Sinnzusammenhangs gebraucht werden. So erinnern die »Wörter ›gut‹ und ›schlecht‹« an die *Erste Abhandlung*: ›Gut *und Böse‹*, ›*Gut und Schlecht*‹ von Nietzsches *Zur Genealogie der Moral* (1887), die Verbindung von »Lebensegoismus und christlicher Moral« an Nietzsches ebd. eingeführte Kritik des christlichen »Sklavenaufstandes in der Moral«; auch die Wendung »der ›Gute‹« findet sich ebd. in derselben Schreibweise, wenn auch in entgegengesetzter Bewertung: »vielmehr frage man sich doch, *wer* eigentlich ›böse‹ ist, im Sinne der Moral des Ressentiment. In aller Strenge geantwortet: *eben* der ›Gute‹ der andren Moral« (KSA 5, 274).

Über Heine und Nietzsche hinaus kommt als Anreger vielleicht auch Maximilian Harden in Frage. Thomas Manns Kenntnis von Hardens Schriften ist spätestens 1894 vorauszusetzen; Auszüge aus Hardens Sammelbänden *Apostata* und *Apostata. Neue Folge* (beide 1892) finden sich im 1. Notizbuch 1894 (dazu Lehnert 1998).

Heine wird von Thomas Mann zitiert nach der Ausgabe der *Sämtlichen Werke*. Herausgegeben von Ernst Elster. Leipzig, Wien o. J. [1890].

Textlage

Thomas Mann veröffentlichte den (wohl im Mai 1893 geschriebenen) Text unter seinem Jugendpseudonym »Paul Thomas« im Doppelheft 2/3 der von ihm mitherausgegebenen Lübecker Schülerzeitschrift *Der Frühlingssturm* für die Monate Juni und Juli 1893, S. 3–5 (Faksimile im Nachdruck des zweiten *Frühlingssturm*-Heftes bei Bartels/Rudolph 1994, S. 19–21). Der Essay wurde wiederaufgenommen in GW XI, 711–713, in *Betrachtungen und Überblicke* 1966, ARE I, 7–9 und E I, 13–15. Textgrundlage ist hier der Erstdruck.

Stellenkommentar

21 7–8 *un bonhomme*] Der Begriff impliziert im 19. Jahrhundert Vorstellungen einer selbstzufriedenen Bürgerlichkeit.

9 *vom Süblimen zum Ridicülen*] Nach Heines Zitat eines Napoleon-Wortes in *Ideen – Das Buch Le Grand* (zu Beginn und am Ende des XI. Kapitels): »Du sublime au ridicule il n'y a q'un pas, Madame!« (»Vom Erhabenen zum Lächerlichen ist es nur ein Schritt«).

21 25–26 *grauen Theorie … in der grünen, goldnen Praxis*] Anspielung auf Mephistos Worte zum Schüler in Goethes *Faust I*: »Grau, teurer Freund, ist alle Theorie, / Und grün des Lebens goldner Baum.« (V. 2038f.)

22 4 *Otterngezüchte*] Zitat aus den Bußreden Johannes' des Täufers: »Als er nun viele Pharisäer und Sadduzäer sah zur Taufe kommen, sprach er zu ihnen: Ihr Otterngezüchte, wer hat denn euch gewiesen, daß ihr dem künftigen Zorn entrinnen werdet?« (Mt 3,7)

17 *Harry Heine*] Die Namensform, die Heines 1825 erfolgte Taufe und die damit verbundene Namensänderung ignoriert, betont Heines jüdische Identität gegen den von Scipio proklamierten Protestanten.

20 *Martin Luther*] Im ersten Buch von Heines *Zur Geschichte der Religion und Philosophie in Deutschland*, aus dem Scipio im Schlussartikel ausführlich zitiert.

21–22 *Weil Heine … so eifrig die Bibel las*] Anspielung auf das Zweite Buch von Heines *Ludwig Börne. Eine Denkschrift* (in den *Briefen aus Helgoland*): »Mein Stubennachbar […] hält mich für einen Pietisten, da er immer, wenn er mir seinen Besuch abstattet, die Bibel in meinen Händen findet.« (HDA 11, 45). Vgl. hierzu auch die *Notiz über Heine* (1909; Textband S. 187).

23–24 *Heine … bewunderte Napoleon*] Vgl. vor allem die Kapitel 7 bis 9 von *Ideen – Das Buch Le Grand*. »Das Buch Legrand entzückte ihn [Thomas Mann] zu einem Persönlichkeitskultus für Napoleon; er tapezierte sein Zimmer […] mit den Bildern des Kaisers, und er feierte den Geburtstag seines Helden.« (Eloesser 1925, S. 38) Vgl. auch die Schilderung des Napoleon-Bildes in *Süßer Schlaf!* (Textband, S. 208).

29–30 *»Dieu me pardonnera …«*] »Gott wird mir verzeihen, das ist sein Beruf«, angebliche Worte Heines auf dem Sterbelager.

31 *Schoß einer Kirche*] Aus Heines *Nachwort zum »Romanzero«*: »Ausdrücklich widersprechen muß ich jedoch dem Gerüchte, als hätten mich meine Rückschritte bis zur Schwelle irgend einer Kirche oder gar in ihren Schooß geführt.« (HDA 3.1, 180)

23 5 *mit Worten und Werken*] Ironisches Zitat aus dem *Confiteor* (dem kirchlichen Schuldbekenntnis am Beginn der Messe): »gesündigt in Gedanken, Worten und Werken«.

9 *zum »spiritualistischen Skelette«*] Ebenfalls in Heines *Nachwort zum »Romanzero«*: »Ich hatte damals noch etwas Fleisch und Heidentum an mir, und ich war noch nicht zu dem spiritualistischen Skelette abgemagert, das jetzt seiner gänzlichen Auflösung entgegenharrt.« (HDA 3.1, 177)

11 *das Patriotentum Heines*] Vgl. dagegen die unauffällig ›patriotischere‹ Charakterisierung Heines im *Chamisso*-Essay (s. Textband S. 314 und Kommentar).

25 *Professor zu werden*] Erst hier bezieht sich Thomas Manns Text ironisch auf den akademischen Titel Scipios. Das Kürzel »Dr.« ist in der (in Fraktur gedruckten) Vorlage, entsprechend satztechnischen Konventionen der Zeit, lediglich als Abkürzung eines Fremdwortes in Antiqua gesetzt.

LÜBECKER THEATER

Entstehungsgeschichte und Textlage

Der kurze Beitrag erschien in *Der Frühlingssturm. Monatsschrift für Kunst und Litteratur. Doppel-Ausgabe für Juni und Juli 1893*, S. 14 (= Druckvorlage; zu dieser Zeitschrift vgl. hier den Kommentar zu *[Frühlingssturm!]*, S. 9ff.). Er wurde in GW XIII, 245 und ARE I, 9f. wiederabgedruckt, jeweils unter der Überschrift *Das Sonntagskind*. Die größer gedruckte Überschrift *Lübecker Theater* sollte vermutlich den Titel einer mit diesem Text zu eröffnenden Rubrik abgeben; da die Zeitschrift aber nach diesem Heft wieder eingestellt wurde, blieb es bei dem einen vorliegenden Beitrag.

Schon hier stellt sich der Verfasser als der junge Theaterliebhaber dar, als den er sich auch im dritten, ausdrücklich auf diese Tivoli-Erlebnisse bezogenen Kapitel des *Versuchs über das Theater* porträtiert (Textband S. 137f.); dort wird auch die Erinnerung an die Wagner-Abende des in Lübeck gastierenden Tenors Emil Gerhäuser wieder aufgenommen. Erstmals nennt er hier auch Ibsen und Wagner zusammen als Repräsentanten großer Bühnenkunst.

Der Vergleich mit einer Besprechung derselben Inszenierung in den *Lübecker Nachrichten* vom 23. Mai 1893 (S. 3, von C. Stiehl) zeigt, dass Thomas Mann das Erlebnis der Aufführung energisch stilisiert hat. Hier fällt das Urteil erheblich kritischer aus: Nicht nur mit dem »Talente des einst so viele Hoffnungen erregenden Millöcker« sei es »überraschend schnell abwärts gegangen«, auch der Leistung »des allzu spärlich besetzten Orchesters« und der »ungebührlichen Dehnung der Operette« gilt spöttische Kritik. Die Leistungen des Ensembles seien eher »ausreichend«; allein »die Ausstattung vermochte allen billigen Ansprüchen zu genügen«.

Wie aus weiteren Zeitungsanzeigen hervorgeht, wurde die Inszenierung bereits nach wenigen Aufführungen in das als anspruchsloser geltende Wilhelmtheater verlegt.

Stellenkommentar

24 2 *Tivoli*] Dieses Lübecker Sommertheater präsentierte sich in Thomas Manns Kindheit als »ein neuer Prachtbau mit 1800 Plätzen am Wakenitzufer und wartete mit Schauspielen, Possen und Vaudevilles, aber auch mit Pantomimen, Balletten und Lebenden Bildern und hin und wieder, zu volkstümlichen Preisen, auch mit einer Oper auf« (Mendelssohn 1996 I, S. 85). In *Buddenbrooks* wird Christian »wieder einmal mit Der vom ›Tivoli‹ auf offener, helllichter Straße gesehen« (GKFA 1.1, 344).

7 *Wilhelmtheater*] Vor dem Mühlentor gelegenes, gegenüber dem als vornehmer geltenden Tivoli volkstümlicheres Schauspiel- und Musiktheater.

8–9 *Gerhäuser*] Der Wagner-Tenor Emil Gerhäuser (1868–1917) sang 1893/94 für nur eine Spielzeit am Lübecker Stadttheater; von dort aus ging er nach Bayreuth und München. In *Versuch über das Theater* erinnert sich Thomas Mann an diese Lübecker Gerhäuser-Abende (Textband S. 139f.); in [*Erinnerungen ans Lübecker Stadttheater*] nennt er sie »ein künstlerisches Kapital-Ereignis meines Lebens« (1930; GW XI, 418).

10 *Millöckers*] Der Wiener Kapellmeister und Operettenkomponist Carl Millöcker (1842–1899). Seine Operette *Das Sonntagskind* war am 16. Januar 1892 uraufgeführt worden.

17 *Ibsen zitiert*] Nicht nachweisbar.

AN UNSERE LESER [II]

Entstehungsgeschichte und Textlage

Für den Text gelten dieselben Angaben wie für *An unsere Leser* [I] (s. hier S. 20); der vorliegende, auf der dritten Umschlagseite des Heftes abgedruckte Text bildet zusammen mit dem ersten einen Rahmen um das zweite und letzte Heft der von Thomas Mann herausgegebenen Zeitschrift *Der Frühlingssturm*, erschienen im Juni 1893. (Zu dieser Zeitschrift vgl. hier den Kommentar zu [*Frühlingssturm!*], S. 9ff.) Der Text wurde in ARE I, 10, wiederabgedruckt. Textgrundlage ist hier der Erstdruck.

Die Angaben über das »komische Drama« haben sich ebenso wenig verifizieren lassen wie die Anspielungen auf den »Verfasser« von »Liebesliedern«. Stolterfoht 1925, S. 356 (vgl. wiederum den Kommentar zu [*Frühlingssturm!*], S. 12 u. 15ff.) erwähnt ohne weitere Erläuterungen, dass Thomas Manns »Äußerungen scharfen Widerspruch fanden« und dass er »für unjugendlich gehalten« worden sei.

[»DAS LIEBESKONZIL«]

Zu Thomas Manns Mitarbeit an *Das Zwanzigste Jahrhundert*

Die in Berlin erscheinende Zeitschrift *Das Zwanzigste Jahrhundert* war im Oktober 1890 gegründet worden, damals mit dem Untertitel *Deutsch-nationale Monatshefte für soziales Leben, Politik, Wissenschaft, Kunst und Literatur.* Ab dem 3. Jahrgang wurde sie herausgegeben von dem Schriftsteller Friedrich Lienhard (1865–1929), der nach naturalistischen Anfängen zu einem Hauptvertreter der völkischen, aggressiv antisemitischen »Heimatkunstbewegung« geworden war. Auch dank Lienhards elsässischer Herkunft (vgl. seine *Lieder eines Elsässers.* Berlin 1888; zu Lienhard vgl. auch *Notizen* [II], Textband S. 211) legte die Zeitschrift besonderes Gewicht auf kulturelle deutsche Hegemonialansprüche in den Grenzgebieten des deutschen Sprachraums – wie denn allein schon in Thomas Manns Beiträgen deutschsprachige Texte aus Oberitalien, Tirol, der böhmischen »Ostmark« und von der »Wacht am Rhein« besprochen werden. Seit 1893 erschien sie im selben Verlag wie die Tageszeitung der »Deutschen Sozialen Antisemitischen Partei« (*Neue Deutsche Zeitung*). Nach einer kurzen Herausgeberschaft durch Hans Lüstenöder (November 1894 bis März 1895), der auch weiterhin Verleger des Blattes und einiger der dort besprochenen Publikationen blieb (vgl. Kommentar zu »*Ostmarkklänge*«, hier S. 39), übernahm Heinrich Mann die Redaktion vom April 1895 bis zum März 1896 unter dem Titel *Das Zwanzigste Jahrhundert. Blätter für deutsche Art und Wohlfahrt.* Der »Verlag von Hans Lüstenöder« firmierte in Anzeigen auch als »Verlag nationaler Schriften« und vertrieb Publikationen wie *Die undeutsche Literatur der Gegenwart, Reines Deutschtum* oder *Deutschmythologische Landschaftsbilder.* Ende 1896 wurde das Erscheinen der Zeitschrift eingestellt.

Der Antisemitismus der Zeitschrift ist nicht lediglich eines unter mehreren nationalistischen und völkischen Attributen, sondern grundlegend für ihr Weltbild, das im Judentum die Verkörperung des Bösen schlechthin sieht, gegen das sich »deutsche Art« zur Wehr setzen müsse. Heinrich Manns eigene Beiträge liegen entschieden auf der Linie, die bereits Lienhard vorgegeben hatte. Im Sommer 1895 gewann er, während des gemeinsamen Aufenthaltes in Palestrina, als freien Mitarbeiter seinen Bruder, der daraufhin Grautoff mitteilt: »Übrigens: Kürzlich habe ich mich zum litterarischen Mitarbeiter des ›XX. Jahrhunderts‹ aufgeschwungen; mein Bruder ist ja Herausgeber« (August 1895; GKFA 21, 62f.); vielleicht spielt die Erinnerung: ich »gab an, Journalist werden zu wollen« in *Im Spiegel* (1907; Textband S. 182) vage auf diese Episode an. Gegenüber dem Freund stellt er sich zeitweise geradezu als einen Mitredakteur dar: »Mir geht es – ich weiß, wie innig Dich das interessiert – recht gut. Seit einiger Zeit ist mein Bruder hier, ich helfe ihm feuereifrig, sein Blatt redigieren und schreibe außerdem an einer neuen, gänzlich psychopathischen Novelle. Was ich lesen soll, weiß ich nicht mehr – ein solcher Platzregen von Recensionsexemplaren ist über mich hereingebrochen.« (23. 5. 1896; GKFA 21, 75)

Tatsächlich tröpfelte der Platzregen allenfalls; Thomas Mann schrieb 1895 lediglich drei, 1896 noch einmal fünf Beiträge für das Blatt. Von diesen Artikeln sind nur sechs Rezensionen, eine Glosse bezieht sich indirekt auf ein literarisches Werk (Oskar Panizzas *Liebeskonzil*), eine weitere behandelt allgemein das Verhältnis von *Kritik und Schaffen*. Gegenüber den Beiträgen Heinrich Manns sind diejenigen seines Bruders deutlich zurückhaltender; auch sie passen sich aber den Vorgaben des Blattes durchaus an.

Keiner dieser Texte wurde zu Lebzeiten wieder veröffentlicht; beide Brüder haben ihre Mitarbeit an der Zeitschrift lebenslang verschwiegen. Mit der Wiederentdeckung von Thomas Manns Artikeln durch Klaus Schröter 1964, S. 39–43 kam eine Forschungsdiskussion über Voraussetzungen und Wirkungsabsichten insbesondere der Mitarbeit Thomas Manns in Gang. Der überwiegend vertretenen Ansicht, seine Beiträge zeugten von einer »konservativen Phase«, die der nach Orientierung suchende junge

Schriftsteller nach den rebellischen Versuchen des *Frühlingssturms* »durchgemacht« habe (so Kurzke/Stachorski in E I, 311), stehen Versuche gegenüber, die Texte als eher gleichgültig absolvierte Fingerübung oder sogar als ironische, ja parodistische Subversion der Zeitschrift und damit auch der politischen Position des Bruders aufzufassen (so andeutend Mendelssohn 1996 I, S. 328; so mit Nachdruck Lehnert 1998, S. 9).

Für die letztere Auffassung sprechen in der Tat einige Formulierungen in den Grautoff-Briefen. Bereits über den ersten Artikel bemerkt Thomas Mann da selbstironisch: »In der letzten (August-) Nummer habe ich schon eine unsäglich überlegene Notiz über Panizza gebracht, die mit ›T. M.‹ gezeichnet ist. Im nächsten Heft kommen zwei Bücherbesprechungen. Die Sache macht mir Spaß, obgleich sie ja gar keinen Zweck hat. Besten Gruß! T. M.« (August 1895; GKFA 21, 63) Am 23. Mai 1896 betont er die Willkür und Flüchtigkeit seiner Arbeit: »Ich lese immer bloß die ›Waschzettel‹ und schreibe dann, je nach Laune, eine wohlwollende oder höhnische Note. Fürs Juni-Heft habe ich sogar ein paar längere Artikel gedichtet, die ebensogut von Herrn Harden sein könnten, und die ich Dir vielleicht schicken werde« (GKFA 21, 75f.).

Die Formulierungen, er habe die Artikel »gedichtet«, und zwar »je nach Laune«, lassen wenig Zweifel daran, dass Thomas Mann die Texte zumindest von dem Freund als ästhetische Übungen ohne ernsthafte weltanschauliche Überzeugung verstanden wissen will; vielleicht spielt für diese Haltung Nietzsches (auch für Harden maßgeblicher) elitär-nonkonformistischer Ästhetizismus eine Vorbildrolle. Gleichwohl zeugen Thomas Manns Beiträge mehrfach doch von eingehender Lektüre der besprochenen Werke. Die Erwähnung Hardens spielt auf die stilistische Brillanz und gefürchtete Polemik dieses Kritikers an. (Dabei spricht die jüdische Herkunft dieses Eideshelfers dafür, dass die antisemitische Grundtendenz der Zeitschrift nicht recht ernst genommen wird.)

Auch in Thomas Manns Beiträgen selbst lässt sich zumindest im Vergleich mit den begleitenden Briefen an Grautoff eine ambivalente Einstellung zu den politischen und soziokulturellen Stereotypen des Blattes beobachten. Zur Frage des Nationalismus etwa vertritt er in seinem Brief vom 19. März 1896 (TM/OG, 71–74) eine Auffassung, die derjenigen seines drei Monate später erschienenen Artikels *Ein nationaler Dichter* diametral widerspricht; generell spottet er in den Briefen als ein Angehöriger der »Décadence« (Anfang März 1896; GKFA 21, 74) über eben dieselben Grundwerte, für die die Zeitschrift eintritt: die »frisch-fromm-fröhliche Turner-Attitüde« der Zeitschrift *Jugend* (19. 3. 1896; TM/OG, 73), den »Moloch des ›Militarismus‹« (23. 5. 1896; GKFA 21, 76), die Verklärung der ›Gesundheit‹: »Gott weiß, welche Fülle von Mißachtung ich in das Wort ›gesund‹ versenke!« (19. 3. 1896; TM/OG, 73)

Zwei Beiträge sprechen für einen gewissen Einfluss des katholisch-rechtskonservativen Romanciers und Ideologen Paul Bourget auf Thomas Mann um 1895 (s. die Kommentare zu *Ein nationaler Dichter* und *Kritik und Schaffen* (hier S. 53–57 bzw. S. 62) sowie *Erkenne dich selbst*, Textband S. 33 und Kommentar S. 44). Allerdings beschränkt er sich wohl auf die wiederholt aufgerufene Opposition zwischen dem Typus eines »gesunden«, nationalen, volkstümlich-bodenständigen religiös gebundenen Dichters und dem »kranken«, dekadenten Literaten und Dilettanten, als den Thomas Mann sich in den Grautoff-Briefen selbst darstellt, dem »müden Skeptiker«, den es nach weltanschaulichem Balsam für seine »seelische Krankheit« verlangt (*Ein nationaler Dichter*, Textband S. 42). Die hier erprobte Frömmigkeit weist synkretistische Züge auf, wenn sie lutherische, katholische und neuheidnische Elemente verbindet.

Dagegen bleiben Thomas Manns Beiträge gegenüber antisemitischen und antiintellektuellen Schablonen auffallend distanziert. In *Kritik und Schaffen* setzt er sich gegen die der Zeitschrift geläufige Antinomie von deutschem ›Schöpfer‹- und jüdischem ›Parasitentum‹ ausdrücklich für ein kritisch-intellektuelles Künstlertum ein. In wenig später für andere Publikationsorgane geschriebenen Beiträgen wird die Identität von schöpferischem Künstlertum und Kritik noch schärfer formuliert (vgl. [*Über die Kritik*], Textband S. 86f. und *Bilse und ich*, Textband S. 95–111).

Diese Ambivalenz hängt wohl auch mit dem sich abzeichnenden Bruderzwist und der dadurch ausgelösten Auseinandersetzung um Männlichkeit und Weiblichkeit zusammen. In seinem Beitrag *Zur Psychologie des Juden* (November 1895) hatte Heinrich die von dem französischen Antisemiten Louis Martin proklamierte Identifikation von »Rassen« mit Geschlechtern übernommen und aus Martins Schrift *L'Anglais est-il un Juif?* zustimmend den Gedanken referiert, »das Judentum« und die Engländer seien – im Unterschied zu den »männlichen« Deutschen und Franzosen – »weibliche Rassen« (6. Jg., H. 2, November 1895, S. 178; vgl. Thiede 1998, S. 66ff.). Thomas Manns Konstruktion einer genuinen Künstler-Weiblichkeit in *Das Ewig-Weibliche* (Textband S. 54–59) und *Gabriele Reuter* (mit der Analogisierung von »Ist man Frau« und »Ist man Jude«, Textband S. 67), danach in *Zur Lösung der Judenfrage* (Textband S. 174–178, mit der Wiederaufnahme des Begriffs »Tschandala« aus *Das Ewig-Weibliche*, Textband S. 177, vgl. ebd. S. 59) behält diese Kategorien von »Rasse« und Geschlecht bei, kehrt aber ihre Bewertungen um. Am deutlichsten wird die Analogisierung in der Vorstufe zu *Der Literat* mit ihrer Formel von »Juden, Frauen und Litteraten« (vgl. hier S. 502).

Thomas Manns Beiträge zum *Zwanzigsten Jahrhundert* können also wohl weder als eindeutig parodistisch noch als authentisch-bekenntnishaft fixiert werden. Als äußeres Signal unterschiedlicher Grade von Rollenhaftigkeit könnte allenfalls der Gebrauch der Initialen »T. M.« fungieren, auf die Thomas Mann Grautoff besonders hinweist (die Notiz über Panizza sei »mit ›T. M.‹ gezeichnet«, August 1895; GKFA 21, 63); nur zwei Beiträge unterschreibt er mit dem vollen Namen: die politisch belanglosen *Tiroler Sagen* und die Abhandlung *Kritik und Schaffen*.

Im Rückblick ist Thomas Mann nur einmal indirekt auf das *Zwanzigste Jahrhundert* zu sprechen gekommen: In den rund zehn

Jahre später entstandenen Notizen zum geplanten »Literatturessay« *Geist und Kunst* findet sich – innerhalb einer umfangreichen kritischen Auseinandersetzung mit Erscheinungsformen »*Literarische[n] Deutschtum[s]*« (98. Notiz; GuK 204) – ein Eintrag, dessen Parenthese am ehesten hierauf zu beziehen ist. Im Anschluss an Bemerkungen gegen »Wichtigmacher unter dem Schutz einer thörichten, national bornierten Zeitströmung« (27. Notiz) bemerkt Thomas Mann da: »Man wird vielleicht von Heinrich und mir einmal sagen, daß unsere Zuthat romanischen Bluts uns vor solchen Albernheiten (obgleich wir der Zeit unseren Tribut gezollt haben) im Ganzen bewahrt habe.« (28. Notiz, ebd. S. 168; übernommen aus Nb. II, 183).

Entstehungsgeschichte von [»*Das Liebeskonzil*«]

Oskar Panizzas (1853–1921) satirisch-antiklerikales Schauspiel *Das Liebeskonzil* (Zürich 1894, vordatiert auf 1895) war im Januar 1895 wegen seiner drastischen Blasphemien von der bayerischen Staatsanwaltschaft beschlagnahmt und verboten und der Verfasser zu einer einjährigen Haftstrafe verurteilt worden, aus der der von vornherein psychisch Instabile als ein gebrochener Mann entlassen wurde.

In München hatte der bereits als Lyriker und Erzähler bekannte Panizza zuvor zum Kreis um Michael Georg Conrad und dessen Zeitschrift *Die Gesellschaft* gehört, der auch der junge Thomas Mann 1893/94 mit einigen seiner ersten Veröffentlichungen nahe stand (vgl. *Im Spiegel*). Conrad war am Verfahren um das *Liebeskonzil* als Gutachter beteiligt (wie später auch am Verfahren gegen den Münchner Buchhändler Karl Schüler; vgl. Kommentar zu *Gutachten [über Pornographie und Erotik]*, hier S. 407–413). Panizza selbst verteidigte sich mit der 1895 in Zürich erschienenen Schrift *Meine Verteidigung in Sachen »Das Liebeskonzil«*, in der auch Conrads Gutachten publiziert wurde. Diese Schrift gab den unmittelbaren Anlass zu Thomas Manns Text, der während des gemeinsamen Aufenthaltes mit Heinrich Mann in Palestrina im Sommer 1895 geschrieben wurde.

Der öffentliche Streit um das Drama weitete sich rasch zu einer Debatte über die Freiheit der Kunst gegenüber Kirche und Staat aus. An ihr beteiligten sich zahlreiche Intellektuelle, darunter außer M. G. Conrad und Maximilian Harden auch Theodor Lessing (vgl. *Der Doktor Lessing*), Detlev von Liliencron (vgl. *Liliencron*) und Fontane (vgl. *Der alte Fontane*). Fast einmütig verteidigten sie, trotz moralischer oder ästhetischer Vorbehalte, Panizza als Ehrenmann und als Vorkämpfer künstlerischer Freiheit.

Thomas Manns vergleichsweise unauffälliger und unbeachtet gebliebener Beitrag widerspricht eklatant der Position, die er selbst in allen weiteren Beiträgen zur Frage der Zensur mit Nachdruck vertreten und vor allem in *Bilse und ich* (Textband S. 95–111) auch für sich selbst in Anspruch nehmen wird. Über die Gründe, die Thomas Mann zu dieser Stellungnahme veranlasst haben könnten, sind unterschiedliche Vermutungen geäußert worden. Am nächstliegenden ist die Annahme, es gehe ihm um eine Demonstration eigener intellektueller Unabhängigkeit, in diesem Fall gegenüber der ›political correctness‹ der übrigen Äußerungen von Schriftstellern. Sein Selbstkommentar gegenüber Grautoff im August 1895, er habe »eine unsäglich überlegene Notiz zu Panizza« geschrieben (GKFA 21, 63), weist in diese Richtung. Unabhängig davon, wieweit er sich der politischen Tendenz der Zeitschrift andienen wollte, bleibt die (als Frage formulierte) Ansicht, dass ästhetische »Geschmacklosigkeiten« und moralische »Gotteslästerungen« denselben Mangel bezeichneten; in einigen weiteren Beiträgen zum *Zwanzigsten Jahrhundert* betont Thomas Mann eine religiös konservative Grundhaltung.

Quellenlage

Der Text bezieht sich unmittelbar auf Panizzas Schrift *Meine Verteidigung in Sachen »Das Liebeskonzil«*. Zürich 1895, nach der auch Conrads Gerichtsgutachten zitiert wird. Daneben setzt er die Kenntnis von Panizzas Stück und einiger Beiträge der öffentlichen Auseinandersetzung voraus, ohne dass einzelne Lesespuren identifizierbar wären.

Textlage

Der Beitrag erschien in *Das Zwanzigste Jahrhundert* (5. Jg., H. 11, S. 522 = Druckvorlage); er wurde erst in GW XIII, 367, danach in ARE I, 11f., wiederabgedruckt. Da die Worte »›Das Liebeskonzil‹« in der zweiten Textzeile des Erstdrucks fett gedruckt und damit den Überschriften der benachbarten Beiträge typographisch angeglichen sind, sind sie als Titel des Beitrags aufzufassen.

Stellenkommentar

26 3 *sogenannten Himmelstragödie*] Der Untertitel des Stücks lautete: *Eine Himmelstragödie in fünf Aufzügen.*

7 *Schabelitz*] Der Name des Verlags, der sowohl Panizzas Drama als auch seine Rechtfertigungsschrift publizierte.

23–24 *»mir persönlich widerlichen Geschmacklosigkeiten«*] Wörtliche Übernahme aus Conrads Stellungnahme in Panizzas Verteidigungsschrift.

»ZE GARTEN«

Entstehungsgeschichte

Thomas Manns zweiter Beitrag für *Das Zwanzigste Jahrhundert* (vgl. den Kommentar zu [»*Das Liebeskonzil*«], hier S. 30–35) wurde im August 1895 in Palestrina geschrieben und erschien im Oktober desselben Jahres. Die Betonung des »deutschen Sanges« im Untertitel des – im übrigen literarisch bedeutungslosen, sentimental-konventionellen – Gedichtbandes und im ersten Satz der Besprechung folgt der politischen Absicht, gegenüber dem benachbarten Ausland Hegemonialansprüche der deutschen Kultur zur Geltung zu bringen. Von Thomas Mann wird der »deutsche Sang« hier, wie schon im besprochenen Band selbst, als Legitimation dafür herangezogen, dass auch die oberitalienische Landschaft am Gardasee als »deutsche[r] Boden« zu betrachten sei.

Textlage

Erstdruck in *Das Zwanzigste Jahrhundert* (6. Jg., H. 1, S. 109; zum Publikationskontext vgl. den Kommentar zu »*Das Liebeskonzil*«) in der Rubrik *Vom Büchertische*; der Text ist mit den Initialen »T. M.« gezeichnet. Da die Worte »›Ze Garten‹« zu Beginn des Textes im Erstdruck fett gedruckt und damit den Überschriften der benachbarten Beiträge typographisch angeglichen sind, sind sie als Titel des Beitrags aufzufassen. – Wiederabgedruckt wurde der Text erst in GW XIII, 368 und ARE I, 12; Textvorlage ist hier der Erstdruck.

»OSTMARKKLÄNGE. GEDICHTE VON THEODOR HUTTER.«

Entstehungsgeschichte

Keiner der anderen Beiträge Thomas Manns zu *Das Zwanzigste Jahrhundert* passt sich der Tendenz der Zeitschrift so glatt an wie die vorliegende Besprechung des aus sentimentaler Religiosität, epigonaler Neuromantik und Antisemitismus kombinierten Gedichtbandes *Ostmark-Klänge* des Deutschböhmen Theodor Hutter (1860–1932), der 1895 im selben Verlag wie die Zeitschrift selbst (von deren vorigem Herausgeber Hans Lüstenöder) erschienen war. Hutter hatte neben den Gedichtbänden *Aus der Jugendzeit* und *Stimmen des Herzens* (1890) auch *Nordböhmische Sagen* (1884), eine *Geschichte der Karlsbrücke in Prag* (1890) und eine Darstellung der *Gegenreformation in Deutschböhmen* (1887) veröffentlicht.

Ostmark-Klänge ist gegliedert in die fünf »Abteilungen« *Gott, Heimath, Nationale Lieder, Liebe* und *In stillen Stunden.* Im Gedicht *Der Beruf des Dichters* charakterisiert sich Hutter selbst mit den Versen: »Ich bin nicht von der Dichter-Innung, / Die mit der Mode wechselt die Gesinnung.« Bei der von Thomas Mann hervorgehobenen Frömmigkeit des ersten Teils handelt es sich um eine durchaus kirchenfremde katholisierende Volksfrömmigkeit, die vor allem im Herzen und »in des Waldes grünen Hallen [...] die Messe lesen« will (*Wald-Andacht*). Thomas Manns – zufolge einer beiläufigen Erwähnung gegenüber Grautoff (GKFA 21, 63) – vermutlich im August 1895 in Palestrina verfasste Besprechung gibt selbst eine kulturprotestantische Haltung zu erkennen. Dass sich hier auch ein ernst gemeintes weltanschauliches Bedürfnis artikuliert, legt der Brief an Grautoff vom 2. Februar 1896 nahe (GKFA 21, 68f.).

Bemerkenswert ist, dass die Heimatgedichte, die auch in seinen übrigen Veröffentlichungen die eigentliche Domäne Hutters waren, nur kurz gestreift werden; dagegen wird der im Buchtitel angedeutete nationalistisch-alldeutsche Bezug zustimmend aufgenommen (»Ostmark« meint Böhmen). Die beiden Strophen des Gedichts, das Thomas Mann als das »bemerkenswerteste« der »Reihe nationaler Lieder« zitiert, enthalten geradezu eine Summe der antisemitischen Schlagworte, die das *Zwanzigste Jahrhundert* im ganzen mitbestimmen.

Ausgerechnet diese Rezension expliziert zum ersten Mal in Thomas Manns Werk die so folgenreiche Kontrastierung der aus Nietzsches *Geburt der Tragödie* übernommenen Kategorien des »Dionysischen« und »Apollinischen«. (Vgl. die Nennung Nietzsches als eines Lieblingsschriftstellers wenige Monate später in *Erkenne Dich selbst!*, Textband S. 33.) Dabei wird das Apollinische mit den durch Hutters Heimatdichtung veranschaulichten Kategorien »schlicht und groß« identifiziert – und damit mit jenem Maßstab, den auch Thomas Manns übrige Rezensionen für das *Zwanzigste Jahrhundert* proklamieren.

Textlage

Der wie Thomas Manns frühere Beiträge für die Zeitschrift nur mit den Initialen »T. M.« gezeichnete Beitrag erschien 1895 im Dezemberheft des *Zwanzigsten Jahrhunderts* (6. Jg., H. 3, S. 284; zum Publikationskontext vgl. den Kommentar zu [*»Das Liebeskonzil«*], hier S. 30–35). Die im Erstdruck fettgedruckten und als Titelzeile freigestellten Worte »›Ostmarkklänge. Gedichte von Theodor Hutter‹« sind als Überschrift des Beitrags aufzufassen. Der Text wurde erst in GW XIII, 368–371 und in ARE I, 12–15, wiederabgedruckt. Textgrundlage ist hier der Erstdruck.

Stellenkommentar

29 7–8 *Dehmels »Tagloni gleia glühlala«*] Gemeint ist Dehmels Gedicht *Mein Trinklied*, dessen erste Strophe lautet: »Noch eine Stunde, dann ist Nacht; / trinkt, bis die Seele überläuft, / Wein her, trinkt! / Seht doch, wie rot die Sonne lacht, / die dort in ihrem Blut ersäuft; / Glas hoch, singt! / Singt mir das Lied vom Tode und vom Leben, / djagloni gleia glühlala! / Klingklang, seht: schon welken

die Reben. / Aber sie haben uns Trauben gegeben! / Hei! –« Der von Thomas Mann kritisierte Vers wird in der dritten und letzten Strophe sinnreich abgewandelt zu: »djagloni, Scherben, klirrlala!« (Hier zitiert nach Richard Dehmel: *Hundert ausgewählte Gedichte*. Berlin: S. Fischer 1918, S. 181f.)

29 10 *kein Künstler, kein Kenner*] Eine der frühesten Andeutungen von Thomas Manns Ästhetik der Affektkontrolle und Distanz.

14 *ver»dichten«*] Übernahme einer irrigen Volksetymologie; etymologischer Ursprung des Wortes »dichten« ist das lateinische »dictare«.

25–28 *»Wenn ich des Lebens müde …«*] Zitiert aus Hutters gleichnamigem Gedicht, *Ostmark-Klänge*, S. 19.

30 1–2 *aus einem Gedicht wie dieses*] Die Kasusform des Erstdrucks ist in GW XIII, 369 korrigiert.

3 *»Zu Allerseelen.«*] Bei Hutter, *Ostmark-Klänge*, S. 10, ist der zitierte Text in zwei Strophen gesetzt (Grenze nach »Maienlüfte wehen.«). Allerseelen ist der katholische Totengedenktag am 2. November.

4–11 *»Ruht das Saatkorn in der Erde …«*] Anspielung auf Joh 12,24: »Wenn das Weizenkorn nicht in die Erde fällt und erstirbt, so bleibt's allein; wenn es aber erstirbt, so bringt es viel Frucht.«

13 *»Waldandacht«*] Nach Hutter, *Ostmark-Klänge*, S. 13f. (dort überschrieben: *Wald-Andacht*); der zitierte Teil endet dort mit einem Semikolon.

26 *»Im Wald«*] Hutter, *Ostmark-Klänge*, S. 35.

26–27 *»Frühlingsmorgen …«*] Hutter, *Ostmark-Klänge*, S. 37 (*Ein Frühlingsmorgen auf der Ruine Hammerstein bei Reichenberg*).

30–31 *»Wach auf, mein Volk!«*] Thomas Mann zitiert die dritte sowie die sechste und letzte Strophe nach Hutter, *Ostmark-Klänge*, S. 55f. Die Hervorhebung der Schlussverse findet sich bereits dort.

31 23–26 *»Wie Sang von Nachtigallen …«*] Aus dem Gedicht *Das Hochlandmädchen*, Hutter, *Ostmark-Klänge*, S. 65.

32 1–8 *»Ich fühle Deiner Nähe Segen …«*] Im gleichnamigen Gedicht bei Hutter, *Ostmark-Klänge*, S. 78, beginnt nach »schauen kann.« eine neue Strophe.

32 9 *»Aus stillen Stunden«*] Bei Hutter: *In stillen Stunden.*

13–16 *»Dir kündet bang des Herbstwinds Klage …«*] Aus Hutters Gedicht *Im Herbste* (*Ostmark-Klänge*, S. 114).

19 *lichte Majestät Apollos*] Apoll ist in der griechischen Mythologie zugleich der Gott der Dichtkunst und des Sonnenlichts.

20–21 *Tyrsusschwinger*] In der griechischen Mythologie tragen Dionysos und die ihn begleitenden Bacchantinnen oder Mänaden (vgl. hier im ersten Absatz: »bacchantische[s] Geheul«) Thyrsosstäbe; Nösselts von Thomas Mann häufig gebrauchtes *Lehrbuch der griechischen und römischen Mythologie* (Leipzig [4]1853) erläutert: »in der Hand schwangen sie den *Thyrsos*. Dies war eigentlich eine starke Weinrebe, mit Epheu umwunden, nachher jeder mit Epheu geschmückte Stab, auf welchem oben ein Tannenzapfen steckte, der eine eiserne Spitze verbarg.« (S. 130; ohne ausdrückliche Nennung des Begriffs wiederaufgenommen in *Der Tod in Venedig*; GW VIII, 516f.)

ERKENNE DICH SELBST!

Entstehungsgeschichte

Ilse Martens, die in München lebende Schwester von Thomas Manns als »Hans Hansen« in die Literaturgeschichte eingegangenem Jugendfreund Armin Martens (und selbst Vorbild für das »Fräulein Isenschnibbe« in *Königliche Hoheit*), besaß ein Album, das entsprechend einer zeittypischen Mode unter der Überschrift *Erkenne Dich selbst!* vorgedruckte Fragebögen enthielt. Unter den Besuchern, die dort ihre Antworten eintrugen, waren außer Thomas Mann (am 17. Dezember 1895) sein Freund Paul Ehrenberg, John Eckhoff (der als »Johnny Bishop« in der Erzählung *Wie Jappe und Do Escobar sich prügelten* erscheint), Graf Vitzthum, Mitautor des *Frühlingssturm*, und die Schwester Julia Mann. Thomas Manns Selbstporträt wird im wesentlichen auch durch andere Zeugnisse derselben Zeit beglaubigt.

Textlage

Der Text wurde im Faksimile und einer (zum Teil fehlerhaften) Transkription von Peter Robert Franke unter dem Titel *Fräulein Isenschnibbe und der Dichter Thos. Unbekannte Dokumente zu Thomas Mann* in der *Saarbrücker Zeitung* vom 24. Dezember 1975 veröffentlicht, danach unter demselben Titel (ohne Faksimile) erneut in den *Kieler Nachrichten* vom 4. März 1976 und in ARE I, 379f. (ebenfalls fehlerhaft). Er wird hier wie in E I, 16f. nach dem Faksimile wiedergegeben.

Stellenkommentar

33 5 *Unabhängig*] Vgl. die Selbstdarstellung in *Im Spiegel* (Textband S. 181–184).

9 *In Rom*] Kurz zuvor, im September und Oktober 1895, hatte sich Thomas Mann zum ersten Mal mit seinem Bruder Heinrich in Rom aufgehalten.

33 14 *Heine*] Vgl. hier *Heinrich Heine, der »Gute«* (1893), auch die Notiz *über Heine* (1907) und den Beitrag [*Zur Begründung einer deutschen Heine-Gesellschaft*] (1908).

14 *Goethe*] Im 1. und 2. Notizbuch (1894/95 und 1897/98) finden sich zahlreiche Notizen zu und Exzerpte aus Goethes *Faust*, Spruchgedichten und Gesprächen.

14 *Bourget*] Der französische Schriftsteller Paul Bourget (1852 bis 1935), als Erzähler und Essayist einer der Protagonisten der europäischen Décadence, war zugleich ein wichtiger früher Anreger für die Brüder Mann (Heinrichs 1894 erschienener Debütroman *In einer Familie* war »Paul Bourget gewidmet«); vgl. auch die Kommentare zu *Ein nationaler Dichter* und *Kritik und Schaffen*. Exzerpte aus Bourgets Romanen *Le Disciple* (Paris 1889) und *La Terre promise* (Paris 1892) notiert Thomas Mann bereits im 1. Notizbuch 1894/95 (Nb. I, 17 u. 51). Zum Einfluss Bourgets auf Heinrich und Thomas Mann vgl. Schröter 1965.

14 *Nietzsche*] Über mögliche frühe, durch Heinrich Mann vermittelte Nietzsche-Kenntnisse vgl. den Kommentar zu *Heinrich Heine, der »Gute«* (1893; hier S. 23f.). Im 9. Notizbuch erwähnt Thomas Mann, dass er »mit neunzehn [...] zum ersten Male Nietzsche's Wagner-Kritik las« (Nb. II, 181); Zitate aus *Jenseits von Gut und Böse* (Nb. I, 33f.) und *Also sprach Zarathustra* finden sich bereits im 1. Notizbuch (um 1894/95; Nb. I, 33 u. 51).

15 *Renan*] Der französische, katholische Orientalist, Schriftsteller und Religionswissenschaftler Ernest Renan (1823–1892) hatte mit der erzählerisch gestalteten, weit verbreiteten Biographie *La vie de Jésus* (1863 als 1. Band einer siebenbändigen *Histoire des origines du christianisme*, deutsch als *Das Leben Jesu* im selben Jahr) einen der verbreitetsten Beiträge der liberalen Leben-Jesu-Forschung verfasst, die den historischen Jesus als edlen Menschen und Sittenlehrer gegen den Christus des kirchlichen Dogmas zu stellen suchte. Der zweite von Bourgets fünf *Essais de Psychologie contemporaine* (1892) ist Renan gewidmet; darin findet sich ein eigenes Kapitel *Du sentiment religieux chez M. Renan* (vgl. auch den Kommentar zu Ein

nationaler Dichter, hier S. 53–57). Nietzsche hat dieses Programm eines auf allgemeine Sittlichkeit und eine diffuse Religiosität reduzierten Christentums scharf angegriffen und in *Zur Genealogie der Moral* als »Parfum Renan« verspottet (*Was bedeuten asketische Ideale*, Abschnitt 26; KSA 5, 406). In *Jenseits von Gut und Böse* kritisiert er Renan, »in dem alle Augenblicke irgend ein Nichts von religiöser Spannung seine in feinerem Sinne wollüstige und bequem sich bettende Seele um ihr Gleichgewicht bringt« (Abschnitt 48; KSA 5, 69f.). Thomas Mann nennt hier die »Antipoden« (so Nietzsche selbst, ebd.) zusammen wie unten »Faust *und* Mephisto«.

33 16 *Polyklet*] Polykleitos der Ältere, griechischer Bildhauer der zweiten Hälfte des 5. Jahrhunderts v. Chr.

16 *Guido Reni*] Italienischer Maler (1575–1642), wirkte in Bologna und Rom als einer der Meister der Spätrenaissance.

16–17 *Lenbach*] Franz (von) Lenbach (1836–1904) führte als gefeierter Porträtist, Freund Bismarcks und tonangebender Künstler ein Leben als Malerfürst abwechselnd in Rom und München (wo er auch das bekannte Kinderporträt Katia Pringsheims malte).

18 *Richard Strauß*] Im betonten Unterschied zum Wiener ›Walzerkönig‹ Johann Strauß nennt Thomas Mann einen der progressivsten zeitgenössischen Komponisten. Richard Strauss (1864 bis 1949) wirkte seit 1894 als 2. Hofkapellmeister in München. Neben zwei an Wagners Vorbild orientierten Opern hatte er Lieder und die sinfonischen Dichtungen *Don Juan* (1888), *Tod und Verklärung* (1889) und soeben *Till Eulenspiegels lustige Streiche* (1895) komponiert. – Vgl. auch *Notizen* [II] (Textband S. 211f.).

18 *Grieg*] Der norwegische Komponist Edvard Grieg (1843–1907) komponierte Klaviermusik und Lieder, darunter eine Vertonung von H. C. Andersens *Ich liebe dich*, dessen Text Thomas Mann am Ende des 1. Notizbuchs mit dem Zusatz »componirt von Edvard Grieg« abschreibt (Nb. I, 52); 1876 entstand seine Bühnenmusik zu Ibsens *Peer Gynt*.

18 *Lassen*] Der 1830 in Kopenhagen geborene, von Liszt geförderte Komponist Edvard (Eduard) Lassen war 1886 zusammen mit

Richard Strauss Kapellmeister in Weimar gewesen, wo er als Großherzoglicher Hofmusikdirektor 1904 starb. Er komponierte Opern, Sinfonien, Kantaten und vor allem zahlreiche populäre Lieder. In *Das Bild meiner Mutter* (1930) erinnert sich Thomas Mann an ihn als »einen Musiker etwas süßlichen Geschmacks, wie ich schon damals unterschied, der es aber ein paarmal in Verbindung mit Heine zu einer sensitiven Ironie des Ausdrucks bringt, die mir unvergeßlich ist.« (GW XI, 422)

33 19 *Fielitz*] Alexander von Fielitz (1860–1930) war zeitweise Erster Kapellmeister des Lübecker Stadttheaters. Er »verkehrte freundschaftlich im Haus meiner Eltern und übte durch seine aus dem gewohnten bürgerlichen Rahmen fallende Künstlerpersönlichkeit große Anziehungskraft auf mich aus«; »von moderner Musik bekam ich einen ersten Begriff durch Fielitz' elegante und feinfühlige Kompositionen« (GW XI, 417f.). In *Buddenbrooks* ist Fielitz als »Edmund Pfühl« porträtiert.

20–21 *Maréchal Nil-Rose*] Gemeint ist die (nach dem französischen Marschall Niel, 1802–1869, benannte) Maréchal-Niel-Rose, eine gelbe, hochkletternde Rosenart. In *Der kleine Herr Friedemann* (1897) trägt Gerda von Rinnlingen »eine voll erblühte Marschall-Niel-Rose [...] in ihrem leuchtenden Haar« (GW VIII, 100); vielleicht kannte Thomas Mann auch Liliencrons über die »große gelbe Rose« geschriebenes Gedicht *Marschall Niel* in *Adjutantenritte und andere Gedichte* (1883; vgl. *Liliencron*, Textband S. 76f.).

22 *Christus*] Thomas Mann spricht vom »Lieblingshelden«, gebraucht aber andererseits den christologischen Hoheitstitel (und nicht den Eigennamen der u. a. von Renan porträtierten historischen Gestalt). Noch in der Besprechung von *Wassermanns »Caspar Hauser«* (1908) nennt er Jesus »einen Helden« (Textband S. 199).

24 *Hamlet*] Noch 1894 oder Anfang 1895 hatte Thomas Mann im 1. Notizbuch aus Georg Brandes' gerade erschienener Monographie *William Shakespeare* u. a. exzerpiert: »In seinem tiefsten Innern leidet er [Hamlet] unter dem Zusammensturze der lichten Lebensanschauung seiner Jugend. [...] Sein Glaube und sein Vertrauen zu

den Menschen ist gesprengt. Das ist das Trauerspiel« (Nb. I, 27). Tonio Kröger wird dann seinen »Erkenntnisekel« vergleichen mit dem »Fall Hamlets, des Dänen, dieses typischen Literaten.« (GW VIII, 300) Vgl. auch das *Hamlet*-Zitat in der Selbstcharakterisierung am Schluss des Fragebogens.

33 24–25 *Tristan, Faust und Mephisto, Parsifal*] Die Gemeinsamkeit von »Faust *und* Mephisto« des »Lieblingsschriftstellers« Goethe demonstriert ironische Überlegenheit und zugleich schon hier eine Einsicht in die gegenseitige Angewiesenheit beider Protagonisten, die in Thomas Manns späten Goethe-Essays mehrfach formuliert wird (vgl. *Die drei Gewaltigen*; GW X, 374–383). Tristan und Parzival sind Helden der mittelhochdeutschen Versepen Gottfrieds von Straßburg und Wolframs von Eschenbach, die Thomas Mann in Wilhelm Hertz' Münchner Vorlesungen 1894/95 kennen lernte; hier dürften jedoch eher deren musikdramatische Adaptionen durch den »Lieblingskomponisten« Richard Wagner gemeint sein, auf dessen Oper die Namensform »Parsifal« eindeutig verweist.

26 *Angelo, Victor, Ada, Elsa*] Thomas Manns kleiner Bruder Viktor war 1890 zur Welt gekommen; »Ada« ist der Vorname der Geliebten in Thomas Manns Erzählung *Der Wille zum Glück* (1896), Elsa von Brabant die Protagonistin von Wagners *Lohengrin* (1850). Worauf der Name »Angelo« anspielt, ist dunkel.

30 *Kant*] Im 2. Notizbuch hat Thomas Mann 1897 oder 1898 im Hinblick auf *Buddenbrooks* notiert: »Kants ›Kategorischer Imperativ‹ gilt als Symbol für die preußische Beamtenwirtschaft in der neuen Schule.« (Nb. I, 74; vgl. das Schul-Kapitel in *Buddenbrooks*; GKFA 1.1, 796). Dass Thomas Manns Verhältnis zur idealistischen Philosophie damals wenig entwickelt war, geht aus einer Notiz über Fichte um 1894/95 hervor: »Die Bezeichnung ›Idealist‹ mir unklar.« (Nb. I, 23)

34 3–4 *von des Gedankens Blässe angekränkelt*] Zitat aus Shakespeares *Hamlet* (3. Akt, 1. Szene) in der Schlegel-Tieck'schen Übersetzung.

TIROLER SAGEN

Entstehungsgeschichte

Die für *Das Zwanzigste Jahrhundert* bestimmte Besprechung von Adolf Ferdinand Dörlers Sammlung *Sagen aus Innsbrucks Umgebung mit besonderer Berücksichtigung des Zillerthales*, die bereits 1895 in der Wagner'schen Universitätsbuchhandlung in Innsbruck erschienen war, wurde vermutlich Anfang Mai 1896 geschrieben (vgl. Thomas Manns Brief an Grautoff vom 23. Mai 1896; GKFA 21, 75f.). Der Text ist neben *Kritik und Schaffen* als einziger Beitrag zu dieser Zeitschrift mit vollem Namen gezeichnet. Dies und die vergleichsweise große Ausführlichkeit weisen darauf hin, dass Thomas Mann den Band mit größerem Interesse als die bis dahin rezensierten besprochen hat. Das hat vermutlich weniger mit der deutschnationalen Instrumentalisierbarkeit eines Tiroler Buches zu tun (dessen Verfasser sich im übrigen mit Publikationen wie einem *Führer durch das Zillerthal und seine Alpenwelt*, Innsbruck 1897, einen Namen als Heimatforscher machte). Vom ›Deutschtum‹ ist hier im Unterschied zu anderen Beiträgen für die Zeitschrift nur indirekt in denjenigen Passagen die Rede, in denen – über die eher volkskundlich ausgerichtete Vorlage hinausgehend – neuheidnische »Wodans«-Verehrung (»unseres höchsten Gottes«) und christliche Volksfrömmigkeit (»unser Herrgott in eigener Person«) amalgamiert werden. Vielmehr ist dies der erste Essay, in dem sich der junge Thomas Mann ausführlicher mit der Welt der Sage und des Mythos auseinander setzt – einschließlich einer »Wasserfrau«, venezianischen Schauergeschichten und Teufelserscheinungen (der wohl aus Webers *Freischütz* übernommene, im *Doktor Faustus* wiederbegegnende Teufelsname »Samiel« taucht hier zum ersten Mal auf). Dieses Interesse scheint von zeitgenössischen literarischen Mythenadaptionen mitbestimmt zu sein; was nicht in diesen Kontext passt, wird – wie die recht zahlreichen Hexengeschichten – übergangen. Die »volksheidnische Dichtersympathie

Storms mit dem Spukhaften und Gespenstischen«, auf die Thomas Mann später hinweist (1930; GW IX, 262), bestimmt auch diesen eigenen frühen Text.

Textlage

Der Text erschien, wie auch der Beitrag *Ein nationaler Dichter*, im Juniheft von *Das Zwanzigste Jahrhundert* (6. Jg., H. 9, S. 290–292; = Druckvorlage). Zum Publikationskontext vgl. den Kommentar zu [»*Das Liebeskonzil*«]. Er wurde wiederabgedruckt erst in GW XIII, 371–375 und ARE I, 16–20.

Stellenkommentar

35 4–5 *dem Erzherzog Ferdinand Karl gewidmet*] Der Band ist »Seiner Kaiserlichen und Königlichen Hoheit dem durchlauchtigsten Herrn Erzherzog Ferdinand Karl von Österreich in tiefster Ehrfurcht gewidmet« (Vorsatzblatt), ihm gilt auch ein dreistrophiges Widmungsgedicht des Herausgebers.

17–18 *tanzenden Elfen und schönen, gütigen Feen*] Wie in den Feenmärchen Charles Perraults und den *Kinder- und Hausmärchen* der Brüder Grimm, die zu den ersten literarischen Erfahrungen Thomas Manns gehört hatten.

20–21 *das dumpfe Rauschen des Sturzbachs*] Unmarkierte Übernahme aus Dörlers Widmungsgedicht: »In Alpenthälern zwischen Bergesriesen, / Wo dumpf der Sturzbach durch die Felsen tost« (*Sagen*, S. V).

24–25 *die schöne Wasserfrau*] Das bei Dörler im 5. Abschnitt dargestellte »Meerfräulein« erinnert an Hans Christian Andersens (in mehreren Werken Thomas Manns adaptierte) *Kleine Meerfrau* (1837).

27 *die heidnischen Überreste*] So bereits in Dörlers Widmungsgedicht: »Des alten Heidenthumes letzte Blüten, / Sie keimen fort in reiner Bergesluft / Seit sie im deutschen Götterhain erblühten / Und Völker fesselten durch ihren Duft.« Ähnlich dann im *Vorwort*: »Vieles klingt da wieder, was unsere Voreltern den heidnischen Gottheiten zuschrieben.«

35 28–36.4 *In dem kopflosen Schimmelreiter … Käferkultus der alten Germanen.*] Thomas Manns Formulierungen lehnen sich eng an Dörlers *Vorwort* an: »So begegnet uns Wodan, der höchste Gott der Deutschen, der Odin des Nordens, in mancher Sage als Schimmelreiter ohne Kopf oder in seiner majestätischen Herrlichkeit auf einem feuersprühenden Rosse sitzend und strahlend von Gold und Edelsteinen. Die Kasermanndl erinnern, wenn sie am Martinsabende […] von den Alpen abfahren, an die Züge der wüthigen Fahrt, des wilden Heeres, der wilden Jagd oder des Nachtvolks […]. Die Venedigerkäfer erinnern an den Käfercultus der Germanen, welcher jetzt nur noch in wenigen Sagen nachhallt.« (*Sagen*, S. XIIIf.) »Die Almabfahrt der Kasermanndln« wird bei Dörler im 25. Abschnitt geschildert; von den »›Venediger-Manndln‹ oder kurzweg ›Venedigern‹« erzählt der 62. Abschnitt, den Thomas Mann paraphrasiert, unter anderem: »unser schönes, an edlen Metallen und Mineralien so reiches Land lockte schon früh besonders die Venezianer an, um die Schätze der Erde zu Tage zu fördern und davonzutragen. […] Bei ihrem einträglichen Handwerk kam ihnen ihr ›Bergspiegel‹ sehr zustatten, den sie bloß aus dem ihre Vaterstadt umgebenden Meere herauszunehmen brauchten und in ihm alle Schätze, Goldwässerlein und Erzgänge weit in der Runde sahen. […] Um die Zauberkünste zu erlernen, besuchten die jungen Venediger die ›schwarze Schule‹ […]. Nach Beendigung des Curses gehörte jedoch derjenige Schüler, welcher zuletzt zur Thüre hinausgieng, seinem Lehrmeister, dem Teufel. […] Die Venediger-Manndln erschienen auch manchmal als Hausierer verkleidet in den Dörfern Tirols. Sie boten dann seltsame Käfer feil, die sie in einem umgehängten Kästchen trugen. […] Wer aber einen solchen Käfer gekauft und ihn in die Tasche zu seinem Gelde gesteckt hatte, dem gieng dasselbe niemals aus.«

29 *Schimmelreiter*] Der bei Dörler im 34. Abschnitt geschilderte »Schimmelreiter« (*Sagen*, S. 35) erinnert an Theodor Storms von Thomas Mann bewunderte letzte vollendete Novelle.

30 *Wodan*] Übernahme der bei Dörler gebrauchten Namensform (im Unterschied zu »Wotan« in Wagners *Ring des Nibelungen*).

36 1 *Nachtgejaide*] Wotans nächtliche Jagd in Sturm und Wolken; vgl. den Hinweis auf den »Wilden Jäger« (s. Textband S. 37).

2 *am Martinsabende*] Versuche, in den verbreiteten Martinsbräuchen Züge eines vorchristlich-germanischen Wotanskultes wiederzuentdecken, waren in der volkskundlichen Forschung der Jahrhundertwende Teil eines nationalromantisch begründeten ›Germanisierungs‹-Bestrebens.

20–21 *»Rattenkönigen«*] Eine Fehllesung von Dörlers Überschrift *Der Natternkönig* (Abschnitt 117), begünstigt durch die Frakturlettern, vielleicht auch durch die Gestalt der »Rattenmamsell« in Ibsens (in Südtirol konzipiertem) Drama *Klein Eyolf* (1894).

29 *Mühle im Zillerthal*] Thomas Mann paraphrasiert Dörlers 76. Abschnitt: *Das raufende Teufelchen*. Der mundartliche Ausruf lautet dort: »Jatz war i kod recht bein Zoige [d. h.: im Zuge], mit an gonz kluan Toifal z'raff'n!«

37 11 *grünen Glasaugen*] Anspielung auf eine Episode in Dörlers 68. Abschnitt: *Teufelsbeschwörer*; der Zusammenhang mit dem Fensterln wird erst von Thomas Mann selbst im Vorgriff auf die anschließend paraphrasierte Geschichte hergestellt.

12–13 *Eine Dirne*] Paraphrase von Dörlers 78. Abschnitt: *Der Teufel wispelt*.

24–25 *»Grünen Jägers«*] Thomas Mann erzählt den ersten Teil von Dörlers 80. Abschnitt nach: *Der grüne Jäger*.

25 *Samiel*] Im Teufelsgespräch im 25. Kapitel des *Doktor Faustus* wird dieser Name als »volkstümliche« Verballhornung der Namensform »Sammael« für »Engel des Giftes« erörtert (GW VI, 303f.).

38 10 *»Der schlafende Teufel«*] Bei Dörler der 89. Abschnitt. Der mundartliche Schluss lautet dort (mit Dörlers Übersetzungshilfen): »Boatet's nar (wartet nur), es Saulet'r i wear enk ast schun einkent'n (einheizen)!«

27 *unser Herrgott in eigener Person erscheint*] Passagenweise fast wörtliche Paraphrase von Dörlers 113. Abschnitt: *Unser Herrgott in Schwendau*; dort auch die Formulierung »unser Herrgott in eigener Person«.

39 12 *starker, eifriger Gott*] Abermals Vermischung heidnischer und biblischer Überlieferungen; vgl. Dtn 4,24: »Denn der Herr, dein Gott, ist ein verzehrendes Feuer und ein eifernder [in älteren Übersetzungen: »eifriger«] Gott« (ähnlich in Ex 20,5; 34,14 und Dtn 5,9).

EIN NATIONALER DICHTER

Entstehungsgeschichte

Am 23. Mai 1896 schrieb Thomas Mann an den Schulfreund und Vertrauten Otto Grautoff, er habe für das Juniheft der Zeitschrift *Das Zwanzigste Jahrhundert* (zum Publikationskontext vgl. den Kommentar zu [»*Das Liebeskonzil*«], hier S. 30–35) »ein paar längere Artikel gedichtet, die ebensogut von Herrn Harden sein könnten« (GKFA 21, 75f.). Der hier neben *Tiroler Sagen* gemeinte Beitrag *Ein nationaler Dichter* unterscheidet sich von den vorangegangenen Rezensionen bereits durch die programmatische Überschrift; Titel und Autor des besprochenen Bandes werden erst im dritten Absatz genannt. Karl Weiß' (1850–1901) essayistisches Reisebuch *Von Gibraltar bis Moskau. Skizzen aus der Mappe eines Litteraten* war in Leipzig und Zürich 1895 in 2., verbesserter Auflage erschienen (mit dem Umschlagtitel *Im Fluge durch ganz Europa*). Verleger war derselbe Theodor Schröter, der nach dem Rückzug Heinrich Manns noch für wenige Monate Herausgeber der dann eingestellten Zeitschrift *Das Zwanzigste Jahrhundert* wurde.

Das Buch verbindet nicht ungeschickt poetisierende Reiseschilderungen und Bilder aus der Geschichte zu demselben halb reportagehaften, halb fiktionalen Misch-Genre, das durch Hans Christian Andersens Reisebücher im Laufe des 19. Jahrhunderts in Europa populär geworden war; einige Sujets erinnern fast wörtlich an dieses Vorbild (so die *Mondnacht im Löwenhof der Alhambra*, *Von Gibraltar nach Cadix*, *Pompeji*, *Kapelle der Sixtinischen Madonna in Dresden* und *Thorwaldsen-Museum in Kopenhagen*). Die ideologische Konzeption, die dieses Erzählen steuert, legt Weiß selbst im (»Weimar, Neujahr 1895« datierten) Vorwort zur zweiten Auflage dar: Er habe »jedes Land Europas [...] gemäß der eigentümlichen Charakterfärbung gemalt, – geschichtlicher Aufstieg, Höhe und Niedergang der Nationen in Anlehnung an die sittliche Weltordnung und im Zusammenhang mit Hochhalten oder Verlassen der Ideale der

Menschheit gezeichnet, Deutschland aber in seinem Kern jetzt noch als das Herz der Welt gepriesen.«

In dieser strukturbildenden Opposition sieht Thomas Mann den weltanschaulichen und psychologischen Gegensatz zwischen zwei Protagonisten von Paul Bourgets (1852–1935) *Cosmopolis* wiederholt (erschienen 1892, deutsch als *Kosmopolis. Roman in zwei Bänden.* Stuttgart: J. Engelhorn 1894; zu Bourget vgl. den Kommentar zu *Erkenne dich selbst!*, hier S. 44). Dieser Roman kreist um dieselbe Kritik der »décadence«, die Thomas Mann wenig später auch in *Kritik und Schaffen* aufgreift, dort unter Bezug auf Bourgets *Essais de Psychologie contemporaine* (vgl. den Kommentar, hier S. 62): Der dekadente Ästhet und Skeptiker Dorsenne ist der Typus des »Dilettanten« – der Begriff war in der modischen Bourget-Begeisterung auch in Deutschland zeitweise allgemein verbreitet und spielte vor allem für die Brüder Mann eine wichtige Rolle –, dem im katholisch-konservativen Marquis Montfanon ein überlegener Kritiker gegenübersteht. Die in diesen Figuren veranschaulichte Opposition entspricht den ästhetischen, moralischen und religiösen Kategorien, die auch Thomas Manns Beiträge für *Das Zwanzigste Jahrhundert* weitgehend bestimmen (vgl. den Kommentar zu [*»Das Liebeskonzil«*], hier S . 30–36).

Textlage

Druckvorlage ist hier die Erstveröffentlichung in *Das Zwanzigste Jahrhundert* (6. Jg., H. 9, S. 296–298). Der Artikel ist mit den Initialen »T. M.« gezeichnet. Der Text wurde wiederabgedruckt in GW XIII, 376–378; ARE I, 20–23 und E I, 18–20.

Stellenkommentar

40 2 *Dorsenne*] Thomas Mann paraphrasiert Montfanons (die Schreibung »Montfaucon« ist fehlerhaft) Erklärung gegenüber Dorsenne im *Épilogue* des Romans (in der deutschen Übersetzung am Schluss des zweiten Bandes, S. 147f. u. 150f.): »Quand je vous disais ma haine pour ces Cosmopolites qui vous ravissaient alors, je m'ex-

primais mal. Un vieux soldat n'est pas un philosophe. Ce que je haïssais, ce que je hais en eux, c'est que ces déracinés sont presque toujours des fins de races, les consommateurs d'une hérédité de forces acquises par d'autres, les dilapidateurs d'un bien dont ils abusent sans l'augmenter. Ceux dont ils descendent ont travaillé du vrai travail, celui qui additionne sur une même place l'effort des fils à l'effort des parents. C'est ce travail-là qui fait les familles, et les familles font les pays, puis les races ... Vos Cosmopolites, eux, ne fondent rien, ne sèment rien, ne fécondent rien. Ils jouissent ...« – Thomas Manns Formulierung von den »entartete[n] Spätlinge[n], deren Väter einst wahre Arbeit verrichteten«, deutet eine autobiographische Lesbarkeit der Passage an.

4 *Kosmopolitismus*] Vgl. dagegen Thomas Manns Bemerkung in *Heinrich Heine, der »Gute«*, dass »der Mensch [...] schon von einer gewißgradigen geistigen Beschränktheit sein [muß], um Patriot sein zu können« (Textband S. 23).

8 *letzte Ausläufer ihrer Rasse*] Die Verbindung von Biologismus und Dekadenz lässt sich ebenso wie die Wendung »entartete Spätlinge« über Bourget hinaus auch auf andere Dekadenz-Werke beziehen, die dem jungen Thomas Mann nahe standen, vor allem auf Herman Bangs (1857–1912) Debütroman *Hoffnungslose Geschlechter* (1880, überarbeitet 1884), danach auch auf *Buddenbrooks* selbst.

19–20 *Renan'scher piété sans la foi*] frz.: »Frömmigkeit ohne den Glauben«. Zu Renan vgl. den Kommentar zu *Erkenne dich selbst!* (hier S. 44f.). Renans Formel beschäftigte Thomas Mann in dieser Zeit auch sonst; gegenüber Grautoff bemerkt er im Juni 1895: »Es zieht mich wieder zu meiner begonnenen Novelle, die glaube ich, ›Piété sans la foi‹ heißen wird« (TM/OG, 56).

21 *denn die Deutschen sind*] Nahezu wörtliche Übernahme aus Weiß' Vorwort zur 2. Auflage: er habe »Deutschland aber in seinem Kern als Hüter und Träger von Religion, Vaterlandsliebe, Familiensinn und Bürgertugend jetzt noch als das Herz der Welt gepriesen«. Thomas Mann verschärft den nationalistischen Duktus der Vorlage.

41 12 *die ewige Stadt*] Thomas Mann paraphrasiert Weiß' Kapitel *Von der Höhe des Kapitols* (*Von Gibraltar nach Moskau*, S. 35–51).

42 7 *am Fuße des Niederwalddenkmals*] Thomas Mann paraphrasiert Weiß' Kapitel *Am Niederwalddenkmal* (S. 167–182). Das Denkmal bei Rüdesheim am Rhein, das an den Sieg über Frankreich und die Gründung des Deutschen Reiches 1871 erinnert, zeigt eine allegorische Germania mit dem Siegeskranz und am Sockel Reliefdarstellungen von Kaiser Wilhelm I., Bismarck und preußischen Heerführern.

11 *der uns von ihnen noch lebt*] Bismarck; Anspielung auf Weiß' Bemerkung: Wilhelm I. »ist dahin, dahin sind unser herrlicher Fritz, Moltke, und Roon und so viele der Helden. Aber Einer lebt uns noch: der Nibelungenenkel Fürst Bismarck, der eiserne Kanzler, der große Reichsschmied.« (*Von Gibraltar nach Moskau*, S. 181) Vgl. dagegen Thomas Manns spätere Zustimmung zu Fontanes Bismarck-Kritik im Essay *Der alte Fontane* (1910; Textband S. 270ff.) und die Rückwendung zu diesem frühen Bismarck-Bild in dessen Überarbeitung 1919 (s. Kommentar, hier S. 384f. u. 386f.).

13–14 *Lieb' Vaterland ... Rhein.*] Der Refrain des 1840 geschriebenen, erst mit dem deutsch-französischen Krieg populär gewordenen patriotischen Liedes *Die Wacht am Rhein* (»Es braust ein Ruf wie Donnerhall«) von Max Schneckenburger (1819–1849) wird hier wie bei Weiß selbst fehlerhaft zitiert; richtig heißt es: »Lieb' Vaterland, magst ruhig sein!«

15–17 *»Bekümmert dich« ... »der tiefe Riß ...«*] Leicht gekürztes Zitat aus Weiß' Kapitel, S. 181. Mit dem Schutzgeist ist die »Germania« gemeint, deren Geschichte Weiß allegorisch-märchenhaft erzählt; »der tiefe Riß« spielt wohl auf die Nachwirkungen des Kulturkampfes an.

18–20 *Wo schäumend sich ... Feuerwein.*] Eine der häufigen bildungsbürgerlichen, den ursprünglichen Sinnzusammenhang ignorierenden Kontaminationen von Klassikerzitaten bei Weiß. In der Schülerszene von Goethes *Faust II* bemerkt Mephistopheles über den ungestümen Baccalaureus: »Wenn sich der Most auch ganz absurd gebärdet, / Es gibt zuletzt doch noch e' Wein.« (2. Akt, V. 6811–6814). Mit der Einfügung des berauschenden »Feuerwein[s]« wird die Stelle nicht nur ins Gegenteil verkehrt, sondern zugleich angepasst an das populäre antifranzösische *Rheinlied* (1840) von Nikolaus Becker (1809–1845): »Sie sollen ihn nicht haben, / Den freien deutschen Rhein, / So lang sich Herzen laben / An seinem Feuerwein.«

42 23 *erwerben sollen, was sie von ihren Vätern ererbten.*] Bei Weiß steht: »was sie von den Vätern ererbten«. Wiederum unmarkiertes, freies Zitat aus Goethes *Faust I*: »Was du ererbt von deinen Vätern hast, / Erwirb es, um es zu besitzen.« (V. 682f.)

24 *und hoffen!« –*] Hier korrigiert; im Erstdruck fehlen die Abführungszeichen.

27–28 *die ehrwürdige Gestalt Leo des Dreizehnten*] Fast siebzigjährig wurde der gebrechliche, hochgebildete Leo XIII. 1878 zum Papst gewählt; als energischer Begründer der katholischen Soziallehre wurde er eine weithin respektierte Autorität. Er starb erst 1903. – Thomas Mann spielt wiederum auf den *Épilogue* von Bourgets *Cosmopolis* an: »›Tenez‹, continua-t-il [Montfanon] en prenant tout d'un coup le bras de son compagnon [Dorsenne] et le forçant de regarder dans une allée transversale à travers les taillis, ›le voilà, le médecin qui tient en dépôt le remède à cette maladie de l'âme comme à toutes les autres ... [...]. Mais regardez, regardez ... Dieu! quelle rencontre! ...‹«

31–43.5 *»Der Baum lebt nur ... sind!«*] Aus Weiß' Buch (S. 212). Dort bilden die Worte »Kindlein! bleibt in ihm, in dem wir leben, weben und sind« eine unmarkierte Zitatmontage aus dem legendarischen *Testamentum Johannis* (den letzten Worten des Apostels: »Kindlein, liebet euch!«), dem Johannesevangelium (»Bleibet in mir und ich in euch«, Joh 15,4) und der Areopagrede des Apostels Paulus (»In ihm leben, weben und sind wir«, Apg 17,28).

Entstehungsgeschichte

Die Besprechung erschien 1896 im Juli-Heft der Zeitschrift *Das Zwanzigste Jahrhundert.* – Maurice Reinhold von Stern (1860–1938), Sohn des estlanddeutschen Lyrikers Karl von Stern, lebte nach Wanderjahren in Deutschland und den USA als Erzähler, Essayist und demokratischer Journalist in der Schweiz (bis 1890 war er Schriftleiter des *Zürcher Volksblatts,* danach Herausgeber von *Sterns Literarischem Bulletin der Schweiz*); 1903 siedelte er nach Österreich über. Seit seiner ersten Sammlung *Proletarier-Lieder* (1885) veröffentlichte Stern zahlreiche Gedichtbände, Essays, Aphorismen und Reisebücher, die anfänglich von einem schwärmerischen Sozialismus, dann zunehmend von nietzscheanischen Vorstellungen einer Geistesaristokratie geprägt sind. In der autobiographischen Skizze, die er für den Sammelband *Freiheit und Arbeit* (1910) verfasste, betont Stern seine aristokratische und »kerndeutsche« Herkunft und erklärt, aus seiner Arbeit in »niederster mechanischer Berufssphäre« in den USA datiere »meine Anteilnahme an der sozialen Bewegung, die mir später schwere Opfer auferlegt hat.« (An diesem Sammelband war auch Thomas Mann beteiligt; vgl. den Kommentar zu [*Selbstbiographie III*], hier S. 404f.) In der Schweiz, schreibt Stern, sei er »mehr wie ein Jahrzehnt Gegenstand maßloser politischer Verfolgungen gewesen [...], die endlich mit meinem wirtschaftlichen Ruin endeten. [...] Politisch bin ich entschieden national, und was mein ästhetisches Glaubensbekenntnis betrifft, so erwarte ich die Wiedergeburt der deutschen Kunst aus dem nationalen Geiste heraus. Diesem Ziel widme ich meine Kräfte.« (*Freiheit und Arbeit. Kunst und Literatur Sammlung. Selbstbiographien, Bildnisse, Fakismilen.* Hg. vom Internationalen Komitee zur Unterstützung der Arbeitslosen. Mit einem Vorwort von Eduard Bernstein. Brügg 1910, S. 173)

Angesichts dieser Wandlung fällt die Besprechung des populären, weithin noch als ›links‹ geltenden Autors weniger aus dem Rahmen der Zeitschrift, als es zunächst den Anschein hat – zumal Thomas Mann hier gerade die Begeisterung für den »Anblick mächtiger Persönlichkeiten« hervorhebt, die der Dichter »gelernt« habe.

Die lyrische Stimmungskunst der Gedichte wird in Formulierungen und anhand von Zitaten gelobt, die an Thomas Manns spätere Äußerungen über zwei Lyriker erinnern, deren Bild »ich in mir trug, als ich jung war« (*Theodor Storm*, 1930; GW IX, 248), und deren Verse »ich [...] von früh an auswendig weiß« (*August von Platen*, 1930; GW IX, 269). Eigenschaften wie »Farbe vor allem, Stimmung« und »vergeistigte Sinnlichkeit« wird er an den Gedichten Theodor Storms rühmen (»Innigkeit«, »Gefühlsweichheit gebändigt von [...] Wahrheitssinn«; GW IX, 248). In der von ihm zitierten Strophe »Ich will nicht dich nur ...« klingen die Motive von »Geist« und »Leib« aus Platens Ghasel *Ich bin wie Leib dem Geist, wie Geist dem Leibe dir* wieder an, diesem »Geisterlaut namenloser Liebe« (GW IX, 276) – freilich in einer wilhelminisch-keuschen Rücknahme der Platen'schen Verschränkung.

Textlage

Der Text erschien in *Das Zwanzigste Jahrhundert* in der Rubrik *Vom Büchertische*, Juli 1896 (6. Jg., H. 10, S. 387f.; zum Publikationskontext vgl. hier den Kommentar zu [*»Das Liebeskonzil«*]); er ist mit den Initialen »T. M.« gezeichnet. Er wurde wiederabgedruckt erst in GW XIII, 379–380 und ARE I, 23–25. Textgrundlage ist hier der Erstdruck.

Stellenkommentar

44 12 *Rythmen*] So im Erstdruck.

45 9 *Ferdinand Lesseps*] Ferdinand de Lesseps (1805–1894) leitete von 1859 bis 1869 mit Intelligenz, Tatkraft und rücksichtsloser Brutalität den Bau des Suezkanals. Die dreiteilige Dichtung *Lesseps* (mit den Abschnitten *Suez, Paris, Panama*) bildet den zweiten Hauptteil von Sterns Band (S. 53–64).

45 16 *»Ein Fest auf Haderslevhuus«*] Storms 1885 erschienene historische Novelle erzählt die tödlich endende Liebesgeschichte des nordschleswigschen Ritters Rolf von Lembeck und des Mädchens Dagmar. In einer Fußnote zu *Dagmar. Episches Gedicht* verweist Stern auf diese Vorlage: »Den Stoff zu dieser Dichtung habe ich *Theodor Storm's* Novelle ›*Ein Fest auf Haderslevhuus*‹ entnommen.« (*Dagmar, Lesseps und andere Gedichte*, S. 3; eines der Gedichte trägt die Überschrift *Ein Fest auf Haderslevhuus*, S. 43.)

46 7 *Jauchzender, badender Knaben*] Ein lebenslanges Lieblingsmotiv Thomas Manns; vgl. das später in seinem Arbeitszimmer aufgehängte Gemälde *Die Quelle* von Ludwig von Hofmann.

KRITIK UND SCHAFFEN

Entstehungsgeschichte

1895 veröffentlichte der Berliner Theaterkritiker Alfred Kerr (1867–1948) eine vernichtende Kritik des Lustspiels *Die kranke Zeit*, das der masurische Schriftsteller (und nachmalige Dramaturg des Königlichen Schauspielhauses Berlin, 1897/98) Richard Skowronnek (1862–1932) verfasst hatte. Skowronnek forderte Kerr daraufhin schriftlich zum Duell. In seiner zwei Jahre später erschienenen Glosse *Richard Skowronnek*. Nr. 17 (26. November 1898) hat Kerr spöttisch an diesen Vorfall erinnert (*Die Welt im Drama*. Bd. IV, S. 226f.). Die Auseinandersetzung, die öffentliches Aufsehen erregte, war auch Thema eines Artikels, den der Berliner Schriftsteller und Kritiker Hans Brennert (1870–1942) am 18. April 1896 in der Zeitschrift *Die Kritik* veröffentlicht hatte. Thomas Manns Essay, der Brennerts Beitrag als Ausgangspunkt nimmt, entstand vermutlich im September 1896; Thomas Mann schreibt durchgängig falsch »Skowronek«.

Während der Arbeit am *Kleinen Herrn Friedemann* und nach dem Abschluss von *Der Wille zum Glück* nimmt Thomas Mann die Skandalgeschichte zum Anlass, sich erstmals grundsätzlich mit dem Verhältnis von Kunst und Kritik auseinanderzusetzen. Die Zurückweisung der Kunstrichter-Rolle für den Kritiker geht zurück auf Überlegungen, die er 1894/95 in seinem Münchner *Collegheft* (erhalten im TMA) anlässlich der Ästhetik-Vorlesungen Franz von Rebers notiert hatte: »*Eigne Bemerkung*. Es ist nichts häßlich an sich. Es giebt natürlich keine absolute Schönheit. [...] Man kann die Aesthetik, die Gefühlssache ist, u. in der die Psychologie des Einzelnen eine so große [Rolle] spielt, nicht in Dogmen & Regeln verkörpern.« (S. 91f.) In einer späteren Notiz wird der Begriff der »Décadence« ausdrücklich gegen die von Reber vertretene »klassische« Ästhetik ausgespielt: »Die Professoren beachten vor allem niemals den Unterschied zwischen *klassischer* Ästhetik und *Déca-*

dence-Ästhetik und sie bedenken nicht, daß unserer Zeit die klassische Ästhetik, die sie lehren, völlig *fremd* sein muß.« (S. 135) Gegen Rebers Position setzt Thomas Mann schon hier die eigene »lächelnde Souveränität als Künstler« (S. 162).

Im anderthalb Jahre später geschriebenen Essay kontrastiert er diese Kunstrichter-Position mit einer hermeneutischen Kritik (der Kritiker als »Erklärer«, nicht als »Richter«). Dabei ähnelt der Kritiker, der aus Mangel an eigener »Persönlichkeit« in die wechselnden Rollen schöpferischer Künstler schlüpfen muss, dem Typus des »dekadenten« Künstlers als eines »Dilettanten«, wie ihn Paul Bourget (1852–1935) in seinen *Essais de psychologie contemporaine* an den Beispielen Baudelaires, Renans, Flauberts, Taines und Stendhals veranschaulicht hatte (1893 in Buchform; vgl. die Hinweise auf Bourget-Lektüre im französischen Original gegenüber Grautoff im Januar und Februar 1896; GKFA 21, *66* u. 73; vgl. auch den Kommentar zu *Ein nationaler Dichter*, hier S. 53–57). Über Bourgets Typologie hinaus greift Thomas Mann auch Nietzsches gegen Wagner gerichteten Begriff des »Schauspielers« auf und deutet ihn positiv um. Damit schließt sich der Text implizit Alfred Kerrs (und schon Heines und Sainte-Beuves) Konzept einer Kritik an, die Werk und Verfasser-Persönlichkeit zusammensieht.

Aber auch wenn der Text die Unterscheidung von schöpferischer Künstler-»Persönlichkeit« und Kritiker noch anklingen lässt, so verteidigt er doch vor allem den Kritiker als »Interpreten«, den er schon halbwegs als »Künstler« eigener Art gelten lässt (weshalb Kerr dem »Possendichter« überlegen ist); damit signalisiert der Text bereits die Richtung, in die Thomas Manns Versuche zum selben Thema schon bald mit größerer Entschiedenheit gehen werden.

Textlage

Der Essay erschien im Oktober 1896 in *Das Zwanzigste Jahrhundert*, in der Rubrik *Aus dem Geistes- und Kulturleben unserer Tage* (7. Jg., H. 1, S. 81–84; = Druckvorlage). Zum Publikationskontext vgl. den

Kommentar zu »*Das Liebeskonzil*«. Er ist mit vollem Namen gezeichnet. (Wiederabdrucke in GW XIII, 519–522, ARE I, 25–29 und E I, 21–24.) Die Worte »Kritik und Schaffen« sind in derselben Weise fettgedruckt wie in dieser Rubrik generell die Überschriften der einzelnen Beiträge, müssen also als Titel aufgefasst werden.

Stellenkommentar

47 5 *Kerr*] Die erste öffentliche Erwähnung des später wiederholt angegriffenen (und ihn seinerseits angreifenden) Kritikers und nachmaligen Nebenbuhlers um Katia Pringsheim; vgl. hier auch [*Über die Kritik*] (Textband S. 86) und *Bilse und ich* (Textband S. 108f.), mit Kommentaren.

8 *Duell*] Als Thomas Mann 1910 in einer ähnlichen Konstellation von Theodor Lessing gefordert wurde, reagierte er selbst ähnlich wie hier Kerr (vgl. *Der Doktor Lessing*; Textband S. 218–224 und Kommentar).

30 *Suprematie*] Der Begriff bezeichnet im Kirchenrecht etwa die Ansprüche des Papsttums gegenüber dem Kaisertum; hier vielleicht mit ironischem Unterton auf ›päpstliche‹ Ansprüche des Kunstrichters gemünzt (der Begriff des »Kritikerpapstes« war bereits bei Theodor Lessing etabliert; vgl. hier *Der Doktor Lessing*).

48 3–4 *Kritiker als eine Art ästhetischen Schulmeisters*] Als Verkörperung des Kunstrichters galt Johann Christoph Gottsched (1700–1766), gegen dessen *Versuch einer Critischen Dichtkunst vor die Deutschen* (1729) Thomas Mann auch im *Versuch über das Theater* polemisiert (vgl. Textband S. 167; s. auch die hier unter Entstehungsgeschichte angeführten (*Collegheft*-Notizen).

12–13 *Glaubens an ein »Schönes an sich«*] Vgl. hier Entstehungsgeschichte S. 61f.

49 1 *»Willen zur Macht«*] Nietzsche erwähnt diesen Begriff und den Plan eines so betitelten Buches mehrfach, etwa in der *Dritten Abhandlung* von *Zur Genealogie der Moral* (1887): »ich verweise dafür auf ein Werk, das ich vorbereite: ›Der Wille zur Macht‹« (*Was bedeuten asketische Ideale?*, 27. Abschnitt; Nietzsche, KSA 5, 408f.).

49 9–10 *Sainte-Beuve, Lemaître und Brandes*] Den französischen Schriftsteller und Kritiker Charles-Augustin Sainte-Beuve (1804–1869) hatte der dänische Kritiker und Literarhistoriker Georg Brandes (1842–1927) im 5. Band seines Hauptwerks, der *Litteratur des neunzehnten Jahrhunderts in ihren Hauptströmungen* (1872–1876) als einfühlsamen und geschmeidigen Interpreten gerühmt. Der französische Schriftsteller, Literatur- und Theaterkritiker Jules Lemaître (1853–1914) war u. a. ein engagierter Verteidiger Ibsens. Brandes selbst (geboren als »Morris Cohen«) gehörte als Vertreter eines kosmopolitischen Liberalismus, Fürsprecher der naturalistischen Literatur (vor allem der französischen Literatur des 19. Jahrhunderts sowie Jacobsens, Ibsens, Strindbergs) und schließlich als einer der ersten Verkünder Nietzsches zu den intellektuellen Autoritäten des jungen Thomas Mann (vgl. etwa den Brief an Grautoff vom 17. Januar 1896; GKFA 21, 66).

30–31 *Heine ... Mérimée ... Tieck*] Ludwig Tieck (1773–1853) wird in Band II, Prosper Mérimée (1803–1870) in Band V, Heinrich Heine (1797–1856) in Band VI von Brandes' *Hauptströmungen* porträtiert.

50 3 *Hans von Bülow*] Dirigent und Pianist (1830–1894), Anhänger Wagners und erster Ehemann von Cosima Liszt, 1865 und 1868 Dirigent der Uraufführungen von *Tristan und Isolde* und *Die Meistersinger von Nürnberg*, 1867–70 Hofkapellmeister und Direktor der Königlichen Musikschule in München, 1880–85 Hofmusikintendant in Meiningen, später Dirigent der Berliner Philharmoniker.

5 *Schauspieler*] In [On Myself] (1940) wird die Schauspielerei als »infantile[r] Urgrund alles Künstlertums« geschildert (vgl. hier S. 106).

21–22 *Zwist des Kritikers Gelber mit dem Hofburgschauspieler Bonn.*] 1891 hatte der Burgtheaterdirektor Max Burckhard den Schauspieler Ferdinand Bonn (1861–1933) vom Münchner Hoftheater nach Wien geholt, wo er große Rollen wie den Hamlet oder den Franz Moor spielte. Seine exaltierte Spielweise führte zu Auseinandersetzungen zwischen Anhängern eines »modernen« Theaters und konservativen Kritikern. Zu diesen gehörte der Theaterkritiker und Redakteur des *Neuen Wiener Tageblatts* Adolf Gelber (1856–1923). Kurz vor der Veröffentlichung von Thomas Manns Artikel hatte Bonn das Burgtheater wieder verlassen müssen; er wirkte später am Lessing-Theater und am Königlichen Schauspielhaus in Berlin. Thomas Mann äußert sich beiläufig abfällig über ihn in der 18. Notiz zu *Geist und Kunst* (GuK, 161).

CARL VON WEBER: »EHRE IST ZWANG GENUG«

Entstehungsgeschichte und Quellenlage

Diese letzte für *Das Zwanzigste Jahrhundert* verfasste Besprechung wurde vermutlich vor der Abreise nach Italien im Oktober 1896 geschrieben. Der rezensierte Roman war bereits 1894 erschienen: *Ehre ist Zwang genug. Ein Roman aus der Neuzeit.* Dresden/Leipzig: E. Pierson's Verlag; er hatte kaum öffentliche Resonanz gefunden. Über den Verfasser sind außer den Lebensdaten (1872–1924) keine weiteren Einzelheiten zu ermitteln. Da sich außer seinem umfangreichen, entschieden deutschnationalen und militaristischen Trivialroman auch keine weiteren literarischen Publikationen ausfindig machen lassen, dürfte er in der Tat »kein literarischer Mensch« (Textband S. 53), sondern ein (ehemaliger?) Offizier wie der Held seines Romans gewesen sein.

Zum ersten Mal kristallisiert sich hier in Thomas Manns essayistischem Werk eine Opposition heraus, die in den Erzählungen als Gegensatz von Künstler und Bürger formuliert wird: Weil er aus moralischer Empörung ganz »die Sache selbst« vertritt und dabei »die Form« missachtet, erweist sich Weber als »Mann [...] des Lebens«, nicht als »Künstler« – und erinnert insofern an jenen verseschmiedenden Offizier, den Tonio Kröger neidisch verspottet (GW VIII, 304f.).

Textlage

Der Text erschien in der November-Ausgabe 1896 der Zeitschrift *Das Zwanzigste Jahrhundert* (7. Jg., H. 2, S. 189f.; zum Publikationskontext vgl. den Kommentar zu [*»Das Liebeskonzil«*]) und ist mit den Initialen »T. M.« gezeichnet. Er wurde wiederabgedruckt in GW XIII, 381–383 und ARE I, 29–31. Textgrundlage ist hier der Erstdruck.

Stellenkommentar

52 14 *gemeiner Soldat*] Einfacher Gefreiter, ohne höheren Dienstgrad.

24–25 *Zola's Pot-»Bouille«*] Émile Zolas (1840–1902) naturalistischer Roman *Pot-Bouille* (1882) war der zehnte Roman des Zyklus *Les Rougon-Macquart*. Der von der zeitgenössischen Kritik überwiegend aus moralischen Bedenken verrissene Roman schildert die Freundschafts- und Liebesbeziehungen einer vornehmen Pariser Familie, die ausschließlich von Geldgier und Heuchelei bestimmt scheinen; dabei spielen durch Versicherungsverträge ausgelöste Verwicklungen eine zentrale Rolle.

53 11–12 *nicht von dem leisesten Zweifel angekränkelt*] Anspielung auf dasselbe *Hamlet*-Zitat (3. Akt., 1. Szene), mit dem Thomas Mann im Jahr zuvor in *Erkenne dich selbst!* auf die Frage nach seinem eigenen »Temperament« geantwortet hatte (Textband S. 34).

DAS EWIG-WEIBLICHE

Entstehungsgeschichte

Thomas Mann hatte den Erstlingsroman der fünfundzwanzigjährigen Toni Schwabe (Blankenburg/Thüringen 1877 – ebd. 1951), der 1902 unter dem Titel *Die Hochzeit der Esther Franzenius* erschien, schon um 1900 als Lektor des Münchner Verlags Albert Langen kennen gelernt. Eintragungen zu diesem Text finden sich in den Notizbüchern 1901 und 1902. Der Essay, der dann Anfang 1903 geschrieben und am 21. März 1903 in der Münchner Wochenzeitschrift *Freistatt* veröffentlicht wurde, ist der erste, den Thomas Mann nach dem Erfolg der *Buddenbrooks* als viel beachteter Verfasser publiziert, und nach *Kritik und Schaffen* der zweite, der von den bisherigen Gelegenheitsarbeiten schon durch eine programmatische Überschrift abgesetzt ist.

Der lyrisch-neuromantisch getönte Roman stellt sich stilistisch, thematisch und auch in der Bevorzugung dänischer Schauplätze in die Nähe der Erzählungen Herman Bangs und Jens Peter Jacobsens (dessen Novellen die Verfasserin wenig später übersetzte). Zugleich gehört er schon in den Zusammenhang der frühen homosexuellen Emanzipationsbewegung. Anlässlich eines neuen Gedichtbandes wurde Schwabe in der Emanzipationszeitschrift *Der Eigene* 1908 im Rückblick auf *Lesbos in der Dichtung der letzten Jahrzehnte* für ihre »echte dichterische Gestaltung des lesbischen Erlebens« gerühmt (Elfriede Kurtzer in *Der Eigene*, 13. Jg., H. 7, S. 211). 1910 wurde sie dann zusammen mit der Polizeibeamtin Gertrud Topf (1881–1918) zum ersten »weiblichen Obmann« von Magnus Hirschfelds »Wissenschaftlich-humanitärem Komitee« gewählt (vgl. Hirschfelds Bericht in: *Jahrbuch für sexuelle Zwischenstufen* 12, 1910, S. 441). Ihre späteren Romane setzen sich vor allem mit der Gestalt Goethes auseinander.

Bereits *Die Hochzeit der Esther Franzenius* kreist um erotische Rollenkonflikte und Formen erotisch abweichenden Verhaltens. Neben der im Essay explizit nachgezeichneten Beziehung Esthers zu dem jungenhaft-unbedarften Arne Rude und der »unmögliche[n] Leidenschaft« eines alten Mannes zu einem sehr jungen Mädchen schildert der Roman eine Reihe von gleichgeschlechtlichen Beziehungen der von Beginn an als »knabenhaft« gezeichneten Protagonistin. Die in der zweiten Hälfte des Romans dominierende Liebesgeschichte zwischen Esther und Arne zeigt in Figurenkonzeptionen und bis hinein in stilistische Details Übereinstimmungen mit Thomas Manns Notizen der Ehrenberg-Zeit, seinen damit verknüpften Entwürfen zu dem Romanvorhaben *Maja/Die Geliebten* (dazu Wysling 1967) und mit *Tonio Kröger* (zu dessen Anregern der Roman gehört haben könnte; dazu Detering 1999).

Um die Zeit der Publikation des Essays hat es einen kurzen Briefwechsel zwischen Thomas Mann und Toni Schwabe gegeben. »Ich ›lebe‹ *nicht* ›unter Litteraten‹«, schreibt Thomas Mann, eine Wendung aus *Tonio Kröger* aufnehmend, an Schwabe. »Ihre Abgeschlossenheit kann nicht größer sein, als die meine. Sie werden das an meinen Arbeiten mehr und mehr erkennen.« In demselben Brief vom 29. Mai 1903 (Reg. 03/14, Kopie im TMA) bedankt er sich »für Ihre gütigen Worte über ›Tristan‹, die mich durch ihr feines und tiefes Mitgefühl erfreut und bewegt haben und bisjetzt bei Weitem das Eindringlichste sind, was ich über das kleine Buch zu hören bekommen habe.« (DüD I, 172, als Brief »an unbekanntes Fräulein« Kopie im TMA)

Die Idee einer genuinen »Weiblichkeit« des Künstlers und der Kunst entwickelt Thomas Mann hier also anhand eines Romans, der lesbische und heterosexuelle Liebe darstellt, und einer Autorin, die sich damit als eine Protagonistin der homosexuellen Emanzipationsbewegung etablierte. Dieser Versuch einer zugleich ästhetischen und geschlechtlichen Standortbestimmung konturiert sich gegen Person und Werk des Bruders Heinrich, auf dessen hier mit Renaissancekult, forcierter Männlichkeits-Attitüde, sexueller Libertinage und effektversessener Kolportage verbundene Romantrilogie *Die Göttinnen* (1902) mehrfach polemisch angespielt wird. In einem Brief an Heinrich antwortet Thomas Mann am 23. Dezember 1903 auf dessen Vorwurf, er habe »eine Gemeinheit« begangen: »Gewisse Spitzen in meiner kleinen Buchbesprechung in der ›Freistatt‹ waren sachlich bewußt gegen Dich gerichtet; dies muß ich der Wahrheit zu Ehren feststellen.« (GKFA 21, 258) Ironisch fügt er wenig später hinzu: »Du [...] *bist der heilige Litterat, der* [...] *niemals einer Handlung wie der von mir in der ›Freistatt‹* begangenen fähig wäre.« (8.1.1904; GKFA 21, 263) Heinrich Mann kommt im »Versuch einer Versöhnung« am 30. Dezember 1917 auf diese Auseinandersetzung zurück und deutet sie als Teil der Vorgeschichte des politischen Konflikts von 1914 (TM/HM, 172–174).

Grundgedanken des Essays werden in allgemeinerer Form und weniger emphatisch in *Gabriele Reuter* wiederholt (Textband S. 61 bis 72); sie klingen ebenfalls in Tonio Krögers Monolog gegenüber Lisaweta an: »Ist der Künstler überhaupt ein Mann? Man frage ›das Weib‹ danach!« (GW VIII, 296f.) Der hier zum ersten Mal von Thomas Mann aufgegriffene und umgedeutete Begriff des »Ewig-Weiblichen« als einer zugleich erotischen, mythischen und ästhetischen Kategorie hat für die Notizen zu *Maja/Die Geliebten*, in denen sich auch ein expliziter Hinweis auf Schwabes Roman findet, zentrale Bedeutung: »›Die Geliebten‹ als Apotheose des Ewig Weiblichen.« (Wohl auf 1901 zu datierender Eintrag im 7. Notizbuch; Nb. II, 47.) Begriff und Konzept werden in späteren Jahren immer wieder aufgegriffen. So werden die Schlussworte des Essays nahezu wörtlich am Ende von *Richard Wagner und der Ring des Nibelungen* (1933) wiederholt (GW IX, 527); in *Zum sechzigsten Geburtstag Ricarda Huchs* (1924) zitiert Thomas Mann zustimmend aus Huchs *Blüthezeit der Romantik* (1899): »das Ewig-Weibliche ist ja das Prinzip der Erlösung, nämlich das Bewußtwerden des Unbewußten« und resümiert diesen Gedanken als »das weibliche Prinzip« (GW X, 430). Im Umkreis des *Joseph* schließlich werden die mythischen Implikationen des Begriffs sehr weit entfaltet: »Wahrscheinlich [...] hat die frühe Menschheit [...] sich das ›Ewig-Weibliche‹ selbst als den Urgrund der Dinge gedacht [...]. Man darf hier das Weibliche nicht als Gegensatz des Männlichen verstehen. Der Urgrund der Dinge ist ›jungfräulich‹, das heißt: er ist mann-weiblich« (*Die Einheit des Menschengeistes*, 1932; GW X, 752f.).

Quellenlage

Toni Schwabes Roman *Die Hochzeit der Esther Franzenius* erschien in München bei Albert Langen 1902. Angespielt wird wiederholt auf Heinrich Manns im selben Jahr erschienenen Roman *Die Göttinnen*. Die Formel »das Ewig-Weibliche« zitiert die Schlussverse aus Goethes *Faust II*: »Das Ewig-Weibliche / Zieht uns hinan.« In Nietzsches Spätschriften wird der Begriff häufig polemisch-pejorativ verwendet (vgl. besonders das *Siebente Hauptstück: unsere Tugenden* von *Jenseits von Gut und Böse*, Abschnitte 232, 239 und 236, dort ebenfalls das *Faust*-Zitat).

Rezeption

In Peter Altenbergs bei S. Fischer erschienenem Prosaband *Pròdrómós* (1. Auflage Berlin 1906, 5. Auflage ebd. 1919, S. 155) findet sich unter der Überschrift *Buchbesprechung* das folgende kleine Stück, das sich vermutlich auf Thomas Manns Essay (vgl. Textband S. 55) bezieht:

Eine wunderschöne Dame sagte zu mir: »Empfehlen Sie mir ein wunderschönes Buch ...«

»Lesen Sie ›Die Hochzeit der Esther Franzenius‹!«

»Ist es wirklich so besonders schön?!?«

»Ich habe es nicht gelesen ...«

»Wie?!?«

»Ich hörte nur einen Satz daraus zitiert: ›Sie überliess ihm ihre Hände wie einen Trunk und schaute zu ...‹ Lesen Sie daher die ›Hochzeit der Esther Franzenius‹!«

Textlage

Erstdruck in der *Freistatt* vom 21. März 1903 (= Druckvorlage), danach in GW XIII, 383–388, ARE I, 32–37 und E I, 25–30. Das erste Blatt der Handschrift (bis »Nur ist die Lage«) befindet sich im TMA (Mso 50); es weist nur wenige Korrekturen auf. Der Text wird hier nach dem Erstdruck wiedergegeben. Änderungen gegenüber der Handschrift werden im Stellenkommentar verzeichnet.

Stellenkommentar

54 3 *Pastor Frenssen*] Der Pastor und Schriftsteller Gustav Frenssen (1863–1945) war mit realistischen Romanen und populartheologischen Betrachtungen bekannt geworden. Sein Roman *Jörn Uhl* (1901; dort im 3. Kapitel die Wendung: »der stehe auf und rede«) gehörte zu den größten Publikumserfolgen der Kaiserzeit und schien auch dem jungen Thomas Mann »bewunderungswürdig« (an Paul Raché, 2. Dezember 1912; DüD I, 36), und dies, obwohl der Heimatroman in den frühen Rezensionen nicht selten gegen die *Buddenbrooks* ausgespielt wurde (vgl. GKFA 1.2, 154f.).

7 *Eine einzige Kritik*] Nicht ermittelt. In der Handschrift sind die Worte »war von Damenhand« korrigiert aus (gestrichenem) »schien von Damenhand«.

12 *Huchs »Geschwistern«*] Friedrich Huch (1873–1913) hatte in dem soeben erschienenen Roman *Die Geschwister* (Berlin: S. Fischer 1903) »verworrene Empfindungen« (S. 183) zwischen gegen- und gleichgeschlechtlicher Liebe dargestellt; die Umschlagzeichnung zeigte zwei nackte Jünglinge in lockerer Umarmung (vgl. *Friedrich Huch*, Textband S. 378–382).

13 *»Freund Hein«*] Der in der Kontrastierung von gesellschaftlichen Konventionen und künstlerischer Sensibilität mit Schwabes Text geistesverwandte Schulroman *Freund Hein* von Emil Strauß (1866–1960) erschien ebenfalls 1902. (Vgl. *›Verkannte Dichter unter uns?‹*; GW X, 883f.)

13 *unter den neuesten Sachen*] Diese Einschränkung ist in der Handschrift nachgetragen.

54 18 *Herrn Albert Langen*] In Langens Verlag arbeitete Thomas Mann von 1898 bis 1900 als Korrektor für den *Simplicissimus* und als Lektor; den Verleger selbst lernte er erst 1904 im Hause Pringsheim kennen.

19 *kleine Paket*] »kleine« ist in der Handschrift zunächst gestrichen, dann wieder eingefügt.

23–24 *Attaquen auf des Lesers Interesse*] Wörtlich wiederaufgenommen in Thomas Manns Kritik an Heinrichs Manns Roman *Die Jagd nach Liebe* in seinem Brief vom 5. Dezember 1903 (GKFA 21, 243).

25–26 *Detail, das plötzlich irgendwo zart erglänzte*] In der Handschrift korrigiert aus: »Détail, das plötzlich zart erglänzte«.

55 12–14 *Blasebalgpoesie … Italien*] Indirekte Spitze gegen Heinrich; vgl. Thomas Manns Brief an ihn vom 5. Dezember 1903: »Alles ist verzerrt, schreiend, übertrieben, ›Blasebalg‹, ›buffo‹« (GKFA 21, 243). Das Wort »Blasebalg« findet sich ähnlich schon in Nietzsches *Götzendämmerung* (*Streifzüge eines Unzeitgemäßen*, Abschnitt 6).

14–17 *Storm … die Kehle zusammenpreßt.*] Ähnlich in *Theodor Storm* (1930), im Rückblick auf Leseerlebnisse »mit sechzehn, siebzehn«: »dies Sichzusammenziehen der Kehle« – »die Lyrik Storms lehrt es, daß Kunst noch in ihrer mildesten, gemüthaft-innigsten Form ein Griff an die Kehle ist …« (GW IX, 249).

21–22 *»Und langsam gingen Tränen aus ihren Augen.«*] Schwabe, *Hochzeit*, S. 68.

27–28 *»Und sie ließ ihm … schaute zu.«*] Schwabe, *Hochzeit*, S. 52; Hervorhebung von Thomas Mann.

31 *in den Tod*] Am Ende des Romans geht Esther freiwillig in den Tod.

31–56.1 *»das Ufer … in die Unendlichkeit«.*] Schwabe, *Hochzeit*, S. 194.

56 3–4 *wie Nebelstreifen … Tiefen schweben.*] Anklang an Storms Gedicht *Meeresstrand*: »Im Nebel auf dem Meer […] / Vernehmlich werden die Stimmen, / Die über der Tiefe sind.« (Vgl. GW IX, 250.)

6 *unendliche Melodie*] Zentraler Begriff der Musiktheorie Richard Wagners, vgl. hier auch die Hinweise auf den zweiten Akt des *Tristan* und die *Götterdämmerung*.

56 7 *»Schwesterseele«*] Schwabe, *Hochzeit*, S. 3.

15–16 *diesem … Gesellen*] Resümiert zahlreiche ähnliche Figurencharakterisierungen bei Schwabe (etwa S. 34f., 102, 88f.).

17–18 *endlich einmal nicht mehr allein zu sein.*] Unmarkiertes Zitat aus Schwabe, *Hochzeit*, S. 53.

18–20 *Die ganze Überlegenheit … jungen Mannes*] Der Satz resümiert, wie der Kontext insgesamt, die Konstellation sowohl in Schwabes Roman als auch in Thomas Manns gleichzeitigen Notizen zum Ehrenberg-Erlebnis und zu *Maja/Die Geliebten* (dort »Adelheid« und »Rudolf«; vgl. vor allem das 7. Notizbuch; Nb. II, 11–125).

21 *»Ach wenn ich doch lieber ein Mann wäre!«*] Schwabe, *Hochzeit*, S. 70f.; das Zitat bereits Anfang 1902 im 7. Notizbuch im Zusammenhang mit Notizen zu *Maja/Die Geliebten* (Nb. II, 55). Bei Schwabe steht der Satz in Beziehung zu Anspielungen auf die Androgynie der »knabenhaften« (S. 48) Protagonistin. Die Eröffnungssätze ihres Romans *Bleibe jung, meine Seele*, 1906 (»Eigentlich sah sie aus wie ein Junge, ein großer, blonder Junge. Sie dachte: ›wär' ich nur einer‹«) werden in Hirschfelds *Monatsberichten des Wissenschaftlich-Humanitären Komitees* (1.7.1906, S. 146) als Beleg für die »Bisexualität« der Heldin gelesen.

29–31 *»Der junge Mann … auszuschließen schien.«*] Schwabe, *Hochzeit*, S. 40.

31–32 *mehr für sich … gesprochen wurde*] Unmarkiertes Zitat aus Schwabe, *Hochzeit*, S. 40.

57 4 *Sehnsucht nach der anderen Seele*] Die zitierten Sätze stehen bei Schwabe in einem Dialog über Eigenwert oder Zweckgerichtetheit sexueller Beziehungen (S. 39f.).

16–20 *Man muß nur … Wissenschaft …*] Der Satz wird bei Schwabe von Arne zu Esther gesagt (S. 66f.); erst ab »Menschen wie ich« hat wieder Esther das Wort.

26–27 *»Übrigens liebe ich … Christentum haben«*] Schwabe, *Hochzeit*, S. 44.

28–30 *Lust … Jungen zu nennen.*] Unmarkiertes Zitat aus Schwabe, *Hochzeit*, S. 42.

57 31 *seine Hand küßt ...*] Paraphrasiert eine Szene aus Schwabe, *Hochzeit*, S. 52.

58 5 *Spannung der Keuschheit*] Der Gedanke richtet sich gegen den »Sexualismus« in Heinrichs Romanen (vgl. Thomas Manns Brief vom 5. Dezember 1903; GKFA 21, 248f.).

6–8 *Humor ... gegen die Sinnlichkeit*] Ähnlich Giovanni im 1. Akt von *Fiorenza* (GW VIII, 967): »Im Witz, in der komischen Anschauung, liegt die stärkste Gegenwirkung wider die fleischliche Begierde.« Vgl. auch die Notiz über »Humor« als literarisches Verfahren (Textband, S. 331).

14–19 *»Sie neigte ... über sie legte.«*] Schwabe, *Hochzeit*, S. 19. Die Passage beschließt eine Szene, in der es zwischen Esther und Luise zu einer (ähnlich wie im Hanno-Kapitel der *Buddenbrooks* durch Analogisierung von Klavierspiel und Sexualität angedeuteten) erotischen Begegnung gekommen ist (vgl. GKFA 1.1, 824–828).

19–25 *»Aber sie regte sich ... des Traumes hin.«*] Schwabe, *Hochzeit*, S. 172.

31 *»die Schönheit«*] Erneut polemisch auf Heinrich bezogen; nimmt die in Schwabes Roman formulierte Kritik an »einer Moral« auf, »die im Namen der Schönheit und Freiheit verkleideten Häßlichkeiten das Wort redet.« (Schwabe, *Hochzeit*, S. 153)

59 4–5 *das Bild des Frauenhauptes*] Schwabe, *Hochzeit*, S. 64. Die neuromantisch-religiöse Stilisierung des »weiblichen« Künstlertums, die in einigen der zitierten Passagen angedeutet ist, wird in Schwabes Roman mehrfach umspielt, außer im hier zitierten Bild von der Dornenkrone auch in Esthers Traum von der »sanften Erlösung aus bedrückendem Menschentum – durch die Kunst« (Schwabe, *Hochzeit*, S. 152).

8–9 *Plebejer*] Vgl. im 7. Notizbuch: »Ich bin im Vergleich mit H.[einrich], dem Vornehmen, Kalten, ein weichmüthiger Plebejer, *aber* mit sehr viel mehr Herrschsucht ausgestattet.« (Nb. II, 83) Ähnlich an Heinrich am 5. Dezember 1903: er sei eine »vornehme Liebhabernatur, neben der ich mir mein Lebtag plebejisch [...] vorgekommen bin« (GKFA 21, 242f.). Klaus Heinrich bekennt seinem Bruder Albrecht in *Königliche Hoheit*, »daß du der Vornehmere und Höhere bist von uns beiden und ich nur ein Plebejer bin, im Vergleich mit dir.« (GW II, 158)

59 9 *Tschandalas*] »Tschandala« bezeichnet ursprünglich den Angehörigen einer niederen Kaste im hinduistischen Indien (und wird in dieser Bedeutung etwa in *Leiden und Größe Richard Wagners* verwendet; GW IX, 392). Popularisiert wurde der Begriff in Deutschland durch Nietzsches *Götzendämmerung*. Darauf beziehen sich die Titel von Strindbergs Roman *Tschandala* (1889) und von Ludwig Scharfs (vgl. [*Selbstbiographie IV*]) Gedichtband *Tschandala-Lieder*. Stuttgart 1905 (der Begriff bereits in Scharfs *Liedern eines Menschen*. München 1892). Die Widmung des 1903 im Verlag Max Spohr, Leipzig, erschienenen Gedichtbandes *Lieder eines Einsamen. Gewidmet den Tschandalas der Liebe* wurde in Hirschfelds *Jahrbuch für sexuelle Zwischenstufen* 1904 kommentiert: »Die Widmung [...] und einige deutliche homosexuelle Gedichte am Schlusse der Sammlung weisen uns die Quelle von des Dichters Leid und Wehe.« (Bd. 6, S. 456 u. 610)

9–11 *die wir ... Kunstideal verehren*] In der 3. Person wiederaufgenommen in *Gabriele Reuter* (Textband S. 67).

21 *steife und kalte Heiden*] Seitenhieb auf Heinrichs ›heidnischen‹ Renaissancekult.

22–24 *Das Endwort ... zieht uns hinan.*] Am Schluss von Wagners *Götterdämmerung* erklingt, bezogen auf Brünnhildes Opfertod, das Erlösungsmotiv. – Die beiden Sätze werden fast wörtlich wiederaufgenommen am Schluss von *Leiden und Größe Richard Wagners* (1933): »Seine wahre Prophetie [...] ist die himmlische Melodie, die am Schluß der ›Götterdämmerung‹ aus der brennenden Trutzburg der Erdherrschaft aufsteigt und in Tönen dasselbe verkündet wie das Schlußwort des anderen deutschen Lebens- und Weltgedichts: ›Das Ewig-Weibliche / Zieht uns hinan.‹« (GW IX, 527) Nach einer *Faust*-Aufführung Anfang Mai 1895 zitiert Thomas Mann gegenüber Grautoff die »überirdischen Verse« und bekennt: »Vielleicht ist es lächerlich, aber mir wurde fromm und gläubig zu

Sinn bei diesem electrisch beleuchteten Blick ins Metaphysische.« (TM/OG, 44) In Nietzsches Spätschriften wird der Begriff des »Ewig-Weiblichen« häufig polemisch-pejorativ verwendet (vgl. besonders das *Siebente Hauptstück: unsere Tugenden* von *Jenseits von Gut und Böse*, Abschnitte 232, 239 und 236, dort ebenfalls das *Faust*-Zitat); Thomas Mann beharrt hier gegen Nietzsches Umwertung entschieden auf der Goethe'schen Position.

[ANMERKUNG ZU »DAS EWIG-WEIBLICHE«]

Entstehungsgeschichte und Textlage

Der Auszug aus Thomas Manns Brief zu *Das Ewig-Weibliche* an die Redaktion der Zeitung *Freistatt* wurde vielleicht mit Thomas Manns Einwilligung oder sogar auf seinen Wunsch hin zusammen mit der Schwabe-Rezension veröffentlicht (*Freistatt*, 21. März 1903 = Druckvorlage; Nachdrucke in den Kommentaren von ARE I, 376 und E I, 315). Die redaktionelle Vorbemerkung lautet: »Zu diesem uns in liebenswürdigster Weise zur Verfügung gestellten Essay schreibt uns der Verfasser: [...].«

Stellenkommentar

60 3 *nur durch Werke reden*] So schon an Kurt Martens, 19. Dezember 1901: »Ich habe schon gestern einen ganzen Bogen über Ihre ›Vollendung‹ vollgeschrieben. Und dann habe ich ihn zerrissen. Ich hatte mich in Analysen und psychologische Tiefgrabereien verloren, und dann fing ich an, mich zu genieren und machte ein Ende. So bin ich; und es ist auch recht so. *Dergleichen soll man in Werken ausdrücken.*« (GKFA 21, 186) Ähnliche Überlegungen finden sich mehrfach in den Notizen zu *Geist und Kunst* (vgl. die 68. und 143. Notiz; GuK, 188 und 219f., sowie ersten Aphorismus der Reihe *Notizen* [II], Textband S. 211).

5 *Wirrkopf*] Vgl. die Selbstdarstellung in *Im Spiegel* (Textband S. 181–184).

5 *Rohr im Winde*] Ironisches Bibelzitat, Mt 11,7.

GABRIELE REUTER

Entstehungsgeschichte

Der Essay entstand als Auftragsarbeit: »Nun muß ich noch für den ›Tag‹ einen Aufsatz über Gabr. Reuters neuen Roman schreiben; aber dann soll es wirklich ein Ende mit der Verzettelung haben, und ich will wieder zu ernsthaften Dingen übergehen.« (An Heinrich, 8. Januar 1904; GKFA 21, 264 – ähnlich in Briefen an Philipp Witkop, 7. Dezember 1903, und zwei Tage später an Georg Martin Richter; Reg. 03/40 u. 3/41.) Für ein Widmungsexemplar des Romans *Liselotte von Reckling* (Berlin 1903, vordatiert auf 1904) dankt Thomas Mann der Verfasserin am 16. Oktober 1903 (Reg. 03/32). Am 23. Dezember 1903 entschuldigt er sich dann bei ihr, »daß er noch immer nicht zu dem geplanten Aufsatz [...] gekommen ist. Er werde ihn aber bald schreiben, der Berliner ›Tag‹ reklamiere ihn dringend.« (Reg. 03/57) Im Weihnachtsbrief an Heinrich vom selben Tag nennt er den Text eine Studie, »die ich ohne Scham auf Bestellung des Geldes wegen angefertigt habe.« (GKFA 21, 258) Über diese Publikation hinaus blieben Thomas Mann und Gabriele Reuter als gegenseitige Leser ihrer Bücher in kollegialem Kontakt; Reuters Bericht über einen Besuch bei Nietzsche (das Kapitel *Begegnung mit Friedrich Nietzsche* in ihren Erinnerungen *Vom Kinde zum Menschen. Die Geschichte meiner Jugend*. Berlin 1921, S. 447 bis 460) gehört zu den Quellen des *Doktor Faustus* (dazu Helmut Kreuzer 1993).

Geboren 1859 im ägyptischen Alexandria als Tochter eines deutschen Kaufmanns, seit 1869 in Deutschland lebend, wurde Gabriele Reuter eine der erfolgreichsten deutschen Schriftstellerinnen ihrer Zeit (und des S. Fischer Verlages). Sie starb in Weimar 1941. Als unverheiratete Mutter einer Tochter schien sie auch in ihrer Lebenspraxis »das Prinzip zur Geltung zu bringen«, das sie in ihren emanzipatorischen Frauenromanen vertrat (dazu Tebben 1999). Der im Zentrum von Thomas Manns Essay stehende sentimentale

Roman *Liselotte von Reckling* gehört zu ihren schwächsten Arbeiten. In Thomas Manns Darstellung wird nicht erkennbar, dass im Mittelpunkt des Romans weniger die Frauenfrage als die Konfrontation religiöser Erfahrungen und Sozialisationsformen mit der Großstadtwelt einer Moderne steht, von der die Titelheldin »als echte, fromme Pietistin« zutiefst verunsichert ist (Reuter, *Reckling*, S. 146). Stattdessen setzt Thomas Mann im zweiten Teil die Auseinandersetzung mit dem Thema der Künstler-Weiblichkeit fort, die er in *Das Ewig-Weibliche* begonnen hatte (Textband S. 54–59). Gegenüber diesem Vorgänger ist der vorliegende Essay deutlich weniger emphatisch, sowohl in der Beurteilung des besprochenen Romans als auch im persönlichen Bekenntnis (statt »wir, die wir ein weibliches Kultur- und Kunstideal verehren«, S. 59 jetzt: »diejenigen, die [...]«). Mit der einseitigen Ausrichtung auf den Zusammenhang von Gender-Rollen und künstlerischer Sensibilität hat Thomas Mann diesen Roman zwar eklatant verzeichnet; aber dessen künstlerische Bedeutungslosigkeit wiegt gering gegen die Autorität einer angesehenen Schriftstellerin, der er sein Konzept einer Künstler-Weiblichkeit nun unterstellt (vgl. Detering 1999, S. 160–165).

Vor allem im ersten Teil beschäftigt sich der Text in nur lockerem Bezug zu Reuter allgemein mit den Erfahrungen von Verfassern eines berühmten Erstlingswerkes (vgl. den durchgehenden Gebrauch von »er« und »der Mann« im ersten Absatz); er lässt sich »fast als ein autobiographisches Zeugnis lesen« (Mendelssohn 1996 I, S. 859). Gegenüber Heinrich hat Thomas Mann bemerkt: »Im ›Tag‹ ist ein längerer Essay von mir erschienen, angeblich über Gabriele Reuter, aber sehr allgemein und persönlich gehalten.« (27. Februar 1904; GKFA 21, 270) Diplomatischer an Gabriele Reuter selbst: »Daß Ihnen mein Aufsatz gefällt, ist mir eine große Genugthuung. Nimmt man ihn als ›Werk‹, so fällt die zweite Hälfte ein bißchen ab; aber die erste ist ganz leserlich geschrieben.« (Briefkarte vom 22. Februar 1904; Br. III, 448, Original im TMA)

Einige Anspielungen verweisen über diese Themen hinaus auf eine vorausgegangene Auseinandersetzung mit dem philosophischen Schriftsteller Hugo Marcus (1880–1966); vgl. hier Quellenlage.

Quellenlage

Über *Liselotte von Reckling* (Berlin 1903, vordatiert auf 1904) hinaus werden weitere Arbeiten von Gabriele Reuter einbezogen: *Aus guter Familie. Leidensgeschichte eines Mädchens* (1896), *Frau Bürgelin und ihre Söhne* (1899; vgl. Nb. II, 11), die Tagebucherzählung *Ellen von der Weiden* (1901) und die Novellensammlung *Frauenseelen* (1902). Möglicherweise kannte Thomas Mann auch Reuters Selbstdarstellung in der Zeitschriftenrubrik *Im Spiegel* (*Das litterarische Echo* 3, 1900/01, S. 592–595). Außerdem enthält der Text unmarkierte Zitate aus Heinrich Manns Roman *Die Jagd nach Liebe* und aus dem Briefwechsel mit Hugo Marcus (1880–1966). Dieser hatte am 1. Juni 1902 in der *Allgemeinen Deutschen Universitätszeitung* (unter dem Pseudonym »Dr. Hans Marco«) einen Aufsatz *In Sachen eines philosophischen Gymnasiums* veröffentlicht, in dem er die Einrichtung eines (neben dem humanistischen und dem naturwissenschaftlich-mathematischen) dritten, philosophisch ausgerichteten Gymnasialzweiges forderte. Mit der Bitte um Unterstützung hatte er sich daraufhin an Personen des öffentlichen Lebens gewandt, u. a. an Thomas Mann, der diese Bitte in einem Brief vom 11. Mai 1902 zurückgewiesen hatte. In der 1903 veröffentlichten Abhandlung *Die Allgemeine Bildung in Vergangenheit, Gegenwart und Zukunft* hatte Marcus dann die These vertreten, »Ziel aller Bildung« sei »die Hervorbringung nützlicher Glieder der Gesellschaft!«. (Potempa 1978, S. 714) Ähnliche Thesen werden auch in Reuters Roman diskutiert (in Kapitel I/10 geht es dort um die »Umgestaltung des Jugendunterrichts«). Während der Arbeit an seinem Essay schreibt Thomas Mann am Neujahrstag 1904 an Marcus: »Eine litterarische Gelegenheitsarbeit, die ich unter der Feder habe, hat mich an unsere Korrespondenz erinnert, und ich habe den Wunsch meinen Brief, von dem ich keine Copie besitze, noch einmal zu überlesen.« (Potempa 1978, S. 716) Tatsächlich werden im Essay einzelne Formulierungen, einmal ein ganzer Abschnitt aus diesem Schreiben übernommen. Die Auseinandersetzung mit Marcus führt »den für Thomas Mann zentralen Dualismus Kunst/Leben in sein Briefwerk und damit [...] in seine Essayistik ein« (Potempa 1978, S. 715).

Textlage

Der Text erschien in zwei Teilen am 14. und 17. Februar 1904 in der überregionalen Berliner Zeitung *Der Tag* (Nr. 75 und 79; = Druckvorlage). Er wurde wiederabgedruckt in GW XIII, 388–398 und ARE I, 40–51.

Stellenkommentar

61 11–12 *von irgendeiner Zeitströmung ergriffen*] Vgl. Reuters Selbstdarstellung in *Im Spiegel*: »Ich stand, als ich es [das Buch *Aus guter Familie*] konzipierte, den ›Frauenfragen‹ noch ganz fern, völlig befangen vom eigenen Leben. Aber schon während ich [...] das Buch beendete, fühlte ich ja, daß das Motiv in eine Bewegung, die in der Luft vibrierte, hineinklang [...]. Wunderlich, daß das Publikum nun [...] ein bißchen enttäuscht war, als mich andere Probleme und andere Charaktere zu interessieren begannen.«

20 *jenes Tausendfußes*] Das Gleichnis ist aus dem 7. Notizbuch übernommen; ebd. die nachgetragene Anmerkung: »ist zu müde, nicht lustig genug, um sich mit den vielen Kleinigkeiten, mathematischen, rechnerischen, herumzuschlagen, die dazu gehören, ein großes Buch zu machen.« (Nb. II, 88)

62 16 *daß es Verfasserinnen waren*] Vgl. hierzu die Bemerkung über eine »absprechend[e]« und »abschreckend[e]« Kritik »von Damenhand« in *Das Ewig-Weibliche* (Textband S. 54).

29 *Agathe Heidling*] Protagonistin in Reuters Roman *Aus guter Familie*.

31 *Was ist der Ruhm? Ein Mißverständnis.*] Unmarkiertes Zitat aus Heinrich Manns Roman *Die Jagd nach Liebe* (1903), wo im vierten

Kapitel der junge Millionär Claude Marehn erklärt: »Ich bitte dich, was ist denn der Ruhm? Ein Mißverständnis.« (Ausgabe Frankfurt am Main 1987, S. 80) Die Formulierung wird in [*On Myself*] (1940) in der Erinnerung an den Erfolg der *Buddenbrooks* aufgegriffen: »Man muß nicht soweit gehen zu sagen: Erfolg ist Mißverständnis, aber ohne Zweifel wohnt der Wirkung in die Weite und Breite das Element des Mißverständnisses inne.« (GW XIII, 141; vgl. auch Thomas Manns Brief an Heinrich vom 5. Dezember 1903; GKFA 21, 244)

63 1 *ein bekannter »Frauenrechtler«*] Nicht ermittelt.

11–12 *Vorigen Herbst*] Erinnerung an Thomas Manns Besuch bei Reuter im Oktober 1903.

64 9 *eines Herdenführers wie Lorenz Altenhagen*] In *Liselotte von Reckling* ist der männliche Protagonist, Liselottes Ehemann, Führer einer freireligiösen Bewegung.

20–30 *Ein agitatorischer Mensch ... Schulreform*] Anspielung auch auf die Auseinandersetzung mit Hugo Marcus und dessen Agitation für eine Gymnasialreform (vgl. hier Quellenlage).

30 *Regenerationsbewegung*] Vgl. hier die Kommentare zu *Friedrich Huch* und *Vorwort zu einem Roman*.

32–65.4 *der kontemplativ-künstlerische Mensch ... sittliche Genugtuung*] Fast wörtlich übernommen in *Bilse und ich* (Textband S. 106).

65 8–11 *Und doch wird er ... zu dürfen glaubt*] Anspielung auf Thomas Manns Brief an Marcus vom 11. Mai 1902 (Potempa 1978, S. 711f.).

15 *gänzlich in Bildnerkälte erstarrt!*] Vielleicht Anspielung auf den (auch in *Der alte Fontane*, Textband S. 255 erwähnten) Bildhauer Rubek in Ibsens letztem Drama *Wenn wir Toten erwachen* (1899), der das Leben um eines ›kalten‹ Kunstethos willen missachtet und am Ende des Dramas von einer Schneelawine begraben wird.

20 *reizbares und unnützliches Luxus-Individuum*] Wörtliche Übernahme aus Thomas Manns Brief an Marcus vom 11. Mai 1902 (Potempa 1978, S. 711f.).

26–66.6 *»Wir Poeten ... Staunen zu versetzen!«*] Weitgehend wörtliche Übernahme aus dem Brief an Marcus vom 11. Mai 1902 (Potempa 1978, S. 711f.).

66 5 *ausschweifende Forderungen*] Im Brief an Marcus: »so unbescheidene Forderungen« (Potempa 1978, S. 711f.).

8–10 *perverse Liebhaberei … untauglich macht.*] Vgl. *Tonio Kröger*: »Nein, das ›Leben‹, wie es als ewiger Gegensatz dem Geiste und der Kunst gegenübersteht, – nicht als eine Vision von blutiger Größe und wilder Schönheit, nicht als das Ungewöhnliche stellt es uns Ungewöhnlichen sich dar; sondern das Normale, Wohlanständige und Liebenswürdige ist das Reich unserer Sehnsucht, ist das Leben in seiner verführerischen Banalität!« (GW VIII, 302).

67 20–22 *Ist man ein Jude … Hellenen zu spielen*] Wohl eine Anspielung auf die Opposition von »Hellene« und »Nazarener« in Heines Streitschrift gegen Börne, die Thomas Mann während der Arbeit an diesem Essay las; vgl. den Brief an Heinrich vom 8. 1. 1904: »Ich lese jetzt, eigentlich zum ersten Mal, Heine's Buch über Börne« (GKFA 21, 264). Die Analogisierung von »Judentum«, »Weiblichkeit« und Künstlertum wird in mehreren Beiträgen des jungen Thomas Mann zu jüdischen Autoren und zum Judentum wieder aufgenommen (vgl. vor allem den Kommentar zu *Der Literat*, hier S. 502).

23 *kein männliches Pseudonym*] Anspielung auf die unter dem (aus Ibsens *Rosmersholm* entlehnten) Pseudonym »Ernst Rosmer« schreibende Dramatikerin Elsa Bernstein (1866–1949). – Eine diesem Gedanken benachbarte Überlegung zur »Emancipation des Weibes« findet sich bei Nietzsche in *Jenseits von Gut und Böse*: »Es ist *Dummheit* in dieser Bewegung, eine beinahe maskulinische Dummheit, deren sich ein wohlgerathenes Weib – das immer ein kluges Weib ist – von Grund aus zu schämen hätte […] – was bedeutet dies Alles, wenn nicht […] eine Entweiblichung?« (KSA 5, 176f.)

25 *Wassermann*] Jakob Wassermann (1873–1934) war jüdischer Herkunft; er hatte in seinem Durchbruchs-Roman *Die Juden von Zirndorf* (1897) Probleme jüdischer Identität an einem historischen Fall erörtert. (Vgl. *Wassermanns »Caspar Hauser«*, Textband S. 197 bis 199.)

67 30–31 *ein weibliches Kultur- und Kunstideal*] Wörtliche Übernahme aus dem Schlussabschnitt von *Das Ewig-Weibliche* (Textband S. 59), dort allerdings in der 1. Person Plural formuliert.

31–32 *»Trauernder Liebe tiefstes Leiden«*] Zitat aus dem Schlussmonolog Brünnhildes im letzten Akt von Wagners *Götterdämmerung*: »Trauernder Liebe / tiefstes Leiden / schloß die Augen mir auf: / enden sah ich die Welt.«

68 1 *die Frau als Künstlerin*] Wörtliche Übernahme aus *Das Ewig-Weibliche* (Textband S. 59).

11 *Brandes*] Der dänische Kritiker und Literaturwissenschaftler Georg Brandes (eigentlich Morris Cohen, 1842–1927); vgl. den Kommentar zu *Kritik und Schaffen*, hier S. 64.

14–15 *eine Heilige … Blut vergießen*] Die Schlussverse aus Hofmannsthals Gedicht *Terzinen* (»Die Stunden! wo wir auf das helle Blauen«, 1895): »Und [kleine Mädchen] wissen, dass das Leben jetzt aus ihren / Schlaftrunk'nen Gliedern still hinüberfliesst / In Bäum' und Gras, und sich matt lächelnd zieren, // Wie eine Heilige die ihr Blut vergiesst.«

32–69.1 *zigeunerhafte Oberflächlichkeit und Äußerlichkeit*] Wohl Anspielung auf Heinrich; vgl. auch den Kommentar zu *Das Ewig- Weibliche*.

69 4 *außerordentlichen jungen Menschen*] Figur aus *Liselotte von Reckling* (Kap. I/10).

7 *Dante-Profil*] Dr. Adelheid Runge, die in Reuters Roman »vom Abc der Frauenfrage« redet, fällt durch »ihr kühnes Danteprofil« auf (Kap. I/10, erneut Kap. II/3).

16–17 *Die Gesellschaft … Fräulein Kriebler*] Verweis auf Reuters Roman *Aus guter Familie*.

18 *jene Frühlingsfestszene*] Paraphrase eines Abschnitts im 4. Kapitel des zweiten Teils.

31–32 *die kleine Szene … zulächelt*] Die Szene zwischen der Titelheldin und dem reichen, aber unheilbar kranken Amerikaner Excelsior Nicodemus Stuart wird von Thomas Mann fast wörtlich übernommen: »Da lächelte sie und legte alles, was sie an Güte, Hingebung und Liebe in ihrem weichen Herzen trug, in ihr Lächeln und reichte ihm so ein seltenes und köstliches Kleinod zu flüchtiger Freude auf sein Schmerzenslager. Er schloß die Augen, als blende ihn ein Licht stark, und lag unbeweglich [...].« (I. Teil, 10. Kapitel).

70 5 *eine gewisse christliche Atmosphäre*] Die einzige Andeutung des in Reuters Roman dominierenden religiösen (oder ›religionssoziologischen‹) Themas.

13 *»Sie hat deine Seele aufgerüttelt ...«*] Zitat aus Kap. II/9.

16 *Björnson*] Anspielung auf das Drama *Über die Kraft* [I] (1883) des norwegischen Dichters Bjørnstjerne Bjørnson (1832–1910).

32–71.1 *ein äußerst beliebter und fruchtbarer Romantiker unserer Tage*] Ironische Anspielung auf Heinrich Mann?

71 16–17 *des alten Fontane kunstvolle Nonchalance*] Vgl. *Der alte Fontane* (Textband S. 262).

19–24 *Daja Minstrel ... Meyer*] Die dämonische Künstlerfigur »Daja Minstrel« wird im Kapitel II/7 eingeführt; erst am Ende ergibt sich, »daß sie wirklich Meyer hieß« (II/11).

21 *Ibsen zu hören*] Reuter war Ibsen 1889 und 1890 begegnet; vgl. das Kapitel *Ibsen in Weimar* ihrer Autobiographie *Vom Kinde zum Menschen* (Berlin 1921, S. 407–414).

[DER FRANZÖSISCHE EINFLUSS]

Entstehungsgeschichte

Ende 1903 richtete Otto Julius Bierbaum (vgl. [*Otto Julius Bierbaum zum Gedächtnis*], Textband S. 333f.) eine Rundfrage an prominente Schriftsteller und Künstler zu französischen Einflüssen auf ihr Werk. Damit reagierte er auf eine von Jacques Morland veranlasste umfangreichere Rundfrage über den gegenwärtigen deutschen Einfluss auf die französische Kultur, deren Ergebnisse 1902 und 1903 in der Pariser Zeitschrift *Mercure de France* veröffentlicht worden waren. (*Enquête sur l'influence allemande.* In: *Mercure de France. Série Moderne* 44 [1902], S. 289–395 und 45 [1903], S. 89–137.)

Offensichtlich spielt Thomas Mann hier die Bedeutung der französischen Literatur für sein Werk herunter (selbst früher häufig erwähnte Autoren wie Bourget, Renan oder Maupassant werden hier nicht genannt; die sicher größere Bedeutung Flauberts wird verkleinert). Passagenweise weicht er vom Gegenstand der Frage ab und gibt stattdessen Auskunft über sein Verhältnis zu Wagner, über seine (welt-)literarischen Vorbilder und über sein Verhältnis zum »Nationalismus«. Anlass für die Ausführungen über Wagner könnte eine der Antworten auf Morlands Rundfrage gewesen sein: Im Unterschied zu den übrigen, ganz überwiegend skeptischen Äußerungen hatte ein Beitrag von Édouard Dujardin, dem Begründer der *Revue Wagnerienne*, Wagners Bedeutung für Frankreich nachdrücklich betont. Es ist denkbar, dass Thomas Manns Antwort sich indirekt darauf bezieht. In jedem Fall stellt sie seine erste umfangreichere essayistische Äußerung zu Wagner dar.

Darüber hinaus zeigt der Text »Thomas Manns ersten Versuch, eine repräsentative Künstler-Genealogie aufzustellen« (Vaget 1998, S. 273), mit der er sich selbst im weltliterarischen Kontext plaziert. Damit bezieht er auch eine entschieden übernational ausgerichtete Position gegenüber denjenigen nationalistischen

Untertönen und Begleitumständen, die sowohl Morlands französische als auch Bierbaums deutsche Rundfrage mitbestimmten (vgl. auch seine Kritik an der »chauvinistische[n] Mode« in der 98. Notiz zu *Geist und Kunst*: »Literarisches Deutschthum«; GuK, 204).

Quellenlage

Als Anregung, vielleicht als Quelle kommen Nietzsches Wagner-Schriften in Betracht, auf die in den letzten Sätzen angespielt wird. In der ersten *Nachschrift* von *Der Fall Wagner* (1888) fragt Nietzsche: »War Wagner überhaupt ein Deutscher? [...] Es ist schwer, in ihm irgend einen deutschen Zug ausfindig zu machen. Er hat, als der grosse Lerner, der er war, viel Deutsches nachmachen gelernt – das ist Alles.« (KSA 6, 41) In *Nietzsche contra Wagner* (1889) wird dann, im Abschnitt *Wohin Wagner gehört*, Frankreich als »Sitz der geistigsten und raffinirtesten Cultur Europa's« dem »deutsche[n] Hornvieh« kontrastiert; Nietzsche folgert, »dass Paris der eigentliche *Boden* für Wagner ist: je mehr sich die französische Musik nach den Bedürfnissen der ›âme moderne‹ gestaltet, um so mehr wird sie wagnerisiren, – sie thut es schon jetzt genug«; es sei »für jeden Kenner der europäischen Cultur-Bewegung [...] gewiss, dass die französische Romantik und Richard Wagner auf's Engste zu einander gehören. Allesammt beherrscht von der Litteratur bis in ihre Augen und Ohren – die ersten Künstler Europa's von *weltlitterarischer* Bildung« (ebd. S. 427f.). Ähnlich betont er auch in *Ecce homo* Wagners (und seine eigene) innere Fremdheit gegenüber Deutschland und die innere Verwandtschaft mit Frankreich: »Als *Artist* hat man keine Heimat in Europa ausser in Paris« (KSA 6, 288).

Textlage

Der Text erschien mit Beiträgen von Johannes Schlaf, Arno Holz, Franz Blei, Hans Thoma u. a. am 16. Januar 1904 in: *Die Zeit. Wiener Wochenschrift*. Bd. 38. Nr. 485, S. 32f., mit der redaktionellen Vorbemerkung: »Höchst persönlich, aber von ganz anderer Art, sind auch die interessanten Ausführungen Thomas *Mann's*: [...].«

Der Text wurde wiederabgedruckt in GW X, 837–839 und in ARE I, 38–40. Er wird hier nach dem Erstdruck und unter dessen Sammelüberschrift wiedergegeben.

Stellenkommentar

73 8 *die ethische Luft*] Von Thomas Mann mehrfach (u. a. im Kapitel *Einkehr* der *Betrachtungen*; GW XII, 79) zitierte Äußerung Nietzsches über Wagner: »Mir behagt an Wagner, was mir an Schopenhauer behagt, die ethische Luft, der faustische Duft, Kreuz, Tod und Gruft etc.« (Brief vom 8. Oktober 1868 an Erwin Rohde)

9–10 *den Schmerz, das Erlebnis ...*] Vgl. den zwei Jahre später entstandenen Essay *Bilse und ich* (Textband S. 106).

16–17 *gegen die südliche Landschaft eine gelinde Verachtung*] Wiederaufnahme der symbolischen Topographien aus *Tonio Kröger* (GW VIII, 305f.).

23 *dieses Mächtigsten*] So bereits in *Das Ewig-Weibliche*, Textband S. 58.

23 *so stimulierend*] Mit Anspielung auf diese Stelle 1922 in RuA in die Überarbeitung der *Auseinandersetzung mit Richard Wagner* aufgenommen (vgl. hier S. 429): »früh habe ich bekannt, daß Wagners Werke so stimulierend wie sonst nichts in der Welt auf meinen jugendlichen Kunsttrieb wirkten« (*Über die Kunst Richard Wagners*; GW X, 840).

74 2 *der Titel meines letzten Buches*] *Tristan. Sechs Novellen* (1903).

3–7 *Oder hat ... Hauch verspürt?*] In *Über die Kunst Richard Wagners* fährt Thomas Mann an der oben zitierten Stelle fort: »Wirklich ist es nicht schwer, in meinem ›Buddenbrooks‹, diesem epischen, von Leitmotiven verknüpften und durchwobenen Generationenzuge, vom Geiste des ›Nibelungenringes‹ einen Hauch zu spüren.« (GW X, 840) – Zu Thomas Manns Adaption der Wagner'schen Leitmotivik in *Buddenbrooks* vgl. den Abschnitt 7 zur Entstehungsgeschichte in GKFA 1.2, 61–68.

7–8 *Buddenbrooks und die Wälsungen*] Vgl. Thomas Manns eigene, wenig später verfasste Novelle *Wälsungenblut*.

74 10 *Das Motiv, das Selbstcitat*] Übernommen in *Über die Kunst Richard Wagners*: »Das Motiv, das Selbstzitat, die symbolische Formel, die wörtliche und behutsame Rückbeziehung über weite Strecken hin, – das waren epische Mittel nach meinem Empfinden, bezaubernd für mich eben als solche« (GW X, 840. Vgl. Kommentar zu *Auseinandersetzung mit Wagner*, hier S. 429).

17 *Ibsen*] Vgl. *[Über Ibsens »Baumeister Solness«]* (Textband S. 19).

20 *Andersen*] Der dänische Dichter Hans Christian Andersen (1805–1875). Wie hier, so werden auch im *Lebensabriß* (1930) unter den »Bildungserlebnisse[n] meiner Kindheit und ersten Jugend« Andersens Märchen als »unauslöschliche[r] Eindruck« an erster Stelle genannt (GW XI, 108). Vgl. dazu Maar 1995, S. 41ff., sowie das Kapitel *Andersens Nachleben* in Andersen: *Schräge Märchen*. Frankfurt am Main 1996, S. 319–334.

20–21 *Jakobsen*] Jens-Peter Jacobsens (1847–1885) Romane, Gedichte und (u. a. von Toni Schwabe übersetzte) Novellen waren für den jungen Thomas Mann wie für seine literarische Generation in Deutschland wichtigste Anregungen und stilistische Vorbilder.

21 *Dickens*] Der englische Romancier Charles Dickens (1812–1870) gehört zu denjenigen Autoren, mit deren Erwähnung Otto Grautoff in seiner Besprechung der *Buddenbrooks* – nach Thomas Manns rigider Anweisung vom 26. November 1901 – die Internationalität des jungen Autors hervorheben solle: »Seine *Meister* [...] habe der Verfasser freilich nicht in Deutschland. Für gewisse Partien des Buches sei Dickens, für andere seien die großen Russen zu nennen.« (GKFA 21, 179)

21 *die Russen*] Hier wohl in erster Linie Tolstoi und Dostojewski (Dmitrij Mereschkowskis für Thomas Mann wichtiges Werk *Tolstoi und Dostojewski* war 1903 erschienen).

21 *Fontane*] Vgl. *Der alte Fontane* (Textband S. 245–274).

24 *Flaubert ... die Goncourts.*] Gustave Flauberts (1821–1880) *L'éducation sentimentale* und den Roman *Renée Mauperin* von Edmond und Jules Huot de Goncourt (1822–1896, 1830–1870) zählte Thomas Mann noch 1951 zu den Büchern, die er wiederkaufen wollte, falls

seine Bibliothek verbrennen sollte (Brief an Atwood H. Townsend vom 18.4.1951; Reg. 51/186). *Salammbô* erwähnt er mehrfach. Es ist zumindest sehr wahrscheinlich, dass er auch *Madame Bovary* bereits kannte; an eine länger zurückliegende Lektüre »in Flauberts Briefen« erinnert er sich gegenüber Katia im August 1904 (GKFA 21, 299). Die sonst ebenfalls häufig genannten Novellen Maupassants werden hier dagegen nicht erwähnt. – Der Behauptung, Flaubert gehöre zu denen, die »mich anregten, ohne mich zu beeinflussen«, widerspricht eine Bemerkung seines Freundes Otto Grautoff in dessen Artikel *Thomas Mann* in der *Gegenwart* vom 15. August 1903 (32. Jg., Bd. 64, Nr. 33): »Thomas Mann's Styl hat sich gebildet an Dickens, Flaubert, an den Russen und an den nordischen Dichtern« (wiederabgedruckt in TMUZ, 24–26; vgl. wiederum Banuls 1995, S. 225–228) – eine Erwähnung, auf die er in seiner an Thomas Manns Anweisungen orientierten Besprechung der *Buddenbrooks* 1901 allerdings verzichtet (TM/OG, 250).

74 25 *Turgeniew*] Von dem »Träumer Iwan Sergewitsch [sic] Turgenjew« (1818–1883) schwärmt Thomas Mann bereits in einem Brief an Grautoff vom 25. Dezember 1898: Er lese »mit besonderer Liebe Turgenjew, der seit langen Jahren (seitdem ich nämlich nicht mehr ausschließlich für Wiener ›Kunst‹ und Eitelkeit schwärme) meinem Talent immer wieder neue Anregung gegeben hat« (TM/OG, 105); vgl. auch *Bilse und ich* (Textband S. 98) und Kommentar.

30 *französische Erfindung*] Anspielung auf die Etymologie von »Roman« und die Wortverwandtschaft mit den »Romanen« (vgl. *Tonio Kröger*; GW VIII, 305f.).

75 5 *Verlaine*] Verlaine gehörte zu den wenigen Lyrikern, in deren Gedichte der junge Thomas Mann »bis über beide Ohren verliebt« war: »Zwei, drei Gedichte von Verlaine weiß ich in ihrer traumhaften und durchdringenden Simplizität auf französisch auswendig« (*Kosmopolitismus*, 1925; GW X, 186). Dazu gehört eine Strophe aus dem Band *Sagesse* (1881), die er wiederholt auf sich selbst bezogen hat (vgl. den Brief an Grautoff vom 3. Januar 1901;

TM/OG, 130; sowie *Im Spiegel*, Textband S. 181–184). Mit den »germanischen« Einflüssen sind wohl Verlaines wiederholte Bezugnahmen auf die deutsche Romantik, Goethes *Faust* und Wagner gemeint.

75 7 *junger deutscher Erzähler*] Wohl am ehesten Anspielung auf Thomas Mann selbst. (Vgl. den Kommentar zu *Der alte Fontane*, hier S. 358f.)

9–10 *»Fontanische Gauloiserie«*] Hinweis auf Fontanes ›gallische‹ Abkunft (und seinen »esprit gaulois«?). In [*Theodor Fontane*] (Textband S. 244) und *Der alte Fontane* (Textband S. 257) wird die französische Abstammung erwähnt. Gegenüber Maximilian Harden bemerkt Thomas Mann, dass »die Fontane'sche Blutmischung [...] beinahe auch die meine ist« (30. August 1910; TM/Harden, 150).

10–11 *›Meistersinger‹-Vorspiel*] Das Vorspiel zu Wagners Musikdrama *Die Meistersinger von Nürnberg* (uraufgeführt 1868). Nietzsches Charakterisierung dieses »deutschen« Werkes in *Richard Wagner in Bayreuth* (»werden nicht die Meistersinger noch zu den spätesten Zeiten von dem deutschen Wesen erzählen [...]?«; KSA 1, 443) wird von Thomas Mann u. a. in den *Betrachtungen* wieder aufgenommen. Dort ist dem Kapitel *Bürgerlichkeit* als Motto Nietzsches Aperçu vorangestellt: »Meistersinger: Gegensatz zur Zivilisation, das Deutsche gegen das Französische.« (GW XII, 102)

13–14 *nur die raffinirteste Form des romantischen Exotismus*] Nietzsche in *Der Wille zur Macht*, Aphorismus 829.

14–16 *hat Richard Wagner ... Romantik verwiesen*] Nietzsche, u. a. in *Der Fall Wagner*; vgl. hier Quellenlage.

LILIENCRON

Entstehungsgeschichte

Am 3. Juni 1904 feierte Detlev von Liliencron (eigentlich: Friedrich Adolf Axel Freiherr von Liliencron, 1844–1909) seinen 60. Geburtstag. Thomas Manns Glückwunschartikel erschien in der vorangehenden Wochenendausgabe der Wiener Tageszeitung *Die Zeit*.

Liliencron ist neben Richard Dehmel einer der wenigen zeitgenössischen Lyriker, zu deren Werk Thomas Mann eine engere persönliche Beziehung hatte (zum Sonderfall des Freundes Bruno Frank vgl. die Besprechung von Franks *Requiem*, Textband S. 396ff.); vgl. hier auch seine Erwähnungen in [*Die gesellschaftliche Stellung des Schriftstellers in Deutschland*] (Textband S. 229) und *Volksromane* (Textband S. 85). In Thomas Manns Bibliothek ist die Ausgabe von Liliencrons *Sämtlichen Werken* (Berlin/Leipzig) erhalten, darunter die *Kriegsnovellen* (Bd. 1. 11. Auflage. 1904; darin *Eine Sommerschlacht*, S. 31–64); *Poggfred* (Bd. 11–12. 4. bzw. 5., erweiterte Auflage. o. J. [1904/1908]).

1844 in Kiel als Sohn eines königlich-dänischen Zollbeamten geboren, hatte der wegen diverser Spielschulden verarmte, hochdekorierte preußische Hauptmann der Kriege von 1866 und 1870/71 sich jahrelang in den USA mit Gelegenheitsarbeiten durchgeschlagen und nach seiner Rückkehr Verwaltungsämter in der schleswig-holsteinischen Provinz bekleidet, ehe er seit 1885 seine eigentliche Laufbahn als freier Schriftsteller begann. In Hamburg, Berlin und vor allem München wurde Liliencron mit seinen impressionistischen Gedichten, naturalistischen Kriegsnovellen, dem parodistischen Epos *Poggfred* und Kabarettauftritten zu einer Institution der literarischen Bohème.

Die Feiern zu Liliencrons sechzigstem Geburtstag nahmen vor allem im nördlichen Deutschland Züge eines Volksfestes an: »Noch nie war auf dieser Lebenshöhe ein deutscher Dichter so herzlich gefeiert worden.« (Spiero 1913, S. 436) Zu einer Vorfeier am 26. April hatte die Literarische Gesellschaft in Hamburg über 2000 Gäste geladen; ähnliche Feiern fanden in Berlin und Weimar statt (wo Liliencron vom Großherzog empfangen und eine Feier im Nietzsche-Archiv von Richard Dehmel, Harry Graf Kessler und Elisabeth Förster-Nietzsche ausgerichtet wurde). Erste monographische Gesamtdarstellungen erschienen, Zeitschriften wie die *Jugend* veröffentlichten Sondernummern. Glückwunschartikel schrieben in der Münchner *Freistatt* Richard Dehmel, im *Kunstwart* Ferdinand Avenarius, in der Wiener *Zeit* außer Thomas Mann auch Alfred Lichtwark. Der Provinziallandtag Schleswig-Holstein stiftete dem Dichter eine »Ehrengabe« von dreitausend Mark, nachdem bereits 1903 Kaiser Wilhelm II. ihm ein erstmals in dieser Form vergebenes fünfjähriges »Gnadengehalt« von zweitausend Mark bewilligt hatte. In [*Die gesellschaftliche Stellung des Schriftstellers in Deutschland*] spottet Thomas Mann 1910 über diese geringe Rente, »die man ihm [Liliencron], wie für wahr erzählt wird, zu entziehen drohte, wenn er sein Liebäugeln mit der Sozialdemokratie nicht lasse« (Textband S. 229). In einem Brief an Dehmel vom 10. September 1909 über mögliche Förderer einer geplanten Liliencron-Stiftung kommt Thomas Mann erneut auf das populäre Image des Dichters zu sprechen: Die *Münchner Neuesten Nachrichten*, namentlich deren Herausgeber Thomas Knorr, »protegieren Liliencron seines nationalen und soldatischen Zuges wegen« (Reg. 09/53 irrtümlich: »Wesen«); es bestehe im übrigen das Vorurteil, »Liliencron sei so ganz norddeutsch«. Im Lessing-Streit nimmt Thomas Mann beiläufig auch Liliencron gegen Lessings Angriff in Schutz (vgl. *Der Doktor Lessing*, Textband S. 224).

Textlage

Der Text erschien in der Wiener *Zeit* vom 29. Mai (3. Jg., Nr. 599), in der Beilage *Die Sonntags-Zeit. Belletristische Beilage*, auf der ersten Seite (= Druckvorlage). Er wurde wiederabgedruckt in GW X, 405f. und ARE I, 51f.

Stellenkommentar

76 5 *Sehnenscheidenentzündung*] Vgl. die entsprechende Darstellung der Militärzeit in *Im Spiegel* (Textband S. 182); vgl. auch den Brief an Heinrich vom 24. Oktober 1900 (GKFA 21, 129f.).

20–21 »*Wenn ich dich liebe, was geht's dich an?*«] Thomas Mann zitiert hier (wie auch bei anderen Gelegenheiten) Philines Bemerkung gegenüber Wilhelm Meister (»und wenn ich dich lieb habe, was geht's dich an?«, *Wilhelm Meisters Lehrjahre*, 4. Buch, 9. Kapitel), und zwar in Goethes eigener Paraphrase in *Dichtung und Wahrheit* (3. Teil, 14. Buch): »jenes freche spätere Wort: ›Wenn ich dich liebe, was geht's dich an‹«.

25 *Landsleute beinahe*] Die Hansestadt Lübeck war als Stadtstaat nicht Teil Schleswig-Holsteins.

27 *Wald und Feld in grauen Schleiern!*] Aus Liliencrons Gedicht *Auf dem Hünengrabe* (*Nach der Jagd*): »Feld und Welt in grauen Schleiern.«

28 ›*Poggfred*‹] Das lyrisch-parodistische Epos *Poggfred. Kunterbuntes Epos in zwölf Cantussen.* Berlin 1896, war Richard Dehmel gewidmet; erweiterte Ausgaben erschienen 1904 und 1908. »Poggfred« (ndt.: »Frosch-Frieden«, »Froschesruh«) ist die imaginäre Residenz des Dichters. – In der 9. Notiz zu *Geist und Kunst* erwähnt Thomas Mann spöttisch den von dem antisemitischen Kritiker Carl Busse (in Velhagen & Klasings *Monatsheften*, Februar 1908) erhobenen Vorwurf eines »Feuilletonismus« Fontanes; dagegen nennt er respektvoll »Byron[s] Don Juan und Liliencrons Poggfred epische Feuilletons« (GuK, 156; vgl. zu Busse auch die 86. Notiz; GuK, 197).

77 1 ›*Sommerschlacht*‹] Der Novellenband *Eine Sommerschlacht.* Leipzig 1888.

[SELBSTBIOGRAPHIE I]

Entstehungsgeschichte und Textlage

Wohl Anfang oder Mitte 1904 bat Oskar Wilda, Redakteur der Breslauer Zeitschrift *Nord und Süd*, Thomas Mann um biographische Auskünfte für einen eigenen Aufsatz. Darin bezieht er Thomas Manns Werk durchweg auf das »Künstlerproblem«, auf »die Frage nach der Stellung des Künstlermenschen zum Leben«, wie sie Ibsen durch seinen »dramatischen Epilog ›Wenn wir Toten erwachen‹« um den Bildhauer Rubek (1899) »in den Vordergrund gerückt« habe. (Vgl. Thomas Manns spätere Erwähnung desselben Dramas in seinem Brief an Otto Grautoff vom 20.2.1901, TM/OG, 134 und in *Der alte Fontane*, Textband S. 255.) Thomas Manns Erzählungen, namentlich *Der Bajazzo* und *Tonio Kröger*, belegen nach Wildas Ansicht, dass »dieser Jugend [...] Rubeks Weisheit aufgegangen« sei. Thomas Manns Antwortschreiben ist bis auf diejenigen Passagen verloren, die Wilda in seinem Aufsatz *Thomas Mann* mit der Bemerkung zitiert (*Nord und Süd*, September 1904, Bd. 110, H. 330, S. 347–356; = Druckvorlage): »Es seien hier die Angaben, die mir der Dichter über seinen Lebensgang gemacht hat, im Wortlaut eingefügt: [...].« (S. 349) Wilda kommentiert: »Was hier nüchtern in dürren Worten gesagt ist, bedeutet nichts gegen das, was die mit blühendem Leben erfüllten Schöpfungen des Dichters über ihn und seinen Entwicklungsgang verraten.«

Anlässlich einer Lesung Thomas Manns im Berliner »Verein für Kunst« am 30. November 1904 (im Katalog zunächst für den 27. Oktober annonciert) wurde der Text in der Ankündigung von sechs Dichterabenden im »Winter-Programm 1904/05« mit einer Photographie erneut abgedruckt (Berlin 1904, unpag. S. 14). Unter der redaktionellen Überschrift *Thomas Mann* erschien er ein Jahr später in dem Sammelband *Bildende Geister: Unsere bedeutendsten Dichter und Schriftsteller der Gegenwart und Vergangenheit in charakteristischen Selbstbiographien sowie gesammelten Biographien und Bildern.* Band I. Bearbeitet und redigiert von Fritz Abshoff. Berlin-Schöneberg 1905, S. 70. Wiederabgedruckt wurde der Text in ARE I, 52 unter dem Titel [*Biographische Notiz*].

Stellenkommentar

78 4 *ihre Mutter war Kreolin*] Der Hinweis findet sich auch in der Selbstbiographie von 1913 (vgl. [*Selbstbiographie IV*], Textband S. 375). Im *Lebensabriß* wird Julia da Silva-Bruhns als »Tochter eines deutschen Plantagenbesitzers und einer portugiesisch-kreolischen Brasilianerin« vorgestellt (1930; GW XI, 98).

8 *Feuerversicherungsgesellschaft*] Die »Süddeutsche Feuerversicherungs-Bank a. G.«, in die Thomas Mann im April 1894 als unbezahlter Volontär eintrat; vgl. *Im Spiegel* (Textband S. 181f.).

10 *erste Novelle*] Thomas Manns Novelle *Gefallen* (1894).

10 *der damals blühenden ›Gesellschaft‹*] Die von Michael Georg Conrad herausgegebene Zeitschrift *Die Gesellschaft* war eines der wichtigsten Organe der naturalistischen Bewegung. Im *Lebensabriß* von 1930 spricht Thomas Mann von ihr als einer »sozialistisch-naturalistischen Kampfzeitschrift« (GW XI, 101).

12–14 *Ich begann ... Kollegien zu hören*] Vgl. die Ausgabe des *Collegheft*s 1894–1895. Frankfurt am Main 2001.

14 *Jahr in Italien*] Thomas Mann lebte in Italien vom Oktober 1896 bis Ende April 1898.

15–16 *»Der kleine Herr Friedemann«*] Der Band erschien 1898 bei S. Fischer (vgl. auch *Lebensabriß*; GW XI, 104). Er enthielt außer der Titelerzählung die Novellen *Der Tod*, *Der Wille zum Glück*, *Enttäuschung*, *Der Bajazzo* und *Tobias Mindernickel*.

17 *›Simplicissimus‹*] Thomas Mann gehörte der Redaktion vom Herbst 1898 bis zum Januar 1900 an; vgl. *Im Spiegel* (Textband S. 181).

18 *›Die Buddenbrooks‹*] Durchgehender Lesefehler Wildas für *Buddenbrooks*.

19 *sechs ... Novellen.*] Thomas Manns zweiter Novellenband *Tristan. Sechs Novellen* erschien (mit einem von Alfred Kubin gestalteten

Schutzumschlag) ebenfalls bei S. Fischer. Er enthielt außer der Titelerzählung die Novellen *Der Weg zum Friedhof*, *Der Kleiderschrank*, *Luischen*, *Gladius Dei* und *Tonio Kröger*.

KINDERSPIELE [I]

Entstehungsgeschichte

Der Text wurde als Antwort auf eine Rundfrage des Berliner Schriftstellers Paul Hildebrandt verfasst, der bekannte Schriftsteller nach Kindheitserinnerungen an frühes Spielzeug befragt hatte. Weit über den Anlass hinausgehend, zeichnet Thomas Mann bereits in dieser ersten Fassung ein Selbstporträt des Schriftstellers als kleines Kind, das Übereinstimmungen mit der Kindheitsdarstellung Goethes im 2. Buch von *Dichtung und Wahrheit* (und des *Wilhelm Meister*), mit Kellers *Grünem Heinrich*, vielleicht auch mit derjenigen Hans Christian Andersens im 1. Kapitel von *Mein Lebensmärchen* aufweist. Zugleich berührt sich der Text mit mehreren eigenen Werken. Auf beide Bezüge hat Thomas Mann später in einem Abschnitt von [*On Myself*] (1940) selbst hingewiesen (vgl. hier Paralipomena). Darüber hinaus bezeichnet er dort seine Kinderspiele explizit noch einmal als »Wurzel« seines Künstlertums (GW XIII, 127; vgl. ebd. S. 131).

Mehrere dieser Verbindungslinien werden schon in der frühen Fassung angedeutet. Der Abschnitt über das Puppentheater bezieht sich ausdrücklich auf das 2. Kapitel des *Bajazzo* (1897; GW VIII, 109f.) und das Weihnachtskapitel im Achten Teil der *Buddenbrooks*, auf das auch der Abschnitt über das Mythologiebuch verweist. An Szenerien dieses Romans erinnern auch »Kaufmannsladen« und »Kornspeicher« (wie sie »meinem Vater unten an der Trave gehörten«). Das Missfallen an militärischer Disziplin und das »Prinz-Karl«-Spiel verweisen schon auf die Konzeption des *Hochstapler*-Romans; dieses Spiel klingt auch in der *Fürstennovelle* (so der Entwurfstitel von *Königliche Hoheit*) und den Erwähltheitsträumen des jungen Joseph wieder an (dazu Wysling 1982, S. 78). Zur Entstehungsgeschichte der späteren Fassung vgl. Textlage.

Von Indianerspielen und Puppentheater als Grunderfahrungen des »Theaters« berichtet Thomas Mann auch im *Versuch über das*

Theater (1908, Textband S. 135 u. 167f.). In der 61. Notiz zu *Geist und Kunst* erinnert er sich an die »Tage unseres geliebten Puppentheaters« (GuK, 184), in seiner *Rede über das Theater* (1929) dann ausführlich an »das vortheatralische Maskenspiel, die berauschte Selbstproduktion als Götter, Helden, Wilde, der wir huldigten« Anspielung auf Goethes *Götter, Helden und Wieland*), an »die Kindheit der Kunst, die Kindheit *als* Kunst [...], alles Theater ist Festspiel, Spielfest« (GW X, 285f.).

Im letzten Teil spielt der Text dabei mit einem literarischen Modell, das für künftige Werke wesentliche Bedeutung gewinnen wird. Im »Götterspiel« des Kindes (im Erstdruck noch: »Heldenspiel«) vollzieht sich danach bereits eine Inszenierung des *Mythos*, die durch Kontrastierung mit anderen Genres (Märchen, Indianerroman, »Lederstrumpf«) ironisiert wird. Dabei stehen zunächst die Kämpfe des Göttervaters Zeus Kronion im Mittelpunkt, mit dem sich das Kind identifiziert; daneben erscheint hier »mit papiernen Flügelschuhen« zum ersten Mal »Hermes, meine Lieblingsgottheit« (an Karl Kerényi, 24. März 1934; TM/Kerényi, 51).

Textlage

In Hildebrandts Buch *Das Spielzeug im Leben des Kindes* (Berlin 1904, Nachdruck Düsseldorf/Köln 1979) wurden nur einzelne Teile aus Thomas Manns Antwort in thematisch verschiedenen, nach Stichworten getrennten und weit auseinanderliegenden Teilen des Buches abgedruckt; der ursprüngliche Text dieser frühen Fassung ist deshalb nicht mehr rekonstruierbar. Am 25. Dezember 1920 erschien eine überarbeitete, aber durch Druckfehler z. T. erheblich entstellte Fassung in der Weihnachts-Morgenausgabe der *Vossischen Zeitung* zusammen mit Beiträgen von Heinrich Mann, Ricarda und Rudolf Huch u. a. unter der Sammelüberschrift *Weihnachten. Thema mit Variationen* (Nr. 628/A 326, 4. Beilage). In RuA (S. 388–391) übernahm Thomas Mann diese überarbeitete Fassung; ihr folgen die Wiederabdrucke in AuN, 673–676; GWA XII, 363–365; GW XI, 327–329; ARE I, 53–55 und E I, 31–33. Außerdem erschien der Text zu Lebzeiten Thomas Manns in der Weihnachtsausgabe des *Prager Tageblatts* 1926 (25. Dezember, 51. Jg., Nr. 303, Weihnachtsbeilage) und gekürzt in der Zeitschrift *Elternhaus und Schule* im Juni 1955 (3. Jg., H. 6). – Textvorlage ist hier ebenfalls die Fassung von RuA. Abweichungen zwischen dieser Version und der bei Hildebrandt fragmentarisch erhaltenen Erstfassung sind im Stellenkommentar nachgewiesen. Dabei ist nicht zu klären, welche Änderungen auf Thomas Mann, welche auf den Herausgeber zurückgehen. Eine 1940 verfasste, grundlegend überarbeitete Version des Essays, die zu Lebzeiten Thomas Manns unpubliziert blieb, wird hier unter Paralipomena dokumentiert.

Quellenlage

Der Text greift zurück auf das Lehrwerk des Breslauer Professors Friedrich Nösselt: *Lehrbuch der griechischen und römischen Mythologie für höhere Töchterschulen und die Gebildeten des weiblichen Geschlechts* (4. verbesserte Auflage. Leipzig: Ernst Fleischer's Buchhandlung 1853; das Mann'sche Exemplar befindet sich im Heinrich-Mann-Archiv der ehemaligen Ostberliner Akademie der Künste), das als Quelle u. a. für *Der Tod in Venedig* gedient hat und auch in *Süßer Schlaf!* zitiert wird (vgl. hier S. 285). Darauf verweist die besondere Erwähnung der Sichel: Zeus schleudert Blitze gegen das Ungeheuer Typhon, »und da ihm dieser immer näher kam, hob er drohend die diamantne, scharfschneidende Sichel empor. Das brachte das Ungeheuer zum Weichen.« (Nösselt, *Lehrbuch*, S. 25) Die Stelle wird – mit einem expliziten Hinweis auf Zeus' Kastration des Vaters Kronos – im Esau-Kapitel *Der Rote* des *Joseph*-Romans von neuem zitiert (GW IV, 191f.), ebenso in Thomas Manns Brief an Karl Kerényi vom 20. März 1952 (TM/Kerényi, 177f.). Erwähnt wird sie auch in einem Brief an Erich Rothacker vom 22. März 1947. Dort erinnert Mann sich, wie er als Kind zuweilen »von einzelnen Worten berauscht war. So hatte die ›diamantscharfschneidende Sichel‹ es mir ganz und gar angetan, mit der Zeus den Typhon bekämpfte.« (DüD I, 221) Auch im *Gesang vom Kindchen* (1919) ist von frühen Begegnungen mit »den Kämpfen Kronions« in den bei Nösselt zitierten Hexameter-Übertragungen der homerischen Epen und Hesiods die Rede (GW VIII, 1070).

Stellenkommentar

79 2 *Ich habe sehr schönes Spielzeug besessen*] Im Erstdruck weit knapper (vielleicht vom Herausgeber gekürzt): »Ich habe sehr schönes Spielzeug besessen; ich erinnere mich freudig einer vollkommenen Ritterrüstung aus eisenfarbener Pappe mit Turnierlanze und Schild [...]« (Hildebrandt 1904, S. 278).

3 *Kaufmannsladen*] Im Erstdruck: »*Thomas Mann* erinnert sich, wie er schreibt, ›eines wohlausgestatteten Kaufmannsladens in Puppenformat‹.« (Hildebrandt 1904, S. 356)

6–7 *drunten an der Trave*] Im Erstdruck: »*Thomas Mann* erinnert sich nach seinem Schreiben freudig eines Speichers: ›eines Kornspeichers, genau von der Art derer, die meinem Vater drunten an der Trave gehörten‹.« (Hildebrandt 1904, S. 138) – Die Speicherhäuser der Getreidefirma J. S. Mann an der Untertrave hießen »Linde« und »Eiche« (Abbildung bei Heftrich 1994, S. 32), »Elefant«, »Löwe«, »Adler« und »Walfisch«.

9–14 *vollkommene Ritterrüstung ... Zubehör*] Schon im Erstdruck (Hildebrandt 1904, S. 283).

15–16 *kein sonderliches Gefallen an der militärischen Maskerade*] Vgl. auch *Im Spiegel* (Textband S. 182) und *Liliencron* (Textband S. 76).

16 *Bleisoldaten*] Mit geringen Abweichungen im Erstdruck: »Auch mit Bleisoldaten habe ich gespielt, aber ohne rechte Leidenschaft, obgleich ich außerordentlich schöne, fast fingerlange mein eigen nannte, die man vom Pferde herunternehmen konnte, wobei mich nur der dicke Zapfen störte, den sie zwischen den O-Beinen trugen.« (Hildebrandt 1904, S. 295)

21 *Mein Schaukelpferd*] Im Erstdruck abweichend: »*Thomas Mann* erinnert sich, wie er schreibt, freudig ›eines Schaukelpferdes, das, als es eines Jahres auf meinem Geburtstagstische stand, mir in seiner lebensvollen Größe wie ein schöner Traum erschien. Ele-

gant gesattelt und gezäumt, hatte es das natürliche kindlich zottige Fell eines Fuchs-Ponys und die treuherzigsten Glasaugen von der Welt. Achill war sein Name, ich liebte es zärtlich ...‹« (Hildebrandt 1904, S. 243)

80 4 *Atlasschabracken*] Überwürfe aus Atlasstoff.

7 *Puppentheater*] Der Absatz entspricht dem Wortlaut des Erstdrucks mit einigen Abweichungen. Dort lautet der Anfang: »*Thomas Mann* schreibt: ›Meine schönsten Stunden aber verdanke ich [...]‹« (wohl redaktionelle Anpassung an den syntaktischen Kontext); statt »gern Maler geworden wäre« heißt es: »eigentlich Maler werden wollte«; nach der Nennung des *Bajazzo* ist in der Parenthese hinzugefügt: »enthalten in der Sammlung *Der kleine Herr Friedemann*«; statt »sonderbaren Musikdramen« steht dort »seltsamen Musikdramen« (Hildebrandt 1904, S. 69f.). – In der Wiederaufnahme des Abschnitts in [*On Myself*] (1940) weist Thomas Mann ausdrücklich auf die Entsprechungen zu den Kindheitsdarstellungen Goethes und Kellers hin (vgl. hier Paralipomena).

12 *›Der Bajazzo‹*] Im 2. Kapitel der Erzählung *Der Bajazzo* (1897) erinnert sich der Erzähler ausführlich an das Puppentheater seiner Kindheit (GW VIII, 109f.).

13 *Hanno Buddenbrooks Lebensgeschichte*] Auch für Hanno Buddenbrook ist seit dem Erlebnis einer *Fidelio*-Aufführung »das ersehnte Puppentheater [...] beinahe sein einziger Gedanke gewesen« (GKFA 1.1, 587).

20–21 *als baßsingender Mann noch vorm Puppentheater*] Wie es Christian Buddenbrook im Weihnachtskapitel zur Erheiterung der Familie buchstäblich tut (GKFA 1.1, 592f.).

22–23 *Aber ich darf sagen, ich bedurfte*] Etwas abweichend im Erstdruck: »Im ganzen jedoch gehörte ich zu den Kindern, die zu ihren Spielen eines Apparates nicht unbedingt bedürfen und die mit einer gewissen bewußten Genugtuung sich der unabhängigen Kraft ihrer Phantasie bewußt sind, welche ihnen nichts rauben kann. Ich erwachte zum Beispiel eines Morgens mit dem Entschlusse, heute ein 18jähriger Prinz namens Carl zu sein.« Bis zum

Absatzende dann derselbe Wortlaut wie hier (Hildebrandt 1904, S. 280f.).

80 26–27 *Prinz namens Karl*] Wörtlich aufgenommen in die *Bekenntnisse des Hochstaplers Felix Krull* (GW VII, 272). – In einem Brief an Paul Amann vom 10. September 1915 deutet Thomas Mann sein künstlerisches Schaffen im Bild dieser Spiele: »Wenn ich mich genau prüfe, so war dies und nichts anderes immer der Zweck meines ›Schaffens‹: das Bewußtsein der Meister zu gewinnen. Es war ein Spiel, wie ich als Knabe ›Prinz‹ spielte, um das prinzliche Bewußtsein zu gewinnen.« (TM/Amann, 32)

81 4 *Schon hat der Leser aus dem Namen*] Im Erstdruck: »Aus dem Namen, den ich meinem Schaukelpferde gab, sah man bereits meine frühe Beschäftigung mit der Ilias.« Der folgende Absatz, bis zum jetzigen Schluss des Textes, findet sich bereits dort, mit folgenden Abweichungen: In der redaktionellen Überleitung steht statt des Begriffs »Götterspiel« der – vielleicht auf Thomas Mann zurückgehende – Ausdruck »Heldenspiel«; statt »nie bekümmert« heißt es dort: »niemals bekümmert«; die gesamte Parenthese über den Kampf zwischen Zeus und Typhon fehlt; statt »durch die Zimmer« heißt es dort »durch die Gemächer«, statt »Götterburg«: »Götterberg« (vielleicht Lesefehler des Herausgebers), statt »die obendrein mit Glöckchen benäht war«: »an der sich oben drei Glöckchen befanden« (vermutlich eine Flüchtigkeit der Wiedergabe). Statt »Und was ich so begierig in mich aufgenommen, das stellte ich spielend vor« ist dort noch zu lesen: »[...] das wollte ich spielen, das wollte ich sein.« (Hildebrandt 1904, S. 278f.)

8 *einem Buche*] Friedrich Nösselt, vgl. hier Entstehungsgeschichte. Wie das Puppentheater, so wird auch dieses Buch (ohne Nennung des Titels) im 8. Teil der *Buddenbrooks* geschildert: Hanno bekommt zu Weihnachten »das erwünschte Buch der griechischen Mythologie, das ganz rot gebunden war und eine goldene Pallas Athene auf dem Deckel trug.« (GKFA 1.1, 591; vgl. ebd. S. 595).

18–19 *im Lande des Lederstrumpfs*] James Fenimore Coopers (1789 bis 1851) Indianerromane um den weißen Pionier Lederstrumpf

(Leatherstocking) (*The Pioneers*, 1823; *The Prairie*, 1827; *The Last of the Mohicans*, 1826; *The Pathfinder*, 1840; *The Deerslayer*, 1841) waren im deutschen Sprachraum in mehreren Übersetzungen und zumeist stark gekürzten Bearbeitungen für Knaben verbreitet.

81 20 *Ich hüpfte als Hermes*] Vgl. hier zur Entstehungsgeschichte. Nösselts Charakterisierung des »Hermes oder Mercur« hebt an dem »Götterbote[n], [...] Gott des Handels und der Diebe« Züge hervor, die sich mit diesem Kindheits-Selbstbildnis berühren: »Schon früh zeigte er, daß aus ihm etwas Großes werden sollte«; staunend erkennt Apollon »plötzlich die Gottheit des Kindes«; als »Schutzgott aller schlauen Leute« steht er dem Odysseus nahe und hilft abermals Zeus gegen Typhon; als »Gott der Redekunst« verfügt er (in einem Hesiod-Zitat) über »Sanft einnehmende Wort' und Lug und betörende Schalkheit«; als Götterbote trägt er »goldene Sohlen, mit denen er in Windeseile die Lüfte durchflog, und die zuweilen noch mit kleinen Flügeln versehen waren« (Nösselt, *Lehrbuch*, S. 138–143).

21 *Helios*] Über den Sonnengott der griechischen Mythologie bemerkt Nösselt: »Spätere Dichter verwechseln den Apollon mit dem Sonnengotte *Helios* [...], der in der ältesten Zeit eine besondere Gottheit war [...]. Sie schildern ihn mit einem goldenen Helm, mit blitzendem Auge, den Kopf mit glänzenden Strahlen oder helleuchtenden Locken umgeben.« (Nösselt, *Lehrbuch*, S. 159)

24–25 *dreimal um die Mauern von Ilion*] »Hektor's Tod« wird in Nösselts *Lehrbuch* mit mehreren längeren Zitaten aus Homers *Ilias* S. 342–346 nacherzählt.

27 *türmten die Titanen den Pelion auf den Ossa*] Vgl. Nösselts Darstellung der Kämpfe des Zeus gegen die Titanen: »Nun erst [d. h. nach dem Sieg über Typhon und die Giganten] war des Zeus Herrschaft befestigt. Aber dennoch mußte er noch einen Kampf kämpfen, den wir gleich erzählen wollen, damit seine Kämpfe mit Einem Male abgethan sein mögen.« Poseidons Söhne, die Riesen Otos und Ephialtes, kündigen »den Göttern den Krieg an, und wollten den Himmel erstürmen, indem sie die Berge Pelion, Ossa und

Olymp auf einander häuften.« Nach ihrer Niederringung »führt Zeus die Aufsicht« über »Alles, was Himmel, Erde und Meer bewohnt« (Nösselt, *Lehrbuch*, S. 26f.).

Paralipomena

1. Wiederaufnahme in [*On Myself*] (1940; GW XIII, 127–131)

In die Kindheitsdarstellung der Doppel-Vorlesung [*On Myself*], die Thomas Mann am 2. und 3. Mai 1940 in der Universität Princeton hielt, sind längere Passagen des Essays – mit Abweichungen im Wortlaut, Erweiterungen und Umgruppierungen der Textblöcke – übernommen und um Reflexionen zum Verhältnis von Dichtung und Spiel erweitert worden. Vermutlich im Zusammenhang mit dieser Vorlesung hat Thomas Mann den *Kinderspiele*-Essay noch einmal überarbeitet und dabei einerseits um die entsprechenden Passagen aus dem *Bajazzo*, andererseits um einen (den allgemeineren Reflexionen in [*On Myself*] eng benachbarten) Schlussabschnitt erweitert. Die substantiell wichtigste Erweiterung beider Texte gegenüber dem früheren Essay besteht in den Reflexionen über den »infantile[n] Urgrund alles Künstlertums«, in die auch psychoanalytische Kategorien einbezogen sind. Hier folgen zunächst die einschlägigen Passagen aus [*On Myself*] (nach GW XIII, 127–169):

> Nach meinem Werden als Künstler, der Geschichte meines Künstlertums gefragt, frage ich mich nach seiner Wurzel, seinen frühesten Keimen und Regungen, und ich finde sie in meinen *Kindheitsspielen*. Das mag Sie wundern und Ihnen zweifelhaft scheinen. Das Spiel des Kindes, werden Sie sagen, ist etwas Allgemeines; jedes Kind spielt, und das braucht kein Vorspiel des Künstlertums und keine Vorbereitung darauf zu bedeuten. Natürlich nicht. In den meisten Fällen wird das Infantil-Spielerische durch den organischen Reifungsprozeß überwunden. Ein gewisser lichtloser Ernst gewinnt die Oberhand, und der Mensch wird dann zum ausgewachsenen Philister. In anderen einzelnen Fällen aber bewahrt das reifende Leben das Infantile –

nicht in der pathologischen Form, die eigentlicher Infantilismus wäre, als geistiges und moralisches Zurückbleiben auf einer primitiven Stufe, – sondern das bewahrte Kindliche, der Spieltrieb verbindet sich mit geistiger Reife, ja mit den höchsten Antrieben des Menschen, dem Streben zum Wahren und Guten, dem Drang nach Vollkommenheit, und wird zu dem, was man mit dem Namen der Kunst und des Künstlertums ehrt. Kurz, das Infantile, das Spiel kommt zu *Würden*, – und doch steht es dem Künstler nicht sonderlich an, sich allzu bürgerlichwürdevoll oder hieratisch-feierlich zu verhalten, denn auf dem Grunde seines Wesens liegt das Kindische, Primitive und Spielerische, das, was man eigentlich »Talent« nennt, und ohne das er mit noch so viel Geist und Moral kein Künstler wäre.

[Nach Überlegungen zum »Fall des großen Schauspielers« und der »Entstehung des Dramas« fährt Thomas Mann fort:]

Der kleine Junge, welcher, von Indianer-Geschichten voll, sich selbst den Kopf mit Federn schmückt, sich selbst das Gesicht bemalt, selber den Speer ergreift, »Maske macht«, wie die Schauspieler sagen, und, indem er sich mit den Figuren seiner Lieblingslektüre identifiziert, die Abenteuer, von denen seine Einbildung sich lange genährt hat, schließlich persönlich nachspielt, – dieser kleine Junge handelt nicht anders als das Volk, das die Gestalten seiner mythischen, religiösen, belletristischen Welt sich endlich im Mummenschanz auf der Schaubühne vor Augen führt.

Um auf meine eigenen Kinderspiele zurückzukommen, so hatten Indianergeschichten keinen Anteil an ihnen. Ich habe mich nie für sie erwärmt, und nicht von ihnen waren meine Maskenspiele inspiriert, sondern von griechischer Mythologie. Mein Schaukelpferd hieß »Achill«, ich selbst taufte es, und Sie ersehen daraus meine frühe Beschäftigung mit der ›Ilias‹. Wirklich nahmen Homer und Vergil in meiner Knabenzeit den Platz ein, den bei anderen ›Der letzte Mohikaner‹ behauptet. In einem Buch, das schon meiner Mutter beim mythologischen

Unterricht gedient hatte (es trug eine Pallas Athene auf dem Umschlag und gehörte zu denen, die wir Kinder dem Bücherschrank entlehnen durften), waren aus den Werken der beiden antiken Dichter in deutscher Sprache packende Auszüge enthalten, die ich seitenweise auswendig wußte; besonderen Eindruck machte mir die »diamantscharf schneidende Sichel«, die Zeus im Kampf gegen Typhon erhob (ich wiederholte mir diese Stelle immer wieder), und früh war ich vor Troja, auf Ithaka und dem Olympos so wohl zu Hause, wie meine Altersgenossen im Lande des Lederstrumpfes. Und was ich so begierig in mich aufgenommen, das stellte ich spielend vor. Ich hüpfte als Hermes mit papiernen Flügelschuhen durch die Zimmer, ich balancierte als Helios eine glanzgoldne Strahlenkrone auf dem ambrosischen Haupt, ich schleifte als Achilleus meine Schwester, die wohl oder übel den Hektor darstellte, unerbittlich dreimal um die Mauern von Ilion. Aber als Zeus stand ich auf einem kleinen rotlackierten Tisch, der mir als Götterburg diente, und vergebens türmten die Titanen den Pelion auf den Ossa, so gräßlich blitzte ich mit einer roten Pferdeleine, die obendrein mit Glöckchen benäht war.

Das war ein *sichtbares* Spiel, dessen andere gewahr wurden. Aber es gab unsichtbare, zu denen man des Apparates überhaupt nicht bedurfte, sondern bei denen ich mir mit stiller Genugtuung der unabhängigen Kraft meiner Phantasie bewußt sein mochte, die mir nichts rauben konnte. (Charakteristischerweise habe ich dieser Phantasie-Spiele in dem Roman-Fragment ›Bekenntnisse des Hochstaplers Felix Krull‹ gedacht.) Ich erwachte zum Beispiel eines Morgens mit dem Entschluß, heute ein achtzehnjähriger Prinz namens Karl zu sein. Ich kleidete mich [in] eine gewisse liebenswürdige Hoheit, hielt angeregte Zwiesprache mit einem Gouverneur oder Adjutanten, den ich mir einbildungsweise beigab, und ging umher, stolz und glücklich in dem Geheimnis meiner Würde. Man konnte Unterricht haben, spazieren geführt werden oder sich Märchen vorlesen lassen, ohne daß dieses Spiel einen Augenblick unterbrochen zu werden brauchte, und das war das Praktische daran.

Bei all dem ist wohl kein Zweifel, daß ich meine schönsten Spielfreuden dem *Puppentheater* verdankte. Die Art, wie ich dieses Kunstinstitut leitete, habe ich ausführlich in einer meiner frühesten Novellen, dem ›Bajazzo‹, beschrieben, und auch in Hanno Buddenbrooks Lebensgeschichte tritt diese Beschäftigung hervor. Es ist merkwürdig, welche Rolle das Puppentheater im Leben angehender Dichter, und zwar durchaus nicht gerade dramatischer Dichter, spielt: man denke an die Bekenntnise und Erinnerungen Goethe's im ›Wilhelm Meister‹ und Gottfried Kellers im ›Grünen Heinrich‹. Ich liebte dieses Spiel so sehr, daß mir der Gedanke, ihm jemals entwachsen zu können, unmöglich schien. Ich freute mich darauf, wenn ich die Stimme gewechselt haben würde, meinen Baß in den Dienst der sonderbaren Musikdramen zu stellen, die ich bei verschlossenen Türen zur Aufführung brachte, und ich war empört, wenn mein Bruder mir vorhielt, wie lächerlich es sein würde, wenn ich als Baß singender Mann noch vor dem Puppentheater sitzen wollte.

Und doch, sitze ich in einem gewissen Sinn nicht noch heute davor? Zwischen Kinderspiel und Kunstübung ist in meiner Erinnerung kein Bruch, keine scharfe Grenze.

2. Neufassung von *Kinderspiele* (1940)

Die vermutlich 1940 etwa zeitgleich mit [*On Myself*] entstandene überarbeitete und erweiterte Fassung von *Kinderspiele* (Manuskript im TMA) ist erst posthum in Wysling 1974, S. 63–66 veröffentlicht worden (= Druckvorlage). Thomas Mann hat auch hier den Text teils um-, teils neuformuliert. Zwei Passagen hat er wörtlich aus *Der Bajazzo* und aus der frühen Fassung von *Kinderspiele* übernommen; sie sind hier (wie bei Wysling) kursiv gesetzt. Thomas Manns Quellenverweise beziehen sich auf die Bände *Novellen* und *Rede und Antwort* der *Gesammelten Werke* (Berlin 1922).

Ich habe sehr schönes Spielzeug besessen in meiner Kindheit, wenn ich davon erzählen darf: Lastwagen und Eisenbahnen die ungeheure Schienen-Ovale durchmaßen u. aufs interessanteste verunglückten; einen Kaufmannsladen mit Ladentisch und Wage, dessen Schubladen von Kolonialwaaren starrten; einen Kornspeicher genau von der Art derer, die meinem Vater drunten am Fluß gehörten und Namen hatten wie »Eiche«, »Linde« und »Tannenbaum«. Nicht fehlte es ihm an prallen Säcken und Ballen, die man zu seinen Luken emporwinden konnte. (Die Kurbel war hinten.) – Eine vollkommene Ritterrüstung war mein aus eisenfarbener Pappe, mit Visier-Helm, Turnierlanze, Schwert und Schild, und eine völlig vorschriftsmäßige blaue Husarenuniform nebst allem Zubehör, die mir vom Schneider eigens angemessen war.

Aber dies alles war nichts gegen mein Schaukelpferd, – ich zweifle sehr, ob es je seitdem irgendwo ein solches Schaukelpferd gegeben hat, und ich wünschte wohl, ich könnte noch einmal den Arm um seinen Nacken legen. Es hieß *Achill*, ich selber taufte es so, und als ich es zum Geschenk erhielt, wollte es mir in seiner lebensvollen Größe wie ein schöner Traum erscheinen. Elegant gesattelt und gezäumt, hatte es das natürliche, kindlich-rauhe Fell eines Fuchs-Ponys – es *war* wohl ein Fuchs-Pony in ausgestopftem Zustande – und die treuherzigsten Glasaugen von der Welt ... Was mag aus ihm geworden sein? Mehr als einmal in den letzten 55 Jahren habe ich mich danach gefragt – und zwar mit zunehmender Insistenz. Was wird aus den Dingen, auf welchem Trödelanger verkommen sie, wenn wir sie aus den Augen verlieren, wenn sie sich von uns abgelöst haben, ohne daß wir zu sagen wüßten, wann das geschah und die Unachtsamkeit begann? Die dunkle Vermutung kommt mir bisweilen, daß ein dickes Weib, die Frau eines noch dickeren Schneiders, die in gemessenen Abständen bei uns erschien, um alte Sachen zu kaufen, das Pferd mit sich genommen hat, ohne daß ich auch nur hingesehen, nur von ihm Abschied genommen hätte.

Und mein Puppentheater? Wohin ist sein Bühnenkasten mit den Löchern für die Kulissenzapfen, seine bunte Front mit dem roten Vorhang gekommen, in welche Winde sein prachtvoller Fundus an Wald- und Saal-Dekorationen zerstreut? Wie hab' ich es nicht geliebt, und welche enthusiastisch-erfüllten Stunden verbrachte nicht der Dreizehn-, Vierzehnjährige, dessen Einbildungskraft offenbar von der wirklichen Bühne, von der Oper zumal, schon berührt worden war, in der einsamen Hingabe an dieses Spiel! Ich sage: der einsamen; denn meine Aufführungen waren für die reale Oeffentlichkeit, auch für die Familienöffentlichkeit nicht geeignet und nicht nach gedruckten Textbüchlein ließ ich meine Figuren reden, sondern freie und undeutlich-phantasiewüchsige Musikdramen waren es, die ich an mir vorüberrauschen ließ.

Ich verdunkelte das Zimmer und stellte eine Petroleum-Küchenlampe neben das Theater, denn künstliche Beleuchtung schien mir zum Werke unentbehrlich. Dann trafen die mitwirkenden Künstler ein, die ich selbst (»Der Bajazzo«, 57/58) *mit Tinte und Feder gezeichnet, ausgeschnitten und mit Holzleisten versehen hatte, so daß sie stehen konnten. Es waren Herren in Überziehern und Zylindern und Damen von großer Schönheit.*

»Guten Abend«, sagte ich, »meine Herrschaften! Wohlauf allerseits? Ich bin bereits zur Stelle, denn es waren noch einige Anordnungen zu treffen. Aber es wird an der Zeit sein, sich in die Garderoben zu begeben.«

Man begab sich in die Garderoben, die hinter der Bühne lagen, und man kehrte bald darauf gänzlich verändert und als bunte Theaterfiguren zurück, um sich durch das Loch, das ich in den Vorhang geschnitten hatte, über die Besetzung des Hauses zu unterrichten. Das Haus war in der Tat nicht übel besetzt, und ich gab mir das Klingelzeichen zum Beginn der Vorstellung, worauf ich den Taktstock erhob und ein Weilchen die große Stille genoß, die dieser Wink hervorrief. Alsbald jedoch ertönte auf eine neue Bewegung hin der ahnungsvoll dumpfe Trommelwirbel, der den Anfang der Ouvertüre bildete, und den ich mit der linken Hand auf der Pappschachtel vollführte, – die Trompeten, Klarinetten und Flöten, deren Toncharakter ich mit dem Munde auf unvergleichliche Weise nachahmte, setzten ein, und die Musik spielte fort, bis bei einem machtvollen crescendo der Vorhang emporrollte und in dunklem Wald oder prangendem Saal das Drama begann.

Es war vorher in Gedanken entworfen, mußte aber im Einzelnen improvisiert werden, und was an leidenschaftlichen und süßen Gesängen erscholl, zu denen die Klarinetten trillerten und die Pappschachtel grollte, das waren seltsame, volltönende Verse, die voll großer und kühner Worte steckten und sich zuweilen reimten, einen verstandesmäßigen Inhalt jedoch selten ergaben. Die Oper aber nahm ihren Fortgang, während ich mit der linken Hand trommelte, mit dem Munde sang und musizierte und mit der Rechten nicht nur die darstellenden Figuren, sondern auch alles übrige aufs umsichtigste dirigierte, so daß nach den Aktschlüssen begeisterter Beifall erscholl, der Vorhang wieder und wieder sich öffnen mußte, und es manchmal sogar nötig war, daß der Kapellmeister sich auf seinem Sitze wendete und auf stolze zugleich und geschmeichelte Art in die Stube hinein dankte.

Wahrhaftig, wenn ich nach solch einer anstrengenden Aufführung mit heißem Kopf mein Theater zusammenpackte, so erfüllte mich eine glückliche Mattigkeit, wie ein starker Künstler sie empfinden muß, der ein Werk, an das er sein bestes Können gesetzt, siegreich vollendete.

Dies Spiel, das ich richtiger vielleicht ein Spiel mit dem Theater, als ein Theaterspiel nenne, liebte ich so sehr, daß mir der Gedanke, ihm jemals entwachsen zu können, unmöglich schien. Ich freute mich darauf, wenn ich die Stimme gewechselt haben würde, meinen Baß in den Dienst dieser wunderlichen Veranstaltungen zu stellen und war empört, wenn mein 4 Jahre älterer Bruder mich darauf hinwies, wie lächerlich es sein würde, wenn ich als baßsingender Mann noch vorm Puppentheater sitzen wollte.

Und doch, sitze ich nicht in gewissem Sinne noch immer davor? Wenn dem so ist, so mag es mit einer frühen Neigung zu tun haben, Leben und Spiel zu vermischen, dieses in jenes hineinzutragen und das Leben selbst zum Spiele zu machen. Da ich von meinem Spielzeug gesprochen, muß ich hinzufügen, daß ich zum Spielen des Apparates nicht notwendig bedurfte, sondern mir mit stiller Genugtuung der unabhängigen Kraft meiner Phantasie bewußt war, die nichts mir rauben konnte. Ich erwachte (»Kinderspiele« S. 391) z. B. *eines Morgens mit dem Entschluß, heute ein achtzehnjähriger Prinz namens Karl zu sein. Ich kleidete mich in eine gewisse liebenswürdige Hoheit und ging umher, stolz und glücklich mit dem Geheimnis meiner Würde. Man konnte Unterricht haben, spazieren geführt werden oder sich Märchen vorlesen lassen, ohne daß dieses Spiel einen Augenblick unterbrochen zu werden brauchte; und das war das Praktische daran. Übrigens brauchte es nicht immer ein Prinz zu sein, meine Rollen wechselten häufig.*

Denn da war ja ferner auch noch das Götterspiel, eine Unterhaltung ersten Ranges. Schon hat der Leser aus dem Namen, den ich meinem Schaukelpferde gab, meine frühe Beschäftigung mit der Ilias ersehen. In der Tat haben mir Homer und Vergil in der dankenswertesten Weise alle Indianergeschichten ersetzt, um die ich mich nie bekümmert habe. In einem Buche, das schon meiner Mutter beim Mythologie-Unterricht gedient hatte (es trug eine Pallas Athene auf dem Umschlag und gehörte zu denen, die die Kinder dem Bücherschrank entlehnen durften), waren aus den Werken dieser beiden Dichter in deutscher Sprache packende Auszüge enthalten, die ich seitenweis auswendig wußte (besonderen Eindruck machte mir die »diamantscharf schneidende Sichel«, die Zeus im Kampf gegen Typhon erhebt – ich wiederholte mir diese Stelle immer wieder), und früh war ich vor Troja, auf Ithaka und dem Olympos so wohl zu Hause wie meine Altersgenossen im Lande des Lederstrumpfs. Und was ich so begierig in mich aufgenommen, das stellte ich spielend vor. Ich hüpfte als Hermes mit papiernen Flügelschuhen durch die Zimmer, ich balanzierte als Helios eine glanzgoldene Strahlenkrone auf dem ambrosischen Haupt, ich schleifte als Achilleus meine Schwester, die wohl oder übel den Hektor darstellte, unerbittlich dreimal um die Mauern von Ilion. Aber als Zeus stand ich auf einem kleinen, rotlackierten Tisch, der mir als Götterburg diente, und vergebens türmten die Titanen den Pelion auf den Ossa, so gräßlich blitzte ich mit einer roten Pferdeleine, die obendrein mit Glöckchen benäht war …

Wenn mir jemals die Aufgabe einer Autobiographie erwüchse und ich der Geschichte meines Künstlertums, seiner Wurzel, seinen frühesten Regungen nachzufragen hätte, – ich würde immer zu meinen Kinderspielen zurückzudringen haben. Zwischen diesen und dem, was ich später übte und tat, ist in meiner Erinnerung kein Bruch, keine scharfe Grenze, und ich würde glauben, dem Prinzen-, dem Götterspiel von damals Unrecht zu tun, wenn ich behaupten wollte, ich hätte sie später mit größerem Ernst betrieben. Mit höherem Ernst, mag sein, aber nicht mit tieferem. Freilich ist es des Nachdenkens wert, wie der Spieltrieb, der infantile Urgrund alles Künstlertums, in bestimmten Fällen vom organisch ver[lau]fenden Leben nicht abgestoßen und ausgeschieden wird, sondern als bewahrtes Kindliches sich mit geistiger Reife, mit den höchsten Antrieben der Menschheit, dem Streben zum Wahren und Guten, dem Drang nach Vollkommenheit zu verbinden und ein Instrument der Kultur aus sich zu machen weiß. Aber trennt man damit nicht wieder schon das Künstlertum vom allgemein Menschlichen auf allzu romantische Weise ab? »Reife des Mannes«, so hat ein großer Denker gesagt, der allerdings auch ein großer Künstler war, »– den Ernst wiedergefunden haben, den man als Kind hatte – beim Spiel.«

[ÜBER »FIORENZA« I]

Entstehungsgeschichte

Die kurze Einführung fasst das Geschehen derart zusammen, dass das Stück, obgleich »noch nicht völlig abgeschlossen«, doch schon weitgehend fertig vorgelegen haben muss. Das spricht am ehesten dafür, dass Thomas Mann den Text für die Lesung in der »Literarischen Gesellschaft, Lübecker Leseabend von 1890« seiner Vaterstadt Lübeck am 2. Dezember 1904 verfasste, für die durch eine Rezension eine Lesung aus dem *Fiorenza*-Manuskript belegt ist. Wenig später schloss er das Stück ab, unmittelbar vor der Hochzeit mit Katia Pringsheim (im Januar 1905). Vor dem »sehr zahlreichen Publikum« in Lübeck las Thomas Mann außer aus *Fiorenza* auch aus dem *Wunderkind*: »Letztere [Lesung] sprach sehr an, dagegen vermochte Herr Mann nicht mit den Szenen aus dem Drama ein größeres Interesse zu erwecken, wenn auch sein Vorlesen daran die Schuld tragen mag.« (Lübecker Besprechung, zit. nach Bürgin/Mayer 1974, S. 29f.)

Textlage

Das bisher unveröffentlichte, unbetitelte Manuskript befindet sich im TMA. Es stammt aus dem Jahr 1904 oder 1905 (Sign.: Mp XI 13 c; ein Blatt, handschriftlich, grüne Tinte). Bis auf eine Bleistiftkorrektur (»einzelne Bruchstücke«, aus: »zwei Stichproben«) ist die Handschrift sorgfältig und ohne größere Korrekturen ausgeführt.

Stellenkommentar

82 3–4 *dramatischen Gedicht*] Der Terminus bezeichnet eigentlich ein Drama in Versen. Wenn seine Verwendung hier nicht lediglich auf einem Irrtum beruht, könnte es Thomas Manns Absicht sein, die passagenweise Annäherung der Prosa- an die Versform hervorzuheben und den Text an die literarische Tradition etwa Lessings, Schillers (vgl. den folgenden Kommentar) oder Hebbels anzunähern.

82 13 G.] Abkürzung für Girolamo Savonarola (wie im letzten Satz »Sav.«).

28 *totkranken*] Bei Thomas Mann häufige Schreibweise.

[ÜBER SCHILLER]

Entstehungsgeschichte

Der kleine Text erschien zum 100. Todestag Schillers in der Wiener Tageszeitung *Die Zeit*, zusammen mit Äußerungen zahlreicher deutscher und ausländischer Autoren (u. a. von Thomas Masaryk, Jonas Lie und Sigurd Ibsen, dem Sohn Henrik Ibsens). Er ist (samt Unterschrifts-Faksimile) gezeichnet: »Thomas Mann. München.« Beim ersten der beiden Sätze handelt es sich um ein unmarkiertes Zitat aus Thomas Manns Drama *Fiorenza*. In der 7. Szene des 3. Aktes sagt Lorenzo de Medici dort zu Savonarola: »Der Mühelose wird nicht groß. Wär' ich schön geboren, nie hätte ich zum Herrn der Schönheit mich gemacht. Die Hemmung ist des Willens bester Freund.« (GW VIII, 1062f.) Wie diese Sätze, so ist auch der Widmungstext in einer als Prosa kaschierten Vers-Form abgefasst: Es handelt sich, dem von Schiller bevorzugten Dramenvers entsprechend, um zwei Blankverse, bei dem jedoch in der zweiten Zeile ein Jambus durch einen Daktylus ersetzt ist und der Verskörper so in sich selbst die »Hemmung« darstellt, von der er spricht. Im sehr viel späteren *Versuch über Schiller* hat Thomas Mann genau dieses Verfahren (Austausch eines Jambus gegen einen Daktylus im Blankvers) an einem Schiller'schen Vers beschrieben und gerechtfertigt (1955; GW IX, 891–897).

Die beiden Verse resümieren einen Grundgedanken sowohl von *Fiorenza* als auch der meisten Äußerungen Thomas Manns über Schiller (dazu Sandberg 1965, S. 41f.). In der im selben Jahr veröffentlichten Erzählung *Schwere Stunde* (GW VIII, 371–379) finden sich ähnliche Sätze über Schillers leidendes »Heldentum« und seinen »Wille[n] zum Schweren« (S. 377). »Vom Studium des Künstlerthums gelangte ich unversehens zum Studium der Größe. Mein ›Schiller‹ ist ein kleiner, ›Fiorenza‹ ein größerer vorläufiger Ausweis über den Erfolg dieser Studien auf dem Gebiete des Heldenthums ...« (Brief an Heinrich vom 17. Januar 1906; GKFA 21, 344)

Ausdrücklich auf sich selbst bezieht Thomas Mann den Text in seinem großen Rechtfertigungsbrief an Kurt Martens vom 28. März 1906: »Was ich meine, ist kurz und ungefähr in den Worten meines Lorenzo ausgedrückt: ›Der Mühelose wird nicht groß ... Die Hemmung ist des Willens bester Freund ...‹ [...] Heldenthum ist für mich ein ›Trotzdem‹, überwundene Schwäche, es gehört *Zartheit* dazu.« (GKFA 21, 359; vgl. in *Der Tod in Venedig*, mit Bezug auf *Dichterische Arbeit und Alkohol*, Textband S. 115: »Aschenbach hatte es einmal an wenig sichtbarer Stelle unmittelbar ausgesprochen, daß beinahe alles Große, was dastehe, als ein Trotzdem dastehe, trotz Kummer und Qual, Armut, Verlassenheit, Körperschwäche, Laster, Leidenschaft und tausend Hemmnissen zustande gekommen sei.« GW VIII, 452f.)

Textlage

Der Text erschien zuerst in der Wiener Tageszeitung *Die Zeit* vom 23. April 1905 (4. Jg., Nr. 926, in der Beilage *Die Schiller-Zeit*; = Druckvorlage). Zu Lebzeiten Thomas Manns wurde er nicht wiederveröffentlicht; es existiert aber ein undatiertes eigenhändiges Albumblatt (laut Stargardt-Auktionskatalog vom Mai 1957, S. 34; Privatbesitz, nicht eingesehen). Der Text wurde aufgenommen in *Betrachtungen und Überblicke* (1966), ARE I, 58 und *Widmungen*, S. 29.

[VOLKSROMANE]

Entstehungsgeschichte

Der Text antwortet auf eine Rundfrage der *Allgemeinen Buchhändlerzeitung*. Zu deren Begründung verweist eine redaktionelle Vorbemerkung auf die Spannungen zwischen der »Mission, zu der der Buchhandel berufen ist: Kultur und Bildung in die weitesten Schichten des Volkes zu tragen«, und »dem ›Volk‹ und seinen Bedürfnissen«, also »zwischen Sortiment und Kolportage«; und erklärt: »Das Sortiment vertritt das konservative, die Kolportage das demokratische Element im Buchhandel.« Das Interesse der Zeitschrift ist auch wirtschaftlich begründet: mit dem wachsenden Erfolg des Kolportagebuchhandels »spielen die ›Arbeitergroschen‹ auch im Buchhandel eine Rolle«. Unmittelbarer Anlass der Rundfrage ist eine Initiative des Berliner »Vereins für Massenverbreitung guter Volksliteratur«, zu der die Redaktion an eine Reihe deutscher Schriftsteller folgende Fragen richtet:

> Wie Ihnen bekannt sein wird, hat das Komité für Massenverbreitung guter Volksliteratur, Berlin, nach seinem ersten, resultatlos verlaufenen Preisausschreiben ein zweites zur Beschaffung guter Kolportageromane erlassen. Bei der grossen Bedeutung, die die Frage nach guter, zweckmässiger Lektüre für die breiteren Volksschichten auch in buchhändlerischen Kreisen hat, wäre es uns erwünscht, Ihre geschätzte Ansicht darüber zu hören, ob auf diesem Wege des Preisausschreibens die Absicht des Vereins Aussicht auf Verwirklichung hat oder ob der Zweck desselben nicht ebensogut durch den weiteren Ausbau und Vertrieb der bereits bestehenden billigen und guten literarischen Sammlungen erreicht werden könnte.
>
> Halten Sie die Wirkung des bisherigen Kolportagebuchhandels auf die breiten Schichten des Volkes für gefahrbringend und was müsste Ihres Erachtens namentlich aus dem Kreise des Buchhandels geschehen, um ihr entgegenzuarbeiten?

Der Kolportage-Buchhandel im weiteren Sinne existierte seit Beginn des Buchdrucks als eine Vertriebsform, bei der wandernde Hausierer Druckerzeugnisse feilboten. Im Laufe des 19. Jahrhunderts wandte er sich, zunehmend in Abonnementsverhältnissen, an Leser vor allem der neuen Mittel- und Unterschichten; um die Jahrhundertwende war er zu einer ernsthaften Konkurrenz des Sortimentsbuchhandels geworden. Dabei spielten neben Kalender-, Zeitungs- und Romanvertrieb zunehmend auch literarisch anspruchsvollere und populärwissenschaftliche Leserbedürfnisse eine Rolle. Neben der redensartlich »kolportagehaften«, billigreißerischen Spannungsliteratur nahm die durch Kolportage vertriebene »Bildungs«-Literatur immer mehr Raum ein, was zu Debatten über das Verhältnis von »Massenbuch« und »Kulturbuch« führte (vgl. Wittmann 1991, S. 250–253 und 271ff.).

Thomas Manns Antwort ist aufschlussreich für seine Auffassungen vom Verhältnis zwischen Literatur und Klassenunterschieden, das ihn auch in weiteren Äußerungen beschäftigt (»*Die Bücher des deutschen Hauses*«, [*Beim Erscheinen der No. 5000 von Reclams Universal-Bibliothek*]). Obschon »in sozialen Angelegenheiten viel zu unbewandert«, bezieht er hier durchaus entschieden Stellung zu einer Debatte, die um 1905 gerade auch in Sozialdemokratie und Gewerkschaften besondere Intensität erlangt hatte (vgl. seine Hinweise auf den »bildungsbegierige[n] Arbeiter«, »sozialdemokratische Zeitungen« und die »Waffe des Wissens«). Im selben Jahr 1905 gründete die SPD über die bestehenden lokalen »Arbeiterbildungsvereine« hinaus einen »Zentralbildungsausschuß«, zu dessen Aufgaben die Verbreitung literarischer Bildung zählte (was in der Praxis vor allem hieß: Verbreitung der ›Klassiker‹, wie sie u. a. Franz Mehring proklamierte und praktizierte).

Thomas Manns Plädoyer für Kolportageausgaben ›kanonischer‹ Literatur und für eine institutionalisierte Sondierung belletristischer Neuerscheinungen konvergiert mit mehreren anderen Antworten auf diese Rundfrage (und der darin erkennbaren breiten Zustimmung vom Bildungsbürgertum bis zur Sozialdemokratie).

Wie eine Erfüllung der hier formulierten Wünsche erscheint die 1908 von Rudolf Presber initiierte und von Thomas Mann lebhaft begrüßte Reihe der *Bücher des deutschen Hauses* (vgl. Textband S. 192f.).

Textlage

Redaktionelle Einführung und Text der Rundfrage sind veröffentlicht in der *Allgemeinen Buchhändlerzeitung* vom 11. Mai 1905 (12. Jg., Nr. 19); die insgesamt 25 Antworten von Thomas Mann, Paul Heyse, Wilhelm Jensen, Ferdinand von Saar, Rudolf Presber, Arthur Holitscher, Ernst Heilborn und einigen weniger bekannten Verfassern sind in den folgenden Ausgaben veröffentlicht. Thomas Manns Antwort steht in Nr. 20 vom 18. Mai unter der Sammelüberschrift *Volksromane*. Textvorlage ist hier der Erstdruck.

Stellenkommentar

84 4 *intimeren Problemen*] Wohl Anspielung auf literarische Vorhaben und Orientierungsschwierigkeiten dieser Zeit (*Königliche Hoheit*, *Maja*, *Friedrich*).

9–10 *»pulchrum est paucorum hominum«*] »Das Schöne ist die Sache weniger Menschen«, unmarkiertes Zitat aus Nietzsches *Der Fall Wagner* (6. Abschnitt; KSA 6, 24); im Erstdruck »pancorum« (Druckfehler).

13 *›Nana‹*] Émile Zolas naturalistischer Roman *Nana*, der 9. Roman des Zyklus *Les Rougon-Macquart* (1879/80, deutsch 1881), erzählt die Geschichte einer ehemaligen Prostituierten, die in höchste Gesellschaftskreise aufsteigt – eine »Astarte des Zweiten Kaiserreichs, [...] ein Symbol und ein Mythos« (*Leiden und Größe Richard Wagners*; GW IX, 365). Vor allem wegen seiner sexuellen Offenheit war der Roman lange begehrt und umstritten.

26 *Hendel*] Die in Halle erscheinende *Bibliothek der Gesamt-Litteratur des In- und Auslandes*, nach dem Verlag auch kurz *Hendel-Bücher* genannt, die in großer Zahl, einfacher Aufmachung und zu geringen Preisen vorwiegend Klassikerausgaben umfasste.

84 26–27 *Meyers Volksbücher*] In der seit 1886 erscheinenden Reihe wurden, ähnlich wie bei Reclam und Hendel, Klassiker der deutschen und der Weltliteratur in einfachen und preiswerten Ausgaben verlegt.

85 7 *die Absicht merken*] Redensartlich variiertes Zitat aus Goethes *Torquato Tasso*; dort heißt es: »So fühlt man Absicht, und man ist verstimmt.« (2. Akt, 1. Szene).

15–18 *Dickens … Rousseaus Bekenntnisse*] Charles Dickens (1812 bis 1870). Gustav Freytag (1816–1895). Felix Dahn (1834–1912), vielgelesener und -verspotteter Hauptvertreter des historischen »Professorenromans«. In seinem Beitrag zu Detlev von Liliencrons (1844–1909) 60. Geburtstag hat Thomas Mann im Jahr zuvor auf dessen Novellenband *Eine Sommerschlacht* (Leipzig 1888) hingewiesen. Fjodor M. Dostojewski (1821–1881). Maxim Gorki (1868–1936) ist der einzige ›proletarische‹ Autor in dieser Reihe; 1905 – in diesem Jahr begegnete er erstmals Lenin – galt er noch als sozialdemokratischer Schriftsteller. Jean-Jacques Rousseau (1712 bis 1778), *Les Confessions* (1782/88), vgl. auch *Vorwort zu einem Roman* (1913, Textband S. 387–395 und hier S. 135). – Eine ähnlich konzipierte Auswahl lobt Thomas Mann 1908 an Rudolf Presbers Reihe *Die Bücher des deutschen Hauses* (Textband S. 192f.).

[ÜBER DIE KRITIK]

Entstehungsgeschichte

Im September 1905 veranstaltete die in Breslau neugegründete Zeitschrift *Kritik der Kritik. Monatsschrift für Künstler und Kunstfreunde* für das geplante erste Heft eine Umfrage unter Dichtern, Künstlern und Kritikern: »Bedarf die Kritik einer Reform?«, »Welches sind die Hauptmängel der Kritik?« und »Wie verhalten Sie sich zur Nachtkritik [d. h. zur gleich im Anschluss an eine Aufführung geschriebenen Schnellkritik]?« Erwünscht war »nicht nur eine rein sachliche, als vielmehr seelisch getönte Antwort« (*Unsere Umfrage*, H. 1, S. 7f.). Außer Thomas Mann äußerten sich über hundert Intellektuelle, u. a. Julius Bab, Leo Berg, Franz Blei, Richard Dehmel, Kurt Eisner, Maximilian Harden, Paul Heyse, Arno Holz, Alfred Kerr, Peter Rosegger, René Schickele, Max Slevogt, Hermann Sudermann, Stefan Zweig; die Texte wurden in den ersten fünf Heften der Zeitschrift veröffentlicht.

Thomas Manns Antwort ignoriert einige der Fragen und setzt stattdessen, mit energischen Modifikationen, die Überlegungen aus *Kritik und Schaffen* fort (1904, Textband S. 47–50). Hatte bereits die Schlusswendung dort den Protest des Schriftstellers Skowronnek gegen den Kritiker Alfred Kerr ironisiert, so wird hier grundsätzlich die Freiheit der Kritik gegenüber den »Schaffenden« verteidigt. War dort die Differenz zwischen »Kritiker« und »schaffender Persönlichkeit« noch aufrechterhalten worden, so wird hier (mit dem allgemeineren Begriff »des Kritischen« als der intellektuellen Grundhaltung des »Erkennenden«) in der Nachfolge Nietzsches die entgegengesetzte These formuliert, der moderne Künstler und das Kritische seien »zu identifizieren«. Damit werden hier bereits die Grundlagen der ungleich komplexeren Auseinandersetzung formuliert, die in *Bilse und ich* (Textband S. 95 bis 111) sowie in den Notizen zum Literaturessay *Geist und Kunst* geführt wird (vgl. Kommentar zu *Der Literat*, hier S. 488–515). Die weit knapperen Bemerkungen zum engeren Kontext der Umfrage illustrieren drastisch diese theoretisch postulierte Freiheit der Kritik: Werden im letzten Abschnitt die Prämissen der Zeitschriftengründung selbst in Frage gestellt, so nehmen die einleitenden Sätze ironisch Stellung zu den Antworten Sudermanns und Kerrs im 1. Heft.

Textlage

Der Beitrag erschien in Heft 2 von *Kritik der Kritik* 1905 (1. Jg., S. 108f.), jedoch mit einem sinnentstellenden Druckfehler. Statt der Frage, »ob nicht das Schwerere auch schon das Höhere ist«, stand dort: »ob nicht das Honorar auch schon das höhere ist«. Dagegen protestierte Thomas Mann in einem Leserbrief, der im 3. Heft auszugsweise veröffentlicht wurde (Original nicht auffindbar), und fügte, auf die zitierte Schiller-Stelle anspielend, hinzu: »Das Honorar für ›gute Szenen‹ ist ›höher‹ als das für philosophische Briefe!« [*Kritik der Kritik*, 1 (1905), H. 3, S. 199] Mitsamt diesem Fehler und einigen weiteren wurde der Text wiederabgedruckt in GW XIII, 245–247 und Essays I, 369f.; in korrigierter Fassung erschien er in ARE I, 56f. und E I, 34f. Die Textwiedergabe hier folgt dem Erstdruck, berücksichtigt jedoch Thomas Manns Korrektur.

Stellenkommentar

86 3 *Kritik als Kunst*] In der Einführung zu seiner Sammlung *Die Welt im Drama* (*Vorwort* und *Einleitung* in: *Gesammelte Schriften*. Erste Reihe. Bd. 1) fasste Alfred Kerr (1867–1948) 1917 die Prinzipien seiner Kritik-Auffassung u. a. so zusammen: »Heut wird als Kritiker siegen, wer der größte Künstler ist«; »Dichtung zerfällt in Epik, Lyrik, Dramatik und Kritik.«

4 *von Hermann Sudermann segnen*] In seiner Antwort im 1. Heft der Zeitschrift hatte Sudermann (1857–1928) versichert: »Daß gerade ich Ihr Unternehmen mit Freuden begrüße, werden Sie erklärlich finden. Meine Stellung zu den Schäden der zeitgenössischen Kri-

tik habe ich vor zwei Jahren bei Gelegenheit meiner Verrohungsartikel mit genügender Schärfe gekennzeichnet.« (*Kritik der Kritik*, 1 [1905], H. 1, S. 14) Das bezieht sich auf die Polemik gegen eine »Verrohung« der Kritik und »Verwilderung des journalistischen Tones«, die Sudermann 1902 zunächst in mehreren Beiträgen für das *Berliner Tageblatt*, Ende desselben Jahres dann auch in Buchform unter anderem gegen Kerr vorgebracht hatte (*Verrohung in der Theaterkritik. Zeitgemäße Betrachtungen.* Berlin/Stuttgart 1902). Dessen Bändchen *Herr Sudermann, der D... Di... Dichter. Ein kritisches Vademecum* (Berlin 1903) setzte auf diesen groben Klotz einen gröberen Keil. Die Auseinandersetzung weckte einiges Aufsehen; noch 1903 erschien in Berlin Karl Bleibtreus Schrift *Die Verrohung der Literatur. Ein Beitrag zur Haupt- und Sudermännerei.* Zu Thomas Manns Skepsis gegenüber dem erfolgreichen und zur Trivialität neigenden Dramatiker Sudermann vgl. bereits seinen Brief an Otto Grautoff vom 13./14.11.1894 (GKFA 21, 34f.).

86 12–13 *und diese Liebe möcht' ich nie besiegen.*] Aus August von Platens 1826 an German Schmidtlein gerichtetem Sonett *Du liebst und schweigst*: »Doch diese Liebe möcht' ich nie besiegen, / Und weh dem Tag, an dem sie frostig endet! / Sie ward aus jenen Räumen uns gesendet, / Wo selig Engel sich an Engel schmiegen.«

14 *Maximilian Harden*] Der Kritiker und Publizist Harden (1861–1927) gehörte als Herausgeber der Zeitschrift *Die Zukunft* zu den einflussreichsten und umstrittensten Journalisten des Kaiserreiches (vgl. auch [*Maximilian Harden*], Textband S. 179).

15 *Doktor Kerr*] In der ersten Fassung von *Bilse und ich* zitiert und rechtfertigt Thomas Mann (im Zusammenhang auch mit Harden) zunächst diese Äußerung über »Doktor X« (Textband S. 108f.); in den Überarbeitungen ist der gesamte Absatz gestrichen.

24 *Brief des Julius*] Schillers *Philosophische Briefe* (1786) sind, dem Zeitgeschmack entsprechend, als Briefwechsel zwischen »Julius« und »Raphael« konzipiert. Gegenüber Körner bemerkt Schiller in einem Brief vom 14. November 1788: »So wirst du mir gerne glauben, daß es mir immer eine schwerere Arbeit ist, einen Brief des

Julius zu schreiben, als die beste Szene zu machen.« Thomas Mann zitiert diese Stelle nach Adolf Baumeisters Aufsatz *Schillers Idee von seinem Dichterberuf* im *Marbacher Schillerbuch* (1905, S. 13–31; Zitat S. 18); sie gehört zu seinen Lieblingszitaten (vgl. etwa *Zu »Fiorenza«*, Textband S. 348; *Schwere Stunde*, GW VIII, 377; die 49. Notiz zu *Geist und Kunst*, GuK, 176 und den Brief an Walter Opitz vom 26. August 1909, GKFA 21, 427).

86 26 *Schule von Geistern*] Wiederaufgenommen in *Bilse und ich* (Textband S. 105) und, den hier begonnenen Gedankengang pointiert resümierend, in das Kapitel *Einkehr* der *Betrachtungen eines Unpolitischen*: »Es geschah in seiner [Nietzsches] Schule, daß man sich gewöhnte, den Begriff des Künstlers mit dem des Erkennenden zusammenfließen zu lassen, so daß die Grenzen von Kunst und Kritik sich verwischten.« (GW XII, 87)

30–87.1 *Geist und Kunst*] Das Verhältnis zwischen beiden steht im Mittelpunkt des Schauspiels *Fiorenza*; knapp erörtert wird es in einem Abschnitt von *Notizen [II]* (Textband S. 213f.). *Geist und Kunst* sollte auch der Titel des nie vollendeten *Litteraturessays* lauten, an dem Thomas Mann in diesen Jahren arbeitete (vgl. seine Vorbemerkung zu *Der Literat*, Textband S. 354).

87 25 *ceterum censeo*] Der sprichwörtlich gewordene Schluss-Satz der Reden Catos des Älteren im römischen Senat: »Ceterum censeo Carthaginem esse delendam« (»Im übrigen bin ich der Ansicht, dass Karthago zerstört werden muss«).

EIN NACHWORT

Zur Vorgeschichte des Bilse-Komplexes

Bilse und ich, die umfangreichste und ambitionierteste ästhetische Äußerung des jungen Thomas Mann, die man geradezu als »das zentrale Dokument seiner Poetik« bezeichnet hat (Vaget 1990, S. 578), entwickelte sich schrittweise aus einer anlassbezogenen Stellungnahme. Dieser erste Anlass war ein Gerichtsverfahren, mit dem Thomas Mann selbst zunächst gar nichts zu tun hatte (dazu grundlegend Carstensen 1971, Harpprecht 1997 und Detering 2001).

Im Oktober 1905 hatte vor dem Lübecker Schöffengericht der Rechtsanwalt Ritter aus dem nordschleswigschen Tondern (heute Tønder) seinen Cousin, den seit 1902 in Lübeck lebenden Heimatschriftsteller Johannes (Valentin) Dose (1860–1933), wegen Beleidigung und Schädigung seiner Anwaltspraxis verklagt, da er in Doses Roman *Der Muttersohn. Roman eines Agrariers* (Glückstadt 1904) in der Figur des Alkoholikers Asmus Berg sich selbst und in dessen ehebrecherischer Liebesbeziehung eine eigene Affäre öffentlich bloßgestellt sah. Mit dem Hinweis, ihm hätten »die Absicht und das Bewußtsein der Beleidigung gefehlt«, wurde Dose zunächst freigesprochen.

Der Prozess erregte in Lübeck große Aufmerksamkeit, teils wegen der drastischen Themen, teils aber auch, weil im Verfahren von Thomas Manns Lübeck-Roman die Rede gewesen war: Dose hatte zu seiner Verteidigung auf andere Schriftsteller hingewiesen, die angeblich ihre Romanfiguren unbewusst nach lebenden Vorbildern gestalteten, und vergebens beantragt, Thomas Mann, Gustav Frenssen, Edward Stilgebauer, Hermann Sudermann und Hermann Heiberg als Zeugen oder Gutachter zu bestellen. Der Anklagevertreter Enrico von Brocken hatte daraufhin in seinem Schlussplädoyer auch Thomas Manns *Buddenbrooks*, in Anspielung auf den Schriftsteller Fritz Oswald Bilse, als einen *Bilse-Roman* verächtlich gemacht.

Der literarisch ambitionierte Leutnant Bilse (1878–1951), der sich für einen illegitimen Abkömmling von Goethes Großherzog Carl August von Sachsen-Weimar hielt, hatte im Herbst 1903 unter dem Pseudonym »Fritz von der Kyrburg« den Schlüsselroman *Aus einer kleinen Garnison. Ein militärisches Zeitbild* veröffentlicht. Darin schildert er aus eigener Erfahrung und kaum verhüllt die Zustände in der Garnison des lothringischen Forbach nahe Saarbrücken als bestimmt von Langeweile, Überdruss, Standesdünkel, Spiel und Trunksucht, sexuellen Eskapaden usf. – einerseits in durchaus mutiger Kritik, andererseits in einer kolportagehaften Handlung, die in einem oft ungelenken Stil erzählt wird. Der Roman wurde umgehend verboten; am 11. November 1903 wurde Bilse von einem Kriegsgericht in Metz zur Entlassung aus der Armee und zu sechs Monaten Arrest verurteilt. Das vergleichsweise geringe Strafmaß verdankte sich seiner faktischen Rehabilitation durch den Prozess, an dessen Ende das Gericht ausdrücklich feststellte, er habe »kein Pamphlet« geschrieben – woraufhin Kaiser Wilhelm II. dem Kriegsgericht sein Missfallen aussprach und mehrere beteiligte Richter in den Ruhestand versetzte. Dieser Skandal, weitere juristische Nachspiele und eine Reichstagsdebatte über den Fall Bilse trugen zur öffentlichen Beachtung des Verfahrens bei, das sich zum Sensationsprozess entwickelt hatte. Der Roman wurde in großer Auflage nachgedruckt und in mehrere Sprachen übersetzt.

Der Begriff »Bilse-Roman« war, als von Brocken ihn auf Thomas Manns *Buddenbrooks* anwandte, redensartlich geworden; ein Synonym für literarisch minderwertige, aber spannend-skandalträchtige Schlüsselromane. (In diesem Sinne wird Bilse auch in Thomas Manns Briefen noch mehrfach erwähnt, zuletzt am 14. April 1927 gegenüber Carl Maria Weber.) Brockens Vorwurf konnte sich auf die Schlüssel-Listen berufen, die nach der Veröffentlichung der *Buddenbrooks* in Lübeck in Umlauf kamen und Romanfiguren mit den vermeintlichen Lübecker Vorbildern identifizierten. Der Vergleich zielte damit in den Kern jener »ungeheuren Erregung über das Buch, das […] allen gleichermaßen […] als ein übles Machwerk erschien, mit dem ein mißratener Sohn die Vaterstadt geschändet habe«, wie Otto Anthes in Erinnerung an einen Lübeck-Aufenthalt 1901/02 berichtet (*Die Stadt der Buddenbrooks*. In: *Reclams Universum*. 1925, S. 787–790; zit. nach dem Wiederabdruck in TMUZ, 23f.; vgl. auch *Für Fritz Behn*, Textband S. 363–371). Dass jeder Lübecker wusste, worauf der Bilse-Vergleich zielte, zeigt eine Besprechung von *Bilse und ich* in den *Lübeckischen Blättern* vom 8. April 1906: »Der Titel dieser Broschüre dürfte außerhalb Lübecks zunächst als Rätselwort gewirkt haben: Was hat ein Thomas Mann mit einem Bilse zu schaffen? In Lübeck ist es leider anders. Man weiß, daß eine hier im Gerichtssaal gefallene Äußerung den Anlaß zu der Schrift gegeben hat.«

Der Lübecker Rechtsstreit wurde im Frühjahr 1906 wiederaufgenommen; am 18. April wurde Dose in zweiter Instanz vom Lübecker Landgericht zu einer Geldstrafe und zur Vernichtung sämtlicher Exemplare und Druckplatten seines Romans verurteilt. Seine Gegenklage gegen die »Beleidigung« in der Anklageschrift, er schreibe »à la Bilse«, wurde ebenso abgewiesen wie eine abermalige Revision. Ob Thomas Mann Kenntnis von dieser Entwicklung hatte, ist ungewiss, angesichts der Umsicht, mit der ihn Lübecker Zeitungsleser mit Informationen versorgten, aber denkbar.

Entstehungsgeschichte von *Ein Nachwort*

Schon wenige Tage nach Prozessbeginn muss Thomas Mann mit der Niederschrift seiner ersten Stellungnahme zum Bilse-Vorwurf begonnen haben. *Ein Nachwort* erschien zuerst im *Morgen-Blatt* der *Lübeckischen Anzeigen* vom 7. November 1905, auf der ersten Seite des Feuilletons. Dass der Artikel so umgehend in Lübeck erschien, weist darauf hin, wie ernstlich es ihm auch um sein Ansehen in der ›Vaterstadt‹ ging. Dass er ihn als *Ein Nachwort* überschrieb, zeigt, dass er die Angelegenheit damit zunächst für erledigt hielt.

Das aber war sie ganz und gar nicht – für Thomas Mann so

wenig wie für die unverdrossen weiter prozessierenden Lübecker Streithähne. Bereits eine Woche später nämlich, am 14. November 1905, erschien in der Augsburger und Münchner *Allgemeinen Zeitung* der zweite Teil des *Nachworts* (ab »Wenn man alle Bücher«) zum zweiten Mal, als separater Text. Diesmal ging die (redaktionelle) Überschrift entschieden ins Allgemeine: *Darf der Dichter Zeitgenossen porträtieren?* Das Erstaunliche an diesem Artikel ist der Umstand, dass er überhaupt in München erschien. Wie umständlich die Übertragung war, wird aus einer redaktionellen Vorbemerkung deutlich, die eigens die Lübecker Ereignisse resümiert und auf die *Lübeckischen Nachrichten* verweist, die doch Münchner Lesern schwerlich zugänglich waren. Aus der redaktionellen Notiz zu einem in der folgenden Woche veröffentlichten Leserbrief geht hervor, dass es sich bei *Darf der Dichter Zeitgenossen porträtieren?* um »die Zuschrift des Dichters« gehandelt, Thomas Mann also selbst den Nachdruck gewünscht habe.

Der Anlass zu dieser neuen Veröffentlichung dürfte der Streit um Thomas Manns im Sommer 1905 verfasste Novelle *Wälsungenblut* gewesen sein. Dieser Text war von der Familie Pringsheim, namentlich von seinem Schwiegervater, als »antisemitisch« aufgefasst worden und musste deshalb von der Publikation in der *Neuen Rundschau* vom Januar 1906 zurückgezogen werden; das Gerücht, Thomas Mann habe eine denunziatorische ›Schlüssel-Novelle‹ über die Familie seiner Frau verfasst, erhielt dadurch nur neue Nahrung (Näheres bei Vaget 1984, S. 155–162). Bereits die Münchner Fassung vollzieht mit der Streichung der meisten entsprechenden Bemerkungen einen ersten Schritt von der Selbstverteidigung zur programmatischen Reflexion. Eine grundsätzliche Antwort auf die hier berührten Fragen nach dem Verhältnis von Kunst und Wirklichkeit unternimmt Thomas Mann jedoch erst in *Bilse und ich*.

Textlage

Druckvorlage ist die Erstveröffentlichung im *Morgen-Blatt* der *Lübeckischen Anzeigen*, 7.11.1905 (Große Ausgabe, 155. Jg., Nr. 566). (Mit irrigen bibliographischen Angaben aufgenommen in GW XI, 546–549, mit korrekten Angaben in ARE I, 58–61.) Die gekürzte Fassung erschien bereits am 14. November 1905 unter der Überschrift *Darf der Dichter Zeitgenossen porträtieren?* als separater Text in der Augsburger und Münchner *Allgemeinen Zeitung* (Morgenblatt, 108. Jg., Nr. 523).

Rezeption

Zur Rezeption des Bilse-Komplexes vgl. den entsprechenden Abschnitt im Kommentar zu *Bilse und ich*.

Stellenkommentar

88 6 *Schriftsteller Dose in Lübeck*] Der Pfarrer Johannes Valentin Dose (1860–1933), geboren bei Schleswig, lebte nach einem Theologiestudium in Kiel und Leipzig längere Zeit als Lehrer in den USA, dann wieder in Schleswig und als Privatlehrer in Lübeck. Er veröffentlichte zahlreiche Gedichte und Erzählungen vorwiegend historisch-patriotischen Inhalts. Sein Roman *Der Muttersohn. Roman eines Agrariers* erschien 1904.

10–11 *meinem Roman ›Buddenbrooks‹*] Eine der in Lübeck kursierenden Entschlüsselungs-Listen, mit denen die »Urbilder der Buddenbrooks« identifiziert werden sollten, bei Wysling/Schmidlin 1994, S. 118; vgl. auch Mendelssohn 1996 I, S. 472 und Moulden/Wilpert 1988, S. 11–25.

13 *als sachverständiger Zeuge*] Als Sachverständiger oder als Zeuge; s. o.

89 16–17 *Herrn von Brocken*] Enrico von Brocken war offenbar nur kurze Zeit als Staatsanwalt am Lübecker Landgericht tätig, möglicherweise als Assessor, und durchaus keine öffentlich bekannte Gestalt.

27–90.1 *Wenn man alle Bücher … allerunsterblichsten.*] Wörtlich wiederaufgenommen in *Bilse und ich*. Mit diesem Satz beginnt der gekürzte Münchner Wiederabdruck *Darf der Dichter Zeitgenossen porträtieren?*

90 1–4 *Goethe's Werther-Roman ... kompromittiert zu fühlen.*] In *Die Leiden des jungen Werther* (1774) hatte Goethe auf eigene Erlebnisse mit Charlotte Buff und Johann Christian Kestner, Maximiliane von Laroche und Peter Brentano zurückgegriffen. Der Hinweis wird in zugespitzter Formulierung in *Bilse und ich* (Textband S. 98) übernommen. In seinem Roman *Lotte in Weimar* (1939) zeigt Thomas Mann den Vorgang sehr viel deutlicher auch aus der Perspektive der Opfer. So spricht etwa Riemer gegenüber Lotte von »der Indiscretion des Genius, [...] seiner bürgerlich schwer zu rechtfertigenden Art« als einer »Rücksichtslosigkeit«, welche »dem Wirklichen eine poetische Gestalt zu geben und dem Erfundenen den Stempel des Wirklichen zu verleihen« gesucht und damit die Existenz anderer »als Mittel zum Zweck behandelt« habe (GW II, 419). Auch der Begriff der »Urbilder« erscheint hier wieder (etwa GW II, 400: »im Reiche der Urbilder«).

17 *mit wem ... verwandt fühle*] Diese zugespitzte Frage und Antwort werden in *Bilse und ich* nicht wieder aufgenommen.

25 *Pamphletist*] In *Bilse und ich*: »Pasquillant«.

91 2–3 *den berüchtigten Vogel ... Nest beschmutzte.*] So Thomas Manns Onkel Friedrich, der sich in Christian Buddenbrook wiederzuerkennen glaubte, in einer Postkarte an seinen Neffen um die Jahreswende 1903/04: »Neulich bekam ich plötzlich eine Karte von Onkel Friedel [...], auf der mit etwas entstellter Schrift zu lesen stand: ›Dein Buch *Die Buddenbrooks* haben mir viele Leiden bereitet. Ein trauriger Vogel, der sein eigenes Nest beschmutzt! Dein Onkel Friedrich Mann.‹ Zuerst empfand ich eine Art von komischem Stich. Dann dachte ich: ›Der Thor! Er begreift also nicht, daß ich mich besser, länger, leidenschaftlicher mit ihm beschäftigt habe, als sonst irgend jemand.‹« (An Heinrich Mann, 8.1.1904; GKFA 21, 260) Friedrich Mann wiederholte seinen Vorwurf zehn Jahre später in einem bekannten Protest-Inserat in den *Lübeckischen Anzeigen*

vom 28. Oktober 1913: Sein Neffe sei ein »trauriger Vogel, der sein eignes Nest beschmutzt.« Vgl. GKFA 1.2, 174.

91 32 *wer gewisse Arbeiten von mir gelesen hat*] Anspielung auf *Tonio Kröger* (1903) und die dort behandelte Spannnung von »Künstler-Libertinage« und (Lübecker) »Bürger«-Existenz.

NOTIZEN [I]

Entstehungsgeschichte und Quellenlage

Die in der Weihnachtsausgabe der Berliner Zeitung *Der Tag* 1905 veröffentlichten *Notizen* gehen mit Ausnahme der Anmerkungen zu Rousseau auf Einträge in Thomas Manns Notizbüchern zurück, die teils übernommen, teils umformuliert und ausgeführt werden; die Bezüge sind hier im einzelnen im Stellenkommentar nachgewiesen.

Die Veröffentlichung dieser Texte dürfte als Teil jener Orientierungsversuche zu verstehen sein, die Thomas Mann in der krisenhaften Phase nach dem Erfolg der *Buddenbrooks* und um die Zeit seiner Eheschließung unternahm. Wie er mit unterschiedlichen Novellen- und Romanplänen umging (*Fürstennovelle*, *Maja*, *Faustus*, *Ein Elender*, *Hochstaplernovelle*) und in *Fiorenza* auch mit dem Drama experimentierte, so zeigte er sich hier versuchsweise als Aphoristiker. Das Genre nimmt er auch insofern ernst, als er jede »Notiz« entweder mit einer eigenen Überschrift oder einem überschriftartig hervorgehobenen Stichwort versieht. Der einleitende Aphorismus reflektiert implizit diesen Genrewechsel selbst.

Vier Jahre später hat Thomas Mann in derselben Zeitung (und wiederum in der Weihnachtsausgabe) eine zweite und umfangreichere Folge von *Notizen* veröffentlicht: *Notizen [II]* (Textband S. 211–216); vgl. hier auch *Talent* (Textband S. 344) und *[Über Schiller]* (Textband S. 83).

Textlage

Die *Notizen* erschienen in *Der Tag* vom 24. Dezember 1905 (Nr. 640, 8; = Druckvorlage). Sie wurden erst in ARE I, 62f. wiederabgedruckt; nur das Aperçu über Wagners *Tristan* wurde ein weiteres Mal veröffentlicht, in Erika Mann (Hg.): *Wagner und unsere Zeit*. Frankfurt am Main 1963, S. 12.

Stellenkommentar

93 2 *Der Oligograph.*] Nach zwei Einträgen im 7. Notizbuch zum Stichwort »*Anti-Heinrich*« (mit Bezug auf Heinrich Manns Roman *Professor Unrat*): »Ich halte es für unmoralisch, aus Furcht vor den Leiden des Müßigganges ein schlechtes Buch nach dem andern zu schreiben.« Den Begriffs-Einfall »Ein Oligograph« (eine ironische Wortschöpfung in Analogie zu Begriffen wie »Oligarch«: der »Wenigschreiber«) hatte er bereits mehrere Seiten vorher ohne weitere Hinzufügungen festgehalten (Nb. II, 98 und 115).

6 *Bei Künstlern*] Der Aphorismus geht fast wörtlich zurück auf einen Eintrag im 7. Notizbuch. Dort ist die Reihenfolge der Begriffe »nervös« und »sentimental« umgekehrt, und beide sind nicht hervorgehoben. In der Veröffentlichung ist ein bezeichnender Zusatz weggelassen; der Notizbucheintrag endet: »Sie [die Sentimentalität der Nerven] ist mein Fall.« (Nb. II, 114) Das Begriffspaar bezieht sich auf Schillers Differenzierung von »naiver« und »sentimentalischer« Dichtung, mit der sich Thomas Mann in der wenige Monate zuvor erschienenen Schiller-Novelle *Schwere Stunde* auseinandergesetzt hatte (GW VIII, 371–379).

9 *»Confessions«*] Jean-Jacques Rousseaus (1712–1778) posthum 1782 und 1788 erschienene Autobiographie *Les confessions*, die Thomas Mann vermutlich im Juli 1904 kennengelernt hatte (Wysling 1982, S. 58), wird von ihm wiederholt als Beispiel einer rücksichtslosen Selbstdarstellung angeführt: vgl. etwa [*Tolstoi zum 80. Geburtstag*] (1908, Textband S. 200), *Vorwort zu einem Roman* (1913, Textband S. 388). Die Formel von der »Jean-Jacqueschen Schamlosigkeit« erscheint in der *Vorrede* zu den *Betrachtungen eines Unpolitischen* (GW XII, 16). Eine ähnliche Kritik dieses Wahrheitspathos kann Thomas Mann in Nietzsches *Wille zur Macht* gelesen haben (GOA XV, 43). – »Die ersten vier Zeilen des ganzen Werkes« lauten: »Je forme une entreprise qui n'eut jamais d'exemple et dont l'exécution n'aura point d'imitateur. Je veux montrer à mes semblables un homme dans toute la vérité de la nature; et cet homme ce sera moi.«

22 *In Wagners ›Tristan‹*] Wiederaufgenommen in der 8. Notiz zu

Geist und Kunst (deren Vorlage ansonsten wiederum eine Eintragung im 9. Notizbuch darstellt, in der aber genau dieser Vergleich fehlt): »Tristan: Künstlerpessismismus. Süßigkeit. Novalis, nicht Schopenhauer.« (GuK, 155) Auf Wagners Musikdrama *Tristan* hatte sich die Titelnovelle des Novellenbandes *Tristan* (1903) ironisch bezogen (vgl. auch *Leiden und Größe Richard Wagners*; GW IX, 363–426).

93 25 *Aufrichtig.*] Vorlage ist der weniger pointierte Eintrag im 7. Notizbuch: »Die Menschen, die ich am meisten hasse, sind diejenigen, die durch die Gefühle, die sie mir einflößen, mich auf die Schwächen meines Charakters aufmerksam machen.« (Nb. II, 39, vgl. ebd. S. 83)

29 *Der Abenteurer.*] Vorlage ist ein Eintrag im 7. Notizbuch (im Anschluss an die Vorlage des hier folgenden Aphorismus über russische Schriftsteller): »Ich kann lächeln, welchen Fall ich auch setze. So gleichgültig ist mir das Schicksal, wenn es nur ein Schicksal ist. Bin ich ein Abenteurer?« (Nb. II, 112) Der in der publizierten Version zur ›Überschrift‹ avancierte Begriff stammt aus dem Umkreis der Notizen zu *Tonio Kröger*. Tonios Bemerkung gegenüber Lisaweta Iwanowna vom Künstler als »Abenteurer« (GW VIII, 294) bezieht sich auf den Notizbucheintrag »*Der Litterat als Abenteurer.* Typus Henry.« (Nb. II, 71; dazu Detering 1994) – Der Aphorismus ist nach 1912 gekürzt wiederaufgenommen worden in die Notizen zum zweiten Buch des *Felix Krull*: »Kann lächeln, welchen Fall ich auch setze. So gleichgültig ist mir das Schicksal. Bin ich ein Abenteurer?« (Wysling 1982, S. 462)

94 1 *Der Artist.*] Wörtliche Übernahme eines Eintrags im 7. Notizbuch (Nb. II, 112).

BILSE UND ICH

Entstehungsgeschichte

Bilse und ich setzt in größerem Umfang und größerer Komplexität die Auseinandersetzung fort, die Thomas Mann mit *Ein Nachwort* begonnen und damit zunächst für abgeschlossen gehalten hatte; dazu und zur Vorgeschichte des Bilse-Komplexes insgesamt vgl. hier den Kommentar zu *Ein Nachwort*. Über die dort erläuterten Anlässe hinaus werden in diesem Essay noch zwei weitere Bezüge angedeutet, die zur Ausweitung in literarische Grundsatzreflexionen führten. Thomas Mann reagiert auf Vorwürfe zweier Kollegen: des zeitweise mit ihm befreundeten, gleichfalls in München lebenden Schriftstellers und zeitweiligen *Simplicissimus*-Redakteurs Arthur Holitscher (1869–1941), der sich in der Figur des Detlev Spinell in der Erzählung *Tristan* wiedererkannte (1901), sowie des Kritikers Alfred Kerr (1867–1948), der sich in Thomas Manns Artikel [*Über die Kritik*] (Februar 1905, vgl. Textband S. 86) angegriffen fühlte und dem er kurz zuvor, am 19. Oktober, das Drama *Fiorenza* zur Beurteilung zugeschickt hatte. (Vgl. Kommentar zu *Kritik und Schaffen*, hier S. 61–65.) Kerr und Holitscher stammten aus jüdischen Familien, insofern könnte auch hier – wie im Fall von *Wälsungenblut* (vgl. den Kommentar zu *Ein Nachwort*, hier S. 127–133) – die Selbstverteidigung Thomas Manns auf den Antisemitismus-Vorwurf reagieren.

Erwähnt wird *Bilse und ich* zuerst in einem Brief an Heinrich Mann vom 5. Dezember 1905, also bereits knapp einen Monat nach der Veröffentlichung von *Ein Nachwort* (GKFA 21, 336). An seine Schwierigkeiten bei der Ausarbeitung erinnert sich Thomas Mann 1907 in der *Mitteilung an die Literaturhistorische Gesellschaft in Bonn* (Textband S. 169f.). Der Essay erschien dann in den *Münchner Neuesten Nachrichten* vom 15. und 16. Februar 1906. Der nachmals mit der *Biene Maja* weltbekannt gewordene Schriftsteller und zeitweilige Verleger Waldemar Bonsels regte eine Buchpublikation an.

Thomas Mann stimmte diesem Vorschlag um »möglichst weiter Verbreitung« des Textes willen zu, wie er im neu geschriebenen und auf den 17. Februar (den »50. Todestage Heinrich Heines«) datierten *Vorwort* zur ersten Auflage betonte. Das Bändchen erreichte noch im selben Jahr drei Auflagen, eine vierte erschien mit einem neuen Vorwort 1910. 1922 wurde eine nochmals überarbeitete Fassung in RuA aufgenommen (vgl. hier Paralipomena).

Noch während der Arbeit hatte Thomas Mann den »Artikel« gegenüber Heinrich als »wenig bedeutend« beurteilt (17. Januar 1906; GKFA 21, 344). Spätestens seit seinem Brief an Ida Boy-Ed vom 27. Februar 1906 hat er aber die Bedeutung dieses »Manifests« zunehmend höher angesetzt: »Ich bin froh, daß mein Artikel Ihnen irgend etwas zu sagen vermochte. Er ist nicht übel *geschrieben*, das gebe ich ohne Weiteres zu. [...] Ein Münchener Verlag hat den Aufsatz als Broschüre herausgegeben.« (GKFA 21, 351f.) In einem Brief vom 2. März 1910 (an Walther Schotte, Reg. 10/17) spricht er dann von einem Plan, den Text zusammen mit u. a. dem *Versuch über das Theater* in einen Essayband aufzunehmen. Als sich 1927 die *Literarische Welt* abermals mit der Rundfrage an ihn wendet: »Darf der Dichter in seinem Werk Privatpersonen portraitieren?« (gedruckt in Heft 43 vom 28. Oktober), erklärt er, er habe seinen Bemerkungen im *Bilse*-Essay nichts mehr hinzuzufügen (Reg. 27/175).

Während einige der polemischen Passagen aus *Ein Nachwort* in *Bilse und ich* wörtlich wieder auftauchen (vgl. Stellenkommentar), werden die grundsätzlichen Reflexionen nun weitgehend neu formuliert und erheblich erweitert. Tatsächlich bedeutet der Essay gegenüber den beiden vorangegangenen Publikationen einen grundlegenden Neuansatz in Umfang, Stil, Thema und Argumentation. Über die genannten Anlässe hinaus geht es hier vor allem um einen »Artikel [...] über ›Erfindung‹ und ›Beseelung‹« (an Heinrich, 5. Dezember 1905; GKFA 21, 336). In einigen dieser Passagen führt Thomas Mann Überlegungen über dichterische »Indiscretion« weiter, die er bereits am 19. August 1904 – längst vor dem Lübecker Prozess – gegenüber Ida Boy-Ed angestellt hatte. Anlässlich einzelner Lübecker Reaktionen auf Figuren seiner *Buddenbrooks* hatte er dort geschrieben:

> Wie denken Sie nun eigentlich über Indiscretion? Ich schäme mich nicht, ebenso darüber zu denken, wie z. B. ganz große Collegen, Turgenjew und Rousseau, welch letzterer in seinen »Confessions« bemerkt: »Meine Bekenntnisse sind natürlicher Weise mit denen vieler anderer Leute verbunden; ich spreche die einen wie die anderen mit der gleichen Offenheit aus, da ich glaube, daß ich gegen niemanden mehr Rücksichten zu beobachten brauche, als ich auf mich selbst nehme …« Das ist es. Ich finde, daß Indiscretion jeden Stachel verliert, sobald sie auch (und in erster Linie) gegen die eigene Person des Autors gerichtet ist. Ich liefere in meinen Productionen michselbst mit einer solchen Leidenschaft aus, daß die paar Indiscretionen gegen andere daneben eigentlich kaum in Betracht kommen. (GKFA 21, 296)

Als Gegensatz zum eigenen Künstlertum galt ihm da noch nicht Bilse, sondern der ganz anders geartete Antipode Heinrich: »Dieses *Ethos* persönlicher Hingabe (die mit Liebe sehr verwandt ist) fehlt den Schriftstellern, die mit ihrer Kunst weniger auf Erkenntnis, als darauf aus sind, was sie die ›Schönheit‹ nennen, und zu ihnen gehört mein Bruder.« (Ebd. S. 296; vgl. *Das Ewig-Weibliche*, Textband S. 58.)

In *Bilse und ich* versucht Thomas Mann ein produktionsästhetisches Modell von subjektiver Aufrichtigkeit und überzeitlichem Geltungsanspruch zu entwerfen, das über die Selbstverteidigung hinaus auf eine grundsätzliche Orts- und Funktionsbestimmung des literarischen Kunstwerks in seinem Verhältnis zur empirischen Welt zielt (dabei gilt es ihm gleichviel, ob »eine überkommene Mär oder ein Stück lebendiger Wirklichkeit« aufgegriffen wird). Dennoch wird die anlassbezogene Polemik stellenweise noch satirisch zugespitzt (Psychologisierung von Brockens und Holitschers, narrative Ausmalungen). Nach dem Vorherrschen einer dieser beiden widerstreitenden Absichten lässt sich der Text in zwei Teile gliedern (Beginn der allgemeinen ästhetischen Reflexion ab »Eines steht fest: …«, Textband S. 98); gegen Ende wird diese Differenzierung durch erneute polemische Rekurse auf den Lübecker Prozess wieder überspielt.

Der umfangreichste Teil des Textes unternimmt über die Selbstrechtfertigung hinaus eine offensive Bestimmung dessen, was in *Ein Nachwort* als das künstlerische Gesetz gegenüber dem »bürgerlichen« apostrophiert worden war. Dabei wird einerseits eine radikale Subjektivität des Künstlers eingefordert. Andererseits wird unterstellt, dass es gerade seine Objektivität, die »Rücksichtslosigkeit der beobachtenden Erkenntnis und die kritische Prägnanz des Ausdrucks« seien, »was jene Feindseligkeit erweckt«. Diese Spannung entwickelt sich im Laufe der Argumentation zu einem zentralen Problem, wird aber bis zum Schluss nicht völlig aufgelöst.

Zwar hat Børge Kristiansen dafür plädiert, diese »subjektivistische Poetologie« insgesamt aus der Schopenhauer'schen Willensmetaphysik zu erklären, auf deren Terminologie Thomas Mann am Ende von *Bilse und ich* in der Tat anspielt: »Wie aber kann ich mein ganzes Selbst preisgeben, ohne zugleich die Welt preiszugeben, die meine Vorstellung ist?« (Dazu Kristiansen 1990, S. 824) Gleichwohl bleibt festzuhalten, dass Thomas Manns Formulierung in den Kategorien der Schopenhauer'schen Ästhetik nicht aufgeht. Über ihn hinaus speist sich der Künstler-Subjektivismus hier auch aus Konzepten der Frühromantik. In seinem Exemplar von Ricarda Huchs *Blüthezeit der Romantik* (Leipzig 1899) hat Thomas Mann sich u. a. die Bemerkungen angestrichen, nach Friedrich Schlegels Überzeugung enthalte »jeder Mensch, der gebildet ist und sich bildet, in seinem Innern einen Roman«, und: »Als den Hauptunterschied zwischen antiker und moderner Poesie bezeichnet er, daß die moderne […] Selbsterlebtes schildere […]. Und sind unsre modernen großen Romane etwas andres als Bekenntnisse?« Diese Passage hat Thomas Mann zusätzlich mit einem Ausrufezeichen versehen (Huch, *Romantik*, S. 302f.).

Zugleich reagiert der Text auf die Lübecker Vorwürfe mit dem Rekurs auf Positionen Nietzsches. Das geschieht explizit im ironischen Hinweis auf den »Erkenntnis-Lyriker Friedrich Nietzsche« und im Spiel mit dem Begriff des »Apollinischen«, das hier mit der »süße[n] Leyer« des bezaubernden Kunstwerks und dem »strenge[n] Bogen« des kritisch-richtenden Wortes verbunden wird: Der Künstler übt seine Kunst als Lebens-Kritik.

Die ästhetischen Argumentationsdefizite, die sich aus dem Gegensatz zwischen objektiver Lebenskritik und radikaler Subjektivität ergeben, sollen offensichtlich im Rückgriff auf religiöse Vorstellungen und Begriffe überbrückt werden. Damit ergibt sich im Untergrund der polemischen Selbstverteidigung eine weniger auffallende, aber eigenständigere Auseinandersetzung mit post- oder ersatzreligiösen Neubestimmungen der Kunst, wie Thomas Mann sie vor allem bei Wagner vorgefunden hat (und bald im *Versuch über das Theater* diskutieren wird). Im Verlauf dieses Gedankengangs werden einige zunächst scheinbar nur metaphorisch eingesetzte Begriffe aus der christlichen Tradition zu einem Beziehungsnetz verknüpft, das nun seinerseits an kunstreligiöse Entwürfe erinnert.

Zunächst wird dabei die Gestalt des Dichters selbst religiös überhöht. Damit werden die ihm vorgeworfenen Mängel mangelnder Erfindungsgabe, narzisstischer Gefühlskälte und Rücksichtslosigkeit umgedeutet in die Tugenden des Strebens nach einer durch aufopfernde Selbstzucht bewirkten Läuterung der defizienten Lebenswirklichkeit. Für sich genommen, stellt sich dieser Argumentationsstrang folgendermaßen dar:

»Das Stoffliche«, an sich belanglos, erfährt durch den Dichter eine »Beseelung«, indem er es »mit seinem Odem und Wesen erfüllt« (vgl. Gen 2,7) und damit »zu seinem Eigentum« macht, auf das fortan »niemand die Hand legen darf« (vgl. etwa Ex 19,5; Tit 2,14). Der Vorgang dieser »Beseelung« (dieser schon im Brief an Heinrich genannte Kernbegriff taucht siebenmal auf) wird über die Schopenhauer-Allusionen hinaus mit Bildern und Begriffen umschrieben, die neuplatonisch-mystischen Vorstellungen entstammen: Der Dichter begibt sich in die Lebenswirklichkeit und »identifiziert« sich »mit seinen Geschöpfen«, die so in »Emanationen des dichtenden Ich« transformiert werden – gerade dann, wenn es sich dabei um »ein widriges und entsetzliches Wesen« handelt. Das so erreichte »innere Einswerden« von Schöpfer und Geschöpf wird im Rückgriff auf christologische Begrifflichkeit umschrieben als eine auf »Versöhnliches« zielende »Erlösung«, auf den »Glauben [...], daß böse und stumme Dinge erlöst und gut gemacht werden, wenn man sie ausspricht«. (Vgl. *Der Literat*, Textband S. 362 und in *Über Fiorenza [II]. Brief an eine katholische Zeitung* die Bemerkung, er sei ein »Kritiker [...] von der Art, welche die zu richtende Erscheinung ganz in sich aufnimmt [...]«, Textband S. 188, sowie in *Die Hungernden*, 1903, die Wendung vom »stummen Leben« und der »Erlösung durch das Wort«; GW VIII, 270.)

Andererseits erscheint hier der so zum souveränen Schöpfer überhöhte Schriftsteller aber selbst als erlösungsbedürftig. (Vgl. auch *Das Ewig-Weibliche*, 1903, Textband S. 59 und Kommentar.) Thomas Mann erinnert daran, dass er seinem *Tristan*-Buch Ibsens (hier verkürztes) Wort vorangestellt habe: »Dichten, das ist Gerichtstag über sich selbst halten«. Zu seiner von den Kritikern als denunziatorisch empfundenen Darstellung Holitschers erklärt er: »Ich züchtigte mich selbst in dieser Gestalt«. Doch auch das »Schaffen« selbst bedeutet für ihn »*Schmerz* [...], Kampf und kreißende Qual«. (In der ebenfalls 1905 erschienenen Erzählung *Schwere Stunde* heißt es von Schiller: »er glaubte ja an den Schmerz« und »Das Talent selbst – war es nicht Schmerz?« GW VIII, 375.) Ihm wird »jedes Erleben zu einem Erleiden«; sein »Schmerz des Erkennens und Gestaltens« (der Begriff »Schmerz« erscheint zehnmal) bedeutet ein »Martyrium«. Dasselbe Bild für sein eigenes Künstlertum übernimmt Thomas Mann in *Der Tod in Venedig* aus Samuel Lublinskis *Die Bilanz der Moderne*, wo die Rede ist vom Martyrium des Heiligen, der »in stolzer Scham die Zähne aufeinander beißt und ruhig dasteht, während [ihm] die Schwerter und Speere durch den Leib gehen« (vgl. auch *Der Doktor Lessing*, Textband S. 218–224).

Indem so Vorstellungen vom Künstler als souveränem Schöpfer und als leidendem »Heiligen« einander gegenübertreten, ist aber die Grundspannung der ästhetischen Argumentation nicht aufgelöst, sondern lediglich in religiöser Bildlichkeit neu formuliert. Eine Synthese der Antinomien gelingt Thomas Mann allenfalls innerhalb des religiösen Bildfeldes, mithilfe der unüberbietbaren Pathosformel der »Passion«. Allein »das Werk, das ein Künstler in Schmerzen tat«, »*rechtfertigt*« den Ehrgeiz, den ihm seine unverständigen Kritiker als narzisstische Gefühlskälte vorwerfen. Im Schlussabschnitt des nachträglich verfassten *Vorworts* heißt es dann geradezu, dass der »Künstler-Egoist sein eigenes Herz als Monstranz zu erheben« beanspruche (Textband S. 114; vgl. auch die Vorrede zu den *Betrachtungen*, besonders GW XII, 16).

Die abschließende Analogisierung von »Manifest« und »Sendschreiben« bezeichnet insofern die durchgängige Ambivalenz des Textes durchaus zutreffend: eine spannungsvolle ästhetische Argumentation wird in theologischer Begrifflichkeit überhöht und gespiegelt, nicht aber überzeugend aufgelöst. Eine an Goethes klassische Ästhetik anklingende Lösung desselben Grundkonflikts postuliert Thomas Mann 1910 am Ende von [*Über Königliche Hoheit II*]: »Wer ist ein Dichter? Der, dessen Leben symbolisch ist. In mir lebt der Glaube, daß ich nur von mir zu erzählen brauche, um auch der Zeit, der Allgemeinheit die Zunge zu lösen, und ohne diesen Glauben könnte ich mich der Qualen des Produzierens entschlagen.« (Textband S. 242)

Quellenlage

Thomas Mann selbst beruft sich auf Lübecker Zeitungsartikel (ohne dass noch festzustellen wäre, welche er im einzelnen zur Kenntnis genommen hat); er greift Gedanken und Begriffe Brandes', Nietzsches, Schopenhauers auf (nachgewiesen im Stellenkommentar). Ob er Bilses Roman mehr als nur kursorisch gelesen hat, ist ungewiss.

Textlage

Der Essay erschien zuerst in den *Münchner Neuesten Nachrichten* vom 15. und 16. Februar 1906 (59. Jg., Nr. 75 und 77, jeweils S. 1f.; der zweite Teil beginnt hier mit dem Abschnitt »... Dies ist der Augenblick, noch etwas weiteres zur Sprache zu bringen«); diese Fassung ist hier wie in E I, 36–50 die Druckvorlage. Im selben Jahr erreichte die im Münchner Verlag E. W. Bonsels erschienene Buchausgabe mit dem neu geschriebenen *Vorwort* (vgl. Textband S. 112ff.) drei Auflagen. Sie ist gegenüber der ersten Zeitungsfassung nur geringfügig überarbeitet; die bei Matter und Potempa irrtümlich der Buchausgabe zugeschriebenen Änderungen bzw. Streichungen ganzer Abschnitte (ARE I, 383f.; Potempa 1992, S. 179) finden sich erst 1922 in RuA. Die dadurch entstandene Neufassung wird hier unter Paralipomena dokumentiert. Für die 4. Auflage des Büchleins 1910 arbeitete Thomas Mann das *Vorwort* wesentlich um (vgl. Textband S. 288–291). – Die Interpunktion in der Buchausgabe weicht mehrmals von derjenigen des hier zugrundegelegten Erstdrucks (Zeitungsfassung) ab; dabei ist nicht erkennbar, wo es sich um Autor-, wo um Setzereingriffe handelt. Solche Abweichungen werden hier nur vermerkt, wenn sie semantische Folgen haben.

Spätere Bearbeitungen

In den vier Auflagen der Buchausgabe hat Thomas Mann nur geringfügige Änderungen vorgenommen, die hier im Stellenkommentar vermerkt werden. Schon am 27. Februar 1906 aber hatte er in einem Brief an Ida Boy-Ed eine Spannung angedeutet zwischen dem »ganz persönliche[n] Document« und den »principiellen« Zusammenhängen, in die er sich begeben hatte (GKFA 21, 351f. – wiederaufgenommen im ersten *Vorwort*, vgl. Textband S. 112ff.). In der vierten Auflage der Buchausgabe sind sämtliche Hervorhebungen (durch Sperrung oder Kursivdruck) zurückgenommen.

Erst 1922 aber, als mit wachsender zeitlicher Distanz das Missverhältnis von Polemik und philosophischer Reflexion unübersehbar geworden war, nahm Thomas Mann bei der Aufnahme des Textes in RuA weitreichende Eingriffe vor, denen die meisten der vorwiegend anlassbezogenen Passagen zum Opfer fielen. Aus diesen Änderungen ergibt sich eine insgesamt neue Version des Textes: Zum ersten Mal wird jetzt die ästhetische Reflexion konsequent aus der Vermengung mit der persönlichen Polemik herausgelöst. Mit Rücksicht auf diesen grundlegend neuen Status wird der Text von 1922 hier deshalb im Abschnitt *Fassungen* vollständig dokumentiert.

Diese Neufassung von *Bilse und ich* wurde wiederaufgenommen in AuN, 19–31; GWA XI, 7–18; GW X, 11–22 (mit dem *Vorwort* von 1906) und in ARE I, 64–81 (mit beiden Vorworten sowie im Kommentar den später gestrichenen Passagen der Zeitungsversion).

Zur Rezeption des Bilse-Komplexes

Über *Ein Nachwort* hat Maximilian Harden sich gegenüber der Familie Pringsheim anerkennend geäußert, wofür Thomas Mann sich in einem Brief an ihn vom 25. November 1905 bedankt: »Unsere Freundin, meine belle-mère hat mir gestern die schöne Passage in Ihrem letzten Brief vorgelesen, die von mir handelt. Darf ich mich bedanken? Sie mögen glauben, daß es mir herzlich geschmeichelt hat, den Schriftsteller, den auf dem Gebiete des ›Artikels‹ heute in Deutschland, vielleicht in Europa, niemand übertrifft, so freundlich über meine kleine Replik sprechen zu hören.« (TM/Harden, 143; Hardens Brief ist verschollen.) In *Bilse und ich* wird Harden ausdrücklich gewürdigt; sein Lob für das *Nachwort* wird nochmals im Brief an Heinrich Mann vom 5. Dezember 1905 erwähnt (GKFA 21, 336).

Bereits auf die Münchner Version *Darf der Dichter Zeitgenossen porträtieren?* reagierte eine anonyme »alte Münchnerin« umgehend (in der *Allgemeinen Zeitung* vom 23. November 1905, Nr. 238) mit einem »offenen Brief an Thomas Mann«, in dem die »geistvoll-witzige Erwiderung« ambivalent beurteilt wird: »Recht haben Sie, daß Sie als Thomas Mann sich keine üble Nachrede von Ihren

Landsleuten gefallen lassen wollen. *Nicht* recht haben Sie, daß Sie Th. Manns kühne Zukunftsträume vor aller Welt entschleiern. Denn: Sie gehen von großen Voraussetzungen aus; Sie hoffen vor allem, daß Sie doch dereinst ein Goethe werden könnten.« Der bereits hier anklingende Vorwurf der Dichter-Hybris bestimmt auch weitere unmittelbare Reaktionen auf die Veröffentlichung von *Bilse und ich*. Kurt Martens schrieb in seinem Aufsatz *Die Gebrüder Mann* (*Leipziger Tageblatt* vom 21. März 1906; TM/Martens I, 242–247, Zitat S. 245f.):

> Thomas Mann sah sich erst kürzlich veranlaßt, in einer Broschüre ›Bilse und ich‹ ein Recht auf Porträtierung geltend zu machen. Niemanden wird er damit überzeugen. Die stolze Ablehnung aller menschlichen Gesichtspunkte zugunsten der rein künstlerischen mag für ihn als Künstler maßgebend sein, die menschliche Gesellschaft aber, der er nun einmal, wenn auch als unfreiwilliges Glied, angehört, wird die Folgen sozialer Rücksichtslosigkeit stets unangenehm spüren lassen.

Darauf antwortete Thomas Mann in einem Brief an den Freund vom 28. März 1906 (TM/Martens I, 226):

> Du sprichst sehr wegwerfend von ›Bilse und ich‹. Warum? Es ist sonderbar! Man glaubt immer, angesichts dieser Schrift irgendetwas bestätigen oder bestreiten zu müssen. Was denn nur? Eine Behauptung bestreitet man oder bestätigt sie. Aber – lies doch recht! – ich habe ja eigentlich nichts behauptet. Ich sage nicht: der Dichter hat das Recht die Leute zu portraitieren. Ein solches Recht ist nicht nachweisbar. Daß bedeutende Dichter zu allen Zeiten es für sich in Anspruch genommen haben, ist gewiß. Ich möchte diese Thatsache entschuldigen. Ich möchte auf den Irrthum hinweisen, der darin liegt, eine Wirklichkeit mit ihrem künstlerischen Nachbild praktisch zu identifizieren. Ich möchte ein Kunstwerk als etwas Absolutes, bürgerlich Indiscutables betrachtet wissen. Ich stelle ein Mißverhältnis fest und ich unternehme es, sein Entstehen zu analysieren, seine schädlichen Wirkungen womöglich abzuschwächen. Das ist

> Alles. Ist es unwürdig, unnütz, größenwahnsinnig? Ist es nicht im Interesse der Gesellschaft sowohl wie der Kunst gehandelt? Ich hatte auf schlichten Dank gerechnet und ich höre Ja, ja! oder Nein, nein! schreien. Kurios ist die Welt.

Diese Passage wird dann nahezu wörtlich in die zweite Fassung des *Vorworts* (1910, Textband S. 290) übernommen.

Die Buchveröffentlichung wurde in mehreren Zeitungen besprochen. Die *Lübeckischen Blätter* erinnern in ihrer Rezension (48. Jg., Nr. 14 vom 8. April 1906) an die Gerichtsverhandlung, betonen aber, dass das »Problem des Buches« mit einer »Frage [...] allgemeinerer Art« zu tun habe, und urteilen: »Wie in ihm [dem Dichter] diese Phantasien entstehen, wie sehr er dazu Mühe und Schmerz auf sich nehmen muß, davon erzählt die Broschüre in ergreifenden Worten. Und sollten diese Mühe, dieser Schmerz umsonst gewesen sein, sollte ihr Ertrag vergraben werden, weil er bei solchen Anstoß erregen könnte, die Kunst und Wirklichkeit nicht auseinanderzuhalten vermögen? Soll die Kunst bestraft werden für den Unverstand und die Klatschsucht des Publikums? –«

Richard M[oritz] Meyer rezensierte die Schrift in der *Nation* (Berlin, 23. Jg., 1906, Nr. 41, S. 650–652); in einem Brief vom 18. Februar 1907 bedankt sich Thomas Mann für seinen Artikel (Reg. 07/5). Meyer betont, dass die »Bedeutung« der »geistreiche[n] kleine[n] Flugschrift [...] weit über den Anlaß herausgeht«, auf den der »in seinem berechtigten Künstlerstolz beleidigte Schriftsteller wohltönend« und unter einem »etwas koketten Titel« reagiere: »Was Thomas Mann [...] über die kritische Anlage eines bestimmten Typus moderner Autoren, oder über die Pathologie der Beobachtung äußert, das [...] ist für die Psychologie des dichterischen Prozesses von großer Wichtigkeit.« Im übrigen konzentriert sich seine Kritik aber auf die »für das größere Publikum« interessantere Frage nach dem Recht des Dichters »auf die Benutzung kenntlicher Modelle« und hält Thomas Mann eine zu einseitig auf das Recht des Künstlers beschränkte Perspektive vor. Dagegen wolle er selbst »die Sache vom Standpunkt des Wanderers betrachten, der auch von dem prachtvollsten Löwen ungern aufgefressen wird.«

Im konservativen Berliner *Eckart* (4 [1909], S. 239–255) besprach Julius Havemann unter der Überschrift *Thomas Mann* neben *Buddenbrooks, Königliche Hoheit, Der kleine Herr Friedemann, Tristan* und *Fiorenza* auch die »durch Inhalt, Form und die bewunderungswürdige Sicherheit, mit der er hier für sein ehrliches und vornehmes Künstlertum und damit zugleich für alle rechte und echte Kunst das Floret [sic] führt, gleich einnehmende kleine Streitschrift ›Bilse und ich‹, die bei einer Beurteilung dieses Dichters und Denkers nicht übersehen werden soll.« Dem Lübecker Prozess verdanke man eine »Schrift [...], in der Mann mit Lessingscher Schärfe und Sicherheit nicht gegen seine engeren Landsleute, sondern gegen alle ›Leute‹ zu Felde zieht, eine Wirkung, die gewiß [...], wie einst der ›Anti-Goeze‹ den Namen jenes trefflichen Pastors, den seinen der Nachwelt überliefern dürfte.« Thomas Manns dänischer Übersetzer Harald Nielsen bezog in seinen Aufsatz *Thomas Mann* (in: *Samtiden*, Oslo, 24 [1913], S. 546–48 und S. 623–33) neben anderen Essays auch *Bilse und ich* mit ein. 1925 schließlich referiert Arthur Eloesser in seiner Thomas-Mann-Monographie die »sehr gründlich[e]« Schrift vollends unabhängig von *Buddenbrooks* als einen für das bisherige Werk programmatischen Text (Eloesser 1925, S. 127–132).

Stellenkommentar

95 3 *eines Preß-Prozesses*] Eines Prozesses um Fragen der Meinungs- und Pressefreiheit.

7 *meinem Roman »Buddenbrooks«*] Vgl. den Stellenkommentar zu *Ein Nachwort*, S. 88₁₀₋₁₁.

13–19 *Der Vertreter der Klage ... namhaft gemacht.*] Nahezu wörtliche Paraphrase eines Abschnitts aus *Ein Nachwort*; dort noch ohne »beständig mit großer Strenge«.

23 *soll er in einer großen Zeitung stehen*] In der Buchausgabe geändert zu: »Einmal soll er ein bischen berühmt sein, ich will's veranlassen.«

96 13 *von dem die Zeitungen sprechen würden? ...*] In der Buchausgabe sind die drei Punkte gestrichen.

96 18 *Blütentraum*] Ironische Anspielung auf Goethes Hymne *Prometheus*: »Weil nicht alle Knabenmorgen- / Blütenträume reiften« (V. 50f.).

25–26 *Bildungsgrad ... Gelegenheit genommen hat*] Der Verfasser selbst hatte Gelegenheit genommen, mit Mühe den schulischen Bildungsgrad eines »Einjährig-Freiwilligen« zu erwerben. (Vgl. auch *Im Spiegel*, Textband S. 181.)

97 3–4 *das Bilsenkraut als ein recht frommes Gewächslein*] Das unansehnliche und hochgiftige Bilsenkraut war im Mittelalter als Bestandteil von ›Hexensalben‹ beliebt; in Shakespeares *Hamlet* wird es zur Ermordung von Hamlets Vater verwendet. Das Wortspiel übernimmt Thomas Mann aus Maximilian Hardens in dessen Zeitschrift *Zukunft* erschienener Satire *Lieutenant Bilse*, wo es sich wiederum auf eine in Bilses Roman geschilderte *Hamlet*-Parodie bezieht.

10–11 *von der Maas bis an die Memel*] Ironische Anspielung auf Hoffmann von Fallerslebens *Lied der Deutschen*: »Von der Maas bis an die Memel, / Von der Etsch bis an den Belt: / Deutschland, Deutschland über alles, / Über alles in der Welt!«

21–22 *mit Tristan zu reden*] Isolde in Wagners *Tristan* (2. Aufzug, 2. Szene): »Doch uns're Liebe, / heißt sie nicht Tristan / und – Isolde? / Dies süße Wörtlein: und, / was es bindet, / der Liebe Bund.« (Vgl. auch *Goethe und Tolstoi*, GW IX, 60, zum »Gebrauche des Wortes ›und‹«.)

22 *es will mir nicht aus dem Sinn.*] Anspielung auf Heines *Lorelei*: »Ein Märchen aus uralten Zeiten, / Das will mir nicht aus dem Sinn.«

27 *Winkel-Pasquillanten*] Korrigiert aus: »unreiner Pamphletist« in *Ein Nachwort*.

98 15–21 *Eines steht fest ... allerunsterblichsten.*] Wörtliche Übernahme aus *Ein Nachwort*, Textband S. 89f.

24–25 *Goethe hatte Mühe*] Vgl. hier den Stellenkommentar zu *Ein Nachwort*, S. 90₁₋₄.

28 *Jäger-Memoiren*] Iwan S. Turgenjews (1818–1883) Roman *Aufzeichnungen eines Jägers* (1852).

98 32 *statt frei zu »erfinden«*] Anspielung auf Goethes Gespräch mit Eckermann am 18. September 1823: »Besonders warne ich vor *eigenen* großen Erfindungen [...]. Bei einem *gegebenen* Stoff hingegen ist alles ganz anders und leichter.« Thomas Mann hat die Stelle früh gekannt (Näheres in Koopmann 1991, S. 28; auch der Kontext des Gesprächs fügt sich in Thomas Manns eigene Argumentation). In seinem Schreiben an die Literarhistorische Gesellschaft in Bonn zitiert Thomas Mann eine ähnliche Äußerung Goethes gegenüber Laube, die er auch im 9. Notizbuch festgehalten hat (Nb. II, 169): »Das Benutzen der Erlebnisse ist mir immer Alles gewesen; das Erfinden aus der Luft war nie meine Sache: ich habe die Welt stets für genialer gehalten, als mein Genie« (vgl. Textband S. 170).

99 4 *Geschichte der Dichtung*] In der vierten Auflage der Buchausgabe steht statt »der Dichtung«: »der Dichter«.

11–12 *Nachwort zu »Väter und Söhne«*] Zitat aus dem Anfang des Nachworts zu Turgenjews Roman *Väter und Söhne* (1863) in der Übersetzung von Wilhelm Lange (2. Auflage. Leipzig: Reclam um 1880).

19–20 *einem jungen deutschen Schriftsteller*] Nicht ermittelt.

22 *kolportagehaft*] Thomas Manns eigene Werktitel bestanden häufig aus Eigennamen: *Der kleine Herr Friedemann*, *Buddenbrooks*, *Tonio Kröger*. Zum »Kolportage«-Begriff vgl. [*Volksromane*] (Textband S. 84f.) und Kommentar (hier S. 119f.).

30–31 *Und, um den ungeheuersten Fall*] In der Buchfassung ist das Komma gestrichen.

32 *Shakespeare*] Die folgenden Bemerkungen folgen z. T. der dreibändigen Shakespeare-Monographie von Georg Brandes: *Englische Persönlichkeiten. Dritter Teil: William Shakespeare.* Teile 1–3. 3. durchgesehene Auflage. München 1904 (= Georg Brandes: *Gesammelte Schriften. Deutsche Original-Ausgabe.* 6.–8. Band; dänisch bereits 1896). Thomas Manns Exemplar ist im TMA erhalten und weist zahlreiche Anstreichungen und Randnotizen auf. Hieraus bezieht er u. a. die Information, dass das Vorbild des Falstaff (»wie ich höre«) Chettle geheißen habe. (Dazu Ebel 1978, S. 309f.)

100 7 *der Kollege von Forbach*] Leutnant Bilse, dessen Roman in Forbach spielt.

9 *John Falstaff*] Figur in Shakespeares Schauspielen *Die lustigen Weiber von Windsor*, *König Heinrich IV.* und *König Heinrich V.*

20 *Die Beseelung ... das schöne Wort!*] In der Buchfassung ist das Ausrufezeichen durch einen Punkt ersetzt.

101 2–3 *Als ich ›Buddenbrooks‹ zu schreiben begann*] In Rom im Oktober 1897.

9 *Drei Jahre lang schrieb ich*] In der Buchausgabe: »Drei Jahre schrieb ich«.

9–10 *mit Müh' und Treue*] In der vierten Auflage der Buchausgabe: »mit Mühe und Treue«.

102 1 *Emanationen*] Begriff aus der neuplatonischen Philosophie (aus lat. »emanare«: herausfließen): Gott bringt aus sich selbst seine Geschöpfe hervor.

2 *Antonio und Tasso*] Der erfahrene Diplomat und der kompromisslose Dichter in Goethes Drama *Torquato Tasso* (1790).

3 *Basaroff und Paul Petrowitsch*] Der junge Nihilist und der konservative Aristokrat in Turgenjews Roman *Väter und Söhne*.

7–8 *Shylock, der Jude*] Protagonist von Shakespeares Drama *Der Kaufmann von Venedig*; vgl. hier Entstehungsgeschichte zum Antisemitismus-Vorwurf gegenüber Thomas Manns *Wälsungenblut*. – Vielleicht bezieht sich Thomas Mann auch hier auf Brandes' *Shakespeare*-Monographie (etwa Bd. 6, S. 195 und S. 214; vgl. Ebel 1978, S. 316f.).

16 *die Maske*] Gegenüber Grautoff verwendet Thomas Mann den Begriff mit Bezug auf das eigene Werk: »Seit dem ›Kleinen Herrn Friedemann‹ vermag ich plötzlich die diskreten Formen und Masken zu finden, in denen ich mit meinen Erlebnissen unter die Leute gehen kann« (6. April 1897; GKFA 21, 89).

18 *Othellos Schwärze*] Vgl. die entsprechende, ausführliche Passage in *Versuch über das Theater* (Textband S. 155f.).

28 *einem Buche*] Die Novellensammlung *Tristan* (1903). Zur Ähnlichkeit zwischen dem Protagonisten der Titelerzählung, Detlef

Spinell, und dem Schriftsteller Arthur Holitscher vgl. hier Entstehungsgeschichte.

102 28 *Wort von Ibsen*] Ibsens berühmtes Gedicht: »Ein Vers / *Leben* heißt – dunkler Gewalten / Spuk bekämpfen in sich. / *Dichten* – Gerichtstag halten / Über sein eignes Ich.« (*Sämtliche Werke*. Bd. 1. Berlin 1903, S. 167)

32 *meinerselbst*] In der vierten Auflage der Buchausgabe: »meiner selbst«.

103 13 *Der Andere?*] In der vierten Auflage der Buchausgabe: »Der andere?«

31–104.4 *zu höheren Zwecken … mein Feind.*] In der vierten Auflage der Buchausgabe folgt ein Komma.

104 7 *wenn man sie ausspricht*] In der Buchfassung geändert zu: »indem man sie ausspricht«.

11 *Das ist Der, ist Die*] In der vierten Auflage der Buchausgabe: »Das ist der, ist die.«

105 28 *eine Schule von Geistern*] Wiederaufnahme aus [*Über die Kritik*] (Textband S. 86). Den erst hier eingeführten Begriff »Erkenntnis-Lyriker« (in der vierten Auflage der Buchausgabe: »Erkenntnislyriker«) bezieht Thomas Mann wahrscheinlich aus Theodor Lessings Buch *Schopenhauer, Wagner, Nietzsche* (München 1906, dort S. 426), das er Lessing zufolge im Herbst 1905 las und aus dem er »bestimmte, *mir allein zugehörige* Termini« übernommen habe (Theodor Lessing: *Samuel zieht die Bilanz und Tomi melkt die Moralkuh.* Hannover 1910, S. 49; vgl. *Der Doktor Lessing*, Textband S. 218–224). Mitsamt dem »apollinischen« Doppelsymbol von Bogen und Leier (s. u.) wurde die Passage wiederaufgenommen ins Kapitel *Einkehr* der *Betrachtungen eines Unpolitischen* (GW XII, 87). Zur selben »Schule« zählt Thomas Mann auch Heine, auf dessen 50. Todestag er dann das *Vorwort* datieren wird (Textband S. 114 und GW XII, 87f.; vgl. *Heinrich Heine, der »Gute«* und *Kritik und Schaffen*, Textband S. 21ff. und S. 47–50). Volkmar Hansen hat vermutet, dass Thomas Mann auch das Doppelsymbol von Heine bezogen hat: »großer schöner Gott, der du ebenfalls die goldene Leier zuweilen vertauschtest mit dem

starken Bogen und den tödlichen Pfeilen« (*Buch der Lieder, Vorrede zur dritten Auflage 1839*). (Hansen 1975, S. 118)

106 6 *Dégagiertheit*] Von frz. »dégagé«: Gegenbegriff zu »Engagiertheit«.

10–11 *tief erkennen und schön gestalten*] Wörtliche Übernahme aus *Gabriele Reuter*, Textband S. 65.

14 *Schmerz ist*] Ähnlich Lorenzo in *Fiorenza*: »Ichsüchtig sind wir Herrscher, und sie schelten uns so, weil sie nicht wissen, daß wir's aus Leiden sind. Hart nennen sie uns und verstehen nicht, daß es der Schmerz war, der uns so gemacht.« (GW VIII, 1064)

23 *hörte ich einen Dichter sagen*] Selbstzitat aus Tonios Bekenntnissen gegenüber Lisaweta Iwanowna in *Tonio Kröger* (GW VIII, 300), allerdings auf den neuen Kontext hin umformuliert; in der Erzählung heißt es: »um auf die ›Erkenntnis‹ zurückzukommen« und »psychologische Hellsicht«. Die parodistische Anspielung auf die Seligpreisungen der Bergpredigt (Mt 5,3ff.) und der letzte Satz sind neu hinzugefügt.

107 8 *zwingt Dich der Dämon, zu »beobachten«*] In der *Einführung* zur bei S. Fischer erschienenen Übersetzung von Henrik Ibsens *Nachgelassenen Schriften* (Bd. 4. Berlin 1909) hat Thomas Mann später eine ähnliche Stelle angestrichen: »›Dichten ist sehen‹, sagte er [Ibsen] einem jungen Schriftsteller zu Beginn der achtziger Jahre; ›ich sehe alles‹, fügte er hinzu« (S. 234). Der Begriff »Beobachtung« ist hier an die Stelle dessen getreten, was in *Tonio Kröger* »Erkenntnis« heißt (vgl. GW VIII, 300).

11–12 *die Rasse, das Soziale, das Psychologische*] Vielleicht Anspielung auf Hippolyte Taines soziologische Begriffe, die für den Naturalismus zur schlagwortartigen programmatischen Formel wurden: »race, moment, milieu«.

20–21 *tieferer Art … »die Liebe« nennt!*] In der vierten Auflage der Buchausgabe: »tieferer Art, als das, was euer Weichmut ›die Liebe‹ nennt«. – Vgl. die unterschiedlichen Bewertungen des Begriffs in *Tonio Kröger*, vor allem die abschließend-programmatische Anspielung auf den 1. Korintherbrief: »Denn wenn irgend etwas imstande ist, aus einem Literaten einen Dichter zu machen, so ist es diese meine Bürgerliebe zum Menschlichen, Lebendigen und Gewöhnlichen. Alle Wärme, alle Güte, aller Humor kommt aus ihr, und fast will mir scheinen, als sei sie jene Liebe selbst, von der geschrieben steht, daß einer mit Menschen- und Engelszungen reden könne und ohne sie doch nur ein tönendes Erz und eine klingende Schelle sei.« (GW VIII, 338)

107 22–23 *ein Zweites*] In der vierten Auflage der Buchausgabe: »ein zweites«.

108 9–10 *das schwirrt und trifft*] Selbstzitat: In *Wälsungenblut* wird Beckerath von den Geschwistern Aarenhold angegriffen: »Sie fielen über ein Wort her, ein einzelnes, das er gebraucht hatte, zerzausten es, verwarfen es und trieben ein anderes auf, ein tödlich bezeichnendes, das schwirrte, traf und bebend im Schwarzen saß ...« (GW VIII, 389).

11 *Bogen ... Leyer*] Dieses Lieblingsbild Thomas Manns erscheint hier zum ersten Mal; erneut in der 40. Notiz zu *Geist und Kunst*, mit wörtlichem Bezug auf diese Stelle (GuK, 171). Mitsamt den Bemerkungen zu Nietzsches »Schule« (vgl. hier den Stellenkommentar zu »eine Schule von Geistern«, S. 105_{28}) wiederaufgenommen ins Kapitel *Einkehr* der *Betrachtungen eines Unpolitischen*: »Er brachte den Bogen neben der Leier als apollinisches Werkzeug in Erinnerung, er lehrte zu treffen, und zwar tödlich zu treffen.« (GW XII, 87) Ab RuA fungieren Bogen und Leier als Buchschmuck für zahlreiche Bücher Thomas Manns (dazu grundlegend Potempa 1971).

21 *Umfrage*] Vgl. [*Über die Kritik*] (Textband S. 86f.); gemeint ist mit dem »Typus des modernen Kritikers« wohl Alfred Kerr. Vgl. auch Thomas Manns Brief an Theodor Lessing vom 27. Februar 1906 (Reg. 06/16).

109 19 *Fall Maximilian Hardens*] Vgl. den Kommentar zu [*Maximilian Harden*], hier S. 233ff.

110 4 *Das Leiden sollte umsonst gewesen sein?*] Selbstzitat aus *Schwere Stunde*: »Und der Ehrgeiz spricht: Soll das Leiden umsonst gewesen sein?

Groß muß es mich machen! …« (GW VIII, 376). Ähnlich in *Fiorenza* Savonarola zu Lorenzo: »Ehrgeiz spricht: Das Leiden darf nicht umsonst gewesen sein. Ruhm muß es mir bringen!« (GW VIII, 1064).

110 22–23 *der Fröhlichen Wissenschaft*] Anspielung auf Nietzsches *Die fröhliche Wissenschaft* (1882, 2. Auflage 1887).

24 *Dichter und Denker*] Zitiert wird Friedrich Schlegel (*Ideen*, Nr. 113); Thomas Mann hat das Zitat angestrichen in dem (im TMA erhaltenen) Band: Friedrich Schlegel: *Fragmente.* Ausgewählt und herausgegeben von Friedrich von der Leyen. Jena/Leipzig 1904, S. 132.

27–28 *die Welt … Vorstellung ist?*] Anspielung auf Schopenhauers Formel *Die Welt als Wille und Vorstellung.*

25–26 *unnützer Knecht*] Anspielung auf das Bibelwort: »Wir sind unnütze Knechte; wir haben getan, was wir zu tun schuldig waren.« (Lk 17,10)

Paralipomena

Bilse und ich

Überarbeitete Fassung von 1922. In RuA gleichwohl mit der Datierung »1906« versehen.

Bilse, man erinnert sich, ist der glänzende Militär, der uns das Epos von der »Kleinen Garnison« bescherte. Zu Lübeck nun, meiner Vaterstadt, ist neulich beim Austrag eines Preßprozesses, eines geräuschvollen, für uns aber unbeträchtlichen Handels, viel und heftig von uns beiden die Rede gewesen: von Bilse und mir, oder eigentlich von meinem Roman »Buddenbrooks«, einem Buche, das in jedem Skandalprozeß unbedingt zur Sache gehört, und zwar darum, weil seine Figuren zum Teil nach lebenden Personen gebildet sind, weil ich Heimatserinnerungen verschiedener Art, ehrwürdige und skurrile, an Menschen und Verhältnisse, die auf meine empfängliche Jugend Eindruck gemacht, darin zu einigem Leben erweckt habe. Der Vertreter der Klage zumal hat meinen Namen und den meiner Erzählung beständig mit großer Strenge im Munde geführt; und in seinem Plädoyer hat er schließlich, indem er von »Bilse-Romanen« sprach, als Beispiel für diese neue und skandalöse literarische Gattung den Roman »Buddenbrooks« nachdrücklich namhaft gemacht. »Ich stehe nicht an,« sagte er, »laut und offen zu behaupten, daß auch Thomas Mann sein Buch à la Bilse geschrieben hat, daß auch ›Buddenbrooks‹ ein Bilse-Roman ist, und ich werde diese Behauptung vertreten!« Hoch aufgerichtet stand er da.

Unzweifelhaft glaubte er, was er sagte. Er glaubt vor allem, daß die literarische Gattung, die er »Bilse-Romane« nennt, in unseren schlimmen Tagen entstanden, von ihm entdeckt und benannt worden sei. Der Bildungsgrad, den zu erwerben er Gelegenheit genommen hat, gestattet ihm nicht, zu wissen, daß stets neben der eigentlichen Literatur eine andere, bedenkliche, eine Bilse-Literatur, wenn man will, bestanden hat, und zu gewissen Zeiten zu besonderem Flor gelangt ist, deren Erzeugnisse, künstlerisch wertlos, doch nicht ohne kulturgeschichtliches Interesse, sich den Nimbus des Skandalösen oft noch bewahren, wenn alles Persönlich-Kompromittierende längst daran abgewelkt ist. Er weiß nicht, daß neben den Giftblüten, welche die Klatsch- und Memoirenliteratur im 18. Jahrhundert trieb, das Bilsenkraut als ein recht frommes Gewächslein wirkt. Er hält Herrn Bilse für den Vater alles Skandals und mich für seinen Bruder im Geist. So sieht er mich, Gott steh' ihm bei! Er zweifelt nicht, daß meine literarischen Bemühungen nur darum einige Teilnahme gefunden haben, weil ich in »Buddenbrooks« ein paar Lübecker Bürgertypen behaglich abkonterfeit habe, eine Tatsache, die seiner Anschauung nach das deutsche Publikum von der Maas bis an die Memel mit lüsterner Schadenfreude erfüllt hat. Er findet keinen Unterschied zwischen mir und dem Mann der »Kleinen Garnison«, fände keinen, auch wenn er wollte. »Ich will's vertreten!« sagt er. Hoch aufgerichtet, in streitbarer Einfalt, steht er da. – Und so wollen wir ihn stehen lassen.

Freilich, man geht zur Tagesordnung über. Man hängt seinen Aufgaben nach, träumt seine Träume, schreibt seine Briefe, liest was Rechtes und denkt nicht mehr an Skandalprozesse. Und dennoch ... »Bilse und ich«: dies süße Wörtlein »Und«, mit Tristan zu reden, es will mir nicht aus dem Sinn. Es macht mir Gedanken, es verallgemeinert sich, es wird zum Problem ... Wie konnte es geknüpft werden, dieses Und? Wie kann es geschehen, daß ein Künstlertum von einiger Strenge und Leidenschaft ohne Zaudern verwechselt wird mit dem Wesen und Wirken eines Winkel-Pasquillanten, der sein bißchen subalterne Gehässigkeit in falsches Deutsch brachte? Denkt nicht, daß es müßig ist, so zu fragen, daß die Frage euch und mich nichts angeht! Ich kenne solche, die heute jenen Ankläger einen Tropf heißen und nächstens vielleicht selber mir zurufen: »Bilse! Schmähschreiber! Höchst anstößiger Gesell!« Dann nämlich, wenn ich bei der künstlerischen Erledigung irgendeines Erlebnisses ein wenig rücksichtslos gegen *sie* gewesen sein werde ...

Was ich über diese Dinge zu sagen habe, liegt mir am Herzen für jetzt und künftighin, und auf einem Abendspaziergange habe ich beschlossen, einen Artikel daraus zu machen, damit recht viel Leute es lesen. Denn wenn recht viele Leute es lesen, so hat es gute Chancen, auch von denen gelesen zu werden, die es angeht. Es kann allgemein nützlich wirken, kann aufklären, im voraus begütigen und versöhnen, Mißverständnissen vorbeugen ... Will man mir noch ein Weilchen zuhören? Noch zehn Minuten?

Eines steht fest: Wenn man alle Bücher, in denen ein Dichter, ohne von anderen als künstlerischen Rücksichten geleitet worden zu sein, lebende Personen seiner Bekanntschaft porträtiert hat, auf den Namen Leutnant Bilse's taufen wollte, so müßte man ganze Bibliotheken von Werken der Weltliteratur unter diesem Namen versammeln, darunter die allerunsterblichsten. Ich habe nicht Raum für die Beispiele, die ich herbeischleppen könnte; ich müßte die Literaturgeschichte durchzitieren. Nehmt meinetwegen Iwan

Turgenjew, nehmt sogar Goethe – auch sie haben Ärgernis gegeben. Goethe hatte Mühe, nach dem »Werther« die kompromittierten Urbilder der Lotte und ihres Ehemanns zu besänftigen. Turgenjew erregte Empörung, als er die russischen Gutsbesitzer, deren Gastfreundschaft er genossen hatte, in seinen Jägermemoiren mit unbedenklicher Meisterhand abkonterfeite. Und es ist schlechterdings kein Zufall, daß einem, der in der Vergangenheit nach starken und zweifellos echten Dichtern sucht, welche, statt frei zu »erfinden«, sich lieber auf irgend etwas Gegebenes, am liebsten auf die Wirklichkeit stützten, gerade die großen und größten Namen sich darbieten; daß es dagegen die teuersten Namen nicht sind, die sich melden, wenn man in der Geschichte der Dichtung nach großen »Erfindern« forscht.

Es scheint gewiß, daß die Gabe der Erfindung, mag sie dichterisch sein, doch bei weitem nicht als Kriterium für den Beruf zum Dichter gelten kann. Mehr noch, es scheint, daß sie eine schlechthin untergeordnete Gabe ist, die von den Guten und Besten oft als fast schon verächtlich empfunden und jedenfalls ohne Kummer entbehrt wurde. Turgenjew, in seinem Nachwort zu »Väter und Söhne«, erklärt gelassen: »Da mir eine bedeutende Erfindungsgabe nicht zuteil geworden, bedurfte ich stets eines bestimmten Bodens, auf dem ich mich frei und sicher bewegen konnte … Was den Basaroff anlangt, so lieferte mir die Grundzüge ein junger, in der Provinz lebender Arzt …« Ich höre nicht viel Bedauern, im Gegenteil: eine Art von Stolz aus diesen Worten heraus, und mir fällt dabei ein Gespräch über Büchertitel ein, das ich eines Tages mit einem jungen deutschen Schriftsteller führte, und das dieser Schriftsteller mit der Bemerkung schloß: »Wissen Sie – eigentlich sind doch alle Titel, außer den Eigennamen, kolportagehaft.« Sehr gut. Und es ist diese Geschmacksrichtung, die »eigentlich« und am liebsten auch alle »Erfindung« für kolportagehaft erklären möchte.

Schließlich, ob nun die Geschichte, die Sage, die alte Novellistik, ob die lebendige Wirklichkeit selbst das »Gegebene« ist, worauf ein Dichter sich stützt, – gilt das nicht, im Wesen, gleichviel? Was hat also Schiller, was Wagner in diesem Sinne erfunden? Kaum eine Gestalt, kaum einen Vorgang. Und um den ungeheuersten Fall von Dichtertum zu nennen, den die Erde sah: Shakespeare … so besaß er ohne Zweifel, wie er alles besaß, auch Erfindung; aber noch sicherer ist, daß er nicht viel Gewicht darauf legte und nicht viel Gebrauch davon machte. Hat er je eine Fabel erfunden? Auch die krausen Intrigen seiner Lustspiele sind nicht von ihm erdacht. Er arbeitete nach alten Theaterstücken, nach italienischen Novellen – und übrigens, erzürnter Leser, porträtierte er Zeitgenossen, wenn auch auf leidlich andere Art als der Kollege von Forbach. Er porträtierte zum Beispiel einen dicken Mann seiner Bekanntschaft, der, wie ich höre, Herr Chettle hieß, und es wurde John Falstaff daraus. Er fand viel lieber, als daß er erfand. Er trieb irgendeine naive Geschichte auf, die tauglich schien, ihm als Gleichnis und buntes Kleid, als sinnliches Mittel zur Darstellung eines Erlebnisses, einer Idee zu dienen. Seine Folgsamkeit der vorgefundenen Fabel, seine Demut der gegebenen Äußerlichkeit gegenüber ist erstaunlich, ist rührend, ja sie müßte unfrei und kindlich wirken, wenn sie sich nicht als eine vollkommene Verachtung des Gegenständlichen erklärte, als die Verachtung eines Dichters, dem das Stoffliche, der Mummenschanz der Fabel gar nichts, die Seele, die Beseelung alles bedeutet.

Die Beseelung … da ist es, das schöne Wort. Es ist nicht die Gabe der Erfindung, – die der Beseelung ist es, welche den Dichter macht. Und ob er nun eine überkommene Mär oder ein Stück lebendiger Wirklichkeit mit seinem Odem und Wesen erfüllt, die Beseelung, die Durchdringung und Erfüllung des Stoffes mit dem, was des Dichters ist, macht den Stoff zu seinem Eigentum, auf das, seiner innersten Meinung nach, niemand die Hand legen darf. Daß dies zu Konflikten mit der achtbaren Wirklichkeit führen kann und muß, welche sehr auf sich hält und sich keineswegs durch Beseelung kompromittieren zu lassen wünscht, – das liegt auf der Hand. Aber die Wirklichkeit überschätzt dabei den Grad, in welchem sie für den Dichter, der sie sich aneignet, überhaupt noch Wirklichkeit bleibt – besonders in dem Falle, daß Zeit und Raum ihn von ihr trennen. Ich rede von mir … Als ich »Buddenbrooks« zu schreiben begann, saß ich in Rom, Via Torre Argentina trenta quattro, drei Stiegen hoch. Meine Vaterstadt hatte nicht viel Realität für mich, man kann es mir glauben, ich war von ihrer Existenz nicht sehr überzeugt. Sie war mir, mit ihren Insassen, nicht wesentlich mehr als ein Traum, skurril und ehrwürdig, geträumt vor Zeiten, geträumt von mir und in der eigentümlichsten Weise mein eigen. Drei Jahre schrieb ich an dem Buche, mit Müh' und Treue. Und war dann tief erstaunt, als ich vernahm, daß es in Lübeck Aufsehen und böses Blut mache. Was hatte das wirkliche Lübeck von heute mit meinem in dreijähriger Arbeit erbauten Werk zu tun? Dummheit … Wenn ich aus einer Sache einen Satz gemacht habe – was hat die Sache noch mit dem Satz zu tun? Philisterei … So aber ist es auf jeden Fall, und nicht nur, wenn Jahre und Breitengrade das Urbild vom Werke trennen. Die Wirklichkeit, die ein Dichter seinen Zwecken dienstbar macht, mag seine tägliche Welt, mag als Person sein Nächstes und Liebstes sein; er mag dem durch die Wirklichkeit gegebenen Detail noch so untertan sich zeigen, mag ihr letztes Merkmal begierig und folgsam für sein Werk verwenden: dennoch wird für ihn – und sollte für alle Welt! – ein abgründiger Unterschied zwischen der Wirklichkeit und seinem Gebilde bestehen bleiben: der Wesensunterschied nämlich, welcher die Welt der Realität von derjenigen der Kunst auf immer scheidet.

Um aber auf die »Beseelung« zurückzukommen, so ist sie zuletzt nichts anderes, als jener dichterische Vorgang, den man die subjektive Vertiefung des Abbildes einer Wirklichkeit nennen kann. Es ist bekannt, daß jeder echte Dichter sich bis zu einem gewissen Grade mit seinen Geschöpfen identifiziert. Alle Gestalten einer Dichtung, mögen sie noch so feindlich gegeneinander gestellt sein, sind Emanationen des dichtenden Ich, und Goethe ist zugleich in Antonio und Tasso lebendig wie Turgenjew zugleich im Basaroff und Paul Petrowitsch. Eine solche Identität aber ist, wenigstens momentweise, auch da vorhanden, wo der Leser sie gar nicht spürt, wo er darauf schwören möchte, daß nichts als Hohn und Abscheu den Dichter bei der Gestaltung eines Geschöpfes erfüllt hat. Ist nicht Shylock, der Jude, ein widriges und entsetzliches Wesen, das Shakespeare zu allgemeinem Jubel elend geprellt und zertreten werden läßt? Und doch kommt mehr als ein Augenblick, wo die Ahnung einer tiefen und furchtbaren Solidarität Shakespeare's mit Shylock sich auftut ... Man muß an dieser Stelle begreifen, daß es eine objektive Erkenntnis im Reiche der Kunst überhaupt nicht gibt, sondern nur eine intuitive. Alle Objektivität, alle Aneignung und Kolportage bezieht sich allein auf das Pittoreske, die Maske, die Geste, die Äußerlichkeit, die sich als Charakteristikum, als sinnliches Symbol darbietet, wie Shylocks Judentum, Othello's Schwärze und Falstaffs Fett. Alles Weitere – und das Weitere ist beinahe alles – ist subjektiv, ist Intuition und Lyrik, gehört der wissenden und umfassenden Seele des Künstlers. Und wenn es sich nun um ein Porträt, ein Abbild handelt, – wie? sollte nicht das, was ich die subjektive Vertiefung einer Wirklichkeit nenne, dem Vorgang alles Willkürliche und Usurpatorische nehmen? Sollte nicht das innere Einswerden des Dichters mit seinem Modell aller Kränkung die Spitze abbrechen?

Im Gegenteil. So erstaunlich es klingen mag: Im scheinbar Versöhnlichen gerade, dem eigentlich Dichterischen, der subjektiven Vertiefung, der Benutzung eines Porträts zu höheren Zwecken, liegt die menschliche Gefahr beschlossen, und ich stelle dies fest, weil ich von dem Glauben nicht lassen mag, daß böse und stumme Dinge erlöst und gutgemacht werden, indem man sie ausspricht. Die Identifikation ist es eben, welche die Leute skandalisiert. Mit jener erwähnten Folgsamkeit dem gegebenen Detail gegenüber eignet ein Dichter sich Äußerlichkeiten an, welche der Welt ein Recht geben, zu sagen: Das ist Der, ist Die. Hierauf beseelt und vertieft er die Maske mit anderem, Eigenem, benutzt sie zur Darstellung eines Problems, das ihr vielleicht ganz fremd ist, und

Situationen, Handlungen ergeben sich, die dem Urbild wahrscheinlich völlig fernliegen. Dann aber halten die Leute sich für berechtigt, auf Grund der Äußerlichkeiten auch alles übrige für »wahr«, anekdotisch kolportiert, für Ausplauderei und sensationellen Klatsch zu nehmen, – und der Skandal ist da.

Muß dies so sein? Ist hier keine Verständigung möglich? Bin ich so sonderlich konstruiert? Schon als Kind hat die Publikumssitte, angesichts einer absoluten Leistung nach Persönlichem zu schnüffeln, mich rasend gemacht. Ich zeichnete ein bißchen, ich malte Männerchen mit Bleistift auf Papier, und sie schienen mir schön. Zeigte ich sie aber, in der Hoffnung, für meine Kunstfertigkeit Lob zu ernten, den Leuten, so fragten diese: »Wer soll es sein?« – »Niemand soll es sein!« schrie ich und weinte beinahe. »Es ist ein Mann, wie du siehst, eine Zeichnung, die ich gemacht, bestehend aus Umrissen, Herrgott noch mal …« Das ist nicht anders geworden. Noch immer forscht man: »Wer soll es sein?«

Man hat mich ernstlich gefragt, was ich tun würde, wenn ein talentierter Freund von mir hinginge und mich ins öffentliche Gerede brächte, indem er eine glänzende Novelle schriebe, in welcher eine Figur, die aufs Härchen mein Abbild wäre, die und die Gemeinheiten beginge. Hoffentlich würde ich ihn ohrfeigen, den talentierten Freund? Nun, das gewiß nicht. Und im übrigen käme es darauf an. Keineswegs nur auf das Schreibetalent des Freundes. Ich bin nicht Ästhet genug, um mit einem schönen Stil alles entschuldigen zu können. Ich leugne nicht, daß es gut geschriebene Niederträchtigkeiten gibt. Aber wenn ich den Freund als ein Talent im hohen und ernsten Sinne kennte; wenn ich in ihm, auf Grund seiner früheren Arbeiten, nicht nur einen geschickten Künstler, sondern einen Dichter sehen müßte, der an sich selbst arbeitet, wenn er arbeitet, und für den auch diese Leistung eine Tat der Selbstzucht und Selbstbefreiung war, – so würde ich zu ihm sagen: »Es wundert mich zwar ein bißchen, mein Guter, daß du gerade meine Maske für deinen Schurken benutztest. Aber sei es darum. Ich bin, unter anderem, wohl auch ein

Schurke. Übrigens bravo. Und besuch' mich, Lieber, doch bald einmal, damit ich dir meine neuen Bücher zeige.«

... Dies ist der Augenblick, noch etwas Weiteres zur Sprache zu bringen, was meiner Ansicht und Einsicht nach nicht selten das Mißverständnis zwischen Dichter und Wirklichkeit verschärft. Es ist der Anschein einer *Feindseligkeit* des Dichters gegenüber der Wirklichkeit, ein Anschein, der durch die Rücksichtslosigkeit der beobachtenden Erkenntnis und die kritische Prägnanz des Ausdrucks bewirkt wird. Damit hat es folgende Bewandtnis.

Es gibt in Europa eine Schule von Geistern – der deutsche Erkenntnis-Lyriker Friedrich Nietzsche hat sie geschaffen –, in welcher man sich gewöhnt hat, den Begriff des Künstlers mit dem des Erkennenden zusammenfließen zu lassen. In dieser Schule ist die Grenze zwischen Kunst und Kritik viel unbestimmter, als sie ehemals war. Es finden sich in ihr Kritiker von durchaus dichterischem Temperament und Dichter von einer vollkommen kritischen Zucht des Geistes und Stiles. Dieser dichterische Kritizismus aber, die scheinbare Objektivität und Degagiertheit der Anschauung, die Kühle und Schärfe des bezeichnenden Ausdrucks ist es, was jenen Anschein von Feindseligkeit erweckt.

Der Künstler dieser Art nämlich – und es ist vielleicht keine schlechte Art – will erkennen und gestalten: tief erkennen und schön gestalten; und das geduldige und stolze Ertragen der Schmerzen, die von beidem unzertrennlich sind, gibt seinem Leben die sittliche Weihe. Weiß man um diese Schmerzen? Daß alles Gestalten, Schaffen, Hervorbringen *Schmerz* ist, Kampf und kreißende Qual, man weiß es vielleicht, man sollte es wissen und sollte nicht greinen, wenn einmal ein Künstler darüber die menschlich-gesellschaftlichen Bedenken, die seinem Tun entgegenstehen, außer acht läßt. Daß aber auch die Erkenntnis, jene künstlerische Erkenntnis, die man gemeinhin als »Beobachtung« bezeichnet, *wehe* tut – weiß man auch das? Die Beobachtung als Leidenschaft, als Passion, Martyrium, Heldentum – wer kennt sie? Hier ist eher Mitleid am Platze, als Wutgebell ... Eines Tages hörte ich einen

Dichter sagen: »Sehen Sie mich an! Ich sehe nicht übermäßig munter aus, wie? Ein bißchen alt und scharfzügig und müde, nicht wahr? Nun, um von der ›Beobachtung‹ zu reden, so ließe sich ein Mensch denken, der, von Hause aus gutgläubig, sanftmütig, wohlmeinend und ein wenig sentimental, durch die beobachtende Hellsicht ganz einfach aufgerieben und zugrunde gerichtet würde... Selig sind die Boshaften! Was mich betrifft, so magere ich ab...«

Dieser Dichter schien mir auf melancholisch-witzige Weise das auszudrücken, was ich meine: zunächst den Zwiespalt zwischen Künstler- und Menschentum, der zu den heftigsten äußeren und inneren Konflikten führen kann. Der Blick, den man als Künstler auf die äußeren und inneren Dinge richtet, ist anders als der, womit man sie als Mensch betrachtet: er ist zugleich kälter und leidenschaftlicher. Du magst als Mensch gut, duldsam, liebevoll, positiv sein, magst eine ganz und gar unkritische Neigung haben, alle Erscheinungen gut zu heißen, – als Künstler zwingt dich der Dämon, zu »beobachten«, blitzschnell und mit einer schmerzlichen Bosheit jede Einzelheit zu perzipieren, die im literarischen Sinne charakteristisch ist, typisch bedeutsam ist, Perspektiven eröffnet, die Rasse, das Soziale, das Psychologische bezeichnet, sie rücksichtslos zu vermerken, als hättest du gar kein menschliches Verhältnis zu dem Geschauten, und im »Werk« kommt alles zutage. Gesetzt nun wieder, daß es sich mit diesem Werk um ein Porträt, um die künstlerische Verwertung einer nahen Wirklichkeit handelt, so ertönt der Klageruf: »So also sah er uns? So kalt, so spöttisch-feindselig, mit Augen, so liebeleer?« Ich bitte Euch, schweigt! Und versucht, in Eurem Innern ein wenig Achtung zu finden für etwas von strengerer, zuchtvollerer, tieferer Art, als das, was Euer Weichmut »die Liebe« nennt!

Dann aber schien mir der Dichter ganz leicht noch an ein Zweites zu rühren: an die schmerzliche Sensibilität der Beobachtung, deren Erscheinung und Ausdruck jene »kritische Prägnanz« der Bezeichnung ist, die ich vorhin als eine Quelle des Mißverständnisses nannte. Man glaube nämlich nicht, daß die Verfeinerung und Wachheit des beobachtenden Sensoriums einen ungewöhnlichen Grad erreichen könne, ohne daß zugleich seine Schmerzfähigkeit sich steigerte. Es gibt einen Grad dieser Schmerzfähigkeit, der jedes Erleben zu einem Erleiden macht. Die einzige Waffe aber, die der Reizbarkeit des Künstlers gegeben ist, um damit auf die Erscheinungen und Erlebnisse zu reagieren, sich ihrer damit auf schöne Art zu erwehren, ist der Ausdruck, ist die Bezeichnung, und diese Reaktion des Ausdrucks, die, mit einigem psychologischem Radikalismus geredet, eine sublime *Rache* des Künstlers an seinem Erlebnis ist, wird desto heftiger sein, je feiner die Reizbarkeit ist, auf welche die Wahrnehmung traf. Dies ist der Ursprung jener kalten und unerbittlichen Genauigkeit der Bezeichnung, dies der zitternd gespannte Bogen, von welchem das *Wort* schnellt, das scharfe, gefiederte Wort, das schwirrt und trifft und bebend im Schwarzen sitzt... Und ist nicht der strenge Bogen so gut wie die süße Leyer ein apollinisches Werkzeug? ... Nichts unkünstlerischer als der Irrtum, daß Kälte und Leidenschaft einander ausschlössen! Nichts mißverständlicher, als von der kritischen Prägnanz des Ausdrucks auf eine Bosheit und Feindseligkeit in menschlichem Sinne zu schließen!

Umsonst. Man muß durchaus einen Augenblick bei dieser erstaunlichen Tatsache verweilen: Der treffende Ausdruck wirkt immer gehässig. Das gute Wort verletzt. Ich lasse die Beispiele, die Erfahrungen weg; ich gebe die abgezogene Moral. Wohl dir, wenn dein benennender Trieb nicht allzu heftig auf Reize von seiten der Wirklichkeit reagiert, wenn er auf leidenschaftliche Schlagkraft des Wortes nicht weiter Anspruch erhebt. Die Wirklichkeit wünscht mit schlappen Phrasen angesprochen zu werden; künstlerische Genauigkeit in ihrer Bezeichnung macht ihr Gift und Galle. Und doch wird der wahre Liebhaber des Wortes sich eher eine Welt verfeinden, als eine Nuance opfern; dem wahren Künstler, der nicht nur mit halber Seele, sondern ganz, von Beruf, von Passion ein Künstler ist, wird, um es nochmals zu sagen, der

Schmerz des Erkennens und Gestaltens die sittliche Genugtuung geben, die ihn über alle Empfindlichkeiten und Skandale der Welt erhebt. Nichts ungeheuchelter, nichts tieferen Ursprungs als die enthusiastische Empörung, in der er sich aufrichtet, wenn eine Wirklichkeit in plumper Eigenliebe die Hand auf das Werk seiner Einsamkeit zu legen wagt. Wie? Das Leiden sollte umsonst gewesen sein? Es sollte der Kunst verloren gehen? So vieles geht ja verloren! So viel wird erlebt und erlitten, was niemals gestaltet wird! Aber was davon Form und eigenes Leben gewann, das Werk, das ein Künstler in Schmerzen tat, – er sollte es nicht offenbar machen, es sollte ihm keinen Ruhm bringen dürfen? So spricht der Ehrgeiz. So rechtfertigt sich aller Ehrgeiz …

Bilse und ich … irgendein Unterschied ist vorhanden, man wird es mir zugeben, und vielleicht ist es ein ähnlicher Unterschied wie der zwischen Frechheit und Freiheit. Wenn ich aber von Freiheit rede, so meine ich jene innere Unabhängigkeit, Ungebundenheit und Einsamkeit, welche die Vorbedingungen jeder neuen und ursprünglichen Leistung ist. Sie schließt eine herzliche menschliche Gebundenheit keineswegs aus; aber des Künstlers Würde und Hoheit beruht in ihr, und Forderungen von Rücksicht und Bürgertakt vermögen nichts über sie. Man spricht heute gern von »voraussetzungsloser« Wissenschaft. Will man sich weigern, auch der Schönen Wissenschaft, der Fröhlichen Wissenschaft der Kunst Voraussetzungslosigkeit einzuräumen? »Der Künstler«, hat ein Dichter und Denker gesagt, »der nicht sein ganzes Selbst preisgibt, ist ein unnützer Knecht.« Das ist unsterblich wahr. Wie aber kann ich mein ganzes Selbst preisgeben, ohne zugleich die Welt preiszugeben, die meine Vorstellung ist? *Meine* Vorstellung, *mein* Erlebnis, *mein* Traum, *mein* Schmerz? Nicht von euch ist die Rede, gar niemals, seid des nun getröstet, sondern von mir, von mir …

– Lest dies! Merkt dies! Es ist ein Sendschreiben, ein kleines Manifest. Fragt nicht immer: Wer soll es sein? Noch immer male ich Männerchen, bestehend aus Umrissen, und gar niemanden stellen sie vor, wenn nicht mich selber. Sagt nicht immer: Das bin ich, das ist jener. Es sind nur Äußerungen des Künstlers gelegentlich eurer. Stört nicht mit Klatsch und Schmähung seine Freiheit, die allein ihn befähigt, zu tun, was ihr liebt und lobt, und ohne die er ein unnützer Knecht wäre.

Stellenkommentar zu Paralipomena

156 5–6 *Buch à la Bilse*] Korrigiert aus »Buch a la Bilse« (Druckfehler in RuA).

165 25 *die abgezogene Moral*] Die daraus abgeleitete, daraus abstrahierte Moral.

VORWORT

[ZUR ERSTEN AUFLAGE DER BUCHAUSGABE VON »BILSE UND ICH«]

Entstehungsgeschichte, Rezeption

Vgl. hier den Kommentar zu *Bilse und ich.*

Textlage

Das *Vorwort* wurde für die 1903 im Münchner Verlag E. W. Bonsels erschienene Buchausgabe von *Bilse und ich* verfasst, die noch im selben Jahr zwei weitere Auflagen erlebte.

Stellenkommentar

112 7 *Bonsels*] Vgl. zur Entstehungsgeschichte von *Bilse und ich*, hier S. 137.

113 19 *sehr persönliches Dokument*] Vgl. Thomas Manns Brief vom 27. Februar 1906 an Ida Boy-Ed: der Aufsatz müsse »principiellen Widerspruch wecken; aber was kümmert mich das Princip. Es handelt sich natürlich um ein ganz persönliches Document.« (GKFA 21, 351f.)

32 *berühmter Bildhauer*] Nicht mit Gewissheit zu ermitteln; vielleicht Fritz Behn (vgl. hier *Für Fritz Behn*).

114 11–12 *das strenge Glück der Fürsten und Dichter*] Anspielung auf den gleichzeitig entstehenden Roman *Königliche Hoheit* (1909), Thomas Manns Darstellung eines »repräsentativen« Daseins: »Das soll fortan unsre Sache sein: beides, Hoheit und Liebe, – ein strenges Glück« (GW II, 363). Vgl. hier [*Über »Königliche Hoheit« I*], Textband S. 180.

14 *am 50. Todestage Heinrich Heine's*] Also am 17. Februar 1906 (tatsächlich muss Thomas Mann das Vorwort um dieses Datums willen zurückdatiert haben, vgl. Hansen 1975, S. 115). In der Neufassung des Vorworts fällt der Hinweis fort. Der Bezug auf Heine dient auch der Legitimation der im Vorwort erörterten Verbin-

dung von persönlicher Polemik und dem »überpersönlichen Belang«, als deren Schutzpatron der Verfasser der *Reisebilder* und der *Romantischen Schule* angerufen wird. (Vgl. hier *Heinrich Heine, der »Gute«*, *Notiz über Heine* und [*Zur Begründung einer deutschen Heine-Gesellschaft*].)

[DICHTERISCHE ARBEIT UND ALKOHOL]

Entstehungsgeschichte und Quellenlage

Im Herbst 1906 stellte C. F. van Vluyten für *Das literarische Echo* an 150 (ausschließlich männliche) Schriftsteller folgende Fragen: »1. Nehmen Sie regelmäßig vor der künstlerischen Arbeit Alkohol in irgend einer Form zu sich, und welche Wirkungen schreiben Sie dem zu? – 2. Haben Sie, falls sie nicht regelmäßig Alkohol vor der Arbeit nehmen, es aber gelegentlich doch einmal getan haben, dann eine Steigerung oder eine Hemmung Ihrer Arbeitsleistung beobachtet? – 3. Sehr dankenswert wäre eine Mitteilung Ihres Standpunktes zur Alkoholfrage im allgemeinen, besonders aber Ihrer Beobachtungen über die Wechselwirkung zwischen Alkohol und Dichtung.«

Außer Thomas Mann antworteten u. a. Otto Julius Bierbaum, Richard Dehmel, Paul Heyse, Hermann Hesse, Detlev von Liliencron, Kurt Martens, Johannes Schlaf, Arthur Schnitzler und Stefan Zweig. Thomas Manns Antwort entspricht in ihrer Haltung dem überwiegenden Teil der anderen Beiträge. Sie zeigt aber auch ein so distanziertes wie nachhaltiges Interesse am Phänomen des »physischen Rausches«, das dann in *Der Tod in Venedig* und im *Zauberberg* als Erscheinungsform des Dionysischen geschildert wird; insofern lässt sich der Text auch als Marginalie und Seitenstück zu *Süßer Schlaf* (Textband S. 202–209) lesen. Überdies nimmt er auch Grundgedanken aus *Tonio Kröger* wieder auf. Das hier mit dem Rausch kontrastierte Ethos des asketischen »Heldentums« hatte Thomas Mann bündig etwa im Schiller-Epigramm ein Jahr zuvor resümiert (Textband S. 83). In *Der Tod in Venedig* wird der zentrale Satz, mit kryptischem Verweis, wörtlich zitiert: »Aschenbach hatte es einmal an wenig sichtbarer Stelle unmittelbar ausgesprochen, daß beinahe alles Große, was dastehe, als ein Trotzdem dastehe, trotz Kummer und Qual, Armut, Verlassenheit, Körperschwäche, Laster, Leidenschaft und tausend Hemmnissen zustande gekommen sei.« (GW VIII, 452f.; zur Absage an den »Rausch« vgl. auch *Auseinandersetzung mit Wagner*, Textband S. 304.)

In seinem Exemplar von Ricarda Huchs *Die Blüthezeit der Romantik* (1899) hat Thomas Mann im Kapitel *Apollo und Dionysos* die folgende Passage angestrichen und zusätzlich mit einem Ausrufezeichen versehen: »In seinem Sternbald [dem Roman *Franz Sternbalds Wanderungen*] läßt Tieck den Lukas v. Leyden, den er als schlichten, unermüdlich thätigen, mehr schaffenden als denkenden Mann schildert, am liebsten nach Tische arbeiten, wenn er vom Wein erhitzt ist; während der sinnige, phantasievolle Dürer sagt, daß er im Gegentheil nur nüchtern malen könne: ›denn mir steigt der Wein in den Kopf und verdunkelt mir den Gedanken.‹« (Huch, *Blüthezeit*, S. 103) – Auf eine spätere Rundfrage: »Braucht man zum Dichten Schlaf und Zigaretten?« antwortet Thomas Mann 1927 zum Stichwort »Stimulantien« mit dem Hinweis auf Spaziergänge, Tabak und Musik (GW XI, 766). Noch Joseph in Ägypten liebt »die Neigung der Landeskinder zum Trunke nicht: schon die Erinnerung an Noah hinderte ihn an solcher Sympathie, ferner das nüchtern-besinnliche Vatervorbild in seiner Seele sowie die eigene Natur, die zwar hell und lustig war, aber die taumelnde Trübung verabscheute.« (GW V, 964)

Textlage

Unter der Sammelüberschrift *Dichterische Arbeit und Alkohol* wurde Thomas Manns Beitrag als eine von insgesamt 150 Antworten abgedruckt in *Das literarische Echo* vom 15. Oktober 1906 (9. Jg., H. 2, Sp. 114ff.; = Druckvorlage). Unter der Überschrift *Über den Alkohol* nahm Thomas Mann ihn in RuA auf; danach in GW 1960 XI, 718f.; ARE I, 81f. (mit falscher Datumsangabe: 25. Oktober 1906) und, unter der Überschrift des Erstdrucks, in E I, 51f. Am 8. Januar 1950 wurde der Text außerdem in der Berliner Zeitung *Sonntag* veröffentlicht (5. Jg., Nr. 2, S. 9).

Stellenkommentar

115 5–6 *Novelle zur Abendzeit*] Wie bei der im Folgenden genannten »Termin-Arbeit« ist der gemeinte Text nicht zu ermitteln. (Die Gleichsetzung mit der Erzählung *Der Kleiderschrank* ist willkürlich.)

17 *Potatoren*] Lat.: »Trinker«. Zu denken ist etwa an Paul Verlaine, einen der Lieblingslyriker des jungen Thomas Mann, vgl. [*Der französische Einfluß*] (Textband S. 75) und *Im Spiegel* (Textband S. 183) mit Kommentaren.

18 *als ein Trotzdem*] Die Formel findet sich im Frühwerk recht häufig, etwa (im Zusammenhang mit *Fiorenza*) gegenüber Kurt Martens: »Heldenthum ist für mich ein ›Trotzdem‹, überwundene Schwäche, es gehört *Zartheit* dazu.« (28.3.1906; TM/Martens I, 226f.) Der vorliegende Satz ist wörtlich aufgenommen in *Der Tod in Venedig*, vgl. hier zur Entstehungsgeschichte.

24–25 *Hartlebens*] Der populäre naturalistische Schriftsteller Otto Erich Hartleben (1864–1905) war an den Folgen seines Alkoholismus gestorben.

29 *Tristan*] Richard Wagners Musikdrama *Tristan und Isolde* (1859).

30 *Ibsen … Solneß*] Henrik Ibsens Schauspiel *Baumeister Solneß* (1892, vgl. Textband S. 19). Wie häufig bei Thomas Mann werden Wagner und der späte Ibsen in einem Atem genannt, vgl. [*Der französische Einfluß*] (Textband S. 74), auch *Ibsen und Wagner* (1928; GW X, 227–229).

116 5–6 *»Es ist vollbracht« … Abend!«*] Ironische Zitat-Kombination aus Jesu Wort am Kreuz, Joh 19,30, und C. Schulz' volkstümlichem Kanon »O wie wohl ist mir am Abend, wenn zur Ruh' die Glocken läuten«. (Im *Doktor Faustus* wird Adrian Leverkühn seine ersten Erfahrungen mit polyphoner Musik am Beispiel dieses Kanons machen; vgl. GW VI, 42f.)

6 *aufs innigste zu wünschen*] Redensartlich gewordenes Zitat aus Hamlets Bemerkung, der Todesschlaf sei »ein Ziel / Aufs innigste zu wünschen« (3. Akt, 1. Szene).

12–13 *ich glaube überhaupt nicht sehr an Stimmung*] Ähnlich Tonio Kröger gegenüber Lisaweta Iwanowna (GW VIII, 295f.).

DAS THEATER ALS TEMPEL

Entstehungsgeschichte

Der Text wurde zunächst als selbständiger Essay veröffentlicht, bevor er ein halbes Jahr später, mit geringfügigen Änderungen, als V. Kapitel innerhalb des *Versuchs über das Theater* erschien. Auch wenn Thomas Mann 1916 gegenüber Paul Amann bemerkt, *Das Theater als Tempel* sei »ein Bruchstück eines größeren ›Versuchs über das Theater‹« (23.4.1916; TM/Amann, 43), so nimmt dieser Text doch eine veröffentlichungsgeschichtliche Sonderstellung ein. Ein halbes Jahr vor dem Gesamtessay unter eigener Überschrift und ohne jeden Hinweis auf den umfangreicheren Essay publiziert, unter demselben Titel später in überarbeiteter Form *erneut* gedruckt, stand der Text zeitgenössischen Lesern als eine eigenständige Publikation vor Augen. Für die Vermutung, dass er auch entstehungsgeschichtlich einen ursprünglich eigenständigen Entwurf oder eine Variante darstellte, sprechen Doppelungen, Redundanzen und Widersprüche, die sich mit der Aufnahme in den *Versuch* ergeben haben: Die Idee vom Ursprung des Theaters im Tempel, die bereits im IV. Kapitel als Meinung des »Philologieprofessors« Nietzsche eingeführt worden ist, wird nun im V. Kapitel so formuliert, als sei sie im Argumentationszusammenhang neu. Ebenso werden Schillers Rütliszene aus dem *Wilhelm Tell* und die *Braut von Messina* als Beispiele eines ins Kultisch-Zeremonielle umschlagenden Schauspiels genannt, während sie im *Versuch* in derselben Funktion schon in Kapitel IV erwähnt worden waren; auch Wagners *Parsifal* wird wie eine Pointe eingeführt, obwohl ein Gedanke aus dem vorigen Kapitel wiederholt wird. Der das V. Kapitel beschließende Gedanke, dass das Theater künftig wieder zum Tempel oder zur Kirche werden könne, steht in Spannung zum Schluss des gesamten *Versuchs* (vgl. den Kommentar zum *Versuch*, hier S. 182–185). Mindestens lässt sich also sagen, dass die Lektüre des V. Kapitels als eines eigenständigen Textes eine plausiblere Argumentation ergibt als die Lektüre im Kontext des Gesamtessays. – Zu weiteren Entstehungszusammenhängen, zum Umfeld des Gedankens vom Theater als »Tempel« sowie zur Quellenlage vgl. den Kommentar zum *Versuch über das Theater* (hier S. 178–185).

Textlage

Der Text erschien am 26. Juni 1907 in der Berliner Zeitung *Der Morgen* (1. Jg., Nr. 7, S. 214–217). In der Wiederveröffentlichung als V. Kapitel des *Versuchs über das Theater* ist die Überschrift gestrichen, einige Textstellen wurden geändert. In der Überarbeitung des *Versuchs* für RuA 1921/22 sind abermals einzelne Änderungen vorgenommen worden. Im Juli 1921 wurde dieses Kapitel in der RuA-Fassung des *Versuchs* nochmals separat veröffentlicht, wiederum unter der Überschrift *Das Theater als Tempel* (*Weimarer Blätter*, 3. Jg., H. 7: Sonderheft *Deutsche Dichter und Denker an die deutsche Jugend*, S. 348–353).

Stellenkommentar

117 3 *und anerzogen*] Im *Versuch über das Theater* gestrichen.

4–5 *gilt uns zum mindesten*] Im *Versuch* geändert zu »ist uns zum mindesten«.

5–6 *der deutsche Kaiser*] Nicht ermittelt.

10 *»Die Schaubühne als eine moralische Anstalt betrachtet«*] Friedrich Schillers 1784 gehaltene Rede über die Frage *Was kann eine gute stehende Schaubühne eigentlich wirken?*, 1785 unter demselben Titel als Abhandlung veröffentlicht, erhielt bei der Aufnahme in die *Kleineren prosaischen Schriften* 1802 diesen Titel.

15 *an heiteren Meisterwerken*] In RuA: »an heiteren Kunstwerken«.

19 *Altar der Thymele*] »Thymele« ist die Bezeichnung eines Altars, auf dem im frühgriechischen Theater dem Dionysos geopfert wurde (von Thomas Mann hier als *genitivus explicativus* eingesetzt oder als Name einer weiblichen Gottheit missverstanden?).

26 *hieratischen Genie*] Im *Versuch* ist dieser Gedanke vorbereitet

durch den im IV. Kapitel von Nietzsche übernommenen Dramen-Begriff.

117 30 *Goethe*] Thomas Mann bezieht die oft kolportierte Anekdote aus Albert Bielschowskis Monographie *Goethe*, die er in der 8. Auflage besaß und als eine Hauptquelle biographischer Goethe-Kenntnisse benutzte (München 1905; im TMA erhalten).

118 12 *Medea*] Gestalt der griechischen Argonautensage; ihre Geschichte wurde seit der *Medea*-Tragödie des Euripides in zahlreichen Versionen dramatisiert.

29–33 *etwas Fürstliches … Sinnbild.*] Mit denselben Worten schildert Thomas Mann die Existenz Klaus Heinrichs in *Königliche Hoheit*, vgl. hier auch [*Über »Königliche Hoheit« II*] (Textband S. 240–243).

119 6–7 *»des Volkes reichen, lockigen Lieblingen«*] Diese Lieblinge hat Desdemona nach Ansicht ihres Vaters Brabantio bisher verschmäht (Shakespeares *Othello*, 1. Akt, 2. Szene).

9 *Bummelei des Glücks*] Dieselbe Wendung in *Königliche Hoheit* (GW II, 82).

22–23 *»Sie hatte Augen ja und wählte mich!«*] Shakespeares *Othello*, 3. Akt, 3. Szene. Im *Versuch über das Theater* wird das Zitat mit einem Punkt beendet.

120 2–3 *»Warum vermählt' ich mich?!«*] Shakespeares *Othello*, 3. Akt, 3. Szene.

4–17 *Man denke sich … sich zu vermählen …*] Der Abschnitt, der indirekt auch die Grundidee des Romans *Königliche Hoheit* skizziert, erzählt die Geschichte von Shakespeares *Othello* (auf den schon das Aperçu über »Othellos Schwärze« in *Bilse und ich* hinweist, vgl. Textband S. 102_{18}) in solcher Weise nach, dass autobiographische Züge und zugleich ein Grundmuster der frühen Erzählungen erkennbar werden, deren Helden ja alle »in irgend einem Sinne ›schwarz‹ sind«. (Auch der von Thomas Mann geschätzte, im *Versuch* als Dramatiker erwähnte Herman Bang hatte seine Außenseiterposition kurz zuvor in dem Gedicht *Othello – Mohr* veranschaulicht; eine deutsche Übersetzung vor 1907 ist jedoch nicht nachweisbar.)

120 13 *Typus – ein Mohr*] Im *Versuch über das Theater* spannungssteigernd: »ein – Mohr«.

22 *Ibsens »Klein Eyolf«*] Zu Beginn des dritten Aktes von Henrik Ibsens Schauspiel *Klein Eyolf* (1894, deutsch 1895) hisst der Hausfreund Borgheim, zum Tode des Kindes Eyolf und auf die Bitte der Eltern Alfred und Rita Allmers, die Flagge im Garten auf halbmast; in der Schluss-Szene wird sie dann von Alfred als Zeichen dafür, dass er zu einer neuen Zukunft gemeinsam mit seiner Frau entschlossen ist, »bis ganz nach oben« gehisst.

121 6 *Operettenstil*] Vgl. hier auch *Lübecker Theater* (Textband S. 24).

23–27 *Kein Zweifel ... logischer, als seine.*] In RuA knapper: »Das letzte Werk Wagners ist auch sein theatralischstes, und nicht leicht war eine Künstlerlaufbahn logischer als seine.«

27–28 *Eine Kunst ... der symbolischen Formel*] Übernommen aus dem 8. Notizbuch (etwa 1905–1907): »*Theater*: Eine Kunst der Sinnlichkeit, der Formel als Symbol«. (Nb. II, 133) Im *Versuch* erweitert zu »Eine Kunst [...] des symbolischen Formelwesens«.

29 *eine Monstranz*] Im katholischen Ritus das liturgische Gefäß, in dem die geweihte Hostie den Gläubigen zur Verehrung gezeigt wird. – Im *Versuch* hinzugefügt: »es nimmt eine fast schon religiöse Autorität in Anspruch«. Vgl. *Vorwort [zur ersten Auflage der Buchausgabe von »Bilse und ich«]*, Textband S. 114.

31–32 *der Ritus ... hervorgegangen.*] Einer der Grundgedanken aus Nietzsches Schrift *Die Geburt der Tragödie* (1872).

122 13–14 *soziale ... Wirkungen*] Übernommen aus dem 8. Notizbuch (etwa 1905–1907): »›*Theater*‹: Wirkungen, religiöse, nationalistische, philosophische ...« Im *Versuch* abgeändert zu: »nationalistische, moralistische, philosophische Wirkungen«. In RuA: »soziale, politische, nationale, moralistische Wirkungen«. Die Frage wird in neuer Akzentuierung wiederaufgenommen in *Kultur und Sozialismus* (1927; GW XII, 645).

17–19 *Schiller hat ... ans Licht gestellt.*] Etwa: »Welche Verstärkung für Religion und Geseze [sic], wenn sie mit der Schaubühne in Bund treten, wo Anschauung und lebendige Gegenwart ist, wo

Laster und Tugend, Glückseligkeit und Elend, Thorheit und Weißheit in Tausend Gemähldem faßlich und wahr an dem Menschen vorübergehen, wo die Vorsehung ihre Räzel auflößt, ihren Knoten vor seinen Augen entwickelt, wo das menschliche Herz auf den Foltern der Leidenschaft seine leisesten Regungen beichtet, alle Larven fallen, alle Schminke verfliegt, und die Wahrheit unbestechlich wie Rhadamanthus Gericht hält« (NA 20, 91); Rhadamanth ist hier wie später in Thomas Manns *Zauberberg* der mythische Totenrichter.

122 19–24 *Denkt man … ein Tempel sein könnte.*] Im Nachdruck des *Versuchs über das Theater* in vier Folgen in der Zeitschrift *Über den Wassern* 1913/14 (7. Jg., das V. Kapitel in H. 3: Dezember 1913, S. 161–168) fehlt dieser Schluss-Satz des V. Kapitels.

VERSUCH ÜBER DAS THEATER

Entstehungsgeschichte

In seinem 9. Notizbuch hat Thomas Mann einen Abschnitt aus einem sonst verlorenen Brief an den S. Fischer-Verlagslektor Moritz Heimann festgehalten, den er vermutlich für das Vorwort einer dann nicht zustande gekommenen Buchausgabe dieses Essays (s. hier S. 138) verwenden wollte. Darin heißt es u. a.: »Vor mehreren Wochen kam mir eine Umfrage der Zeitschrift ›Nord u. Süd‹ zu: ›Was halten Sie vom Theater‹ etc. Ich erinnere mich nicht genau, wie die Fragen formulirt waren.« (Nb. II, 169) In seiner *Mitteilung an die Literaturhistorische Gesellschaft in Bonn* vom Juli 1907 führt er das weiter aus: »Vor einiger Zeit veranstaltete die Zeitschrift *Nord und Süd* eine Enquête über das Theater. ›Was halten Sie vom Theater? Glauben Sie an den Kulturwert unseres heutigen? Was verdankt ihm Ihre Bildung, Ihre künstlerische Entwicklung?‹ So, – oder so ähnlich – wurde auch ich gefragt.« (Wörtlich lauteten die Fragen in *Nord und Süd*: »Welchen Einfluß hat das Theater auf Ihre ethische und ästhetische Bildung gehabt? Birgt das Theater Ihrer Meinung nach kulturell erzieherische Werte und Kräfte in sich? Erfüllt unser modernes Theater diese Aufgaben?«) Im selben Brief hat Thomas Mann eindrücklich die Schwierigkeiten seiner um eine grundlegende Klärung des Themas bemühten Antwort geschildert (vgl. Textband S. 170):

> [...] in einem erregten, gereizten, dialektischen Zustande ging ich umher, raisonierte, disputierte, komponierte, warf mit heißem Kopf einzelne Pointen aufs Papier ... kurz, ich beschloß, den Roman an dem ich schreibe, »auf ein paar Tage« zu unterbrechen und der Zeitschrift die beste Antwort zu geben, die sie überhaupt bekommen würde. Was zustande kam, war ein Manuskriptum von 31 Groß-Quart-Seiten, betitelt: »Versuch über das Theater«. Ich habe nicht Tage, sondern Wochen damit im Kampfe gelegen; mehr als einmal war ich der Sache bis zur

Verzweiflung überdrüssig; mehr als einmal wollte ich angesichts der Widersprüche, die sich bei der Behandlung des Verhältnisses eines künstlerischen Menschen zum Theater notwendigerweise auftun, die Hände sinken lassen, aber ich hatte mich engagiert und gehorchte meinem kategorischen Imperativ »durchhalten«! Muß ich's bereuen?

(Der Beginn dieses Abschnitts ist wiederum, als Anschauungsfall für das Verhältnis von theoretischer »Schriftstellerei« und erzählerischem »Musizieren«, in die 144. Notiz zu *Geist und Kunst* übernommen worden: GuK, 220; vgl. den Kommentar zu *Mitteilung an die Literaturhistorische Gesellschaft in Bonn*, S. 169~13–14~.)

Tatsächlich zeigt der Essay – der umfangreichste, den Thomas Mann vor dem Ersten Weltkrieg verfasste – nicht nur in einigen Selbstwidersprüchen die Spuren dieser Entstehung, sondern auch in Passagen, die als dialektisches Selbstgespräch markiert sind. Im Schlussteil der Überarbeitung für RuA gesteht Thomas Mann »manche[] Anzüglichkeit und Paradoxie« ein; ähnlich bemerkt er gegenüber Hans Brandenburg, es handle sich um »eine Arbeit, die jedenfalls ihren Titel ›Versuch‹ zu recht trägt, da ich sowohl mich selbst, als auch das Theater, als auch den Leser damit ›versuche‹« (20. Februar 1908; DüD I, 283; ganz ähnlich gegenüber Ida Boy-Ed am 5. April 1908; GKFA 21, 389). Gewandelte Positionen vertritt auch die im Titel an diesen *Versuch* anknüpfende *Rede über das Theater* (1929; GW X, 281–298).

Die biographischen Umstände waren einer ausführlichen Beantwortung der Rundfrage günstig (vgl. grundlegend Ettlinger 1998). Im Januar 1905 hatte Thomas Mann das Manuskript seines Dramas *Fiorenza* fertiggestellt. Beinahe gleichzeitig setzte schon die Empfindung eines künstlerischen Misslingens ein; in einem Brief an Heinrich Mann spricht er am 18. Februar 1905 von »diesem Solneß-Absturz [...], diesem Fiasko in dem Bemühen eine geistige Construction mit Leben zu erfüllen. Umkehr!« (GKFA 21, 315) Noch während der Überarbeitung des *Versuchs* wird das Drama im Frankfurter Schauspielhaus uraufgeführt (11. Mai 1907). –

»Lyrisch-dramatischer Dichter«: schon in seinem frühest erhaltenen Brief hat sich Thomas Mann so vorgestellt (an Frieda Laurentina Hartenstein, 14. Oktober 1889; GKFA 21, 21); seine erste Theaterkritik hatte er bereits für die Lübecker Schülerzeitung verfasst (vgl. hier [*Über Ibsens »Baumeister Solneß«*]). Erst im hier vorliegenden Essay wird eine grundlegende Krise in seinem Verhältnis zum Theater als Institution und dem Drama als Gattung greifbar.

Eine erste Fassung des Textes muss bereits im April 1907 abgeschlossen gewesen sein. Am 7. Mai schickte Moritz Heimann das Manuskript, das Thomas Mann ihm vorgelegt hatte, mit einigen offenbar nicht unerheblichen Einwänden zurück. Vermutlich hat Thomas Mann den Text daraufhin erneut überarbeitet. Aus unbekannten Gründen, vielleicht wegen der Verzögerungen im geplanten Abdruck des gesamten Essays, hat er dann das V. Kapitel unter dem Titel *Das Theater als Tempel*, in einer vom späteren Wortlaut leicht abweichenden Version, bereits im Juni 1907 als eigenständigen Text publiziert (vgl. Textband S. 117–122). Im selben Monat teilte Thomas Mann seinem Bruder Heinrich brieflich mit: »*Nord u. Süd* hat den Versuch ü. d. Theater für 400 M acceptirt. Er soll auch als Separat-Druck vertrieben werden.« (22. Juni 1907; TM/HM, 128) Als der Essay aber Anfang Januar 1908 noch immer nicht publiziert war, erwog Thomas Mann vorübergehend, ihn (wie dann den *Fontane*-Essay) Maximilian Harden zum Abdruck in der *Zukunft* zu überlassen. Ein Versuch, den Essay mit *Bilse und ich* (und weiteren Texten?) als separaten Band zu veröffentlichen, scheiterte (vgl. Brief an Walter Schotte vom 2.3.1910; DüD I, 237).

Der Grundgedanke des Essays ist bereits in den ersten Sätzen resümiert: Theater und Drama sollen als unterschiedliche Kunstformen auseinandergehalten, ihr Verhältnis zu anderen einerseits ›theatralischen‹, andererseits literarischen Ausdrucksformen geklärt und ihre jeweilige Eigenart nach ihren Entfaltungsmöglichkeiten und Grenzen bestimmt werden. Die sechs Kapitel gliedern sich danach etwa folgendermaßen:

I. Drama versus Theater (wiederaufgenommen im Zeichen des »Kultus« in IV und im Zeichen der »Volkstümlichkeit« in VI).

II. Drama versus Roman (1922 wiederaufgenommen in der Neufassung von VI).

III. Persönliche Erfahrungen mit dem Theater.

IV. Theater als Kulthandlung versus Drama als »absolute Dichtkunst«.

V. *Das Theater als Tempel.*

VI. Rückkehr zur Volkstümlichkeit; antinaturalistisches Theater; zeitgenössische Theaterreformbewegungen.

Die Auseinandersetzung mit diesen Fragen, vor allem das durchgehend mitbedachte Problem einer ›Kunstreligion‹ bezieht sich weithin auf Richard Wagner – »wer dächte nicht unausgesetzt an ihn, wenn vom Theater die Rede ist?« (Textband S. 128) Implizit bezieht sich der Text schon von den ersten Sätzen an auf Wagners theoretische Schriften (vgl. hier zur Quellenlage); manche Zusammenhänge werden erst vor diesem Hintergrund verständlich. Einige Argumente sind bereits durch Nietzsches Wagner-Schriften vorgegeben; andere, vor allem die Proklamation – einer postwagnerischen Kunstreligion und die Forderung einer antiwagnerischen »Volkstümlichkeit« des Theaters, gehen weit darüber hinaus. (Einige hier im Stellenkommentar angegebene Passagen des *Versuchs* wurden fast wörtlich in die *Auseinandersetzung mit Wagner* übernommen; zu Thomas Manns Wagner-Kritik vgl. auch [*Die gesellschaftliche Stellung des Schriftstellers in Deutschland*], 1910, sowie die dort im Kommentar angeführten Notizen zu *Geist und Kunst*.)

Die Stoßrichtung des Essays ist also zunächst polemisch: »Die Schrift ist *gegen* das Theater gerichtet [...] – zumindest gegen die künstlerische Vorherrschaft, die es sich [...] anmaßt« (*Mitteilung an die Literaturhistorische Gesellschaft in Bonn*, Textband S. 170). Dabei wird das Theater vom Drama zumindest dem Anspruch nach kategorial getrennt und dieses wiederum differenziert: in ein kasuell, aber nicht notwendig auch aufführbares »Literaturdrama« (der polemische Begriff wird hier demonstrativ gegen Wagner umgekehrt) und das »Theaterstück«, das sich zur Aufführung nur verhält wie das Libretto zur Oper. Gegen eine von Schiller (*Über naive und sentimentalische Dichtung*; NA 2, 462, zum »Romanschreiber« als dem »Halbbruder« des Dichters) und Hegels *Ästhetik* über Friedrich Theodor Vischer bis zu Wagner reichende Traditionslinie wird überdies die dramatische Dichtung gegenüber den anderen literarischen Gattungen ab-, die epische Dichtung, vor allem der moderne Roman hingegen entschieden aufgewertet (ähnliche Verteidigungen des Romans auch in den kürzeren Texten [*Roman und Theater in Deutschland*] und [*Der französische Einfluß*]. In [*Über »Königliche Hoheit« II*] bestimmt Thomas Mann auch seine eigene Arbeit als Teilnahme am »Streben einiger weniger [...], den deutschen Roman als Kunstform zu adeln«, Textband S. 243). In der Neufassung des Schlusskapitels wird diese Auseinandersetzung mit dem Roman 1922 nochmals erheblich ausgeweitet (vgl. Paralipomena), in späteren Weiterführungen dann zeitweise geradezu eine Überlegenheit des Romans postuliert (so im sechsten der *Briefe aus Deutschland*, 1925; GW XIII, 311f.). Gegen solche Gattungs-Hierarchisierungen überhaupt wendet sich Thomas Mann selbstkritisch erst im 1939 in Princeton gehaltenen Vortrag *Die Kunst des Romans*: »Es bleibt die müßigste und doktrinärste der Unternehmungen, irgendwelche prinzipielle Rangordnung aufzustellen im Bereich der Kunstarten und -gattungen [...]. Der grundsätzliche Vorrang des Dramas etwa vor der erzählenden Dichtung ist so leicht zu bestreiten, daß man dabei in Versuchung kommt, in denselben Fehler zu verfallen und die Rangordnung umzukehren« (GW X, 349).

Gegenüber dem Roman wie dem »Literaturdrama« wird das Theater als naiv-archaisches Spektakel relativiert, das in Wagners Nibelungen-»Kasperliade« (78. Notiz zu *Geist und Kunst*; GuK, 193) nur raffiniertere Formen angenommen habe. In der weiteren Argumentation des Essays tritt dann aber das komplementäre Gegenargument in den Vordergrund: Nun wird gegen die »Tyrannei der Literatur« das Theater selbst verteidigt. Getreu dem eingangs formulierten Vorsatz, jedem sein Recht geben zu wollen, werden jetzt gerade die Naivität, Ursprünglichkeit und Volkstümlichkeit des Theaters als seine Stärken geltend gemacht, auf die es sich gegen Wagners Illusionismus besinnen solle. Das letzte Kapitel führt eine Reihe zeitgenössischer Entwicklungen als Belege dafür ins Feld, dass diese Besinnung tatsächlich schon im Gang sei. Diese Reflexionen werden dann in den Notizen zum Essay *Geist und Kunst* fortgesetzt, für den ein eigenes Kapitel zur »Volkstümlichkeit« vorgesehen war (vgl. die 43. Notiz sowie *Notizen* [II], zur »Trivialität«, Textband S. 215f.).

In diese Argumentation eingeschoben ist mit dem – unter der Überschrift *Das Theater als Tempel* schon vorab veröffentlichten – V. Kapitel ein anderer Gedankengang. Bereits im dritten Kapitel war die *kunstreligiöse* Aufgabe, die Wagner seinem Theater zugesprochen hatte, mit dem Bild der bildungsbürgerlichen »Tempelbude« lächerlich gemacht worden (vgl. den Eintrag »Wagners *Tempelpublicität«* im 8. Notizbuch; Nb. II, 134). Zugespitzt greift Thomas Mann diese Kritik an Wagners kunstreligiösem Anspruch in seinem Brief an Ernst Bertram vom 11. August 1911 wieder auf: »Dieser Produktion Tempel bauen, dachte ich in meiner Bitterkeit, kann nur eine barbarische und geistig halbblinde Nation.« (GKFA 21, 478) Ähnlich in der 12. Notiz zu *Geist und Kunst*: »Aus der modischen Vornehmthuerei in Deutschland gegen das ›Litterarische‹ und den ›Litteraten‹ geht auch jenes überspannte und überspannende Verlangen nach ›Höhenkunst‹, ›Tempelkunst‹ etc hervor«. (GuK, 158. – Ähnliche Begriffe waren auch in anderen Kunstarten geläufig; so wurde in Lübeck für den 18. April 1906 ein Vortrag des Weimarers Wilhelm Spohr über des Zeichners »Fidus Kunst in ihrer Entwicklung bis zur Tempelkunst« angekündigt.) Gleichwohl erwägt Thomas Mann hier selbst, am Ende des V. Kapitels, die Möglichkeiten eines künftigen Theaters, das, von aller Illusionskunst befreit, womöglich zu einer neuen »Kirche« werden könne.

Diese in ihren Ursprüngen romantische Annahme vom kultisch-sakralen Ursprung und Wesen des Theaters taucht fortan in Thomas Manns Auseinandersetzungen mit dem Theater immer wieder auf; wie hier unter dem Einfluss Nietzsches, so in späteren Wiederaufnahmen häufig auch in Auseinandersetzung mit Freud, Jung, Bachofen: in wörtlicher Wiederaufnahme in der *Rede über das Theater* (1929; GW X, 281–298); in *Kultur und Sozialismus* (1927) erscheint »das deutsche Theater« als, »der Idee nach, ein Tempel« (GW X, 645); vgl. noch *Freud und die Zukunft* (1936; GW IX, 497f.) und zur Entfaltung dieser Grundideen im *Josephs*-Roman Heftrich 1993, S. 174–200.

Über die deutsche Übersetzung von Paul Claudels Mysterienspiel *L'annonce faite à Marie*, dem am Heiligabend 1912 in Paris uraufgeführten Hauptwerk des »renouveau catholique« und konsequentesten ihm zugänglichen Versuch einer kirchlichen Resakralisierung des Theaters (*Verkündigung. Ein geistliches Stück in vier Ereignissen und einem Vorspiel.* Dresden 1913), urteilt Thomas Mann 1913: »Ich beendige in tiefer Bewegung die Lektüre von Claudels ›Verkündigung‹. Das ist wundervoll – das stärkste dichterische, überhaupt künstlerische Erlebnis, das mir seit Jahren beschieden war.« (Gedruckt im Katalog des katholischen Hellerauer Verlags: Hellerau bei Dresden/Berlin 1913, S. 13; ähnlich in den *Betrachtungen*; GW XII, 401.) Die Begeisterung gilt hier allerdings der »Lektüre«: einem Lesetext, nicht einer realen Aufführung.

Die Spannung zwischen dieser Akzentuierung des Kultischen am Ende des V. und der Proklamation einer »neue[n] Hanswurstiade« am Ende des VI. Kapitels könnte sich mit der publikations-, vielleicht auch entstehungsgeschichtlichen Sonderstellung des V. Kapitels erklären lassen. Vor allem aber stellt Thomas Mann schon zu Beginn des VI. Kapitels selbst einen temporalen und kausalen Bezug zwischen beiden Konzepten her: Allein auf dem Weg über eine Bescheidung auf die archaische Einfachheit der »Hanswurstiade« könnte das Theater in ferner Zukunft jene sakrale Dignität wiedergewinnen, die bei Wagner nur fingiert und für die eigene

»Wirkungssucht« missbraucht ist (wie Thomas Mann im Anschluss an Nietzsche argumentiert). Der Schluss des V. Kapitels würde dann die Möglichkeiten einer fernen Zukunft skizzieren, der des VI. Kapitels nur deren nächstliegende Bedingungen. Zu religiösen Traditionen und Konzepten in Thomas Manns drei Jahre zuvor entworfener Poetik des *Romans* vgl. dagegen den Kommentar zu *Bilse und ich* (hier S. 141ff.).

Die Notizen und Entwürfe zum geplanten Essay *Geist und Kunst* setzen die im *Versuch über das Theater* begonnenen Gedankengänge fort – teils indem sie diese Fragestellungen in Richtung auf allgemeinere philosophische Probleme hin erweitern, teils indem sie Erscheinungen der zeitgenössischen Theaterreformbewegungen kritisch wieder aufgreifen, wie sie hier in Kapitel VI berührt werden. Manches davon ist in die veröffentlichten *Notizen* eingegangen (Textband S. 211f. u. 214f.). Soweit die Bezüge der *Geist und Kunst*-Passagen zum *Versuch* hinreichend deutlich sind, werden sie hier im Stellenkommentar angeführt.

Quellenlage

Thomas Mann bezieht sich explizit oder implizit auf eine große Zahl literarischer, literaturtheoretischer und kritischer Texte, die nicht alle eindeutig identifizierbar sind. Offenkundig sind die Bezüge auf Schriften Richard Wagners, darunter *Oper und Drama*, *Eine Mitteilung an meine Freunde*, *Über Schauspieler und Sänger* und *Das Kunstwerk der Zukunft*, sowie auf Wagners Musikdramen, auf die Wagner-kritischen Schriften Friedrich Nietzsches, auf Friedrich Hebbels Dramen und Theatertheorie, auf Theaterkritiken Fontanes und Kerrs, auf Gustave Flauberts Briefe (Thomas Mann zitiert nach der Ausgabe von Flauberts *Briefen über seine Werke*. Ausgewählt und kommentiert von F[elix] P[aul] Greve, übersetzt von E. Greve. Minden/Westf.: J. C. C. Bruns' Verlag o. J. [1904]), die *Ästhetik* Friedrich Theodor Vischers und Grillparzers *Selbstbiographie* (*Grillparzers sämtliche Werke in zwanzig Bänden*. Hg. von August Sauer. Bd. 19; im TMA erhalten), auf Dramen Shakespeares und Ibsens, aber auch Bernus' und Poccis (im Einzelnen dazu im Stellenkommentar). Einige grundlegende Informationen bezieht er offenkundig aus dem Artikel *Drama* in *Brockhaus' Konversations-Lexikon*. 14. Auflage. Leipzig/Berlin/Wien 1892. Bd. 5, S. 486f. Als literarhistorische Quelle über die Anfänge des deutschen Dramas im ausgehenden Mittelalter und der frühen Neuzeit könnte Thomas Mann darüber hinaus auch Wilhelm Scherers *Geschichte der Deutschen Litteratur* benutzt haben. Er besaß die 1894 in Berlin erschienene 7. Auflage; sein im TMA erhaltenes Exemplar weist allerdings keine Anstreichungen auf. Wie die erhaltenen Materialien zum geplanten Essay *Geist und Kunst* zeigen, hat Thomas Mann zudem Artikel in Zeitungen und Zeitschriften, Programme, Prospekte usf. ausgewertet; solche Quellen lassen sich nur in Ausnahmefällen identifizieren (vgl. hier etwa im Stellenkommentar zu S. 163_{16} die Angaben zu »Professor Litmann«).

Textlage

Der vollständige Text des Essays erschien – nachdem das V. Kapitel unter der Überschrift *Das Theater als Tempel* bereits 1907 veröffentlicht worden war – im Januar und Februar 1908 zusammen mit weiteren Beiträgen zur redaktionellen Rundfrage *Die kulturellen Werte des Theaters* in der Zeitschrift *Nord und Süd* (= Druckvorlage). Er wurde wegen des ungewöhnlichen Umfangs in zwei Teilen abgedruckt (32. Jg., Bd. 124, H. 370, S. 116–119: Kapitel I, und H. 371, S. 259–290: Kapitel II-VI). Unter den weiteren Beiträgern waren Georg Fuchs, Eduard von Keyserling, Heinrich Mann und Stefan Zweig. 1913/14 wurde der Essay in vier Folgen in der Zeitschrift *Über den Wassern* nachgedruckt (Potempa 1992, G 29.8), eigentümlicherweise ohne den letzten Satz des V. Kapitels. Weitere Teildrucke erschienen 1908, 1921 und 1935 (Potempa 1992, G 29.9–12). E I 53–93 folgt ebenfalls dem Erstdruck. Für die Aufnahme in RuA hat Thomas Mann den *Versuch über das Theater* 1921/22 gründlich überarbeitet; diese Fassung wurde auch in GWA XI, 19–58; GW X, 23–62 und ARE I, 83–124 übernommen (dort sind die großen Änderungen im Kommentar dokumentiert). Dabei hat er in den Kapiteln I bis V einige Sätze gestrichen oder hinzugefügt, Wörter und Satzteile ausgetauscht; die wichtigsten Abweichungen sind hier im Stellenkommentar vermerkt. Das VI. Kapitel aber hat Thomas Mann grundlegend umgearbeitet; diese Neufassung wird hier unter Paralipomena abgedruckt.

Rezeption

Die vergleichsweise häufigen (Teil-) Nachdrucke zeigen, dass einzelne Aspekte des *Versuchs* in den Debatten um neue Formen des Theaters beachtet wurden (vgl. hier zur Textlage). Der Essay als Gesamtheit ist dagegen – außer in einer mit »M.« gezeichneten Besprechung in der Zeitschrift *Hochland* vom 1. August 1908, die Thomas Mann in der 21. Notiz zu *Geist und Kunst* vermerkt – offenbar wenig rezipiert worden. Eine Sonderstellung in der Rezeptionsgeschichte nimmt eine Besprechung ein, die Friedrich Michael im *Berliner Tageblatt* vom 6. Dezember 1921 anlässlich der Veröffentlichung von RuA verfasste. Unter der Überschrift *Thomas Manns Othello* geht Michael nach einer knappen Würdigung des Gesamtessays ausführlich auf die *Othello*-Passage des V. Kapitels ein. Dabei weist er zunächst (mit naivem Tadel an »Thomas Manns wunderlich falsche[m] Schluß«) nach, dass Shakespeare nicht etwa aus den von Thomas Mann unterstellten Gründen den Außenseiter als einen »Mohren« gestaltet habe, sondern aus Treue zu einer Novellenvorlage – um darauf aber die Überlegungen zur Othello-Gestaltung in einem modernen Roman als Ausdruck für »das oft variierte, uns stets neu fesselnde Grundthema dieses Dichters und seiner Kunst überhaupt« zu würdigen. Als Beispiel führt er die Erzählung *Luischen* an (GW VIII, 168–186): »Das ist der ›Othello‹ Thomas Manns, der ›Othello‹ des Romanciers. Und sein ›Versuch über das Theater‹ ist wie alles, was er schrieb [...], Bekenntnis zu seiner Kunst. Auch wo er in der Sache irrt – für sich hat er recht [...].«

Stellenkommentar

123 5 *schließlich eine Dichtungsform*] In RuA ist »schließlich« gestrichen.

12 *Das ist mein Eindruck*] In RuA folgt hier ein neuer Absatz: »Wenn Sarcey sagen durfte: ›Mr. de Goncourt ne comprend absolument rien au théâtre‹, hat dann das Theater irgend etwas mit unserer Kunst zu tun?« Der Spott des (unten als »Oncle Sarcey« erneut genannten) französischen Romanciers, Literatur- und Theaterkritikers Francisque Sarcey (François Sarcey de Suttières, 1827 bis 1899) gilt den Brüdern Goncourt, die sich, obwohl sonst Romanciers, als Dramatiker versucht hatten (*Henriette Maréchal*, 1865).

22 *Die »Kronprätendenten«*] Vgl. im 9. Notizbuch einen Eintrag von Anfang 1906 zur Stuttgarter Aufführung von Ibsens *Kronprätendenten* (1864): »Die ›Kronprätendenten‹ im Stuttgarter Hoftheater: ›Das Drama fand bei vorwiegend ansprechender Darstellung achtungsvolle Aufnahme, ohne tiefere Teilnahme zu erwecken.‹« (Nb. II, 160)

28–29 *Nietzsche*] Am schärfsten (und Thomas Manns Essay am nächsten) verurteilt Nietzsche das Theater in der ersten Nachschrift zu *Der Fall Wagner* (1888). Zu den verderblichen Folgen der Wagner'schen »Bewegung« zählt er zuletzt und »zuschlimmst: *die Theatrokratie*–, den Aberwitz eines Glaubens an den *Vorrang* des Theaters, an ein Recht auf *Herrschaft* des Theaters über die Künste, über die Kunst Aber soll man es den Wagnerianern hundert Mal in's Gesicht sagen, *was* das Theater ist: immer nur ein *Unterhalb* der Kunst, immer nur etwas Zweites, etwas Vergröbertes, etwas für die Massen Zurechtgebogenes, Zurechtgelogenes! Daran hat auch Wagner Nichts verändert: Bayreuth ist grosse Oper – und nicht einmal *gute* Oper ... Das Theater ist eine Form der Demolatrie [Volksvergötzung; der Hg.] in Sachen des Geschmacks, das Theater ist ein Massen-Aufstand, ein Plebiscit *gegen* den guten Geschmack ... *Dies eben beweist der Fall Wagner*: er gewann die Menge, – er verdarb den Geschmack, er verdarb selbst für die Oper unseren Geschmack! –« (KSA 6, 42)

30 *Maupassant*] Seit 1904 besaß Thomas Mann Maupassants *Ge-*

sammelte Werke in 20 Bänden. Berlin 1898–1903; das Zitat konnte darin nicht ermittelt werden.

123 31 *Flaubert*] An George Sand schreibt Flaubert im Sommer 1873: »Übrigens mache ich mir nichts daraus [aus der Arbeit am Drama, entweder *Le château des cœurs* oder *Le candidat*], so verlangt es mich, mich an meinen Roman zu setzen [...]. Und dann beginnt mir der Theaterstil auf die Nerven zu fallen. [...] Bis zum Januar will ich also so gut wie möglich dialogisieren; dann guten Abend; ich kehre zu ernsten Dingen zurück.« (*Briefe über seine Werke*, S. 304)

124 4 *Hoftheater-Regisseur*] Ernst Ritter von Possart (1841–1921) war Schauspieler, Regisseur, Theaterschriftsteller und 1895–1905 Generalintendant der Königlich Bayerischen Hofbühnen. Eine Possart-Karikatur von Thomas Manns Hand findet sich im 1. Notizbuch (Nb. I, 48). In den *Erinnerungen ans Münchner Residenztheater* kommt Thomas Mann 1951 nochmals ausführlich auf Possart zu sprechen (GW XI, 517). Die 23. Notiz zu *Geist und Kunst* (fast wörtlich aus dem 9. Notizbuch übernommen; Nb. II, 178f.) vergleicht »*Wagner* und *Possart*. Sehr ähnliche Instinkte. Theaterleute. Wirkung. [...] Abschätzige Fremdheit gegen die Literatur.« (GuK, 166)

5 *Hermann Bang*] Der vom jungen Thomas Mann besonders geschätzte dänische Romancier, Novellist und Essayist Herman Bang (1857–1912; vgl. hier *Friedrich Huch*, Textband S. 378; *Zum Tode Eduard Keyserlings*, GW X, 416, ferner Thomas Manns Brief an Martens vom 16. Oktober 1902: »Jetzt lese ich beständig Herman Bang, dem ich mich tief verwandt fühle«, TM/Martens I, 207). Bang verfasste neben den hier genannten Romanen *Tine* (1889, deutsch 1903), *Am Wege* (*Ved Vejen*, 1886, deutsch 1898) und Gedichten zwei weitgehend erfolglose Schauspiele in der Nachfolge Strindbergs (*Zwei Trauerspiele*, 1891).

13 *die Novelle sogar*] Das »sogar« bezieht sich vielleicht nicht nur auf das besondere Ansehen, das die Novelle als strenge Erzählform um die Jahrhundertwende genoss, sondern auch auf die von Theodor Storm vertretene Ansicht, sie sei »die Schwester des Dramas und die strengste Form der Prosadichtung« (LL IV, 409; Thomas

Mann verweist am Ende seines Storm-Essays 1930 auf »die Novelle, wie er [Storm] sie verstand, als epische Schwester des Dramas«; GW IX, 267).

124 13 *Ein Theaterkritiker*] Vielleicht Kerr, der von Thomas Mann öfter mit dem Epitheton »keck« bedacht wird (vgl. Textband S. 133; E I, 54 u. 62; GW X, 690; sowie Kurzke 1999, S. 223).

20 *Herr M.*] Thomas Manns Freund Kurt Martens (1870–1945), der Verfasser des am 5. Dezember 1904 im Münchner Volkstheater uraufgeführten Dramas *Kaspar Hauser* (1903). Thomas Mann war zur Uraufführung eingeladen, konnte aber nicht teilnehmen; vgl. hier seinen Brief an Martens vom 17. November 1904 (TM/Martens I, 218) sowie *Wassermanns »Caspar Hauser«*, Textband S. 197 und Kommentar. – In RuA steht statt »Erfolg« nur »einigen Erfolg« und statt »Tagespresse«: »Theaterpresse«.

125 15 *Stückeschreiber*] Thomas Manns Gegenbegriff zu dem des dramatischen Dichters nimmt den späteren Terminus Bertolt Brechts beiläufig vorweg.

28–30 *Zeitungsschreiber, die … im Theater einnehmen*] In RuA sind die Worte »im Theater« gestrichen; statt »eine Meinung suggerieren« heißt es nun: »eine Meinung eingeben«.

126 3–4 *wirklicher Schriftsteller unter den Theaterkritikern*] Anspielung auf Alfred Kerr, der die Kritik als eigenständige Kunstform propagierte und sich programmatisch weigerte, »einen Wesensunterschied zwischen Kritiker und Dichter« anzuerkennen. (Vgl. hier *[Über die Kritik]* und *Kritik und Schaffen.*) Kerr hatte auf die Zusendung von *Fiorenza* nicht reagiert (Thomas Mann an Kerr, 19. 10. 1905; GKFA 21, 330); Thomas Mann fürchtete seine Ablehnung (an S. Fischer, 6. 2. 1906; GKFA 21, 348). Er ahnte richtig; Kerr schrieb einen Verriss, allerdings erst 1913 (vgl. DüD I, 193). – In RuA heißt es statt »selbständiger Kunstgebilde«: »eines selbständigen Kunstgebildes«.

14 *literarischer Künstler genug*] RuA: »Nietzscheschüler und literarischer Künstler genug«.

127 2 *Er glüht vielleicht für Flaubert*] In *Das neue Drama* (2. Auflage Berlin:

S. Fischer 1907) hatte Kerr (am Ende eines Wedekind-Essays) zu Flauberts Roman *L'éducation sentimentale* bemerkt: »Flaubert [...] schrieb das größte Lebensbuch, das mir bekannt ist. [...] Es gibt da wieder nur einen Namen, den man hinschreibt, um etwas ganz Hohes zu bezeichnen: Shakespeare.« (S. 140)

127 3–4 *Jean Paul*] Für Kerr war Jean Paul »der große Meister« (*Das neue Drama*, S. 217); in der Schilderung eines Besuches in Bayreuth kontrastiert er *Parsifal* als »schwüle Wundenoper« mit Jean Paul als einem »Bürger Derer, welche kommen werden« (ebd. S. 60f.).

9–19 *Er geht über diese Frage ... Charakteristik getrieben werde.*] Der gesamte Absatz ist in der Überarbeitung von 1922 gestrichen.

18–19 *daß in der Welt nicht direkte Charakteristik getrieben werde.*] Ebenso wie die Bemerkungen über den Kritiker als unfreiwilligen »Selbstpersifleur« eine polemische Wendung gegen Kerrs stilistische Manierismen und die theoretische Begrifflichkeit seiner frühen Abhandlung *Technik des realistischen Dramas* (zuerst 1891, als *Anhang* wiederaufgenommen in *Das neue Drama*). Darin hatte Kerr ausgeführt: »Zur Wesensschilderung eines Menschen stehen dem Dramatiker zwei Mittel zu Gebote. Er kann die innere Beschaffenheit durch Aussprüche anderer Personen kennzeichnen: *die direkte Charakteristik*. Oder er lässt den Charakter lediglich aus den Handlungen des Menschen erkennen: *die indirekte Charakteristik*. [...] Die moderne Technik verrät eine entschiedene Neigung, die erste Art vollkommen fallen zu lassen zu Gunsten der ungleich schwereren zweiten. Nicht um einen launenhaften Sport mit Schwierigkeiten zu treiben; der Beweggrund ist auch hier nichts anderes als das Streben nach Wahrheit.« (*Das neue Drama*, S. 300)

24–25 *Zwischengattungen*] Etwa das »drame lyrique« bei Maurice Maeterlinck (1862–1949) oder Hugo von Hofmannsthal (1874 bis 1929), auch die von Thomas Mann selbst so bezeichneten »Dialoge« seiner *Fiorenza* (etwa in der [*Selbstbiographie IV*], Textband S. 376f.).

31–128.1 *»Das Drama ... in sich vereinigt.«*] Fast wörtlich wiederaufgegriffen in *Die Kunst des Romans* (1939; GW X, 348); bezogen auf ästhetische Entwürfe in der Hegel-Nachfolge, etwa die *Ästhetik* des unten ausdrücklich zitierten Friedrich Theodor Vischer oder die *Poetik* von Rudolf Gottschall (4. Auflage. Breslau 1877; vgl. Band II, S. 151ff. und 182). »Die Quelle hat sich, trotz zahlreicher Anfragen und Suchaktionen, als unauffindbar erwiesen. Möglicherweise hat Thomas Mann den ›Ästhetiker‹ [und den ›Oberlehrer‹] auch für seine Zwecke zurechtgebastelt.« (Kurzke/Stachorski; E I, 336)

128 5–22 *Ich habe oft Mühe … Ursprungs …*] Fast wörtlich übernommen in *Auseinandersetzung mit Wagner* (Textband S. 301f.) und *Leiden und Größe Richard Wagners* (GW IX, 375).

10–12 *Nornenszene der »Götterdämmerung« … Mime und dem Wanderer.*] Ebenso wie der Hinweis auf »Sieglindes Erzählung« (im ersten Akt der *Walküre*: »Tief hing ihm der Hut / der deckt' ihm der Augen eines«) weitgehend übernommen in *Auseinandersetzung mit Wagner* (Textband S. 301$_{25-30}$). In der 26. Notiz zu *Geist und Kunst* werden die Szenen als »dramatisch unnötig« erwähnt (allerdings mit dem Zusatz: »notwendig wegen der Motive, mit denen nachher anspielungsweise gearbeitet wird«; GuK, 167).

14–15 *Grillparzer verwarf das mehrteilige Drama*] In Thomas Manns (im TMA erhaltenen) Exemplar von Grillparzers Reisetagebüchern und *Selbstbiographie* ist die hier paraphrasierte Passage am Rand angestrichen und mit einem Ausrufezeichen versehen: »Einmal ist die Trilogie oder überhaupt die Behandlung eines dramatischen Stoffes in mehreren Teilen für sich eine schlechte Form. Das Drama ist eine Gegenwart, es muß alles, was zur Handlung gehört, in sich enthalten. Die Beziehung eines Teiles auf den andern gibt dem Ganzen etwas Episches, wodurch es vielleicht an Großartigkeit gewinnt, aber an Wirkung und Prägnanz verliert.« (S. 78)

19–22 *Und ich begreife nicht … homerischen Ursprungs …*] In die Handschrift zur *Auseinandersetzung mit Wagner* zunächst übernommen, dann jedoch korrigiert zu: »Und wer das ›Leitmotiv‹ als ein wesentlich dramatisches Kunstmittel ansprechen wollte, vergäße, daß es seit den Tagen Homers fast ausschließlich [»fast« nachträglich eingefügt] von Künstlern der Erzählung gehandhabt worden ist.« (Zum »epische[n] Geist« als dem »Ewig-Homerische[n]« vgl. *Die Kunst des Romans*, 1939; GW X, 349.)

129 3 *Nietzsche bemerkt*] Im Vierten Hauptstück von Nietzsches *Menschliches, Allzumenschliches: Aus der Seele der Künstler und Schriftsteller*, der 160. Aphorismus: »*Geschaffene Menschen*« (KSA 2, 149f.).

23–24 *der große Erkenner … besonders nennt.*] Im hier nicht mitzitierten ersten Satz desselben Aphorismus: »Wenn man sagt, der Dramatiker (und der Künstler überhaupt) *schaffe* wirklich Charaktere, so ist dies eine schöne Täuschung und Uebertreibung, in deren Dasein und Verbreitung die Kunst einen ihrer ungewollten, gleichsam überschüssigen Triumphe feiert.«

130 25 *Aber der Oberlehrer meinte es anders?*] In RuA ist das Frage- durch ein Ausrufezeichen ersetzt.

26 *Vischer*] Der Philosoph und Schriftsteller Friedrich Theodor Vischer (1807–1887) veröffentlichte 1846–1857 die bedeutendste nachhegelianische Ästhetik; von den Kunstgattungen, darunter der Dichtung, handelt der dritte und letzte Teil. Der vielzitierte Satz vom Drama als der »Poesie der Poesie« findet sich in § 895.

131 2 *Goethe*] In den *Maximen und Reflexionen*: »Der Roman ist eine subjective Epopöe, inwelcher der Verfasser sich die Erlaubniß auserbittet, die Welt nach seiner Weise zu behandeln. Es fragt sich also nur, ob er eine Weise habe; das andere wird sich schon finden.« (WA I. 42.2, 122)

6–7 *»Der Dichter«*] Zitat aus dem anschließenden Absatz in Vischers *Ästhetik*, § 896.

18–19 *großköpfigen Generals*] Gemeint ist Richard Wagner.

23–24 *so lehrt … erste Blick*] In RuA: »so lehrt beinahe der erste Blick«.

28–29 *alle Kunst, wie das Märchen*] Das Märchen und seine durch die Brüder Grimm sprichwörtlich gewordene Eröffnungsformel waren für Thomas Mann Inbegriff ursprünglichen Erzählens. Während der Arbeit am *Versuch über das Theater* nannte Thomas Mann seinen Roman *Königliche Hoheit* »ein Märchen« (vgl. *[Über »Königliche Hoheit« I]*, Textband S. 180).

131 29–30 *»Hoffmanns Erzählungen«*] Der romantische Erzähler, Komponist und Zeichner E. T. A. Hoffmann (1776–1822) ist der Held und Erzähler in Jacques Offenbachs (1819–1880) letzter Oper *Hoffmanns Erzählungen* (*Les Contes d'Hoffmann*, posthum uraufgeführt 1881), deren jeweils abgeschlossene Episoden einzelne Erzählungen szenisch darstellen.

132 3 *Ein lustiges, niedriges Beispiel*] RuA: »Kein sehr hohes Beispiel«.

6–7 *während die Musik ... dahinwälzt*] Wiederaufgenommen in *Rede über das Theater* (1929; GW X, 286f.).

8 *Schiller hat geantwortet*] Schillers Brief an Goethe vom 26. Dezember 1797 antwortet auf Goethes Entwurf *Über epische und dramatische Dichtung*, in dem es hieß, »daß der Epiker die Begebenheit als *vollkommen vergangen* vorträgt, und der Dramatiker sie als *vollkommen gegenwärtig* darstellt.« Dieser Satz, antwortet Schiller, »leuchtet mir sehr ein. Ich setze noch hinzu. Es entsteht daraus ein reizender Widerstreit der Dichtung als Genus mit der Spezies derselben, der in der Natur wie in der Kunst immer sehr geistreich ist. Die Dichtkunst, als solche, macht alles sinnlich gegenwärtig, und so nötigt sie auch den epischen Dichter, das Geschehene zu vergegenwärtigen, nur daß der Charakter des Vergangenseins nicht verwischt werden darf. Die Dichtkunst, als solche, macht alles Gegenwärtige vergangen und entfernt alles Nahe (durch Idealität), und so nötigt sie den Dramatiker, die individuell auf uns eindringende Wirklichkeit von uns entfernt zu halten und dem Gemüt eine poetische Freiheit gegen den Stoff zu verschaffen. Die Tragödie in ihrem höchsten Begriffe wird also immer zu dem epischen Charakter *hinauf* streben und wird nur dadurch zur Dichtung. Das epische Gedicht wird ebenso zu dem Drama *herunter*streben und wird nur dadurch den poetischen Gattungsbegriff ganz erfüllen; just das, was beide zu poetischen Werken macht, bringt beide einander nahe.«

21–22 *»Keine Details ... Linie.«*] Aus einem Brief Flauberts an eine ungenannte Schriftstellerin (1853; *Briefe über seine Werke*, S. 98).

30 *»indirekte Charakteristik«*] Vgl. den Kommentar zu S. 127 18–19.

133 4 *Dostojewskis »Dämonen«*] Dostojewskis Roman *Die Dämonen* (*Besy*) erschien 1871/72, deutsch 1888, 1906 u. ö.

4 *Meyers »Heiliger«*] Conrad Ferdinand Meyers (1825–1898) Novelle *Der Heilige* (1880). Zu Meyer vgl. auch die 2. Notiz zu *Geist und Kunst* sowie Wyslings Kommentar (GuK, 152f.)

7 *»liebenswürdiges Frauenzimmer«*] Entsprechend karikiert Kerr in der *Technik des realistischen Dramas* die Figurenrede »Bin ich nicht Deine Dich zärtlich liebende Schwägerin?« (*Das neue Drama*, S. 305)

9–10 *»Ich bin der gute Bonifacius.«*] Thomas Mann bezieht sich, wie Kurzke/Stachorski nachgewiesen haben, auf das erste Buch von Heines *Die romantische Schule*: »Wahrlich, so ging es namentlich unserem vortrefflichen Herren Tieck, einem der besten Dichter der Schule; er hatte von den Volksbüchern und Gedichten des Mittelalters so viel eingeschluckt, daß er fast wieder ein Kind wurde und zu jener lallenden Einfalt herabblühte, die Frau v. Stael so sehr viel Mühe hatte zu bewundern. Sie gesteht selber, daß es ihr kurios vorkomme, wenn eine Person in einem Drama mit einem Monolog debütiert, welcher mit den Worten anfängt: Ich bin der wackere Bonifazius, und ich komme Euch zu sagen u. s. w.« (HDA 8.1, 139; in RuA hat Thomas Mann das Zitat korrigiert: »der wackere Bonifacius«.) Bei Scherer konnte Thomas Mann über die Anfänge des deutschen Dramas nachlesen: »die Mühen der Exposition wurden sehr einfach umgangen, indem alle Figuren bereitwillig sagten, wer sie wären; der Dramatiker faßte seinen Stoff wie der Epiker an, sein Werk war stets nur eine in Handlung umgesetzte Erzählung« (*Geschichte*, S. 246).

21–23 *»Werther« … »Väter und Söhne«*] Romane von Goethe (erschienen 1774/1787 und 1809), Jens Peter Jacobsen (erschienen 1880, deutsch 1889 u. ö.), Flaubert (erschienen 1856/57, deutsch 1892, 1907 u. ö.) und Turgenjew (erschienen 1862, deutsch 1869 u. ö.).

27–29 *»Ich habe … die erste Seite beendet.«*] Aus einem Brief Flauberts an Mme. Roger des Genettes 1876; die Rede ist von der Arbeit an der Erzählung *Un Cœur simple* (*Ein schlichtes Herz*; Zitat in *Briefe über seine Werke*, S. 329).

134 1–3 *es tritt erst auf ... das Letzte ist.*] Fast wörtlich im Brockhaus-Artikel *Drama* (vgl. Quellenlage): »Das D.[rama] tritt bei allen Völkern immer nur dann hervor, wenn bereits Epos und Lyrik zu voller Ausbildung gelangt sind [...].«

3–5 *hymnischer Produktion ... unterrichtet bin*] Anspielung auf Nietzsches Abhandlung *Die Geburt der Tragödie aus dem Geist der Musik*, dort etwa im Abschnitt 5.

12 *Richard Wagner*] Thomas Mann zitiert und paraphrasiert im Folgenden die ersten Seiten des Kapitels I im zweiten Band von Wagners *Oper und Drama*: Zweiter Teil: *Das Schauspiel und das Wesen der dramatischen Dichtkunst* (*Schriften* IV, S. 6–53). Das Kapitel beginnt mit den Sätzen: »Das moderne Drama hat zweierlei Ursprung: einen natürlichen, unserer geschichtlichen Entwickelung eigentümlichen, *den Roman*, – und einen fremdartigen, unserer Entwickelung durch Reflexion aufgepfropften, das nach den mißverstandenen Regeln des Aristoteles aufgefaßte *griechische Drama*. Der eigentliche Kern unserer Poesie liegt im Roman [...]. Die höchste Blüte des dem Roman unmittelbar entsprungenen Dramas haben wir in den Schauspielen des *Shakespeare*«; im Shakespeare-Abschnitt fährt Wagner mit den von Thomas Mann zitierten Sätzen fort (S. 9). Bereits in dieser Einleitung kommentiert er: »Wie unendlich wichtig für alle Untersuchung des Wesens der Kunst ist es nun, [...] *daß der Roman zum Drama wurde!*« (S. 8)

21 *roh populären Jahrmarkts-Kunstbetrieb*] In RuA ist »roh« gestrichen.

135 5–6 *Beschränkung der Gassen- und Angerszene*] Thomas Mann paraphrasiert hier dieselben Abschnitte von Wagners Schrift, aus denen er eben zitiert hat. Im Kontext der Reformleistungen Shakespeares und seiner Zeitgenossen heißt es dort: »Wie auf den Raum, hatte sich diese Beschränkung auch auf die Zeitdauer des dramatischen Spieles auszudehnen. Die Mysterienbühne des Mittelalters, auf weitem Anger oder auf freien Plätzen und Straßen der Städte aufgeschlagen, bot der versammelten Volksmenge ein tagelang, ja – wie wir noch heute es erfahren – mehrere Tage lang dauerndes Schauspiel dar: ganze Historien, vollständige Lebens-

geschichten wurden aufgeführt, aus welchen die ab- und zuwogende Zuschauermasse nach Belieben für ihre Schaulust sich auswählen konnte, was ihr das sehenswerteste erschien.« (*Schriften* IV, S. 9f.; weitere Auskunft kann er aus Scherers Kapitel *Schauspiele* bezogen haben; *Geschichte*, S. 244–252).

135 16–17 *Volks- und Mysterienbühne*] Wiederum nach Wagner, der im selben Zusammenhang von »Volksschauspiel«, »Volksschaubühne« und »Mysterienbühne« spricht. (*Schriften* IV, S. 8–10)

18–19 *Der kleine Junge*] Ähnlich in *Kinderspiele* [*I*] (Textband S. 80f.) und [*On Myself*] (vgl. hier S. 106–109).

26–27 *Mummenschanz auf der Bretterbühne*] Anklänge an das *Vorspiel auf dem Theater* und die *Mummenschanz*-Szenen in Goethes *Faust*?

136 1 *ehrgeizige Fälschung*] RuA: »eifersüchtige Fälschung«.

1–2 *des alten Zauberers von Bayreuth*] Eine stehende Wendung in Thomas Manns Schilderungen seiner Wagner- (und Ibsen-) Erfahrungen; vgl. das III. Kapitel dieses *Versuchs* (S. 139), den Schluss der *Auseinandersetzung mit Wagner* (Textband S. 304), auch *Ibsen und Wagner* (GW X, 227–229), *Rede über das Theater* (über »die bürgerliche Magie des Ibsen-Stückes«; GW X, 287) und *Leiden und Größe Richard Wagners* (GW IX, 363–426).

2–3 *»dürftigen Todesschatten«*] In Wagners Vorrede zum eben zitierten zweiten Teil von *Oper und Drama*, *Das Schauspiel und das Wesen der dramatischen Dichtkunst*, über Lessings *Laokoon*: »Überall da, wo Lessing der Dichtkunst Grenzen und Schranken zuweist, meint er nicht das unmittelbar zur Anschauung gebrachte, sinnlich dargestellte *dramatische Kunstwerk*, das in sich alle Momente der bildenden Kunst nach höchster, nur in ihm erreichbarer Fülle vereinigt und aus sich erst dieser Kunst höhere künstlerische Lebensmöglichkeit zugeführt hat, sondern den dürftigen Todesschatten dieses Kunstwerks, das erzählende, schildernde, nicht an die Sinne, sondern an die Einbildungskraft sich kundgebende Literaturgedicht [...].« (*Schriften* IV, S. 1f.) Im 9. Notizbuch hatte Thomas Mann noch schärfer formuliert: »Wenn *Wagner* von ›Litteratur-Lyrik‹ spricht oder vom Epos, das er den ›dürftigen Todesschatten etc‹ nennt, so möchte man an den Wänden hochgehen. Das sind keine Kunstschriften, sondern *Künstler*schriften und zwar von der allernaivsten, kompromittirendsten, kindlich egocentrischen Art.« (Nb. II, 173) Wörtlich übernommen in die Entwürfe zu *Geist und Kunst* (8. Notiz), annähernd wörtlich auch in die Handschrift zu *Auseinandersetzung mit Wagner* (s. hier S. 424–429).

136 4 *Undankbarkeit gegen das Epos*] Fast alle Wagner'schen Musikdramen gehen auf Epen, dabei überwiegend auf die großen mittelalterlichen Romane und Heldenlieder zurück. – Der folgende Satz: »Es scheint, daß zu seiner Konzeption von Größe die Undankbarkeit gehörte ...« ist in RuA gestrichen.

6–8 *»Das wirkliche Kunstwerk ... Sinnlichkeit.«*] Ebenso wie im nächsten Satz zitiert Thomas Mann aus demselben Zusammenhang der Vorrede zu *Das Schauspiel und das Wesen der dramatischen Dichtkunst* (*Schriften* IV, S. 2).

30 *artistisch anspruchsvollsten Kritiker*] Wohl erneute Anspielung auf Alfred Kerr (vgl. Kommentar zu S. 127$_{3-4}$).

137 16 *Tivoli*] Vgl. hier den Kommentar zu *Lübecker Theater*, S. 24$_{2}$ sowie zum Folgenden auch die Schilderung des Theaterbesuchs im 5. Kapitel von *Felix Krull*.

138 3 *Aschenputtel*] Märchen der Brüder Grimm.

3–5 *König Kakadu ... namens Syfax*] Nicht ermittelte Anspielungen auf Märchenstücke.

5–6 *grauen Trikots*] RuA: »grünen Trikots«.

9 *Die Galoschen des Glücks*] Märchen von Hans Christian Andersen (zuerst 1838). Märchenspiele wie die hier erinnerten hatte Thomas Mann noch in der Grautoff-Zeit gelesen und geschrieben (allerdings ist keines erhalten), vgl. den Brief an Grautoff vom 8. Januar 1895 (TM/OG, 27) und Nb. I, 36.

15 *Und der Garten war voller Leut' ...*] Ins Präteritum transponiertes Zitat aus Heinrich Heines Gedicht: »O, halt mich fest, Geliebte! / Vor Liebestrunkenheit / Fall' ich dir sonst zu Füßen, / Und der Garten ist voller Leut'.« Thomas Mann zitiert diese Verse in [*Das Bild der Mutter*] im Zusammenhang jener Lieder, die er in der Ver-

tonung Eduard Lassens (1830–1904) durch den Vortrag seiner Mutter kennengelernt habe (GW XI, 422f.; vgl. *Erkenne Dich selbst!*, Textband S. 33).

138 24 *Moralist genug*] Zum Wortverständnis vgl. *Süßer Schlaf!* (Textband S. 205$_{30}$) und Kommentar (hier S. 283f.).

32–33 *Grimms ... Homerübersetzung*] Immer wieder als prägende frühe (Vor-) Leseerlebnisse angeführte Dichtungen; vgl. hier etwa *Kinderspiele* [I] (Textband S. 81).

139 1 *Gerhäuser*] Der Wagner-Tenor Emil Gerhäuser (1868–1917) sang 1893/94 für eine Spielzeit am Lübecker Stadttheater (vgl. hier *Lübecker Theater*, Textband S. 24). In seinen Erinnerungen ans Lübecker Stadttheater resümiert Thomas Mann 1930 sein Gerhäuser-Erlebnis (GW XI, 418f.).

5–7 *»Nun sei bedankt.« ... »Heil, König Heinrich!«*] Zitate aus dem ersten Akt von Wagners *Lohengrin* (1850).

12–13 *dieser kluge ... abgefeimte Zauber*] Wiederaufgenommen in den Schluss-Satz der *Auseinandersetzung mit Wagner* (Textband S. 304).

32 *Makart*] Der prominente Maler Hans Makart (1840–1884) galt mit seinen großformatigen und dekorativen Gemälden als Inbegriff wilhelminischer Salonkunst. Dass Wagner »beabsichtigte, sich von Makart Kulissen malen zu lassen«, wird auch in *Leiden und Größe Richard Wagners* als Zug »des Bourgeoisen« notiert (GW IX, 411f.). – In RuA ist das relativierende »vielleicht« gestrichen.

140 4–5 *Er ist der Triumph unserer selbst*] In RuA korrigiert: »Es ist der Triumph unserer selbst«.

8 *Tempelbude*] Zugespitzt in *Leiden und Größe Richard Wagners* (1933; GW IX, 404).

21 *das Ideal*] Seit Schillers philosophischen Schriften in den bildungsbürgerlichen Jargon eingegangene Vokabel, die das Reich der reinen Ideen zur diffus-rhetorischen Vorstellung eines ›Höheren‹ trivialisiert hat.

24 *Hunding*] Die im Folgenden genannten Namen beziehen sich auf Figuren in Wagners *Walküre*. Vgl. auch die Schilderung des Opernbesuchs in *Wälsungenblut*: »Hunding kam, bauchig und

x-beinig wie eine Kuh« (GW VIII, 399; vgl. den noch nicht auf eine bestimmte Gestalt bezogenen Eintrag im 7. Notizbuch: »Bauchige Kühe mit X-Beinen.« Nb. II, 39).

141 5–9 *Und zwischen all dem Schauer ... Kunst sie gewährt ...*] Wiederaufgenommen in *Auseinandersetzung mit Wagner* (Textband S. 302).

16 »*interesselose Anschauung*«] Thomas Mann zitiert den zentralen Begriff aus Kants *Kritik der Urteilskraft* vielleicht frei nach Nietzsches *Zur Genealogie der Moral* (dort im 6. Abschnitt der 3. Abhandlung *Was bedeuten asketische Ideale?*): »Schön ist, hat Kant gesagt, was *ohne Interesse* gefällt.« (KSA 5, 347)

17–19 »*wo sich ... von fremdem Blut*«] Zitat aus Friedrich Hebbels Widmungsgedicht an seine Frau, die Schauspielerin Christine Enghaus, zur Druckausgabe des Trauerspiels *Die Nibelungen*: »Da trat ich einmal in den Musentempel, / Wo sich die bleichen Dichter-Schatten röthen, / Wie des Odysseus Schaar, von fremdem Blut.« (*Sämtliche Werke*. Band IV. Berlin 1901, S. 5f.)

21 *ästhetischer Zustand*] Fester Terminus aus Schillers *Briefe über die ästhetische Erziehung*, danach in Schopenhauers WWV als der zeitweilig vom Diktat des »Willens« befreite Zustand ästhetischer Betrachtung.

25–26 »*wirkliche Darstellung an die Sinne*«] Anspielung auf die Kapitel 2 und 3 im ersten Buch von Schopenhauers *Die Welt als Wille und Vorstellung* (*Zur Lehre von der Verstandes-Erkenntniss* und *Ueber die Sinne*)? – RuA: »wirkliche Vorstellung«.

26 *Meiningen*] Von der Meininger Hoftheatertruppe gingen seit der Gründung 1866 wesentliche Impulse des neuen, naturalistisch geprägten und auf strikte historische Genauigkeit verpflichteten Theaters im deutschen Sprachraum aus.

142 5 *Shakespeares Teppichgerüst*] Vermutlich Übernahme aus dem Shakespeare-Abschnitt zu Beginn von Wagners *Das Schauspiel und das Wesen der dramatischen Dichtkunst*: »das rohe, mit Teppichen verhängte Brettgerüst der britischen Schaubühne« (*Schriften* IV, S. 13).

10–12 *das Sinnlich-Gesellschaftliche ... abgeneigt macht*] Anklang an Nietzsches Wagner-Kritik: »*Wagnerianer*: da unterliegt auch noch das persönlichste Gewissen dem nivellirenden Zauber der großen Zahl, da regiert der Nachbar, da *wird* man Nachbar …« (Die fröhliche Wissenschaft, Abschnitt 368; GOA VIII, 35; vgl. KSA 3, 618)

143 15 *junger dramatischer Dichter*] Nicht ermittelt.

144 9 *seiner Sonette*] Mit Entstehung und Adressaten von Shakespeares Sonetten hat Thomas Mann sich, wie zahlreiche Anstreichungen in seinem im TMA erhaltenen Exemplar zeigen, anhand des 2. Bandes von Georg Brandes' Shakespeare-Monographie beschäftigt (*Englische Persönlichkeiten.* Dritter Teil: *William Shakespeare.* Teile 1–3. Dritte durchgesehene Auflage. München 1904).

29 *Goethes Auseinandersetzung*] Im *Vorspiel auf dem Theater* zum Faust.

32–145.1 *Richard Wagner eines Tages*] *Schriften* IX, S. 219; wiederaufgenommen in *Leiden und Größe Richard Wagners* (1933; GW IX, 406f.).

145 20 *Lope de Vega*] Der spanische Dramatiker Lope de Vega (eigentlich: Lope Félix de Vega Carpio, 1562–1635).

21 *leben und weben*] Thomas Mann spricht hier über das Theater wie der Apostel Paulus in der Areopag-Rede von Gott: »Denn in ihm leben, weben und sind wir« (Apg 17,28). (Vgl. *Ein nationaler Dichter*, Textband S. 43.)

23–25 *Die absolute Dichtkunst … das Schauspiel*] In RuA gekürzt zu: »Die absolute Dichtkunst usurpierte das Schauspiel.«

146 5–6 *»Trennung zwischen Drama und Theater«*] Zitat aus Hebbels *Mein Wort über das Drama!* (*Sämtliche Werke.* Band XI. Berlin 1904, S. 15).

15 *Ermete Novelli*] Der berühmte italienische Schauspieler gab am 16. September 1901 im Münchener Gärtnerplatztheater ein Gastspiel als Shylock und Othello. Ettlinger 1988, S. 47 vermutet, dass Thomas Mann ihn schon früher, während seiner Italienaufenthalte 1895/96 und 1896/97, zuerst erlebt haben könnte. An sein »wildes Virtuosentum« erinnert sich Thomas Mann auch in der *Rede über das Theater* (1929; GW X, 288).

148 8–9 *Terrorismus der Literatur über das Theater*] Die Gegenthese findet sich in der 54. Notiz zu *Geist und Kunst* in der Auseinandersetzung mit dem auch sonst kritisierten Münchner Theaterreformer Georg Fuchs: »›Erlösung‹ des Theaters von der Litteratur, – wie die

anderen Künste davon erlöst sind. Unsinn. Er will nicht sehen, daß das Theater keine Kunst im Sinne der Malerei, der Plastik, der Musik ist. Man kann, mit einiger Ironie, dem Theater gerecht zu werden versuchen, indem man ihm eine gewisse Existenzberechtigung per se zuerkennt. Aber Herr Fuchs kennt keine Ironie, er meint es toternst – und so geht es nicht. Was übrig bliebe, wäre der Cirkus, die Clownerie, der parodische Spaß, – wozu jeder wahre Comödiant im Grunde neigt, es ist das eigentliche Talent und alles Weitere Ehrgeiz und kindlicher Respekt vor dem Höheren, dem Geist, der Litteratur.« (GuK, 178)

148 18 *Man antwortet ihnen*] Nicht ermittelt.

20 *Hebbels »Gyges«*] Friedrich Hebbels Schauspiel *Gyges und sein Ring* war bereits 1856 in Buchform erschienen, wurde aber erst 1889 am Burgtheater uraufgeführt.

149 26 *Man liest da etwa*] Ähnliche Vorwürfe finden sich in einer Besprechung von Thomas Manns *Fiorenza* durch Richard Schaukal im *Berliner Tageblatt* vom 5. März 1906 (teilweise in TMUZ, 41–46), die Thomas Mann besonders ärgerte (vgl. den Brief an Heinrich vom 13. März 1906; GKFA 21, 352f. und Kommentar). Thomas Mann verteidigt seinen Text hier als Drama, nicht als »Theaterstück«.

150 7 *Alle Welt übersetzt »Drama« mit »Handlung«*] In RuA folgt hier nach einem Doppelpunkt der Satz: »unsere ganze Ästhetik des Dramas beruht auf dieser Übersetzung«. Als »Handlung« wird »Drama« auch im von Thomas Mann benutzten *Brockhaus*-Artikel übersetzt.

8–9 *Ein Philologieprofessor hat mich darüber belehrt*] Gemeint ist Friedrich Nietzsche. Thomas Mann zitiert eine Fußnote zum 9. Abschnitt von *Der Fall Wagner*: »*Anmerkung*. Es ist ein wahres Unglück für die Aesthetik gewesen, dass man das Wort Drama immer mit ›Handlung‹ übersetzt hat. Nicht Wagner allein irrt hier; alle Welt ist noch im Irrthum; die Philosophen sogar, die es besser wissen sollten. Das antike Drama hatte grosse *Pathosscenen* im Auge – es schloss gerade die Handlung aus (verlegte sie *vor* den Anfang oder *hinter* die Scene). Das Wort Drama ist dorischer Herkunft: und nach dorischem Sprachgebrauch bedeutet es ›Ereigniss‹, ›Geschichte‹, beide Worte in hieratischem Sinne. Das älteste Drama stellt die Ortslegende dar, die ›heilige Geschichte‹, auf der die Gründung des Cultus ruhte (– also kein Thun, sondern ein Geschehen: δρᾶν heisst im Dorischen gar nicht ›thun‹).« (KSA 6, 32)

150 17 *Georg Brandes*] Thomas Mann zitiert aus Band I der *Hauptströmungen der Literatur des 19. Jahrhunderts*; in der Ausgabe Berlin 1924, S. 202.

32 *Rütliszene*] Der zeremonielle Schwur der Eidgenossen am Rütli im 2. Akt von Schillers *Wilhelm Tell* (1804).

151 2 *»Parsifal«*] »Bühnenweihfestspiel« von Richard Wagner (1882).

9–10 *Bei Racine, bei Corneille*] Wohl wiederum eine Übernahme aus Wagners *Das Schauspiel und das Wesen der dramatischen Dichtkunst*: »Wichtig ist es nun, genau zu beachten, wie diese äußerliche Einheit der Szene die ganze Haltung des französischen Dramas dahin bedang, daß die Darstellung der Handlung fast ganz von dieser Szene ausgeschlossen und dafür nur der Vortrag der Rede in ihr zugelassen wurde.« (*Schriften* IV, S. 14)

24 *er erzählt es selbst*] Am Ende von *Eine Mitteilung an meine Freunde* (*Schriften* IV, S. 342–344). Nahezu wörtlich wiederaufgenommen in *Leiden und Größe Richard Wagners* (1933; GW IX, 375).

26–27 *»sinnlichen« Darstellung*] In RuA: »›sinnlichen‹ Vorstellung«.

152 11 *Sudermanns »Johannisfeuer«*] Schauspiel von Hermann Sudermann (1857–1928), 1900 in Buchform erschienen. In RuA ist der Hinweis gestrichen.

24–32 *»Die Seele sehnt … gäb' ich dafür hin!«*] Mit kleinen Freiheiten zitiert aus Fontanes Rezension einer Aufführung der *Piccolomini* im Königlichen Schauspielhaus Berlin, in der *Vossischen Zeitung* vom 14. November 1871 (jetzt in: *Sämtliche Werke. Aufsätze, Kritiken, Erinnerungen II: Theaterkritiken*. München 1969, S. 56). Fontanes Wendung »gehet hin und seid […] Zeugen« zitiert scherzhaft den Missionsbefehl Christi an die Apostel (Lk 24,48) und leitet hier unmittelbar in die anschließende Erörterung des Verhältnisses von »Theater« und »Tempel« über.

153 2–158.25 *Uns Deutschen … könnte.*] Zum V. Kapitel vgl. den Stellenkommentar zu *Das Theater als Tempel*, hier S. 174–177.

159 3 *Demokratisierung des Zuschauerraumes*] Vgl. auch die 87. Notiz zu *Geist und Kunst*: »Das Theater an und für sich eine demokratische Anstalt.« (GuK, 197) In RuA weiter entfaltet; vgl. hier Paralipomena.

7 *Prinz-Regententheater*] Der Bindestrich fehlt im Erstdruck, er ist hier in Analogie zur Schreibung wenige Seiten später (S. 163) ergänzt. – Das von Ernst Possart angeregte, von Max Littmann erbaute Theater adaptierte die ›demokratischen‹ Reformen aus Wagners Bayreuther Festspielhaus in München; es wurde 1901 mit einer Inszenierung der *Meistersinger* eingeweiht.

8 *Schillertheater*] Das 1894 gegründete Schiller-Theater in Berlin beabsichtigte die Öffnung des bürgerlichen Theaters für die unteren Gesellschaftsschichten.

13–14 *Königsfreund*] Anspielung auf Wagners Freund und Förderer, König Ludwig II. von Bayern.

17 *»Erscheinung«*] Anspielung auf Kants Opposition von »Idee« und »Erscheinung« (oder auf Schopenhauers Auseinandersetzung mit in *Die Welt als Wille und Vorstellung*).

22–23 *in Hinsicht auf die Schauspielbühne*] Anspielung auf Wagners Schrift *»Über Schauspieler und Sänger«* (*Schriften IX*, S. 230–235).

160 6–7 *Es ist wahr … Wagner lernen …*] Übernommen aus dem 8. Notizbuch, wo der Gedanke noch weiter ausgeführt wird: »*Theater*: Es ist wohl wahr, man kann aus Wagners Schriften nicht viel über Wagner lernen. Wäre dieser Rousseau'sche Mensch auch ein Bekenner gleich R.[ousseau] gewesen! Wäre ihm die Leidenschaft der Erkenntnis zu eigen gewesen! – Nun, ein Anderer hat sie *für ihn* gehabt – und nicht zuletzt in *Bezug auf ihn*. Nietzsche …« (Nb. II, 132; über Rousseau als Bekenner vgl. auch das *Vorwort zu einem Roman*, Textband S. 388 und Kommentar.) In der hier publizierten Form wurde der Satz erneut übernommen in die *Auseinandersetzung mit Wagner*. – Die Formulierung »in seiner leidenden und fragwürdigen Größe« ist der erste Vorklang des Titels *Leiden und Größe Richard Wagners* (GW IX, 363).

10 *Es sei zu erwarten*] *Über Schauspieler und Sänger* (*Schriften IX*, S. 233).

160 13 *Schinkel*] Der Architekt und Maler Karl Friedrich Schinkel (1781–1841) war auch für die Dekorationen der Berliner Hoftheater verantwortlich. Das Zitat wurde nicht ermittelt.

26–27 *Marionetten-Pocci*] Der Münchner Schriftsteller, Zeichner und Komponist Franz Graf Pocci (1807–1876) wurde vor allem als Verfasser von Kasperlkomödien und Marionettenspielen bekannt. In der 78. Notiz zu *Geist und Kunst* zitiert Thomas Mann einen lobenden Artikel Josef Hofmillers über Pocci (mit der Frage: »Liegen im Kasperlspiel nicht Ansätze zur Komödie höchsten Stils?« und der Empfehlung des »Kasperl als Typus und Helden einer nationalen Komödie«), fügt dort aber hinzu: »Übrigens aber habe ich schon in meinem Versuch über das Theater gesagt, daß ich der neuen Hanswurstiade gewärtig bin. Es fragt sich nur, ob das Volk [...] sie sich gefallen lassen wird. Heißt nicht, der Entwicklung der Nationalliteratur diese Richtung anweisen, das moderne ›Volk‹ allzu idyllisch nehmen? Man stelle sich sozialistisch wählende Arbeiter, mit Marx, Lassalle, Darwin, Häckel, Zola, Lombroso und Gott weiß was im Leibe, in der Kasperl-Comödie vor. Werden sie sich das nicht verbitten? Das Volk hält heute auf Bildung. Wäre nicht überhaupt ein solches Zurückgreifen ein überflüssiger Archaismus, eine Primitivität für Aestheten im Grunde – heute, wo Wagners National-Spiel und Fest-Kasperliade ›Siegfried‹ vorhanden ist?« (GuK, 193)

30 *Alexander von Bernus und Will Vesper*] Der Schriftsteller und George-Epigone Alexander Freiherr von Bernus (1880–1965), den Thomas Mann wohl zuerst als einen Redakteur der *Freistatt* kennengelernt (vgl. Kommentar zu *Das Ewig-Weibliche*, hier S. 68) und mit dem er zeitweise korrespondiert hatte, wird von ihm wenig später scharf angegriffen: vgl. [*Die gesellschaftliche Stellung des Schriftstellers in Deutschland*], Textband S. 228$_{8-13}$ und Kommentar, sowie die Notizen 27, 93 und 116 von *Geist und Kunst*, wo Bernus ein »schwächliches Zeitprodukt« genannt und sein hier noch gelobtes Theaterexperiment als »Schatten- und Knitteldramatik« kritisiert wird; GuK, 167. – Der später völkisch, schließlich nationalsozialistisch

ausgerichtete Will Vesper (1882–1962) war in seinen Münchner Anfängen ein Vertreter der Neuromantik. Beide Autoren gründeten gemeinsam 1907 in München die »Schwabinger Schattenspiele«; dort wurden unter anderem Bernus' *Sieben Schattenspiele* aufgeführt, die 1910 in München auch als Buch erschienen.

161 12 *»Afrikanerin«*] Oper von Giacomo Meyerbeer (eigentlich Jakob Liebmann Meyer Beer, 1791–1864) nach einem Libretto von Eugène Scribe (*L'Africaine*), posthum uraufgeführt 1865. Meyerbeer stammte wie der oben genannte Jacques Offenbach aus einer deutsch-jüdischen Familie, was vielleicht zur Erwähnung in diesem Wagner-kritischen Kontext beigetragen hat.

13–14 *Schiller … vorschreibt*] In der Szenenanweisung zur 6. Szene des 2. Aktes von Schillers Trauerspiel *Kabale und Liebe* wird Hofmarschall von Kalb folgendermaßen eingeführt: »Hofmarschall von Kalb in einem reichen, aber geschmacklosen Hofkleid […] und frisiert à la Herisson. Er fliegt mit großem Gekreisch auf den Präsidenten zu und breitet einen Bisamgeruch über das ganze Parterre.«

15 *Gorkis »Nachtasyl«*] Maxim Gorkis (1868–1936) Drama *Nachtasyl* (*Na dne*, uraufgeführt 1902, in Deutschland 1903). Als »Proletarier-Schriftsteller« wird Gorki in der 3. Notiz zu *Geist und Kunst* erwähnt.

26 *habe ich sagen hören*] Nicht ermittelt.

27 *abziehen*] Spiel mit der wörtlichen Bedeutung von »abstrahieren«.

162 6 *Hautgout*] Metaphorisch: »übler Beigeschmack«.

16 *Falckenberg*] Otto Falckenberg (1873–1947), Schriftsteller und Kabarettist (u. a. mit Wedekind Mitbegründer des Kabaretts »Die Elf Scharfrichter«), gehörte als Regisseur an den Münchner Kammerspielen zu den Wegbereitern eines postnaturalistischen Dramas, das sich vor allem an volkstümlichen und märchenhaften Traditionen orientierte. Sein Stück *Ein deutsches Weihnachtsspiel* war 1906 in München uraufgeführt worden; die Buchausgabe erschien 1907.

18 *Bernhardt Stavenhagen*] Der Pianist und Komponist (1862–1914)

war als Schüler Liszts Hofkapellmeister in Weimar gewesen (1895 bis 1898) und ging dann nach München (u. a. bis 1902 als Nachfolger von Richard Strauss an der Hofoper); seit 1907 leitete er eine Meisterklasse für Klavier in Genf.

162 24–25 *Fülle himmlischer, irdischer und höllischer Gesichte*] Ironische Kontamination zweier Zitate aus Goethes *Faust*: »Vom Himmel durch die Welt zur Hölle« soll es dort zufolge dem *Vorspiel auf dem Theater* gehen (V. 242); die »Fülle der Gesichte« schaut Faust im 1. Akt des 1. Teils in der Begegnung mit dem Erdgeist (V. 520).

29 *vom Glanz der Engel betroffen*] Wohl archaisierend im Sinne von: »als der Glanz der Engel sie traf« (was den Nebensinn der »Betroffenheit« nicht ausschließt).

163 12–16 *Wagner hat für ... zurückgedeutet.*] Erneut Anspielung auf Wagners *Über Schauspieler und Sänger* (*Schriften* IX, S. 233).

16 *Professor Litmann*] Gemeint ist der neoklassizistische Architekt Max Littmann (1862–1931). Er war u. a. verantwortlich für das von Georg Fuchs mitbegründete Münchner Künstlertheater, das Münchner Schauspielhaus, das Prinzregententheater, die Schackgalerie, das Schillertheater in Charlottenburg und das Münchner Hofbräuhaus. Der Vortrag blieb, soweit ermittelt, ungedruckt.

20 *das reliefartige Bühnenbild*] Einen Zeitungsartikel von Theodor Lessing über Peter Behrens' Experimente mit der Reliefbühne bei den Festspielen zur Eröffnung der Hagener Stadthalle hat Thomas Mann für die Materialien zu *Geist und Kunst* ausgeschnitten: Der Versuch sei »für die Aesthetik des Theaters von großer Wichtigkeit«, denn »Behrens verzichtete darauf, dem Zuschauer die Illusion imaginärer Räumlichkeiten zu geben. Er stellte sich vielmehr die Aufgabe, den gegebenen fünf Fuß tiefen Bühnenraum nach tektonischen Gesetzen augengerecht zu gestalten. Die Schauspieler waren angewiesen, alle ihre Bewegungen auf die Fläche zu projizieren. [...] Die Anordnungen der Gruppen auf der Bühne stellten in ruhig bewegtem Flusse schöne Bilder dar [...] Selbstverständlich waren alle Mittel des sogenannten Illusionstheaters, wie gemalte Kulissen, Prospekte, Soffiten u. s. w. verschmäht.«

163 24–25 *»Prolog im Himmel«*] Zu Beginn von Goethes *Faust*.

164 6 *hübschen Büchlein*] Zitat aus dem Essay des jungen, radikal antiklassizistischen und von den deutschen »Stürmern und Drängern« als Theoretiker rezipierten Dramatikers Louis-Sébastien Mercier (1740–1814) nach dem Band *Französisches Theater der Vergangenheit. Szenen und Abhandlungen von Scudéry – Corneille – Scarron – Molière – Lesage – Diderot – Rousseau – Mercier*. Übertragen und eingeleitet von Paul Wiegler. München/Leipzig o. J. [1907], S. 247f.

165 10 *Hugo von Hofmannsthal*] Hofmannsthals Drama *Elektra* war 1904, *Oedipus* 1906 erschienen. – In RuA ist dieser Satz gestrichen.

26 *Klingsors Zaubergarten ...*] Der Garten des bösen Zauberers Klingsor ist Schauplatz des zweiten Aktes von Wagners *Parsifal* und in diesem Musikdrama selbst als Inbegriff verführerischer, üppigzauberischer Illusionskunst dargestellt.

28 *Makartgarten*] Vgl. hier in Kapitel III (S. 139f.) die Polemik gegen Makart als Dekorationskünstler.

30 *Metropolitan Opera House*] Opernhaus in New York, als Gegenstück zur New York City Opera gegründet 1883.

166 11 *Bernini*] Der italienische Baumeister, Bildhauer und Maler Gian Lorenzo Bernini (1598–1680).

167 11 *Gobineaus »Renaissance«*] Joseph Arthur Comte de Gobineaus (1816–1882) *La Renaissance. Scènes historiques* (1877) handelt in seiner ersten Szene von Savonarola und wurde deshalb in zeitgenössischen Besprechungen verschiedentlich in Beziehung zu *Fiorenza* gebracht.

14 *Neigung zum Volkstümlichen*] Wie weite Teile der im VI. Kapitel entwickelten Argumentation wird die hier vertretene »Hauptsache« in den Notizen zu *Geist und Kunst* kritisiert. In der 17. Notiz erscheint die »Moderne Ambition zum Volkstümlichen« als »romantische Velleität« (GuK, 161); 43. Notiz (mit dem Vermerk »zu ›Volkstümlichkeit‹«): »Sind nicht die volkstümlichen Neigungen der Romantik nur eine Velleität und ein Exotismus? Ist des Knaben Wunderhorn je im Volke gelesen worden?« (GuK, 172) – 45. Notiz: »Der letzte Aestheten-Ehrgeiz ist heute nationale Wirkung

und Volkstümlichkeit.« (GuK, 174) – Die 79. Notiz fragt, »ob das Volksmäßige überhaupt je etwas fürs Volk war und nicht vielmehr etwas für die ›Gebildeten‹, die es rührend fanden.« (GuK, 194)

167 28 *der alte Gottsched*] Der frühaufklärerische Dramatiker und Literaturtheoretiker Johann Christoph Gottsched (1700–1766) griff im *Versuch einer critischen Dichtkunst vor die Deutschen* (1730/1751) die vermeintliche Unsitte an, die komische Person ohne Rücksicht auf dramaturgische Funktion und didaktischen Nutzen auftreten zu lassen.

168 1 *Doktor Eisenbart*] Die volkstümlichen Erzählungen um den Arzt und Marktschreier Johannes Andreas Eisenbart hatte Otto Falckenberg in einem vieraktigen Schauspiel bearbeitet (Buchausgabe München/Leipzig 1907; Uraufführung Mannheim 1908).

4 *der Meinung Hebbels*] Hebbels *Mein Wort über das Drama!* (*Sämtliche Werke* XI, S. 16).

Paralipomena

Neufassung des VI. Kapitels in *Rede und Antwort* (1922)

Dazu müßte es freilich vor allen Dingen seines natürlichen und ursprünglichen Berufes als Volkskunst, als Anstalt zur Unterhaltung und Erhebung des Volkes sich wieder bewußt werden, und ob es nun wirklich die Möglichkeiten zu einer so ehrwürdigen Zukunft, wie wir sie andeuteten, in sich trägt oder nicht: fast gewiß ist, daß dem Volkstheater die Zukunft gehört. Ein Wort denn zum Schluß über dieses.

Daß der Romantiker und Königsfreund Richard Wagner es war, der die Demokratisierung des Zuschauerraumes, seine Nivellierung (wenn das Bild erlaubt ist) zum Amphitheater zuerst in Deutschland – zuerst in der ganzen Welt! – wieder vollzog: das gehört zu den lebensvollen, die Kategorien verwirrenden, die Antithesen aufhebenden Tatsachen, an denen der freie Geist seine Freude hat. Wie sollte denn aber auch der Dramatiker und Theatraliker großen Stils je etwas anderes sein können als romantischer Demokrat in dem Sinne, wie Wagner es in den »Meistersingern«

ist, – da ja das ideale Theaterpublikum gar nicht anders denn volkhaft, volkstümlich-einheitlich, volkstümlich-empfänglich in seiner Seele auch für das Höchste und unverbildet-amüsabel zu denken ist – kurz, als das Volkspublikum, das Hebbel meinte, als er aussprach, daß unser modernes Theater zwar von jeher nur Unterhaltungsmittel, nur Zeitvertreib gewesen, daß aber, solange es Zeitvertreib des Volkes, »des wirklichen, wahren« Volkes bleibe, es nicht verloren sei.

Verloren, in der Tat, scheint das Theater erst, seitdem es zum Zeitvertreib der Bourgeoisie geworden, welche die antiromantische, die unvolkstümliche Demokratie recht eigentlich repräsentiert, und zu welcher Bürgertum sich verhält wie das »wirkliche, wahre« Volk zur modernen Masse. Daß Wagners Theater, daß Bayreuth vom bourgeoisen Pöbel, id est vom internationalen Reisepublikum, usurpiert wurde, wäre reine Ironie, wenn nicht Wagners Kunst außer jener hohen Volksgerechtheit, die ihr den mythisch großen Stil verleiht, Elemente bärge, die das Schicksal Bayreuths nur zu wohl erklären: hochartistische und morbide Elemente eines weltgerechten Europäismus, ohne die sie – wir wollen ehrlich sein – auch für unseresgleichen nie geworden wäre, was sie uns war, die sie aber, der mondänen Bourgeoisie als Stimulans und Opiat zu dienen, ebenfalls erst tauglich machte. Trotzdem ist Bayreuth seinem Ideale, seiner Idee nach ein Volkstheater: daß ein Platz zwanzig Mark kostet, gehört, wie das Publikum und wie manches andere, nur zur »Erscheinung«. Während aber Wagner den Zuschauerraum im volkstümlichen Geist reformierte, enthielt er sich (ach, es handelte sich dabei um das Gegenteil von »Enthaltsamkeit«) einer ebensolchen Reform der Bühne – wenn man es ihm auch freilich nicht so ganz und gar vergessen sollte, daß er, theoretisch wenigstens und in Hinsicht auf die Schauspielbühne (im Gegensatz zu seiner Bühne, zur Bühne der Großen Oper), sich auch diesem Problem mit Leidenschaft hingegeben und fast alles darüber gesagt hat, was unsere neuesten Neuerer bisher darüber zu sagen gewußt haben.

Das Wort »Andeutung« zum Beispiel, das in den gegenwärtigen Beratungen über die Reform der Szene eine so große Rolle spielt, hat er zuerst gebraucht: Es sei zu erwarten, sagt er, daß es sich auf einer zukünftigen, gesundeten deutschen Schauspielbühne nicht um »Ausführungen«, sondern nur um »sinnreiche Andeutungen« handeln werde; wie ja auch Schinkel daran erinnerte, daß das Theater der Alten absichtlich jede gemeine Täuschung vermieden und aus der »symbolischen Andeutung« des Ortes jene »wahre und ideale Illusion« habe erwachsen lassen, die »ein ganzes modernes Theater mit allen Kulissen und Soffitten« nicht zu vermitteln vermöge. Wenn nun aber all unsere moderne Reform auf Andeutung, auf Vereinfachung, Läuterung, Vergeistigung der Szene ausgeht, so sind diese Bemühungen freilich schon durch Argumente rein theoretischer und ästhetischer Natur zum Überfluß gerechtfertigt. Der szenische Naturalismus mit seiner Pappdeckelregie, dem Raffinement seiner Kindereien ist logisch auf keine Weise zu verteidigen. Seine Fürsprecher bestehen darauf, daß das Theater auf der direkten Darstellung an die Sinne beruhe, daß das szenische Kunstwerk sich nur durch den Fortschritt aus der Einbildung in die Wirklichkeit erzeuge. Aber das Theater als »Wirklichkeit« ist, wie wir schon einmal sagten, nicht konsequent: sonst dürften nicht nur Gehör und Gesicht, sondern müßte auch der – so feine, so wichtige, so suggestible – Geruchssinn auf seine Kosten kommen – wie man es denn horriblerweise »wirklich« erlebt hat, daß der Manzanillobaum in der »Afrikanerin« parfümiert war, oder wie der jugendliche Schiller für seinen Hofmarschall von Kalb vorschreibt, daß er »einen Bisamgeruch über das ganze Parterre« verbreite. Gorkis »Nachtasyl« müßte stinken. Der Einwand, daß der Rahmen des Bühnenbildes eine Grenze sei, über die nichts hinausdringen dürfe, wäre nur für die Pantomime stichhaltig, denn im übrigen hört man die Personen ja sprechen. Beschränkt aber das Theater seine Sinnlichkeit; bleibt es Kunst, insofern es den Schritt in die Wirklichkeit nicht ganz tut; wird der Geruchssinn zur Teilnahme nicht zugelassen, das Gehör festlich bewirtet, nämlich mit Gesang, Versen, einer gehobenen, gereinigten Rede: nun, so liegt der Widersinn einer Bearbeitung des Gesichtssinnes mit naturalistischen Mitteln auf der Hand.

Man sollte auch nicht glauben, die Primitivisierung und Vergeistigung der Szene sei gleichbedeutend mit Dürftigkeit. Ich sah um die letzten Weihnachten im Münchener Alten Rathaus ein nach alten Mustern verfaßtes und inszeniertes »Krippenspiel«. Nie hat irgendwelches Theater eine reinere, feinere und lieblichere Wirkung auf mich ausgeübt. Die szenische Einfalt konnte nicht weiter getrieben sein. Ein dreiteiliger Schauplatz – Proszenium, Mittel- und Hinterbühne, durch Vorhänge voneinander getrennt – bot Raum und Rahmen für die ganze fromme Historie mit ihrer Fülle himmlischer, irdischer und höllischer Gesichte. Die Wirtsleute zu Bethlehem, die das heilige Paar in den Stall verwiesen, trugen schwäbische Bauerntracht, Herodes' Häscher und Reisige schritten in mittelalterlicher Eisenrüstung, und die Hirten auf dem Felde knieten, vom Glanz der Engel betroffen, in Wadenstrümpfen bei ihrem Feuer. Die Phantasie schwebte frei über Raum und Zeit. Manche der handelnden Personen, himmlische Heerscharen und rote Teufel, kamen durch die Saaltüren herein und beschritten die Bühne von vorn. Maria und Joseph wandelten im Proszenium auf und nieder und legten so vor unseren Augen die Wegstrecke von Nazareth nach Bethlehem zurück. Aber die Könige aus dem Morgenlande kamen in prächtigen Gewändern mit einem glänzenden Sklavengefolge, das mit altem Golde beladen war, und ihr Aufzug mochte darüber beruhigen, daß Schaulust auch vor der neuen, gereinigten Szene auf ihre Kosten wird kommen können.

Aber die moderne Theaterreform-Bewegung ist nicht rein ästhetischen Sinnes; sie ist nicht ganz allein Ausdruck neuer, das heißt jenseits der bourgeoisen Epoche liegender Geschmacksbedürfnisse. Nein, alle diese auf Naivisierung und Simplifizierung, auf eine edle Verkindlichung des Theaters gerichteten Bestrebungen; diese wachsende Neigung zu seinen ganz primitiven Formen, wie sie etwa aus der Herzlichkeit spricht, mit der das Andenken des Marionetten-Pocci zu seinem hundertsten Geburtstag gefeiert wurde; dies liebevolle Werben von heute um das Puppen-, das Krippen-, das Schattenspiel – sie bedeuten offenbar Tieferes und Wichtigeres. Was sich darin ausspricht, ist vor allem die wiedergewonnene Einsicht in die volkstümliche Grundnatur des Theaters, ein durch den Geist der Zeiten gebotenes Zurückgehen auf sein Wesentliches, sein populäres Element, ein Sichwiederbesinnen des Theaters selbst – denn aus ihm kommt die Bewegung, nicht etwa aus der Literatur – auf seinen wahren und ursprünglichen Beruf als Volkskunst.

Die höfische Epoche des Theaters ist vorüber, die bourgeoise auch – das Theater will wieder Volksanstalt, Volksveranstaltung werden, niemand zweifelt daran. In allen ihren Sprachen, vor allem auch in der wirtschaftlichen, redet die Zeit diesem Willen zugunsten. Das theatralische Institut wird wirtschaftlich gar nicht mehr haltbar sein, außer es weite sich aus zum Schautempel für Tausende. Die konkrete Erscheinung des Volkstheaters ist selbstverständlich das Massentheater, dessen Zuschauerraum den Typus des Zirkus-Amphitheaters wieder wird annehmen müssen und dessen Bühne nicht die unseres Halbtheaters bleiben kann.

Stellen wir fest, daß es wiederum Wagner war, der zuerst für das Zukunftsschauspiel das moderne Halbtheater mit seiner nur im Bilde, en face uns vorgeführten Szene überhaupt von der Hand gewiesen und auf den alten, nach allen Seiten offenen Schauplatz zurückgedeutet hat. Neuestens hört man, zur Überwindung einer unkünstlerischen und praktisch veralteten Raumnaturalistik, das reliefartige Bühnenbild empfehlen, das bei den Japanern erhalten ist und dessen in Deutschland schon Goethe sich gelegentlich bedient hat. In jedem Fall wird auf der neuen Szene das Symbol, die künstlerische Andeutung herrschen, dergestalt, daß etwa der »Prolog im Himmel« erwachsenen Menschen mit leidlicher Würde und ohne den Aufwand an Gazewolken und Perspektivenschwindel, den wir uns heute gefallen lassen müssen, wird vorgeführt werden können. Man muß zugeben, daß ein Theater, das dem höchsten und echtesten dramatischen Gedicht der Deutschen, dem »Faust«, so gut wie ratlos gegenübersteht – gerichtet ist.

Für meinen Teil möchte ich die Diskussion einen Augenblick auf einen Punkt lenken, der bislang, soviel ich weiß, noch niemals berührt worden ist. Es handelt sich um die »Maske«, die Gesichtscharakterisierung der Schauspieler. Muß man glauben, daß die Fettschminke immerdar an der Herrschaft bleiben wird? – In einem Büchlein über das »Französische Theater der Vergangenheit« fand ich ein Bruchstück des »Essai sur l'art dramatique« von Sébastien Mercier, einem Schriftsteller des achtzehnten Jahrhunderts. Der Verfasser bricht hier eine Lanze für die antike Larve und ich bekenne, daß ich ihm mit aufrichtigem Vergnügen dabei zugesehen habe. »Man muß sich«, sagt er, »die Larve, deren sich die griechischen Schauspieler mit so viel Vorteil bedienten, nicht wie die groben Larven unserer Tänzer vorstellen ... Die Maske der Alten war eine sehr delikate, künstlich zubereitete Haut, fast so fein als die Epidermis, und ließ Augen, Mund und Ohren ganz frei. Auf dieser Haut zeichnete man mit geschickter Hand die Züge nach, welche eine Rolle charakterisieren sollen ... Die Bewegungen der Seele wurden unter dieser dünnen, fast durchsichtigen Hülle nicht erstickt ... Zudem malen sich die Lebhaftigkeit und das Gewirre der Leidenschaften meistens am Mund und in den Augen; sie wurden von der Stimme und der Gebärde unterstützt, und vielleicht vermehrte sogar ein kleines Hindernis die Bemühung des Schauspielers. Weil er auf der einen Seite verlor, so war er darauf aus, auf der anderen so viel bereiter zu sein. Einige feine Schattierungen konnten schon aufgeopfert werden: dafür muß man aber auch das genaue Verhältnis, das zwischen der Gesichtsbildung und dem Charakter war, ein kostbares Verhältnis, das die Täuschung hervorbrachte und unterhielt, nicht für etwas Geringes halten.« – Selbst in Frage gestellt, ob das alles heute noch wissenschaftlich zutrifft – ist es nicht sehr bemerkenswert? –

Zweifellos hat dieser gepuderte alte Herr vollkommen recht, wenn er sagt, daß die Griechen »zu eifersüchtig auf ihr Vergnügen, zu verliebt in eine Kunst waren, die mit ihrer Politik und Religion zusammenhing, als daß sie nur so obenhin den Gebrauch der Masken eingeführt hätten, wenn die Erfahrung sie nicht gelehrt hätte, daß die Kunst dabei gewinnt«. Und er hat ebenfalls recht, wenn er hinzufügt, daß man »eine Gewohnheit, deren (wie die Geschichte sagt) erstaunliche Wirkung man nicht gesehen hat, nicht als abgeschmackt und lächerlich verdammen« dürfe. Ich halte es keineswegs für ausgeschlossen, daß die Schaubühne der Zukunft gelegentlich auf die antike Maske zurückgreifen wird, ja, ich wundere mich, daß bei den neuesten Beratungen noch niemand darauf verfallen ist, sich ihrer anzunehmen. Sie gehört durchaus ins Bereich dessen, was man heute will. Sie würde die bürgerliche Persönlichkeit der Schauspieler zurückdrängen, sie würde zur Veredelung, Entrückung, Vergeistigung, Stilisierung, Reinigung der Szene – mit einem Worte dazu beitragen, das ästhetische Niveau des Theaters zu erhöhen. Ein Drama, ein Theater, das nach dem Dekorativen, Typischen, Symbolischen trachtet (und dieses Trachten ist vorhanden), muß irgendwie und -wann einmal auf die Maske zurückkommen ...

Ich breche ab ... nicht ohne Hoffnung, durch die Wendung, die ich meinem Vortrag am Ende gegeben, oder die er vielmehr genommen hat, den Leser mit mancher Anzüglichkeit und Paradoxie versöhnt zu haben, die ich mir vordem in bezug auf das Theater habe zuschulden kommen lassen. Ich habe eine Lanze gebrochen für den europäischen Roman, als dessen Sohn und Diener ich mich fühle, eine Lanze gegen das Theater, beinahe auch gegen das Drama, indem ich einer Ästhetik, die dem dramatischen Kunstgeist vor dem epischen den Vorrang zu sichern noch immer sich versteift, für meine Person den Glauben kündigte. Daß nicht puritanische Sinnenfeindschaft mir die Feder führte, daß ich bei alledem nichts weniger als ein Feind des Theaters bin, möge man glauben: Wirklich wüßte ich, persönlich gesprochen, keine bessere Art, den Abend zu verbringen, als mit dem Genuß eines geistreichen Schauspiels. Ich schmähe und verschmähe das Theater nicht, im Gegenteil, ich meine es zu erheben, wenn ich sage, daß ihm für mein Gefühl etwas Glücklich-Anachronistisches anhaftet, wodurch es, als ein Kultur-Überrest, fast außerhalb unserer modernen Zivilisation stehend erscheint: dieser demokratisch-unvolkstümlichen Zivilisation, als deren repräsentativer und herrschender künstlerischer Ausdruck der psychologische Roman weit eher anzusprechen wäre.

Die Rangskala des Romans scheint mir folgende zu sein. Er ist entweder vom demokratisch-mondänen Typ, sozialkritisch-psychologisch, international, Produkt eines europäischen Künstlertums, Instrument der Zivilisation, Angelegenheit einer abendländisch nivellierten Öffentlichkeit – und hat in dieser bourgeoisen Gestalt mit »Volk«, mit dem Volke, von dem Hebbel, der Theatraliker, sprach, überhaupt nichts zu tun. Er ist zweitens, in einem höheren, man kann sagen: deutscheren Fall, persönliches Ethos, Bekenntnis, Gewissen, Protestantismus, Autobiographie, individualistische Moralproblematik, Erziehung, Entwicklung, Bildung ... Auf dieser Stufe, der deutsch-bürgerlichen, ist er seelisch volksnäher, ohne daß man das Volk sein Publikum nennen könnte. Übrigens kommen von diesen beiden Typen Vermischungen vor. – Drittens, in ganz seltenen und wunderbaren Fällen kann der Roman in der Tat einmal zum Mythos und zur Volksbibel werden: »Robinson« und »Don Quijote«, »Krieg und Frieden« und de Costers »Ulenspiegel« mögen als Beispiele gelten. Daß nicht leicht ein deutsches anzuführen wäre, beruht darauf, daß der deutsche Roman zu sehr Angelegenheit bürgerlicher Bildung ist, um in diesem Sinn und Grade volkstümlich sein zu können. In jedem Falle aber und überhaupt bleibt der Roman eine geistige, außerhalb der sinnlichen Sphäre wirkende Veranstaltung, zum Unterschiede vom theatralisch-dramatischen Institut, das ja seiner Natur nach Sache sinnlicher Gemeinschaft, religiösen Festes, kultureller Volkstümlichkeit ist. Um sein primitiv-populäres Grundelement, das wir im Vorhergehenden so stark und oft mit scheinbarer Geringschätzung betonten, ist es, wir wollen zum Schlusse kein Hehl daraus machen, wahrhaftig ein großes und gutes Ding, und alle kulturkonservativen Hoffnungen der Welt mögen sich daran klammern. Denn das Theater erfüllt seine schönste Aufgabe, indem es, ein kindlich hoher Zeitvertreib, die Masse zum Volke weiht.

Stellenkommentar zu Paralipomena

209 32–33 *romantischer Demokrat*] Knüpft hier nicht an die erste Fassung des Essays, sondern an die *Betrachtungen eines Unpolitischen* an.

210 4 *Hebbel*] Zitat aus Hebbels *Mein Wort über das Drama!* (1843): »So lange das Theater Zeitvertreib des Volkes, des wirklichen, wahren Volkes, bleibt, ist es nicht verloren [...].« (*Sämtliche Schriften* XI, S. 16)

214 1–4 *Man muß zugeben ... gerichtet ist.*] Anspielung auf die Kerkerszene am ende des Ersten Teils von Goethes *Faust*.

216 25–26 *»Robinson« ... »Ulenspiegel«*] Die Romane *Robinson Crusoe* von Daniel Defoe (1719), *Der sinnreiche Junker Don Quijote de la Mancha* von Miguel de Cervantes Saavedra (1605/1615), *Krieg und Frieden* von Lev N. Tolstoi (1868/69) und *Die Legende von Ulenspiegel* von Charles de Coster (1867).

MITTEILUNG AN DIE LITERATURHISTORISCHE GESELLSCHAFT IN BONN

Entstehungsgeschichte

Der Beitrag entstand im Juli 1907 als Antwort auf eine Rundfrage »Ziele und Wege deutscher Dichtung nach Äußerungen ihrer Schöpfer«. Die im Druck angegebene Datierung »1906« beruht, wie aus der Handschrift zweifelsfrei hervorgeht, auf einem Lesefehler.

Der Bonner Literarhistoriker Berthold Litzmann (1857–1926), der in seiner akademischen Lehre als einer der ersten Germanisten umfassend auch die deutschsprachige Gegenwartsliteratur behandelte, hatte im Sommersemester 1895 als Privatissimum eine »Literarhistorische Gesellschaft« ins Leben gerufen. In seinem Nekrolog *Abschied von Berthold Litzmann* (GW X, 438–442) erinnert Thomas Mann daran, »wie sehr sein lebendiger Sinn dem Lebendigen, dem hervorbringenden Künstlertum zugewandt war«. Im Dezember 1905 wurde auf Initiative einiger Schüler Litzmanns aus der Seminarveranstaltung die »Literarhistorische Gesellschaft Bonn unter dem Vorsitz von Prof. Berthold Litzmann«, die als selbständiger Verein Mitglieder im In- und Ausland warb. Zu ihnen gehörten so unterschiedliche Autoren und Kritiker wie Georg Brandes, Adolf Bartels und Jakob Wassermann, Elisabeth Förster-Nietzsche und Ricarda Huch, Hugo von Hofmannsthal und Hermann Hesse, Peter Altenberg, Otto Julius Bierbaum und seit 1906 auch Thomas Mann. Als Periodikum gab der Verein bis 1921 die *Mitteilungen der Literarhistorischen Gesellschaft Bonn* heraus, in deren Beiträgen von Beginn an das Werk Thomas Manns besondere Beachtung fand. Über dessen weitere Beziehungen zur »Literarhistorischen Gesellschaft«, in denen die Freundschaft mit Ernst Bertram eine besondere Rolle spielte, vgl. Hübinger 1974, S. 27–30.

Der Text ist ein Zeugnis der Produktionskrise, die auch in Thomas Manns Briefen und Notizen der Zeit um 1907 sichtbar wird. Zugleich bedeuten die Reflexionen eine programmatische Selbstvergewisserung. Die Schilderung seiner Schwierigkeiten mit dem kritischen »Schriftstellern« im Unterschied zum erzählenden »Musizieren« hat Thomas Mann mit einigen Umstellungen und Modifikationen in die 144. Notiz zu *Geist und Kunst* übernommen (vgl. Stellenkommentar zu S. 170₈₋₉). Das Selbstporträt zeigt gewisse Ähnlichkeiten mit der Darstellung Aschenbachs in *Der Tod in Venedig* (»Durchhalten!«; GW VIII, 451), aber auch mit dem Bild Fontanes in *Der alte Fontane* (»ein Bischen zu drippeln«, Textband S. 249).

Textlage

Die Handschrift befindet sich in der Privatsammlung H. Grundmann, Bonn; sie ist datiert: »Seeshaupt am Starnbergersee/ Juli 1907«. Diese Fassung ist mit textkritischen Anmerkungen ediert in Hübinger 1974, S. 358–367 (danach hier die textkritischen Anmerkungen im Stellenkommentar). Gedruckt wurde der Text zuerst, ohne eigene Überschrift, im Sonderheft *Ziele und Wege deutscher Dichtung nach Äußerungen ihrer Schöpfer* der *Mitteilungen der Literarhistorischen Gesellschaft Bonn* im Oktober 1907. Unter der Überschrift *Mitteilung an die Literaturhistorische* [sic] *Gesellschaft in Bonn* wurde er dann 1922 in RuA, 336–341 danach mit der korrigierten Überschrift in GWA XII, 339–343; GW XI, 713–717 und ARE I, 124–128 aufgenommen.

Textgrundlage ist hier der Erstdruck. Als Überschrift wird der von Thomas Mann später in RuA hinzugefügte Titel übernommen; seine Antwort war zunächst wie die der anderen Beiträger nur mit dem Verfassernamen überschrieben. Abweichungen der Druck- von der handschriftlichen Fassung werden dort, wo sie von inhaltlicher Bedeutung sind, im Stellenkommentar vermerkt. Durchweg gebraucht Thomas Mann im Manuskript, insbesondere bei th-Schreibungen und bei Fremdworten, noch die ältere Orthographie (»Culturwerth«, »compromittiren«, »componirte«, »Musiciren«, »Künstlerthum« usf.); solche Abweichungen werden hier ebensowenig vermerkt wie geringfügige Unterschiede in der

Interpunktion. In RuA sind die vergleichsweise häufigen Hervorhebungen zurückgenommen.

Quellenlage

Die ersten Passagen des Textes (bis »durchhalten«, S. 170) greifen fast wörtlich auf einen nicht erhaltenen Brief zurück, den Thomas Mann im Mai 1907 zusammen mit dem *Versuch über das Theater* an den Fischer-Verlagslektor Moritz Heimann (1868–1925) geschickt hatte. Im 9. Notizbuch hielt er einen Abschnitt aus diesem Brief fest, um ihn für das Vorwort der geplanten Buchausgabe zu verwenden – sei es des *Theater*-Essays, sei es der zeitweise geplanten Sammelausgabe des *Versuchs* mit *Bilse und ich* (vgl. hier S. 138). Da ein solcher Band nicht zustande kam, nahm Thomas Mann den Text mit geringfügigen Abweichungen in den Bonner Beitrag auf (vgl. Nb. II, 169f.). Später erwog er dann, Formulierungen des Briefes in das Vorwort zum nie realisierten Groß-Essay *Geist und Kunst* zu übernehmen (vgl. dort die 19. Notiz: »Zum Vorwort: S. Brief an Heimann.« – GuK, 162).

Stellenkommentar

169 4 *Enquête*] Vgl. Kommentar zu *Versuch über das Theater*, hier S. 178 bis 186; der gesamte Essay erschien erst 1908 in *Nord und Süd* (Januar und Februar), lag also bei der Veröffentlichung des vorliegenden Textes noch nicht vollständig vor.

13–14 *zu kompromittieren ... »Musik«*] Ähnlich in den Selbstkommentaren zum *Versuch über das Theater*, früher schon in [*Anmerkung zu »Das Ewig-Weibliche«*] (1903): »Das Allgemeine kompromittiert immer.« (Textband S. 60) Fast wörtlich wiederaufgenommen in die 144. Notiz zu *Geist und Kunst*: »Man kompromittiert sich, man ringt unter fortwährenden quälenden Bedenken und Gewissensbissen seiner Skepsis Überzeugungen, Behauptungen, Standpunkte ab, und dann wird es schlecht bezahlt und garnicht bewundert. [...] Weiß aus mehrfacher Erfahrung, daß eine michselbst einigermaßen befriedigende Beantwortung solcher Fragen mich eine unverhältnißmäßige Nervenkraft kostet und daß ich bei der Schriftstellerei das peinvolle Gefühl nicht loswerde, mich unnütz zu kompromittieren. Dennoch habe ich mich von Zeit zu Zeit mit einer Leidenschaft darauf geworfen, die ich beim ›Musizieren‹ einfach nicht kenne. Dafür ist dann die Ernüchterung, der Katzenjammer, das Gefühl der Entkräftung u. der Reue nachher desto größer.« (GuK, 220)

169 22–23 *»unseligen Hang zum Polemischen« … bei Platen feststellte.*] Zitat aus Eckermanns *Gesprächen mit Goethe.* Am 11. Februar 1831 hat Goethe danach »bei Tisch« geäußert: »Und dann sind auch wieder andere Mängel hinderlich. So finden sich zum Beispiel im Grafen Platen alle Haupterfordernisse eines guten Poeten: Einbildungskraft, Erfindung, Geist, Produktivität besitzt er im hohen Grade; auch findet sich bei ihm eine vollkommene technische Ausbildung und ein Studium und ein Ernst wie bei wenigen andern; allein ihn hindert seine unselige polemische Richtung.« Der Gedanke wird fortgeführt in der 144. Notiz zu *Geist und Kunst*: »Die Neigung zu einem scharfen, polemischen, herausfordernden, streitsüchtigen Ton […] gerade die Folge der Skepsis, ein Übertönen des Gewissens.« (GuK, 220)

170 1 *Goethes Aussage*] Goethes Äußerung gegenüber Heinrich Laube wird zitiert nach: *Goethes Gespräche.* Hg. von Woldemar Freiherr von Biedermann. Band 2: 1805–1810. Leipzig: F. W. von Biedermann 1889, S. 292. Thomas Mann hat die Stelle auch im 9. Notizbuch festgehalten (Nb. II, 169). In *Bilse und ich* wird nicht diese, aber eine gedanklich verwandte Äußerung zitiert (vgl. Stellenkommentar zu S. $99_{11\text{-}12}$). – Im Manuskript statt »immer alles«: »immer Alles«.

6 *gereizten, dialektischen Zustande*] In der Handschrift ist nach »gereizten« das Wort »polemischen« gestrichen. – Fast wörtlich wiederaufgenommen in die 144. Notiz zu *Geist und Kunst.*

8–9 *den Roman an dem ich schreibe*] In der Handschrift noch (wie im Brief an Heimann und im 9. Notizbuch): »die Novelle, an der ich schreibe«. Gemeint ist *Königliche Hoheit.*

16 *die sich bei der Behandlung*] In der Handschrift nach »sich« gestrichen: »gerade«.

170 19–20 *»durchhalten«!*] Erneut 1912 in *Der Tod in Venedig* über Aschenbach: »Aber sein Lieblingswort war ›Durchhalten‹.« (GW VIII, 451)

21–22 *Wurzeln aufgedeckt*] In der Handschrift korrigiert aus »bloßgelegt«, dies wiederum korrigiert aus »aufgedeckt«.

26 *vielleicht errät*] In der Handschrift korrigiert aus: »errathen hat«.

30–171.1 *denn ich lebe sehr einsam*] Vgl. Thomas Manns Brief an Toni Schwabe vom 29. Mai 1903: »Ihre Abgeschlossenheit kann nicht größer sein, als die meine.« (GKFA 21, 227) – Diese Parenthese ist in RuA gestrichen.

31 *Erscheint im Januar*] Handschrift: »Erscheint im Herbst«.

171 4 *Eingeweihte*] In der Handschrift korrigiert aus »Interessenten«.

6–7 *Versuch unternommen*] In der Handschrift korrigiert aus »Versuch gemacht«.

7 *›Fiorenza‹*] In RuA geändert zu: »›Fiorenza‹-Dialoge«. – Die Reaktionen von Publikum und Kritik auf die Uraufführung des Dramas im Frankfurter Schauspielhaus am 11. Mai 1907 waren sehr gemischt ausgefallen. Thomas Mann hatte die sechste Aufführung besucht (23. Mai) und danach an Heinrich geschrieben: »Ob ich diesen Sommer mit ›Kgl. Hoheit‹ einigermaßen zu Rande komme? Frankfurt hat mich wieder sehr abgelenkt, demoralisirt und ermüdet.« (7. Juni 1907; GKFA 21, 376)

13 *eine Fiorenza-Aufführung anzusehen*] In der Handschrift korrigiert aus: »eine Fiorenza-Aufführung zu sehen«, dies korrigiert aus: »mein ›Stück‹ auf der Bühne zu sehen; mein ›Stück‹ auf der Bühne«.

16–17 *auch nach Frankfurt hätte es mir an Distanz*] In der Handschrift korrigiert aus: »meine Distanz von dem Stoff ›Das Theater‹ wäre nach Frankfurt nicht geringer gewesen, als vorher«, dies wiederum korrigiert aus: »hätte nach Frankfurt nicht größer sein können, als vorher«.

22–23 *zu … meinem Roman zurückgekehrt*] Handschrift: »zu […] meiner Novelle zurückgekehrt: einer Novelle, die man ihrer Quantität nach recht wohl einen Roman heißen könnte (wenn sie eben einer wäre) und die die *Neue Rundschau* schon allzu lange ankündigt … Sie wird sie schon noch eine Weile ankündigen müssen!«

171 25 *Jeden Vormittag*] In der Handschrift korrigiert aus: »Jeden Tag«.

27–28 *feinfühligen Besprechung*] Dr. Alexander Pache gehörte wie Ernst Bertram zum Bonner Schülerkreis Litzmanns; er war 1904 mit einer Arbeit über Heine promoviert worden. Bereits im 2. Heft der *Mitteilungen* 1907 hatte er einen Aufsatz über *Thomas Manns epische Technik* veröffentlicht, der die Grundlage auch für einen Artikel in den *Hamburger Nachrichten* vom 16. Juni 1907 bildete (Belletristisch-literarische Beilage, S. 24; vgl. wiederum Hübinger 1974, S. 26f.).

172 5 *Oskar Bie*] Der Schriftsteller und Kritiker Oskar Bie (1864–1938) war seit 1894 Herausgeber der *Neuen Rundschau*. Der von Thomas Mann erwähnte Text konnte nicht nachgewiesen werden; vielleicht wird aus einem Brief zitiert?

10–11 *bei der Wahl ... ein Verantwortlichkeitsgefühl*] In RuA gestrichen. – Die Worte »jeder Phrase« sind in der Handschrift korrigiert aus: »jedes Satzes«.

16–17 *Symbol, Zitat*] Das Wort »Zitat« ist erst in der Druckfassung eingefügt.

18–19 *nicht über »Schönheit«*] Vielleicht – wie auch die folgenden Sätze – eine auch gegen den Bruder Heinrich gerichtete Spitze (vgl. *Das Ewig-Weibliche*, 1903, Textband S. 59: »was steife und kalte Heiden ›die Schönheit‹ nennen«).

19–20 *symbolische Stimmung*] In der Handschrift korrigiert aus: »Merkwürdigkeit; Stimmung«, dies wiederum korrigiert aus: »Disposition«.

21 *Zukunft wiederzuerklingen*] In der Handschrift: »Zukunft bedeutungsvoll [korrigiert aus »beziehungs-[voll]«] wiederzuklingen«.

23 *aus dem Handgelenk produziert*] Vgl. den Brief an Heinrich vom 7. Juni 1907: »Großer Gott, Du hast wieder etwas fertig, – und ich bin noch nicht einmal mit Deinem Letzten fertig, – das heißt, ich habe es längst zu Ende gelesen, [...] reißend schnell gelesen oder besser gesagt: hingerissen schnell und oft in tiefer Bewegung.« (GKFA 21, 375)

32 *in Jugendglanz lockendem*] In der Handschrift korrigiert aus: »frischen Fängen, frisch Empfangenem«.

173 1 *eine Geduld*] Übernahme aus Thomas Manns Brief an den Bruder Heinrich vom 22. Juni 1907: »Ich arbeite nach Kräften. Aber was für kleine Schritte! Eine *Geduld* ist nöthig! Ein *Starrsinn*!« (TM/HM, 128)

8 *galvanisch*] Elektrisch; nach dem Naturforscher Luigi Galvani (1737–1798), der elektrische Entladungen im tierischen Körper beobachtet zu haben glaubte.

12 *Das Ende muß es lehren*] In der Handschrift korrigiert aus: »Das Ende muß es zeigen«.

17 *ausplaudern zu lassen ...*] In der Handschrift korrigiert aus: »erzählen zu lassen«.

19 *seit Jahren*] In der Handschrift noch: »seit Langem«. – Zur Entstehungsgeschichte des zunächst als »Fürstennovelle« geplanten Romans vgl. Wysling 1967, S. 64–105.

20 *eine wahnsinnige Gräfin*] Erst in der Druckfassung hinzugefügt.

DIE LÖSUNG DER JUDENFRAGE

Entstehungsgeschichte

Der Text antwortet auf eine 1907 durchgeführte Rundfrage des in Berlin lebenden Arztes, sozialdemokratischen Politikers und Publizisten Julius Moses (1868–1942) und erschien als einer von hundert Beiträgen (u. a. von Adolf Bartels, Eduard Bernstein, Maxim Gorki, Rainer Maria Rilke, Richard Schaukal und Johannes Schlaf) in dem von diesem herausgegebenen Sammelband *Die Lösung der Judenfrage: Eine Rundfrage*. Moses hatte an zahlreiche Intellektuelle, darunter entschieden antisemitische ebenso wie jüdische, ein mehrseitiges Rundschreiben zur Lage der europäischen Juden gerichtet, an dessen Ende die Fragen standen: »1. Worin besteht nach Ihrer Anschauung das Wesen der Judenfrage? 2. Glauben Sie, daß das Judenproblem ein für alle Länder gleiches Problem ist oder glauben Sie, daß die Judenfrage in den verschiedenen Ländern auch eine verschiedene *Lösung erheischt*? 3. Worin besteht nach Ihrer Anschauung die Lösung der Judenfrage? 4. Wenn Sie für die verschiedenen Länder eine verschiedene Lösung der Judenfrage für nötig erachten, worin besteht diese Lösung der Judenfrage a) für Deutschland b) für Rußland?« Von den möglichen Lösungsvorschlägen brachte das Anschreiben die folgenden in Erinnerung (hier zusammengefasst nach E I, 338f.): 1. Assimilation durch Taufe und Mischehe, 2. »Fortentwicklung« der Juden nicht als »Rasse«, sondern ausschließlich als Konfession, und 3. Nationale Selbständigkeit durch partielle Selbstverwaltung in den jeweiligen Heimatländern oder durch Errichtung eines Judenstaats in Palästina.

Ausgangspunkt für Thomas Manns Argumentation ist hier wie dann in den beiden Briefen [*An die Redaktion der »Staatsbürger-Zeitung«*] (Textband S. 345ff.) ein persönlicher Bezug: die in mehreren Publikationen des antisemitischen Literarhistorikers Adolf Bartels vertretene Auffassung, Heinrich und Thomas Mann seien jüdischer

Herkunft, und sein Versuch, Person und Werk der Brüder mittels antisemitischer Stereotypen zu denunzieren. Bartels (1862–1945) war neben Friedrich Lienhard (vgl. *Notizen* [II], Textband S. 211) ein programmatischer Hauptvertreter der »Heimatkunst«-Bewegung. Erklärtes Ziel seiner vielgelesenen völkisch-chauvinistischen und antisemitischen Schriften war es, den Rassegedanken der Jahrhundertwende in die deutsche Literaturgeschichte einzuführen. Neben Erzählungen, Gedichten und Dramen hatte das nachmalige Ehrenmitglied der NSdAP bis 1907 eine Reihe antisemitisch geprägter literaturgeschichtlicher Überblicksdarstellungen veröffentlicht; seine gesammelten *Aufsätze zur nationalen Weltanschauung* erschienen 1909 unter dem Titel *Rasse.*

In seinem zweibändigen *Handbuch zur Geschichte der deutschen Literatur.* Leipzig 1906, hatte Bartels die deutsch-kreolische Abstammung Heinrich und Thomas Manns hervorgehoben und hinzugefügt: »doch wohl kaum ohne jüdische Blutzumischung« (S. 744). Hier wie in den meisten seiner völkisch-antisemitischen Schriften steht das »Judentum« in engster Korrelation mit Effeminierung und »Dekadenz« gegen ein »gesundes« und »männliches Deutschtum«. Neben Autoren jüdischer Herkunft, darunter Schnitzler und Wassermann, werden hier, wie schon in früheren Publikationen, auch die Brüder Mann genannt: »Juden scheinen mir auch die Gebrüder Mann aus Lübeck zu sein. Heinrich Mann [...] und *Thomas Mann* (geb. 1875) [...], doch haben sie selber nur eine kreolische Blutmischung zugegeben.« Thomas Mann habe »gewissermaßen Freude am Verfall, wie er denn in seinem Roman [*Buddenbrooks*] unbedingt für das jüdische Halbblut gegen die alte patrizische Familie Partei nimmt. Ja, er fällt unter dem Einfluß des ›Simplizissimus‹-Geistes – er ist oder war Redakteur des ›Simplizissimus‹ – geradezu aus der Rolle und hat uns Deutschen [...] im Grunde nichts zu bieten.« Der *Simplicissimus* sei, so fügt Bartels, immer noch mit Bezug auf Thomas Mann, hinzu, »die reinste Inkarnation des Geistes des Judentums [...], zumal der schlecht verkappte Haß gegen alles Deutsche.« (S. 541–544)

Thomas Manns Antwort an Moses ist seine erste und auf einige Jahre umfangreichste Auseinandersetzung mit dem, was Moses – mit einem seinerzeit nicht abwertenden Begriff – die »Judenfrage« genannt hatte. Während in früheren Beiträgen dort, wo antisemitische Polemik erwünscht war, entsprechende Untertöne eher ironisch-zweideutig blieben (vgl. *Zu Thomas Manns Mitarbeit an »Das Zwanzigste Jahrhundert«*, hier S. 30–35), handelte sich der Verfasser von *Wälsungenblut* (1906) den Vorwurf ein, eine »heftig ›antisemitische‹ (!) Novelle geschrieben« zu haben, »in der ich die Familie meiner Frau fürchterlich compromittirte. [...] Ich sah meine Novelle im Geiste an und fand, daß sie in ihrer Unschuld und Unabhängigkeit nicht gerade geeignet sei, das Gerücht niederzuschlagen.« (An Heinrich Mann, 17. Januar 1906; GKFA 21, 340; vgl. hier *Ein Nachwort* mit Kommentar, hier S. 130.)

Die Ambivalenz von erklärtem »Philosemitismus« und der Fortdauer antisemitischer Stereotypen, von Distanzierung und Identifikation bestimmt das Verhältnis des jungen Thomas Mann zu Juden und Judentum weithin. In der unmittelbaren zeitlichen und literarischen Nachbarschaft zum vorliegenden Essay wird die Beobachtung der Stigmatisierung eng mit seiner doppelten Außenseiterrolle als Künstler und als homoerotisch empfindender Mann verknüpft. Nachdem Thomas Mann schon in der ersten Auseinandersetzung mit Heine dessen jüdische Herkunft gegen die bloß äußerliche Übernahme des Protestantismus und des Vornamens »Heinrich« verteidigt hatte (vgl. *Heinrich Heine, der »Gute«*, 1893, Textband S. 21ff.), resümierte er die im vorliegenden Essay betonte »Verwandtschaft« von Künstler- und Judentum wenig später im Begriff des »Künstlerjude[n]« (in der *Notiz über Heine*, 1908, Textband S. 187). Auch die Bestimmungen des Künstler-Außenseitertums, die Tonio Kröger gegenüber Lisaweta Iwanowna vorbringt, sind mit den hier aufgegriffenen Stereotypen des Judentums zeitweise geradezu deckungsgleich (GW VIII, 297–305); zugleich analogisiert Tonio die Lebenssituation des Künstlers mit derjenigen des sexuellen Außenseiters (GW VIII, 296f.; vgl. auch die

Verbindung von Künstlerexistenz, jüdischer und weiblicher Stigmatisierung in *Gabriele Reuter*, Textband S. 67, mit Kommentar, hier S. 84). Die in der *Othello*-Passage des *Versuchs über das Theater* geschilderte »Ausgeschlossenheit [...] von der Bummelei des Glücks« (Textband S. 155) verbindet den dort skizzierten Modellfall mit mehreren Figuren des Romans *Königliche Hoheit*, an dem Thomas Mann um diese Zeit arbeitete und in dem auch diese Formel wieder auftaucht. Auf die Frage nach seinem Judentum antwortet darin der jüdische Arzt Dr. Sammet mit dem verallgemeinernden Hinweis auf »Ausnahmen und Sonderformen«, die »in einem erhabenen oder anrüchigen Sinne vor der bürgerlichen Norm ausgezeichnet sind. [...] Man ist gegen die regelrechte und darum bequeme Mehrzahl nicht im Nachteil, sondern im Vorteil, wenn man eine Veranlassung mehr, als sie, zu ungewöhnlichen Leistungen hat.« (GW II, 31f.) Diese Formulierungen sind wörtlich übernommen aus dem zweiten Absatz des vorliegenden Essays. Zu den »Ausnahmen« gehört im Roman auch der missgebildete Prinz Klaus Heinrich selbst, der wie Sammet als ein »Sonderfall von Geburt« erscheint (GW II, 237). Diese und weitere Figuren unter dem Aspekt der Stigmatisierung zusammenfassend, bekennt der Prinzenerzieher Raoul Überbein (in einem wiederum an Formulierungen des vorliegenden Textes anklingenden Satz), er »liebe die mit der Würde der Ausnahme im Herzen, die Gezeichneten, die als Fremde Kenntlichen, all die, bei deren Anblick das Volk dumme Gesichter macht« (GW II, 86; vgl. den Kommentar zu [*Über »Königliche Hoheit« II*], hier S. 347f.).

Auch Thomas Manns hier formulierte Ablehnung eines »Rassen-Chauvinismus« kehrt in anderen Texten wieder. So polemisiert er in den Notizen zu *Geist und Kunst* gegen *»Literarisches Deutschthum«*, die »chauvinistische Mode in der Dichtung« (98. Notiz; GuK, 204) und den »unanständige[n] Antisemitismus« Bartels' und Carl Busses (86. Notiz; GuK, 197); in *Chamisso* (1911) wird er fragen, ob »Wir Heutigen« nicht den Glauben »an Rasse und Blut [...] vielleicht bis zum Aberglauben übertreiben«, und sich dem

»Druck einer allgemeinen Devotion vor der bindenden Macht des Blutes« zu entziehen suchen (Textband S. 313).

Zugleich hat Thomas Mann auch über den vorliegenden Text hinaus wiederholt auf seine und seines Bruders »Zuthat romanischen Bluts« hingewiesen, die »uns vor solchen Albernheiten (obgleich wir der Zeit unseren Tribut gezollt haben) im Ganzen bewahrt« habe. (28. Notiz zu *Geist und Kunst*; GuK, 168; Übernahme aus dem 9. Notizbuch; Nb. II, 183) Dieselbe »Blutmischung« betont er auch in den Briefen *[An die Redaktion der »Staatsbürger-Zeitung«]* (Textband S. 345ff.) sowie in den Essays über Fontane (1910, Textband S. 244) und Chamisso (1911, Textband S. 305–330); vgl. auch das *Vorwort zu einem Roman* (1913, Textband S. 389–395).

Andererseits legt er ebenso wiederholt Wert darauf, dass seine Texte nicht der Perspektive eines assimilierten jüdischen Autors zugeschrieben werden sollten. So stellt er sich in der 10. Notiz zu *Geist und Kunst* einerseits gegen die »Litteraturfeindschaft de[r] Deutschen« auf die Seite des »jüdische[n] Geist[es]« (mit dem Zusatz: »Volk des Buches«; GuK, 157), setzt aber andererseits in der 11. Notiz hinzu: »Gott Lob, daß ich kein Jude bin. Man würde sonst sofort sagen: Natürlich, drum auch!« (GuK, 158; vgl. Nb. II, 174); im Brief *[An die Redaktion der »Staatsbürger-Zeitung« II]* (Textband S. 347) fragt er: »was wäre der Roman ›Buddenbrooks‹, wenn er von einem Juden herrührte? Ein Snob-Buch.«

Thomas Manns karikierende, auch in Relativierung und Abwehr noch drastisch denunziatorische Darstellung des »Ghettojuden« (nicht notwendigerweise »Fettbuckel, krumme Beine und rote, mauschelnde Hände […], ein leidvoll-unverschämtes Wesen«, das »im ganzen einen fremdartig schmierigen Aspekt« biete), aber nicht minder auch assimilierter Juden, denen gönnerhaft eine relative »Appetitlichkeit« zugestanden wird und die Möglichkeit, »ein Jude und doch an Leib und Seele ein vornehmer Mensch zu sein« – diese Darstellung entspricht eigenartigerweise trotz des betonten Philosemitismus genau jenem antisemitischen Klischee, dessen Verwendung er Theodor Lessings Angriffen auf Lublinski

1910 vorwerfen wird. Ein Rückfall in überwundene Stereotypien oder doch der missglückte Versuch einer Parodie auf ein Zerrbild? (Vgl. *Der Doktor Lessing*, Textband S. 218–224; auch hier bleibt zumindest in der Schwebe, inwieweit Thomas Mann seinem Gegner die Verwendung dieser Klischees grundsätzlich vorwirft und inwieweit er sie allein gegenüber Lublinski für ungerechtfertigt hält.)

Textlage

Der Text erschien in dem von Julius Moses herausgegebenen Sammelband *Die Lösung der Judenfrage: Eine Rundfrage*. Berlin/Leipzig 1907, S. 242–246. Bereits kurz vor dessen Publikation wurde er unter derselben Überschrift auf der ersten Seite der *Münchner Neuesten Nachrichten* vom 14. September 1907 vorabgedruckt (Vorabendblatt, 60. Jg., Nr. 430, mit Hinweis auf das »in kurzer Zeit [...] erscheinende Sammelwerk«). Noch am Erscheinungstag dieses Vorabdrucks erhob Thomas Mann in einem Brief an den Redakteur Emil Grimm Einspruch gegen zwei sinnentstellende Druckfehler: »Überall als Fremder kenntlich [...] stellt der *Jude* (nicht er, der Novellist) eine der Daseinsformen dar etc. [...] Und etwas weiter unten soll selbstverständlich nicht von einer *Ver*legenheit, sondern von einer *Über*legenheit der Juden im beruflichen Wettstreit die Rede sein!« (Teilabschrift im TMA) Beide Druckfehler finden sich allerdings noch in der Buchfassung. In GW XIII ist nur der zweite, in ARE I sind beide korrigiert; dafür ist in beiden Wiederabdrucken im ersten Satz das Wort »bestechenden« ohne Not konjiziert zu »bestehenden«. Kurzke/Stachorski schließen sich, mit Hinweis auf die »für Thomas Mann unüblich reiche, geradezu kleistische Kommasetzung« des Sammelbandes der Fassung des Zeitungsartikels an (einschließlich »bestechenden«), korrigieren jedoch beide vom Verfasser monierten Druckfehler, »obwohl es sich zumindest bei der ersten [Stelle] wohl nicht um eine Fehlleistung der Setzer, sondern um ein Versehen Thomas Manns nicht ohne geheimen Sinn handelt – denn die aufgeführten Kennzeichnungen des Judentums *sind* zugleich Kennzeichnungen des Künstlertums.« (E I, 339; ähnlich ARE I, 399) Dies aufnehmend, folgt der Text dem Zeitungs-Vorabdruck, berücksichtigt aber Thomas Manns Korrekturwünsche. 1931 wurde der Text zitierend erneut abgedruckt im Artikel *Thomas Mann* des 4. Bandes von *Sigilla Veri. (Ph. Stauff's Semi-Kürschner) Lexikon der Juden, -Genossen und -Gegner* [...]. Hg. von E. Ekkehard. 2., um ein Vielfaches vermehrte und verbesserte Aufl. o. O. [Erfurt] 1931.

Stellenkommentar

174 3 *Adolf Bartels*] Vgl. hier zur Entstehungsgeschichte. In der Buchausgabe: »Adolph«.

9 *»Philosemit«*] Vgl. den Brief an die *Jüdische Revue* vom 5. Oktober 1936: »Es gibt zu verschiedene Juden, als daß ich mich einen Philosemiten nennen möchte. Der deutsche Antisemitismus aber, als Produkt und Zubehör eines rassistischen Pöbel-Mythus ist mir in der Seele zuwider und verächtlich.« (GW XII, 783)

175 7 *Voltaire äußerte einmal*] Zitat aus Josef Poppers Monographie *Voltaire*. Dresden 1905, S. 252.

176 16–17 *entarteten ... Rasse*] Der »Rassen«-Begriff changiert hier zwischen dem rassistischen Diskurs der Jahrhundertwende und dem älteren, unspezifischeren Wortgebrauch (im Sinne etwa von »Menschenschlag«); vgl. auch den Kommentar zu *Chamisso*, hier S. 431f.

17 *verelendetsten*] Buchausgabe: »verelendeten«.

32 *mauschelnde Hände*] In *Der Doktor Lessing* (1910) wird eben dieses Stereotyp als »verleumderisches Zerrbild« kritisiert, »wie es roher und insipider unmöglich zu denken ist«. (Textband S. 219)

177 4 *Tschandala*] Vgl. *Das Ewig-Weibliche*, Textband S. 59_{9} mit Kommentar.

14 *Taufe*] Vgl. dagegen die Kritik dieses Assimilationssignals in *Heinrich Heine, der »Gute«* (1893, Textband S. 22_{17} und Kommentar).

15 *Jakob Fromer*] Der 1865 geborene, im Lodzer Ghetto aufgewachsene Schriftsteller, seit 1899 Bibliothekar der Jüdischen Gemeinde

in Berlin, hatte am 18. April 1904 in Maximilian Hardens *Zukunft* einen pseudonymen Essay über *Das Wesen des Judentums* veröffentlicht (Buchausgabe 1905), in dem er entschieden für Assimilation eintrat. Als seine Autorschaft bekannt wurde, verlor er seine Bibliothekarsstelle. Neben Arbeiten zum Talmud, zu Spinoza und Maimonides veröffentlichte Fromer den autobiographischen Bericht *Vom Ghetto zur modernen Kultur. Eine Lebensgeschichte* (1906, Neuausgabe 1912 unter dem Titel *Ghettodämmerung*).

177 23–24 *Entmutigung feudaler Vorurteile*] Ebenso wie die folgende Bemerkung eine Anspielung auf das Konzept des Romans *Königliche Hoheit*.

[MAXIMILIAN HARDEN]

Entstehungsgeschichte

Der Text antwortet auf eine Umfrage der Berliner Zeitung *Der Morgen*; er erschien zusammen mit Antworten u. a. von Michael Georg Conrad, Richard Dehmel, Max Liebermann, Arthur Schnitzler, August Strindberg und Frank Wedekind. In einer redaktionellen Vorbemerkung hieß es u. a.: »Hier die Stimme von einem Dutzend *Männern*, die den *Mut* haben, ihrer Überzeugung auch da Ausdruck zu geben, wo sie wissen, damit der öffentlichen Meinung [...] ins Gesicht zu schlagen. [...] Wir sind eine unabhängige Wochenschrift, wie es die ›Zukunft‹ ist. Wir brauchen Harden so wenig wie Harden uns. Wir möchten ihn in unserem öffentlichen Leben nicht missen [...].«

Anlass der Umfrage war die Kampagne, die während der Eulenburg-Prozesse 1907 in der kaisertreuen Presse gegen Harden geführt wurde und häufig politische mit antisemitischen Unterstellungen vermengten. Der Berliner Kritiker und Publizist Maximilian Harden (eigentlich: Maximilian Felix Ernst Witkowski; 1861–1927) hatte seit 1905 den mit Kaiser Wilhelm II. befreundeten und homosexuellen Fürsten Philipp zu Eulenburg und Hertefeld (1847–1921) wegen seines vorgeblich verderblichen Einflusses auf den Kaiser angegriffen und dabei auf sexuelle Denunziation zurückgegriffen, was auch Karl Kraus gegen Harden aufbrachte. Das daraufhin angestrengte Gerichtsverfahren gegen den vom Kaiser fallengelassenen Eulenburg musste angesichts einer zweifelhaften Beweislage und wegen dessen Erkrankung wieder eingestellt werden. Kurz vor der Umfrage war in Hardens einflussreicher Zeitschrift *Die Zukunft* sein polemischer Artikel *Der Prozeß* erschienen (23. November 1907).

Harden, in dessen Zeitschrift Thomas Mann bereits im Januar 1903 seine Erzählung *Die Hungernden* veröffentlicht hatte und in der 1910 sein Fontane-Essay erscheinen sollte, gehörte schon seit den

1890er Jahren zu den Anregern und Vorbildern des jungen Thomas Mann (dazu Lehnert 1998 und Höbusch 1996). Das zeigen nicht nur seine Exzerpte aus Hardens Aufsatzsammlung *Apostata. Neue Folge* (Berlin 1892) im 1. Notizbuch – darunter viele von dort aus zweiter Hand übernommene Zitate –, sondern auch sein früher Briefwechsel mit diesem gefürchteten und bewunderten Mentor, den er im Dezember 1904 in Berlin auch persönlich kennengelernt hatte. In *Bilse und ich* hat Thomas Mann Harden als »wahren Liebhaber des Wortes« und Bruder im kritischen Geiste gewürdigt (Textband S. 109). Am 22. Juni 1907 hatte Thomas Mann gegenüber dem Bruder Heinrich zwei Artikel Hardens zur Eulenburg-Affäre als stilistische Glanzleistungen kommentiert: »Ist Harden nicht köstlich?« (TM/HM, 128; vgl. auch die Briefe vom 15. Januar und 6. Februar 1908; GKFA 21, 385 bzw. 387). Verbunden sah er sich mit Harden auch in der Bewunderung für Tolstoi und Dostojewski sowie für Max Reinhardt, Ibsen und Strindberg – bei gleichzeitiger Skepsis gegenüber einem konsequenten Naturalismus (vgl. *Versuch über das Theater*, Textband S. 123–168). Wenig später wird er sich um eine Publikation seines *Versuchs über das Theater* in Hardens *Zukunft* bemühen (vgl. seinen Brief vom 20. Januar 1908; TM/Harden, 145).

Spätestens die Notizen zu *Geist und Kunst* lassen Distanz gegenüber Harden erkennen, der »Deutschland [...] durch den Eulenburg-Handel kompromittiert« habe: ein »zum Politiker pervertierte[r] Literat« (122. Notiz; GuK, 217). Zu weiteren Distanzierungen vgl. die Notiz *[Über Karl Kraus]* (Textband S. 383f. und Kommentar). Nach einem erneuten Treffen mit Harden urteilt Thomas Mann schließlich gegenüber Heinrich: »In all seiner Falschheit und Leidenschaft war er wieder faszinierend. Politik hin, Politik her, er bleibt einer der merkwürdigsten Zeitgenossen.« (17. November 1912; TM/HM, 125)

Textlage

Der Text erschien unter dem hier übernommenen Sammeltitel zuerst in *Der Morgen* vom 13. Dezember 1907 (1. Jg., Nr. 27, S. 849; = Druckvorlage); er wurde nur in ARE I, 133 wiederabgedruckt.

[ÜBER »KÖNIGLICHE HOHEIT« I]

Entstehungsgeschichte

Der Ankündigungstext erschien in der Weihnachtsausgabe der *Neuen Rundschau* 1907, ohne Verfassernennung. Dass die Autorschaft Thomas Manns außer Frage steht, hat zuerst Matter gezeigt: »Da der Roman erst Februar 1909 zu Ende geschrieben wurde, hatte wohl niemand nähere Kenntnisse von der Konzeption. Außerdem weisen Interpretation und verschiedene Wendungen, die wörtlich auch in Thomas Manns Briefen dieser Zeit auftauchen, auf seine Urheberschaft hin.« (ARE I, 401; vgl. etwa die Briefe schon an Walter Opitz vom 5. Dezember 1903 und an Hilde Distel vom 14. November 1906; GKFA 21, 251 u. 371) Überdies geht aus einem Brief Samuel Fischers an Arthur Schnitzler vom 11. November 1907 hervor, dass die Verfasser der dort angekündigten Vorabdrucke selbst um die Abfassung der entsprechenden Ankündigungen gebeten wurden:

> Im Rundschau-Prospekt für den nächsten Jahrgang, der soeben in Druck muss, wollen wir an erster Stelle Ihren Roman ankündigen. Da ich das ganze Werk noch nicht kenne, bitte ich Sie, mir eine Charakteristik des Romans in 10–15 Zeilen zur Verfügung zu stellen. Es handelt sich bei dieser Anzeige lediglich darum, dass Sie über den Inhalt und über Ihre künstlerischen Absichten das Notwendige mitteilen. Auch Thomas Mann hat für seinen Roman eine solche Charakteristik verfasst. (SF/HF, 74)

Obwohl der Roman keineswegs, wie erwartet und mit S. Fischer auch vertraglich vereinbart, bereits Anfang 1908 abgeschlossen war, enthält die vorliegende Charakteristik des erst ein Jahr später Vollendeten bereits alle wesentlichen Elemente künftiger Selbstkommentare: die Betonung des Märchenhaften, des Allegorischen, des Musikalischen und des autobiographischen »Bekenntnisses«. Das Letztere hatte Thomas Mann im selben Jahr bereits im ersten Entwurf seines Selbstporträts *Im Spiegel* vorbereitet (vgl. Kommentar, hier S. 240–249). Die Worte »von der Hoheit und vom Glück« entsprechen Begriffen aus dem Schluss-Satz des Romans: »Das soll fortan unsre Sache sein: beides, Hoheit und Liebe, – ein strenges Glück.« (GW II, 363)

Seine Wendung vom »epischen Scherz« hat Thomas Mann nach Sichtung der ersten Kritiken bedauert: »Das Buch wird von der Kritik entschieden nicht recht für voll, nicht recht ernst genommen [...]. Das Ganze, oder doch die zweite Hälfte gilt als Faschingsspaß, und ich bin an dieser Auffassung wohl etwas schuldig, da ich das Buch im ersten Waschzettel als ›epischen Scherz‹ bezeichnete.« (An Heinrich, 26. Januar 1910; GKFA 21, 440) Umgekehrt hat seine explizite Zurückweisung der »Serenissimus-Satire« nicht verhindern können, dass eben dieser Vorwurf 1910 von fürstlicher Seite erhoben wurde, was eine ausführlichere Rechtfertigung notwendig machte (vgl. *[Über »Königliche Hoheit« II]*, Textband S. 238–243).

Textlage

Veröffentlicht wurde der Text zuerst ungezeichnet innerhalb einer redaktionellen Mitteilung im Anzeigenteil des Dezemberhefts der *Neuen Rundschau* 1907 (18. Jg., H. 12, vor S. 1409; = Druckvorlage), zusammen mit Ankündigungen weiterer Romane (von Schnitzler, Hauptmann, Rilke, Bang u. a.), unter der Überschrift *An unsere Leser!* Eine stark überarbeitete Fassung erschien im Herbst 1909 im Fischer-Verlagsprospekt für *Königliche Hoheit*; sie wurde wiederabgedruckt in *S. Fischer, Verlag. Von der Gründung bis zur Rückkehr aus dem Exil*. Marbach 1985, S. 137f. (vgl. Paralipomena). Der ursprüngliche Text erschien erst wieder in ARE I, 132, unter der Überschrift *[Ankündigung des Romans »Königliche Hoheit«]*.

Paralipomena

Im ersten, achtseitigen Gesamtprospekt des S. Fischer-Verlags für Thomas Mann, der im Herbst 1909 als Ankündigung des Romans *Königliche Hoheit* erschien, wurde der Werbetext von 1907 in einer stark überarbeiteten Fassung erneut abgedruckt. Inhalt und Stil der Zusätze und Änderungen sprechen dagegen, dass sie auf Thomas Mann selbst zurückgehen. Der Text folgt hier dem Wiederabdruck im Marbacher Katalog (s. o.):

Auf den nächsten Roman nach den »Buddenbrooks« durfte man gewiß sehr gespannt sein. Thomas Mann hat eine zu eigene, leidenschaftlich künstlerische Form, als daß man in einem neuen Roman irgend etwas wie eine Wiederholung hätte vermuten dürfen. Und in der Tat ist »Königliche Hoheit« in jedem Sinne überraschend und besonders. »Königliche Hoheit« ist, wie der Titel besagt, ein Roman über das Leben gewisser nicht sehr mächtiger aber darum nicht weniger vornehmer Fürsten. Würde man danach eine Serenissimus-Satire erwarten, so wäre man freilich enttäuscht. Denn diese Geschichte von dem kleinen populären und doch so einsamen Prinzen, der nach einigen mißglückten Ausflügen in den Bürgergarten seine Prinzessin – eine besondere Art von Prinzessin: eine amerikanische Milliardär-Prinzessin mit einem Tropfen Indianerblut in den Adern – findet und zugleich seinem bedürftigen Lande zur Wohlfahrt verhilft, dieser epische Scherz voller musikalischer Beziehungen und symbolischer Zweideutigkeiten ist ein Märchen: das Märchen von der Form und von der Sehnsucht, von der Repräsentation und vom Leben, von der Hoheit und vom Glück. Ein Märchen mit seinen drohenden Verkettungen und seinem glücklichen Ausgang: ein Märchen allerdings von höchst moderner Art; das heißt voller Realität, von einer Studiertheit und Durchgeformtheit aller tatsächlichen Verhältnisse, wie sie vielleicht keinem so zu eigen ist als Thomas Mann. So wie wir das Patrizierhaus der Buddenbrooks kennen lernten, so lernen wir auch das Schloß der Königlichen Hoheit kennen, bis in die letzten dunklen und unheimlichen Gänge hin, bis in die Heimlichkeiten der Diener und die Resignation der Herren. Wir haben in unserer Literatur nichts Ähnliches von Exaktheit in der Schilderung solcher Verhältnisse, und nicht oft wird es Kunst geben, die ebendiese Exaktheit zum Instrument der Ironie zu machen weiß.

IM SPIEGEL

Entstehungsgeschichte und Quellenlage

»Blutjung«, erinnert sich Thomas Mann in den *Betrachtungen eines Unpolitischen,* »schickte ich der Zeitschrift, die danach verlangt hatte, einen autobiographischen Abriß«; aus dieser Selbstdarstellung von 1907 habe »die Ironie eines jugendlichen Künstlertums« gesprochen (GW XII, 573f.). Der »Titel ist eine Rubrik des Litterarischen Echo« (an Horst Stobbe, 2. November 1923; DüD I, 285) und bezeichnet die damals schon jahrelang etablierte Reihe *Im Spiegel. Autobiographische Skizzen.* Im November und Anfang Dezember 1907 schrieb Thomas Mann seinen Text, den er in Briefen immer wieder als ein rasch geschriebenes Produkt jugendlichen Übermuts darstellt. Über »meine ›Selbstbiographie‹« bemerkt er gegenüber Hans Wehberg: »Ich hatte das Artikelchen in einer so lockeren und ironischen Stimmung geschrieben, daß ich schon glaubte, es würde Anstoß erregen – was es denn hie und da auch wohl gethan hat.« (15. Januar 1908; DüD I, 284) Am 22. Dezember 1949 rückblickend an Hans Balzer: »Die kleine Autobiographie ›Im Spiegel‹ ist ja nur ein Scherz.« (DüD I, 285) Die im TMA erhaltene Handschrift zeigt dagegen, dass Thomas Mann den Text mit großer Sorgfalt verfasst und dabei unterschiedliche Konzepte und Tonfälle erprobt hat (vgl. hier Paralipomena).

Innerhalb der Handschrift – und nochmals im Verhältnis zwischen ihr und dem Erstdruck – wird das Bemühen um selbstironische Distanz und eine (zuweilen parodistische) ›bürgerliche‹ Perspektive deutlich. Das zeigt sich zunächst in stilistischen Änderungen: Kolloquiale Wendungen werden durch gewähltere ersetzt (»Anstand nahm« statt »mich aber doch wohl scheute«; »unangenehm« statt »peinlich«; »durchs Abiturienten-Examen gefallen« statt »durchgefallen«; »gelangt« statt »gekommen«; das Relativpronomen »welcher« statt »der«).

Anfangs sollte die Selbstdarstellung ausdrücklich dem Modell des »Märchens« folgen, wie es auf andere Weise auch die *Fürstennovelle* (später: *Königliche Hoheit*) adaptierte: »Niemand sage, daß sich keine Märchen mehr begeben: Ich lache in mich hinein und weiß es besser.« (Vgl. hier S. 245₁₁, Anmerkung) Dagegen wird in der jetzigen Fassung das Modell der Hochstaplergeschichte hervorgehoben; nur der Halbsatz über die »Prinzessin« zeigt noch eine Spur des Märchenschemas. Auch in dieser betont ›amoralischen‹ Darstellung werden jedoch potentiell anstößige Formulierungen zurückgenommen – das »ehrlose« Leben, die Weigerung, »dieses wichtigen Geschäftszweiges wegen Umstände zu machen«; das Wort »Kumpan« wird zunächst gestrichen und gegen »Mensch« ausgetauscht, dann aber doch wieder eingesetzt. Statt »ich verließ die Fahne« (Handschrift) heißt es nun: »ich quittierte den Dienst«; auch die bürgerliche Eheschließung wird besonders hervorgehoben.

Der Text präsentiert in dieser Fassung ein Porträt des äußerlich zu bürgerlichem Anstand, zu Ruhm und Ehre gelangten Bohémiens als eines nur maskierten, im Innern aber noch immer anrüchigen und gefährlichen Hochstaplers. Diese Selbstdarstellung wiederholt, ins Komische gewendet, Grundgedanken, die in zahlreichen anderen Texten des jungen Thomas Mann wiederbegegnen. Noch in so beiläufigen Gelegenheitsarbeiten wie etwa seiner Antwort auf die *Geist und Geld*-Rundfrage (1921; GW XI, 746) spricht er in der Erinnerung an seine Anfänge von »einer so regelwidrigen und nach menschlichem Ermessen aussichtslosen Existenz, wie ich es damals war«. Besonders augenfällig ist die Nähe zur Hochstapler-Geschichte (Wysling 1982, S. 64 hat den Essay geradezu »motivisch wie technisch als Vorstudie zum ›Krull‹« bezeichnet) und damit auch schon zu Tonio Krögers ernsten Bemerkungen zur Nachbarschaft von Kunst und Verbrechen: »ich hege [...] gegen den Typus des Künstlers den ganzen *Verdacht*, den jeder meiner ehrenfesten Vorfahren droben in der engen Stadt irgendeinem Gaukler und abenteuernden Artisten entgegengebracht hätte«, und seiner Ansicht, »daß es nötig sei, in irgendeiner Art von Strafanstalt zu Hause zu sein, um zum Dichter zu werden.« (1903; GW VIII, 298f.; vgl. auch die 62. Notiz zu *Geist und Kunst*, die für diesen Gedanken auf Formulierungen Nietzsches verweist: GuK, 184f.) Insofern die »Selbstbiographie« die Geschichte einer gelungenen Verbürgerlichung erzählt, bildet sie ein übermütiges Gegenstück zur skeptischen Darstellung Schillers in *Schwere Stunde* (1905): »nun, da [...] er aus dem Freibeutertum des Geistes in einige Rechtlichkeit und bürgerliche Verbindung eingetreten war, Amt und Ehren trug, Weib und Kinder besaß, nun war er erschöpft und fertig.« (GW VIII, 374)

Textlage

Der Text erschien (als 27. Beitrag der Rubrik *Im Spiegel*) in *Das literarische Echo* vom 15. Dezember 1907 (10. Jg., H. 6, Sp. 395–397; = Druckvorlage). Unter der zweiteiligen Überschrift *Im Spiegel. Autobiographische Skizze* wurde er nachgedruckt in *Der Lesezirkel* 1 (1914), H. 5, S. 94–97; unter dem Titel *Im Spiegel* erschien er außerdem in der Mittagsausgabe der *Rheinisch-Westfälischen Zeitung* vom 12. November 1920 (183. Jg., Nr. 827, in der Rubrik *Kunst, Wissen, Leben*), in den *Düsseldorfer Blättern* vom 1. Juli 1925 (1. Jg., H. 15, S. 177f.), in *Thomas Mann: Zur Erinnerung an seinen Vortragsabend in Altona am 8. Juni 1926. Gewidmet von den Altonaer Nachrichten*. Altona: Hammerich und Lesser o. J. [1926] und in der *Schlesischen Zeitung*, Bielitz, vom 15. Februar 1929 (7. Jg., Nr. 45, S. 3f., als Teil III in der redaktionellen Serie *Rund um »Fiorenza«*). In der *Thüringer Allgemeinen Zeitung* vom 15. November 1929 (80. Jg., Nr. 316, 1. Beilage, S. 1) erschien eine um den ersten Absatz gekürzte Fassung unter der Überschrift *Mein Lebenslauf*. Ohne Titel wurde der Text als »eine Autobiographie des Dichters« außerdem publiziert in der Einleitung zu einer Faksimileausgabe des *Tristan* in der Reihe *Deutsche Dichterhandschriften*. Hg. von Hanns Martin Elster. Dresden 1920, S. 7–9. Wiederabdrucke in RuA, 383–387; AuN, 663–666; GWA XII, 344–347; GW XI, 329–333; ARE I, 133–136 – alle mit kleinen Abweichungen vom Erstdruck – sowie nach dem Erstdruck in E I, 98–101.

Rezeption

Der Text hat als »Autobiographie« und Selbstcharakteristik weite Verbreitung gefunden; er gehört zu den am häufigsten nachgedruckten frühen Essays (vgl. zur Textlage).

Stellenkommentar

181 11–12 *Prima ... Sekunda*] Bezeichnungen für die letzten vier Klassen des humanistischen Gymnasiums: 12. und 13. Klasse (Unter- und Oberprima), 10. und 11. Klasse (Unter- und Obersekunda). Thomas Mann verließ die Schule am 16. März 1894 mit dem Berechtigungsschein zum einjährig-freiwilligen Militärdienst; dieser Abschluss entspricht der »Mittleren Reife«.

12–13 *verstockt und voll liederlichen Hohns*] Ähnlich im *Lebensabriß* (1930; GW XI, 99); vgl. hier auch [*Frühlingssturm!*]).

29 *Feuerversicherungsgesellschaft*] Die »Süddeutsche Feuerversicherungs-Bank a. G.«, in die Thomas Mann im April 1894 als unbezahlter Volontär eintrat. Die Passage wird im *Lebensabriß* wörtlich wiederholt (GW XI, 101).

182 1–2 *Liebesgeschichte*] Die Novelle *Gefallen* war 1894 in einer »sozialistisch-naturalistischen Kampfzeitschrift, M. G. Conrads ›Gesellschaft‹« erschienen (*Lebensabriß*; GW XI, 101); vgl. auch *Dem Andenken Michael Georg Conrads* (1927; GW X, 447–449). – In der etwa gleichzeitig entstandenen [*Selbstbiographie II*] ist vorsichtiger von »einer modernen Monatsschrift« die Rede (Textband S. 185).

6 *Journalist werden zu wollen*] Wiederholt im *Lebensabriß* (GW XI, 102).

6–9 *ein paar Semester ... Vorlesungen.*] Vgl. die Vorlesungsmitschriften und Notizen zu Geschichte, Kunstgeschichte, Nationalökonomie, Ästhetik, mittelalterlicher deutscher Literatur und Shakespeare im *Collegheft 1894–1895*.

17–18 *Soldo-Zigaretten*] Vgl. *Lebensabriß* (GW XI, 104).

29–30 *Sehnenscheidenentzündung*] Reprise der Selbstdarstellung im Glückwunschartikel für *Liliencron* (Textband S. 76). Ohne Ironie wieder im *Lebensabriß* (GW XI, 112).

183 3 *»Simplizissimus«*] Thomas Mann gehörte der Redaktion vom

Herbst 1898 bis zum Januar 1900 an; vgl. *Lebensabriß* (GW XI, 105f.). Diese Mitarbeit zählte Adolf Bartels zu den Hinweisen auf Thomas Manns ›jüdische‹ Intellektualität; vgl. hier dessen kurz vor dem vorliegenden Text verfasste Replik in *Die Lösung der Judenfrage* (Textband S. 174–178, s. auch Kommentar, hier S. 225–232).

183 5–7 *verglasten Blicks … Anarchistenkneipe?*] Das Bild des anarchistischen Trinkers mit dem »wollenen Schal« entspricht dem Klischee des »poète maudit« und Thomas Manns eigener Darstellung seines zeitweiligen Lieblingslyrikers Paul Verlaine; vgl. den Kommentar zu [*Der französische Einfluß*], S. 75 f.

10 *vermählt*] Thomas Mann heiratete am 11. Februar 1905 Katia Pringsheim, die Tochter des Münchner Mathematikprofessors Alfred Pringsheim.

11 *Prinzessin*] Vgl. hier Entstehungsgeschichte; im *Lebensabriß* spricht Thomas Mann von Katia Pringsheim als »der Märchenbraut« (GW XI, 118).

25 *in meiner Vaterstadt*] Die Lesung hatte am 2. Dezember 1904 stattgefunden.

31 *Orden*] Ähnlich Goethe in einem autobiographischen Fragment (ohne Überschrift): »Niemals glaubte ich, daß etwas zu erreichen wäre, immer dacht ich, ich hätt es schon. Man hätte mir eine Krone aufsetzen können und ich hätte gedacht, das verstehe sich von selbst.« (HA 10, 530f.)

184 3 *Ultimus*] »Der Letzte«; schlechtester Schüler einer Schulklasse.

9–27 *Diejenigen … und höchstem Wohlleben zu bringen.*] Die Passage wird in den *Betrachtungen eines Unpolitischen* zitiert und wie folgt kommentiert: »Das war die Ironie eines jugendlichen Künstlertums, und ich weiß wohl, daß Ironie, obgleich sie doch etwas leidlich ›Intellektuelles‹, wenn auch nicht eben im Tugendsinne, ist, inzwischen gar sehr zum vieux jeu geworden, zu einem Merkmal der Bürgerlichkeit und des mesquinen Quietismus. Der Aktivist ist angekommen, – pulcher et fortissimus. Und dennoch frage ich mich, in stiller Zurückgebliebenheit, ob ironische Bescheidenheit nicht immer das eigentlich *anständige* Verhältnis des

Künstlers – nein, nicht zur Kunst, aber zum Künstlertum bleiben wird.« (GW XII, 573f.)

184 21–22 *kindischer … Charlatan*] Vgl. die Anfangsverse von Thomas Manns frühem, ebenfalls in der *Gesellschaft* erschienenen Gedicht *Monolog* (1899): »Ich bin ein kindischer und schwacher Fant, / Und irrend schweift mein Geist in alle Runde« (GW VIII, 1106). Der Begriff »Charlatan« spielt eine wichtige Rolle in Nietzsches Wagner-Kritik.

Paralipomena

Handschriftliche Fassung (Mp X 221)

Meine Vergangenheit, °ist dunkel und schimpflich,° sodaß es mir außerordentlich unangenehm ist, so oeffentlich davon zu sprechen. Erstens bin ich ein verkommener Gymnasiast. Nicht daß ich durchs Abiturienten-Examen gefallen wäre, – es wäre Aufschneiderei, wollte ich das behaupten. Sondern ich bin überhaupt nicht bis Prima gelangt. Ich war schon in Sekunda so alt wie der Westerwald. Faul, verstockt und voll liederlichen Hohns über das Ganze, verhaßt bei den Lehrern der altehrwürdigen Anstalt, ausgezeichneten Männern, die mir – mit vollem Recht, in voller Übereinstimmung mit aller Erfahrung, aller Wahrscheinlichkeit – den sicheren Untergang prophezeiten, und höchstens bei einigen Mitschülern auf Grund irgend einer schwer bestimmbaren Überlegenheit in ungewissem Ansehen: so saß ich die Jahre ab, bis man mir endlich – ich war fast neunzehn – °einzig° um mich los zu werden den Berechtigungsschein zum einjährigen Militärdienst ausstellte. Ich entwich damit nach München, wohin nach dem

11 *Meine*] *Korrigiert aus:* Ich habe *voran geht der gestrichene Absatzbeginn:* Niemand sage [*korrigiert aus:* Man sage nicht], daß sich keine Märchen mehr begeben: Ich lache in mich hinein und weiß es besser. 11 *Vergangenheit*] *gestrichen geht voran:* dunkle und schimpfliche 12 *unangenehm*] *korrigiert aus:* peinlich 13 *Erstens*] *der Satzanfang lautete ursprünglich:* Ich habe nicht das Abiturexmanen gemacht, ich bin 14 *durchs … gefallen*] *korrigiert aus:* durchgefallen 16 *gelangt*] *korrigiert aus:* gekommen 20 *Wahrscheinlichkeit*] *es folgt ein gestrichenes Komma* 23 *Ansehen:*] *korrigiert aus:* Ansehen, 26 *ausstellte.*] *es folgt ein A als Absatzzeichen*

Tode meines Vaters, welcher Inhaber einer Getreidefirma und Senator in Lübeck gewesen war, meine Mutter ihren Wohnsitz verlegt hatte; °und° da ich immerhin Anstand nahm, mich sofort und offenkundig dem Müßiggang zu überlassen, so trat ich, °das Wort »Vorläufig« im Herzen,° als Volontair in die Bureaus einer Feuerversicherungsgesellschaft ein. Statt aber bestrebt zu sein, mich in die Geschäfte einzuarbeiten, hielt ich es für gut, auf meinem Drehsessel verstohlener Weise an einer °erdichteten° Erzählung zu schreiben, einer mit Versen untermischten Liebesgeschichte, die ich dann in einer umstürzlerisch gesinnten Monatsschrift zum Abdruck gelangen ließ und auf die ich mir wohl gar noch etwas zu Gute that.

Ich verließ das Bureau, bevor man mich hinauswarf, gab an, Journalist werden zu wollen und hörte ein paar Semester an den Münchener Hochschulen in buntem und unersprießlichem Durcheinander historische, volkswirtschaftliche und schönwissenschaftliche Vorlesungen. Plötzlich jedoch, wie ein rechter Vagabund, ließ ich Alles liegen und ging ins Ausland, nach Rom, woselbst ich mich ein Jahr lang plan- und beschäftigungslos umhertrieb. Ich verbrachte meine Tage mit Schreiben und dem »Studium« jener Litteratur, die man die belletristische nennt und der ein anständiger Mensch sich höchstens zur Erholung in seinen Mußestunden zuwendet, – und meine Abende bei Punsch und Dominospiel. Ich besaß °genau° die Mittel, zu leben und unmäßig viele jener süßen Soldo-Cigaretten zu rauchen, denen ich bis zur Zügellosigkeit zugethan war.

Gebräunt, mager und in ziemlich abgerissenem Zustande nach München zurückgekehrt, sah ich mich endlich genöthigt, von

1 *welcher*] *korrigiert aus:* der 3 *ich*] *gestrichen folgt:* mich aber doch wohl scheute 3–4 *mich … dem*] *korrigiert aus:* dem offenkundigen 7 *mich*] *gestrichen folgt:* mit 7 *die*] *gestrichen folgt:* in 7 *einzuarbeiten*] *gestrichen folgt:* dieses wichtigen Geschäftszweiges wegen Umstände zu machen, 8–9 *Erzählung*] *korrigiert aus:* Novelle 13 *gab an*] *korrigiert aus:* erklärte 20–21 *dem »Studium«*] *korrigiert aus:* der Lektüre 22 *Erholung*] *korrigiert aus:* Unterhaltung 26 *Zügellosigkeit*] *korrigiert aus:* Ausschweifung

meinem Berechtigungsschein zum Freiwilligen-Dienst Gebrauch zu machen. Wenn man aber zu vernehmen hofft, daß ich mich auf militärischem Gebiete irgend brauchbarer erwiesen hätte, als auf anderen, so wird man enttäuscht werden. Schon nach einem Vierteljahr, noch vor Weihnachten, wurde ich mit schlichtem Abschied entlassen, da meine Füße sich nicht an jene ideale und männliche Gangart, die Parademarsch heißt, gewöhnen wollten und ich beständig mit Sehnenscheidenentzündung daniederlag. Aber der Körper ist dem Geiste bis zu einem gewissen Grade unterworfen, und wenn die geringste Liebe zur Sache in mir gelebt hätte, so wäre das Leiden wohl zu bezwingen gewesen.

Genug, ich verließ die Fahne und setzte in Civilkleidern mein fahrlässiges Leben fort. Eine Zeit lang war ich Mitredakteur des »Simplizissimus«, – man sieht, ich sank von Stufe zu Stufe. Ich ging in das vierte Jahrzehnt meines Lebens.

Und nun? Und heute? Ich sitze verglasten Blicks und einen wollenen Shawl um den Hals mit anderen verkommenen Gestalten in einer Anarchistenkneipe? Ich liege in der Gosse, wie ich's verdiente? –

Nein. Glanz umgiebt mich. Nichts gleicht meinem Glücke. Ich °bin vermählt,° habe eine außerordentlich schöne junge Frau, °eine Prinzessin von einer Frau, wenn man mir glauben will,° deren Vater königlicher Universitätsprofessor ist und die ihrerseits das Abiturientenexamen gemacht hat, ohne deshalb auf mich herabzusehen, – und zwei blühende, zu den höchsten Hoffnungen berechtigende Kinder. Ich bin Herr einer großen Wohnung in feinster Lage mit elektrischem Licht und allem Comfort der Neuzeit, – ausgestattet mit den herrlichsten Möbeln, Teppichen und Oelgemälden. Mein Hausstand ist reich bestellt, ich speise mit Silber, ich befehle drei stattlichen Dienstmädchen und einem schottischen Schäferhund, ich esse schon zum Morgenthee Zuk-

3 *brauchbarer] korrigiert aus:* tauglicher 7 *die] gestrichen folgt:* man 7 *gewöhnen] gestrichen folgt:* konn[ten] 13 *fahrlässiges] gestrichen folgt:* und ehrloses 16 *sitze] gestrichen folgt:* mit 19 *verdiente? –] gestrichen folgt:* Nein. Glanz umgieb

kerbrötchen und trage fast ausschließlich Lackstiefel. Was weiter? Ich mache Triumphreisen. Ich fahre in die Städte, eingeladen von schöngeistigen Gesellschaften, ich erscheine im Frack und die Leute klatschen in die Hände, wenn ich nur auftrete. Ich war auch in meiner Vaterstadt. Der große Casino-Saal war ausverkauft, man überreichte mir einen Lorbeerkranz, und meine Mitbürger applaudierten. Überall nennt man meinen Namen nur mit hochgezogenen Brauen, Leutnants und junge Damen bitten mich in den ehrerbietigsten Worten um mein Autogramm, und wenn ich morgen einen Orden bekomme, so werde ich keine Miene verziehen.

Und wieso das alles? Wodurch? Wofür? Ich habe mich nicht geändert, nicht gebessert. Ich habe nur immer fortgefahren, zu treiben, was ich schon als Ultimus trieb, nämlich zu träumen, Dichter-Bücher zu lesen und selbst dergleichen herzustellen. Dafür sitze ich nun in der Herrlichkeit. Aber ist das der folgerichtige Lohn meines Wandels? °Sähen die Lehrer meiner Jugend mich in meiner Pracht, sie müßten irre werden an Allem, was sie geglaubt.°

Diejenigen, die meine Schriften durchblättert haben, werden sich erinnern, daß ich der Lebensform des Künstlers, des Dichters stets mit dem äußersten Mißtrauen gegenüberstand. In der That wird mein Erstaunen über die Ehren, welche die Gesellschaft dieser Spezies erweist, niemals enden. Ich weiß, was ein Dichter ist, denn bestätigtermaßen bin ich selber einer. Ein Dichter ist kurz gesagt ein auf allen Gebieten ernsthafter Thätigkeit unbedingt unbrauchbarer, einzig auf Allotria bedachter, dem Staate nicht nur nicht nützlicher sondern sogar aufsässig gesinnter Kumpan, der nicht einmal sonderliche Verstandesgaben zu besitzen braucht sondern so langsamen und unscharfen Geistes sein mag,

6–7 *applaudierten.] gestrichen folgt:* Man 14 *ich] gestrichen folgt:* zum Schmerz der Wächter meiner Jugend 15 *Dichter-Bücher] korrigiert aus:* erdichtete Geschichten 16 *der] gestrichen folgt:* logische und 23–24 *dieser Spezies] korrigiert aus:* diesem Menschenschlage 25 *bestätigtermaßen bin ich] korrigiert aus:* ich bin 28 *Kumpan] korrigiert aus:* Mensch [*dieses wiederum korrigiert aus:* Kumpan] wie ich es immer gewesen bin, – übrigens ein innerlich kindischer, zur Ausschweifung geneigter und in jedem Betrachte anrüchiger Charlatan, der von der Gesellschaft nichts anderes sollte zu gewärtigen haben – und im Grunde auch nichts anderes gewärtigt – als stille Verachtung. Thatsache aber ist, daß die Gesellschaft diesem Menschenschlage die Möglichkeit gewährt, es in ihrer Mitte zu Ehren und höchstem Wohlleben zu bringen.

Mir kann es recht sein; ich habe den Nutzen davon. Aber es ist nicht in der Ordnung. Es muß das Laster ermuthigen und der Tugend ein Aerger sein. –

4 *gewärtigt] es folgt ein gestrichenes Komma* 5 *Verachtung.] gestrichen folgt:* Die
5–6 *diesem Menschenschlage] korrigiert aus:* dieser Spezies

[SELBSTBIOGRAPHIE II]

Entstehungsgeschichte

Bei dieser 1907 veröffentlichten autobiographischen Notiz handelt es sich um eine geringfügig überarbeitete, im wesentlichen nur um den Schluss-Satz ergänzte Wiederaufnahme von [*Selbstbiographie I*], die Thomas Mann 1904 auf die Bitte des *Nord und Süd*-Redakteurs Oskar Wilda verfasst hatte (vgl. Textband S. 78). Im Erstdruck findet sich auf derselben Seite eine ähnlich kurzgefasste »Selbstbiographie« Heinrich Manns.

Textlage

Der Text erschien zuerst in dem Band *Meerumschlungen. Ein literarisches Heimatbuch für Schleswig-Holstein, Hamburg und Lübeck*. Hamburg 1907, S. 281. Herausgeber war der Mecklenburger Lehrer und Schriftsteller Richard Dohse (1875–1928), der 1903 bereits ein *Mecklenburgisches Dichterbuch* publiziert hatte. Der Text wurde wiederabgedruckt erst in ARE I, 136f. Textgrundlage ist hier der Erstdruck.

Stellenkommentar

185 12 *einer modernen Monatsschrift*] In seinem Selbstporträt *Im Spiegel* sprach Thomas Mann um dieselbe Zeit ironisch von »einer umstürzlerisch gesinnten Monatsschrift«; gemeint ist die von Michael Georg Conrad herausgegebene Zeitschrift *Die Gesellschaft* (vgl. Textband S. 182).

[DIE THEATERZENSUR]

Entstehungsgeschichte und Textlage

Der Text antwortet auf eine Rundfrage des Juristen Robert Heindl. Zusammen mit Antworten anderer Schriftsteller und Kritiker (darunter Hermann Bahr, Michael Georg Conrad, Ludwig Fulda, Paul Heyse, Alfred Kerr, Eduard von Keyserling und Hermann Sudermann) erschien er in Heindls juristischer Dissertation *Die Theaterzensur*. Erlangen 1907, S. 65f. (= Druckvorlage). Er wurde noch im selben Jahr in der Buchausgabe dieser Dissertation wiederabgedruckt, unter dem Titel *Geschichte, Zweckmäßigkeit und rechtliche Grundlage der Theater-Zensur*. München 1907 – bei eben jenem Verleger Karl Schüler, für den Thomas Mann 1910/11 sein die literarische Zensur ebenso grundsätzlich wie die vorliegende Antwort ablehnendes *Gutachten [über Pornographie und Erotik]* verfassen sollte (Textband S. 292–298). Danach erschien der Text, mit weiteren Dokumenten, erst wieder in der grundlegenden Darstellung Lehnert/Segebrecht 1963, S. 198f. und in ARE I, 137.

Die Fragen, die Heindl den Autoren vorgelegt hatte, lauteten: »1. Ist die Theaterzensur für die Entwicklung der deutschen Bühnendichtung a) nachtheilig, b) förderlich, c) irrelevant? 2. Ist die völlige Abschaffung der Theaterzensur empfehlenswert? Ist eine Kommission von Juristen und Bühnendichtern als Zensurbehörde empfehlenswert?«

Trotz seiner grundsätzlichen Ablehnung der Zensur (anders zwölf Jahre zuvor in *[»Das Liebeskonzil«]*, Textband S. 26f.) wurde Thomas Mann selbst 1912 Mitglied des Münchner Zensur-Beirats; vgl. dazu den Kommentar zu seinem *[Gutachten über Frank Wedekinds Schauspiel »Lulu«]* (hier S. 524–532).

NOTIZ ÜBER HEINE

Entstehungsgeschichte

Zu einer für den 19. Januar 1908 geplanten Heine-Feier veranstaltete der Münchner Literarische Verein »Phöbus« eine Umfrage, deren Ergebnisse als Werbeschrift für ein geplantes Heine-Denkmal publiziert werden sollten. Außer Thomas Mann antworteten auch Wilhelm Raabe, Wilhelm Jensen, Alfred Kerr, Ernst von Possart, Richard M. Meyer, Gustav Karpeles, Michael Georg Conrad, Georg Hirschfeld, Paul Heyse u. a.

Der kurze Text, Thomas Manns zweite Stellungnahme zu Heine (nach *Heinrich Heine, der »Gute«*), steht in der Nähe der Notizen zu *Geist und Kunst* nicht nur mit der Nennung dieser geplanten Überschrift, sondern auch in der Verwandtschaft des Heine-Zitats mit der 2. Notiz des Konvoluts: »Es kommt darauf an, *gut zu schreiben*. Nur wer am besten schreibt, hat das Recht auf die höchsten u. vornehmsten Gegenstände.« (GuK, 152; Übernahme aus Nb. II, 116; vgl. Nietzsche, *Menschliches, Allzumenschliches* II, 87. Abschnitt; KSA 2, 592) Der wesentliche Bezug zu *Geist und Kunst* liegt aber im Bemühen um eine Synthese von Bewusstheit und Naivität, »Spiritualismus« und »Griechentum« (die Thomas Mann dann in *Zu »Fiorenza«* 1912 auf den Begriff des »Dritten Reiches« beziehen wird; zur Begriffsklärung vgl. den Kommentar, hier S. 483f.). Der abschließende Begriff »Künstlerjude« ist als Auszeichnung zu verstehen; wie in anderen Essays werden Künstler- und Judentum analogisiert: als Signum eines Außenseitertums, das nur in der Sicht der ›Bürger‹ als Stigmatisierung erscheint.

Textlage

Der Text erschien (mit den anderen Antworten auf die Umfrage) in der bibliophilen *Festgabe des Literarischen Vereins »Phoebus« bei seiner Heine-Feier 19. Januar 1908* im Münchner Verlag des Vereins (TMA; Faksimile bei Hansen 1975, nach S. 160), erneut im Oktober 1909 in den *Mitteilungen der Freien literarischen Gesellschaft in Frankfurt am Main* (2. Jg., Nr. 3) in einem Auswahl-Vorabdruck aus *Heinrich Heine und unsere Zeitgenossen. Festgabe der Freien literarischen Gesellschaft Frankfurt a. M. zur Heinefeier am 14. Oktober 1909.* Thomas Manns Antwort wurde unter der Überschrift *Aus einem Heine-Brevier* nachgedruckt in der *Frankfurter Zeitung* vom 6. Oktober 1909 (54. Jg., 2. Morgenblatt, Nr. 277) und im *Hannoverschen Courier* vom 7. Oktober 1909 (56. Jg., Abendausgabe, Nr. 28291). Unter der Überschrift *Notiz über Heine* wurde sie aufgenommen in RuA, 382; GWA XI, 659; GW X, 839; ARE I, 138 und E I, 102. Eine Textvariante findet sich in Thomas Manns Exemplar des Erstdrucks (vgl. unten). Textvorlage ist hier der Erstdruck.

Rezeption

Gelegentlich wurde der Beitrag als wichtige Äußerung über Heine gewürdigt. So nennt Ernst Elster in den *Horen* 6 (1930), S. 685 sie »weitschauenden Sinnes« und würdigt sie als eine »Reihe schwerwiegender Sätze«. Max Brod bemerkt in seiner Monographie *Heinrich Heine.* Wien 1934: »Erst in unseren Tagen hat Thomas Mann richtig erkannt, daß gerade dies Buch [die Börne-Denkschrift] an die Spitze der Arbeiten Heines gehört« (S. 428).

Stellenkommentar

187 2 *das Buch über Börne*] Heines *Ludwig Börne. Eine Denkschrift* (1840); auf die darin enthaltenen Briefe aus Helgoland wird bereits in *Heinrich Heine, der »Gute«* angespielt.

6 *Psychologie des Nazarener Typs*] Im Ersten Buch der Börne-Denkschrift: »Ich sage nazarenisch, um mich weder des Ausdrucks ›jüdisch‹ noch ›christlich‹ zu bedienen, obgleich beide Ausdrücke für mich synonym sind und von mir nicht gebraucht werden, um einen Glauben, sondern um ein Naturell zu bezeichnen. ›Juden‹ und ›Christen‹ sind für mich ganz sinnverwandte Worte im Gegensatz zu ›Hellenen,‹ mit welchem Namen ich ebenfalls kein bestimmtes Volk, sondern eine sowohl angeborne als angebildete

Geistesrichtung und Anschauungsweise bezeichne. In dieser Beziehung möchte ich sagen: alle Menschen sind entweder Juden oder Hellenen, Menschen mit ascetischen, bildfeindlichen, vergeistigungssüchtigen Trieben, oder Menschen von lebensheiterem, entfaltungsstolzem und realistischem Wesen.« (HDA 11, 18f.)

187 6 *Nietzsche*] Vor allem *Zur Genealogie der Moral* (1887), darin die Erste Abhandlung: *»Gut und Böse«, »Gut und Schlecht«* (vor allem die Abschnitte 7 bis 10) und die Dritte Abhandlung: *Was bedeuten asketische Ideale?*

8 *seine Frage*] Im Ersten Buch der Börne-Denkschrift, im »Helgoland, den 29ten Julius« datierten Brief, aus dem bereits in *Heinrich Heine, der »Gute«* zitiert worden ist (HDA 11, 45), dort bezogen auf Shakespeare: »Shakespear ist zu gleicher Zeit Jude und Grieche, oder vielmehr beide Elemente, der Spiritualismus und die Kunst, haben sich in ihm versöhnungsvoll durchdrungen, und zu einem höheren Ganzen entfaltet. Ist vielleicht solche harmonische Vermischung der beiden Elemente die Aufgabe der ganzen europäischen Civilisazion?« – Vgl. hier auch Thomas Manns Kontrastierung von »Jude« und »Hellenen« in *Gabriele Reuter* (1904, Textband S. 67).

11 *Ibsen*] Der Hinweis auf Ibsens »drittes Reich« aus heidnischer Sinnlichkeit und religiöser Askese in dem Schauspiel *Kaiser und Galiläer* (1873) findet sich erneut in *Zu »Fiorenza«* (1912, Textband S. 349). Die Worte »mehr als das« hat Hansen 1975, S. 135 als indirekten Hinweis auf Dmitri S. Mereschkowski verstanden, der in Thomas Manns Einleitung zu einer *Russische[n] Anthologie* (1921; GW X, 596) mit ähnlichen Worten wie hier Heine als »Kritiker und Weltpsycholog« gewürdigt und auch sonst mehrfach in einem Atemzug mit Heine genannt wird.

12–13 *die genialste deutsche Prosa*] Ähnlich Nietzsche selbst in *Ecce homo* (1888): »Den höchsten Begriff vom Lyriker hat mir *Heinrich Heine* gegeben. [...] Und wie er das Deutsche handhabt! Man wird einmal sagen, dass Heine und ich bei weitem die ersten Artisten der deutschen Sprache gewesen sind – in einer unausrechenbaren

Entfernung von Allem, was blosse Deutsche mit ihr gemacht haben.« (KSA 6, 286)

187 17 *»Aber ist's nicht schön ausgedrückt?«*] Aus Heinrich Laubes Bericht über die Entstehung von Heines Börne-Denkschrift; zitiert in der Einleitung der von Thomas Mann benutzten Ausgabe (vgl. Hansen 1975, S. 138, und Lehnert 1964, S. 54): »Wenn ich ihm die gefährlichsten Stellen des Buches vorlas, und die Gefahr derselben auseinandersetzte, so lächelte er, hörte offenbar nur mit halbem Ohre zu und sagte endlich bloß: ›Aber ist's nicht schön ausgedrückt?‹« (HE 7, 5) Wiederum wird hier Heine in die Nähe Nietzsches gerückt; vgl. auch den Kommentar zu *Der Literat*, hier S. 492.

18 *denkmalswürdige*] Anspielung auf den unmittelbaren Zweck der Rundfrage und der geplanten Druckschrift.

Variante

In seinem Exemplar der Festschrift hat Thomas Mann in seinem Text mit Bleistift das Wort »nebenbei« zweimal gestrichen und eine Gedankenpause eingefügt. Danach heißt es statt »Nicht zu reden davon, daß dieses Buch nebenbei die genialste deutsche Prosa bis Nietzsche enthält. Nebenbei? Ach, nur wer […].« nun: »Nicht zu reden davon, daß dieses Buch die genialste deutsche Prosa bis Nietzsche enthält … Ach, nur wer […].«

ÜBER »FIORENZA« [II]

BRIEF AN EINE KATHOLISCHE ZEITUNG

Entstehungsgeschichte

Am 11. Mai 1907 war Thomas Manns Schauspiel *Fiorenza* im Schauspielhaus Frankfurt uraufgeführt worden; am 17. Dezember fand dann die Premiere im Münchner Residenztheater statt. Zu dieser Aufführung erschien zwei Tage später eine Kritik im *Bayerischen Kurier* (*Theater: Kgl. Residenztheater, »Fiorenza«*; 51. Jg., Nr. 353, in der Beilage *Familienschatz*; gezeichnet mit »h«). Thomas Manns Antwort wurde nach seinen Angaben auf »Einladung der Redaktion« verfasst.

Die wenig kompetente Kritik des *Bayerischen Kuriers* stellt das Stück bereits einleitend als einen – allerdings »etwas länglichen« – »Dialog über Kunst und Kirche« vor, in dem »offenbar gezeigt werden [soll], wie schlecht es der armen Kunst geht, wenn die Kirche, natürlich die katholische, ›obenan kommt‹. Die dreistündige Beweisaufnahme entscheidet zu gunsten des Verfassers: Lorenzo de Medici liegt nach drei Stunden entseelt am Boden, der Prior von San Marco zieht ab, stolz, wie ein König. [...] Ja, so wird man wohl fragen dürfen, war es denn um diese Kunst, diese hier geschilderte Kunst, auch wirklich schade? Mann selbst verneint, wohl ungewollt, seiner ganzen Beweisführung nach zu schließen, diese Frage. Und dann noch eine zweite Frage, hat Mann sich in dem Prior von San Marco auch den richtigen Belastungszeugen ausgesucht? Savonarola, der geniale Demagoge in der Mönchskutte, zog gegen die herrschenden Laster los, wo er sie nur antraf. Und wenn dieses Laster im Hause der Medici sich breit machte, so durfte er auch vor dieser Türe nicht halt machen. Traf er mit dem Schlage nach dem Laster auch die Kunst, weil sie zu innig mit ihm alliiert war, so war um sie [sic] wahrlich nicht schade.«

Thomas Mann verteidigt sich hier gegen den (im Artikel allenfalls angedeuteten, offenbar aber schon erwarteten) Vorwurf, er habe ein »antichristliches Tendenzstück« verfasst. Gegenüber Heinrich hatte er kurze Zeit vorher bemerkt: »Ist ›Wälsungenblut‹ antisemitisch, so ist ›Fiorenza‹ anticlerical, und ins Parteigezänk gerissen zu werden, das zu vertragen ist es viel zu zart.« (17. Januar 1906; GKFA 21, 341) Ähnlich äußert er sich gegenüber Samuel Fischer über eine von Hermann Bahr geplante, womöglich antikatholisch akzentuierte Münchner Inszenierung: »ich kann auch nicht wünschen, daß Fiorenza hier unter dem Wuth- und Hohngeheul der ultramontanen Presse aufgeführt würde. –« (6. Februar 1906; GKFA 21, 348; ebd. äußert er auch seine Befürchtungen hinsichtlich der noch ausstehenden – und dann in der Tat entschieden ablehnenden – Reaktion Alfred Kerrs.)

Mit demselben Nachdruck setzt sich Thomas Mann in gleichzeitigen Briefen auch gegen die Unterstellung entgegengesetzter Tendenzen zur Wehr, am entschiedensten gegenüber Kurt Martens. In seinem Aufsatz *Die Gebrüder Mann* (*Leipziger Tageblatt*, 21. März 1906) hatte Martens Thomas Mann als »Asketen« bezeichnet, der »grundsätzlich jeder Art von Lebensfreude den Stempel des Niedrigen aufzudrücken« und sie als »Sünde wider den heiligen Geist« zu fliehen scheine: »In all seinen Novellen und zuletzt in seinen Savonarola-Dialogen ›Fiorenza‹ kehrt der alte Gewissenskampf zwischen den Mächten der Lust und der Askese wieder. Thomas Mann, seiner ganzen Natur nach zum Asketen verurteilt [!], findet sich selbst in Savonarola wieder« (Nachdruck im TMJ 3 [1990], S. 242–247, Zitat S. 246). Dagegen erklärt Thomas Mann seine »Darstellung eines heroischen Kampfes zwischen den Sinnen und dem Geist« für »völlig unparteiisch. Daß Fiore die Künstlerkinder von oben herab behandelt, bedeutet doch keine Tendenz. Eine Tendenz würde das Buch erst haben, wenn *ich* den Lorenzo von oben herab behandelt hätte. Ich habe ihn als Helden behandelt. Ich habe eine fast excessive Gerechtigkeit walten lassen. Der Prior [Savonarola] kommt momentweise sehr zu kurz. Und hast Du nicht gefühlt, daß ich dem Lorenzo *mindestens* so viel von Eigenem mitgegeben habe, wie dem Prior, daß er eine mindestens so subjective und lyrische Figur ist? –« (an Kurt Martens, 28. März 1906; TM/Martens I, 227).

Textlage

Der Text erschien vermutlich im Januar 1908 im Münchner *Bayerischen Kurier*, ist dort aber nicht mehr nachweisbar, da kein Exemplar mit der periodischen Beilage *Literarische Rundschau* für den fraglichen Zeitraum auffindbar ist. Unter dem Titel *Über »Fiorenza«. Brief an eine katholische Zeitung* wurde er in RuA übernommen (S. 348–350; = Druckvorlage), danach auch in GWA XII, 348–350; GW XI, 560–563 und ARE I, 138–141. Die Handschrift ist im TMA erhalten (vgl. hier Paralipomena).

Stellenkommentar

188 9 *in geistiger Hinsicht*] Die Handschrift hat: »in *ethischer* Hinsicht« (Thomas Manns Hervorhebung).

20 *Ich bin darin*] In der Handschrift: »Ich bin darin, vom ersten bis zum letzten Wort, ein *Kritiker* der Renaissance«; die Parenthese ist über der Zeile nachgetragen.

22–23 *welche die … in sich aufnimmt*] Ähnliche Argumentation und Bildgebrauch wie in *Bilse und ich* (vgl. Textband S. 100–111). In der Handschrift korrigiert aus: »die den zu richtenden Gegenstand ganz in sich aufnimmt, ihn ganz begreift«.

25 *die Renaissance kritisiert*] In der Handschrift ist das Wort »kritisiert« unterstrichen.

27–28 *Lorenzo … Savonarola*] Vgl. hier Thomas Manns eigene Inhaltsangabe des Stücks in [*Über »Fiorenza«* I].

29 *der »fürchterliche Christ«*] Zu Beginn der 5. Szene des 3. Aktes: »Florenz! Florenz! Wenn sie sich ihm ergäbe, dem fürchterlichen Christen!« (GW VIII, 1039)

189 2 *vom ersten Worte an*] »Padre Girolamo« wird bereits in der ersten Replik des Stücks erwähnt.

4 *seinem Charakter*] In der Handschrift korrigiert aus: »Seinem Schicksal«.

189 8–10 *so ist das … eben die Tendenz.*] Handschrift: »so ist das nichts als der Triumph jener dichterischen Gerechtigkeit [*korrigiert aus:* ein Ergebnis jener dichterischen Gerechtigkeit], der nichts in der Welt fremder ist als eben die Tendenz [*korrigiert aus:* die das Gegenteil aller Tendenz ist, – jener Duldung des Gegent – *bricht ab*].«

12 *der armen Kunst ergeht*] Die Handschrift hat: »der armen Kunst geht«.

27 *aber persönlich*] In der Handschrift korrigiert aus: »aber soweit der Persönlich [*bricht ab*]«.

28–29 *zur großen Babel*] Anspielung auf die Apokalypse des Johannes: das »große Babel, die Mutter der Hurerei« (Apk 17,5; vgl. Apk 14,8). Die Stelle wird in der letzten Szene des Stücks von Savonarola zitiert: »Geschworen hatten sie zum Feinde, zur großen Babel« (GW VIII, 1061). Bereits zuvor wird Fiore selbst (von Pico von Mirandola) als »das apokalyptische Weib, die große Babel« bezeichnet (GW VIII, 979).

29 *zur heidnischen Schönheit*] Vgl. im indirekt gegen Heinrich zielenden Schlussabschnitt von *Das Ewig-Weibliche* (Textband S. 59): »Es ist nichts mit dem, was steife und kalte Heiden ›die Schönheit‹ nennen.«

30 *wie Bruder Girolamo*] In der Handschrift über der Zeile nachgetragen.

31–32 *Niemandem vielleicht in ganz Italien*] In der Handschrift ist das »vielleicht« über der Zeile nachgetragen.

190 1 *eine Leidenschaft*] In der Handschrift ist das Wort »Leidenschaft« unterstrichen.

5–6 *zur persönlichen Macht*] In der Handschrift sind die Worte »persönlichen Macht« unterstrichen.

10 *umstimmen zu wollen*] In der Handschrift korrigiert aus: »umzustimmen«.

13–15 *Diese Szenen … stutzig machen sollen!*] In der Handschrift nachträglich eingefügt.

16–17 *scharfen dramatischen Gegensatz*] In der Handschrift korrigiert aus: »starken dramatischen Gegensatz«.

190 18 *eine amüsante Schar*] In der Handschrift ist »amüsante« über der Zeile nachgetragen.

Paralipomena

Handschriftliche Fassung

In der Handschrift ist das jetzt dritte Blatt offenbar nachträglich eingefügt worden. Eine Wort- und Satztrennung lässt zweifelsfrei erkennen, dass der Text des zweiten Blattes ursprünglich auf dem (jetzt) vierten fortgesetzt wurde; der gesamte Absatz von Blatt 2 unten bis Blatt (jetzt) 4 oben ist gestrichen und wird durch das nachträglich eingefügte Blatt (jetzt) 3 ersetzt; die Paginierung ist entsprechend geändert worden.

In der ursprünglichen Fassung schloss damit an die Worte »keineswegs die Kirche ›obenan‹« der folgende Absatz an:

Nicht zu allen Zeiten waren ja Kirche und Christenthum ein und dasselbe, nur Fra Girolamo, einer der leidenschaftlichsten und radikalsten Christen, die je gelebt haben, war so wenig der Repräsentant der Kirche, wie die Kirche damals die Repräsentantin des Christenthums war. Die Kirche, die unpersönliche Machtform des Christenthums, war damals durchaus entchristlicht, sie hatte durchaus zur großen Babel, zur Welt, zur Lust, zur mediceischen Schönheit geschworen; in dem Heiligen von San Marco aber gelangte das Christenthum zur *persönlichen Macht*, – und dieser heroische Vorgang war in erster Linie der Gegenstand meiner Dichtung.

Hierauf folgte der jetzige letzte Absatz.

Diese Passage ist nach der Streichung ersetzt worden durch die Abschnitte »– wofür Beweis genug ist, daß sie ihn schließlich verbrannte.« (S. 189) bis »Gegenstand meiner Dichtung.« (S. 190) – d. i. das gesamte jetzige Blatt 3 der Handschrift.

15 *Fra Girolamo*] *korrigiert aus:* Savon[arola] 21 *Lust*] *gestrichen folgt:* geschworen

[ZUR BEGRÜNDUNG EINER DEUTSCHEN HEINE-GESELLSCHAFT]

Entstehungsgeschichte

Ende 1907 hatte der Publizist, angesehene Heine-Forscher, -Biograph und -Herausgeber Gustav (eig. Gerschon) Karpeles (1848–1909) einen Aufruf zur Rettung von Heine-Handschriften veröffentlicht, die ins Ausland verkauft werden sollten. Der Herausgeber der in Heines Geburtsstadt Düsseldorf erscheinenden Monatsschrift *Zeitschwingen*, der Lyriker, Publizist und Pädagoge Hugo C. Jüngst, rief daraufhin zur Gründung einer deutschen Heine-Gesellschaft auf. Die Rundfrage wurde u. a. beantwortet von Georg Michael Conrad, Gustav Falke, Paul Heyse, Rudolf Huch und Thomas Mann, der sich erst kurz zuvor für die Errichtung eines Heine-Denkmals in München eingesetzt hatte (vgl. *Notiz über Heine*, Textband S. 187). In einer redaktionellen Vorbemerkung werden Anlass und Ziel des Aufrufs folgendermaßen erläutert:

> In diesen Tagen ist auf Anregung des Berliner Heineforschers *Gustav Karpeles* ein Aufruf erschienen, der den Zweck hat, die jetzt im Handel befindlichen Heineschätze für Deutschland und die deutsche Heineforschung zu retten. Es handelt sich dabei in erster Linie um 118 Briefe Heines an seine Mutter und an seine Schwester aus dem Jahre 1820 bis zum Tode des Dichters; ferner 10 Briefe und zwei Manuskripte, die Kronprinz Rudolf von Oesterreich seinerzeit in Paris kaufte und seiner Mutter zum Geschenk machte. Nach dem Tode der Kaiserin sandte Kaiser Franz Joseph diese Briefe an die Schwester des Dichters, Charlotte von Embden, mit der Bitte, sie zum Andenken an die Kaiserin aufbewahren zu wollen. – Dazu kommen noch eine Reihe ganze Manuskripte von Artikeln, die Heine aus Paris für die Augsburger Allgemeine Zeitung schrieb, und die zum Teil noch unveröffentlicht sind. – Diese ganz unschätzbare Samm-

lung befindet sich jetzt im Besitz eines Leipziger Buchhändlers, der sie zum Verkauf gestellt hat. Da vom Ausland, insbesondere von Amerika, günstige Angebote vorliegen, besteht die Gefahr, daß die Sammlung der deutschen Forschung entzogen wird.

Dass Thomas Mann die Gründung einer Heine-Gesellschaft ausdrücklich nicht nur um der Sicherung der Handschriften willen unterstützt, bezeugt abermals die besondere Bedeutung dieses Dichters für ihn.

Textlage

Der Text erschien im Februarheft der Zeitschrift *Zeitschwingen* 1908 (H. 2, S. 35f.; = Druckvorlage) zusammen mit den anderen Antworten unter dem hier übernommenen redaktionellen Sammeltitel. Thomas Manns Beitrag wurde erst bei Hansen 1975, S. 141f. und danach in ARE I, 404 wiederabgedruckt.

»DIE BÜCHER DES DEUTSCHEN HAUSES«

Entstehungsgeschichte

Bereits in seiner Antwort auf die u. a. auch an Thomas Mann ergangene Umfrage der *Allgemeinen Buchhändlerzeitung* (vgl. [*Volksromane*], Textband S. 84f.) hatte der produktive Unterhaltungsschriftsteller und Journalist Rudolf Presber (1868–1935) am 1. Juni 1905 geantwortet: »Ich meine, man sollte gute, bereits vorhandene aber nach dem allgemeinen Urteil derer, die sie nicht lesen, veraltete Romane wieder hervorsuchen, sich hier und da kleine Kürzungen, wo es sein muss sogar einmal eine kleine Aenderung gestatten und in hübscher freundlicher Aufmachung dem Volk das Gute zu bieten wagen, das eine begrabene Generation schon einmal mit Vergnügen genossen.« (12. Jg., Nr. 22) Zu Beginn des Jahres 1908 hatte Presber in diesem Sinne selbst eine zwölf Bände umfassende »Erste Serie« seiner Reihe *Die Bücher des deutschen Hauses* herausgegeben (im »Buchverlag für das deutsche Haus«. Berlin und Leipzig) und Thomas Mann um eine werbende Stellungnahme gebeten. Statt eines Antwortbriefes an Presber schickte Thomas Mann den Text direkt an die *Münchner Neuesten Nachrichten*.

Thomas Manns Einsatz für Presbers Reihe steht im Zusammenhang mit dem Bemühen um eine nicht eigens für ungebildete Leser verfasste, sondern aus dem weltliterarischen Kanon ausgewählte »volkstümliche« Literatur, das er selbst – unabhängig von, aber in Übereinstimmung mit Presbers eigener Antwort – programmatisch bereits in [*Volksromane*] (1905) proklamiert hatte. Dort hatte er gefordert, »schon existierende gute und zur Volkslektüre eventuell geeignete Bücher in Kolportage-Ausgaben zu verbreiten«, und schon dort hatte er auch auf das Vorbild »sozialdemokratischer Zeitungen« hingewiesen, die »ihren Lesern statt moderner Schundfeuilletons gute, in lesenden Bourgeois-Kreisen längst bekannte Romane und Novellen vorsetzen« (vgl. im übrigen auch die Publikationsumstände von [*Selbstbiographie III*], 1910, vgl. hier S. 404f.). Gegenüber den »bestehenden [...] wohlfeilen belletristischen Sammlungen« wie Reclams Universal-Bibliothek (vgl. hier [*Beim Erscheinen der No. 5000 von Reclams Universal-Bibliothek*]) hatte er jedoch eingewandt, dass sie eher »auf meinesgleichen«, also auf finanziell vergleichsweise unbemittelte, aber literarisch gebildete Leser zielten. Die Reihe *Die Bücher des deutschen Hauses* musste ihr Erscheinen bereits 1910 wieder einstellen, allerdings immerhin erst mit dem 113. Band.

Textlage

Der Text erschien im Vorabendblatt der *Münchner Neuesten Nachrichten* vom 12. Februar 1908 (61. Jg., Nr. 69; = Druckvorlage) und wurde bisher nur in ARE I, 141f. wiederabgedruckt. Die im Erstdruck teilweise fehlenden Anführungszeichen bei Buchtiteln wurden hier ergänzt.

Stellenkommentar

192 28 *so zwar*] Veraltet für »und zwar so«, »nämlich in der Weise«.

193 1 *Goethes ›Werther‹*] Der hier zuerst genannte Band war auch der erste in Presbers Serie.

1–2 *Balzacs ›Frau von dreißig Jahren‹*] Honoré de Balzacs (1799–1850) Roman *Die Frau von dreißig Jahren* (*La femme de trente ans*, 1831/42), Band 8 der Serie.

3 *Dickens*] Charles Dickens' (1812–1870) *Weihnachtserzählungen* (*A Christmas Carol*, 1843, und andere Erzählungen), Band 10 der Serie. Auf Dickens als einen zugleich anspruchsvollen und volkstümlichen Erzähler hatte Thomas Mann bereits in [*Volksromane*] (1905) hingewiesen.

3 *Thackerays »Diamant«*] William M. Thackerays (1811–1863) Erzählung *Die Geschichte des Samuel Titmarsh und des großen Hoggarty-Diamanten* (*The History of Samuel Titmarsh*, 1841), Band 7 der Serie.

3–4 *die Grimmschen Märchen*] Eine Auswahl der *Kinder- und Hausmärchen* von Jacob (1785–1863) und Wilhelm Grimm (1786–1859) erschien als Band 9 der Serie.

193 4 *Hoffmanns »Elixiere«*] E. T. A. Hoffmanns (1776–1822) Roman *Die Elixiere des Teufels* (1815/16), Band 3 der Serie.

4–5 *Geschichten von Zschokke*] Die volkstümlich-lehrhaften Erzählungen *Hans Dampf* und *Kleine Ursachen* des Schweizer Erzählers Heinrich Zschokke (1771–1848), Band 5 der Serie.

5 *Otto Ludwig*] Otto Ludwigs (1813–1865) Roman *Zwischen Himmel und Erde* (1865), ein Hauptwerk des Poetischen Realismus, Band 2 der Serie.

6 *Spielhagen*] Friedrich Spielhagens (1829–1911) Erzählung *Deutsche Pioniere. Eine Erzählung aus dem vorigen Jahrhundert* (1870), Band 4 der Serie. Zu Spielhagen vgl. noch Thomas Manns polemische Antwort an Brecht (*Die Unbekannten*, 1926; GW XI, 753f.).

6 *Tolstoi*] Leo N. Tolstois (1828–1910) Erzählung *Kosaken* (*Kazaki*, 1863) erschien als 12., also letzter Band dieser ersten Serie.

8 *Kretzer*] Max Kretzers (1854–1941) naturalistischer Unterhaltungsroman *Die Sphinx in Trauer* (1904) erschien als 6. Band, also nicht zum Abschluss der Serie.

8 *Nicolai*] Den in Dänemark populären Roman *Zur Neujahrszeit* (*Ved Nytaarstid i Nøddebo Præstegård*, eigentlich: *Zur Neujahrszeit im Pfarrhaus von Nøddebo*) hatte der dänische Theologe und Erzähler Henrik Scharling 1862 unter dem Pseudonym »Henrik Nicolai« veröffentlicht; er erschien als 11., also vorletzter Band der Serie.

AN EINEN JUNGEN DICHTER

Entstehungsgeschichte und Quellenlage

Der kleine Text wurde Anfang 1908 verfasst. Im Notizbuch steht er im unmittelbaren Kontext von Exzerpten und Skizzen, die dann in das Konvolut zu dem geplanten *Litteraturessay* über *Geist und Kunst* eingingen; drei Seiten vorher hat Thomas Mann einen ähnlich umfangreichen Auszug aus einem Brief an den Fischer-Lektor Moritz Heimann mit dem Vermerk »Vorwort zum Versuch« versehen (vgl. hier die Kommentare zu *Versuch über das Theater*, S. 178f. und *Mitteilung an die Literaturhistorische Gesellschaft in Bonn*, S. 220). Es ist also nicht ausgeschlossen, dass der vorliegende Text in den Zusammenhang des geplanten Essaybandes gehört, der außer dem *Versuch über das Theater* und *Bilse und ich* auch *Geist und Kunst* enthalten sollte.

Umstritten ist, ob es sich um einen Auszug aus einem tatsächlich an einen bestimmten Dichter adressierten Brief oder um eine Fiktion handelt. Für Matters Annahme (im Kommentar zu ARE I), es handle sich um ein Schreiben an Erich von Mendelssohn, spricht nichts außer dessen Alter und dem hier wie im *Vorwort zu einem Roman* (Mendelssohns *Nacht und Tag*) behandelten Thema des *Talents* – auf das Thomas Mann aber auch in einer Reihe anderer Texte dieser Zeit zu sprechen kommt (vgl. ARE I, 407). Im Vergleich mit dem zuvor exzerpierten »Brief an Heimann« (Nb. II, 169) und ähnlichen Eintragungen fällt auf, dass hier kein Name genannt ist. Das spricht für Kurzkes und Stachorskis Annahme, es handle sich »um eine Art Musterbrief, der für viele passen sollte« (E I, 344). Vermutlich stellt sich der Text bereits mit seiner Überschrift in eine Genre-Tradition, die mit Wielands *Briefen an einen jungen Dichter* (im *Teutschen Merkur*, 1782 und 1784) einsetzt und etwa auch in Herman Hesses 1910 für den *März* verfasstem fiktiven Brief *An einen jungen Dichter* fortgesetzt wird.

Als einen »Stammbuchspruch für junge Leute« greift Thomas

Mann den Grundgedanken dieses Textes in *Der alte Fontane* wieder auf. Der dazu zitierte Brief Fontanes an seine Frau vom 16. Juni 1883 – der in Thomas Manns Exemplar der Fontane'schen Familienbriefe (vgl. den Kommentar zu *Der alte Fontane*, S. 250₆) angestrichen ist – kann als eine Quelle auch des vorliegenden Textes betrachtet werden: »›Es ist immer dasselbe Lied: wer durchaus Schriftsteller werden muß, der werd' es; er wird schließlich in dem Gefühl, an der ihm einzig passenden Stelle zu stehen, auch seinen Trost, ja, sein Glück finden. Aber wer nicht ganz dafür geboren ist, der bleibe davon.‹ Das ist ein Stammbuchspruch für junge Leute, die kommen und wissen wollen, ob sie ›Talent‹ haben [...].« Ein gedanklich benachbartes Aperçu findet sich in Goethes Roman *Wilhelm Meisters Lehrjahre*; dort bemerkt Wilhelm (4. Buch, 2. Kapitel): »es ist mit den Talenten wie mit der Tugend: man muß sie um ihrer selbst willen lieben oder sie ganz aufgeben.« Der Begriff des »Talents« wird in Thomas Manns frühen Essays wiederholt umkreist; vgl. hier das *Vorwort zu einem Roman* (Textband S. 387–395) und den Aphorismus *Talent* (Textband S. 344).

Das Bekenntnis, er selbst sei »Dichter geworden, weil ich mich zu jeder anderen Thätigkeit vollkommen unfähig fühlte«, greift eine Formulierung aus der kurz zuvor verfassten Selbstdarstellung in *Im Spiegel* wieder auf: »Ich weiß, was ein Dichter ist, denn bestätigtermaßen bin ich selber einer. Ein Dichter ist kurz gesagt ein auf allen Gebieten ernsthafter Thätigkeit unbedingt unbrauchbarer [...] Kumpan« (Textband S. 184).

Textlage

Der Text findet sich unter der hier übernommenen (und in der Handschrift unterstrichenen) Überschrift in Thomas Manns 9. Notizbuch. Obwohl ersichtlich abgeschlossen und möglicherweise (ähnlich wie die *Notizen* aus demselben Themen- und Entstehungszusammenhang) zur Veröffentlichung vorgesehen, ist er zu Lebzeiten nicht gedruckt worden. Er erschien erst 1973 in der ersten Publikation des 9. Notizbuchs (Wysling 1973), erneut dann in ARE I, 146f. und in der Gesamtausgabe der Notizbücher (Nb. II, 171f.). Danach wurde er wiederabgedruckt in E I, 103f. Textgrundlage ist hier die Handschrift des 9. Notizbuchs im TMA, S. 41f.

[BEIM ERSCHEINEN DER NO. 5000 VON RECLAMS UNIVERSAL-BIBLIOTHEK]

Entstehungsgeschichte

Thomas Mann schrieb den Text im Mai 1908 in Venedig als Glückwunsch zum Erscheinen des 5000. Heftes von *Reclams Universal-Bibliothek*. Die *Universal-Bibliothek* war, nach mehreren ähnlichen Versuchen des Leipziger Verlags Philipp Reclam jun. seit 1844, am 10. November 1867 als *Reclams Universal-Bibliothek, eine Sammlung von Einzelausgaben allgemein beliebter Werke* gegründet worden; als erster Titel erschien Goethes *Faust. Der Tragödie erster Teil*. Schon seit 1876/77 hatte der Verlag die Dramen Bjørnsons und Ibsens gedruckt, ebenso jene u. a. von Alexander Kielland und Jonas Lie verfassten »skandinavischen Familienromane, mit deren Lektüre ich mich auf das eigene Jugendwerk vorbereitete« (*Hundert Jahre Reclam*, 1928; GW X, 248). Seit den achtziger Jahren hatte der Anteil übersetzter älterer und zeitgenössischer Dichtungen aus allen Weltsprachen beträchtlich zugenommen, darunter auch »die raffinierte Exaktheit der Goncourts, deren Scheinleichtigkeit dazu verlocken mochte, es ebenfalls mit einem Roman zu versuchen« (ebd.); 1891 war dann die weitverbreitete Schopenhauer-Ausgabe begonnen worden. Als Nummer 5000 erschien 1908 *Vom Strande des Lebens*, eine Sammlung von Erzählungen und Skizzen des naturalistischen Unterhaltungsschriftstellers Otto Ernst (1862–1926). Hans Heinrich Reclam (1840–1920), in dessen Person die Reihe 1908 gefeiert wurde, übernahm den Verlag 1896 von seinem Vater Anton Philipp Reclam und leitete ihn seit 1906 zusammen mit seinen Söhnen Ernst und Hans Emil Reclam.

Die Liebe zu *Reclams Universal-Bibliothek* hat Thomas Mann u. a. auch in der 74. Notiz zu *Geist und Kunst* (dort als Ausdruck einer Liebe zum »Buch um seiner selbst willen«; GuK, 191), in *Ein Brief [an den Buchhändler Heinrich Jaffe]* (1912, Textband S. 353) und schon in *[Volksromane]* (1905, Textband S. 84) formuliert – hier allerdings auch mit einem leisen Zweifel daran, ob die Reihe auch jene noch nicht literarisch vorgebildeten Leserschichten zu erreichen vermöge, deren Bildung ihm besonders wichtig erschien (vgl. auch »*Die Bücher des deutschen Hauses*«, Textband S. 192f. mit Kommentar). Am 1. Oktober 1928 hielt er im Alten Theater zu Leipzig die Festrede zum hundertjährigen Bestehen des Verlages: *Hundert Jahre Reclam* (GW X, 239–250; *Reclams Universal-Bibliothek*, Nummer 6931, mit einer Vorrede von Thomas Mann). Darin konnte er die Erfüllung seines 1908 ausgesprochenen »Traums« konstatieren und feststellen, auch er selbst sei nun mit der Erzählung *Tristan* »eingezogen in Philipp Reclams Pantheon, und alle dürfen wir unter seiner Riesenkuppel uns ein wenig unsterblich dünken«. (GW X, 249)

Textlage

Der Text erschien zuerst im Faksimile der Handschrift als einer von über 1200 faksimilierten Beiträgen in *Widmungsblätter an Hans Heinr. Reclam: Beim Erscheinen der No. 5000 von Reclams Universal-Bibliothek*. Leipzig: Reclam o. J. [1909]. Wiederabgedruckt in dem Band *150 Jahre Reclam: Daten, Bilder und Dokumente zur Verlagsgeschichte. 1828–1978*. Stuttgart: Reclam 1978, in ARE I, 143 (unter der Überschrift *Die Reclam-Bibliothek*) sowie in Heine/Schommer 1998, S. 32. Er wird hier in der Fassung und unter dem Sammeltitel des Erstdrucks wiedergegeben.

WASSERMANNS »CASPAR HAUSER«

Entstehungsgeschichte und Quellenlage

Die Besprechung des 1908 in der Deutschen Verlags-Anstalt (Stuttgart) erschienenen, auf 1909 vordatierten Romans *Caspar Hauser oder Die Trägheit des Herzens* bildet die erste in einer Reihe von öffentlichen Äußerungen Thomas Manns zu Werk und Person Jakob Wassermanns (Fürth 1873 – Altaussee/Steiermark 1934). Thomas Mann hatte den Erzähler und Kritiker 1896 als Redakteur des *Simplicissimus* kennengelernt, der dort im August und September seine Erzählung *Der Wille zum Glück* zum Druck brachte; noch im *Lebensabriß* von 1930 erinnert er sich, wie »der junge Jakob Wassermann mir das Honorar in Gold eingehändigt« habe (GW XI, 105). Wassermanns eigenes Romandebüt *Melusine* war im Jahr zuvor bei Langen erschienen. Seither verband beide eine Freundschaft, die durch gemeinsame literarische Vorbilder (vor allem Jens Peter Jacobsen), den gemeinsamen Verleger S. Fischer und nicht zuletzt auch durch gemeinsame Anfeindungen bestärkt wurde: Der antisemitische Literarhistoriker Adolf Bartels hatte 1907 zu den »Juden« der Dekadenzliteratur in einem Atemzug den »sehr talentvolle[n] und bedenkliche[n] Jakob Wassermann« und »die Gebrüder Mann« gezählt. (Vgl. die Kommentare zu *Die Lösung der Judenfrage* und *[An die Redaktion der »Staatsbürger-Zeitung« II]*, hier S. 225–232 u. 477ff.).

Auch später noch, als die Beziehungen nach der Veröffentlichung von Wassermanns bitterer Autobiographie *Mein Weg als Deutscher und Jude* (Berlin 1921; erneut in der Sammlung *Deutscher und Jude. Reden und Schriften 1904–1933*. Heidelberg 1984, S. 35–133) gespannter geworden waren, hat Thomas Mann den *Caspar Hauser* als Wassermanns »erstes Meisterwerk« bezeichnet (*[An Jakob Wassermann über ›Mein Weg als Deutscher und Jude‹]*, 1921; GW XIII, 463–465). In Texten der zwanziger und dreißiger Jahre hat er sich noch mehrfach zu Wassermanns Person und Werk geäußert; 1935 verfasste er das Geleitwort zu Marta Karlweis' Monographie *Jakob Wassermann. Bild, Kampf und Werk* (GW XIII, 834–838). Wassermann seinerseits besprach 1910 u. a. auch Thomas Manns *Königliche Hoheit* im Berliner *Tag* und veröffentlichte am 31. Mai 1925 im *Berliner Tageblatt* einen Glückwunschartikel *Thomas Mann. Zum 50. Geburtstag, 6. Juni.*

Caspar Hauser war das bis dahin erfolgreichste Buch Wassermanns. Wie der Durchbruchsroman *Die Juden von Zirndorf* (zuerst 1897, überarbeitete und gekürzte Fassung 1906) ist es in Wassermanns fränkischer Heimat angesiedelt – sein Großvater soll Kaspar Hauser noch persönlich begegnet sein – und beruht auf genauen Quellenstudien. Der Roman verbindet dokumentarische, schauerromantische und kriminalistische, streckenweise kolportagehafte Züge zu einer spannenden, ins Parabelhafte überhöhten Darstellung Kaspar Hausers als des ursprünglich-unschuldigen Menschen, der durch Machtinteressen und Eitelkeiten instrumentalisiert und schließlich vernichtet wird. (Er enthält übrigens ein Kapitel mit der Überschrift *Joseph und seine Brüder*, in dem die Geschichte des geschundenen Kaspar Hauser auf die biblische Erzählung vom verratenen und in den Brunnen geworfenen Joseph bezogen wird.) Der Text wurde, da S. Fischer Wassermanns Honorarforderungen nicht zustimmte, von der Deutschen Verlags-Anstalt zunächst (1907/08) als Fortsetzungsroman in der Zeitschrift *Über Land und Meer*, dann 1908 als Buch veröffentlicht; S. Fischer übernahm ihn schließlich doch 1912.

Thomas Mann las den Roman in Venedig, wo er sich gemeinsam mit Katia, Carla und Heinrich Mann im Mai 1908 aufhielt und wo Wassermann ihn für eine Woche besuchte: »eine Woche lang war auch Jacob [sic] Wassermann dabei, der soeben einen neuen, merkwürdigen Roman veroeffentlicht hat.« (16. Mai 1908 an Ludwig Ewers; GKFA 21, 391)

Es ist denkbar, dass die Rezension nicht allein die Absicht verfolgte, auf Wassermanns Buch aufmerksam zu machen, sondern auch (wie zuvor *Bilse und ich*) eine gewisse demonstrative Funktion im Zusammenhang mit den noch immer anhaltenden Auseinandersetzungen um die 1906 vom Druck zurückgezogene Novelle *Wälsungenblut* haben sollte, die in der Familie Pringsheim, aber auch in Teilen der Öffentlichkeit als antisemitisch kritisiert worden war. Wassermann hatte sich in seinen literarischen Arbeiten und Aufsätzen leidenschaftlich mit dem Antisemitismus auseinandergesetzt (u. a. in dem Artikel *Das Los der Juden*, gedruckt in der *Neuen Rundschau* 1904, am 10. Februar 1907 in Wien mit großer öffentlicher Anteilnahme vorgetragen). Bereits im *Gabriele Reuter*-Aufsatz (1904) hatte Thomas Mann auf Wassermanns »betontes und bewußtes Judentum« (als Parallele zu Reuters »bewußte[r] und betonte[r] Weiblichkeit«) hingewiesen (Textband S. 67); kurz nach dem Erscheinen dieser Rezension schickte er eine Abschrift der Novelle an Arthur Schnitzler und erklärte auf dessen Anfrage, er »habe nichts dagegen, daß Sie ›Wälsungenblut‹ Wassermann zu lesen geben« (7. August 1908; GKFA 21, 392).

Textlage

Der Text wurde zuerst veröffentlicht im Beilagenblatt der *Münchner Neuesten Nachrichten* vom 20. Juli 1908, undatiert, mit der Ortsangabe »Tölz« (61. Jg., Nr. 335, Beilage Nr. 17; = Druckvorlage). Sie wurde wiederabgedruckt in RuA (1922) als erster Abschnitt unter der Sammelüberschrift *Bücherbesprechungen* (S. 326–329), dann auch in ARE I, 143–146.

Rezeption

Zum literarischen Ansehen Wassermanns und insbesondere dieses Romans trug Thomas Manns Essay nicht unerheblich bei; noch in Golo Manns Besprechung (Mann 1980; auch als Nachwort zu einer Neuausgabe, die seit 1978 in zahlreichen Auflagen erschien) sind seine Auswirkungen bemerkbar. Wassermann selbst kommt in *Mein Weg als Deutscher und Jude* auf die kritische Rezeption des Romans, auch auf die »Literaturgeschichten mit ihrer leichtsinnigen Schablonisierung« zu sprechen, die er vor allem als ein Beispiel für die Unüberwindlichkeit eines tödlichen Judenhasses schildert (S. 124): »es durfte vor der deutschen Öffentlichkeit nicht wahr sein, daß ein Jude ein so eigentümlich deutsches Buch schrieb.« Da er hier keine Namen nennt, kann nicht entschieden werden, ob mit den von ihm ausgenommenen »Erweckten« der Rezensent Thomas Mann mitgemeint war oder nicht. (Zur späteren Auseinandersetzung zwischen Wassermann und Thomas Mann um *Mein Weg* vgl. den dokumentarischen Anhang in der Neuausgabe, S. 265–269.)

Stellenkommentar

197 8 *Kurt Martens*] Thomas Mann war zur Münchner Uraufführung von Kurt Martens' *Kaspar Hauser*-Drama 1904 eingeladen, konnte aber nicht teilnehmen (vgl. seinen Brief an Martens vom 17. November 1904; TM/Martens I, 218f.; vgl. hier auch die kritische Erwähnung des Stücks im *Versuch über das Theater*, Textband S. 124f.).

11–12 *mit den reicheren und weicheren Kunstmitteln des Romans*] Zu dieser Kontrastierung vgl. *Versuch über das Theater* (Textband S. 123–168) und *[Roman und Theater in Deutschland]* (Textband S. 275f.).

29 *›Schwestern‹-Novellen*] Gemeint ist Wassermanns Buch *Die Schwestern. Drei Novellen*. Berlin 1906. Die drei Erzählungen des Bandes waren zuvor bereits in der *Neuen Rundschau* erschienen (*Sara Malcolm*, 1904; *Donna Johanna von Castilien*, 1905; *Clarissa Mirabell*, 1906). Der nicht sehr erfolgreiche Band war vor allem von Wassermanns Freund Hugo von Hofmannsthal lobend besprochen worden.

198 9 *Personen reden wie sie reden müssen*] Tatsächlich bestehen die Dialoge und Briefe des Romans passagenweise aus wörtlich zitierten Dokumenten. – Das Prinzip des »aus dem Gegenstande geboren[en]« Stils wird Thomas Mann in *Der alte Fontane* erneut und ausführlicher vertreten (vgl. Textband S. 259f.).

14 *raffiniert*] Das Wort als Partizip Perfekt in der ursprünglichen Bedeutung: »verfeinert«.

15 *»Eine Wolke … seine Stirn«*] Zitat aus dem 7. Kapitel des 2. Teils (die Rede ist von demselben Feuerbach, den Thomas Mann unten namentlich erwähnt). Ähnliche Wendungen finden sich im Ro-

man häufig (»ein Lächeln von eigner Schwermut gefror auf den feinen Zügen«).

198 18–22 *»Ich habe Dich ... des moralischen Rechts ...«*] Lediglich in der Interpunktion abweichendes Zitat aus einer längeren Passage im 4. Kapitel des 2. Teils, in der Lord Stanhope Caspar über dessen Herkunft aufzuklären versucht.

20 *Kabale*] (Höfische) Intrige, Verschwörung.

28 *der Lehrer Quandt*] Unter diesem Namen erscheint im Roman der historisch verbürgte Ansbacher Lehrer Johann Georg Meyer. Bei ihm wird Caspar Hauser einquartiert, um eine bürgerliche Schulbildung zu erhalten. Vgl. seine Beschreibung im 5. Kapitel des 2. Teils: »Es war nämlich mit diesem Manne derart beschaffen, daß er in einer merkwürdigen Zweiheit existierte. Der eine Teil war die öffentliche Person [...], der andere Teil war sozusagen der Quandt an sich. Jener war ein Heros der Tugend, eine wahre Mustersammlung von Tugenden, dieser lag versteckt in einer stillen Ecke und belauerte die liebe Gotteswelt.«

199 2–3 *vormärzlichen deutschen Kleinstadt*] Der Roman spielt zwischen 1828 und 1833 in Nürnberg und (dem nicht namentlich genannten) Ansbach.

5 *des alten Feuerbach*] Die historische Gestalt des Ansbacher Gerichtspräsidenten Staatsrat von Feuerbach wird im 6. Kapitel des 1. Teils beschrieben: »Die außerordentlich stolze Haltung des gedrungenen, massigen Körpers und das steif Aufrechte, soldatisch Gebietende seines stets etwas zurückgeworfenen Hauptes erweckten ehrfurchtsvolle Scheu; sein Gesicht, auf den ersten Anblick dem eines verdrießlichen alten Fuhrmanns ähnlich, wurde durch die dunkelglühenden Augen, in denen die Unrast geistiger Leidenschaften lag, und durch die festgeschlossenen, kühngebogenen Lippen geadelt.«

5–6 *Stanhopes abenteuerliche Laufbahn*] Die schillernde Gestalt des ebenfalls nach einem historischen Vorbild gestalteten, für den Handlungsverlauf zentralen »Henry Lord Stanhope, Earl of Chesterfield, Pair of England« wird als melancholischer und verführerischer, romantisch-byronesker Abenteurer und Dandy eingeführt und als unsteter »Sohn eines verfluchten Geschlechts« wiederholt mit »Ahasver«, dem »ewigen Juden«, verglichen.

199 7 *sein Verhältnis zu Caspar*] Deutlicher resümiert Golo Manns spätere Rezension das hier Angedeutete mit der Bemerkung, dass Stanhope »das Unglück hat, sich in den Jüngling zu verlieben, für dessen Verderben man ihn bezahlt«. (Mann 1980, S. 389) Von erotischen Empfindungen des »bis ins Innerste verworrenen Gemüts« für den Jüngling Caspar, »den Umgarnten«, und die unschuldige »Schönheit einer Seele« ist im Roman vor allem im Schlusskapitel des 1. Teils anschaulich die Rede.

14–15 *das Symbol des ›Moloch‹*] Anspielung auf Wassermanns Roman *Der Moloch* (Berlin 1903); das Buch, das der Verfasser selbst für misslungen hielt, erzählt die melodramatische Geschichte eines jungen Mannes, dessen Charakter – namentlich sein Mitgefühl für eine geschundene jüdische Familie – im »Moloch« der Großstadt Wien verdirbt und der im Selbstmord endet. Eine Besprechung dieses Romans durch Paul Raché in der Beilage zum *Hamburger Fremden-Blatt* vom 29. November 1902 hatte übrigens auch lobend auf Thomas Manns *Buddenbrooks* aufmerksam gemacht (vgl. DüD I, 35).

29 *Jesus-Roman*] In einem Thomas Mann wohl nicht bekannten Brief an Samuel Fischer hatte Wassermann am 21. März 1902 tatsächlich den Plan eines *Christus*-Romans erwähnt (Mendelssohn 1996 II, 1236). Zu Thomas Manns Hinweis auf Jesus als »einen Helden« vgl. seine Antwort auf die Frage nach seinem Lieblingshelden in *Erkenne Dich selbst* (Textband S. 33).

[TOLSTOI ZUM 80. GEBURTSTAG]

Entstehungsgeschichte

Bei dieser Antwort auf eine redaktionelle Rundfrage handelt es sich um die erste öffentliche Stellungnahme Thomas Manns zu Person und Werk Leo Graf Tolstois (1828–1910), dem er später mit *Goethe und Tolstoi* einen seiner umfangreichsten Essays widmete (GW IX, 58–173; vgl. Lehnert/Wessell 1991). Weitere Antworten stammen von Herman Bang, Otto Julius Bierbaum, Heinrich Mann und Hans Thoma.

Von der »anbetungswürdige[n] russische[n] Literatur, die so recht eigentlich die heilige Literatur darstellt«, spricht bereits Tonio Kröger gegenüber Lisaweta Iwanowna (GW VIII, 300; zitiert in *Russische Anthologie*, 1921; GW X, 595). Thomas Mann würdigt Tolstoi einerseits im Zusammenhang seiner Auseinandersetzung mit bekenntnishaft-autobiographischem Schreiben, wie er es am Beispiel Rousseaus schon früher erörtert hat (vgl. *Notizen* [I], 1905; Textband S. 93) und im Nachruf auf Strindberg (1912; Textband S. 339) sowie im *Vorwort zu einem Roman* (1913, Textband S. 387ff.) wieder aufnimmt (vgl. auch die *Vorrede* zu den *Betrachtungen eines Unpolitischen*; GW XII, 16). Andererseits geht es auch hier um den Antagonismus von »Plastik« und »Kritik« (vgl. die Formel »plastische Kraft«), also von naiv-naturhafter und analytisch-reflektierter Kunst.

Wie Thomas Mann hier Tolstoi als einzigen »Großen« in Europa »seit Ibsens Tode« verehrt, so erklärt er 1912 im Nachruf auf Strindberg: »Seit Tolstois Tode hatte man ohne Schwanken in August Strindberg den ersten Geist Europas zu grüssen.« Die so indirekt sich ergebende Hierarchie entspricht auch seinen sonstigen Äußerungen über diese drei Dichter.

Quellenlage

Bereits einige Jahre zuvor hatte Thomas Mann Dmitri Sergejewitsch Mereschkowskis (1865–1941) Buch *Tolstoi und Dostoiewskj als Menschen und als Künstler. Eine kritische Würdigung ihres Lebens und Schaffens* kennengelernt (russisch 1901/02, deutsch Leipzig 1903; Thomas Manns im TMA erhaltenes Exemplar enthält einen Besitzvermerk aus demselben Jahr), das fortan eine Hauptquelle seiner Auseinandersetzung mit der russischen Literatur bleiben sollte. Darin war auch von Tolstois Hang zu »Beichte« und »moralische[r] Selbstgeißelung« die Rede. Im 9. Notizbuch hat Thomas Mann 1906 einige autobiographisch-bekenntnishafte Schriften zur Lektüre oder Anschaffung vorgemerkt: »*Tolstoi* Meine Beichte. Mein Glaube. / Was sollen wir denn thun. Lebensstufen.« (Nb. II, 215)

Textlage

Der Text erschien ohne eigene Überschrift am 8. September 1908, einen Tag vor Tolstois 80. Geburtstag, im Morgenblatt der Wiener Tageszeitung *Die Zeit* (7. Jg., Nr. 2140, S. 2; = Druckvorlage), unter dem hier übernommenen redaktionellen Sammeltitel. Wiederabgedruckt wurde er bei Wysling 1982, S. 60, dann in ARE I, 147.

Stellenkommentar

200 2–3 *plastische Kunst*] Den Begriff übernimmt Thomas Mann aus Nietzsches *Geburt der Tragödie*.

6 *das Rousseausche Genie*] Den Rousseauismus Tolstois erörtert Thomas Mann ausführlich in *Goethe und Tolstoi* (1921/1925; GW IX, 65–67).

7 *Turgenjew*] Zitat nicht ermittelt.

[DIE KÜNSTLERISCHEN UND KULTURELLEN MÖGLICHKEITEN DES FREILICHTTHEATERS]

Entstehungsgeschichte

Die auf den 23. April 1909 datierte Notiz antwortet auf eine Rundfrage der von Adolf Teutenberg in Zürich neu gegründeten Zeitschrift *Die Freilicht-Bühne. Zeitschrift für Naturtheater- und Bühnenreform-Bestrebungen.* Zu den im Vorwort des Herausgebers erläuterten Zielen des Blattes gehörte die völkisch akzentuierte Forderung nach »Mehr Naturtheater einer eigengearteten Kunst«.

Tatsächlich fehlte es Thomas Mann keineswegs »an Muße« zur Beschäftigung mit dem Thema. Eine Rückkehr zu volkstümlichen Theaterformen hatte er im VI. Kapitel seines *Versuchs über das Theater* selbst gefordert (vgl. Textband S. 158–168), in den Notizen zu *Geist und Kunst* (91. Notiz) aber eine polemische (Selbst-) Kritik dieser Idee verfasst. In der zu Weihnachten 1909 veröffentlichten zweiten Folge seiner *Notizen* veröffentlichte er diese Polemik in einer nur geringfügig überarbeiteten Fassung unter dem Stichwort *Festspiele* (vgl. Textband S. 211). Insofern diese Kritik sich allerdings unmittelbar gegen einen einzelnen Aufsatz richtet, muss die in der Rundfrage-Antwort allgemein ausgesprochene »Sympathie« mit der »Idee des Freilichttheaters« keineswegs geheuchelt sein.

Textlage

Die kurze Notiz erschien ohne eigene Überschrift in *Die Freilicht-Bühne. Zeitschrift für Naturtheater- und Bühnenreform-Bestrebungen* am 15. Mai 1909 (1. Jg., Nr. 1, S. 10; = Druckvorlage), mit Antworten von Richard Dehmel, Hanns Heinz Ewers, Ernst von Wolzogen u. a., unter dem redaktionellen Sammeltitel *Rundfrage die künstlerischen und kulturellen Möglichkeiten des Freilichttheaters betreffend*; die Serie der Antworten wurde in den Heften 2 bis 7 der Zeitschrift fortgesetzt. Der Text wurde bisher nicht nachgedruckt.

Entstehungsgeschichte, Quellenlage und Rezeption

Einige Gedanken dieses Essays gehen auf Einträge im 7. Notizbuch zurück, sie sind hier im Stellenkommentar verzeichnet; ansonsten gibt es keine Informationen über die Entstehungsgeschichte dieses Textes. Die stilisierte Anrede an den »Freund!«, der rhetorische Duktus und die Komposition sprechen dagegen, dass es sich um die Antwort auf eine Anfrage oder überhaupt um eine Gelegenheitsschrift handelt.

Der Text stellt sich bereits mit der Überschrift, die durch das Ausrufezeichen als Anrede markiert ist, in eine lange Tradition poetischer Apostrophen des Schlafes – Lobpreisungen seiner Macht, Bitten um sein Erscheinen und hymnische Anrufungen. Deren früheste Thomas Mann bekannte Zeugnisse sind die *Ilias* des Homer – in der Hera den Hypnos, »den Schlaf, den leiblichen Bruder des Todes« anredet: »Mächtiger Schlaf, der Menschen und ewigen Götter Beherrscher« (XIV. Gesang, V. 233ff.; Voß' Übersetzung) – und die *Odyssee*, in deren II. Gesang zuerst das Epitheton »süß« erscheint (γλυκύσ; V. 395). Süßigkeit und Todesverwandtschaft gehören fortan zu den festen poetischen Attributen des Schlafes. Über die Homerischen Hymnen, die *Metamorphosen* des Ovid, über Seneca und viele andere wird diese Schlafespoesie an die mittel- und neulateinische Dichtung vermittelt, von der aus sie unter anderem auch in die deutschsprachige Dichtung einzieht – etwa in Mörikes Übertragung des Gedichtes *Somne levis! quamquam certissima mortis imago* (des Lemgoer Humanisten Heinrich Meibom) in sein *An den Schlaf*: »Schlaf! süßer Schlaf! obwohl dem Tod wie du nichts gleicht«, vor allem aber in Goethes »An den Schlaf« und in die Schluss-Szene von *Egmont* (dort wörtlich: »Süßer Schlaf!«). Im Blick auf diese Tradition ist es auch denkbar, dass es sich bei dem mehrfach angeredeten »Freund!« nicht um einen fiktiven Gesprächspartner handelt, dem der Dichter vom Schlaf erzählt, sondern um den mythologisch personifizierten Schlaf (Hypnos) selbst.

Mit seinen ethischen und ästhetischen Reflexionen, die grundlegende gedankliche und metaphorische Antinomien des Frühwerks durchspielen, gehört dieser Text zu den folgenreichsten in Thomas Manns früher Essayistik; umfangreiche Teile daraus werden in späteren Texten wiederaufgenommen. In der Rundfrage-Antwort [*›Braucht man zum Dichten Schlaf und Zigaretten?‹*] hat Thomas Mann selbst ihn 1927 charakterisiert: Dem Schlaf, der »köstlichen Einrichtung zu Ehren, die den Hauptgegenstand Ihrer Rundfrage bildet, habe ich einmal ein Lied gesungen. Es war ein bewegter Aufsatz, betitelt ›Süßer Schlaf‹, der eingegangen ist in den Essayband ›Rede und Antwort‹ und, aus natürlichen Gründen, unter allem, was ich je an Direktheiten vorgebracht, die meisten Freunde gefunden hat.« (GW XI, 764–766, Zitat S. 764)

Die »kleine Komposition« (ebd.) metaphorisiert und abstrahiert Schlaf und Wachen – vermittelt durch die Adaption von Mesmers spekulativer Naturphilosophie, Schopenhauers philosophischer Deutung des Schlafes, Anklänge an die Romantiker, an Nietzsches *Geburt der Tragödie* und Wagners *Tristan* – zu Gegensatzpaaren wie Aktivität und Passivität, Selbstbewusstsein und Bewusstlosigkeit, »ästhetischer Anschauung« und Überlassung an den »Willen«, Form und Formlosigkeit, (apollinischer) »Konzentration« und (dionysischer) »Freiheit«, »Passionsweg des Lebens« und Todessehnsucht. Durchgängig klingen in den Metaphern des Textes über die antikisierenden Reminiszenzen hinaus romantische Wendungen an. Vor allem die Bilderwelt von Novalis' *Hymnen an die Nacht* (vgl. bereits Nb. I, 155), Brentanos und Eichendorffs Gedichten wird mehrfach umspielt, ohne dass sich wörtliche Übernahmen nachweisen ließen (»die heimatliche Nacht«, »süßere Heimkehr in den Schoß der Nacht«, Schlaf als »Zaubernachen«); auch die Bilder des Elysiums verweisen auf diese Tradition. Davon kaum zu trennen sind hier die Musikdramen Richard Wagners (vgl. die 8. Notiz zu *Geist und Kunst*, in der die Abhängigkeit Wagners von

Novalis betont wird) – vom wörtlich zitierten *Tristan* (mit der Formel »O süße Nacht!«; Wagner, *Schriften* VII, S. 49f.) bis zu Kundrys Schlafes-Sehnsucht im *Parsifal* (*Schriften* IX, S. 327 u. 338). Auf den »Nachtkultus« des *Tristan* wird Thomas Mann in *Leiden und Größe Richard Wagners* zurückkommen (GW IX, 400).

Mesmers Analogisierung von Schlaf und Wachen mit vegetativem Zustand und »Geist« und seine spekulative Proklamation des jeweils ersteren als des Natürlich-Ursprünglichen, die in den Essay weitgehend wörtlich übernommen werden (vgl. hierzu den Stellenkommentar), entsprechen der metaphysischen Deutung des Schlafes im zweiten Band von Schopenhauers *Die Welt als Wille und Vorstellung* (2. Buch, 19. Kapitel: *Vom Primat des Willens im Selbstbewußtseyn*). Dort ist im 12. Abschnitt vom Schlaf in Wendungen die Rede, die in Thomas Manns Essay z. T. wörtlich wieder aufgegriffen werden. So schreibt Schopenhauer, nichts beweise »deutlicher die sekundäre, abhängige, bedingte Natur des *Intellects*, als seine periodische Intermittenz. Im Schlaf hört alles Erkennen und Vorstellen auf.« Auch das Attribut des »süßen« Schlafes taucht hier beiläufig auf: »Das Gehirn, mit seiner Funktion des Erkennens, ist nichts weiter, als eine vom Willen, zu seinen draußen liegenden Zwecken, aufgestellte *Vedette*« (ein Wachtposten), die es »gern sieht, wenn sie, nach verrichteter Wacht, wieder eingezogen wird; wie jede Wache gern wieder vom Posten abzieht. Dies Abziehn ist das Einschlafen, welches daher so süß und angenehm ist und zu welchem wir so willfährig sind.« Der Hinweis auf das schlafliebende Neugeborene und den »Embryo, welcher gar erst den Leib noch zu bilden hat« und daher fortwährend schläft, finden sich schon hier, ebenso die Idee einer wechselseitigen Bedingtheit von gesteigertem Wachsein und Tiefe des Schlafes sowie der daraus resultierende Zusammenhang zwischen Schlafbedürfnis und Größe: »Thiere von bedeutender Intelligenz schlafen tief und lange. Auch Menschen bedürfen um so mehr Schlaf, je entwickelter […] und je thätiger ihr Gehirn ist. […] Denn je vollkommener wach Einer ist, d. h. je klärer und aufgeweckter sein Bewußtseyn, desto größer ist für ihn die Nothwendigkeit des Schlafes, also desto tiefer und länger schläft er.« Schließlich wird hier auch die Anstrengung des sich vom Willen emanzipierenden und zur »ästhetischen Auffassung« gelangenden Bewusstseins betont: »Ueberhaupt bestätigt das Phänomen des Schlafes ganz vorzüglich, daß Bewußtseyn, Wahrnehmen, Erkennen, denken, nichts Ursprüngliches in uns ist, sondern ein bedingter, sekundärer Zustand. Es ist ein Aufwand der Natur«, weshalb denn »das Erkennen um so reiner und vollkommener ist, je mehr es sich vom Willen losgemacht und gesondert hat, wodurch die rein objective, ästhetische Anschauung eintritt«. (Zu weiteren Schopenhauer-Bezügen vgl. Wysling 1982, S. 76.) Die ebenfalls aus dem 7. Notizbuch übernommene Wendung von der »Abneigung gegen Gliederung und Maß« (Nb. II, 119), die Kontrastierung von »Sammlung« und »Hingebung«, »Begrenzung« und »Freiheit«, »Gestaltung« und »Nichts« usf. spielen auch auf die Opposition von »Apollinischem« und »Dionysischem« in Nietzsches *Geburt der Tragödie* an.

Der Gedanke einer dialektischen Einheit von »Sünde und Moralität« (S. 206f.), der hier das Spiel mit den Gegensatzpaaren fortsetzt, wird in mehreren späteren Werken wörtlich wiederaufgenommen, zunächst in den *Betrachtungen eines Unpolitischen* (GW XII, 399f.):

> Der Moralist unterscheidet sich von dem Tugendhaften dadurch, daß er dem Gefährlich-Schädlichen offen ist; daß er, wie es im Evangelium heißt, »dem Bösen nicht widersteht«, – was der Tugendbold allewege mit dem achtbarsten Erfolge tut. Was ist das Gefährlich-Schädliche? Seelenhirten nennen es die *Sünde*. Aber auch dies schwere, schaudervolle Wort ist eben nur ein Wort und verschiedentlich zu gebrauchen. Es gibt Sünde im Sinne der Kirche und Sünde im Sinne des Humanismus, der Humanität, der Wissenschaft, der Emanzipation des ›Menschen‹. Auf jeden Fall ist ›Sünde‹: *Zweifel*; der Zug zum Verbotenen, der Trieb zum Abenteuer, zum Sichverlieren, Sichhingeben, Erleben, Erforschen, Erkennen, sie ist das Verführende

> und Versucherische … Diesen Trieb unsittlich zu nennen werden nur Spießbürger sich beeilen; daß er sündig ist, leugnet niemand.

Im *Walpurgisnacht*-Kapitel des *Zauberberg* – in dem später auch Peeperkorn den Schlaf und »seine tiefe, süße, labende Wollust« preisen wird (GW III, 789) – erläutert dann auch Hans Castorp seine Gedanken über Moral gegenüber Clawdia Chauchat mit Formulierungen, die aus dem *Schlaf*-Essay übernommen sind (GW III, 473). Den Grundgedanken des Essays eng benachbart ist schließlich auch eine Passage zu Beginn des *Felix Krull*, in der Felix eine »verborgene Zusammengehörigkeit und Übereinstimmung« zwischen seiner angeborenen »Schlaflust« und seinem »großen Lebens- und Liebesdrang« behauptet (GW VII, 270).

Die hier zuerst formulierten Synthese-Entwürfe entsprechen einer Denkfigur, die im Frühwerk sonst noch kaum, in späteren Texten aber (gegen dessen so oft zugespitzte Antinomien) umso entschiedener vertreten wird. Die proklamierte Vereinigung von Treue zur Nacht und Werken des Tages nimmt die Proklamation eines »Lebens« vorweg, das »vom Tode weiß« (vgl. Thomas Manns *Tischrede bei der Feier des fünfzigsten Geburtstags*; GW XI, 368). Am direktesten wird der Essay in *Joseph in Ägypten* zitiert (*Joseph wächst wie an einer Quelle*; GW V, 932–934): Die erste der »wohllautende[n] Einflüsterungen«, die Joseph »am Tagesende« für Mont-kaw bereithält, ist wörtlich aus Teilen des Textes übernommen, der sogar indirekt genannt wird (»und der süße Schlaf senke sich auf dich«; ebd. S. 933). Wie der Segen des Schlafes, so wird auch der Gedanke seiner gefährdenden Todesnähe wenig später durch den Erzähler wieder aufgegriffen (*Bericht von Mont-kaws bescheidenem Sterben*; GW V, 984). Verwirklicht wird die früher nur postulierte Synthese dann erst durch Joseph selbst (z. B. *Urim und Tummim*; GW V, 1504), auf dem der Segen aus der (Schlafes-) Tiefe liegt und der Segen von oben.

Textlage

Der Essay erschien zuerst in der Wiener *Neuen Freien Presse* vom 30. Mai 1909 (= Druckvorlage) und wurde dann in RuA (als abschließender Text der Sammlung, S. 392–399); AuN, 666–673; GWA XII, 351–357; GW XI, 333–339; ARE I, 148–154 und E I, 105–111 aufgenommen. Nur im Erstdruck und danach in E I steht in der Überschrift das Ausrufezeichen.

Stellenkommentar

202 5 *Lethetrank*] Was Thomas Mann als »Schatten«-Welt und »heiligen Hain« des Schlafes beschreibt, ist ein Bild des Elysiums. Als Quelle hat Thomas Mann hier möglicherweise Friedrich Nösselts – auch sonst häufig herangezogenes – *Lehrbuch der griechischen und römischen Mythologie*. Leipzig ^{4}1853 gedient. Dort heißt es über die Unterwelt: »Damit kein Ungeweihter das Elysion beträte, so war es rings vom Flusse *Lethe*, dem Flusse der Vergessenheit, umflossen. Aus seinen silbernen Fluthen tranken die seligen Schatten, und alsbald waren alle trüben Erinnerungen ihrem Gedächtnisse entschwunden. Nun wandelten sie in einer angenehmen Dämmerung, längs krystallenen Bächen, auf herrlich grünenden Wiesen, über köstlich duftende Blumen, und horchten dem Gesange der Vögel; oder sie traten in schöne Wäldchen, durchschritten wohlriechende Lorbeerhaine, und wurden von den sanftesten Winden umweht. [...] Hier herrschen weder Langeweile, noch die Leidenschaften, welche das Glück der Menschen auf Erden trüben.« (S. 60)

21 *heiliger Hain*] Vgl. Thomas Manns Hinweis auf Arnold Böcklins (1827–1901) Gemälde *Heiliger Hain* in dem kurzen Essay [*Maler und Dichter*] (Textband S. 399) und ausführlicher in den *Betrachtungen eines Unpolitischen* (GW XIII, 478f.).

203 4–5 *Märchen vom Mann ohne Schlaf*] Eine literarische Vorlage konnte nicht ermittelt werden – vielleicht nur mündliche Überlieferung?

25 *Mesmer*] Franz Anton Mesmer (1734–1815), Arzt und Magnetiseur. Thomas Manns Quelle ist unbekannt; der zitierte Satz

findet sich in Mesmers *Allgemeinen Erläuterungen über den Magnetismus und den Somnambulismus.* Halle/Berlin 1812, S. 50ff. Im 7. Notizbuch vermerkt Thomas Mann um 1901/02: »Mesmer betont die Möglichkeit, daß der *Schlaf* (als solchen bezeichnet er das Leben der Pflanze) der dem Menschen natürliche, ursprüngliche Zustand sei: dem Zweck des Vegetirens am unmittelbarsten entsprechend. ›Könnte man nicht behaupten, daß wir nur wachen, um zu schlafen?‹ – Nach Darwin: der Geist nur als Waffe im Daseinskampf entwickelt.« (Nb. II, 75)

204 16–17 *zwischen Sonntag und Montag*] Ähnlich Hanno Buddenbrook (vgl. Elfter Teil, 2. Kap.; GKFA 1.1, 772–779).

17 *geschützten*] Nach RuA korrigiert (wie auch in E I); im Erstdruck: »geschätzten«.

205 4–5 *»Marche à l'étoile«*] Vermutlich ist die gleichnamige Lithographien-Serie von Henri Rivière gemeint (so Wysling in DüD I, 293).

6 *Alkovenschmuck*] Ein Alkoven ist eine Bettnische.

19 *Liebe zum Meer*] Ein lebenslang wiederholtes Motiv im Werk Thomas Manns. Im Frühwerk vor allem in *Buddenbrooks*, im 7. Kapitel des *Tonio Kröger*, in *Der Tod in Venedig*; auch im Kapitel *Strandspaziergang* des *Zauberberg* (GW III, 756).

23–24 *Ich habe in mir viel Indertum*] Ähnlich gegenüber dem Bruder: »Ich, der ich sonst von einer wahrhaft indischen Passivität bin« (27. März 1904; GKFA 21, 274), und im 7. Notizbuch: »Zu meinem ›Inderthum‹ gehört eine sehr unkünstlerische Neigung zum Ewigen, sich äußernd in einer Abneigung gegen Gliederung und Maaß. Was scheinbar dagegen spricht, ist Correktur.« (Nb. II, 119)

30 *Moral*] Ebenso wie die späteren Reflexionen über »Sünde und Moralität« wiederaufgenommen im *Zauberberg*; vgl. hier zur Entstehungsgeschichte.

206 3 *Grillparzer*] Im Trauerspiel *Des Meeres und der Liebe Wellen* spricht der Oberpriester am Anfang des 3. Aufzugs über die Sammlung und nennt sie, die aus Nebel und Zwielicht tausend Sterne bildet, »den mächtigen Weltenhebel, / Der alles Große tausendfach erhöht / Und selbst das Kleine näher rückt den Sternen«.

206 7 *Zustandekommen des Fötus*] Die biologischen Beobachtungen und ihre Deutung, auf die Thomas Mann hier anspielt, waren kurz zuvor von Ernst Haeckel in seinen *Prinzipien der generellen Morphologie der Organismen* (1906) ausführlich erörtert worden. Es ist nicht mehr festzustellen, ob Thomas Mann sein Wissen direkt daraus oder aus Zeitungen und Vorträgen bezog. Die Lektüre von Haeckels populärem Werk *Die Welträtsel* in der Volksausgabe – über das er sich in den *Betrachtungen* dann abfällig äußern wird (GW XII, 167) – merkt er im 6. und im 7. Notizbuch vor (Nb. I, 293 u. Nb. II, 92); in seiner Bibliothek hat sich Haeckels umfangreiches Werk *Kunst-Formen der Natur* (Leipzig/Wien [1899–]1904) erhalten.

25 *jener christliche Spruch*] Sigismund im 1. Aufzug von Calderóns Schauspiel *Das Leben ein Traum*, von Schopenhauer zitiert in § 51 von *Die Welt als Wille und Vorstellung*.

207 2–3 *steht irgendwo bei Heinrich v. Kleist*] In Kleists Brief an Wilhelmine von Zenge vom 21. Juli 1801: »Das Leben ist das einzige Eigenthum, das nur dann etwas werth ist, wenn wir es nicht achten. [...] Wer es mit Sorgfalt liebt, moralisch todt ist er schon, denn seine höchste Lebenskraft, nämlich es opfern zu können, modert, indessen er es pflegt.«

6–7 *»Widerstehe nicht dem Bösen.«*] Jesus in der Bergpredigt (Mt 5,39), hier vermutlich (samt dem Kontext) zitiert nach Nietzsche, *Der Antichrist*, Nr. 29: »die Unfähigkeit zum Widerstand wird hier [bei Jesus] Moral (›widerstehe nicht dem Bösen‹ das tiefste Wort der Evangelien, ihr Schlüssel in gewissem Sinne)« (KSA 6, 199f.) oder nach Tolstois (von Nietzsche rezipierter) Schrift *Mein Glaube* (1884), vielleicht auch zitiert nach dem 2. Band von *Leo N. Tolstois Biographie und Memoiren.* [...] hg. von Paul Birukof und durchgesehen von Leo Tolstoi. Wien/Leipzig 1909, S. 529f.

20–21 *das Leben der Güter Höchstes nicht*] Anspielung auf die Schlussverse von Schillers Drama *Die Braut von Messina*: »Das Leben ist der Güter höchstes *nicht*, / Der Übel größtes aber ist die *Schuld*.«

208 4 *von so unsterblicher Gemeinheit*] Wörtliche Übernahme aus dem 6. Notizbuch (1901): »P. [Paul Ehrenberg] ist so gemein, daß man

nicht glauben kann, er könne jemals sterben. Er ist der Weihe und Verklärung des Todes nicht werth.« (Nb. I, 294) Der Satz wird im 7. Notizbuch mit dem Zusatz »(kaum der des Schlafes)« wiederholt (Nb. II, 93). Der Gedanke findet sich auch in *Buddenbrooks* (Zehnter Teil, 8. Kap.; GKFA 1.1, 756f.).

208 8–10 *Daß nicht die Depression ... den Schlaf raubt*] Wiederaufnahme aus dem 7. Notizbuch: »Daß die Leidenschaft, das sündige Engagement des Ich den Schlaf raubt.« Als Beleg wird dazu Goethes Gedicht »Der Schäfer« zitiert (Nb. II, 100).

9 *Buddha*] Die Stelle greift zurück auf Exzerpte »Aus Gatamo [sic] Buddha's Erkenntnislehre« im 9. Notizbuch (Nb. II, 167f.). Die Quelle konnte nicht ermittelt werden; in Thomas Manns Nachlassbibliothek ist der Reclam-Band *Buddhas Leben und Wirken* erhalten (»nach der chinesischen Bearbeitung von Açvagoshas Buddha-Carita und deren Übersetzung in das Englische durch Samuel Beal, in deutsche Verse übertragen von Th. Schultze«, Besitzvermerk: »Thomas Mann [18]97«; vgl. Wysling 1982, S. 328). Das Interesse am Buddhismus ergab sich wohl aus der Beschäftigung mit der buddhistisch beeinflussten Philosophie Schopenhauers. Im Notizbuch werden Buddhas Lehren über die Entstehung von »Schmerz und Jammer, Leiden, Trübsal, Verzweiflung« resümiert: »der Wille ist die Wurzel des Leidens.« Seine Erscheinungsform ist das »Anhangen« der Menschen »an der Form, [...], am Gefühl, [...] an der Wahrnehmung, [...] an der Unterscheidung, [...] am Bewußtsein.«

16 *Napoleon*] Das Gemälde wurde nicht ermittelt; es handelt sich um ein beliebtes Sujet der populären Napoleon-Verehrung (vgl. etwa *La Méditation* von François Flamen). – Der Hinweis auf Napoleons sagenhafte Schlafbegabung findet sich bereits im 7. Notizbuch: »Ein geborener Quietist und Inder, sehr fähig, einzuschlafen, die körperliche Umgebung zu vergessen, sobald er die Augen geschlossen [,] und ins Nirvana zu sinken. (Napoléon).« (Nb. II, 117)

32–209.2 *Der ist gewiß ... Tages tut.*] In Formulierung und Inhalt nahe dem ›Ergebnissatz‹ des *Zauberberg*: »Ich will dem Tode Treue halten in meinem Herzen, doch mich hell erinnern, daß Treue zum Tode und Gewesenen nur Bosheit und finstere Wollust und Menschenfeindschaft ist, bestimmt sie unser Denken und Regieren. *Der Mensch soll um der Liebe und Güte willen dem Tode keine Herrschaft einräumen über seine Gedanken.* Und damit wach' ich auf…« (GW III, 686)

[AN DIE REDAKTION DER »SAALE-ZEITUNG«]

Entstehungsgeschichte und Textlage

Der Brief Thomas Manns an die Redaktion der in Halle erscheinenden *Saale-Zeitung* wurde im Anschluss an Paul Lehmanns Artikel *Thomas Mann. Zum heutigen Vortrag in der »Literarischen Gesellschaft«* in der Abendausgabe des 22. November 1909 abgedruckt (43. Jg., Nr. 546; = Druckvorlage). Vorangestellt ist die redaktionelle Bemerkung: »Herr *Thomas Mann* hatte die Freundlichkeit, unserer Redaktion auf eine Anfrage hin folgendes mitzuteilen: [...].« Offenkundig handelt es sich bei den fünf Absätzen des Textes um Antworten auf entsprechende Fragen; die lokalpatriotische Hervorhebung im ersten Absatz dürfte auf die Redaktion zurückgehen. Der Text wurde nur in ARE I, 154f. wiederabgedruckt.

Stellenkommentar

210 3 *diese berühmte Stadt*] Halle ist nicht nur der Geburtsort Georg Friedrich Händels (1685–1759), sondern auch der Studienort Adrian Leverkühns (1885–1942; vgl. GW VI, 116).

5–6 *schon in vielen Städten ... Vorlesungen gehalten*] Der Begriff »Vorlesung« entspricht dem heutigen der »Dichterlesung«. – Tatsächlich konnte Thomas Mann 1909 auf umfangreiche Erfahrungen mit Lesereisen zurückblicken. So hatte er 1903 in Königsberg und Berlin, 1904 in Göttingen und Lübeck, 1905 in Prag, Dresden und Breslau, 1906 in Basel und Dresden und seit 1901 wiederholt in München aus eigenen Werken gelesen, zuletzt im Dezember 1908 in Wien aus dem noch unabgeschlossenen Manuskript zu *Königliche Hoheit*. Der Auftritt in Halle war Teil einer Lesereise, deren weitere Stationen im November und Dezember Dresden, Berlin und München waren.

9 *Kontakt mit dem Publikum*] Vgl. Tonio Krögers Schilderung seiner Lesungs-Erlebnisse (GW VIII, 303).

12 *meinem neuen Roman*] *Königliche Hoheit* war von Januar bis Sep-

tember 1909 in der *Neuen Rundschau* vorabgedruckt worden und wenige Tage vor der Lesung in Halle als Buch erschienen.

210 16–17 *eine kleine Studie*] Die Novelle *Schwere Stunde* (im Mai 1905 in der Schiller-Nummer des *Simplicissimus* erschienen; GW VIII, 371–379).

17–18 *gerade augenblicklich*] Am 28. August war der 160. Geburtstag Goethes begangen worden.

21–22 *›Geist und Kunst‹*] Aus den jahrelang betriebenen Vorarbeiten, Skizzen und Exzerpten zu diesem nie vollendeten *Litteraturessay*, dessen Gedanken sich zum Teil mit dem *Versuch über das Theater* (1908) berühren, sind außer der zweiten Folge der *Notizen* (erschienen kurz nach dem vorliegenden Text zu Weihnachten 1909, vgl. Textband S. 211–216) zwei kürzere Essays hervorgegangen: *[Die gesellschaftliche Stellung des Schriftstellers in Deutschland]* (1910, Textband S. 225–230) und *Der Literat* (1913, Textband S. 354–362). In der Vorbemerkung zum letzteren Text erklärt Thomas Mann, das Vorhaben nun doch »verworfen« zu haben. Bereits 1911 hatte er es an Gustav von Aschenbach abgetreten, danach allerdings in einem Prospekt der *Neuen Rundschau* für das Jahr 1913 noch einmal einen Essay über *Kunst und Kritik* ankündigen lassen.

23 *›Der Hochstapler‹*] Erste Notizen zum Plan des *Felix Krull* finden sich im 7. Notizbuch Anfang 1905 (Nb. II, 124) unter dem Stichwort »*Zum Hochstapler*«. Nach Erika Manns Erinnerung hat Thomas Mann die Erzählung im Juni 1909 gesprächsweise gegenüber seiner Frau skizziert, nachdem er die jahrelang verfolgten Pläne zu *Maja/Die Geliebten* endgültig aufgegeben hatte. Mit der Ausarbeitung begann er erst Anfang 1910.

25–26 *historischen Roman*] Die erste Notizbucheintragung zum geplanten Roman über Friedrich den Großen findet sich unmittelbar anschließend an diejenige zum *Hochstapler* im 7. Notizbuch (Nb. II, 124), unter dem Stichwort »*Friedrich*«. Der Plan war zunächst durch die Arbeit an *Königliche Hoheit* verdrängt worden, wurde aber 1909 zusammen mit dem *Hochstapler* wieder aufgenommen und durch umfangreiche Lektüre vor allem von autobiographischer Literatur des 18. Jahrhunderts vertieft. Statt des Romans veröffentlichte Thomas Mann schließlich 1915 den Essay *Friedrich und die große Koalition.*

NOTIZEN [II]

Entstehungsgeschichte und Quellenlage

Die (nicht numerierte) zweite Folge von Thomas Manns aphoristischen *Notizen* stammt aus dem Zusammenhang der Entwürfe und Exzerpte zum geplanten *Litteraturessay* über *Geist und Kunst* (vgl. hier auch die Kommentare zu [*Die gesellschaftliche Stellung des Schriftstellers in Deutschland*] und *Der Literat*), deren Vorlagen häufig wiederum Eintragungen in den Notizbüchern sind. Die wichtigsten Vorlagen für die acht Aphorismen sind die *Geist und Kunst*-Notizen 68, 91, 94, 110, 111, 118, 102 und 119 (im einzelnen hier im Stellenkommentar dokumentiert und erläutert).

Auch wenn Auswahl und Zusammenstellung abermals das Fragmentarische und Aperçuhafte betonen – aus der zunehmend empfundenen Systematisierungsnot des Theoretikers also eine Tugend des Aphoristikers machen (vgl. den Brief an Walter Opitz vom 26. August 1909; GKFA 21, 427f.) –, so ist als verbindende Frage doch das Thema zu erkennen, das Thomas Mann in der 19. Notiz zu *Geist und Kunst* so formuliert: »Nichts von brennenderem Interesse, als die Kritik der Modernität« (GuK, 162). Diese Kritik schließt hier die ersten (und sehr eigenständigen) Skizzen einiger Konzepte ein, deren Folgen für das weitere Werk Thomas Manns erheblich sein werden – so die Kontrastierung von »Künstler« und »Litterat« und diejenige von »Zivilisation« und »Kultur«.

Textlage

Die zweite Folge der *Notizen* erschien wiederum in der Weihnachtsausgabe der Berliner Zeitung *Der Tag*, diesmal am 25. Dezember 1909. Sie wurden erst als Anhang zu Hans Wyslings Ausgabe der *Geist und Kunst*-Notizen (GuK, 224–227) wiederabgedruckt, danach auch in ARE I, 155–160. Textgrundlage ist hier der Erstdruck.

Stellenkommentar

211 2 *Das Tiefste*] Das Schopenhauer-Zitat stammt aus *Über Schriftstellerei und Stil* (*Schriften* VI, S. 542f.). Es ist, ohne die hier einleitende Wertung, bereits in der 68. Notiz zu *Geist und Kunst* exzerpiert, dort zusammen mit Goethes – von Schopenhauer seinerseits zitierten – Versen *Spruch, Widerspruch* (»Ihr müßt mich nicht durch Widerspruch verwirren! / Sobald man spricht, beginnt man schon zu irren.«) und Thomas Manns eigener Bemerkung: »Gerade der Schriftsteller, der dies nie vergißt, der also *bewußt spielt*, ist ein Künstler so gut wie der Plastiker.« (GuK, 68) – In den späten Notizen, in denen Thomas Mann eine systematisierende Gruppierung früherer Einträge versucht, wird das wieder aufgegriffen. Nachdem in der 134. Notiz die Gegensatzpaare »Plastik – Heidentum« und »Geist – Christentum« angeführt worden sind (GuK, 219), werden in der 135. das Schopenhauer-Aperçu und der zweite Goethe-Vers erneut zitiert, diesmal mit dem Zusatz: »Der schreibende Künstler kann das nicht vergessen – und schätzt den Geist u. die Wahrheit zu hoch, als daß er glauben könnte, es vergessen zu dürfen.« (ebd.) Schließlich variiert die 143. Notiz dies nochmals: Diesmal fehlt der Hinweis auf Schopenhauer, dafür wird der zweite Goethe-Vers mit einer Bemerkung Goethes über Hamann aus *Dichtung und Wahrheit* kombiniert (»Der Mensch, indem er spricht, muß für den Augenblick einseitig werden«) und der eigene Kommentar verändert zu: »Das kann der schreibende Künstler (der Plastiker, der Alles rund, Alles von Allen Seiten sieht [)], nicht vergessen, und er schätzt den Geist und die Wahrheit zu hoch, als daß er glauben könnte, es je vergessen zu dürfen. Daher seine beim Schreiben so viel stärkeren Hemmungen.« (ebd.)

6 *Festspiele.*] Der Aphorismus übernimmt nahezu unverändert den Wortlaut der 91. Notiz zu *Geist und Kunst*. Dort fehlt das überschriftartige Stichwort, stattdessen ist eine Bemerkung vorangestellt, die sich auf die Versuche einer systematisierenden Gruppierung der Notizen bezieht und eine gedankliche Verbindung u. a. zur in der 103. Notiz ausführlich erörterten »Regenera-

tions«-Bewegung herstellt: »Zur *Gesundheits- und Durchsonnungstendenz«* (GuK, 198f.; vgl. *Friedrich Huch*, Textband S. 379f., und *Vorwort zu einem Roman*, Textband S. 393f.). Der Gedankengang steht in enger (und selbstkritischer) Beziehung zum VI. Kapitel des *Versuchs über das Theater* (Textband S. 158–168). – Henrik Ibsens Spätwerk (vor allem der seit dem Lübecker *Frühlingssturm* mehrmals zitierte *Baumeister Solneß*, der im *Versuch* genannte *Klein Eyolf* und das wiederholt Wagners *Parsifal* an die Seite gestellte letzte Drama *Wenn wir Toten erwachen*) wird meist, wie Wagners Spätwerk auch, mit den auch hier verwendeten Epitheta der »Sublimierung«, der »symbolischen Zaubermittel«, der feierlichen Höhe bedacht.

Der Aphorismus bezieht sich ausdrücklich auf zwei Quellen sehr unterschiedlichen Ranges: einerseits auf Richard Wagners Aufsatz *Über die Benennung »Musikdrama«* (in dem Wagner selbst eine Analogie von »Bühnenfestspiel« und »Gesangfeste[n], Turnerfeste[n]« herstellt; Wagner, *Schriften* IX, S. 307), andererseits auf einen Aufsatz des völkisch-antisemitischen Schriftstellers, Mitbegründers und Ideologen der »Heimatkunstbewegung« Friedrich Lienhard (1865–1929), der übrigens von 1893 bis 1894 Herausgeber der Zeitschrift *Das Zwanzigste Jahrhundert* gewesen war (vgl. den Kommentar zu [*»Das Liebeskonzil«*], hier S. 30). Mehrere Formulierungen Thomas Manns greifen Passagen dieses Textes auf: *Sommerfestspiele* (erschienen im ersten Heft von *Die Freilicht-Bühne. Zeitschrift für Naturtheater- und Bühnenreform-Bestrebungen*, Zürich, 15. Mai 1909, S. 14–17). In diesem Aufsatz setzt sich Lienhard vom bisherigen »Dilettantismus« einschlägiger Versuche, ausdrücklich auch Richard Wagners, ab. Dagegen benennt er selbst als »die oberste Sorge« bei der künftigen Einrichtung eines »Sommerfestspielhaus[es]« die »Beschaffung guter und dichterischer Stücke«. Gefordert seien deshalb »geborene ›Festspiel-Talente‹«, durch deren Werke »wieder *Freude* und *Durchsonnungskraft* in unsere Dichtung« einkehren und »in unserem deutschen Geistesleben ihren alten Wert wieder erhalten« sollten; dabei müsse es sich um »Persönlichkeiten von Überschuß innerer Kraft und eines fast religiös-dichterischen Gemütes« handeln. »Die Einrichtung selber müßte von Oberammergau lernen« (womit allerdings in erster Linie das praktisch-organisatorische Vorbild dieser jährlichen Passionsspiele gemeint ist). Die »innig in die Natur eingegliederten *Landschaftstheater*« sollen »einen bunten, wechselreichen Stil pflegen«, den Lienhard – mit dem von Thomas Mann übernommenen Ausdruck – als »einen Al-Fresco-Stil« bezeichnet. Dazu komme es auf »häufigen Wechsel der Bilder« an »und zum Schluß etwa (wie man es schon angewandt hat) auf Eingreifen der Gemeinde durch Mitsingen«. – In weiteren Notizen zu *Geist und Kunst*, vor allem auch in den dazu gesammelten Zeitungsausschnitten (in der im TMA erhaltenen Mappe mit Thomas Manns Aufschrift *Wagner u. Modernität/Litteratur-Essay*) hat Thomas Mann sich mit einer Reihe ähnlicher jugendstilhafter Reformversuche auseinandergesetzt – von Theaterexperimenten mit der Reliefbühne (vgl. Kommentar zum *Versuch über das Theater*, S. 163 20) über Georg Fuchs' Münchner »Künstlertheater« bis zu choreographisch inszenierter Gymnastik und »Nacktkultur«.

212 1 *Künstler-Intellektualität*] Bereits im 9. Notizbuch hatte Thomas Mann 1908/09 festgehalten: »*Intellektualität* Pfitzner u. Strauß.« (Nb. II, 184) Der Aphorismus entspricht mit nur geringfügigen Abweichungen der 94. Notiz zu *Geist und Kunst*; der 138. Notiz zufolge sollte dieser Eintrag zusammen mit weiteren Notizen in ein geplantes Kapitel zur »Künstler-Intellektualität« eingehen. Der Wortlaut ist nur an wenigen Stellen geändert worden. In der ersten Fassung wurde Pfitzner noch als »der Wärmere, Gemütlichere« bezeichnet, der zweite Begriff fehlt hier; dagegen erklärte Thomas Mann dort Strauss für »den stärkeren, zwingenderen, wirksameren« Künstler, das erste Attribut ist hier gestrichen; ebenso die Charakterisierung als der »Typischere« in der abschließenden Aufzählung. Andererseits ist die dortige Bewertung Strauss' hier etwas modifiziert: nicht mehr schlechterdings als »den größeren Künstler« bezeichnet Thomas Mann ihn jetzt, sondern als »den historisch größeren Künstler«. – Richard Strauss

(1864–1949) war bereits vom zwanzigjährigen Thomas Mann als ein »Lieblingskomponist« genannt worden (vgl. *Erkenne dich selbst!*, Textband S. 33). 1908 hatte er seine Stellung als Hofkapellmeister in München aufgegeben und war als Generalmusikdirektor nach Berlin gegangen; im selben Jahr war die erste gemeinsam mit Hugo von Hofmannsthal geschaffene Oper (*Elektra*) fertiggestellt worden. Mit seinen Liedern, Opern (u. a. *Salome*, 1905) und Tondichtungen (u. a. *Don Juan*, 1888; *Tod und Verklärung*, 1889; *Till Eulenspiegels lustige Streiche*, 1895; *Also sprach Zarathustra*, 1896 und *Ein Heldenleben*, 1899) gehörte Strauss zu den bekanntesten und angesehensten deutschen Komponisten der nachwagnerianischen Zeit. Schon in der 13. Notiz zu *Geist und Kunst* hatte Thomas Mann Strauss zusammen mit Ibsen, Wagner, Mahler und Reger sowie Dehmel und George unter dem hier wiederaufgenommenen Stichwort »*Intellektualität* des repräsentativen modernen Künstlers« genannt (GuK, 159); in der 19. hatte er ihn (diesmal zusammen mit Hofmannsthal, Mahler, George und Wedkind) als Beispiel eines »modernen Künstler[s]« erwähnt, zu dessen »Pfiffen« es gehöre, »aus Schwächen Tugenden zu machen« (GuK, 162). Auch in der 102. Notiz zu *Geist und Kunst*, die innerhalb dieser *Notizen* die Vorlage für den Aphorismus über Max Reinhardt abgegeben hat, wird Strauss als ein nur von Reinhardt übertroffener Repräsentant dessen erwähnt, »was Modernität ist« (GuK, 206; vgl. hier auch seine Erwähnung im letzten Aphorismus *Trivialität*). Die 66. Notiz formuliert eine (eher allgemeine) Kritik an »seinem [Strauss'] oeffentlichen Hervortreten außerhalb seiner Werke«, das in seiner »Takt- und Balancelosigkeit« »nicht immer glücklich, nicht immer angenehm« sei (GuK, 186f.).

Hans Pfitzner (1869–1949) hatte 1908, im selben Jahr wie Strauss, eine Dirigentenstelle in München niedergelegt und war als Städtischer Musikdirektor und Direktor des Konservatoriums nach Straßburg gegangen (bis 1918). Neben bedeutenden kammermusikalischen Werken hatte Pfitzner bis 1909 Opern (*Der arme Heinrich*, 1895; eine Bearbeitung von E. T. A. Hoffmanns Oper *Un-*

dine, 1906) und Bühnenmusiken komponiert (zu Ibsens *Fest auf Solhaug*, 1890 und Kleists *Käthchen von Heilbronn*, 1905). Sein 1917 vollendetes Hauptwerk, die als »Musikalische Legende« etikettierte Oper *Palestrina*, wurde zu einem der Lieblingsstücke Thomas Manns, der ihr in den *Betrachtungen* eine Hommage widmete (GW XII, 407f.; zum dort angestellten Vergleich mit Paul Claudels Mariendrama vgl. den Kommentar zum *Versuch über das Theater*, hier S. 184); am 24. Juni 1917 schrieb er unter dem Eindruck einer Aufführung an Bruno Walter: »Wie sehr dieser Palestrina mir am Herzen liegt, kann ich nicht sagen.« (Br. I, 137). Im Gegensatz zu Strauss fühlte sich Pfitzner ausschließlich und entschieden der deutschen klassisch-romantischen Tradition verpflichtet, die er eifernd in musiktheoretischen und -kritischen Schriften gegen andere zeitgenössische Musiker, darunter immer wieder Strauss, verteidigte. Thomas Manns Aphorismus bezieht sich unmittelbar auf Pfitzners Aufsatz *Zur Grundfrage der Operndichtung*, der 1908 in der Januar-Ausgabe der *Süddeutschen Monatshefte* erschienen war (5. Jg., Bd. 1, S. 1–11) und mit dem er sich bereits in der 76. Notiz ausführlich auseinandergesetzt hatte. Dort hatte er einleitend bemerkt: »Der Aufsatz des Herrn *Pfitzner*, eines Musikers von Genie, ist bedeutend und anregend. Aber er verlangt, im Interesse der Operndichtung, vom Dichter zu viel der Selbstentäußerung.« (GuK, 192) Auch in der 97. Notiz kommt Thomas Mann, im Zusammenhang mit Wagner, noch einmal auf diesen Gedanken zu sprechen.

Die polemische Formel vom »Ingenieurbegriff ›Fortschritt‹« wird in der 53. Notiz eingeführt – mit einem ausdrücklichen Seitenhieb auf Strauss und auf diejenige »Wagnerkritik«, die Wagner für einen »Titan[en] von vorvorgestern« ausgibt: »Diese Herren haben sonderbar ingenieurhafte Begriffe von Fortschritt. Für mich, für uns, denen eine Baßtuba, ein Schlagwerkzeug und zehn Kakophonien *mehr* nichts sehr Wesentliches bedeutet, ist Wagner noch immer etwas brennend Aktuelles, ein Problem, das Problem der Modernität selber – und alles Späteren, ›Elektra‹ mit einbegriffen, vergleichsweise uninteressant.« (GuK, 178) Deutlicher noch am 26. August 1909 an Walter Opitz (wie fast wörtlich bereits am 23. August an Ludwig Ewers; GKFA 21, 426): Wagners Musik sei »das Modernste und Letzte. Niemand ist darüber hinaus. Strausssens ›Fortschritt‹ ist Gefasel.« (GKFA 21, 427; vgl. Mendelssohn 1996 II, S. 1277)

212 23 *Kritik*] Der Aphorismus entspricht mit einer einzigen Änderung des Wortlauts der 110. Notiz zu *Geist und Kunst*: statt »Alle [...] Kritik« hieß es dort lediglich »Die [...] Kritik«. Der Aphorismus resümiert einen Grundgedanken des jungen Thomas Mann. Für sein Bemühen um eine Annäherung von »Kritik« und »Litteratur« (im Unterschied zur traditionell irrational konnotierten »Dichtung«) beruft er sich dabei immer wieder auf Nietzsche. Vielleicht ist hier auch noch an das problematische Beispiel Alfred Kerrs zu denken, mit dessen Anspruch, (Literatur-) Kritik als Kunstform zu betreiben, sich Thomas Mann in einigen früheren Essays auseinandergesetzt hatte.

Der Ibsen'sche Vers ist als Motto dem Novellenband *Tristan* (1903) vorangestellt; er wird u. a. in *Bilse und ich* als ein auch autobiographisches Motto zitiert (vgl. Textband S. 102). Ibsens Vierzeiler *Ein Vers* lautet vollständig: »*Leben* heißt – dunkler Gewalten / Spuk bekämpfen in sich. / *Dichten* – Gerichtstag halten / Über sein eignes Ich.« (*Sämtliche Werke.* Bd. 1, Berlin 1903, S. 167) Die hier ebenfalls vorgenommene Verbindung von Literatur als »Kritik« und »Bekenntnis« wird in einer Sentenz des *Chamisso*-Essays (1911) aufgenommen: »Dichter, die sich selbst geben, wollen im Grunde, daß man sie erkenne; denn nicht sowohl um den Ruhm ihres Werkes ist es ihnen zu tun, als vielmehr um den Ruhm ihres Lebens und Leidens.« (Textband S. 326)

27 *Etwas wie Irrtümliches*] Der Aphorismus entspricht nahezu wörtlich der 111. Notiz zu *Geist und Kunst*. Die grundlegende Opposition von »Künstler« und »Litterat« und die Gleichsetzung des »Litteraten« mit dem »Kritiker« im Gegensatz zum naiv schaffenden »Künstler« entsprechen bereits dem Essay *Der Literat* (1913, vgl.

Textband S. 354–362). Dagegen ist der Gedanke einer letztlichen Unschuld des naiven Dichters ein Spezifikum dieser Notiz; er wird in *Leiden und Größe Richard Wagners* (1933) wiederaufgegriffen. – Vgl. zu den ersten Sätzen auch Thomas Manns Brief an Hermann Hesse vom 1. April 1910 (GKFA 21, 447f.).

213 20 *Geist und Kunst.*] Die Überschrift dieses Aphorismus ist identisch mit derjenigen, die zumindest zeitweise für den geplanten *Litteratur-Essay* vorgesehen war (vgl. Thomas Manns Vorbemerkung zu *Der Literat*, Textband S. 354) und unter der dieses gescheiterte Vorhaben dann in *Der Tod in Venedig* (1912) an Gustav von Aschenbach abgetreten wurde. Das neue Gegensatzpaar von »Kultur« und »Zivilisation« wird hier auf die bei Thomas Mann schon länger eingeführte Antinomie von »Geist« (»Literatur«) und »Kunst« (»Dichtung«) bezogen. Mit den Kriegsschriften von 1914/15 und den *Betrachtungen eines Unpolitischen* sollte dieser Gegensatz später in ein politisches Koordinatensystem eintreten und weitreichende Folgen für Thomas Manns Denken in der Zeit des Weltkriegs und der ersten Nachkriegszeit nach sich ziehen. Innerhalb des *Geist und Kunst*-Konvoluts ist der Gegensatz von »Zivilisation« (als »Herrschaft über die leblose Natur und die organische Natur, einschließlich der bloßen, fremder Gewalt unterworfenen Physis des Menschen«) und »Kultur« (als einer weit höherrangigen und unvergänglichen »spezifische[n] *geistige[n] Behauptung der Welt*«) bereits in der 67. Notiz zuerst entfaltet worden (GuK, 187).

Der Text entspricht weitgehend der 118. Notiz zu *Geist und Kunst*. Dort steht allerdings im ersten Satz noch: »solidarisch und identisch«. In der ersten Nennung der »Begriffe der Kultur und der *Zivilisation*« ist das letzte Wort dort unterstrichen; dagegen ist das Wort »nicht« in dem Satz: »Kultur ist offenbar *nicht* der Gegensatz von Barbarei« erst hier hervorgehoben. Statt von »den Völkern der Urzeit« ist dort die Rede von »allen Völkern des Altertums«. In der (grob nach Epochen vom archaischen Griechenland bis in die Renaissance gegliederten) Aufzählung der barbarischen Greuel fehlen hier die dort zwischen »Inquisition« und »Hexenprozesse«

genannten »Autodafes« [sic] (GuK, 215). Der Brief Georges Bizets (Thomas Mann schreibt den Vornamen des Komponisten hier fehlerhaft in der englischen Variante »George«) wird dort nur erwähnt, nicht zitiert.

Dieser Brief selbst konnte nicht ermittelt werden; er wird jedoch in der 75. Notiz paraphrasiert, in den *Betrachtungen eines Unpolitischen* dann zitiert: »An einen Freund schreibt er über Vernunft und Kunst, über die Vernunft als unerbittliche *Feindin* der Kunst. ›Ich glaube‹, sagt er, ›die gesamte *Zukunft* gehört den Vervollkommnungen unseres sozialen Kontraktes. In der vervollkommneten Gesellschaft wird es keine Ungerechtigkeiten, folglich auch keine Unzufriedenen, und keine Angriffe auf den sozialen Pakt mehr geben, keine Priester, [...] keine Prostitution, keine lebhaften Erregungen, keine Leidenschaften und halt! auch keine Musik, keine Poesie, keine Ehrenlegion, keine Presse (ah bravo!), besonders kein Theater, keine Illusion, also keine Kunst mehr! [...] Als Musiker erkläre ich Ihnen, daß, wenn Sie den Ehebruch, den Fanatismus, das Verbrechen, den Irrtum, das Übernatürliche beseitigen, keine Note mehr geschrieben werden kann; ich versichere Sie, ich würde eine viel bessere Musik schreiben, wenn ich an alles glaubte, was nicht wahr ist. Kurz zusammengefaßt: die Kunst geht in dem Maße herunter, wie die Vernunft fortschreitet. [...]‹« (Der Begriff des »sozialen Kontraktes« spielt an auf Jean-Jacques Rousseaus *Du contrat social*, 1762.) In den *Betrachtungen* wird dieses Zitat kommentiert: »Die Gegensätzlichkeit von Zivilisation und Kultur ist in seinen [Bizets] Worten nicht ausdrücklich statuiert, aber sie geht als seine Überzeugung unzweifelhaft daraus hervor [...] und er meint dasselbe wie ich, wenn ich sage, daß Kultur ›blutige Wildheit‹ nicht ausschließe, während Zivilisation die Wildheit sänftige, den Aberglauben aufkläre, die Leidenschaften entmutige. Kultur ist Bindung, Zivilisation Auflösung.« (GW XII, 169f.)

Die Paraphrase des Bizet-Zitats hat Thomas Mann in der 75. Notiz zu *Geist und Kunst* unter die Überschrift gestellt: »*Gegensatz von*

Literatur Geist Kultur und Kunst«; dabei hatte er zunächst nur notiert: »von Literatur und Kunst«, dann »Geist« und schließlich noch »Kultur« eingefügt (GuK, 191). Im Zusammenhang der *Geist und Kunst*-Notizen wie im vorliegenden Aphorismus (vgl. hier auch *Der Literat* sowie die entsprechenden Notizen zu *Geist und Kunst* im Kommentar dazu) erörtert Thomas Mann das neu entdeckte Gegensatzpaar noch ohne die spätere polemische Wendung gegen die »Zivilisation«. Erst mit der annähernd wörtlichen Wiederaufnahme der Notiz in die *Gedanken im Kriege* (1914) ändern sich Ausrichtung und Stil der Bewertung. Aus der hier betonten Nähe von »Kultur« und »Barbarei« wird dort gefolgert: »Sind es nicht völlig gleichnishafte Beziehungen, welche Kunst und Krieg miteinander verbinden? Mir wenigstens schien von jeher, daß es der schlechteste Künstler nicht sei, der sich im Bilde des Soldaten wiedererkenne. Jenes siegende kriegerische Prinzip von heute: Organisation – es ist ja das erste Prinzip, das Wesen der Kunst.« (GW XIII, 530) Entsprechend wird dann dort das »Tiefste und Irrationalste« der »deutschen Seele« mit dem (männlichen) »Militarismus« identifiziert (GW XIII, 545); die französische »Damennaivität« hingegen »kreischt mit Fistelstimme: ›Die Zivilisation!‹« (GW XIII, 541 und 543).

In den *Betrachtungen* kommt Thomas Mann in der Antwort an Romain Rolland noch einmal auf seine aphoristischen *Notizen* von 1909 zu sprechen und legt Wert auf eine Kontinuität seiner begrifflichen Konzepte: »Längst vor dem Kriege hatte ich mir für den Hausgebrauch die Dinge so zurechtgelegt, hatte vor Jahren schon meine Bestimmung der beiden Begriffe in aphoristischer Form öffentlich mitgeteilt. [...] Hundertfach ist das vor mir in Deutschland versucht worden, von Denkern und Dichtern, ohne daß *eine* Deutung sich allgemein durchzusetzen vermocht hätte: es wäre denn die gewesen, daß ›Kultur‹ auf Geistiges, ›Zivilisation‹ auf Materielles sich beziehe. Das fand ich ungenügend, ja falsch; denn mir schien, daß der Zivilisation bei weitem zu wenig Ehre damit geschähe. Ich sagte mir, daß Zivilisation nicht nur ebenfalls etwas

Geistiges, sondern vielmehr und sogar *der Geist selber* sei, – Geist im Sinne der Vernunft, der Sittigung, des Zweifels, der Aufklärung und endlich der *Auflösung*, während Kultur im Gegenteile das künstlerisch organisierende und aufbauende, lebenserhaltende, lebensverklärende Prinzip bedeute.« (GW XII, 168f.)

214 22 *Reinhardt.*] Die Hommage an den großen Schauspieler, Theatertheoretiker und -regisseur Max Reinhardt (eigentlich Max Goldmann, 1873–1943), der an mehreren Berliner Bühnen eine experimentierfreudige und publikumswirksame postnaturalistische Theaterpraxis entfaltete und im Juni 1909 im Münchner Künstlertheater gastierte, geht zurück auf die 102. Notiz zu *Geist und Kunst*. Sie ist offensichtlich angeregt durch ähnliche Bemerkungen des »Psychologen« Nietzsche in *Der Fall Wagner* (vgl. dort vor allem die Aphorismen 5 und 7), aber auch von Reflexionen über die eigene Arbeitsweise (vgl. Aschenbachs Addition seiner Werke aus »aberhundert Einzelinspirationen«, GW VIII, 452, sowie die *Mitteilung an die Literaturhistorische Gesellschaft in Bonn*, Textband S. 171). In diesem Fall weicht der veröffentlichte Aphorismus aber in Gedankengang und Wortlaut entschieden von jener ersten Skizze ab, die hier unter Paralipomena vollständig mitgeteilt ist. Zurückgenommen hat Thomas Mann einerseits die dort geradezu identifikatorische Einstellung gegenüber der von ihm charakterisierten Kunst Reinhardts, andererseits die Bestimmung des »Falles Reinhardt« als eines Exempels für das, »was Modernität ist«, ja für »Modernität in Reinkultur« (GuK, 206; ähnlich war der »in der Ausdichtung des Détails« bewunderungswürdige Wagner für Nietzsche »der moderne Künstler *par excellence*« gewesen).

Bei einer im TMA erhaltenen, undatierten (vermutlich im Sommer 1909 angefertigten), nicht mit einer Überschrift versehenen und mit dem Kürzel »T. M.« signierten Handschrift handelt es sich vermutlich um jenes »kleine Manuskript«, nach dessen Verbleib sich Thomas Mann in einem Brief vom 7. August 1909 an einen ansonsten unbekannten Adressaten namens Geller erkundigt (Reg. 09/45). Diese Fassung enthält den in die *Notizen* aufgenommenen Text mit einigen Abweichungen; sie wird hier ebenfalls unter Paralipomena dokumentiert. Auch in dieser Fassung finden sich noch stärkere persönliche Reminiszenzen, die in der gedruckten Fassung zugunsten einer verallgemeinernden, sententiöseren und stärker stilisierten Darstellung getilgt sind.

Wie bereits diese ungewöhnlich sorgfältige Ausarbeitung der Notiz erkennen lässt, hat Thomas Mann sich um diese Zeit – veranlasst durch Reinhardts Teilnahme an den Festspielen im Münchner Künstlertheater mit dem Ensemble des Berliner Deutschen Theaters – mit Reinhardts Kunst intensiv auseinandergesetzt. In ähnlichen Formulierungen wie in den *Notizen* hatte er am 5. Juli 1909 an Ludwig Ewers geschrieben: »Nichts hat mich seit Langem so interessiert, angeregt, ermutigt. Das ist Modernität in Reinkultur, naiv, tapfer, ohne Bedenken. Und sie wagt sich mit unglaublichem Erfolg an große Gegenstände! (An den Hamlet, den Kaufmann von Venedig, die Räuber, den Faust.) Reinhardt, dieser seltsam ruhige und feste Mann (ich lernte ihn neulich kennen) ist die verkörperte Ermutigung für jeden modernen Künstler, der sich mit Zweifeln großen Gegenständen nähert.« (GKFA 21, 422) Gegenüber Hugo von Hofmannsthal erklärte er am 25. Juli 1909: »Das Reinhardt-Theater hat mich sehr beschäftigt; es erschien mir dann und wann beinahe als die *interessanteste* Produktion unserer Tage, und jedenfalls glaube ich, daß es, in seiner typischen und tapferen Modernität kritisch genossen, jedem modernen Künstler viel Bestätigung und Ermutigung zu bieten hat. Ich habe keine Première vorübergehen lassen und freue mich auf die noch ausstehenden, darunter ›Elektra‹, die ich schon in Berlin, aber damals in mangelhafter Besetzung sah.« (GKFA 21, 425) Einen Monat später schreibt er an Walter Opitz: »Ich bin müde von allerlei Erschütterungen der letzten Zeit. Ich war oft in München, im Reinhardt-Theater, – das ein bedeutendes Erlebnis für mich war und mir viel Gedankenarbeit verursacht hat. Die Bekanntschaft mit Reinhardt selber hat mich so erregt, wie mich Kindskopf immer die persönliche Begegnung mit einem Menschen von

Sendung erregt.« (26. August 1909; GKFA 21, 427; im selben Brief wird auch die »zermürbende« Arbeit am »Litteraturessay« erwähnt.)

In seinem kurz nach diesen *Notizen* geschriebenen Text über [*Roman und Theater in Deutschland*] (1910) nennt Thomas Mann als Beispiele dafür, »dass man bei uns über das Theater tiefer nachgedacht und ihm feierlicher gedient hat, als überall sonst«, Max Reinhardt und Otto Brahm (vgl. Textband S. 276). Schließlich kommen in Thomas Manns *Gedenkrede auf Max Reinhardt* (1943) die hier erwähnten Erfahrungen, z. T. in ähnlichen Formulierungen, noch einmal zur Sprache (GW X, 490–495). Dort erinnert sich Thomas Mann auch an seine erste Begegnung mit Reinhardt in München 1895 oder 1896: »Wir jungen Leute in München, Mitglieder eines akademisch-dramatischen Vereins, denen die Reinhardt-Leute ihre Don-Carlos-Parodie eines Nachts in irgendeiner Kneipe ohne Bühne vorspielten, lachten Tränen. Wir ahnten nicht, [...] daß aus dieser begabten und losen Selbstverspottung der Schaubühne eines der schönsten und stolzesten, farben- und lustvollsten Kapitel der Theatergeschichte sich entwickeln sollte.« (GW X, 492) Im selben Zusammenhang erinnert er sich auch an Besuche »auf Proben etwa in Berlin« – vermutlich 1903 –, »zu denen er [Reinhardt] mich, ich weiß nicht warum, zuließ« und die »zu den interessantesten Erfahrungen meines Lebens« gehörten (GW X, 493).

215 31 *Trivialität.*] Der letzte Aphorismus der Reihe antwortet auf die Würdigung des artistisch raffinierten Reinhardt-Theaters mit Überlegungen aus dem Umkreis dessen, was im VI. Kapitel des *Versuchs über das Theater* (und den darauf folgenden Notizen zu *Geist und Kunst*) als die Suche nach neuer »Volkstümlichkeit« erörtert wird. Überdies bedeutet der Aphorismus wohl auch eine Rechtfertigung des eigenen Romans *Königliche Hoheit*, der kurz vor der Publikation dieser *Notizen*, im November 1909 erschienen war.

Der Text entspricht weitgehend dem zweiten Teil der 119. Notiz zu *Geist und Kunst*. Der erste Teil besteht dort aus dem Zitat einer

Rezension zu einer Berliner *Lohengrin*-Inszenierung, die »haarscharf an den landläufigen Bänkelgesang« streife. Dieses Motiv ist hier in der Formulierung »Hang zum bänkelsängermäßig Trivialen« aufgenommen; in der Notiz stand noch »Hang zum hinreißend Trivialen« (GuK, 216).

Der Hinweis auf Wagner ist hier neu, entspricht dort aber ähnlichen Bemerkungen in anderen Notizen desselben Konvoluts, etwa der 10. Notiz über Wagner als »*Demagoge*. Nie hat ein Künstler mit dem Volke geliebäugelt, wie W. es in den Meistersingern thut.« (GuK, 157) Ausdrücklich dieselbe »Künstler-*Demagogie*«, dasselbe »Volksschmeichlertum eines Künstlers« glaubt Thomas Mann in der 48. Notiz, in Shakespeares *Coriolan* (GuK, 175) zu beobachten. Andererseits rechtfertigt er in der 45. Notiz einen »Drang nach Popularität«, der derzeit »bei den Besten« zu beobachten sei – womit nicht zuletzt der Bruder Heinrich und wohl auch der eigene Roman *Königliche Hoheit* gemeint sind (GuK, 173).

Nach den Worten »Schwäche gegenüber dem Trivialen« ist der Zusatz »der modernen Künstlerseele sehr eigentümlich« bereits in der 119. Notiz zu *Geist und Kunst* gestrichen; ebenso ist schon dort der Begriff »Künstler-Intellektualität« korrigiert zu »Intellektualität«. Statt der Formulierung »den geistigen Anarchismus, die zynische Charakterschwäche« steht dort: »die geistige Anarchie und Haltlosigkeit [*korrigiert aus:* Rathlosigkeit], die [*gestrichen folgt:* allgemeine] cynische Charakterschwäche« (GuK, 216).

Paralipomena

1. Erste Fassung der »Reinhardt«-Notiz

Korrekturen in der Handschrift dieser 102. Notiz zum *Litteraturessay* werden hier nicht wiedergegeben (vgl. aber GuK, 206f.).

Der Fall *Reinhardt*: für mich ein künstlerisches Erlebnis hohen Ranges. Es ist nämlich ein ermutigendes, michselbst bestätigendes Erlebnis. Daß *Modernität*, daß Kleinheit, Détail-Addition, Geniemangel, Intellektualität, verbunden mit Zähigkeit, Arbeit, Willensdauer, sich mit Glück an Aufgaben großen Styles wagen darf: der Fall Reinhardt beweist es.

Dabei sehr kritisierbar, sehr angreifbar, in seiner Modernität. Schleppend, kleinlich, peinlich. Ohne Tempo, ohne den Mut, irgendetwas zu verschlucken, fallen zu lassen. Lauter grell herausgearbeitetes Détail, eins nach dem andern, »Addition, nicht Composition«. Thatsache bleibt, daß dieser Styl für moderne Nerven das einzig Fesselnde ist, das Einzige, was einen festhält. Ich habe an nichts anderes gedacht, keine Scene, wie im Hoftheater verschlafen. *Moissi's* Knaben-Schwäche, Knaben-Wildheit, -Reinheit, -Ekel, -Grazie: bedingungslos entzückend. Raffiniert, klug, kalt, intellektuell, von seltsamer Anmut, modern, klein. Aber eben *mein* Hamlet doch, auf den ich immer gewartet habe! Und welch leibliches Talent vom Scheitel bis zur Sohle!

Anzumerken noch: die starken Wirkungsmittel innerhalb der modernen Kleinheit. Intellektuell *und* übertrieben. Das Stärkste gerade stark genug. Der tragische Schauspieler im Hamlet mußte sich grotesk übernehmen, um *als* Schauspieler gegen das allgemeine Espressivo abzustechen. Alles Komische ist excencentrichaft[,] grenzt an den Cirkus (was übrigens wohl shakespearisch ist). – Kurz, jene Aufdringlichkeit des Détails, die Wagner »Deutlichkeit« nannte. Und ich zweifle nicht, daß Reinhardt einen Wagner-Regisseur ersten Ranges abgeben würde. –

Interessant das Alles im feinsten Sinne. Modernität in Reinkultur. Vielleicht an keiner Produktion von heute, selbst an Strauß nicht, ist besser zu studieren, was Modernität ist.

Und *durch* Studium und Kritik Ermutigung und Selbstbestätigung: Das ist der Reiz, darin beruht die Dankbarkeit.

Stellenkommentar zu Paralipomena: *Erste Fassung der »Reinhardt«-Notiz*

306 31 *Détail-Addition*] Thomas Mann charakterisiert Reinhardts Kunst mit ähnlichen Worten wie Nietzsche in *Der Fall Wagner* diejenige Wagners: »Womit kennzeichnet sich jede *litterarische* dé-

cadence? Damit, dass das Leben nicht mehr im Ganzen wohnt. [...] Das Ganze lebt überhaupt nicht mehr: es ist zusammengesetzt, gerechnet, künstlich, ein Artefakt [...] bewunderungswürdig, liebenswürdig ist Wagner nur in der Erfindung des Kleinsten, in der Ausdichtung des Détails« (KSA 6, 27f.).

306 32–33 *Zähigkeit, Arbeit, Willensdauer*] Vgl. in *Der Tod in Venedig* die Schilderung Aschenbachs, dessen Werke »in kleinen Tagewerken aus aberhundert Einzelinspirationen zur Größe emporgeschichtet und nur darum so durchaus und an jedem Punkte vortrefflich waren, weil ihr Schöpfer mit [...] Willensdauer und Zähigkeit [...] jahrelang unter der Spannung eines und desselben Werkes ausgehalten [...] hatte.« (GW VIII, 452)

307 8 *Moissi's*] Während der Münchner Gastspiele des Reinhardt-Ensembles im Juni 1909 wurde der Hamlet von dem jungen Alexander Moissi gespielt.

19 *excencentrichaft*] Orthographische Variante zu »exzentrikhaft«. ›Exzentriks‹, also Komiker in Zirkus- und Varietévorstellungen, erscheinen in den Artistengeschichten von Herman Bang (*Die vier Teufel, Fratelli Bedini*), den Thomas Mann seinerseits einen »Artist[en] und Exzentrik« nannte (*Zum Tode Eduard Keyserlings*, 1918; GW X, 416).

1. Handschriftliche Fassung der überarbeiteten »Reinhardt«-Notiz

Der Text wurde wahrscheinlich im Sommer 1909 angefertigt. Vermutlich ist er identisch mit dem »kleinen Manuskript«, nach dessen Verbleib sich Thomas Mann in einem Brief vom 7. August 1909 an einen ansonsten unbekannten Adressaten namens Geller erkundigt (s. o. S. 303f.) und das offenbar zunächst zur separaten Publikation vorgesehen war. – Die Handschrift ist im TMA erhalten (Mp VIII 135), sie ist undatiert und umfasst drei Seiten eines Doppelblattes; der Text ist zunächst mit Bleistift, ab der drittletzten Zeile der ersten Seite und bis zum Ende des Textes dann mit Tinte geschrieben:

Ich bin voller Bewunderung für Reinhardts Produktion – oder besser, angemessener gesagt: ich bin voller Interesse dafür. Bewunderung ist, wie mich dünkt, einer Erscheinung wie dieser gegenüber eine allzu einfältige Reaktion, und der ist kein Psycholog, der »Interesse« für einen matten Affekt zu halten geneigt ist. Es ist im Gegenteil etwas ungleich Tieferes, Leidenschaftlicheres, Fruchtbareres als Bewunderung …

Mein Interesse für Reinhardts Kunst gilt ihrer Modernität, ja, ich halte dafür, daß an keiner künstlerischen Äußerung unserer Tage besser studiert werden kann, was eigentlich Modernität ist, als an dieser. Ich sage damit, daß sie sehr kritisierbar, sehr angreifbar ist, wenn man will – aber nur dem räume ich das Recht ein, sie zu kritisieren, der sich in ihr wiedererkennt. Sie stellt das Detail weit über die Komposition, ist also oft schleppend, kleinlich, peinlich, °langwierig,° oft ohne Tempo. Sie ist raffiniert, intellektuell, schmächtig von Wuchs, spröde von Mitteln, klug und grell, kühl und übertrieben. Sie ist bei alldem unterhaltend in einem wahrhaft unerhörten Grade. Welcher Neuheitsglanz über dem Ganzen! Welch preziöser Reichtum °im einzelnen°! Welch lückenloses Nebeneinander von guten Dingen! Ich gebe zu, daß sie die großen Gegenstände, an die [sie] sich wagt, *verkleinert*. Aber sie hat eine Art, sie zu gleicher Zeit zu verjüngen und nahe zu bringen, die entzückend ist, und die köstliche Genauigkeit ihrer Phantasie in der epischen Ausge-

4 *eine allzu einfältige Reaktion*] *korrigiert aus:* ein allzu einfältiger Affekt 4 *und*] *gestrichen folgt:* »Interesse« ist – frage den Psychologen! – nur scheinbar [*neue Zeile:*] und es bedeutet 5 *für einen matten Affekt*] *korrigiert aus:* für eine mattere |Gemüts|-Bewegung als »Bewunderung« 7 *Bewunderung …*] *gestrichen folgt:* Ich werde gleich sagen, wie ich das meine 15 *ist*] *danach Übergang von Bleistift zu Tinte*
16 *schmächtig*] *korrigiert aus:* klein 17 *kühl*] *korrigiert aus:* kalt 18–19 *Welcher … Ganzen!*] *korrigiert aus:* Welcher Neuheitsglanz und Frische im Einzelnen!
23–24 *und … Genauigkeit*] *korrigiert aus:* und die Intensität 24 *ihrer Phantasie*] *korrigiert aus:* ihrer Phantasie [*dies wiederum korrigiert aus:* ihrer Anschauung, ihrer Phantasie]

staltung der dramatischen Situation hält mich in Atem fünf Stunden lang.

Wir sind »subjektiv«, wir denken an uns, wenn wir urteilen, ein jeder an sich, °an sein Trachten und Wagen°. Dies theatralische Erlebnis bedeutet vor allem eine Bestätigung unserer selbst, eine Ermutigung für uns alle. Daß Modernität, daß Kleinheit, Detail-Summierung, Intellektualität und Zartheit der künstlerischen Constitution zusammen mit Zähigkeit, Arbeit, Willensdauer und Intensität der Anschauung sich mit Glück an Aufgaben großen Styles wagen kann: *der Fall Reinhardt beweist es.* Der seltsam ruhige und feste kleine Mann, dem ich nach dem »Hamlet«, dem »Kaufmann« die Hand drückte, er ist eine persönliche Ermutigung für jeden modernen Künstler, sich trotz und in dem Bewußtsein seiner Modernität an große Gegenstände zu wagen. Hier ist seine Produktivität. Hier ist meine Dankbarkeit.

T. M.

7 *Detail-Summierung] korrigiert aus:* Detail-Addition

[DIE INTERESSANTESTE ZEITUNGSNACHRICHT DES JAHRES]

Entstehungsgeschichte

Der Text antwortet auf eine Ende 1909 veranstaltete Rundfrage des *Berliner Tageblatts*, die in einer redaktionellen Vorbemerkung erläutert wird: »Wir haben uns an eine Reihe bekannter Persönlichkeiten aus allen Gebieten von Wissenschaft, Kunst und Leben gewandt und sie gebeten, uns in scherzhafter oder ernster Form mitzuteilen, welches für jeden einzelnen in diesem Jahr wohl die interessanteste Zeitungsnachricht gewesen ist.« Unter den Beiträgern, die mit ausführlichen Berichten, kurzen Bemerkungen oder in Gedichtform antworten, sind Ludwig Ganghofer, Joseph Kainz, Josef Ruederer, Paul Schlenther, Wilhelm Trübner u. a. Thomas Manns Antwort wird redaktionell eingeleitet: »*Thomas Mann*, der Dichter der ›Buddenbrooks‹, sagt in amüsanter Selbstironie: [...].«

Der Roman *Königliche Hoheit* war von Januar bis September 1909 in der *Neuen Rundschau* vorabgedruckt worden (vgl. hier [*Über »Königliche Hoheit« I*]) und im Oktober als Buch erschienen. Mit der Presseresonanz war Thomas Mann wenig zufrieden, da der Roman nach seinem Eindruck zu leicht genommen wurde (ebd.). Dazu gehörte auch die verbreitete Annahme, der am 9. September 1909 verstorbene amerikanische Millionär Edward Henry Harriman (1848–1909) sei das Vorbild des Millionärs Spoelmann im Roman. Am 25. September schrieb Thomas Mann dazu an Ida Boy-Ed (anspielend auf den Namen der im Roman fingierten Zeitung »Der Eilbote«): »Unsere verschiedenen Eilboten haben jetzt schon entdeckt, daß Samuel Spölmann das Portrait des seligen Harriman sei, und machen auf diese Weise dem Buch eine Reklame, die im wirtschaftlichen Interesse nicht übel sein mag, aber, wie mir scheint, meine arme Dichtung ein bißchen herabwürdigt ...« (GKFA 21, 430) Diese Befürchtung mag ihn veranlasst haben zu verschweigen, dass Harriman tatsächlich eines der Modelle für die Romanfigur gewesen sein dürfte.

Textlage

Der Text erschien im 4. Beiblatt zur Weihnachtsausgabe des *Berliner Tageblatts* am 25. Dezember 1909 (38. Jg., Nr. 654, S. 1). Er wurde wiederabgedruckt in der Berliner Zeitschrift *Spektrum*: 11 (Mai 1965), H. 5, S. 179), dann in ARE I, 161. Textgrundlage ist hier der Erstdruck.

Stellenkommentar

217 6–7 *Bänkelsängerfabel*] Vgl. dieselbe Metapher in *Notizen* [II]: *Trivialität*, Textband S. 215f. und Kommentar, hier S. 305f.

DER DOKTOR LESSING

Entstehungsgeschichte von *Der Doktor Lessing* und *Berichtigungen*

Ausgangspunkt der Kontroverse ist der Artikel *Samuel zieht die Bilanz* in der von Siegfried Jacobsohn herausgegebenen Zeitschrift *Die Schaubühne* (6. Jg., Heft 3: 20. Januar 1910, S. 5–73). Darin greift der Schriftsteller und Kulturphilosoph Theodor Lessing den Dramatiker, Kritiker und Literaturtheoretiker Samuel Lublinski scharf an.

Es erscheint zweckmäßig, den Gang der Ereignisse in seinen wichtigen Schritten zu rekapitulieren. Samuel Lublinski (Johannisburg/Ostpreußen 1868 – Weimar 1910) war als Literaturkritiker und -theoretiker mit den Büchern *Die Bilanz der Moderne* (Berlin 1904) und *Der Ausgang der Moderne* (Dresden 1909), auch mit Dramen im Stil des im zweiten Buch proklamierten Neuklassizismus bekannt geworden. Seine lobende Rezension von Thomas Manns *Buddenbrooks* war am 13. September 1902 im *Berliner Tageblatt* erschienen (vgl. GKFA 1.2, 153–157); in einem vier Seiten langen Abschnitt von *Die Bilanz der Moderne* werden diese Überlegungen 1904 aufgegriffen. Am 23. Mai 1904 dankte Thomas Mann Lublinski brieflich für ein Verständnis und »für den Schutz, den Sie mir gegen den immer wiederkehrenden Vorwurf der ›Kälte und Mache‹ gewähren« (GKFA 21, 278). An die damit begründete Beziehung zu Lublinski erinnert Thomas Mann in autobiographischen Rückblicken immer wieder (zumeist mit dem Epitheton »der arme«) – so im *Lebensabriß* (GW XI, 114), in *Lübeck als geistige Lebensform* (GW XI, 382), *[On Myself]* (GW XIII, 140) und *Zur jüdischen Frage* (GW XIII, 470). Indirekt wird Lublinski auch in *Der Tod in Venedig* gewürdigt (dazu Vaget 1985, S. 48): Lublinski hatte, bezogen auf die *Buddenbrooks*, von »einer intellektuellen und jünglinghaften Männlichkeit« gesprochen, »die in stolzer Scham die Zähne aufeinander beißt und ruhig dasteht, während ihr die Schwerter und Speere durch den Leib gehen« (Lublinski, *Bilanz*, S. 226). In *Der Tod in*

Venedig wird das wörtlich übernommen und vom Erzähler kommentiert: »Das war schön, geistreich und exakt, trotz seiner scheinbar allzu passivischen Prägung.« (GW VIII, 453)

Lessings polemischer Essay *Samuel zieht die Bilanz* (Januar 1910) schildert im Kern eine Begegnung mit Samuel Lublinski im Münchner »Café Luitpold« Anfang 1901 (in einem von Peter Sprengel entdeckten Brief an Herwarth Walden vom 25.1.1910 gibt Lublinski seine Version der Ereignisse); aus der Erzählung entwickeln sich scharfe Angriffe auf Denkweise und Person Lublinskis, die schließlich in der abschließenden Schilderung eines grotesken Albtraums um dessen Person und Werke kulminieren. Erklärtes Ziel des Textes ist ein Angriff auf Lublinski als (vermeintlichen) Repräsentanten einer kunst- und lebensfremden Literaturkritik, die sich in einer anmaßenden Kunstrichter-Rolle gefällt. Darüber hinaus erscheint Lublinski als Verkörperung einer intellektuellen Grundhaltung, die – in deutlicher Nähe zur Lebensphilosophie des mit Lessing befreundeten Ludwig Klages – als Hochmut des »Geistes« dem »Leben« gegenübergestellt und schließlich wiederholt auch in Beziehung zur (vorgeblich verleugneten) ostjüdischen Herkunft gebracht wird: »ich sah in ihm den Schulfall einer häufigeren Ordnung talmudischer Geistigkeit, die zuwenig durchblutet und erschaut und zu viele belletristische Bücher liest« (Lessing, *Samuel*, S. 11); der Begriff »esprit-jüdisch« wird ausdrücklich auf ihn bezogen. Die physiognomische Karikatur Lublinskis (das Begriffspaar »Physiognomik« und »Charakterologie« gebraucht Lessing in späteren Selbstrechtfertigungen) betont einen Kontrast zwischen physischer Erscheinung und intellektuellem Anspruch. Sie denunziert andererseits die ostjüdische Tradition talmudischer Buchgelehrsamkeit, mit der Lessing sich 1909/10 auch in – kontrovers aufgenommenen – Reiseberichten aus Galizien in der *Allgemeinen Zeitung des Judentums* polemisch auseinandergesetzt hatte. Dabei versieht er Lublinski mit Zügen, wie sie aus antisemitischen Karikaturen seit dem 19. Jahrhundert verbreitet waren: bezeichnet ihn etwa als »fettige[s] Synagöglein«

und »mauschelndes« (das Wort kommt achtmal vor) »Talmud-Gebürtchen« – »denn eigentlich hätte sein liebes Väterchen an einem schönen Schabbes ein kleines Talmudtraktätchen erzeugen wollen, aber aus Versehen ist aus dem kniffeligen rabbinischen Büchlein ein kluges Samuelchen geworden.« (S. 65, 68) Wendungen wie »deutsches Literaturfontänchen« könnten darauf hindeuten, dass im Zentrum des Textes weniger eine spezifisch antisemitische, sondern eher eine assimilationskritische und darüber hinaus aggressiv vernunftfeindliche Wirkungsabsicht steht, die sich in diesem besonderen Fall auch antisemitischer Polemik bedient.

Der Artikel wendet damit auf die *Person* Lublinskis an, was Lessing, in einem weniger bekannten Aufsatz, bereits ein Jahr zuvor in derselben Zeitschrift allgemein als Einwand gegen eine u. a. von Lublinski repräsentierte Literaturkritik formuliert hatte (*Die Kunst, in zwanzig Minuten ein bedeutender Kunstkritiker zu werden*, in: *Die Schaubühne* 1909, Nr. 11–13; erneut in Lessing: *Der fröhliche Eselsquell*. 1912, S. 169–206). Anspielungen auf Lublinski, die 1910 wiederaufgenommen werden (vor allem auf *Die Bilanz der Moderne* und *Der Ausgang der Moderne*), beziehen sich dort noch ausschließlich auf bestimmte intellektuelle und ästhetische Einstellungen und auf den Vorwurf selbstgefälliger Schwatzhaftigkeit, es fehlen hingegen noch alle physiognomischen und antisemitischen Denunziationen.

Lessings Artikel rief augenblicklich heftige Reaktionen zahlreicher Publizisten und Schriftsteller hervor. Zustimmung ist nur vereinzelt festzustellen; so verteidigt »K. Sch.« in der *Zeit am Morgen* vom 18. April 1910 Lessing, dessen Artikel »starke Spuren von Geist und Witz« zeige und mit Recht Lublinski als »Vielschreiber«, »Deutschverderber« und »Literaturpapst« angreife, dessen »Erscheinung [...] die Spottlust reizen kann«. Im übrigen überwiegt empörte Ablehnung. In Friedrich Naumanns Zeitschrift *Die Hilfe* (Nr. 5, 1910) wird Lessing von Paul Zschorlich als »Wegelagerer« bezeichnet, der »mit dem Schlagring seiner Gehässigkeiten« den

»unglücklichen und wehrlosen« Lublinski traktiere; sein vorgeblicher Witz sei »ordinär, nur plump und brutal«; in einem Brief an die *Jüdische Rundschau* vom 11. Februar 1910 protestiert Rabbiner Osias Thon gegen »verleumderische und direkt judenfeindliche Elokubationen« in mehreren Artikeln Lessings, u. a. in der Lublinski-Polemik; im *Berliner Börsenkurier* (Februar 1910) kritisiert Hermann Kienzl den »Rowdy-Artikel« des »Heine-Imitator[s]« Lessing. Schließlich verfassen Lublinskis Weimarer Freunde Paul Ernst und Wilhelm von Scholz eine öffentliche Protestnote, die von dreiunddreißig (jüdischen wie nichtjüdischen) Schriftstellern unterzeichnet wird: »*Erklärung*. Die Unterzeichneten drücken gelegentlich des Artikels *Samuel zieht die Bilanz* von Theodor Lessing in Nummer 33 der *Schaubühne* ihr Bedauern darüber aus, daß es kein Ehrengericht für Journalisten gibt.« Zu den dreiunddreißig Unterzeichnern gehören Otto Falckenberg, Saul Friedländer, Georg Hermann, Theodor Heuss, Richard M. Meyer, Otto Stößl und Stefan Zweig. Der von Falckenberg ebenfalls um seine Unterschrift gebetene Thomas Mann antwortet abschlägig und kündigt ihm stattdessen einen eigenen Beitrag gegen Lessing mit der Begründung an:

> Ich bin über das elende Machwerk des Herrn Lessing so empört wie es Lublinski's Weimarer Freunde nur sein können, möchte mich aber an dem Protest in dieser Form nicht beteiligen. Der zu unterschreibende Satz sagt garnichts von dem, was gesagt werden muß und kann Herrn Lessing nichts anhaben. Wenn Paul Ernst oder Scholz sich nicht dazu hergeben wollen, dem unverschämten Zwerge gebührend übers Maul zu fahren, so habe ich die größte Lust dazu und redigiere einen kleinen Entgegnungsartikel, den ich dem »Liter[arischen] Echo« einschikken werde und der, denke ich, Lublinski Genugthuung geben wird. (3. Februar 1910; GKFA 21, 442)

In einem Brief an Lublinski teilt er überdies mit, Lessing habe ihn um Unterstützung *gegen* die Initiatoren der *Erklärung* gebeten: »Wollen Sie glauben, daß er mir seinen Artikel zugeschickt hat, mit der Bitte, ihn, anderen Stimmen gegenüber, gut zu heißen? [...] Er wird sich wundern. Ich behandle ihn nämlich keineswegs mit dem Florett, sondern mit dem spanischen Rohr. Es ist nicht ausgeschlossen, daß er mich verklagt.« (16. Februar 1910; Br. III, 455f.)

Thomas Manns Artikel erscheint am 1. März 1910 im *Literarischen Echo* zusammen mit der folgenden redaktionellen Anmerkung:

> Wir hatten ursprünglich nicht die Absicht, von dem hier behandelten Falle seines rein persönlichen Charakters wegen überhaupt Notiz zu nehmen, aber die Zahl und der Inhalt der uns darüber zugegangenen Zuschriften läßt erkennen, daß der Angelegenheit in literarischen Kreisen eine mehr als bloß private Bedeutung beigemessen wird. Wir geben deshalb Herrn Thomas Mann das Wort zu einer Abwehr, die sich dem Sinne nach mit einer ganzen Reihe ähnlicher uns zugegangener Äußerungen deckt.

Thomas Manns eigene Begründungen für die Heftigkeit seiner Reaktionen machen unterschiedliche Motive geltend. Gegenüber Heinrich spricht er von seiner »oeffentliche[n] Polemik«, »infolge einer gerechten Wallung ganz unegoistischer Art« (16. März 1910; TM/HM, 149), aber auch von Gereiztheit infolge von Arbeitsproblemen: »Das Geheimnis ist, daß ich mit dem ›Hochstapler‹ nicht anfangen konnte; aus gequälter Unthätigkeit schlug ich los, dessen bin ich mir innerlich wohl bewußt, und ich habe damit meine Kräfte natürlich nur weiter heruntergebracht.« (20. März 1910; GKFA 21, 446) In einem Brief an Julius Bab vom 31. August 1910 erklärt er: »Daß Thomas Buddenbrooks Leben, wie Sie andeuten, ein modernes Heldenleben ist, hatte bisher nur ein Kritiker begriffen: der häßliche kleine Lublinski. Und, daß ich es gestehe, einzig aus Dankbarkeit dafür habe ich neulich gegen den verdrehten Schwachkopf von Lessing eine Lanze für ihn gebrochen.« (GKFA 21, 462)

Zwei Tage nach der Veröffentlichung von Thomas Manns Artikel nimmt Walter Behrend in seinem Artikel *Der abgekanzelte*

Lessing (in den *Leipziger Neuesten Nachrichten* vom 3. März 1910) differenziert Stellung zu dem Streit: Thomas Manns »Vorwurf der Talentlosigkeit und Unfähigkeit« sei zwar verfehlt, dennoch habe Lessing sich »im Ton vergriffen« und »ein überaus skrupelloses Pamphlet« verfasst; es sei »schade, daß einem Schriftsteller von dieser Qualität ein solcher faux pas passieren mußte«; er habe deshalb »die verabreichten Prügelsuppen beschämt herunterschlucken müssen«. Lessing selbst erhebt in einem Telegramm an Thomas Mann, in allerdings undeutlichen Formulierungen, eine Duellforderung: »Vor Weiterem habe auch namens der Meinen anzufragen, ob Sie für Überzeugung mit Waffe eintreten.« Thomas Mann weist das mit den Worten zurück: »Ihr Telegramm widerspricht allem Herkommen und ist mir unverständlich.« (s. E I, 348) Daraufhin veröffentlicht Lessing in der *Schaubühne* (6. Jg., Heft 10, S. 253–257) einen Artikel *Wider Thomas Mann*. Darin betont er den »satirischen« und exemplarischen Charakter seiner Lublinski-Polemik, erklärt sich für einen »kunstheiteren Spötter« (S. 255) und versichert, er habe »von einem bekannten Manne der Oeffentlichkeit, den ich menschlich ehre, mit drastischer Komik in derbem Umriß vergröbernder Schwarz-weiß-Technik eine redlich harmlose Karikatur gezeichnet. Solche Persiflage sagt nicht: dieser Autor ist schlecht, nicht: dieser Mensch ist unliebenswürdig, sondern: dieser Autor ist komisch.« (S. 257) In diesem Zusammenhang erinnert er Thomas Mann an dessen eigene Auseinandersetzung mit dem »Bilse«-Vorwurf (vgl. Textband S. 95–111) und nimmt beiläufig auch für sich in Anspruch, mit dem Angriff auf Lublinski zugleich auch sich selbst kritisiert zu haben.

Neben diesen Selbstrechtfertigungen und Modifikationen enthält der Artikel zahlreiche neue polemische Angriffe auf Thomas Mann; überdies betont Lessing, er habe zehn Jahre lang enge Beziehungen zur Familie Pringsheim unterhalten und sei mit Thomas Manns Schwester Carla befreundet. Thomas Mann habe seinen Artikel nur mit Rücksicht auf die Familie seiner »Gattin, die sich als Juden durch meine Satire verletzt glaubten«, verfasst

(S. 254). Unter Erinnerung an seine Bereitschaft, »daß ich für meine Satire auch mit größerer Waffe Genugtuung gebe«, verlangt Lessing schließlich von Thomas Mann »eine öffentliche Ehrenerklärung im *Literarischen Echo*«; falls diese ausbleibe, »beginne mein Kampf.« (S. 257) (In einem etwa gleichzeitigen Briefwechsel mit Lessing nimmt Samuel Lublinski einige vergleichsweise nüchterne Richtigstellungen vor und verlangt seinerseits eine Entschuldigung Lessings in der *Schaubühne*.)

Wenig später wird Lessings Artikel im *Literarischen Echo* unter der Überschrift *Gegen Thomas Mann* zusammen mit dessen darauf antwortenden *Berichtigungen* erneut abgedruckt (*Das literarische Echo* 12 [1910], Heft 13, Sp. 975–977). In einem Brief an Lublinski vom 18. März 1910 bemerkt Thomas Mann dazu: »da Lessing auch an das *Liter. Echo* repliciert hat und man mir einen Abzug seines Gesudels schickte, mußte ich, ohne eigentlich zu ›erwidern‹, doch den Hergang der Sache noch einmal erzählen und von niederträchtigen Verdrehungen und Entstellungen befreien. Dieser Artikel [...] ist aber mein letztes Wort in der Sache. Was habe ich eigentlich mit diesem Narren zu schaffen?« (Br. III, 456)

Am 29. April schreibt Thomas Mann an Lublinski auf einer Postkarte, Lessing habe »seinen ›Kampf‹ gegen mich aber ganz eingestellt. Er scheint gebrochen und vergleicht sich nur noch einmal flüchtig mit Nietzsche.« (Br. III, 458) Diese Zuversicht ist verfrüht: Da sowohl die *Schaubühne* als auch das *Literarische Echo* sich weigern, eine Erwiderung auf Thomas Manns *Berichtigungen* abzudrucken, veröffentlicht Lessing noch im Frühjahr 1910 in seinem eigenen »Verlag des ›Antirüpel‹« (in dem sonst die Publikationen des von Lessing gegründeten »Antilärmvereins« erscheinen) eine neunzigseitige Schrift über den Streit mit Lublinski und Thomas Mann; sie trägt den Titel: *Samuel zieht die Bilanz und Tomi melkt die Moralkuh oder Zweier Könige Sturz. Eine Warnung für Deutsche, Satiren zu schreiben. Mit literarischen Beiträgen von Thomas Mann, Samuel Lublinski und den vierzig sittlichsten deutschen Dichtern und Denkern.* In einem unpublizierten Typoskript (Ende 1910; Lessing-Nachlass im Stadtarchiv Hannover) rechtfertigt Lessing diese Publikation damit, dass er als Publizist wie als Hochschullehrer in Verruf gebracht und »mit der ganzen teuflischen Grausamkeit der liberalen ›öffentlichen Meinung‹ [...] Wochen und Monde gemartert« worden sei.

Die Broschüre wird eingeleitet mit einem neunseitigen Gedicht, das als »Vorrede im Bänkelsängerstil« den Verlauf der Affäre sarkastisch schildert; sie enthält sodann unter anderem Lessings von der *Schaubühne* und dem *Literarischen Echo* zurückgewiesene Antwort auf Thomas Manns *Berichtigungen*, schließlich ein »Dichterpsychologem« in vier Kapiteln unter der Überschrift *Tomi melkt die Moralkuh* und einen *Epilog*, in dem Lessing fordert: »Ehren wir einander! Nicht einen Augenblick, glaubt mir, habe ich ernstlich auf Euch gezürnt. Auch nicht auf Sie, Tom, oder auf Sie, Samuelchen.«

Den umfangreichsten Teil der Publikation bildet aber eine vorgebliche Dokumentation des Streits, die als Wiederabdruck ausgegeben und mit den entsprechenden Quellenangaben versehen ist. Sie weist allerdings erhebliche (und unmarkierte) Eingriffe des Herausgebers auf, die Sinn und Beziehungen der Texte z. T. massiv verändern. So wird in Lessings *Samuel zieht die Bilanz* der Titel durch die Gattungsbezeichnung *Eine Satire* ergänzt und das von Thomas Mann bemängelte »mauscheln« an sechs von acht Stellen stillschweigend durch unanstößige Ausdrücke ersetzt (wodurch Thomas Manns anschließende Kritik in dieser Hinsicht gegenstandslos wirkt); auch weitere Ausdrücke, die eine antisemitische Lesart zulassen, werden stillschweigend gestrichen oder ersetzt: aus »Semitenjüngling« wird »Jüngling«, statt »Laubhütten von Jargonblüten« heißt es nun »Rosenlauben von Jargonblüten«. Überdies werden ganze Textpassagen neu hinzugefügt. Die abwägende Stellungnahme von Walter Behrend wird von Lessing weitgehend so neuformuliert, dass sie nun als verletzender Angriff gegen ihn erscheint. In der Wiedergabe von Thomas Manns erstem Aufsatz ersetzt Lessing die generalisierende Schlusswendung, er wolle

»den Lumpen das Handwerk« erschweren, durch die individualisierende Formulierung »dem Lumpen«, die allein Lessing selbst zu gelten scheint; in seiner eigenen Antwort *Wider Thomas Mann* verändert er Zitate und erweitert den ursprünglichen Text um 110 Druckzeilen, d. i. mehr als ein Viertel des Gesamtumfangs; in Thomas Manns *Berichtigungen* (die er jetzt mit *Antwort* überschreibt) streicht er Passagen, in denen Thomas Mann Lessings entstellende Zitierweise kritisiert (!), sowie den Satz: »In mir hat er keinen Gegner«. Auslassungen werden nur vereinzelt und missverständlich (da kein Unterschied gegenüber den in gleicher Weise markierten Gedankenpausen erkennbar ist) durch drei Punkte gekennzeichnet.

Auffallend sind in Lessings eigenen neuen Beiträgen schließlich einige ironische Angriffe auf Thomas Manns sexuelle Orientierung. So wird er als ein Mann »für Herrengeschmack« und nicht »für Damen« apostrophiert, als »etwas femininer, dekadenter Patriziersohn« und geradezu als »Tomi, das Weibchen« (dagegen »Katja, sein Mann«); auch auf den Streit zwischen Heine und Platen wird einmal beiläufig angespielt. In einem Brief an Lublinski kommentiert Thomas Mann diese erneute Publikation am 16. Mai 1910: »Er hat in der That die früher schon angekündigte Broschüre erscheinen lassen, worin er das gesamte Material nach seinem Geschmack arrangiert und in Versen und Prosa auf eine nun wirklich vollkommen verrückte Weise kommentiert hat. Sie wimmelt von rasenden Lügen, Verdrehungen, Verleumdungen, die sich nicht zuletzt auf Damen meiner Verwandtschaft beziehen, und er hat das Ding der Mutter meiner Frau mit einer pöbelhaften Widmung zugeschickt.« (GKFA 21, 451; der Briefwechsel zwischen Lessing und der Familie Pringsheim ist nicht erhalten.)

Da Thomas Manns Schwiegervater Alfred Pringsheim mit gerichtlichen Schritten für den Fall drohte, dass Lessing den Vertrieb der Schrift nicht umgehend einstelle, wurden nur 63 Exemplare verkauft. Dennoch setzte Lessing – nach einer weiteren unpublizierten Selbstrechtfertigung (*Zur Selbstwehr*, Typoskript im Lessing-

Nachlass, Stadtarchiv Hannover) – seinen Angriff 1912 fort, jetzt in der Zeitschrift *Die Brücke*, begleitet von einer redaktionellen Bemerkung des Herausgebers Karl Röttger: »Ich brauche nicht zu sagen, warum ich der verflossenen Affaire in dieser Zeitschrift so viel Raum zur Verfügung stellte. Nicht bloss, weil ich Theodor Lessing als Schaffenden schätze. Nicht bloss, weil ich Manns Bücher nicht goutire. Hier war etwas Selbstverständliches nachzuholen. Mehr nicht.«

Unter der Überschrift *Ein Dokument der Zeit* wirbt Lessing nun erneut für den Kauf seiner Broschüre und fügt eine Reihe scharfer neuer Angriffe auf Thomas Mann hinzu, dem er das Heft am 27. Februar 1912 mit folgendem Begleitbrief zuschickt: »Mit der Uebersendung des anliegenden Heftes biete ich Ihnen, wie Frau Hedwig Pringsheim Gelegenheit, Ihre noch immer unerledigte feige und niedrige Handlungsweise durch ehrliches Bekenntniss vor eigenstem Gewissen gut zu machen.« (Original im Lessing-Nachlass, Stadtarchiv Hannover, Konvolut LN 2134) Eine Antwort Thomas Manns ist nicht bekannt.

Noch 1925 kommt Lessing in mehreren Veröffentlichungen auf Thomas Mann als Beispiel eines »defekten« Charakters zu sprechen; in dem unpublizierten Typoskript *Das Ewig-Andere*, das vermutlich aus den dreißiger Jahren stammt, wird Thomas Mann dann als »das defekteste Salzschleimhäufchen« beschimpft, »das mir im Leben begegnete« (Lessing-Nachlass, LN 2134). Lessings Insinuation, auch Thomas Mann sei jüdischer Abkunft, wurde von dem antisemitischen Literarhistoriker und Kritiker Adolf Bartels dankbar aufgenommen und wurde zum Gegenstand des in der *Staatsbürger-Zeitung* ausgetragenen Streits (vgl. hier den Kommentar zu Thomas Manns Brief [*An die Redaktion der »Staatsbürger-Zeitung« II*]).

Auch für Thomas Mann war der Streit mit dem Jahr 1910 nicht beendet. Der Held seiner geplanten Novelle *Ein Elender* sollte, wie Hans Wysling gezeigt hat, Züge sowohl Alfred Kerrs als auch Theodor Lessings aufweisen (Wysling 1967b, S. 106–122). Überdies sollte hier wohl auch die Liebesaffäre eine Rolle spielen, die Thomas Manns späterer Freund Bruno Frank als Schüler der freien Schule in Haubinda mit der Ehefrau seines zeitweiligen (1902 bis 1904) Lehrers Theodor Lessing hatte. Eine noch spätere Spur der Auseinandersetzung hat Eckhard Heftrich in *Joseph in Ägypten* ausgemacht: In den beiden Zwergen Dudu und Gottliebchen erkennt er nicht nur Wagners Alberich und Mime, sondern auch Karikaturen von Lessing (dem »unverschämten Zwerge«, an Otto Falckenberg, 3.2.1910; GKFA 21, 442) und Lublinski (Heftrich 1993, S. 75–78).

Der Streit zwischen Theodor Lessing und Thomas Mann hat eine Zeitlang Aufsehen erregt. Das hat seinen Grund auch darin, dass es hier einerseits um persönlichste Beziehungen geht, um Missverständnisse, Unterstellungen und Beleidigungen bis zur Duellforderung, andererseits aber auch um grundsätzliche Fragen von Literatur und Kritik und um das Verhältnis von jüdischen und nichtjüdischen Bürgern in Deutschland. Zur Gemengelage wird diese Vielfalt der Konflikte dadurch, dass immer wieder eindeutige Frontstellungen zugleich hergestellt und unterlaufen werden. Insbesondere der Vorwurf des Antisemitismus, der seit Thomas Manns Artikeln wiederholt gegen Lessing vorgebracht worden ist, richtet sich gegen einen Autor, der selbst ausdrücklich als Jude schreibt, und ist deshalb dann auch gegen Thomas Manns Lessing-Kritik selbst gekehrt worden. Hinzu kommen politische und biographische Ereignisse, die beim Streit von 1910/11 noch nicht absehbar waren: Lessing, der mit seiner Aufklärungskritik von manchen Kritikern geradezu als ein ideologischer Wegbereiter für den Nationalsozialismus mitverantwortlich gemacht wurde, gehörte selbst zu dessen ersten Opfern; Hermann Göring hatte öffentlich zu seiner Ermordung aufgerufen. Der erklärte Antifaschist Thomas Mann hat das mit Kälte und Härte kommentiert; Tagebucheintrag vom 1. September 1933: »Mir graust vor einem solchen Ende, nicht weil es das Ende, sondern weil es so elend ist und einem Lessing anstehen mag, aber nicht mir.« Am selben Tag in einem Brief an Klaus Mann: »Mein alter Freund Lessing ist ja ermordet worden. War immer schon ein falscher Märtyrer.« (Klaus Mann: *Briefe und Antworten.* München 1975, S. 129).

Textlage

Der Text erschien zuerst in der Zeitschrift *Das literarische Echo* vom 1. März 1910 (12. Jg., H. 11, Sp. 821–824). In einer veränderten Fassung wurde er mit dem redaktionellen Untertitel *Ein Pamphlet* wiederabgedruckt in Theodor Lessing: *Samuel zieht die Bilanz und Tomi melkt die Moralkuh oder Zweier Könige Sturz. Eine Warnung für Deutsche, Satiren zu schreiben. Mit literarischen Beiträgen von Thomas Mann, Samuel Lublinski und den vierzig sittlichsten deutschen Dichtern und Denkern.* Hannover 1910, S. 28–33. Im ursprünglichen Wortlaut wurde er wiederabgedruckt in GW XI, 719–725; ARE I, 162–168 sowie in E I, 112–118.

Stellenkommentar

218 6 *Heine-Imitation*] Vgl. dagegen hier Thomas Manns eigene Beiträge zu Heine: *Heinrich Heine, der »Gute«* (Textband S. 21ff.), *Notiz über Heine* (Textband S. 187) und [*Zur Begründung einer deutschen Heine-Gesellschaft*] (Textband S. 191).

26 *Ehrenname des Literaten*] Vgl. hier [*Die gesellschaftliche Stellung des Schriftstellers in Deutschland*], Textband S. 225–230; vgl. auch *Der Literat*, Textband S. 354–362 mit Kommentaren.

30–219.1 *daß er »für Literatur nur wenig Interesse habe«*] Wörtlich wiederaufgenommen in [*Die gesellschaftliche Stellung des Schriftstellers in Deutschland*], Textband S. 226.

219 1–2 *mit abelschen Funktionen*] Gemeint ist die von dem norwegischen Mathematiker Niels Henrik Abel (1802–1829) aufgestellte Theorie der Integrale algebraischer Funktionen.

4–6 *Gelegenheit … zu prüfen*] Vielleicht unter Mitwirkung Katia Manns, die in München Mathematik studiert hatte, und ihres Vaters, des Münchner Ordinarius für Mathematik Alfred Pringsheim?

219 22 *insipider*] »Insipide«: unverständig, töricht.

29 *mauschelt*] Das Verb leitet sich ursprünglich ab aus der jiddischen Namensform »Mausche« für »Moses« (die in antisemitischem Sprachgebrauch auch denunziatorisch für »Schacherjude« gebraucht werden konnte) und bedeutet seit dem 17. Jahrhundert, in zumeist herabsetzender Weise, »wie ein Jude reden« (vgl. den Artikel »mauscheln« in Kluge/Götze 1975).

220 15 *»den Magus aus Norden«*] »Magus in Norden« war im 18. Jahrhundert, anspielend auf die Heiligen Drei Könige, als Beiname des Königsberger Philosophen Johann Georg Hamann (1730–1788) gebräuchlich.

221 29–222.3 *nichts von brennenderem Interesse … fördern kann.*] Wiederaufnahme aus der 19. Notiz zu *Geist und Kunst* (die ihrerseits aus dem Abschnitt *Für Lublinski* im 9. Notizbuch, Nb. II, 181f., übernommen ist, einer Auseinandersetzung mit Samuel Lublinskis Buch *Der Ausgang der Moderne* – s. Entstehungsgeschichte): »Nichts von brennenderem Interesse, als die Kritik der Modernität […]. Es fehlt in Deutschland an Psychologie, an Erkenntnis, an Reizbarkeit, Gehässigkeit der Erkenntnis, es fehlt an kritischer Leidenschaft … […] Der Kampf gegen die Zeit und gegen das, was sie im Triumphe emporhebt, braucht nicht notwendig aus persönlicher Verbissenheit hervorzugehen. Große Beispiele lehren, daß er dem Willen zur Selbsterkenntnis entspringen und die Selbsterkenntnis der Zeit, ihre Selbstüberwindung fördern kann.« (GuK, 162) Ähnlich schon am Ende der 13. Notiz: »(Ich *liebe* unsere Zeit. Nichts interesanter, als sie!)« (GuK, 159)

222 3–6 *Große Beispiele … fördern kann.*] Hier klingt Thomas Manns wiederholt formulierte Bewunderung für das ›große Beispiel‹ Nietzsches an: »Nietzsche's große, stellvertretende Selbstüberwindung, der sogenannte Abfall von Wagner« (*Vorspruch zu einer musikalischen Nietzsche-Feier*, 1923; GW X, 183).

10–11 *Lublinskis Hofmannsthal-Polemik*] Gemeint ist das Hofmannsthal-Kapitel in Lublinskis *Ausgang* (S. 84–117). Wiederum eine Übernahme – allerdings mit einigen bezeichnenden Abweichungen – aus der Lublinski-Passage im 9. Notizbuch, wo es im Anschluss an die oben zitierte, in die 19. Notiz zu *Geist und Kunst* übernommene Passage heißt: »Auch braucht sich von einer Polemik, welche gegen die Zeit gerichtet ist, der Einzelne ja nicht getroffen zu fühlen. Im Gegenteil, es ist auszeichnend, von einem Richter der Zeit als symptomatisch, als repräsentativ, besonders aufs Korn genommen zu werden, u. wenn Lubl. gegen H. v. Hofmannsthal X Seiten lang wütet, mich selbst aber auf einer einzigen gelinde abthut, so entspricht das einer Rangordnung, die ich anerkenne. Es ist also, wie mir scheint, ein Mißverständnis, zu glauben, daß L. Hofmannsthal gering achtet. ›Man schreibt nicht so ausführlich, wenn man etc‹, und in L. Hofmannsthal-Polemik findet sich manches heiße Wort, welches darauf hindeutet, daß er den Reiz dieser modernen Persönlichkeit vielleicht leidenschaftlicher empfunden hat, als mancher ›Bewunderer‹.« (Nb. II, 182)

222 20 *Charge*] Eigentlich eine übertrieben gezeichnete (Neben-) Figur im Theater.

20 *Ressentiment*] Zentraler Begriff aus Nietzsches *Zur Genealogie der Moral*; vgl. etwa den 10. Abschnitt der Ersten Abhandlung: »*Gut und Böse*«, »*Gut und Schlecht*«: »Der Sklavenaufstand in der Moral beginnt damit, dass das *Ressentiment* selbst schöpferisch wird und Werthe gebiert« (KSA 5, 270).

29–30 *wo überall Herrn Lessings Wiege gestanden haben könnte*] Sie stand in Hannover, wo Lessing als Enkel eines Bankiers und Sohn eines erfolgreichen Arztes zur Welt kam (dazu und zu weiteren biographischen Richtigstellungen vgl. Marwedel 1987).

223 3 *mit anderen schwabinger Ekstatikern*] Anspielung auf Lessings Kontakt zur Schwabinger Gruppe der »Kosmiker« um Alfred Schuler.

9–10 *Pasquille*] »Pasquill«: Schmähschrift.

16 *als Schullehrer falliert*] Nachdem Lessing von 1902 bis 1904 am Landschulheim Haubinda in Thüringen unterrichtet hatte (vgl. den Kommentar zum *Vorwort zu einem Roman*, hier S. 549), verließ er die Schule nach Streitigkeiten um deren zunehmende antisemitische Ausrichtung. In Haubinda hatte seine Ehefrau – mit seinem

Wissen und seiner Duldung – ein Verhältnis mit dem Schüler Bruno Frank (vgl. auch *Bruno Frank, »Requiem«*, Textband S. 396ff.); diesen Vorfall wollte Thomas Mann in seiner dann nicht zustande gekommenen Novelle *Ein Elender* verarbeiten (vgl. hier zur Entstehungsgeschichte).

223 20 *Conférencier für Damen*] Lessing hielt öffentliche Vorträge für die Frauenbewegung.

21 *Kulissenreform*] Vgl. dagegen Thomas Manns sehr interessierte Auseinandersetzung mit Lessings einschlägigen Arbeiten (Kommentar zu *Versuch über das Theater*, hier S. 207).

224 6 *stupéfait*] Frz.: verblüfft; Thomas Mann verspottet Lessings fehlende (Plural-) Flexion des Wortes.

13 *von Liliencron*] Lessing karikiert in seiner Schilderung der Schwabinger Bohème auch »Detlev Liliencron, der aussah wie ein quicker strammer Froschmäusekönig. Oder wie ein Kaninchenlöwe. Oder eine Art Bauern-Goethe. Ein guter Kamerad und nicht viel dümmer, als zum Ausüben edler Dichtkunst nun einmal nötig ist.« (Lessing, *Samuel*, S. 19) Vgl. hier auch Thomas Manns Glückwunschartikel zu Liliencrons 60. Geburtstag (Textband S. 76f.).

25 *Achtete … nicht für Raub*] Ironisch-redensartliches Bibelzitat (Phil 2,6), von Thomas Mann häufiger gebraucht.

25 *Odysseus*] Im zweiten Gesang der *Ilias* züchtigt Odysseus den hässlichen Thersites, der die griechischen Fürsten geschmäht hat: »Törichter Schwätzer Thersites, obgleich ein tönender Redner, / Schweig und enthalte dich, immer allein mit den Fürsten zu hadern! […] Also der Held, und zugleich mit dem Zepter ihm Rücken und Schultern / Schlug er; da wand sich jener, und häufig stürzt' ihm die Träne.« (*Ilias* II, V. 246–266; Voß' Übersetzung)

[DIE GESELLSCHAFTLICHE STELLUNG DES SCHRIFTSTELLERS IN DEUTSCHLAND]

Entstehungsgeschichte und Quellenlage

Ersichtlich handelt es sich bei diesem Text um die Antwort auf eine Rundfrage, über die aber außer dieser Antwort nichts bekannt ist. Die Handschrift ist datiert auf den 7. März 1910.

Der Text erörtert einige literaturtheoretische Grundgedanken der frühen Essayistik Thomas Manns ausführlicher als jeder andere. Dabei greift er sinngemäß oder im Wortlaut eine Reihe von Notizen zum (hier ausdrücklich erwähnten) *Litteraturessay* über *Geist und Kunst* wieder auf; kein anderer Essay Thomas Manns verarbeitet dieses Material in solcher Fülle und Dichte. Darüber hinaus weist er einige Gemeinsamkeiten zu [*Roman und Theater in Deutschland*] auf. Die Bezüge werden hier im Stellenkommentar nachgewiesen. Der Essay steht in engem Zusammenhang mit einem ebenfalls unpublizierten und nur fragmentarisch erhaltenen Entwurf, der hier unter den Paralipomena zu dem Essay *Der Literat* veröffentlicht ist (vgl. hier S. 501ff.).

Die Bevorzugung des bewussten, analytischen Schriftstellers gegenüber dem naiven, »orphischen« Dichter hat Thomas Mann bereits vierzehn Jahre zuvor in *Kritik und Schaffen* (1896, vgl. Textband S. 47–50) erstmals formuliert. In *Notizen* [II] (1909) hat er sie dann, ebenfalls im Rückgriff auf das *Geist und Kunst*-Konvolut, ausführlicher erörtert; angesichts der dort eingeführten Opposition von »Kultur« und »Zivilisation« hatte er sich zugunsten der letzteren entschieden (s. Textband S. 213f.). Im vorliegenden Text wird die Kontrastierung beider Dichter-Typen weiter begründet und zugleich um den Gegensatz von Deutschland (als Land der Musik) und Frankreich (als Land der Literatur) erweitert – vielleicht unter dem Eindruck von Gesprächen mit Heinrich Mann, der im selben Jahr die Essays *Geist und Tat* und *Voltaire – Goethe* schrieb (vgl. dagegen noch [*Der französische Einfluß*], 1904; Textband S. 73ff.).

Für das Verhältnis von orphisch »lallendem« »Dichter« und analytisch »schreibendem« »Litteraten« wird hier (wie im Anschluss daran in *Der Literat*) eine Rangordnung und Bewertung vorgeschlagen, die derjenigen Thomas Manns nach 1914 diametral entgegensteht; entschieden stellt er sich hier auf die Seite ebenjenes Konzepts, von dem er sich dort mit dem Spottwort vom »Zivilisationsliteraten« distanzieren wird. Entsprechend steht auch hinsichtlich der nationalen Stereotypien die hier formulierte Entscheidung für die »französische« Traditionslinie in markantem Gegensatz zu derjenigen Position, die Thomas Mann ab dem Kriegsausbruch 1914 einnehmen (vgl. vor allem *Gedanken im Kriege*, 1914; GW XIII, 527–558) und dann in den *Betrachtungen eines Unpolitischen* differenzierter entfalten wird. Dabei bleibt die Vorstellung von Deutschland als einem im hier erläuterten Sinne ›unliterarischen‹ Land im Prinzip dieselbe, wird aber mit der entgegengesetzten Bewertung versehen. (Es fügt sich in dieses Bild, dass hier der Ärger Kaiser Wilhelms II. über Detlev von Liliencrons »Liebäugeln mit der Sozialdemokratie« durchaus mit Sympathie für Liliencron und Distanz gegenüber dem Kaiser behandelt wird.) Erst die Essayistik des späten Thomas Mann wird wieder zu der hier vertretenen Auffassung zurückkehren – etwa in *Deutschland und die Deutschen*, wo (wie im *Doktor Faustus*) die Affinität Deutschlands zur »Musik« wieder als gefährliches Defizit verstanden wird (1945; GW XI, 1126–1148).

Textlage

Der Text wurde, obwohl offenbar zur Publikation vorgesehen, zu Thomas Manns Lebzeiten nicht gedruckt. Er wurde erst posthum von Hans Wysling 1974, S. 9–12 unter dem Titel *Ein Brief zur Situation des deutschen Schriftstellers um 1910* veröffentlicht, danach unter der Überschrift *[Die gesellschaftliche Stellung des Schriftstellers in Deutschland]* in ARE I, 168–173 und E I, 119–123 nachgedruckt. Die Handschrift ist im TMA erhalten (Mp IX 164 grün). Sie bildet hier die Druckvorlage.

Stellenkommentar

225 9–10 *gesellschaftliche Stellung noch schwankt.*] Vgl. die 113. Notiz zu *Geist und Kunst*: »Armsel. soziale Stellung des Litteraten und doch seine priesterliche Unentbehrlichkeit.« (GuK, 212)

13–14 *erfreuen sich bei uns*] Die Worte »bei uns« sind über der Zeile nachgetragen.

14–15 *ohne Conkurrenz*] Über der Zeile nachgetragen.

16 *des Tiefstandes*] Über der Zeile nachgetragen.

17 *Rostand*] Der französische Dramatiker Edmond Rostand (1868–1918), u. a. Verfasser der populären und geistreichen Verskomödie *Cyrano de Bergerac* (1897).

17–18 *Rodin*] Der Bildhauer Auguste Rodin (1840–1917).

22–25 *wer in München lebt ... Bräuknechtes ist*] Vgl. zu diesem ambivalenten München-Bild einerseits den vielzitierten Anfang der Erzählung *Gladius Dei* (1902; GW VIII, 197), andererseits den Beginn der 10. Notiz zu *Geist und Kunst*: »Die Litteraturfeindschaft den Deutschen gewissermaßen eingeboren. Rolle der Litteratur in *München*. Scheu; unheimlich. *Gegensatz* zur ›Kunst‹.« (GuK, 157) Fortgesetzt in der 36. Notiz: »Die Münchener Literatur ist allerdings wenig geeignet, Respekt vor *der* Literatur einzuflößen.« In der 59. Notiz verspottet Mann das »Variété-Talent in der Münchener Künstlerschaft« (GuK, 182). Und in der 107. Notiz karikiert er, ein Wedekind-Zitat aufgreifend, das Münchener »Künstlertum« mit den Worten: »Seine Ruh' haben wollen und sich amüsieren wollen« (GuK, 211).

26–27 *dieser Künstler der Erkenntnis*] Aus der 32. Notiz zu *Geist und Kunst*, wo die Bestimmung »des Litteraten« als »des Menschen der Erkenntnis« (gemeint ist in diesem Falle Friedrich Nietzsche) derjenigen des »unzuverlässigen und charakterlosen Künstler[s] Wagner« kontrastiert wird (GuK, 168). Wiederaufgenommen in *Der Literat*, wo vom »Litteraten« als einem »Künstler[] der Erkenntnis« die Rede ist (Textband S. 355).

28 *durch Bewußtheit, durch Geist, durch Moralismus*] In der 62. Notiz zu *Geist und Kunst* werden als Charakteristika des »Litteraten« unter

anderem »Bewußtheit, höchste psychologische und sittliche Reizbarkeit« angeführt (GuK, 184).

225 29 *der scheuesten Befremdung*] In *Der Literat* schildert Thomas Mann ähnlich »das ganze Mißtrauen, der ganze Unglaube, womit der Bürger […] dem Litteraten […] begegnet« (Textband S. 355).

30–226.2 *In Berlin … entgegenkommen.*] Dieser Satz und die folgenden Bemerkungen greifen Gedanken der 10. und 11. Notiz zu *Geist und Kunst* wieder auf. In der 10. kontrastiert Thomas Mann wie auch im vorliegenden Aufsatz Berlin mit München; nach der hier zum Lemma »wer in München lebt … Bräuknechtes ist« zitierten Passage fährt er fort: »In Berlin besser dran, weil Helligkeit, Witz und jederlei Culturstreben ihr entgegenkommen. Außerdem jüdischer Geist. Volk des Buches. Anti-›künstlerisch‹. *Wagner* sehr deutsch in seiner *Literaturfeindlichkeit*. Hebbel, auch ein Deutscher, fand ihn lächerlich.« (GuK, 157) In der 11. Notiz stellt Thomas Mann sich auf die Seite des »jüdischen Geistes«: »Gottlob, daß ich kein Jude bin. Man würde sonst sofort sagen: Natürlich, drum auch! – Ich habe dafür ein wenig romanisches Blut, das in mir gegen die antiliterarische Simpelei protestiert.« (GuK, 158; übernommen aus dem 9. Notizbuch, dort unter dem Stichwort »Für die ›Litteratur‹«, Nb. II, 174: Vgl. hier auch *Die Lösung der Judenfrage* mit Kommentar, sowie die Gleichsetzung von »Juden, Frauen und Litteraten« im ersten handschriftlichen Entwurf zu *Der Literat*, hier Anmerkung S. 502_{18}.)

226 3–6 *Wenn Richard Wagner … Kunsttheorie zusammen*] Übernahme aus der 8. Notiz zu *Geist und Kunst* (und den auf das gleiche Thema bezogenen Passagen im *Versuch über das Theater*): »Wenn *Wagner* von ›Literatur-Lyrik‹ spricht oder vom Epos, das er den ›dürftigen Todesschatten etc‹ nennt, so möchte man an den Wänden hochgehen. / Das sind keine Kunstschriften, sondern *Künstler*schriften und zwar von der allernaivsten, kompromittierendsten, kindisch egocentrischen Art. Als Denker vollkommen dilettantisch, abhängig, kindlich.« (GuK, 155; ähnliche Passagen auch im *Versuch über das Theater* und der *Auseinandersetzung mit Wagner*; vgl. Textband

S. 134–137 u. 301ff.) Die Polemik bezieht sich auf Wagners Schrift *Oper und Drama* (1852), in deren zweitem Teil (*Das Schauspiel und das Wesen dramatischer Dichtkunst*) »Literatur-Drama« und »Literatur-Lyrik« gegenüber dem »unmittelbar zur Anschauung gebrachte[n], sinnlich dargestellte[n] *dramatische[n] Kunstwerk*« abgewertet werden (Wagner, *Schriften* IV, S. 2). Die 76. Notiz setzt den Gedanken fort: »›*Litteraturdichtung*‹, der Gegensatz zu was? Zu einer ›eigentlichen‹ Dichtung? Von Wagner unverschämter Weise erfunden und von ihm u. den Schülern seines Denkens unredlich gehandhabt. Goethe's Lyrik ist Literaturlyrik, Shakespeare's, Schiller's, Kleistens Dramen sind Literaturdramen: in diesen Fällen kann die Bezeichnung und Unterscheidung nichts Abschätziges haben.« (GuK, 191) Ähnlich auch die 90. Notiz: »›Literatur-Drama‹? Wohl gar im Gegensatz zum ›eigentlichen‹, zum Musikdrama? Noch besser! Es sei endlich einmal erlaubt, in Erinnerung zu bringen, daß das Wortdrama das ›eigentliche‹ Drama und das ›Musikdrama‹ eine Spezialität ist.« (GuK, 198) Schließlich nimmt die 97. Notiz diese Polemik wieder auf: »als Zeitgenosse Dostojewsky's, angesichts der riesigen Lebenswerke Shakespeare's, Goethe's, Balzac's, jene Behauptung ausstoßen konnte einzig ein Künstler, dessen Intellekt zu seinem Talente in dem betrübendsten Mißverhältnis stand. [...] Es gab: die Odyssee, [...] den Don Quixote und den Gil Blas und die Toten Seelen, die Göttliche u. d. Menschliche Comödie [...] – Litteraturdichtungen freilich, das Alles, recht dürres Zeug ...« (GuK, 202f.)

226 6 *Hebbel*] Anspielung auf eine Eintragung in Friedrich Hebbels Tagebuch vom 5. März 1863: »So viel ist an Richard Wagners lächerlicher Theorie richtig, daß die Oper ihre Stoffe immer aus der Mythe entlehnen sollte [...]«.

7 *Wagner war sehr deutsch*] S. o. Kommentar zu S. 225$_{30}$–226$_{2}$: im Gegensatz nämlich zum »jüdischen Geist« der »Litteratur«, auf dessen Seite Thomas Mann sich hier selbst sieht.

10–14 *Das Wort »Litterat« ... »Langfinger«.*] Fast gleichlautend im ersten handschriftlichen Entwurf (hier als erstes Paralipomenon) zu *Der Literat* (vgl. hier S. 502): »Welches ist das tötlichste Schimpfwort, heute gefürchteter und eine ärgere Brandmarkung, als Stümper, Hohlkopf und Langfinger? – ›Litterat!‹«

226 14–16 *Diejenigen, die Wert ... Person beurteilen*] Wörtliche Übernahme aus der Polemik *Der Doktor Lessing*, die im März 1910 erschienen war; vgl. Textband S. 218 und Kommentar.

20–21 *Der Eine betont mit Selbstgefälligkeit*] Gemeint ist wiederum Theodor Lessing, über den Thomas Mann am selben Ort bemerkt: »So bedeutet uns Herr Lessing [...], daß er ›für Literatur nur wenig Interesse habe‹ [...].« (s. Textband S. 218f. und Kommentar)

22 *der Andere wird nicht müde*] Anspielung auf den Schriftsteller Richard Schaukal (1874–1942), der sich in seinem Artikel *Vom Tanzen* (am 29. Februar 1908 in Maximilian Hardens *Zukunft*) entsprechend geäußert hatte. (Vgl. den Eintrag im 9. Notizbuch: »Snob-Verachtung der Litteratur: Schaukal, mit seinen Offiziers- und Adelsfreunden, ›aus gänzlich unlitterarischer Sphäre‹.« Nb. II, 173, in die 4. Notiz zu *Geist und Kunst* knapper übernommen.) Auch in der (in diesem Aufsatz noch mehrfach ausgewerteten) 12. Notiz zu *Geist und Kunst* wird Schaukal als Repräsentant der »Litteratur«-Verachtung kritisiert: »Aus der modischen Vornehmthuerei in Deutschland gegen das ›Litterarische‹ und den ›Litteraten‹ geht auch jenes überspannte und überspannende Verlangen nach ›Höhenkunst‹, ›Tempelkunst‹ etc hervor, das manches Talent, das sich glücklich in seinen Grenzen bethätigen könnte, in einem unangemessenen u. unmöglichen Ehrgeiz sich verzehren läßt. *Größe.* Grimasse und Gequäle. Gegensatz bei Schaukal von Produktion und Gethue« (GuK, 158; vgl. auch Nb. II, 174).

26–27 *Goethe und Schiller*] Übernahme aus der 73. Notiz zu *Geist und Kunst*, die das Schaukal-Zitat wieder aufnimmt: »›Nur mit Leuten aus gänzlich unliterarischer Sphäre‹. Die Deutschen haben eine berühmte Literaturfreundschaft vor Augen, die zwischen Goethe u. Schiller. Die Zusammenkünfte von Zola, Turgenjew, Goncourt etc. müssen immerhin nichts Übles gewesen sein.« (GuK, 191) – Die Nennung der Freundschaft Goethes und Schillers als einer exemplarischen *Literaten*- (und nicht etwa »Dichter«-) Freundschaft bedeutet eine beiläufige Provokation.

226 27 *diners chez Magny*] »Magny« war der Name jenes Pariser Restaurants, in dem sich ein illustrer Literatenzirkel zu treffen pflegte. Thomas Mann bezog seine Kenntnisse vermutlich aus Friedrich Nietzsches Brief vom 10. November 1887 an Heinrich Köselitz (Peter Gast): »[...] jene Diners, welche zwei Mal monatlich die damalige geistreichste und skeptischste Bande der Pariser Geister zusammenbrachten (Sainte-Beuve, Flaubert, Th. Gautier, Taine, Renan, les Goncourts, Schérer, Gavarni, gelegentlich Turgenjew usw). Exasperierter Pessimismus, Cynismus, mit viel Ausgelassenheit und gutem Humor abwechselnd; ich selbst gehörte gar nicht übel hinein – [...].«

28–32 *Wenn wir Litteraten ... förderlich sein.*] Dieser Wortlaut des Satzes ist korrigiert aus: »Wenn die Litteraten einander nicht blutiger zu beleidigen wissen, als indem sie sich gegenseitig in den Journalen dies neue Schmähwort ›Litterat!‹ nachrufen, so kann das ihrem Ansehen unter den Ständen unmöglich förderlich sein.« Im handschriftlichen Entwurf begründet Thomas Mann diese Wahl der ersten Person Plural ausdrücklich (vgl. hier das erste Paralipomenon zu *Der Literat*, S. 502f.).

227 1 *Unsere höhere Kritik*] Dieselbe Formulierung in [*Roman und Theater in Deutschland*] (1910, Textband S. 275)

7–8 *wird in höheren Sphären*] Zunächst hatte Thomas Mann fortgesetzt: »ist in höheren Sphären das Wort ›litterarisch‹ zu einem zweifellos abschätzigen, ja ächtenden Epitheton geworden«.

13 *Lessing hatte Recht*] Gotthold Ephraim Lessing beschäftigt sich im 36. bis 50. Stück der *Hamburgischen Dramaturgie* mit dem Veroneser Schriftsteller Scipione Francesco Maffei (1675–1755), dem Mitbegründer (1710) des *Giornale dei letterati*, der mit der vom bis dahin vorherrschenden französischen Vorbild abweichenden Tragödie *Merope* (1713) eines der bedeutendsten italienischen Dramen seiner Zeit geschrieben hatte. Die zitierte Passage stammt aus dem 42. Stück, wo Maffei mehrmals als »Literator« bezeichnet wird.

Thomas Mann übernimmt den Abschnitt aus der 64. Notiz zu *Geist und Kunst*: »In seiner ›Hamburgischen Dramaturgie‹, in jenen köstlichen Kapiteln, die Voltaires gaminhaften Feldzug gegen den |Italiener| Maffei behandeln, spricht Lessing von literarischer Poesie. ›Was ein Gelehrter von gutem klassischem Geschmacke‹, sagt er, ›der so etwas mehr für eine Erholung als für eine Arbeit ansieht, die seiner würdig wäre, leisten kann, das leistete auch er.‹ (Maffei, in seiner ›Merope‹) ›Seine Anlage ist gesuchter und ausgedrechselter, als glücklich; [...] der Litterator und der Versificateur läßt sich überall spüren, aber nur selten das Genie und der Dichter.‹« (GuK, 185f.)

227 13–14 *die gelehrte Scheinproduktion ... verurteilte.*] In der Handschrift korrigiert aus: »die gelehrte Litteratur [*dies wiederum korrigiert aus:* die Gelehrten] seiner Zeit als Scheinproduktion und litterarische Poesie verurteilte«.

16 *der unmündigen Ursprünglichkeit*] In der Handschrift korrigiert aus: »der kindlichen Ursprünglichkeit«.

18–19 *der litterarische Einschlag im Dichterischen*] In der Handschrift korrigiert aus: »der litterarische Einschlag des Dichterischen«.

20–21 *der nicht lallt sondern schreibt*] Übernahme aus der (ihrerseits auf das 9. Notizbuch zurückgehenden) 12. Notiz zu *Geist und Kunst*: »Heut will niemand ein guter Romanschriftsteller sein; man heißt sich Epiker – das klingt unliterarischer. Schreiben können gilt nichts, aber was lallend aus orphischen Tiefen kommt oder zu kommen vorgiebt, wird sehr geschätzt.« (GuK, 158; vgl. Nb. II, 174.) Die Vorstellung eines orphischen »Lallens« bezieht sich hier auf Orpheus als die mythische Verkörperung eines naiv-unreflektierten, inspirierten Singens unter dem Diktat numinoser Mächte.

21–22 *und wo Anatole France ... werden würde*] In der Handschrift ist der Zusatz über der Zeile nachgetragen. Die abwertende Verwendung des Attributs »espritjüdisch« hatte Thomas Mann soeben Theodor Lessing vorgehalten (vgl. *Der Doktor Lessing*, Textband S. 221). – Der Erzähler, Satiriker, Kritiker und Essayist Anatole France (eigentlich Jacques-François-Anatole Thibault, 1844–1924), der sich in der rationalistisch-eleganten Aufklärungstradition Diderots und Voltaires sah, war einer der angesehensten französischen Intellektuellen seiner Zeit; seit 1896 gehörte er der Académie Française an.

227 21–22 *verfehmt*] So in der Handschrift, entsprechend einer veralteten Schreibweise.

27–28 *Pascal ... Michelet*] Thomas Mann zählt philosophische Schriftsteller auf, die bei erheblichen literarischen und weltanschaulichen Unterschieden auf unterschiedliche Weise einer aufklärerischen Tradition angehören; auf einige davon wird sich im *Zauberberg* Settembrini ausdrücklich berufen. Genannt werden der Theologe, Philosoph und Mathematiker Blaise Pascal (1623–1662), der jesuitische Theologe Jacques-Bénigne Bossuet (1627–1704), der Essayist Michel Eyquem Seigneur de Montaigne (1533–1592), der politische Aufklärungsphilosoph Charles-Louis de Secondat, Baron de Montesquieu (1689–1755), der Schriftsteller Voltaire (d. i. François-Marie Arouet, 1694–1778), der philosophische Schriftsteller und Pädagoge Jean-Jacques Rousseau (1712–1778) und der Historiker der Französischen Revolution Jules Michelet (1798 bis 1874). – In der Handschrift sind die Namen Voltaires und Rousseaus der Aufzählung nachträglich angefügt worden.

30 *Schiller*] Vgl. den Schluss der (in diesem Aufsatz ebenfalls mehrfach ausgewerteten) 10. Notiz zu *Geist und Kunst* (GuK, 157): »Schiller hatte vor Allem den Ehrgeiz, ein *großer Schriftsteller* zu sein. (Marbacher Buch S. 23.)« Gemeint ist mit dem Quellenverweis das *Marbacher Schillerbuch* (vgl. hier S. 125f.); dort heißt es in Adolf Baumeisters Aufsatz *Schillers Idee von seinem Dichterberuf*: »›Ein großer Schriftsteller‹ ist Schillers Ideal und eigenes Wort« (S. 23).

31–228.6 *Der Dichter ... am Werke?*] Nahezu wörtliche Übernahme der 46. Notiz zu *Geist und Kunst*. Der dort anschließende und hier nicht übernommene Satz lautete: »Etwas Verschiedenes ist es freilich, und sicher ist, daß Künstler als Schriftsteller, Schriftsteller als Dichter sich meistens schlecht bewährt haben.« (GuK, 174) Die Gegensatzpaare von »Plastik« und »Idee«, »Dichter« und »Schriftsteller«, »Sinnlichem« und »Geist« werden in zahlreichen weiteren Notizen variiert, mehrfach auch mit dem Gegensatz von »Christentum« und »Heidentum« (49. Notiz) oder von »sentimentalisch« und »naiv« (etwa 96. Notiz), Schiller und Goethe in Beziehung gebracht. (Vgl. auch die Kommentare zu [*Tolstoi zum 80. Geburtstag*] und *Der Literat*, hier S. 277f. u. 488–500)

228 3–4 *»verwandelt ... wie Nietzsche sagt.*] Das Nietzsche-Zitat stammt aus dem 3. Abschnitt der *Vorrede zur zweiten Ausgabe* von *Die fröhliche Wissenschaft*: »Leben – das heisst für uns Alles, was wir sind, beständig in Licht und Flamme verwandeln, auch Alles, was uns trifft, wir *können* gar nicht anders.« (KSA 3, 349f.) Dasselbe Bild gebraucht Nietzsche ebd. in den berühmten, *Ecce homo* überschriebenen Versen: »Ja! Ich weiss, woher ich stamme! / Ungesättigt gleich der Flamme / Glühe und verzehr' ich mich. / Licht wird Alles, was ich fasse, / Kohle Alles, was ich lasse: / Flamme bin ich sicherlich.« (KSA 3, 367)

7–8 *Aber heute ist es dahin gekommen*] Korrigiert aus: »Heute ist es dahin gekommen«.

8–13 *daß ahndungsvolle Knirpse ... achten wollen.*] Die Passage geht zurück auf die 27. Notiz zu *Geist und Kunst*: »Literat als Schimpf. Literatur gleich Unkunst. Der neueste Mode-Unsinn, der übrigens von Wagner her durchgesickert ist. Ein so schwächliches Zeitprodukt wie Bernus mit seiner Schatten- und Knitteldramatik, achtet bereits Meredith, seiner Intellektualität, seines Schriftstellertums wegen, nicht für einen Künstler. Es ist Zeit, für den Literaten, den Schriftsteller in des Wortes hoher Bedeutung ein Wort einzulegen und ihm den Titel eines Künstlers zu wahren.« (GuK, 167; aus dem 9. Notizbuch, vgl. Nb. II, 183.) Die »Schatten- und Knitteldramatik« spielt an auf die Puppen- und Schattenspiele, die Alexander von Bernus (1880–1965) z. T. zusammen mit Will Vesper verfasst und die Thomas Mann noch im VI. Kapitel von *Versuch über das Theater* als zukunftsträchtiges Experimentieren mit ursprünglichen Formen des Theaters gelobt hatte (vgl. Textband S. 160f. und Kommentar). – Der englische Lyriker und Erzähler

George Meredith (1828–1909) gehörte zum symbolistischen Künstlerkreis um Rossetti und Swinburne.

228 12–13 *achten wollen*] In der Handschrift korrigiert aus »halten wollen«.

13 *»Romantiker«*] Ähnlich in der 93. Notiz zu *Geist und Kunst*: dort wird Alexander von Bernus mit seiner Dichtung *Maria im Rosenhag* (deren an George orientierte, bibliophil gestaltete Verlagsankündigung in der Ausschnittmappe zu *Geist und Kunst* erhalten ist) erwähnt und mit einer Anspielung auf Molières satirische Komödie *Les précieuses ridicules* verspottet: »Viel Dünkel innerhalb des Handwerks. Die romantischen Preciösen. ›Maria im Rosenhag‹.« (GuK, 200) Aufgenommen wird diese Kritik in der 116. Notiz: »›*Maria im Rosenhag*‹: [...] Von dem originalen George läßt man sich dergleichen feierlichen Hochmut gefallen [...]. Aber die kleinen Nachahmer, die aus ihrer Schwäche Exklusivität und Dünkel machen, müssen gewärtigen, daß man sie auslacht [...].« Dort ist dann ebenfalls von »dem schwachen Romantismus, den er [Bernus] pflegt«, die Rede; durchgestrichen findet sich auch ein Ansatz zur hier wieder aufgegriffenen Formulierung »dem schwächlichen Puppen- und Schatten-« (GuK, 213f.).

15–16 *ihr Wesen Geist und Ironie*] Schon in der 42. Notiz zu *Geist und Kunst* identifiziert Thomas Mann »*Romantik* und Kritizismus (Schriftstellertum). Schlegel. Wackenroder. In der ganzen Romantik ist der *Geist*, die Ironie die Hauptsache. Sie ist tief litterarisch.« (GuK, 172) In der Weimarer Republik wird Thomas Mann auf diese Deutung der Romantik zurückgreifen, so in der Rede *Zum sechzigsten Geburtstag Ricarda Huchs* (1924; GW X, 429–435).

19–20 *»Geist und Kunst«*] Diese Worte waren nicht nur der zumindest zeitweise erwogene Titel des geplanten *Litteratur-Essays* (und die Überschrift, unter der er dann zu den Meisterwerken Gustav von Aschenbachs gezählt wurde; GW VIII, 450), sondern auch das überschriftartige Stichwort eines der Aphorismen, die Thomas Mann zu Weihnachten 1909 in der Sammlung *Notizen* [II] veröffentlicht hatte; vgl. Textband S. 213. Die emphatische Bewertung

(»einer der größten Gegenstände!«) ist kurz zuvor bereits in *Der Doktor Lessing* angeklungen: »nichts von brennenderem Interesse [...] als die Kritik der Modernität« (Textband S. 221).

228 24 *unsere Regierenden, unsere Gesellschaft*] In der Handschrift korrigiert aus: »Machthaber und Gesellschaft«.

26–27 *orphische Sänger*] In der Handschrift korrigiert aus: »orphische und geistig recht ungefährliche Sänger«. Erneut Rückgriff auf die bereits oben ausgewertete 12. Notiz zu *Geist und Kunst* (s. Kommentar zu S. 227$_{20-21}$). Die »orphischen Tiefen« spielen auch auf die eigene Schiller-Erzählung *Schwere Stunde* an (1905; GW VIII, 378).

27 *reine Dichtertoren*] Anspielung auf Wagners »reinen Toren« Parsifal.

28 *wie ist es zuletzt*] In der Handschrift korrigiert aus: »wie ist es zuletzt auch nur«.

29–30 *Behandlung unserer repräsentativen ... Namen*] In der Handschrift korrigiert aus: »Behandlung dieser Auserwählten«.

31 *fanatischer Anhänger*] In der Handschrift korrigiert aus (wohl nur versehentlich geschriebenem): »fanatischer Gegner«.

31 *»Krittick« ... Wrschowitz*] Anspielung auf die Figur des eitlen und streitlustigen Kritikers in Fontanes Roman *Der Stechlin*: »›Oh, Krittikk‹, sagte Wrschowitz. ›Ich liebe Krittikk.‹« (Kap. 34)

32–229.1 *das steigernde, befeuernde, emportreibende Prinzip*] Vgl. den Anfang von *Der Literat*, Textband S. 354.

229 6 *das Gerede vom »Tiefstand«*] In *[Roman und Theater in Deutschland]* wird in ähnlichen Formulierungen Meyers Position als eigene Ansicht vertreten (vgl. Textband S. 275).

12–13 *Der litterarische Geist ... ist die vornehmste*] Nach »ist« sind in der Handschrift die Worte gestrichen: »der Geist an sich, das Letzte und Höchste.« Die Worte »die vornehmste« bis »Menschengeistes« sind über der Streichung, das Wort »überhaupt« abermals über dieser Ergänzung nachgetragen.

14–19 *Verständnis für alles Menschliche ... Güte erzieht.*] Übernahme aus der 20. Notiz zu *Geist und Kunst*: »Notwendigkeit der ›Literatur‹ zumal bei uns: Erweckung des Verständnisses für alles Menschliche, Sittigung, Veredelung, Besserung. Schwächung dummer Überzeugungen und Werturteile. Skeptisierung. Humorisierung.« (GuK, 164) Der Essay *Der Literat* endet mit dem Satz: »Seine Kenntnis des Herzens [...] führt ihn zur *Güte* – – –« (vgl. Textband S. 362)

229 15–16 *Veredelung, Bildung*] In der Handschrift korrigiert aus: »Veredelung, Besserung«.

22 *amtlicher Ehren*] In der Handschrift korrigiert aus: »offizieller Ehren«.

23 *Adolf Menzel*] 1898 wurde der große preußische Maler und Zeichner Adolf von Menzel (1815–1905), der bereits seit 1885 Kanzler der Friedensklasse des Ordens »Pour le mérite« war und als »Wirklicher Geheimer Rat« seit 1895 den Titel »Exzellenz« führen durfte, von Kaiser Wilhelm II. durch Verleihung des Schwarzen Adlerordens in den Adelsstand erhoben, worauf Thomas Mann wenig später erneut in *Der alte Fontane* (s. Textband S. 268) hinweist.

25–26 *Detlev von Liliencron*] Dem von Thomas Mann geschätzten Dichter Detlev von Liliencron (eigentlich: Friedrich Adolf Axel Freiherr von Liliencron, 1844–1909; vgl. *Liliencron*, Textband S. 76f.) war 1903 von Kaiser Wilhelm II. ein (erstmals in dieser Form vergebenes) fünfjähriges »Gnadengehalt« von zweitausend Mark zuerkannt worden – aus Bewunderung für sein Werk eine Gnadengabe, aus Misstrauen gegenüber seinen »sozialdemokratischen« Tendenzen nur ein so geringer Betrag.

230 1–4 *Der Künstler, der erwirbt ... Äußerung Richard Straußens*] Übernahme aus der 66. Notiz zu *Geist und Kunst*: »Der Erwerbskünstler verächtlich? Heute nicht mehr zutreffend. Man muß nicht notwendig ein Kitschier sein, um es auch wirtschaftlich weit zu bringen. Straußens Aeußerung, daß es ›keine Schande‹ sei etc. Dr. Strauß wirkt in seinen persönlichen Kundgebungen, seinem oeffentlichen Hervortreten außerhalb seiner Werke nicht immer glücklich, nicht immer angenehm. [...] Daß er in diesem Falle vollkommen Recht hat ...« (GuK, 186f.) – Über Strauss hatte sich Thomas Mann vergleichsweise ausführlich in den *Notizen* [II] zu Weihnachten 1909 geäußert; vgl. Textband S. 212 und Kommentar.

230 13 *dem Dämon zuträglich sind*] Hier wohl etwa im Sinne von Goethes »Daimon«-Begriff in *Urworte – Orphisch* (1817). – In der Handschrift ist »sind« korrigiert aus »wären«.

13–14 *dahingestellt werden*] In der Handschrift korrigiert aus: »dahingestellt bleiben«.

14–15 *Traumes von der »Deutschen Akademie«*] Auf diesen »Traum« kommt Thomas Mann ausführlich in seinem *Aufruf zur Gründung einer »Deutschen Akademie«* zu sprechen (1915; GW XI, 741–744).

16–17 *die gesellschaftliche Stellung des Schriftstellers*] In der Handschrift korrigiert aus: »die Würde des Schriftstellerstandes«.

[MÄNNERSTIMMEN ÜBER FRAUEN]

Entstehungsgeschichte und Textlage

Der Text erschien am 17. März 1910 im Beiblatt zur zweiten Nummer der in Berlin erscheinenden Zeitung *Frauen-Fortschritt* (1. Jg., Nr. 2, S. 2; = Druckvorlage). Er wurde bisher nicht wiederabgedruckt.

In der kurz zuvor in Berlin gegründeten Zeitung *Frauen-Fortschritt* heißt es in einer redaktionellen Vorbemerkung zur Rubrik *Männerstimmen über Frauen*: »Unter dieser Überschrift bringen wir abwechselnd Männerstimmen über Frauen und Frauenstimmen über Männer«. In der vorliegenden Ausgabe äußern sich außer Thomas Mann auch Herbert Eulenburg und Erich Schlaikjer, die beide zur Emanzipationsbewegung und zur Entwicklung der Geschlechterrollen Stellung nehmen. Thomas Manns Weigerung, sich gerade zu diesem ihn intensiv beschäftigenden Thema in verallgemeinernden »Phrasen« zu äußern, weicht in ihrem schroffen Tonfall auffallend von den meisten anderen seiner Rundfrage-Antworten ab. Die dagegengesetzte Formulierung, seine »Meinung über das Geschlecht« sei »sehr individuell bedingt«, ist durchaus doppeldeutig. Zu seinem auch theoretischen Interesse an »gender« Fragen vgl. hier seine früheren, passagenweise identifikatorischen Essays über die Schriftstellerinnen Toni Schwabe und Gabriele Reuter (Textband S. 54–59 u. 61–72; dazu Detering 1999) sowie *Zum sechzigsten Geburtstag Ricarda Huchs* (1924; GW X, 429–435), *Über die Ehe* (GW X, 191–207). Der Essay *Little Grandma* über Hedwig Dohm, die Großmutter seiner Frau (GW XI, 467–476), porträtiert eine Protagonistin der literarischen Frauenbewegung.

BERICHTIGUNGEN

Entstehungsgeschichte

Vgl. den Kommentar zu *Der Doktor Lessing*, hier S. 313–324.

Textlage

Der Text erschien, wie die Polemik *Der Doktor Lessing* und Lessings Erwiderung *Gegen Thomas Mann*, in der Zeitschrift *Das literarische Echo* (1. April 1910, 12. Jg., H. 13, Sp. 977–980; = Druckvorlage). Wie Thomas Manns erste Polemik wurde auch diese in teilweise verändertem Wortlaut in Lessings Sammlung *Samuel zieht die Bilanz [...]* wiederabgedruckt (vgl. hier Textlage im Kommentar zu *Der Doktor Lessing*). Erneut erschien er, im ursprünglichen Wortlaut, in GW XI, 725–730 und in ARE I, 173–178.

Stellenkommentar

233 23–24 *einen ... Brief*] Im Brief vom 27.2.1906 versichert Thomas Mann dem Autor von *Schopenhauer, Wagner, Nietzsche* (1906), dass dieses Werk ihm »soviel geistige Bewegung mitgeteilt hat, wie ich sie nicht vielen Büchern verdanke«. (Reg. 06/15)

234 7 *Seit Stilgebauers Tagen*] Der Schriftsteller, Germanist und Kritiker Edward Stilgebauer (1868–1936) hatte u. a. Novellen (*Vom Wege*, 1892) und Schauspiele (*Der tolle Rittmeister*) verfasst. Im Lübecker Dose-Prozess war er neben Thomas Mann als einer der ›Entlastungszeugen‹ genannt worden (vgl. den Kommentar zu *Ein Nachwort* hier S. 127).

235 30 *Behauptung nicht anders*] Korrigiert aus »Behauptung nichts anders« im Erstdruck.

236 21 *Desequilibrierten*] Eines aus dem seelischen und geistigen Gleichgewicht Geratenen.

26 *dem Manne im Märchen gleich*] Gemeint ist Sindbad der Seefahrer aus *Tausendundeine Nacht*.

[ÜBER »KÖNIGLICHE HOHEIT« II]

Entstehungsgeschichte

Unter der Überschrift *Unsere Fürsten und wir* verfasste 1910 ein anonymer Autor, der lediglich als *Ein deutscher Fürst* zeichnete, eine Kritik zu Thomas Manns 1909 erschienenem Roman *Königliche Hoheit* für die Zeitschrift *Der Kunstwart*. Deren Herausgeber Ferdinand Avenarius (1856–1923) leitete sie mit folgender Vorbemerkung ein:

> Thomas Manns Buch »Königliche Hoheit« hat unter anderen Wirkungen eine unerwartete gehabt, die ich begrüße. Ein deutscher Fürst aus regierendem Hause, der die von Mann geschilderten Kreise aus eignem Erleben und eignem Verkehr auf das Genaueste kennt, hat sich an mich gewendet, um sich im Kunstwart über Manns Auffassung vom Fürstentum auszusprechen. Wir sind gewöhnt daran, daß die Höchsten in der irdischen Rangordnung nur durch Hofräte, offiziöse Journalisten oder günstigstenfalls Minister ihre Meinung kundtun, wo das nicht autoritativ, sondern gewärtig der Gegenrede geschehen müßte. Macht schon das Durchbrechen dieser Regel das Vorgehen des Fürsten erfreulich, so wird es das doppelt durch die Tatsache, daß hier eine auch menschlich verehrungswürdige Persönlichkeit spricht. Ich habe zugesagt, nicht zu verraten, welche, weil der Fürst, erkannt vor seinen Standesgenossen und dem deutschen Volk, nicht so unbefangen sprechen könnte. Dem, was er sagt, folge zunächst eine Antwort von Thomas Mann.

Hinter dem »deutschen Fürsten«, der so unaristokratisch »gewärtig der Gegenrede« schrieb und damit tatsächlich die Gegenrede Thomas Manns provozierte, verbarg sich eine fürstliche Schriftstellerin: Prinzessin Fedora von Schleswig-Holstein (1874–1910), Schwester der Kaiserin Auguste Victoria und damit Schwägerin des Kaisers. Sie war die unverheiratete Tochter Herzog Friedrichs

(VIII.) von Schleswig-Holstein-Sonderburg-Augustenburg, die abwechselnd in Primkenau (Niederschlesien) und Gravenstein (heute Gråsten, Südjütland) lebte, als Schülerin des Worpsweders Fritz Mackensen die Malerei erlernt und, angeregt durch den populären Erzähler Gustav Frenssen, unter dem (auf den scharfäugigen Raben Odins anspielenden) Pseudonym »F. Hugin« Gedichte, Erzählungen und zwei der Heimatkunstbewegung nahestehende Romane veröffentlicht hatte.

Ihr Aufsatz kommt über die Kritik vermeintlich zu negativer Darstellungen von »Bauern und Arbeitern« auf einen weiteren »Stand« zu sprechen, der ebenfalls bislang »von der objektiven Betrachtung ausgeschlossen« und deshalb dem Lesepublikum kaum vertraut sei:

> Ein Schriftsteller, der, wie Thomas Mann, vielfach hoch eingeschätzt wird, hätte sonst ein Buch wie »Königliche Hoheit« nicht schreiben können. Und das Schlimme daran ist, daß das große Publikum an das falsche Bild glauben wird. [...] Thomas Manns ganzes Buch scheint aus Mißverständnissen aneinandergereiht. Es lohnt nicht, von den kleinen Einzelzügen zu sprechen. Sie sind größtenteils völlige Unmöglichkeiten oder geben gänzlich veraltete Gebräuche wieder, die meines Wissens an keinem einzigen Hofe mehr geübt werden. Interessant an diesen Einzelzügen aus Thomas Manns Buch ist eines. Früher war es dem Dichterling wohl erlaubt, aus der Tiefe des Gemüts an seinem friedlichen Schreibtische ein freundliches Bild von Zuständen zu malen, deren tatsächliche Beschaffenheit sein träumendes Auge nie erreichen konnte. Heute würde die Kritik ein solches Dichterwerk mit den Zähnen zerreißen. Mit einer Ausnahme: wenn der Dichter über Fürsten schreibt, so ist der Phantasie keine Schranke gesetzt. Das ist ein interessantes Phänomen, welches aus Thomas Manns Kleinmalerei hervortritt.
>
> Wichtiger aber ist, daß ein literarischer Künstler unsrer Zeit die großen Grundzüge einer Erzählung auf unwahre Behauptungen gründet.

> Die ganze Vorbildung des Charakters des Prinzen Klaus Heinrich, durch die ihm fortwährend aufgebürdete Last seines »hohen Berufs«, ist eine absolute Unmöglichkeit. Wenn sich in irgendeinem Krähwinkel noch ein Hof mit so vorsündflutlichen Theorien gehalten hat, so ist er jedenfalls nicht in die Erscheinung getreten. Er würde sonst von seinen Genossen mit dem Stempel der Lächerlichkeit behaftet worden sein. Der jüngere Prinz eines kleineren Bundesstaates kann sich den Luxus weltfremder Rokokoträume in unsrer materiellen Zeit nicht mehr leisten.

Es folgen einige Beispiele einerseits aus dem Roman, andererseits aus der Praxis zeitgenössischer Fürstenhäuser. Dabei legt die Prinzessin besonderen Wert auf die Feststellung, dass »altehrwürdiger Prunk oder überlebtes Hofzeremoniell« den heranwachsenden Prinzen nicht bestimmen dürften. Freilich:

> Wahr ist: Durch ungebildete Leute, Dienstboten oder dergleichen dämmert ihm manchmal ein rosiger Traum seines »hohen Berufes«. Aber Eltern und Erzieher trachten fast immer von Anfang an darnach, ihn (und oft auf das Unsanfteste) aus diesen Träumen zu wecken, die ihm nicht gesund sein können.
>
> Wie Thomas Mann den Hauptzug in seinem Prinzen Klaus Heinrich auf falsche Voraussetzungen gegründet hat, so ist ihm auch die negative Seite nicht recht gelungen. Zwar solch überfeine, übersensitive Fürsten, die in kühlem Hochmut alles warmblütige Menschentum von sich fernhalten, gibt es wohl noch vereinzelt. Aber sie sind durchaus nicht mehr typisch. Die Gefahren des Fürstenstandes liegen jetzt auf ganz anderem Gebiete.
>
> Ein Volk verlangt von seinem Fürsten, daß er weitsichtig sei und nicht hinter seiner Zeit herkeuche. Darum hat er ein Recht darauf, pekuniär gut gestellt zu sein. Denn daß das Geld Möglichkeiten für einen freiern Ausblick verschafft, sieht man am Großkaufmann. [...] Thomas Mann ist Künstler und stellt *Menschen* dar mit Schwächen und Fehlern. Es wäre zu wünschen, daß

er die Gelegenheit hätte, sich diese Leute aus der Nähe anzusehn und dann mit unparteiischem Wort statt seiner Rokoko-Serenissimi Fürsten unsrer Tage darzustellen.

Die Kritik der Prinzessin bezieht sich also weniger auf die politische Lesbarkeit des Romans; vielmehr misst sie ihn am Postulat eines dokumentarischen Naturalismus. Bedenkt man, dass Thomas Mann für seinen Roman tatsächlich auch auf Quellen des 18. Jahrhunderts zurückgegriffen hat, die ihn zugleich im Zusammenhang des *Friedrich*-Projekts beschäftigten (vgl. das 7. und vor allem das 9. Notizbuch), und dass die Verlagswerbung die ›realistischen‹ Züge des Romans besonders hervorhob (vgl. hier S. 238), so ist diese Kritik allerdings nicht unbegründet.

Seine Antwort entfaltet eine den konkreten Anlass zugleich ernstnehmende und überschreitende Erörterung seiner Romankonzeption und darüber hinaus einiger grundlegender Auffassungen über das Verhältnis von Literatur und Leben, die sich schließlich mit Darlegungen über »Erfindung« versus »Beseelung« in *Bilse und ich* berührt (dessen vierte Buchauflage ebenfalls 1910 erschien). Dabei ist seine Antwort selbst nicht frei von Widersprüchen: Betont er einerseits die wenn auch begrenzte ›realistische‹ Lesbarkeit des Romans (dessen Verfasser in der Tat »durch die naturalistische Schule gegangen ist«, dessen »sozialkritische Elemente« lediglich nicht »über Gebühr betont« werden sollten und der akribisch recherchiert sei), so reduziert er diesen Zug des Textes andererseits auf ein »allegorisches Kleid«, das als »didaktische Allegorie« und »lehrhaftes Märchen« das Problem des »artistischen Daseins« sowohl allgemein als auch »autobiographisch« einkleide und darüber hinaus eine »Krise des Individualismus« und »Wende zum Demokratischen« zur Anschauung bringe. Gerade so wird freilich die Vielschichtigkeit des Romans demonstriert, die in [*Über »Königliche Hoheit« I*] nur ganz knapp angedeutet worden war (vgl. Textband S. 180).

Die hier hervorgehobene symbolische Bedeutung des Romans und seiner »Sympathie für jede Art ›Sonderfall‹« wird in diesem selbst mehrfach erörtert. Wie Klaus Heinrich, so ist auch die aus einer ›rassisch‹ gemischten Familie stammende Millionärstochter Imma »ein Sonderfall von Geburt« (GW II, 237); der jüdische Arzt Dr. Sammet vergleicht sich, nach einer Schilderung seines Lebens unter den Bedingungen antisemitischer Vorurteile, indirekt mit dem Prinzen als »ein[em] Malheur von Geburt« (GW II, 83 u. ö.); dieselbe Formel gebraucht Raoul Überbein, »dunkler Herkunft« (GW II, 80) und dem Prinzen erotisch zugeneigt, für sich selbst; auch Immas schwerreicher und exzentrischer Vater befindet sich »gleichsam ohne Verschulden [...] durch Geburt in einer solchen Lebenslage« (GW II, 187); ihre Gesellschafterin ist geistesgestört, ebenso schließlich der Haushund. Der verkrüppelte Prinz Klaus Heinrich erweist sich in diesem Kontext als Inbegriff des »Sonderfalles, des hohen und des elenden und desjenigen, der beides zugleich ist ...« – und damit in dieser Figurenkonstellation als Repräsentant der »Gezeichneten, [der] als Fremdlinge Kenntlichen«, seine »Daseinsform« ist lediglich »die sichtbarste, ausdrücklichste, bestgehütete Form des Außerordentlichen auf Erden« (GW II, 86). Die auch autobiographische Lesbarkeit dieser Passagen ist nicht kommentarbedürftig.

Textlage

Ohne eigene Überschrift erschien der Text zuerst, als Antwort auf den zuvor abgedruckten anonymen Beitrag *Unsere Fürsten und wir* (vgl. hier zur Entstehungsgeschichte) im ersten Aprilheft des *Kunstwart* 1910 (23. Jg., H. 13, S. 4–6; = Druckvorlage). Auf Thomas Manns Text folgt dort eine ausführliche, ungezeichnete Stellungnahme des Herausgebers Ferdinand Avenarius. Unter dem hier übernommenen Titel wurde Thomas Manns Beitrag aufgenommen in RuA, 342–347; GWA XII, 358–362; GW XI, 567–571 und ARE I, 178–183.

Stellenkommentar

238 7 *Dichterstande*] Vgl. auch [*Die gesellschaftliche Stellung des Schriftstellers in Deutschland*], Textband S. 225.

23 *diese Welt, unnahbar unsern Schritten*] Anspielung auf Lohengrins Gralserzählung im 3. Akt von Wagners Oper: »In fernem Land, unnahbar euren Schritten, steht eine Burg, die Montsalvat genannt [...].«

239 18–19 *ein Prinzenerzieher von der besonderen Art des Dr. Überbein*] Vermutlich soll Thomas Manns Formulierung auf Überbeins körperliche Benachteiligung, sein kompensatorisches Leistungsethos und sein von erotischen Neigungen mitbestimmtes Verhältnis zu Klaus Heinrich anspielen. In dem Artikel der Prinzessin wird Überbein nicht erwähnt.

26 *Schuljungen wären keine Höflinge?*] Die Bemerkung greift eine Detailkritik der Prinzessin auf: »Die Prinzen aller Fürstenhäuser [...] werden fast ausnahmslos in Gymnasien oder Kadettenkorps gesteckt. Jungen im allgemeinen sind aber glücklicherweise noch selten mit den Eigenschaften devoter Höflinge behaftet.«

32 *Berlin oder Potsdam*] Die Prinzessin hatte erklärt: »Mit Ausnahme der bayerischen und weniger andrer Familien beginnen fast alle Prinzen ihre Laufbahn in Berlin oder Potsdam.«

240 11 *»Steigt ein Hohenzoller in die Kanne?«*] Die Herkunft des Zitats konnte nicht ermittelt werden. »In die Kanne steigen«: am Kneipenabend einer akademischen Verbindung teilnehmen.

26 *Cercle*] Feierlicher Empfang der an ihm vorbeidefilierenden Hofgesellschaft durch den Fürsten.

26–27 *Wilhelm dem Zweiten*] Mit der Gestalt des Kaisers verbindet den Romanhelden auch die angeborene Verkümmerung des linken Arms.

241 1–2 *Isokrates, Ludwig der Heilige und Basedow*] Der Athener Rhetor und Fürstenerzieher Isokrates (436–338 v. Chr.), der für seine vorbildliche Neuordnung des Rechtswesens berühmte französische König Ludwig IX. (»Saint Louis«, 1226–1270) und der deutsche Aufklärungspädagoge Johann Bernhard Basedow (1732–1790).

241 8–9 *Fürstenspiegel des Professors Münch*] Es handelt sich um Wilhelm Münch: *Gedanken über Fürstenerziehung aus alter und neuer Zeit*. Leipzig 1909.

15 *Serenissimus*] Ursprünglich Hoheitstitel für fürstliche Personen aus der Zeit des Absolutismus; seit dem 19. Jahrhundert umgangssprachlich und literarisch zunehmend ironisch gebraucht.

16 *Eduards von England oder Leopolds von Belgien*] Ironischerweise nennt Thomas Mann hier weder den deutschen noch den österreichischen Kaiser, sondern König Edward VII. von England (1901–1910), einen persönlichen Gegner Kaiser Wilhelms II., und König Leopold II. von Belgien (1865 bis Dezember 1909).

19 *Schiller*] Die Verpflichtung auf »der Menschheit Höhen« aus Friedrich von Schillers hier zitiertem Drama *Die Jungfrau von Orléans* (2. Akt, 1. Szene) wird im Roman dem Prinzen von seinem Erzieher Raoul Überbein wiederholt eingeschärft.

242 13–15 *Heinrich Manns … ›Die kleine Stadt‹*] Der Roman war im November 1909 erschienen. – Die Formulierung erinnert an im VI. Kapitel des *Versuchs über das Theater* angestellten Überlegungen zur Frage einer neuen »Volkstümlichkeit« des Theaters – die Thomas Mann dann in *Notizen* [II] kritisch wieder aufnimmt (vgl. Textband S. 158–168 u. 211).

16 *meine Novelle ›Tonio Kröger‹*] Im ersten Kapitel der Erzählung erzählt Tonio dem geliebten Freund Hans Hansen von jener (im weiteren Verlauf der Erzählung auch auf Tonio selbst beziehbaren) Szene in Schillers *Don Carlos*, in welcher »der König geweint hat, weil er von dem Marquis betrogen ist«, und bekennt sein Mitleid mit ihm: »Er ist immer so ganz allein und ohne Liebe, und nun glaubt er einen Menschen gefunden zu haben, und der verrät ihn…« (GW VIII, 277) Das Motiv der Einsamkeit des Königs im *Don Carlos* kannte Thomas Mann auch aus Herman Bangs Novelle *Ihre Hoheit*, die zu den literarischen Anregungen seines Romans gehörte.

27–28 *Wer ist ein Dichter? Der, dessen Leben symbolisch ist.*] Thomas Mann postuliert hier in Anlehnung an die klassische Ästhetik

Goethes eine Lösung desselben Grundkonflikts von objektiver Darstellung der Wirklichkeit und Subjektivität des Künstlers, den er 1904 in *Bilse und ich* umkreist hatte.

243 5–6 *den deutschen Roman als Kunstform zu adeln*] Vgl. hierzu den *Versuch über das Theater* (Textband S. 123–168) und den kurz nach dem vorliegenden Essay verfassten Text [*Roman und Theater in Deutschland*] (Textband S. 275f.).

[THEODOR FONTANE]

Entstehungsgeschichte

Thomas Manns erste ausführlichere öffentliche Äußerung zu Fontane antwortet auf eine Rundfrage der Berliner Zeitung *BZ am Mittag* anlässlich der Einweihung des Fontane-Denkmals von Max Klein im Berliner Tiergarten am 7. Mai 1910 (zugleich dem Erscheinungstag des Beitrags). Die kurze, aber kunstvoll komponierte Stellungnahme bildet eine Verbindung zwischen dem *Versuch über das Theater* (1908), aus dem ein Grundgedanke im letzten Satz aufgegriffen wird, und dem Essay *Der alte Fontane*, der im Oktober desselben Jahres erscheinen wird und das hier nur knapp Angedeutete weit entfaltet.

Textlage

Unter dem redaktionellen Sammeltitel *Theodor Fontane* erschien der Text am 7. Mai 1910 auf der 1. Seite des 2. Beiblatts in der Berliner Zeitung *BZ am Mittag* (34. Jg., Nr. 105; = Druckvorlage), mit Antworten von Richard Dehmel, Clara Viebig, Paul Heyse u. a. Die redaktionelle Vorbemerkung lautete: »Heute mittag wird im Tiergarten die Hülle von dem Denkmale fallen, das die Berliner ihrem Theodor Fontane errichtet haben. Auf unser Ersuchen haben sich zu diesem Anlasse einige unserer ersten Schriftsteller über ihr Verhältnis zu Fontane geäußert. Wir geben ihre Meinungen nachstehend wieder.« Zu Lebzeiten Thomas Manns wurde der Text nicht mehr nachgedruckt; unter dem Titel *[Über das Verhältnis zu Fontane]* wurde er aufgenommen in GW XIII, 817 und unter der Überschrift *Theodor Fontane* in ARE I, 183.

Stellenkommentar

244 3–4 *ähnlicher Rassenmischung*] Ähnlich in *[An die Redaktion der »Staatsbürger-Zeitung« II]* (Textband S. 347) über seinen Bruder Heinrich und sich selbst: »jene *lateinische (portugiesische) Blutmischung* [...], die

wir tatsächlich darstellen«; vgl. auch die Bemerkung über das »Problem des Blutes« im *Vorwort zu einem Roman* (Textband S. 393, *Chamisso* (Textband S. 307f. u. 313) sowie die 28. Notiz zu *Geist und Kunst* (GuK, 168; vgl. den Kommentar zu »*Das Liebeskonzil*«, hier S. 34f.). Gegenüber Maximilian Harden erwähnt Thomas Mann »die Fontane'sche Blutmischung, die beinahe auch die meine ist« (30. August 1910; GKFA 21, 459). In Hardens eigenem Fontane-Nachruf in der *Zukunft* vom 1. Oktober 1898 (Bd. 25, Nr. 1, S. 1–6) war Fontane als »Mischung germanischen und gallischen Blutes« bezeichnet worden.

244 4–7 *ein unmittelbares ... Dialogfetzchen von ihm*] Als persönliches »Bekenntnis« fast wörtlich wiederaufgenommen in *Der alte Fontane* (Textband S. 261).

10 *Er war ein Sänger*] Vgl. die Bemerkungen zu Fontanes »Ton und Rhythmus« in *Der alte Fontane* (Textband S. 259–262) mit Kommentar.

10 *klöhnen*] Niederdeutsch: »im geselligen Kreis bedächtig, gemütlich plaudern«; vgl. in der 86. Notiz zu *Geist und Kunst* die auf Fontanes *Stechlin* bezogene Formulierung »dieses *sublime Geklöhn*« (GuK, 197). Der Ausdruck ist wiederaufgenommen in *Der alte Fontane* (Textband S. 262).

12 *Ranglehre*] Vgl. *Versuch über das Theater* (Textband S. 127–137), *[Roman und Theater in Deutschland]* (Textband S. 275) sowie die dort in den Kommentaren angeführten Notizen zu *Geist und Kunst*.

12 *dem deutschen Roman*] Korrigiert aus »den deutschen Roman« im Erstdruck.

DER ALTE FONTANE

Entstehungsgeschichte

Bereits in [*Der französische Einfluß*] (1904) hatte Thomas Mann Fontane als eines seiner stilistischen Vorbilder erwähnt und erklärt, er sei »beim alten Fontane in die Schule gegangen« (Textband S. 75); beiläufig hatte Thomas Mann auch in *Gabriele Reuter* auf den »alten Fontane« hingewiesen (Textband S. 71; diese Wendung gebraucht er als stehende Formel). Ende April/Anfang Mai 1910 hatte er sich dann, anlässlich einer Berliner Denkmalseinweihung, erstmals ausführlicher über sein Verhältnis zu Fontane geäußert (vgl. [*Theodor Fontane*], Textband S. 244). Im Juli und August schließlich nahm er die zweite Sammlung von Briefen Fontanes an Freunde (*Theodor Fontane's Briefe.* Zweite Sammlung: *Briefe an Freunde und Zeitgenossen.* 2 Bände. Berlin 1910) zum Anlass einer Anfrage bei Maximilian Harden, dem Herausgeber der *Zukunft*: »Wäre Ihnen ein Aufsatz von mir über Fontanes Briefe willkommen? Es ist kürzlich der zweiten Sammlung zweiter Band erschienen, und mein Entzücken ist groß.« (29. Juni 1910; TM/Harden, 146) Harden antwortete umgehend: »ich freue mich aufrichtig, wenn Sie Ihre Absicht ausführen« (1. Juli 1910; ebd.). Als Thomas Mann den Essay am 21. August 1910 einschickte, kommentierte er ihn – offenbar im vorbeugenden Vorgriff auf erwartete Kritik des Herausgebers – in einem insbesondere auch um die politische Wirkung besorgten, ungewöhnlich selbstkritischen, ja ängstlichen Brief (zitiert nach der Abschrift im TMA):

Sehr verehrter Herr Harden!

Das ist nun eine schlimme Geschichte. So lang, wie Sie ihn hier sehen, ist mein Aufsatz über den alten Fontane geworden! Ich muß vernünftig sein und mir sagen, daß Sie damit unmöglich etwas anfangen können, zumal ich mir über den Wert der Sache keine Illusionen mache. Ein paar passable Stellen sind darin: So über seinen Styl, über seine Romantik, über das Nichtzustandekommen der »Likedeeler«. Aber große Partieen sind recht unbedeutend, und das Publikum der *Zukunft* dürfte die Nase rümpfen. Hinzu kommt noch, daß die Briefstellen über Bismarck, die mir für Fontanes spätere politische Entwicklung zu bezeichnend schienen, als daß ich sie hätte ignorieren dürfen, in der *Zukunft* wohl fehl am Orte wäre. Immerhin, ich habe den Artikel bei Ihnen angemeldet und will ihn also jedenfalls in Vorlage bringen. Ich bin aber in voller Ergebenheit der Rücksendung gewärtig, die von Ihrer Seite keiner Begründung bedürfte. Wenn kommt, was kommen muß, so werde ich irgend eine Monatsschrift von mittleren litterarischen Ansprüchen damit beglücken. […]

Mit herzlichen Grüßen,
sehr verehrter Herr Harden,
Ihr sehr ergebener
Thomas Mann

Aus einem weiteren Brief an Harden geht hervor, dass dieser sich in einem verlorengegangenen Schreiben an Thomas Mann (im Unterschied zu seinem früheren Lob Fontanes, mit dem er in dessen letztem Lebensjahrzehnt noch im Briefwechsel gestanden hatte) skeptisch sowohl über Fontane als auch über Thomas Manns Beitrag selbst geäußert haben muss. Dabei stand in der Tat die politische und nationale Problematik im Mittelpunkt. Thomas Mann entgegnete:

Verehrter Herr Harden!

Ich bin ganz erschrocken über Ihren Brief […]. Ist es möglich, so streng mit dem alten Knaben zu sein? Ich hatte keine Ahnung von Ihrer veränderten Stellung zu ihm, – wie hätte ich Ihnen sonst diesen Artikel zugemutet, worin ich ihn, wie mir beim Schreiben deutlich zum Bewußtsein kam, als *Geist* (nicht als Künstler) entschieden zu wichtig genommen habe. Sie müssen Geduld mit mir haben, wenn ich Ihre Sinnesänderung noch nicht ganz begreife. Sind nur die Briefe daran schuld? Aber Sie kannten ihn doch! Wußten doch schon vorher, daß er plauderhaft, gesinnungsschwach und skeptisch bis zur vollkommenen Unzuverlässigkeit war. Warum auch nicht? »Falschheit« ist ein hartes Wort für Eigenschaften, die am Ende der Nährboden seines milden, stillen und weisen Dichtertumes waren, und ich wüßte keinen zweiten Fall, wo menschliche Charakterlosigkeit – oder Charakterschwäche – so viel künstlerischen Charakter, so viel Ton und Physiognomie hervorgebracht hat. Um recht dankbar zu empfinden, was er für den deutschen Roman gethan hat, muß man wohl Romancier sein – und zwar einer mit Bedürfnissen, wie sie in Deutschland nicht häufig sind und wie sie vielleicht nur durch die Fontane'sche Blutmischung, die beinahe auch die meine ist, hervorgebracht werden. [...] Als ob es mir zukäme, Ihnen zu widersprechen! Ich muß mich nur einigermaßen rechtferigen, daß ich es wagte, Ihnen mein Referat zu schicken. Gewiß, Sie thun Fontane Unrecht, wenn Sie sein Verhältnis zu Bismarck falsch und lügnerisch nennen. Er sprach, wenn er sich einen von Jugend an gepflegten Sinn für Größe zuschrieb; er wußte, empfand genau, daß Bismarck zu den 4, 5 allergrößten Männern gehört, die die Erde getragen hat, und die Hymnen kamen ihm sicher aus dem Herzen. Die Briefstellen dagegen aus der Vernunft, aus seiner lateinischen ratio, und sie sind der Ausdruck einer skeptischen und medisanten Keckheit gegenüber der Größe, einer Keckheit, die in Deutschland, wo eine Art Sklavendemut vor dem Genie landesüblich ist, befremden muß. Die Haupttriebfeder dabei ist der Hang zum Pikanten. Es ist sehr charakteristisch, wenn er mit augenscheinlichem Behagen erzählt, der Fürst sei, im Reichstag, während er zur Welt sprach und die Geschicke Europas bestimmte, persönlich höchst klapperig gewesen und habe drei Viertel seiner Rede sitzend gesprochen. Das entzückt ihn. Und im selben Sinne nennt er Bismarck einen Mogelanten. Zugegeben, daß das nicht sehr deutsch ist. Aber ist es wirklich ein Alles niederschlagender Einwand, wenn man von Jemandem sagt, er sei kein rechter und ganzer Deutscher gewesen?

> Fontanes nur auf den ersten Blick zweideutiges Verhältnis zu Bismarck ist mir – seien Sie nicht böse – sympathisch; denn ich finde, daß die Größe nicht nur verehrungswürdig, sondern vor allem auch *interessant* ist, und ich finde, daß man lieben, verehren und dabei *zweifeln* kann, ja, daß diese Art Liebe und Verehrung die tiefste ist. Aus guten Pamphleten lernt man, meine ich, mehr über einen Geist als aus Hymnen. Was wüßte man ohne Nietzsche in Deutschland heute über Wagner? Wirklich ist das Verhältnis der deutschen Intellektualität zu Wagner heute ganz ähnlich dem Fontanes zu Bismarck ... Aber wem sage ich eigentlich das Alles!

(30. August 1910; GKFA 21, 459ff.; vgl. zu den letzten Sätzen auch die 19. Notiz zu *Geist und Kunst*, zum Unterschied von »Liebe« und »Interesse« das Kapitel *Einkehr* in den *Betrachtungen*, GW XII, 75)

Während der Niederschrift hatte Thomas Mann auch gegenüber Hans von Hülsen geäußert, dass sein »Fontane-Artikel [...] übrigens nichts Besonderes« werde (13. August 1910; DüD I, 386). Später änderte sich die Bewertung. An Henry H. Remak schrieb er am 7. Februar 1951 geradezu: »Mein eigener Versuch über ihn ist, glaube ich, noch immer das Beste, was ich kritisch zustande gebracht habe« (DüD I, 388).

Grundgedanken des Textes hat Thomas Mann in späteren und kürzeren Fontane-Essays aufgegriffen: 1919 anlässlich der Fontane-Monographie von Conrad Wandrey (*Anzeige eines Fontane-Buches*, 1919; GW X, 573–584), dann in einem Vortrag in der Lessing-Hochschule in Berlin, der als Privatdruck und als *Einleitung* zu einer Werkausgabe Fontanes im Reclam-Verlag 1928 und unter dem Titel *Theodor Fontane* 1929 in der Hauszeitschrift *Reclams Universum* erschien (unter Verwendung größerer Passagen der Essays von 1910 und 1919; Essays I, 86–93), schließlich 1954, anlässlich einer Ausgabe der Briefe Fontanes an Georg Friedländer und im ausdrücklichen Rückblick auf den eigenen Essay von 1910: *Noch einmal der alte Fontane* (GW IX, 816–822). Gedanken des Essays kehren auch im Nachruf *Zum Tode Eduard Keyserlings* 1918 wieder; dort steht Keyserlings Verwandtschaft mit Fontane in Opposition zu jenen Zügen, die er mit dem »gequälteren« Artisten Herman Bang gemeinsam habe (GW X, 413–417).

Der Essay von 1910 würdigt einen Schriftsteller, den der junge Thomas Mann noch als Zeitgenossen erlebt hatte. So teilt er Grautoff am 17. Februar 1896 mit: »Neulich las ich auch Fontanes neuen Roman ›Effi Briest‹, der ganz vortrefflich ist.« (GKFA 21, 73) Als der neunzehnjährige Thomas Mann seine Novelle *Walter Weiler* an den *Pan* geschickt hat, dessen Redaktionsausschuss Fontane angehörte, schreibt er an Grautoff: »Wenn der alte Fontane keine Geschichten macht, so geht es gut« (vermutlich Ende Mai 1895; TM/OG, 53). Thomas Manns erster Novellenband *Der kleine Herr Friedemann* erschien noch zu Fontanes Lebzeiten. Gegenüber Henry H. Remak erinnert Thomas Mann sich 1951 daran, »daß Richard Dehmel mir als ganz jungem Menschen meine Fontane-Schülerschaft auf den Kopf zusagte und mir prophezeite, ihn liebend, würde ich ihn überwachsen«. (7. Februar 1951; DüD I, 388) Nach der Lektüre von *Königliche Hoheit* soll Dehmel bemerkt haben, er könne »der Nachfolger Fontanes werden!« (so Thomas Mann in seiner [*Selbstbiographie IV*], Textband S. 376). Diese auch in der *Vorrede* zu den *Betrachtungen* betonte Verwandtschaft (GW XII, 21) wird durch eine Fülle von »offenen und versteckten Fontane-Anspielungen [...] im erzählerischen Werk Thomas Manns« beglaubigt (Heftrich 1998, S. 21), von denen die Adaption des Namens »Buddenbrook« (aus *Effi Briest*) die bekannteste geworden ist. – »Den alten Fontane habe ich nicht mehr gekannt«, schreibt Thomas Mann am 21. Juli 1954 ebenfalls an Remak. »Ich hätte ihn wohl in München treffen können, im Hause des Verteidigers Bernstein, aber damals verkehrte ich noch nicht dort, ich war zu jung. [...] Ich wollte, er hätte das Erscheinen von ›Buddenbrooks‹ noch erlebt. Es hätte ihm sicher gefallen, vielleicht hätte er sogar darüber geschrieben.« (Br. III, 351)

Der Essay steht in engen Beziehungen zu Thomas Manns Bemühen um eine theoretisch begründete Rechtfertigung des Romans in Deutschland etwa im *Versuch über das Theater*, in [*Roman und Theater in Deutschland*], auch in der Grabrede auf Friedrich Huch. Darüber hinaus scheint der implizite Bezugspunkt der moralisch-ästhetischen Auseinandersetzung über weite Strecken Richard Wagner zu sein. (In *Leiden und Größe Richard Wagners* wird Thomas Mann 1933 mehrfach Gedanken und Formulierungen des Fontane-Essays wiederaufnehmen.) In einem fünf Jahre später verfassten Brief bemerkt er spöttisch, dass der »alte[ ] Briest [...] mir zuweilen lieber ist, als Wotan« (an Anton W. Heinitz, 9. November 1915; DüD I, 393).

Textlage

Der Essay erschien am 1. Oktober 1910 als ›Aufmacher‹ in der von Maximilian Harden herausgegebenen *Zukunft* (S. 1–21). Es ist das erste in der Reihe jener großen Porträts, die Thomas Mann anderen Verfassern widmete. Eine eingreifend überarbeitete Fassung erschien 1919 in dem von dem Berliner Kritiker und Kulturhistoriker Ernst Heilborn (1867–1942) bei S. Fischer herausgegebenen Band *Das Fontane-Buch. Beiträge zu seiner Charakteristik. Unveröffentlichtes aus seinem Nachlaß. Das Tagebuch aus seinen letzten Lebensjahren.* Thomas Manns Beitrag erschien auch dort in herausgehobener Position: im ersten, biographischen Teil als einer von drei Aufsätzen neben einer Darstellung von *Fontanes Persönlichkeit* durch den Herausgeber und einem Porträt Emilie Fontanes von Otto Pniower. Die Nachdrucke in RuA 67–98; AdG, 543–573; GWA X, 473–498; GW IX, 9–34 und ARE I, 183–210 folgen der zweiten, der Abdruck in E I, 124–149 entspricht wieder der ersten Fassung.

Textgrundlage ist hier die Fassung von 1910 – mitsamt der altertümelnden und auch sonst eigenwilligen Orthographie der *Zukunft* (»Blüthe«, »Rath«, »giebt«, »das Alles« usf.). Lediglich die Großschreibung von »der«, »die«, »das« als Relativ- und Demonstrativpronomina, vereinzelt auch als Artikel, ist in unserer Ausgabe durchweg normalisiert worden, ohne dass dies jedesmal im Stellenkommentar verzeichnet würde.

Änderungen, die Thomas Mann in der Überarbeitung von 1919 vorgenommen hat, werden im Abschnitt Paralipomena dokumentiert.

Quellenlage

Thomas Mann zitiert überwiegend aus den besprochenen Bänden sowie vereinzelt aus dem vorangegangenen Konvolut *Briefe.* Erste Sammlung. 2 Bände. Berlin 1905 (*Briefe an die Familie*) und der Sammlung *Aus dem Nachlaß.* Berlin 1907 (*Gesammelte Werke.* Zweite Serie. Bände VI–VII, X–XI und IX). Die weitaus meisten Zitate stammen aus den späten Briefen des »Alten Fontane« an Freunde und Familie; in Thomas Manns (im TMA erhaltenen) Handexemplaren finden sich entsprechende Anstreichungen und einzelne Randnotizen. Thomas Mann zitiert weitgehend korrekt, lässt allerdings mehrfach, z. T. mit nicht unerheblichen Folgen für das Verständnis der zitierten Stelle, unmarkiert Textteile aus und passt weitgehend Orthographie und Interpunktion stillschweigend den eigenen Gepflogenheiten an; in einigen Fällen gibt er einzelnen Wörtern eine Patina, die sie im Original gar nicht haben (so schreibt er »Giltigkeit« für »Gültigkeit«). Elisionen in Flexionssilben und Präfixen werden rückgängig gemacht (Thomas Mann schreibt statt »sehn«, »andern«, »gerad«: »sehen«, »anderen«, »gerade«), Getrenntschreibungen aufgehoben (statt »da zu stehn«: »dazustehen«), Ziffern aufgelöst; Fontanes Interpunktion wird geglättet; Hervorhebungen einzelner Wörter oder Satzteile (in den Briefen durch Unterstreichung, in den Ausgaben durch Sperrung) werden nicht wiedergegeben. Im Stellenkommentar werden nur signifikante Abweichungen aufgeführt.

Auch argumentativ werden die Texte durch z. T. nur geringfügige Eingriffe an einigen zentralen Stellen erheblich modelliert: durch Umstellungen von getrennt präsentierten Teilen einer zusammenhängenden Textpassage, durch Auslassungen von Textteilen und durch Kappung signifikanter Kontexte – besondes auffallend in der Tilgung ausdrücklicher Bezüge auf das Zeitungswesen in Fontanes Brief an Morris (in deren Folge die Äußerung jetzt als allgemeine Sympathieerklärung für die Sozialdemokratie erscheint, vgl. Kommentar zu S. 267 15–24), die Hervorhebung seines Philosemitismus gegenüber antisemitischen Untertönen und die Vereindeutigung des Bismarck-Bildes, die Thomas Mann dann selbst durch andere Zitatauswahl und -behandlung in der Fassung von 1919 relativieren wird (dazu hier im Abschnitt Paralipomena).

Auf die von Thomas Mann zitierten Fontane-Briefausgaben wird im folgenden verwiesen mit den Siglen BrF I und II (für die beiden Bände von *Theodor Fontane's Briefe an seine Familie*) sowie BrFZ I und II (für die beiden Bände der *Briefe an Freunde und Zeitgenossen*).

Rezeption

Bis heute dürfte *Der alte Fontane* einer der meistgelesenen literarischen Essays Thomas Manns geblieben sein. Literaturgeschichtlich hat er als ein wesentlicher Beitrag zur Erneuerung des Fontane-Bildes weitreichende Folgen gehabt. Vaget betont, dass es die »Interventionen Thomas Manns waren, in erster Linie der Essay über den ›alten Fontane‹ (1910), die den Aufstieg Fontanes zum Klassiker wesentlich förderten.« (Vaget 1998, S. 252; vgl. auch Paulsen 1981 und Heftrich 1998).

Stellenkommentar

245 15–16 *höhere Wiederkehr kindlicher Ungebundenheit*] Vielleicht doch eine Anspielung auf Goethes Gespräch mit Eckermann am 11. März 1828 über »geniale Naturen, mit denen es eine eigene Bewandtnis hat; sie erleben eine *wiederholte Pubertät*, während andere Leute nur einmal jung sind«?

20 *an seine Frau*] An Emilie Fontane, 2. August 1856 (BrF I, 64); nach »alt werde« eine nicht markierte Auslassung. Schon in seinem Exemplar hat Thomas Mann neben diesem Brief am Rand notiert: »37 Jahre alt!«

26 *an seinen Verleger Hertz*] An Wilhelm Hertz, 18. August 1879 (BrFZ I, 418).

245 30 *sein Meisterwerk ...*] Gemeint ist der Roman *Effi Briest* (1894/95). Im Brief an Harden vom 30. August 1910 (s. o. zur Entstehungsgeschichte) schreibt Thomas Mann: »›Effi Briest‹ ist für mich noch immer der beste deutsche Roman seit den ›Wahlverwandtschaften‹.« (GKFA 21, 459) In der Wandrey-Rezension von 1919 wird er das Buch dann als den seltenen Fall künstlerischer »Vollkommenheit« würdigen (*Anzeige eines Fontane-Buches*; GW X, 577).

246 16–17 *zu seiner Tochter*] An Mete Fontane, 3. August 1889 (BrF II, 222): »[...] allen Plänen gegenüber begleitet mich die Frage: ›Was soll der Unsinn?‹ Eine Frage, die überhaupt ganz und gar von mir Besitz zu nehmen droht. Zu nichts gehört so viel Kraft und Frische wie zum Vergnügen (viel mehr als zum Arbeiten) [...].«

24 *»Um sich hier zu amusieren«*] An Emilie Fontane, 16. Oktober 1856 (BrF I, 68f.). In seinem Exemplar hat Thomas Mann hier an den Rand zwei Verse Fontanes von seiner Pariser Reise notiert: »Ich bin für all die Herrlichkeiten / vielleicht zu deutsch, gewiß zu alt.« (Dasselbe Zitat auch in der *Pariser Rechenschaft*, 1926; GW XI, 63.) Zum »deutsch«-Sein in Paris vgl. Manns Briefzitat im *Chamisso*-Essay (Textband S. 311). – Das Wort »beide« ist in der Vorlage hervorgehoben; statt »eine große Tugend« steht dort: »die eine große Tugend«.

247 16–17 *Seine nervöse Verfassung ... mit der Wagners*] Die Wagner-Zitate bezieht Thomas Mann aus dritter Hand. Im Konvolut *Wagner und Modernität* seiner Ausschnittmappe zu den *Geist und Kunst*-Notizen findet sich ein undatierter Artikel (vermutlich aus den *Münchner Neusten Nachrichten* oder der Münchner *Allgemeinen Zeitung*), der unter der Überschrift *Richard Wagner als Patient* eine im Londoner *Lancet* veröffentlichte Abhandlung von Dr. George Gould »über das Leiden Richard Wagners« bespricht. Darin hat Thomas Mann einige Passagen unterstrichen (hier kursiviert): »so sehen wir in ein Leben voll erschütternder Qualen, die fast *nur ausnahmsweise einem wirklichen Gefühl des Wohlseins Raum geben*«; »*Als dreißigjähriger Mann* litt er *bereits dermaßen an Nervenüberreizung*, daß er sich oft niedersetzte und eine Viertelstunde ohne Unterlaß weinte. Im Alter von 32 *Jahren* kam

ihm schon, als er am ›Tannhäuser‹ arbeitete, die *Angst, ein plötzlicher Tod* könnte ihn an der Vollendung verhindern«; »und bald darauf [d. h. nach 1852] gesteht er in einem anderen Brief, daß er *täglich an den Tod denkt.* Das war seine Verfassung im Alter von *39 Jahren.* Es geht nun so fort. Nicht lange danach lesen wir in einem seiner Briefe, *daß sein Nervensystem sich in einem Zustand zunehmender Erschöpfung befinde«;* »daß er sich *im Alter von* 35 *Jahren für zu alt hielt, um überhaupt an die Ausführung seines größten Plans, des* ›Nibelungenrings‹, *heranzugehen.«* Nicht unterstrichen ist die hier ebenfalls übernommene Briefstelle: »›das Rheingold‹ ist fertig, aber ich bin auch ›fertig‹«. Dieselben Passagen übernimmt Thomas Mann 1933 wieder in *Leiden und Größe Richard Wagners* (GW IX, 387).

247 20 *konstipirt*] An Verstopfung leidend.

248 2–6 *»nun alles Irdische erreicht ... verzicht' ich allenfalls.«*] An Emilie Fontane, 7. August 1876 (BrF I, 237). Anlass für Fontanes Bemerkung ist die Mitteilung, er habe soeben seine »›Biographie‹ für das Brockhaussche Konversationslexikon« abgeschickt.

6 *Zwei Jahre später*] An Emilie Fontane, 15. Juni 1878 (BrF I, 259f.). Die zitierte Passage beginnt in der Vorlage: »Neulich im Theater hatt' ich einen Ärger, im Grunde genommen nur eine Bagatelle, aus der ich noch dazu mehr als Sieger wie als Besiegter hervorging.«

18 *Brief aus den siebenziger Jahren*] An Emilie Fontane, 15. August 1876 (BrF I, 240).

31–249.11 *Man erinnert sich seiner ... doch einfach blamabel.*] Thomas Mann teilt hier einen Eintrag aus dem 7. Notizbuch 1905 in zwei verschiedene Mitteilungen auf: die allgemeine Erinnerung (»man«) und die anekdotische Erinnerung der »Dame«: »*Die Geheimräthin über Fontane.* ›Er war ein langweiliger, pimpeliger, philiströser alter Herr. Immer werde man gestört. Er habe in einer Laube gesessen, um zu arbeiten; stundenlang sei ihm nichts eingefallen und als es endlich gerade angefangen habe, zu tröpfeln, sei er gestört worden. Nun meine ich, wenn schon Einer so unbegabt ist, daß es ihm so sauer wird, so soll er es wenigstens nicht erzählen ...‹« (Nb. II, 116)

249 15 *Bismarck, Moltke*] In sein Exemplar von Georg Brandes' Essaysammlung *Deutsche Persönlichkeiten* (Georg Brandes: *Gesammelte Schriften.* Deutsche Original-Ausgabe. Erster Band. München: Langen 1902) hat Thomas Mann an den Rand des Essays *Feldmarschall Moltke* (1878) den Namen »Fontane« notiert (S. 16). Zu Beginn des Essays erklärt Brandes: »Wenn man in unseren Tagen nach Deutschlands größten Männern fragt, dann stehen die Namen zweier Personen vor uns [...]: Bismarck und Moltke.«

20–21 *Brief aus den fünfziger Jahren*] An Emilie Fontane, 8. Januar 1857 (BrF I, 81); in Thomas Manns Exemplar angestrichen.

30–250.5 *»Und sein Metier? ...«*] Aus dem imaginären Gespräch mit Friedrich dem Großen in dem Gedicht *Auf der Treppe von Sanssouci,* das Fontane Adolf Menzel zu dessen 70. Geburtstag widmete (Dezember 1885; im Originaltext nicht »das andere«, sondern metrisch korrekt »das andre«).

250 6 *irgendwo in Prosa*] An Emilie Fontane, 16. Juni 1883 (BrF II, 38f.); in Thomas Manns Exemplar angestrichen.

12 *»Talent«*] Vgl. die Bemerkungen im Brief *An einen jungen Dichter* (Textband S. 194f.) sowie den Aphorismus *Talent* (Textband S. 344).

12–13 *des armen Wechsler*] An den Kritiker und Schriftsteller Julius Rodenberg, 16. Juli 1893 (BrFZ II, 303). Der aus Österreich stammende Schriftsteller Ernst Wechsler war im Juli 1893 in Berlin gestorben.

17 *Schöps*] Einfältiger Mensch, Dummkopf.

18–19 *selber hinter dem Ladentisch gestanden*] Fontane hatte von 1836 bis 1840 in Berlin eine Apothekerlehre absolviert und (mit Unterbrechung durch die Militärzeit 1844/45) von 1840 bis 1849 zunächst als Apothekengehilfe, dann als Apotheker und Pharmazielehrer an einem Diakonissenkrankenhaus gearbeitet.

26 *zum Kalbsfell schwuren*] Der Werbetrommel folgten: Soldaten wurden.

26 *Indolenz*] Gleichgültigkeit, Interesselosigkeit.

27–251.21 *»auch als er schon Etwas war ... in meinem Gemüthe nicht.«*] An Georg Friedländer, 3. Oktober 1893 (BrFZ II, 308f.). Thomas Mann zitiert hier aus demselben Brief wie im nächsten, längeren Passus, in dem diese Zeilen dann ausgelassen sind.

250 29 *an der Tête*] An der Spitze, vorneweg.

251 26–252.2 *»Man kriegt die Orden ... ›eingereiht‹ hat.«*] An Georg Friedländer, 7. Januar 1889 (BrFZ II, 171). Nach »solche Auszeichnung« ausgelassen: »mit der ich mich übrigens kaum je vor der Welt herumzieren werde«.

252 1 *Goßler*] Gustav von Goßler (1838–1902) war von 1881 bis 1891 preußischer Kultusminister und für Fontane »mein alter Gönner« (an Heinrich Jacobi, 23. Januar 1890); in Fontanes Brief heißt es nicht »eingereiht«, sondern »eingereicht«.

2 *Goethe*] Das ungenau wiedergegebene Zitat stammt aus einem Gespräch nicht mit Eckermann, sondern mit Moritz Oppermann (6./22. Mai 1827): »Ein Titel und ein Orden hält im Gedränge manchen Puff ab.« (Biedermann, *Goethes Gespräche* III, S. 399).

8 *hielt es für thöricht*] Bereits in diesem Satz paraphrasiert Thomas Mann den im Anschluss zitierten Brief an Georg Friedländer vom 11. November 1889 (BrFZ 227): »Wir ›rechnen‹ immer noch mit der Menschheit. Beifall, Zustimmung, Ehren bedeuten uns immer noch was, als wäre damit etwas getan. Das ist auch falsch und unklug. Wir müssen [...].«

16 *»Wo viel Geld ist ...«*] An Friedländer, 5. Februar 1890 (BrFZ II, 247).

26–27 *dem Satze Silvio Pellicos*] Thomas Mann zitiert aus den Erinnerungen des aus politischen Gründen zu Kerkerhaft verurteilten italienischen Dichters Silvio Pellico (1789–1854): *Meine Gefängnisse. Denkwürdigkeiten*. Leipzig o. J. (um 1875, Besitzvermerk im Exemplar des TMA: »Thomas Mann 1910«). Der Band wurde für die Arbeit an den *Bekenntnissen des Hochstaplers Felix Krull* verwendet (vgl. Wysling 1982, S. 162).

31 *bei Heine den Rothschilds gegenüber*] Vgl. das Erste Buch von Heines *Ludwig Börne. Eine Denkschrift* (HDA 11, 26–29).

253 1 *»Wirklicher Reichthum ... unterwerfe mich neidlos.«*] Dieses und das folgende Zitat (»Ein Stück Brot ... die es begleitet.«) aus demselben

Brief an Mete Fontane, 18. April 1884 (BrF II, 91). Die zwischen beiden ausgelassene Passage wird in Thomas Manns verbindendem Satz resümiert.

253 16 *Zeltinger*] Zeltingen ist einer der bekanntesten Weinorte an der Mosel.

24–254.4 *»Blick ich zurück ... Bevorzugtere.«*] An Mete Fontane, 4. August 1883 (BrF II, 70; dort statt »Herrlichkeiten«: »Herrlichkeit«).

254 13–15 *Das soziale Befinden ... in sichtbarster Weise gebessert.*] Dieses Befinden hat sich offenbar innerhalb kürzester Zeit gebessert: vgl. dagegen Thomas Manns Klage in [*Die gesellschaftliche Stellung des Schriftstellers in Deutschland*], geschrieben im März 1910 (Textband S. 225–230).

15–16 *»Keiner ist der Thor ...«*] Wiederholung des Zitats aus Fontanes Gedicht *Auf der Treppe von Sanssouci* (vgl. Textband S. 249f.).

17 *ein Hochstapler*] Thomas Mann schrieb diesen Essay während der ersten Phase seiner Arbeit am *Felix Krull*; vgl. auch *Im Spiegel* (Textband, S. 181–184).

21 *jener letzten Künstlerskepsis*] Ein Grundgedanke in Thomas Manns frühen Erzählungen, am ausführlichsten entfaltet in Tonio Krögers Monolog gegenüber Lisaweta Iwanowna (GW VIII, 292–305).

26 *»Und eigentlich ...«*] An Friedrich Stephany, 18. November 1889 (BrFZ II, 229).

27–29 *wenn er sich weigert ...*] Thomas Mann zitiert bruchstückhaft aus Fontanes Brief an Erich Schmidt vom 25. Mai 1896 (BrFZ II, 389f.). Der Germanist Bernhard Suphan hatte Fontane zur Einweihung des Neubaus für das Goethe- und Schiller-Archiv 1896 nach Weimar eingeladen, zu der Großherzogin Sophie eine Ansprache halten sollte.

255 1 *neunundsiebzig*] Ergibt sich aus der Subtraktion, die Thomas Mann in seinem Exemplar am Seitenrand neben Fontanes Brief an Ludwig Pietsch vom 29. Juni 1898 (BrFZ II, 468f.) durchgeführt hat: »98–19 = 79«.

7–8 *›Thou comest ...‹*] Aus Shakespeares *Hamlet*; Hamlet sagt diese Worte zum Geist seines Vaters (1. Akt, 4. Szene), in Fontanes eigener, posthum edierter Übersetzung des Dramas: »Du kommst in so verdächtiger Gestalt« (William Shakespeare: *Hamlet. Prinz von Dänemark*. Übersetzt von Theodor Fontane. Berlin/Weimar 1966, S. 34).

255 12–13 *des Typus Künstler, dieser Kreuzung aus Lucifer und Clown*] Wörtliche Übernahme aus der 59. Notiz zu *Geist und Kunst*: »Das Variété Talent der Künstler zu jener äffischen (Affen-) Begabung gehörig, die vielleicht nicht nur beim Schauspieler, sondern überall, die seelische Grundlage des Künstlers ist, dieser unbändig interessanten, nie genug zu kritisierenden, die Erkenntnis immerfort reizenden Kreuzung von Lucifer und Clown.« (GuK, 182) Die Formel vom Künstler als »Lucifer und Clown« erscheint wörtlich auch in Briefen an Samuel Lublinski (13. Juni 1910; GKFA 21, 454) und an Heinrich Mann (8. Januar 1904; GKFA 21, 261).

13 *vielleicht nur noch Einer*] Nietzsche, der etwa im Aphorismus 361 der *Fröhlichen Wissenschaft* »den ›Künstler‹« als »Schauspieler« und »Clown« deutet.

15 *der Romanfiguren Spielhagens*] Friedrich Spielhagen (1829–1911) war mit seinen Romanen, aber auch mit literaturtheoretischen Schriften und Dramen einer der meistgelesenen Autoren der Fontane-Zeit.

16–27 *»Immer die Vorstellung … bringen mich um.«*] An Emilie Fontane, 29. Juni 1883 (BrF II, 48); in Thomas Manns Exemplar mit einem Ausrufezeichen markiert.

19 *übergelegt*] Wohl im Sinne von »übers Knie gelegt«.

27 *Magda Schwarze*] Gemeint ist die als Künstlerin gefeierte, aber um ihrer sexuellen Freizügigkeit willen angefeindete Sängerin Magda Schwartze in Hermann Sudermanns (1857–1928) erfolgreichstem Drama *Heimat* (1893). Gegenüber Grautoff hatte Thomas Mann im November 1894 dieses Drama drastisch attackiert und bemerkt, in der Gestalt der Magda Schwartze lasse Sudermann »eine unverschämte Theatersau oder Großkokotte sehr oberflächlich begriffenen Nietzsche deklamieren« (Brief vom 13./14.11.1894; GKFA 21, 34f.).

255 30–31 *Rubek-Betrachtungen*] Der Bildhauer Arnold Rubek ist der Protagonist in Henrik Ibsens letztem Schauspiel *Wenn wir Toten erwachen. Ein dramatischer Epilog* von 1899, auf das Thomas Mann von den Grautoff-Briefen (TM/OG, 134) bis zu *Ibsen und Wagner* (1928) mehrmals anspielt. (Zum Verhältnis Ibsens und Fontanes vgl. auch die *Anzeige eines Fontane-Buches*, 1919; GW X, 579.) Rubek erkennt, dass er sein einstiges Modell Irene nur als Objekt seiner Kunst, nicht als Frau geliebt und sie damit seelisch getötet hat. Ihrem verspäteten Versuch, gemeinsam eine überirdische Erlösung zu suchen, stellt das Drama die Bescheidung des »ungenialen und liebenswürdigen Lebens« gegenüber, das durch Rubeks Ehefrau und ihren faunischen Geliebten repräsentiert wird.

256 1–13 *»Ach«, schreibt er …*] An Wilhelm Hertz, 27. März 1882 (BrFZ 68); in Thomas Manns Ausgabe ist neben der Anstreichung am Rand wieder das Alter des Briefschreibers berechnet: »82 – 19 = 63«. Thomas Manns Schreibung »Lieutenants« hebt die französische Etymologie hervor; bei Fontane steht: »Leutnants«.

11 *Heyses Triumphe*] Paul Heyse (1830–1914) war vor allem mit seinen Novellen einer der erfolgreichsten Autoren seiner Zeit; Fontane war gut mit Heyse bekannt und führte einen jahrelangen Briefwechsel mit ihm. Als Thomas Mann seinen Fontane-Essay verfasste, hatte Heyse soeben seine größten Triumphe gefeiert: Anlässlich seines 80. Geburtstages war er mit dem Nobelpreis für Literatur ausgezeichnet, außerdem von Prinzregent Luitpold nobilitiert worden und hatte die Ehrenbürgerwürde der Stadt München erhalten. Im selben Brief an Maximilian Harden, in dem er seine Fontane-Darstellung verteidigt (30. August 1910; vgl. hier zur Entstehungsgeschichte), kommt Thomas Mann auf Fontanes Heyse-Lob zu sprechen und nennt »›Paul‹ […] den sonnigen und fast unanständig fruchtbaren Epigonen« (GKFA 21, 459).

14–22 *»Es ist eine Lieblingsbeschäftigung …«*] An Wilhelm Hertz, 28. März 1882 (BrFZ, 69). – In der Vorlage steht statt »Gleichgiltigkeit«: »Gleichgültigkeit«.

23–24 *Ironisirung des Geistes und der »Literatur«*] Vgl. hier [*Die gesell-*

schaftliche Stellung des Schriftstellers in Deutschland], Textband S. 225 bis 230 und *Der Literat*, Textband S. 354–362 sowie die in den dazugehörigen Kommentaren zitierten einschlägigen Notizen aus *Geist und Kunst*.

256 25 *von Unbefugten*] Gemeint sind vermutlich Richard von Schaukal und Theodor Lessing; vgl. hier wiederum die Stellenkommentare zu [*Die gesellschaftliche Stellung des Schriftstellers in Deutschland*], S. 226$_{20-21}$ u. 226$_{22}$.

25 *widerwärtiger Mißbrauch*] Vgl. hier den Stellenkommentar zu [*Die gesellschaftliche Stellung des Schriftstellers in Deutschland*], S. 226$_{20-21}$.

31 *Distichon*] Thomas Mann zitiert ungenau Fontanes Distichon *Unter ein Bildnis Adolf Menzels*.

257 3–16 *»Es giebt heutzutage … nach einem Wort.«*] An Mathilde von Rohr, 25. August 1881 (BrFZ, 55f.).

10 *Brachvogel*] Von den Romanen des produktiven Erzählers und Dramatikers Albert Emil Brachvogel (1824–1878) war der dreibändige biographische Roman *Friedemann Bach* (1858) der populärste.

18–19 *vom Märker … vom Gascogner*] Die Familie des in der Mark Brandenburg geborenen und lebenden Fontane stammte aus der Gascogne. Dass er in einem Brief vom 17. Oktober 1889 an den jungen Maximilian Harden über sich selbst gesagt hatte: »ich bin Märker, aber noch mehr Gascogner«, hatte dieser in seinem Nachruf auf Fontane (in der *Zukunft* vom 1. Oktober 1898) zitiert; vermutlich war Thomas Mann diese Stelle bekannt, als er seinen Beitrag für Hardens Blatt verfasste. Als »gascognischen Märker« apostrophiert er Fontane noch 1954 in *Noch einmal der alte Fontane* (GW IX, 818).

19–20 *nicht auf den Rausch, sondern auf Erkenntniß*] Anspielung auf Nietzsches *Geburt der Tragödie*?

21–22 *Er citirt Goethe*] Gegenüber Emilie Fontane am 17. August 1882 (BrF II, 17f.).

258 4 *»Meine ganze Produktion«*] An Emilie Fontane, 14. Mai 1884 (BrF II, 95).

17–22 *»Man braucht das Bewußtsein …«*] Thomas Mann zitiert frei aus

Fontanes Brief an Georg Friedländer vom 6. Februar 1888 (BrFZ II, 146); wörtlich heißt es dort: »Man braucht die Namenanregung und das Bewußtsein, daß ein bestimmtes Quantum von Sachlichem neben einem liegt, und aus diesem Besitzbewußtsein heraus produziert man dann. Wie oft habe ich schon gehört: ›Aber Sie scheinen es nicht gebraucht zu haben.‹ Falsch. Ich habe es *doch* gebraucht. Es spukt nur hinter der Szene.«

258 22–23 *er spricht, gelegentlich der nicht verbrannten Briefe*] D. h. zu der Frage, warum Effi die sie kompromittierenden Briefe nicht verbrannt und so das katastrophale Ende erst ermöglicht habe; an Herman Wichman, 24. Apil 1896 (BrFZ II, 387).

27 *»Ellernklipp«*] Fontanes Erzählung *Ellernklipp. Nach einem Harzer Kirchenbuch* (1881).

28 *»Ich opfere Ihnen«*] An Gustav Karpeles, 3. März 1881 (BrFZ II, 33). – Nach »müssen Sie mir lassen« sind unmarkiert drei Sätze ausgelassen.

259 3 *Marlitt*] Eugenie Marlitt (d. i. Eugenie John, 1825–1887) war eine der meistgelesenen deutschen Unterhaltungsschriftstellerinnen des späten 19. und frühen 20. Jahrhunderts.

19–20 *Keller-Kritik*] Dies und das folgende Zitat nach Fontane: *Aus dem Nachlaß*, S. 250f. und 256f.; vgl. auch die folgende Passage in Fontanes Brief an Siegmund Schott vom 17. August 1898 (BrFZ II, 469), Thomas Mann hat die gesamte Stelle in seinem Exemplar markiert und zudem die hier kursivierten Satzteile unterstrichen: »Mit Gottfried *Keller* hätte ich gern Freundschaft geschlossen, denn er ist in meinen Augen *der bedeutendste deutsche Erzähler, wie Storm der bedeutendste Liebeslyriker seit Goethe.*«

29 *»Dietegen«*] Novelle im zweiten Teil von Kellers Novellenzyklus *Die Leute von Seldwyla* (1873/74).

260 3 *Buffonschen ›le style c'est l'homme‹*] Sprichwörtlich gewordene Umformung eines Satzes aus der Antrittsrede, die Georges-Louis Leclerc, Comte de Buffon (1707–1788) 1753 unter dem Titel *Discours sur le style* in der Académie Française hielt: »le style est l'homme même« (»der Stil ist der Mensch selbst«).

260 7–8 *je mehr nur der Gegenstand selbst spricht*] Diesen Fontane'schen Gedanken hat Thomas Mann später häufig als eigenes Stilprizip formuliert.

17 *suum cuique*] Lat.: »jedem das Seine«.

18–19 *›Gebet dem Kaiser …‹*] So Jesus zu den Pharisäern im Matthäusevangelium (Mt 22,21).

23 *Ton und Rhythmus*] In seinem (laut Besitzvermerk 1904 erworbenen) Exemplar von Fontanes *Causerien über Theater* (Berlin 1905) hat Thomas Mann – als übrigens einzige Randnotiz im ganzen Band – an den Rand notiert: »Rhythmus! Der Bourgeois-Artist!« (Da der Band beim Neueinbinden beschnitten worden ist, kann das Wort »Der« nicht mehr mit Sicherheit identifiziert werden.) Die Bemerkung bezieht sich auf folgenden Satz in Fontanes Besprechung der Berliner Aufführung von Eugène Scribes *Feenhände* am 31. Oktober 1871: »Und das tat ein Scribe! Daß er es tat, das ist es ganz besonders, was meinem Unmut immer neue Nahrung gibt.« (*Causerien*, S. 114) In Paul Schlenthers Vorrede zum selben Band hat Thomas Mann die Bemerkung: »Was er [Fontane] ›Ton‹ nennt, ist das Gegenteil der sogenannten ›schönen Sprache‹.« (S. XIII) angestrichen und mit einem Ausrufezeichen versehen.

26–27 *Rex und Czako*] Figuren in Fontanes Roman *Der Stechlin* (posthum erschienen 1899).

261 21 *sei das Bekenntniß erlaubt*] Dieser Satz übernimmt Formulierungen aus der zu Beginn desselben Jahres formulierten Rundfrage-Antwort [*Theodor Fontane*], vgl. Textband S. 244.

262 9 *»Causeur«*] Frz. etwa: »geistreicher Plauderer«. In Thomas Manns Bibliothek standen u. a. Fontanes *Causerien über Theater* (vgl. Kommentar zu S. 260₂₃). – Die Stelle wird 1919 in *Anzeige eines Fontane-Buches* wieder aufgegriffen (GW X, 581).

9 *er selbst hat es gethan*] Etwa gegenüber Mete Fontane am 24. August 1882 (BrF II, 22): »Ich bin – auch darin meine französische Abkunft verratend – im Sprechen wie im Schreiben ein Causeur; aber weil ich vor allem ein Künstler bin, weiß ich genau, wo die geistreiche Causerie hingehört und wo nicht.«

262 10–11 *daß er ein Sänger war … zu klöhnen schien*] Wiederaufnahme aus [*Theodor Fontane*]; vgl. Textband S. 244.

16–17 *»Das Buch«, schreibt er*] An Siegmund Schott, 14. Februar 1897 (BrFZ II, 418). Die Stelle bezieht sich auf Bemerkungen in Schotts Fontane vorab zugeschickter Rezension der *Poggenpuhls* in der Beilage zur *Allgemeinen Zeitung* am 17. Februar 1897.

17 *»Poggenpuhls«*] Fontanes vorletzter Roman *Poggenpuhls* erschien 1896, während Thomas Mann in Palestrina an *Buddenbrooks* arbeitete; lebenslang gehörte er neben *Effi Briest* und dem *Stechlin* zu dessen Lieblingsromanen (vgl. die Erwähnung in *Anzeige eines Fontane-Buches*; GW X, 576f., und den Brief an Hans Reisiger vom 8. September 1949; DüD I, 387).

27–28 *der Plan der »Likedeeler«*] An Hans Hertz, 16. März 1895 (BrFZ II, 343). In Thomas Manns Exemplar ist der erste Absatz (bis »Tragödie gedacht ist«) doppelt angestrichen und mit Ausrufezeichen versehen. Die Vorlage hat statt »gleichgiltig«: »gleichgültig«.

263 6 *›Hosen des Herrn von Bredow‹*] *Die Hosen des Herrn von Bredow. Vaterländischer Roman* von Willibald Alexis (d. i. Wilhelm Häring; 1798–1871), erschienen 1846.

12–13 *Karl Moor … Klaus Störtebeker*] Beispiele des ›edlen‹, die Reichen beraubenden und die Armen beschenkenden Räuberhauptmannes aus Schillers Drama (*Die Räuber*) bzw. der historischen Wirklichkeit des 14. Jahrhunderts.

24 *»Salambô«*] Der historische Roman *Salammbô* von Gustave Flaubert, erschienen 1863. Thomas Manns Schreibweise folgt vielleicht derjenigen von Georg Brandes: *Gestalten und Gedanken*. München: Langen 1903; der Band stand in Thomas Manns Bibliothek (TMA).

24 *»Ulenspiegel«*] Der historische Roman *La légende d'Ulenspiegel* des belgischen Erzählers Charles de Coster (1827–1879), erschienen 1867.

25 *War die Zeit noch nicht erfüllt?*] Biblizismus; vgl. etwa Mk 1 15 (»Die Zeit ist erfüllt, und das Reich Gottes ist herbeigekommen«) und Lk 9,51 (»da die Zeit erfüllt war, daß er sollte von hinnen genommen werden«).

264 4–6 *»Wir bedürfen … nicht gelingen.«*] Der Satz »mir würde der Weitsprung nicht gelingen« steht in Storms Gedicht *Verzeiht.* – Dieses und die beiden folgenden kurzen Zitate sind in den genannten Briefbänden nicht nachweisbar.

16–22 *Der Fall ist typischer … Adel offenbaren.*] Die verallgemeinernde Bemerkung lässt sich auch auf Thomas Manns eigenen Roman *Königliche Hoheit* beziehen.

29–265.2 *»Ich bin mit … O Du himmlischer Vater!«*] An Hans Hertz, 15. April 1891 (BrFZ II, 262).

29–30 *Maria Stuart … Archibald Douglas*] Anspielung auf Fontanes Balladen *Maria Stuart* und *Archibald Douglas.*

32 *Hart*] Die Literaturkritiker Heinrich (1855–1906) und Julius Hart (1859–1930).

265 3 *Besuch in Bayreuth*] Fontane hat diesen Besuch mehrfach geschildert, so im Brief an Karl Zöllner vom 19. August 1889.

9 *Tempelkunst und heiliges Theater*] Wiederaufnahme von Gedanken und Formulierungen aus dem *Versuch über das Theater*; Fontane wird hier in seiner Wagner-Kritik in einer Reihe mit Nietzsche und Thomas Mann selbst gesehen.

11–12 *Cyrano de Bergerac*] Anspielung auf das Versdrama *Cyrano de Bergerac* (1897) des auch in *Der Literat* erwähnten Edmond Rostand (1868–1918), dessen gascognischer Titelheld während seiner Degenkämpfe geistreiche Verse improvisiert.

20 *zum Heiligen Stefan*] Anspielung auf Stefan George und seine Konzeption einer Resakralisierung der Kunst; zum heiligen Stephanus vgl. Apg 6,8–15. In der Fassung von 1919 ist die Bemerkung gestrichen, wohl auch aus Rücksicht auf den Freund Ernst Bertram. Schon in der Besprechung von Wandreys Monographie im selben Jahr wird das Gegensatzpaar George – Fontane wieder genannt: der (aus dem George-Umkreis kommende) »junge Literarhistoriker« habe sich mit diesem Buch von »Stefan George, […] dem feierlichsten der Geister«, ab- und dem aller Feierlichkeit ausdrücklich fremden Fontane zugewandt (*Anzeige eines Fontane-Buches*; GW X, 574). In der ›*Einleitung*‹ *zu Fontanes Werken* (1928) nimmt

Thomas Mann die Kritik ausführlicher wieder auf: »Diese Blickrichtung zeigt, daß es nicht ohne Gewaltsamkeit abgeht, wenn eine aus der George-Sphäre hervorgegangene Kritik ihn [Fontane] heute unter dem ihr eigenen Gesichtswinkel zu sehen und ihn als ›Zwischenwert‹ zwischen bürgerlicher Depression und ›Siebentem Ring‹ in Anspruch zu nehmen sucht. Der Mallarmésche und später edel-völkische Parnaß wäre seinem Wesen kaum verwandter gewesen als der Heysesche, und die herrische Gründung eines römisch-katholischen Kulturimperiums, in dem Psychologie verboten ist und die dogmatische Kniebeuge vor einem deifizierten Lieblingsknaben hochverspielterweise gefordert wird, hätte seinem Schönheitssinn geschmeichelt, seine Skepsis aber und sein Protestantismus hätten dergleichen nicht ertragen. Seine Modernität, seine Zukünftigkeit lagen nicht auf Georgescher Linie; viel zu sehr war er Großstädter, Sozialist, Rationalist, Prosaiker«.(Essays I, 92)

265 21 *Richard Dehmel*] Wiederaufgenommen in der 116. Notiz zu *Geist und Kunst*: Gegenüber Georges »feierliche[m] Hochmut« und »sakralen Manieren« halte er »es lieber mit Richard Dehmels tapferer Modernität« (GuK, 213f.). Dehmel (1863–1920), der einer von Thomas Manns frühesten literarischen Förderern gewesen war, galt seinen Zeitgenossen als einer der bedeutendsten deutschsprachigen Dichter; neben Liliencron ist er der einzige zeitgenössische Lyriker, zu dessen Werken Thomas Mann eine engere Beziehung hat.

25–26 *gegen das preußische Deutschland*] Thomas Mann paraphrasiert hier einen Brief Fontanes an Paul Schlenther vom 29. Juni 1896 (BrFZ II, 392): »Flottenparaden, Tempelhofer Feld, Zapfenstreich in der Mopke, Treptow, selbst Li Hung Tschang – alles ist gleichgültig; aber Oberammergau, Bayreuth, Weimar, das sind drei deutsche Dinge, deren wir uns freuen dürfen.« (»Mopke« war die populäre Bezeichnung für den Exerzierplatz vor dem Potsdamer Neuen Palais; in Treptow fand 1896 die Berliner Gewerbeausstellung statt; der chinesische Feldherr und Staatsmann Li Hung

Tschang, 1823–1901, kam während seiner Amerika- und Europareise 1896 im Juni auch nach Berlin; der Besuch erregte großes Aufsehen.) Der Hinweis auf München fehlt hier; er findet sich aber in mehreren anderen Briefen, etwa an Liliencron (23. Januar 1890; BrFZ II, 243; in Thomas Manns Exemplar angestrichen): München sei »die einzige Stadt in Deutschland, wo Künstler leben können«.

265 29–32 *von dem berlinischen … und Thüringen*] In einem Brief an Gustav Karpeles vom 30. Juli 1881 (BrFZ II, 53) bemerkt Fontane über den Verleger Friedrich Westermann und dessen Zeitschrift *Nord und Süd*: »sein Publikum ist berlinisch, residenzlich, großstädtisch, eine Sorte Menschen, die mir wichtiger und sympathischer ist als die marlittgesäugte Strickstrumpfmadame in Sachsen und Thüringen.«

266 1 *bei Nietzsche »Wartburg« und »höhere Tochter«*] Anspielung auf den 3. Abschnitt von *Der Fall Wagner* über »das Schicksal Goethe's im moralinsauren altjungfernhaften Deutschland«: »Vor Allem aber war die höhere Jungfrau empört: alle kleinen Höfe, alle Art ›Wartburg‹ in Deutschland bekreuzte sich vor diesem Goethe, vor dem ›unsauberen Geist‹ in Goethe. – *Diese* Geschichte hat Wagner in Musik gesetzt.« (KSA 6, 19)

1–2 *der »kleine sächsisch-thüringische Stil«*] An Moritz Lazarus, 21. Februar 1889 (BrFZ II, 181), in Thomas Manns Exemplar angestrichen: »Der kleine sächsisch-thüringische Stil kann einem nicht wundervoller demonstriert werden [als in den trivialen Werken der Schriftstellerin Elise Schmidt]: sittliche Entrüstung gepaart mit sensationsgieriger, durch einen Portier beglaubigter Topfguckerei. Vollständiger Krähwinkel.«

5 *»Revolution der Literatur«*] Der Titel von Karl Bleibtreus naturalistischem Manifest *Die Revolution der Literatur* (1885) wurde rasch zum Schlagwort.

6 *den heiteren Spruch*] Fontanes Gedicht *Die Alten und die Jungen*, zuerst im Todesjahr 1898 veröffentlicht: »›Unverständlich sind uns die Jungen‹ / Wird von den Alten beständig gesungen; / Meinerseits möcht ich's damit halten: / ›Unverständlich sind mir

die Alten:‹ / […] Dieses Sich-unentbehrlich-Vermeinen / Samt ihrer ›Augen stillem Weinen‹ / […] Ob unsre Jungen, in ihrem Erdreisten, / Wirklich was Besseres schaffen und leisten, / […] Der Mohr kann gehn, neu Spiel hebt an, / *Sie* beherrschen die Szene, *sie* sind dran.«

266 11–15 *»Denn wir nehmen … wie politisch.«*] An Wilhelm Hertz, 9. August 1880 (BrFZ II, 16f.). Nach »und literarisch« ist eine kleine Parenthese ausgelassen.

14 *›Idolatrie‹*] Götzenverehrung.

15–16 *»Nummer eins«*] Thomas Mann nimmt eine von Fontane häufig gebrauchte saloppe Wendung auf. Vielleicht denkt er dabei auch an den Dialog zwischen Vater und Sohn im 13. Kapitel von Fontanes Erinnerungsbuch *Meine Kinderjahre*, in dem es um das Auswendiglernen des *Eleusischen Festes* geht: »Von Schiller. Nu höre, dann bitt ich mir aus, daß du Ernst mit der Sache machst. Schiller ist der Erste. Wie lang is es denn?«

17–18 *das Schillerthum als etwas Halbfremdes*] An Friedrich Stephany, 2. Juli 1894 (BrFZ II, 323).

19 *Geist Bürgers*] Gottfried August Bürger (1747–1794) hatte in Theorie (*Herzenserguß über Volkspoesie*, 1776) und Praxis (*Lenore* u. a. Balladen, seit 1773) mit großem Publikumserfolg eine »volkstümliche« Poesie vertreten und war dafür von Schiller in einer Rezension in der *Jenaischen Allgemeinen Literaturzeitung* 1791 scharf angegriffen worden. Fontanes Bemerkung bezieht sich unmittelbar auf einen Aufsatz von Paul Schlenther über Bürger: »Der Artikel hat eine literarhistorische Bedeutung, weil er fixiert, was seit lange [sic] in der Luft schwebt: Nationales und Volkstümliches gegen das Schillertum, als etwas halb Fremdes.«

19–20 *»was zwischen Dreißig und Siebenzig …«*] Thomas Mann zerlegt ein Textstück in drei Teile. In Fontanes Brief an Karl Zöllner vom 6. September 1894 lautet die Stelle (BrFZ II, 324f.): »Was aber zwischen dreißig und siebenzig geschrieben wurde – wenige, die eine Sonderstellung einnahmen, abgerechnet – ist mausetot. Die Schönrednerei kommt nicht wieder auf.«

266 23–24 *Hauptmanns »Weber«*] Aus dem Brief an Otto Brahm vom 27. September 1894 (BrFZ II, 325f.).

27 *über Strindberg*] Wiederaufgenommen in Thomas Manns Nachruf auf Eduard von Keyserling (1918; GW X, 413); vgl. seinen Nachruf auf Strindberg, Textband S. 339. Das »Leineweber«-Bild gebraucht Hans Castorp im *Zauberberg* im Angesicht des betrunkenen Peeperkorn: »Grade kam es darauf an, *wer* betrunken war, eine Persönlichkeit oder ein Leineweber.« (GW III, 783)

31–267.1 *»Solche Genies … für Leineweber.«*] An Otto Brahm, 8. Februar 1891 (BrFZ II, 259). In der Vorlage steht das Wort »Genietum« in Anführungszeichen. – Der Schweizer Maler und Radierer Karl Stauffer-Bern (1857–1891) war nach einer aufsehenerregenden Ehebruchs- und Diebstahlsaffäre (er hatte sich in die Ehefrau eines Auftraggebers verliebt, die er porträtieren sollte) festgenommen worden und hatte sich nach zunehmenden Depressionen am 24. Januar 1891 in Florenz das Leben genommen. Fontane war mit dieser tragischen Affäre u. a. durch veröffentlichte Briefe Stauffers und durch einen Artikel Otto Brahms vertraut; er kommt in seinen Briefen mehrmals darauf zu sprechen (am ausführlichsten im Brief an seine Tochter Mete vom 27. Februar 1891).

267 1 *»Beichte eines Thoren«*] Emil Scherings soeben erschienene deutsche Übersetzung von Strindbergs in französischer Sprache verfasstem autobiographischen Roman *Le plaidoyer d'un fou* (1885) befand sich in Thomas Manns Bibliothek. Fontanes Bemerkung über die »Rache« spielt darauf an, dass Strindberg sich mit der Darstellung seiner Ehe an der Ehefrau Siri von Essen zu rächen versucht.

2–3 *»Wer solch Buch … Schofelinski.«*] An Bernhard Casper, 28. Oktober 1893 (BrFZ II, 311; in seinem Exemplar hat Thomas Mann die Erwähnung der »Revolutionen« mit einem Ausrufezeichen versehen).

12 *»die sozialdemokratische Modernität«*] An Friedrich Holtze, 16. März 1895 (BrFZ II, 344); in Thomas Manns Exemplar mit einem Ausrufezeichen versehen.

15–24 *»Alles Interesse … neue Wege.«*] Fontane antwortet auf die Zusendung der von Keir Harden herausgegebenen sozialdemokratischen Zeitung *Labour Leader*, die ihn lebhaft interessierte (Brief an Moris vom 22. Februar 1896; BrFZ II, 380). Indem Thomas Mann diesen Presse-Bezug weglässt, erscheint die Äußerung ›sozialdemokratischer‹ als im Briefkontext. Fontanes Hinweis auf »*Das*, was die Arbeiter denken, sprechen, schreiben« bezieht sich zunächst unmittelbar auf den *Labour Leader*. Fontane fährt nach der hier zitierten Passage mit Bemerkungen zum Zeitungswesen fort: »sondern auch neue *Wege*. Die ›Times‹ sind nach wie vor die erste Zeitung in der Welt, aber doch eigentlich nur durch ein gewisses stilles ›Übereinkommen‹ der sogenannten Gebildeten. In Wahrheit ist alles tot und eingefroren, keine neuen Ideen, kein neuer Stil, nicht einmal (ganz äußerlich) ein neues Zeitungsarrangement. In dem ›Leader‹ ist die Schablone durchbrochen.« Im Brief statt »Man würde das sagen«: »Man würde das sagen können«.

267 25–268.21 *»Massen sind immer nur ...*] An Emilie Fontane, 3. Juni 1878 (BrF I, 249).

28 *Weltprofosse*] Etwa im Sinne von »Weltpolizisten« (Profoss: Polizeimeister im Heer).

268 7–9 *»Mit einem Worte ... Herren erzieht.«*] Ungenaue Wiedergabe des Schluss-Satzes aus dem 40. Abschnitt (*Die Arbeiterfrage*) von Nietzsches *Götzen-Dämmerung*.

11–12 *das Bewußtwerden seiner Modernität*] Ein Gedanke, der in Thomas Manns eigenen Essays im Umkreis der Notizen zu *Geist und Kunst* mehrfach anklingt: »nichts von brennenderem Interesse [...] als die Kritik der Modernität« (in *Der Doktor Lessing*, Textband S. 221; vgl. [*Die gesellschaftliche Stellung des Schriftstellers in Deutschland*] und *Der Literat* mit Kommentaren).

18 *an seinem »Fünfundsiebzigsten«*] In seinem Gedicht *An meinem Fünfundsiebzigsten* (in der von Thomas Mann benutzten Sammlung *Aus dem Nachlaß*, S. 162) sieht Fontane sich gegenüber dem preußischen Adel, der ihn enttäuscht habe, an der Seite des »fast schon prähistorische[n]« Adels der Juden: »Abram, Isack, Israel, / Alle Patriarchen sind zur Stell', / Stellen mich freundlich an ihre Spitze, / Was sollen mir da noch die Itzenplitze!«

268 22–24 *»mangelnde Sinn … brachte«*] In seinem Gedicht *Was mir fehlte* bemerkt Fontane: »Was mir fehlte, war Sinn für *Feierlichkeit*«; das Gedicht endet mit den Versen: »Suche nicht weiter. Man bringt es nicht weit / Bei fehlendem Sinn für Feierlichkeit.«

24–269.11 *der Dichter des Alten Derfflinger …*] Anspielung auf Fontanes zum Lobe preußischer Offiziere verfasste, durch die preußischen Schullesebücher populär gewordenen Gedichte *Der alte Derffling* [!], *Der alte Dessauer*, *Der alte Zieten*.

25–26 *der berliner Einzugscarmina*] Drei Gedichte unter der gemeinsamen Überschrift *Einzug* (*Einzug. 1864. 1866. 1871.*) – auf die Rückkehr des jeweils siegreichen preußischen Heeres nach Berlin am 7. Dezember 1864, am 20. September 1866 und am 16. Juni 1871.

27 *Adolf Menzel*] Vgl. hier den Stellenkommentar zu [*Die gesellschaftliche Stellung des Schriftstellers in Deutschland*], S. 229$_{23}$.

27–28 *beim Bildenden Künstler*] Vgl. zu diesem Gedanken hier auch den kurzen Text [*Maler und Dichter*] (1913, Textband S. 399).

269 7 *als gesinnungsuntüchtig und verdächtig*] Derselbe Gedanke ausführlicher am Schluss von *Im Spiegel*, vgl. Textband S. 184.

9–10 *den Borussismus*] An Wilhelm Hertz, 6. Juni 1897 (BrFZ II, 424): »Ich stelle Rotspohn [sic] und Onkel Bräsig höher als den ganzen Borussismus, diese niedrigste Kulturform, die je da war.«

14–18 *»Noch in zwölfter Stunde … nicht stimmen kann.«*] An Karl Zöllner, 22. Februar 1887 (BrFZ II, 124); in Thomas Manns Exemplar mit einem Ausrufezeichen versehen.

18–22 *»Und nun breche ich auf … ganz bestimmt …«*] An Hans Hertz, 20. Februar 1890 (BrFZ II, 248).

24–25 *eigentlich könne er immer geradeso gut das Gegentheil sagen*] Im dritten Kapitel des *Stechlin* sagt Dubslav: »Was ich da gesagt habe … Wenn ich das Gegenteil gesagt hätte, wäre es ebenso richtig.«

25–26 *»menschlich und novellistisch«*] An Otto Arendt, 5. Mai 1890 (BrFZ II, 251).

27–31 *»schließlich als Untergrund … Notenblatt blase«.*] An Carl Robert Lessing, 19. Juni 1896 (BrFZ II, 390); in Thomas Manns Exemplar sind die Worte »als Untergrund« zusätzlich zur üblichen Randanstreichung unterstrichen.

269 31–32 *»zieht sie dem Wendo-Germanischen ...«*] An Graf Philipp von Eulenburg, 21. November 1880 (BrFZ II, 24); in Thomas Manns Exemplar mit einem Ausrufezeichen versehen: »Ich liebe die Juden, ziehe sie dem Wendo-Germanischen eigentlich vor – denn es ist bis dato mit letztrem nicht allzuviel – aber *regiert* will ich nicht von den Juden sein.«

32–270.3 *»auch unserm von mir ... vermittelt wird.«*] An das Ehepaar Guttmann, 25. Januar 1890 (BrFZ II, 245).

270 6 *»Freiheitsparagraphen«*] An James Morris schreibt Fontane am 13. Juli 1897 (BrFZ II, 426), »daß es auf Verfassungen und Freiheitsparagraphen (die *wirkliche* Freiheit hat keine Paragraphen) gar nicht ankommt, sondern auf die Lebensformen«.

7 *den »Wanderer«*] Anspielung auf Fontanes *Wanderungen durch die Mark Brandenburg* (in fünf Teilen erschienen in Berlin 1862 bis 1889).

8–27 *»Ich habe sagen wollen ...«*] An Emilie Fontane, 12. August 1882 (BrF II, 13).

12–13 *trotz Goßler und der »Einreihung«*] Vgl. Textband S. 252.

17–18 *Kritisch, heißt es dort*] An Wilhelm Hertz, 8. Oktober 1882 (BrFZ II, 72).

31–32 *skeptischen, ja gehässigen Psychologenauge*] Fontane wird hier wiederum in die Nähe Nietzsches und Thomas Manns selbst gerückt. Im 9. Notizbuch (Nb. II, 182) hatte Thomas Mann 1908 ausgehend von »Nietzsche's Wagner-Kritik« bemerkt: »Es fehlt in Deutschland an Psychologie, an Erkenntnis, an Reizbarkeit, *Gehässigkeit* der Erkenntnis«; in der Polemik gegen den *Doktor Lessing* wurde diese Passage wieder aufgegriffen (Textband S. 221f.). In seinem »historischen Roman namens *›Friedrich‹*« wollte Thomas Mann selbst seinen »Helden menschlich-*allzu*menschlich darstellen, mit Skepsis, mit *Gehässigkeit*, mit psychologischem Radicalismus und dennoch positiv« (an Heinrich Mann, 5. Dezember 1905; GKFA 21, 337).

271 2–10 *»Die Studenten« ... nicht aufkommen ...«*] An Mete Fontane am 1. April 1895 (BrF II, 308f.); Thomas Mann gibt den Passus stark gekürzt wieder.

271 11–26 *»Ich stehe in der ganzen Geschichte ... unsympathisch.«*] An Mete Fontane, 29. Januar 1894 (BrF II, 300f.); mit »der ganzen Geschichte« sind die Spannungen zwischen Bismarck und dem jungen Wilhelm II. gemeint.

27 *Montaigne*] Anspielung auf den ersten Text im dritten Buch von Michel de Montaignes (1533–1592) *Essais* (seit 1580): *De l'utile et de l'honneste.*

30 *»Er ist die denkbar interessanteste Figur ...«*] An August von Heyden, 5. August 1893 (BrFZ II, 304).

272 7 *»Realpolitik«*] Zentrales Schlagwort der Bismarck'schen Politik.

8 *Voltaire*] »Zukunftbürger« wird Voltaire auch in Thomas Manns *Friedrich*-Notizen genannt (Ruchat 1989, S. 89). Die Kritik an Karl dem Großen, die in *Der Literat* ausführlich wiederaufgegriffen wird, stammt aus Voltaires *Essai sur les mœurs* (vgl. Textband S. 360ff. und Kommentar).

9–10 *politische Geistigkeit des zwanzigsten Jahrhunderts*] Das Thema wird, mit entgegengesetzter Wertung, in der *Vorrede* zu den *Betrachtungen* wiederaufgenommen (GW XII, 26).

15–273.20 *»Mit Schrecken sehe ich ...«*] An James Morris, 13. Juli 1897 (BrFZ II, 427). Nach den Worten »geht darin unter« ist unmarkiert ein längerer Satz ausgelassen: »England, weil es reich ist, kann die Sache eine Weile aushalten, aber wir in Deutschland, die wir durchaus eine große Flotte haben wollen (oder sollen), um sie nach vier Wochen verbrannt zu sehen, wir könnten unser bißchen Geld besser anlegen.«

23–273.20 *»Die Konquistadorenzeit ...«*] Ebenfalls an James Morris, 26. Oktober 1897 (BrFZ II, 434f.); in Thomas Manns Ausgabe mit einem Ausrufezeichen versehen. Nach »einem fremden Nest« ist unmarkiert der folgende Satz ausgelassen: »Mit Schaudern lese ich jetzt täglich von den verzweifelten Anstrengungen, die England machen will, um den alten Zustand *à tout prix* zu bewahren.«

273 9–15 *der Quitzows und Itzenplitze*] Wohl Anspielung auf Fontanes Ballade *Der Quitzowen Fall und Untergang* und die im oben (Textband S. 268) zitierten Gedicht *An meinem Fünfundsiebzigsten* (und öfter) genannten »Itzenplitze«.

273 13 *»Scharmützel«*] An Friedrich Stephany, 29. März 1898 (BrFZ II, 461); in Thomas Manns Exemplar mit einem Ausrufezeichen versehen. Die Stelle lautet im Zusammenhang: »Übrigens fangen die Erinnerungen an den 18. März an, scheußlich langweilig zu werden. Eine Unsumme von Nichtigkeiten türmt sich auf. Als historisches Ereignis war es eine große Sache, als Heldenleistung urschwach. Scharmützel. Unsere Enkel werden erst die wirkliche Schlacht zu schlagen haben.« – Am 18. März begann die Revolution von 1848.

25–29 *Die Zeit, die sich verjüngte … seines Falles hervorgehoben.*] Diese Sätze fehlen in allen späteren Drucken.

29–274.1 *»Ich bin mit den Jahren …«*] Nicht ermittelt.

274 11–15 *»Leben … ist der Tod.«*] Das nachgelassene Gedicht findet sich in der von Josef Ettlinger herausgegebenen Sammlung *Aus dem Nachlaß* unter dem Titel *Leben*, S. 162, in der von Thomas Mann zitierten Form; sie entspricht einer Abschrift des Sohnes und Verlegers Friedrich Fontane. Da die Handschrift nicht erhalten ist, entbrannte um den richtigen Wortlaut des vorletzten Verses ein lebhafter Streit. Er begann bereits in einem privaten Briefwechsel mit einem unbekannten Partner (wahrscheinlich Georg Friedländer), dem Thomas Mann am 8. Oktober 1910 auf eine den Wortlaut der Verse betreffende »Hypothese« antwortete: »[…] es liegt ganz sicher weder ein Druck- noch ein Schreibfehler vor, und die Version, die der Nachlaßband bringt, ist vollkommen richtig. Was Fontane ausdrücken wollte, war gewiß nicht der wenig reizvolle Gedanke, das Beste am Leben sei, daß es einmal ende, sondern der: das Beste davon sei das ›Wissen, das es sendet‹, der Empfang der letzten und größten Antwort; die Lösung des letzten und größten Rätsels, der Ausgang, der Tod. Übrigens hat mich die Wiederholung des Wortes ›sendet‹ niemals unmelodiös berührt, ja, ich ziehe sie – wie Fontane es gethan hat – der allzu nahe liegenden Reimbildung ›spendet‹ entschieden vor.« (Zuerst veröffentlicht bei Fujita 1969, S. 410–422; jetzt in GKFA 21, 467.) Öffentlich ausgelöst wurde ein neuerlicher Streit durch den Artikel *Der gerettete Fontane*

in der Abendausgabe der *Vossischen Zeitung* vom 5. Mai 1920 (Nr. 230); der Verfasser war Otto Pniower, der zusammen mit Paul Schlenther die von Thomas Mann besprochene »Zweite Sammlung« der *Briefe Theodor Fontanes* herausgegeben hatte. Pniower schlug die Konjektur »Ist das Wissen, daß es endet« vor und verband diese Anregung mit Kritik an dem abschließenden Zitat in Thomas Manns Essay; seine Lesart hat sich heute allgemein durchgesetzt. Am 8. Juni 1920 hat Thomas Mann, ebenfalls in der *Vossischen Zeitung* (Nr. 282) die Ettlinger'sche Version verteidigt (*Über einen Spruch Fontane's*; GW X, 855–858), teils mit philologischen Argumenten, teils mit »intuitive[r] Sicherheit«. – Erst 1949 hat sich Thomas Mann der früher verworfenen Lesart zögernd angenähert: »Ich muß sagen, ich verstehe Ihre Reklamation nicht recht, da in dem Bande ›Adel des Geistes‹ jene Fontane-Verse in derselben Form zitiert sind wie in ›Rede und Antwort‹. Ich muß gestehen, daß ich meiner Sache heute nicht mehr ganz so sicher bin wie damals [...]. Ich halte heute im Stillen für möglich, daß der alte Fontane doch nur gemeint haben mag, es sei gut, zu wissen, daß alles einmal ein Ende nimmt. Aber bei der Aufnahme des mir lieb gebliebenen Aufsatzes in die Sammlung ›Adel des Geistes‹ habe ich an der Form festgehalten, an die ich damals glaubte, und von der ich noch heute wünschte, Fontane hätte sie gemeint und gewählt.« (an Ludwig Aron, 10. November 1949; Reg. 49/557)

Paralipomena

Die überarbeitete Fassung von 1919

Für das von Ernst Heilborn herausgegebene *Fontane-Buch* (vgl. hier zur Textlage) überarbeitete Thomas Mann den Essay im Oktober 1919 – im Kontext der *Betrachtungen* – so eingreifend, dass eine zweite Fassung entstand, die vor allem in der politischen Aussage der ersten streckenweise diametral entgegengesetzt ist. In der Neufassung sind drei Stellen gestrichen; ein längerer Absatz wurde neu formuliert.

Gestrichen ist zunächst die Anspielung auf Stefan George (vgl.

hier den Stellenkommentar zu S. 265_{20}), sodann am Ende des drittletzten Absatzes der letzte Satz, Fontanes gegen Bismarck gerichtete Sentenz: »Dem Zweckdienlichen alles unterordnen, ist überhaupt ein furchtbarer Standpunkt.« Unmittelbar anschließend ist der gesamte vorletzte Absatz (von »Dem Zweckdienlichen« bis »erst in der Zukunft.«) für die zweite Fassung völlig neu geschrieben worden. Weggefallen sind damit nach dem Weltkrieg Fontanes Aufruf an »Alle Staaten« zum »Mut [...], vor dem Besiegtwerden nicht zu erschrecken«, seine Verurteilung des Militarismus (»Räuber« mit »Knallbüchsen«; der Satz »Das aber, womit am ehesten [...] gebrochen werden muß, ist der Militarismus.«) und des Kolonialismus (»ein Blödsinn«), schließlich die Prophezeiung einer kommenden Revolution »unsere[r] Enkel«, welche die »bürgerliche Revolution« von 1848 übertreffen werde. Im letzten Absatz sind 1919 nach den Worten »besitzt in der Geistesgeschichte nicht leicht ein Gegenstück« zwei Sätze gestrichen worden: »Die Zeit, die sich verjüngte, als er die Schwelle des Greisenalters überschritt, war diesem Werdegange günstig. Aber durch das untaugliche und verbitterte Zurückbleiben seiner Altersgenossen wird doch das Individuelle seines Falles hervorgehoben.« Auch hier fällt, wie bei der Streichung der George-Anspielung, die Opposition von Reaktion und Progressivität fort, in der Fontane zufolge der früheren Fassung eindeutig – und als einziger seiner Generation – auf der Seite der Progressivität stand.

An die Stelle des gestrichenen vorletzten Absatzes von 1910 tritt in der Überarbeitung von 1919 der folgende Text:

> »[...] Er [Bismarck] ist die denkbar interessanteste Figur. Ich kenne keine interessantere; aber dieser beständige Hang, die Menschen zu betrügen, dies vollendete Schlaubergertum ist mir eigentlich widerwärtig, und wenn ich mich aufrichten, erheben will, so muß ich doch auf andere Helden blicken.« – Auf welchen wohl? – Mythos und Psychologie: das sind zwei Dinge; und wo sie in ein und derselben Brust beieinander wohnen, wo Sänger- und Schriftstellertum sich paaren, da kommt es äu-

ßerlich zu Widersprüchen. Die Bewunderung, die der psychologische Schriftsteller der Größe zollt, ist nicht studentenhaft »rein und hell«; er blickt auf den Helden nicht, um sich »erheben« zu lassen. Der Held ist ihm »die denkbar interessanteste Figur«; aber vom Interesse, diesem eigentlichen Schriftsteller- und Psychologenaffekt, ist nicht weit mehr zu allen Naturalismen, Bosheiten und Ironien der Erkenntnis. Aus Briefstellen, wie der angeführten, redet der skeptische Psychologe über einen noch lebenden Helden. Bismarcks Tod ließ Fontane vor diesem letzten Ausbruch großen Deutschtums den mythisch-ehrfürchtigen, den großen Stil der Anschauung wiedergewinnen, zu dem er drei knappe Jahre früher nur die Jugend hatte verpflichten wollen, und er sang:

»Widukind lädt ihn zu sich ein:
im Sachsenwald soll er begraben sein.«

Der Dichter ist konservativ als Schützer des Mythos. Psychologie aber ist das schärfste Minierwerkzeug demokratischer Aufklärung. In den späten Briefen Fontanes, des Verherrlichers kriegerischen Preußenadels – in seinen Briefen, d. h. außerhalb seiner Produktion – findet man Kundgebungen stark revolutionären und demokratischen Gepräges, pazifistisch-antimilitaristische Äußerungen, die nicht nur als wohlwollende und verjüngungsbereite Anpassung an die literarisch-revolutionäre Zeitstimmung von 1880 zu verstehen sind, sondern durchaus auch seinem eigenen Wesen, dem was rationalistisch-humanitaires 18. Jahrhundert (und 20. Jahrhundert?) in ihm war, zugehörten und den »*Soupçon*« nachträglich in hohem Grade rechtfertigten, mit dem er seine »als Untergrund immer noch vorhandene Adelsvorliebe« behandelt sehen mußte. Geister wie er müssen in ihrem politischen Verhalten kompliziert und unzuverlässig erscheinen, denn die Widersprüche, zu denen die Tagesdebatte sie drängt, finden ihre Aussöhnung und Auflösung erst in der Zukunft.

Bei den beiden Versen handelt es sich um ein verkürztes Zitat aus Fontanes am Tage nach Bismarcks Tod geschriebenem Gedicht *Wo Bismarck liegen soll* (31. Juli 1898); wörtlich heißt es dort: »Widukind lädt ihn zu sich ein: / ›Ein Sachse war er, drum ist er *mein*, / Im *Sachsenwald* soll er begraben sein.‹«

Vor allem mit der Neufassung des vorletzten Absatzes wird Fontanes »Adelsvorliebe« gegenüber der früher betonten Hinwendung zur Arbeiterbewegung wieder hervorgehoben, die frühere Darstellung seiner Bismarck-Kritik revidiert und die Revolutionserwartung aus dem eigentlichen Werk hinauskomplimentiert (»außerhalb seiner Produktion«). Darüber hinaus wird, an diesem Beispiel, Fontane selbst zum »konservativ[en]« »Schützer des Mythos«, ja eines »großen Deutschtums« umgedeutet. (Zugleich erscheint hier zum ersten Mal in Thomas Manns Werk die Begriffsverbindung von »Mythos« und »Psychologie«, die mit dem Beginn des *Joseph*-Romans ins Zentrum seines Schaffens rückt.) Der den Abschnitt beschließende Ausblick auf die »Zukunft« bedeutet hier nicht mehr die Prophezeiung einer sozialen Revolution, sondern eine Versöhnung von Widersprüchen.

Die Unterschiede zwischen beiden Fassungen sind zweifellos durch die Spannweite der zitierten und erörterten Fontane'schen Texte begünstigt worden (dazu Nürnberger 1998, S. 74), auf die ja auch Thomas Mann selbst in beiden Fassungen mit der Bemerkung anspielt, dass in Fontane »beide Anschauungen, die konservative und die revolutionäre, nebeneinander bestehen können«.

Die Fassungsunterschiede zeigen, wie energisch Thomas Mann in beiden Fällen sein Bild Fontanes stilisiert: In der frühen Fassung erscheint er zunehmend als Gegner des einst bewunderten Adels und als Anti-Bürger, der die politisch-intellektuelle Allianz von Weimarer Bildungsbürgertum, preußischer Machtelite und wagnerianischer Ideologie angreift, explizit Bismarck attackiert und sich implizit als ein Gegenbild Wagners (und damit auch als ein geistiger Nachbar Nietzsches) erweist, sich gegen den herrschenden Antisemitismus stellt, mit der Sozialdemokratie sympathisiert (ohne sich ihr anzuschließen), Kolonialpolitik und preußischen Militarismus als größte Übel der Epoche kritisiert, schließlich eine künftige Revolution zustimmend prophezeit und sich zugleich der künstlerischen »Revolution« des Naturalismus öffnet. Eben darin erweist sich zufolge dieser Fassung die Alters-Jugend, die im Mittelpunkt des Essays steht. In der späteren Fassung erscheint derselbe Fontane, trotz solcher zeitkritischen Stellungnahmen, von denen die meisten ja erhalten geblieben sind, eher als »konservativer« Bewunderer des Adels, Bismarcks, des »Deutschtums«. Erst in den Fontane-Essays von 1928/29 (*Theodor Fontane*) und von 1954 (*Noch einmal der alte Fontane*) wird ein gegenüber der 1919 vorherrschenden Tendenz wieder an das Porträt von 1910 angenähertes Bild entworfen.

[ROMAN UND THEATER IN DEUTSCHLAND]

Entstehungsgeschichte

Der in dieser Form bisher unbekannte Text ist offenkundig zur Publikation vorgesehen gewesen, jedoch nicht veröffentlicht worden; allein der zweite Absatz erschien ein Jahr vor Thomas Manns Tod in einem Ausstellungskatalog (vgl. hier zur Textlage).

Eine Datierung ist eindeutig möglich: Verfasst wurde er nach der Rückkehr von einer Reise nach Weimar, nach der Veröffentlichung von *Königliche Hoheit*, während der Wiederaufnahme des *Krull*-Projektes und vermutlich in zeitlicher Nähe zum *Versuch über das Theater* einerseits, zu den *Geist und Kunst*-Notizen andererseits. Damit kann hier nur jene erste Weimar-Reise gemeint sein, von der Thomas Mann seinem Bruder Heinrich in einem noch am Tag der Rückkehr geschriebenen Brief vom 16. November 1910 berichtet; auch hier wird Reinhardt erwähnt, auch hier ist von »kleinhöfischem Wesen« die Rede, das seinen »Intuitionen in K[önigliche] H[oheit]« entsprochen hätte.

Im selben Brief bemerkt Thomas Mann auch, er habe »bis zum 8ten Dezember zwei Zeitungsbeiträge herzustellen, die, da sie noch garnicht angefangen sind, ohnedies knapp fertig werden werden.« (GKFA 21, 470) Dabei handelt es sich um den *Peter Schlemihl* und vermutlich den hier vorliegenden Text. (Wyslings Vermutung in TM/HM, 468, es könne sich um *Wie Jappe und Do Escobar sich prügelten* handeln, scheint dagegen insofern weniger plausibel, als Thomas Mann zwar gelegentlich essayistische Texte, nicht aber Erzählungen als »Zeitungsbeiträge« etikettiert und es sich umgekehrt bei den *Süddeutschen Monatsheften*, in deren Februarheft 1911 die Erzählung erschien, nicht um eine Zeitung handelt.)

Der Text ist also vermutlich zwischen dem 16. November und dem 8. Dezember 1910 verfasst worden. Vielleicht besteht ein Zusammenhang mit dem für die Wiener *Neue Freie Presse* geplanten und sonst nicht nachweisbaren Beitrag, den Thomas Mann am

23. Oktober 1910 gegenüber Philipp Witkop erwähnt (DüD I, 390), oder mit jener »Zusage« gegenüber »der Fr. St.«, die er zufolge seinem am 8. November geschriebenen Brief an Hans von Hülsen (Reg. 10/97, TMA) aufrecht erhalten will; möglicherweise ist damit eine Zeitung gemeint.

Gedanklich zeigt der Beitrag eine gewisse Nähe zu den Notizen über *Geist und Kunst* (am deutlichsten dort in der Notiz über Reinhardt; vgl. die 102. Notiz) sowie zum *Reinhardt*-Abschnitt in *Notizen* [II] (Textband S. 214f.), auch zu dem Aufsatz [*Die gesellschaftliche Stellung des Schriftstellers in Deutschland*] (Textband S. 225–230). Vor allem aber verbindet er Grundgedanken aus dem *Versuch über das Theater* und dem kurz zuvor abgeschlossenen Essay *Der alte Fontane*. War in diesen beiden umfangreichen Arbeiten der Roman als Kunstform gleichen Rechts gegen die traditionelle Höherbewertung des Dramas verteidigt worden, so wird hier beides rückblickend noch einmal abgewogen. Dabei fällt nicht nur die Konstanz der Argumente ins Auge, sondern auch die Gelassenheit des Tonfalls gegenüber der angestrengten, zuweilen hochfahrenden Argumentation des *Versuchs*. Während im dritten Abschnitt der modernen Theaterpraxis (im Unterschied zur dramatischen Dichtung) gehuldigt wird, stellen die beiden ersten den Roman als nicht nur postulierte, sondern soeben zur Blüte gelangende Kunstform dar. Das geschieht im ersten Abschnitt offen, im zweiten verdeckt autobiographisch; hier wird auf Lublinskis Lob der *Buddenbrooks* und den *Tod in Venedig* angespielt. Die heroische »Anspannung eigentlich zarter Kräfte«, die den deutschen Roman »erst jetzt zum Selbstbewußtsein« bringt, ist vor allem Thomas Manns eigene.

In der Beurteilung der gegenwärtigen literarischen Situation widerspricht der Text auffallend dem nur wenige Monate zuvor verfassten und ebenfalls offenbar nicht zur Publikation gelangten Beitrag [*Die gesellschaftliche Stellung des Schriftstellers in Deutschland*].

Textlage

Der Text wird hier in dieser Form zum ersten Mal publiziert, und zwar nach der im TMA in Photokopie und Abschrift erhaltenen Handschrift (dort als *Antwort auf eine Rundfrage ›über den augenblicklichen Stand der deutschen Litteratur‹.* Frgmt. 2 Bl. [ca. 1911] und zugleich als *Tagebuch-Aufzeichnungen von Thomas Mann zwischen 1910–1912* katalogisiert). Der auf der Rückseite des ersten Blattes der Handschrift nachgetragene Satz »Urwüchsige Kraft [...] bis zum heroischen geht« ist nur in der Abschrift erhalten. Der zweite Absatz wurde 1954 im Begleitbändchen zu einer »Werkausstellung« im Basler Café ABC zitiert: Otto Basler/F. K. Mathys/Friedrich H. Weber: *Für Thomas Mann.* Basel 1954 (= Belletristische Schriftenreihe *Zer dornigen Ros*, Nr. 2), dort in dem von F. K. Mathys verfassten Beitrag *Die Thomas-Mann-Ausstellung im ABC*, S. 36f. (Ein Exemplar mit einer Widmung der Herausgeber befindet sich im TMA.) Mathys führt das Zitat mit folgenden Worten ein: »Auch einige Tagebuchblätter aus den Münchner Jahren zwischen 1910 und 1912 sind als Handschrift ausgestellt. Den Literaturfreund interessiert vielleicht folgende Stelle: [...].« Derselbe Auszug ist dann im Kommentar von ARE I, 413f. wiederabgedruckt.

Stellenkommentar

275 3 *an einem Roman*] *Die Bekenntnisse des Hochstaplers Felix Krull.*

6–7 *Gegenstück zu »Königliche Hoheit«*] Wiederum der *Krull*; vgl. Thomas Manns Antwort auf die Rundfrage [*Unsere Schriftsteller bei der Arbeit*], Textband S. 332.

7 *die Arbeit*] Danach gestrichen: »noch«.

13–14 *daß man nicht immer von Tiefstand reden sollte.*] Vgl. das zustimmende Referat eines Aufsatzes von Richard Moritz Meyer in [*Die gesellschaftliche Stellung des Schriftstellers*], Textband S. 229.

15 *besser, als überall sonst.*] Danach folgte ursprünglich: »In Frankreich, in Rußland, in England °(denn Shaw ist Ire und wird überschätzt)°: überall Mittelmäßigkeit und Epigonentum, während sich bei uns auf allen litterarischen Gebieten lebendige und ei-

gentümliche Talente regen.« Kurz zuvor hatte Thomas Mann sich in Fontanes Familienbriefen (bei der Arbeit an dem Essay *Der alte Fontane*) die Bemerkung angestrichen: »Wenn wir doch endlich einsehen wollten, daß es mit dieser ewig proklamierten Überlegenheit der andern Nationen auf künstlerischem Gebiet wenig auf sich hat.« (An Emilie Fontane, 21. 6. 1883; BrF II, 55.)

275 17–22 *Urwüchsige Kraft ... zum heroischen geht*] Diese Passage (samt einer wieder gestrichenen, s. u. Kommentar zu Zeile 275_{22}) ist, zur Einfügung an dieser in der Handschrift markierten Stelle, auf der Rückseite des Blattes nachgetragen.

19–22 *Aber vorhanden ist*] Ein verdecktes Selbstporträt, das auf Bemerkungen in Samuel Lublinskis Rezension der *Buddenbrooks* und wohl auch auf die Konzeption von *Der Tod in Venedig* zurückgreift. Lublinskis auf die *Buddenbrooks* bezogenes Lob für die »intellektuelle und jünglinghafte Männlichkeit [...], die in stolzer Scham die Zähne aufeinander beißt und ruhig dasteht, während ihr die Schwerter und Speere durch den Leib gehen« (Lublinski 1904, S. 226), wird in *Der Tod in Venedig* wörtlich zitiert und als »schön, geistreich und exakt« bezeichnet (GW VIII, 453). – Die Formulierung vom »Wissen um die Kunst« verweist implizit auch auf das Thema von *Geist und Kunst*.

22 *die bis zum heroischen geht.*] Danach gestrichen: »in dieser Anspornung und Ueberspannung zarter Kräfte beruht vielleicht das eigentliche Heldentum unserer Zeit.«

25 *Franzosen*] Über die »hohen Tage« des französischen Romans, vor allem über die Antipoden Flaubert und Balzac, hatte sich Thomas Mann in [*Der französische Einfluß*] bewundernd geäußert (Textband S. 73ff.).

27 *höhere Kritik*] Seit der Goethe-Zeit Terminus technicus zur Unterscheidung der theoretisch ausgerichteten von der bloßen Tages-Kritik.

27–28 *kümmert sich leider nicht*] Korrigiert aus: »kümmert sich nicht«.

276 3 *über das Theater*] Vgl. Thomas Manns eigenen *Versuch über das Theater*.

276 4–5 *mit mehr natürlicher Begabung gemimt*] Korrigiert aus: »immer noch besser Comödie gespielt«.

7 *mit dem Theater*] Nachträglich eingefügt.

7 *vielfach so*] Nachträglich über der Zeile eingefügt.

8 *nichts Geringeres*] Korrigiert aus: »nichts weniger«.

12 *tiefen, wahrhaftigen*] Korrigiert aus: »seelischen, tiefen«.

13 *Brahm*] Otto Brahm (eigentlich Abrahamsohn, 1856–1912) war als Theaterkritiker und Regisseur, als Gründer der »Freien Bühne«, dann als Leiter des Deutschen Theaters und des Lessingtheaters der wichtigste Vorkämpfer Ibsens, Strindbergs, Hauptmanns in Deutschland und damit eine zentrale Gestalt des Naturalismus. Als Kritiker war er auch Freund und Briefpartner des alten Fontane (aus den Briefen an ihn wird im Fontane-Essay mehrfach zitiert).

15 *Reinhardts*] Max Reinhardt (eigentlich Max Goldmann, 1873 bis 1943), Schauspieler, Theatertheoretiker und Regisseur; vgl. dazu Thomas Manns Würdigung in *Geist und Kunst* und *Notizen* [II] (Textband S. 214f.). Aus dem Mitstreiter Otto Brahms war ab etwa 1898 ein Konkurrent geworden, der dessen striktes Festhalten am Naturalismus kritisierte und an mehreren Berliner Bühnen eine experimentierfreudige und publikumswirksame postnaturalistische Theaterpraxis entfaltete.

16 *»zwei solche Kerle«*] Goethe gegenüber Eckermann am 12. Mai 1825: »Nun streitet sich das Publikum seit zwanzig Jahren, wer größer sei: Schiller oder ich, und sie sollten sich freuen, daß überhaupt ein paar Kerle da sind, worüber sie streiten können.« Noch am 1. Mai 1955 kommt Thomas Mann in einem Brief an Guido Devescovi auf dieses Aperçu zurück, dort bezogen auf seinen Bruder Heinrich und sich selbst (Br. III, 397). – Gedanklich eng benachbart ist in der *Rede über das Theater* (1929) die Formulierung »von der literarischen Strenge, mit der Brahm es [das Theater] zelebrierte, dem Rausch kluger Sinnlichkeit, in den Reinhardt es verzauberte« (GW X, 288).

19 *des »Barbiers von Sevilla«*] Komische Oper von Gioacchino Rossini (1792–1868).

PETER SCHLEMIHL

Entstehungsgeschichte

Der Essay entstand Ende November und Anfang Dezember 1910 in kurzer Zeit. Am 16. November 1910, zurückgekehrt von seiner ersten Reise nach Weimar, schreibt Thomas Mann an den Bruder Heinrich: »Ich habe bis zum 8ten Dezember zwei Zeitungsbeiträge herzustellen, die, da sie noch garnicht angefangen sind, ohnedies knapp fertig werden werden.« (GKFA 21, 470) Bei dem ersten Beitrag handelt es sich vermutlich um den *Schlemihl*-Essay, beim zweiten um die Stellungnahme zur deutschen Gegenwartsliteratur (vgl. hier [*Roman und Theater in Deutschland*]). In einem Brief an Julius Bab vom 21. Juni 1911 machte Thomas Mann den (nicht realisierten) Vorschlag, den Text auch dessen Auswahlausgabe von Chamissos Gedichten voranzustellen (vgl. GKFA 21, 475). Zur gleichen Zeit übernahm er große Teile daraus in seinen eigenen *Chamisso*-Essay (vgl. den Kommentar dazu).

Thomas Manns im TMA erhaltenes Exemplar der besprochenen Ausgabe (vgl. hier zur Quellenlage) weist zahlreiche Lesespuren auf, die ersichtlich unmittelbar mit der Ausarbeitung seines Essays zusammenhängen und schon für sich genommen, erst recht aber in Verbindung mit diesem eine spezifische Lesart erkennen lassen. Wie Thomas Manns Anstreichungen nahelegen, hat er Schlemihls romantisches Außenseitertum vor allem als ein erotisches gelesen und damit auch auf die eigene Lebenssituation bezogen (oder es von dieser ausgehend erschlossen). Seine Lektüre zeigt (noch ohne Kenntnis biographischer Zusammenhänge, die er sich erst für den *Chamisso*-Essay erarbeitet, ohne Kenntnis zumal später edierter brieflicher Prätexte, die seine Interpretation stützen könnten; dazu Detering 1994), inwiefern Chamissos Erzählung sich als homoerotische Camouflage auffassen lässt.

Thomas Manns Lektüre scheint trotz des streckenweise betont humoristischen Tonfalls geleitet von existenzieller Dringlichkeit.

Die durch seine Anstreichungen (oft entschieden einseitig) hervorgehobenen Passagen ergeben das »Bekenntnis« eines Mannes, der sich durch einen Teufelspakt schuldhaft zum Außenseiter gemacht hat und darum fortan mit einem »düstern Geheimnis« behaftet ist – in Thomas Manns Ausgabe ist an dieser Stelle das Wort »düstres« einfach, das Wort »Geheimnis« doppelt unterstrichen. Als Stigmatisierter ist Schlemihl »dem letzten meiner Knechte« unterlegen, »denn er hatte einen Schatten, er durfte sich sehen lassen in der Sonne«. Der Ausgestoßene »vertrauerte einsam in meinen Zimmern die Tag' und Nächte, und Gram zehrte an meinem Herzen«; »durch frühe Schuld von menschlicher Gesellschaft ausgeschlossen«, leidet er an »Scham, [...] Angst, [...] Verzweiflung«. Der Versuch einer Liebesbeziehung scheitert, weil Fanny, beim Stelldichein vergebens seinen »Schatten begehrend«, sein Gebrechen erkennt. Erst unter mehrfacher Deckung wagt er sich »wieder unter die Menschen« und beginnt »eine Rolle in der Welt zu spielen«: im Schutz seines Dieners, seines Reichtums und einer Geliebten, die sein stammelndes Geständnis (»Weißt du, wer dein Geliebter – – was er – ? Siehst du mich nicht krampfhaft zusammenschaudern und vor dir ein Geheimnis haben?«) mit der Bereitschaft zum Verzicht auf die »Liebe des Gezeichneten« und dem Stolz auf seine Weltgeltung beantwortet: Schlemihl »gehört nicht mir, gehört der Welt an. Will stolz sein, wenn ich höre: das ist er gewesen, und das war er wieder, und das hat er vollbracht« (PS, 26).

Im Essay erscheint Schlemihls Stigmatisierung als unabänderliches und, in einer von Thomas Mann hinzugefügten Formulierung, »schimpfliches Gebrechen«. Die Darstellung des Teufelspakts akzentuiert nun diskret dessen potentiell erotische Untertöne: Der Graue erscheint als »der sonderbare Liebhaber« und der umworbene als »der betörte« Schlemihl; hervorgehoben werden auch das Stottern, Verstummen und Erröten. Die ständige Angst vor dem Durchschautwerden zeigt sich besonders drastisch in der im Essay hervorgehobenen »Episode mit dem Kunstmaler«.

Mit Rücksicht auf diese enge Beziehung zwischen Essaytext und Markierungen in Thomas Manns Exemplar werden hier im Stellenkommentar Anstreichungen jeweils angeführt. Gewöhnlich handelt es sich dabei um Markierungen am Rand; weitere Unterstreichungen, Kreuze oder Ausrufezeichen werden besonders erwähnt.

Obgleich Thomas Mann die »autobiographische, bekenntnishafte Form der Erzählung« betont, geht er in diesem Essay möglichen autobiographischen Zügen des Textes auch dort noch nicht nach, wo sie durch Nennungen des Autornamens (in Schlemihls Briefen an seinen Verfasser) und andere autobiographische Signale augenfällig sind. Möglicherweise hat dieser Verzicht auch mit der Kürze der Vorbereitungszeit zu tun; im *Chamisso*-Essay (1911) wird dann biographisches Material ausführlich einbezogen.

Vieles spricht dafür, dass Thomas Mann Chamissos Erzählung überdies als exemplarische Formulierung eines Geschehensmodells gelesen hat (»ein solches Dasein darzustellen«), das ihn auch in den Fiktionalisierungen eigener Erfahrungen beschäftigte. In den *Betrachtungen eines Unpolitischen* erscheint sein eigener Tonio Kröger als »der gute Bruder Schlemihls« (GW XII, 92). Seine *Schlemihl*-Lektüre berührt sich auch mit dem Plan eines *Faustus*-Romans (1905; vgl. Nb. II, 107 und 121f.): Hier wie dort wirkt die Liebe dessen, der den Teufelspakt eingegangen ist, zerstörerisch auf ihn selbst und die von ihm Geliebten. Schlemihls Erkenntnis, er habe mit dem Teufelspakt »den Fluch auf mich geladen«, daraufhin »durch Liebe frevelnd in eines andern Wesens Schicksal mich gedrängt« und so »Verderben gesät«, ist in Thomas Manns Exemplar angestrichen, wird aber in seinem Essay nicht verwendet. Auffällig ist auch die Verwandtschaft mit der *Othello*-Passage im *Versuch über das Theater* (s. Textband S. 155f.). Zu Verbindungen mit der unmittelbar anschließend begonnenen Novelle *Der Tod in Venedig* vgl. hier den Kommentar zum *Chamisso*-Essay.

Schließlich lässt sich bereits im Schlussteil der *Buddenbrooks* die Darstellung des Verhältnisses zwischen Hanno und Kai als ein kryptisches Zitat der Pakt-Szene bei Chamisso lesen. Machte dort die Verbindung von Verstummen und Erröten beider Partner die erotischen Untertöne des Tauschgeschäfts hörbar, so wird hier das Gespräch über Hannos Klavierspiel mit einer Anspielung auf Chamisso geschildert (Elfter Teil, Kap. 2 GKFA 1.1, 820f.):

> Hanno schwieg.
>
> »Ich weiß, wovon du spielst«, sagte Kai. Und dann schwiegen Beide.
>
> Sie waren in einem seltsamen Alter. Kai war sehr rot geworden und blickte zu Boden, ohne den Kopf zu senken. Hanno sah blaß aus. Er war furchtbar ernst und hielt seine verschleierten Augen seitwärts gerichtet.
>
> Dann schellte Herr Schlemiel, und sie gingen hinauf.

Es scheint zumindest denkbar, dass hier auch Herr Schlemihl schellt. – Zur Einbeziehung von Bezügen zu Chamissos (Auto-) Biographie im *Chamisso*-Essay (1911) vgl. den Kommentar dort.

Textlage

Der Text erschien auf der ersten und zweiten Seite im 2. Beiblatt der Weihnachtsausgabe des *Berliner Tageblatts* am 25. Dezember 1910 (39. Jg., Nr. 654). Noch nach der Veröffentlichung des umfangreicheren *Chamisso*-Essays (vgl. hier zur Entstehungsgeschichte) erschien dieser Text im August 1913 im sozialdemokratischen *Vorwärts* (Nr. 216, *Unterhaltungsblatt des Vorwärts*, 22. August, Nr. 163, S. 651f.) und in der *Straßburger Post* (24. August, Nr. 952, S. 1f.); in beiden Fällen sind die ersten Sätze des Textes gekürzt zu: »Eine neue Ausgabe von ›Peter Schlemihls wundersamer Geschichte‹ verlockte mich, Chamissos unsterbliche Erzählung wieder zu lesen [...].« Wiederabgedruckt wurde der Essay in GW XIII, 398–407 und ARE I, 210–218. Textvorlage ist hier der Erstdruck.

Quellenlage

Thomas Mann bespricht die Ausgabe *Peter Schlemihls wundersame Geschichte. Von Adalbert von Chamisso* erschienen im (Hyperion-) Verlag Hans von Weber. München 1907, mit Illustrationen von Emil Preetorius (im folgenden zitiert mit der Sigle PS). Thomas Manns Exemplar ist im TMA erhalten und weist zahlreiche Anstreichungen auf (vgl. hier zur Entstehungsgeschichte). Offensichtlich hat Thomas Mann für diesen Essay noch keine weiteren Quellen herangezogen; auch die am Ende zitierte Hoffmann-Anekdote findet sich in der besprochenen Ausgabe. Gekürzt um einige der Vorreden, ist Chamissos Erzählung auch enthalten in einem Band, den Thomas Mann zu Weihnachten 1911, also nach der Veröffentlichung des *Chamisso*-Aufsatzes, vom Herausgeber geschenkt bekam: *Die Fahrt ins Wunderbare. Märchen deutscher Dichter.* Ausgewählt von Otto Falckenberg. Zeichnungen von Robert Goeppinger. München: Martin Mörikes Verlag 1911. Thomas Manns Exemplar enthält eine handschriftliche Widmung des Herausgebers. Erwähnenswert ist dieses Geschenk, weil auf Vorsatzblatt und Schmutztitel die kindlich-ungelenken Besitzervermerke »Erika Mann« und »Klaus Mann« darauf hinweisen, dass Thomas Mann dieses frühe Leseerlebnis auch an seine eigenen Kinder weitergegeben hat.

Stellenkommentar

277 2 *Hans v. Weber*] Vgl. Thomas Manns (auch die *Schlemihl*-Ausgabe wieder erwähnenden) Nachruf auf diesen »Verleger für Bibliophile« (1924; GW X, 436f.).

3 *neue Ausgabe*] Die Ausgabe ist mit elf Vollbildern, dreiundzwanzig Vignetten und einer Umschlagzeichnung von Preetorius ausgestattet und auf Bütten- und Japanpapier gedruckt. Von einer »neuen Ausgabe« spricht Thomas Mann hier noch drei Jahre nach deren Erscheinen.

8 *Emil Preetorius*] Der Bühnenbildner und Graphiker (1883–1973), Mitarbeiter des *Simplicissimus* und der *Jugend*, war mit Thomas Mann bekannt; vgl. seine Erwähnung in den *Betrachtungen eines Unpolitischen* (GW XII, 375f.) und den späten, die gegenseitige Entfremdung reflektierenden Brief-Aufsatz *Richard Wagner und kein Ende* (1949; E VI, 144–146 und Kommentar).

277 19–20 *fast hundert Jahre nach seiner Entstehung*] Die Erzählung war zuerst in Nürnberg 1814 erschienen.

28 *ein irrender Mensch durch Gottes Willen berufen*] Vom Willen Gottes ist in der Erzählung nicht die Rede, vielmehr von der »Notwendigkeit« (im Sinne des »Ananke«-Begriffs bei Epiktet), der hier, nach entsprechender philosophischer Lektüre Chamissos, im Sinne eines naturwissenschaftlich gefärbten Neostoizismus adaptiert wird.

278 7 *Kandidaten*] Mit dem ersten Studienabschluss erworbener Titel.

14–15 *»Wer nicht Herr ist …«*] PS, 7.

15 *der dicke Halunke*] Thomas Manns frei fabulierende Zutat.

23–24 *ein »stiller, dünner … Mann«*] PS, 7; in Thomas Manns Exemplar angestrichen.

26 *»knapp anliegenden«*] Ebd.; Thomas Mann zitiert darüber hinaus unmarkiert den Kontext: »die knapp anliegende Schoßtasche seines altfränkischen, grautaftenen Rockes«.

279 12–13 *verlegener Mann, der rot wird*] Paraphrasiert die Szene: »Er […] redete mich an mit leiser, unsicherer Stimme, ungefähr im Tone eines Bettelnden […] wir stutzten beide, und wurden, wie mich deucht, rot.« (PS, 9) – In Thomas Manns Exemplar ist der letzte Satz angestrichen.

18–21 *die echte Springwurzel … restauriert«*] Mit einer kleinen Auslassung wörtliches Zitat aus PS, 10. Eine ausführliche Erläuterung der aufgezählten Wunsch-Zauberutensilien der Sagen- und Märchentradition gibt Chamisso in einem Brief an seinen Bruder Hippolyte vom 17. März 1821 (bei Walach 1982, S. 23f.). »Fortunati Wunschhütlein« war bereits Gegenstand eines Dramenfragments, das Chamisso 1806 verfasst hatte (*Fortunati Glücksäckel und Wunschhütlein*).

27–30 *mit bewunderungswürdiger Geschicklichkeit … Tasche steckt.*] Unmarkiertes, annähernd wörtliches Zitat aus Chamissos Text (PS, 11; in Thomas Manns Exemplar angestrichen).

31–32 *Mann, Weib und Straßenjunge*] In Thomas Manns Exemplar ist von diesen dreien nur der Hinweis auf das »Weib« angestrichen (PS, 12).

280 14 *bitterlich weinend*] Paraphrase von Chamissos Text (PS, 13).

19 *»mit einer Art Wut«*] Hier und im folgenden sehr textnahe Paraphrase der entsprechenden Stelle bei Chamisso (PS, 13; in Thomas Manns Exemplar angestrichen). Die folgende erste Albtraumsequenz, in der der verzweifelte Schlemihl seinen Verfasser als Toten zu sehen meint, wird hingegen, ebenso wie später der – ebenfalls fiktiv an Chamisso adressierte – Traum vom schattenlosen Glück auf der Sonneninsel, nicht referiert; das entspricht Thomas Manns durchgängiger Ausblendung autobiographischer Hinweise in Chamissos Text.

26–27 *keins seiner Fenster*] Zitiert nach PS, 13 (in Thomas Manns Exemplar angestrichen). Auch die Wendung »mit saurem Schweiß« wird aus PS zitiert.

29–30 *mit einem düstern Geheimnis*] In Thomas Manns Ausgabe ist diese Stelle nachdrücklicher markiert als jede andere. Die gesamte Passage ist am Rand angestrichen: »Bei mir allein mein düstres Geheimnis hegend, fürchtete ich mich vor dem letzten meiner Knechte, den ich zugleich beneiden mußte; denn er hatte einen Schatten, er durfte sich sehen lassen in der Sonne. Ich vertrauerte einsam in meinen Zimmern die Tag' und Nächte, und Gram zehrte an meinem Herzen.« (PS, 17) Zusätzlich ist das Wort »düsteres« einfach, das Wort »Geheimnis« doppelt unterstrichen.

281 13–19 *Wir sehen ihn sich ducken … vorüberging.*] Teils zitiert, teils textnah paraphrasiert nach PS, 14.

22 *die Episode mit dem Kunstmaler*] In Thomas Manns Exemplar angestrichen (PS, 17f.).

282 4–5 *ist überall vor und mit ihm … überdeckt er ihn*] Hier und im folgenden z. T. unmarkierte Zitate nach PS, 19; in Thomas Manns Exemplar sind hier zwei Passagen angestrichen.

11–12 *eitle Liebelei, an der sein Herz keinen Anteil hat*] Zitiert nach PS, 19; in Thomas Manns Exemplar angestrichen.

12–13 *schmählichen Entdeckung seines Makels*] In Chamissos Text erotisch konnotiert: Beim Rendezvous im Mondschein entdeckt Fanny, »mit dem Auge meinen Schatten begehrend«, die Schattenlosigkeit und fällt darauf in Ohnmacht.

282 16–18 *»über die Grenze … Halt zu machen.*] Zitiert nach PS, 20; in Thomas Manns Exemplar angestrichen.

25 *»auf einem sonnigen Plan«*] Nach PS, 22; in Thomas Manns Exemplar ist die gesamte Passage um die »Ehrenjungfrauen« und die »eine« Geliebte angestrichen; die Nennung der Letzteren ist am Rand zudem mit einem großen (›Todes‹-) Kreuzeszeichen versehen.

26 *»den guten König von Preußen«*] Zitiert nach PS, 23.

29 *in Angst vor der Sonne*] Thomas Mann paraphrasiert folgende Passage: »Und dieser Auftritt, lieber Freund, mitten in der Sonne! – Sie kniete noch immer zwei Schritte von mir, und ich, ohne Schatten, konnte die Kluft nicht überspringen, nicht wieder vor dem Engel auf die Knie fallen. O, was hätt' ich da nicht für einen Schatten gegeben! Ich mußte meine Scham, meine Angst, meine Verzweiflung tief in den Grund meines Wagens verbergen.« (PS, 23)

31 *den treuen Bendel*] In Chamissos Erzählung heißt so Schlemihls Diener; auch Chamissos eigener Bursche während der Leutnantszeit trug diesen Namen.

283 4 *Forstmeisterskinde*] »Forstmeister« in Thomas Manns Exemplar unterstrichen (PS, 23).

8 *das Geheimnis des Geliebten*] Vgl. Schlemihls Geständnisse: »Auf mir ruhe ein Fluch, der das einzige Geheimnis zwischen ihr und mir sein solle«, und: »Weißt du, wer dein Geliebter – – was er – ? Siehst du mich nicht krampfhaft zusammenschaudern und vor dir ein Geheimnis haben?« (PS, 27) Die letzten Worte sind in Thomas Manns Exemplar angestrichen. Mit einem Kreuz am Rand ist Minas Bekenntnis markiert, der Geliebte »gehört nicht mir, gehört der Welt an. Will stolz sein, wenn ich höre: das ist er gewesen, und das war er wieder, und das hat er vollbracht« (PS, 26).

14–16 *»Ich nahm nur am Abend …«*] Zitiert nach PS, 25; in Thomas Manns Exemplar z. T. angestrichen, ebenso die im nächsten Satz paraphrasierte Bewachung durch Bendel und das folgende Zitat.

19–20 *»mit tückischer Selbstsucht …«*] Zitiert nach PS, 25; in Thomas Manns Exemplar angestrichen.

283 24–25 *sie antwortet ihm*] Paraphrase von PS, 25; die Worte »mitleidige«, »beladenen« und »schuldigen« sind von Thomas Mann hinzugefügt.

26–28 *»Bist du elend … Zeit war um.«*] Zitiert nach PS, 27; in Thomas Manns Exemplar angestrichen.

284 4–5 *Wortlaut des seelenverkäuferischen Schriftstücks*] In Thomas Manns Exemplar angestrichen: »Kraft dieser meiner Unterschrift vermache ich dem Inhaber dieses meine Seele nach ihrer natürlichen Trennung von meinem Leibe.« (PS, 31)

6 *Dialoge*] PS, 32; in Thomas Manns Exemplar angestrichen; von der Seele spricht der Graue hier als von »diese[m] X, dieser galvanischen Kraft oder polarisierenden Wirksamkeit, und was alles das närrische Ding sein soll«.

12 *ihm aufwarten*] Nach PS, 33; in Thomas Manns Exemplar angestrichen.

14–15 *»persönlichem Widerwillen«*] PS, 32; in Thomas Manns Exemplar angestrichen.

17 *Kreuzdornknittel*] »Kreuzdornknüttel« (Knüppel aus dem Holz des Kreuzdorns) und »als sei er solcher Behandlung gewohnt« (PS, 33f.) in Thomas Manns Exemplar angestrichen.

25–28 *»Nun ward mir auch …«*] PS, 36; in Thomas Manns Exemplar angestrichen.

29–30 *von Preetorius sehr fein geschilderte Szene*] In der Illustration blickt der Betrachter aus der Perspektive der beiden unsichtbaren Männer – deren aneinandergeneigte Schatten auf dem Boden jedoch gut sichtbar sind – auf die Verlobungsszene.

285 6 *das letzte, entscheidende Zwiegespräch*] PS, 48; in Thomas Manns Exemplar angestrichen.

11–12 *versöhnlichen … Schlußwendung.*] Vergleiche die »versöhnliche und doch so strenge« Schlusswendung des »Märchen«-Romans *Königliche Hoheit*, den Thomas Mann erst wenige Monate zuvor in *[Über »Königliche Hoheit« II]* verteidigt hatte (s. Textband S. 238 bis 243).

14–15 *»durch frühe Schuld …«*] Zitiert nach PS, 53; in Thomas Manns

Exemplar sind die Worte »frühe Schuld von der menschlichen Gesellschaft ausgeschlossen« und »Natur« unterstrichen. – Bereits PS, 40 hat Thomas Mann eine ähnliche Passage angestrichen, sie in seinem Essay aber nicht berücksichtigt: »Lieber Freund, wer leichtsinnig nur den Fuß aus der geraden Straße setzt, der wird unversehens in andre Pfade abgeführt, die abwärts und immer abwärts ihn ziehen; er sieht dann umsonst die Leitsterne am Himmel schimmern, ihm bleibt keine Wahl, er muß unaufhaltsam den Abhang hinab und sich selbst der Nemesis opfern. Nach dem übereilten Fehltritt, der den Fluch auf mich geladen, hatt' ich durch Liebe frevelnd in eines andern Wesens Schicksal mich gedrängt; was blieb mir übrig, als, wo ich Verderben gesät, wo schnelle Rettung von mir geheischt ward, eben rettend blindlings einzuspringen? […] Auch hier trat, wie so oft schon in meinem Leben, und wie überhaupt so oft in der Weltgeschichte, ein Ereignis an die Stelle einer Tat.«

285 21–22 *»Hemmschuhen«*] PS, 54; unterstrichen.

286 7–14 *die Geographie … niedergelegt werden.*] Unmarkierte Zitate nach PS, 59. Die lateinischen Titel lauten übersetzt: *Geschichte der Pflanzenfamilien beider Welten* und *Die Pflanzen der gesamten Erde.*

14 *»Ich habe«, sagt er*] Die Schriftsteller-Konfession wird zitiert nach PS, 53 – also einer deutlich früheren Textstelle. Der dort hergestellte Bezug zur »frühen Schuld« wird durch die Umstellung unkenntlich. Die Passage ist in Thomas Manns Exemplar angestrichen und mit einem Ausrufezeichen versehen.

24 *Cruikshank*] Den Hinweis bezieht Thomas Mann vielleicht aus dem *Brockhaus*-Artikel, den er vor allem für den *Chamisso*-Essay herangezogen hat (vgl. dort zur Quellenlage). Darin ist die Rede von »dem originellen Märchen ›Peter Schlemihl‹, das […] durch Cruikshank geistvoll illustriert wurde«. – Der vor allem als Karikaturist und Illustrator berühmte englische Zeichner George Cruikshank (1792–1878) hatte seine acht *Schlemihl*-Illustrationen zuerst für die Londoner Ausgabe von 1823 angefertigt; danach wurden sechs davon – befördert auch durch Chamisso selbst – in

mehrere deutsche Ausgaben übernommen (vgl. Rath 1919, S. 44–47).

286 25 *Hoffmann*] Nach dem der Binnenerzählung vorangestellten Brief »An Fouqué von Hitzig«. Dort schreibt der mit Hoffmann und Chamisso befreundete Julius Eduard Hitzig: »Nie werde ich die Stunde vergessen, in welcher ich es [das Büchlein] Hoffmann zuerst vorlas. Außer sich vor Vergnügen, hing er an meinen Lippen, bis ich vollendet hatte.«

[SELBSTBIOGRAPHIE III]

Entstehungsgeschichte

Die 1910 erschienene Notiz ist wegen ihres für Thomas Manns Frühwerk ungewöhnlichen Publikationskontextes bemerkenswert. Sie erschien zuerst, mit einer Photographie Thomas Manns, als Einleitung zu einem Wiederabdruck der Novelle *Schwere Stunde* in einem Sammelband, der politisch der Sozialdemokratie nahesteht und ausdrücklich mit den russischen Revolutionsbewegungen sympathisiert. Das Vorwort des führenden sozialdemokratischen Politikers und Theoretikers Eduard Bernstein erinnert an die gescheiterte Revolution von 1905, die politischen Gefangenen im zaristischen Russland und den Widerstreit »gemäßigtere[r] und ungestümere[r] Elemente [...], verschiedene[r] Klassen und Klassenparteien« und folgert: »Die Kunst der Revolution ist, die unvermeidlichen Reibungen unter ihnen nicht stärker werden zu lassen, als den Gegensatz gegen den gemeinsamen Feind.« (S. VI) Der Band versammle »Gaben von Verfassern, die in ihren Grundanschauungen vielfach auseinander gehen, die sich aber hier in dem einen Bestreben zusammen finden [...]: den Opfern der zaristischen Verfolgung helfend beizustehen.« (S. VII) Zu ihnen gehören außer Thomas und Heinrich Mann unter anderem Maxim Gorki, die schwedische Schriftstellerin Ellen Key, Otto Julius Bierbaum (vgl. hier Thomas Manns Nachruf), Richard Dehmel, Georg Hirschfeld (vgl. hier *Ein Werk des Naturalismus*), Else Lasker-Schüler, Paul Scheerbart, Johannes Schlaf sowie Maurice Reinhold von Stern (dessen Band *Dagmar, Lesseps und andere Gedichte* Thomas Mann 1896 besprochen hatte; vgl. Textband S. 44ff.). Ausgestattet ist der Band von Ilja Repin.

Einerseits stellt sich Thomas Mann mit seinem Beitrag also in eine Reihe mit politischen Sympathisanten der deutschen und der russischen Sozialdemokratie. Andererseits unterscheidet sich seine autobiographische Notiz von den meisten dieses Bandes durch ihre Lakonie und durch den Verzicht auf explizite politische Erklärungen (dies nicht zuletzt gegenüber der seines Bruders). Zu Thomas Manns im selben Jahr beginnender Beteiligung an politisch-literarischen Protestaktionen vgl. hier den Kommentar zum [*Gutachten über Frank Wedekinds Schauspiel »Lulu«*]).

Textlage

Der Text erschien zuerst in dem Band *Freiheit und Arbeit. Kunst und Literatur Sammlung. Selbstbiographien, Bildnisse, Faksimilen.* Hg. vom Internationalen Komitee zur Unterstützung der Arbeitslosen. Mit einem Vorwort von Eduard Bernstein. Brügg 1910, S. 84 (= Druckvorlage). Hier sowie in dem Paralleldruck *Freiheit und Arbeit. Ein Dichterbuch* sind drei Werktitel derart falsch wiedergegeben, dass die Distanz zwischen den Herstellern des Buches und diesem Beiträger ungewollt drastisch markiert wird (gemeint sind *Der kleine Herr Friedemann*, *Buddenbrooks* und *Fiorenza*). Diese Fehler sind im bisher einzigen Wiederabdruck (unter dem Titel [*Biographische Mitteilung*]) in ARE I, 219 korrigiert.

VORWORT

[ZUR VIERTEN AUFLAGE DER BUCHAUSGABE VON »BILSE UND ICH«]

Entstehungsgeschichte, Rezeption

Vgl. hier den Kommentar zu *Bilse und ich*.

Textlage

Für die 1910 im Münchner Verlag E. W. Bonsels erscheinende vierte Auflage von *Bilse und ich* schrieb Thomas Mann das für die erste Auflage 1906 verfasste *Vorwort* sehr weitgehend neu.

Stellenkommentar

288 28 *Publizität*] Im Erstdruck: »Plublizität« (Druckfehler).

289 11 *lyrischer Charakter*] In der ersten Fassung: »defensiv-polemischer Charakter«.

24 *eine Humoreske oder Satire*] Bibliographisch nicht zu ermitteln.

290 3–16 *Man widerspricht … ruchlos?*] Nahezu wörtliche Wiederaufnahme aus dem Brief an Kurt Martens vom 28. März 1906 (TM/Martens, 226); vgl. hier den Kommentar zu *Bilse und ich* (zur Rezeption).

11 *einem künstlerischen Nachbilde*] Im Erstdruck: »eienm künstlerischen Nachbilde« (Druckfehler).

GUTACHTEN

[ÜBER PORNOGRAPHIE UND EROTIK]

Entstehungsgeschichte

Thomas Mann kannte und schätzte den Münchner Verleger Karl Schüler bereits seit 1895; bei Schüler war 1907 auch die Buchausgabe jener Dissertation von Robert Heindl über *Geschichte, Zweckmäßigkeit und rechtliche Grundlage der Theater-Zensur* erschienen, in der Thomas Mann sich für eine uneingeschränkte Aufhebung dieser Zensur ausgesprochen hatte (vgl. hier [*Die Theaterzensur*]). Nachdem die Herausgeber der konservativ-klerikalen Zeitungen *Rundschau* und *Bayerischer Kurier*, Armin Kausen und Joseph Osterhuber, Schüler in ihren Blättern vorgeworfen hatten, er habe in seinem Jahreskatalog zu Weihnachten 1909 pornographische Literatur angeboten, erhob Schüler seinerseits im Juni 1910 gegen beide eine Verleumdungsklage, die zunächst abgewiesen und dann durch mehrere Instanzen verfolgt wurde. Am 8. Dezember 1910 legte Dr. Ludwig Fürstenwerth, der bereits dem Leipziger Börsenverein des Deutschen Buchhandels als Spezialist für literarische Unzucht gedient hatte, namens der Beklagten ein Gutachten vor, das den Pornographievorwurf untermauern sollte. Daraufhin bat Schülers Anwalt Max Bernstein seinerseits eine Reihe von Schriftstellern, Künstlern und Gelehrten um Gutachten. In einem von Schüler Ende Mai 1911 herausgegebenen Privatdruck werden sie, im Anschluss an Schülers Vorrede und wohl von diesem selbst, folgendermaßen vorgestellt:

> Als Vorwort mag der Brief des Nestors der einheimischen Dichter *Dr. Paul v. Heyse* gelten. Dann folgen die Künstler: *K.[öniglicher] Akademie-Professor Professor Freiherr v. Habermann*, Ehrenmitglied der Kgl. Akademie der bildenden Künste, *K. Professor Toni Stadler*, Ehrenmitglied der Kgl. Akademie der bildenden Künste, *K. Akademie-Professor E. von Stieler*, Syndikus der Akademie der bildenden Künste. Die Kunsthistoriker: *Dr. Hermann Popp, Dr. Karl Voll,*

K. Universitäts- und Hochschulprofessor. Die Literaturhistoriker: Dr. Fr. *von der Leyen*, K. Universitäts-Professor, Dr. *Franz Muncker*, K. Universitäts-Professor, Dr. *Georg Wilkowski* [recte: Witkowski], K. Universitäts-Professor in Leipzig; und zum Schluss die Schriftsteller: Dr. *M. G. Conrad*, Dr. *Ludwig Ganghofer*, Dr. *Max Halbe* und *Thomas Mann*.

Trotz dieser eindrucksvollen Beiträgerliste und der eindringlichen Verteidigungen der Kunst- und Pressefreiheit in diesen Beiträgen wurde Schülers Klage auch in der letzten Instanz abgewiesen. In der kurzen, auf »Ende Mai 1911« datierten Vorrede zu seiner Dokumentation (s. o.) stellte Schüler selbst den Sachverhalt folgendermaßen dar:

Das Landgericht München hat die Abweisung meiner gegen die Herren Dr. *Kausen* und *Osterhuber* gerichteten Beleidigungsklage bestätigt, weil es unter den vielen tausenden in meinem Katalog angezeigten Büchern *6* (sage und schreibe: ganze sechs!) gefunden hat, welche es als »unzüchtig« betrachtet. Durch die Ansicht der drei Herren Richter, welche jenen Abweisungsbeschluß gefaßt haben, geschieht mir großes Unrecht. Meine Gegner benützen ihn – wie sie auch das von einem Herrn Dr. Fürstenwerth abgegebene Gutachten bereits benützt haben –, um mich in der Oeffentlichkeit herabzusetzen. Ich sehe mich deshalb zur Veröffentlichung der nachstehenden, von mir dem Gerichte vorgelegten Gutachten veranlaßt.

Thomas Manns Gutachten steht in engem sachlichen Zusammenhang sowohl mit seiner Abwehr der literarischen Zensur (vgl. hier [*Die Theaterzensur*]) und mit seinen 1912/13 unternommenen, jedoch weitgehend erfolglosen Versuchen, als Mitglied des Münchner Zensurbeirats mäßigend zu wirken und sich für die Freiheit der Literatur einzusetzen (vgl. hier sein [*Gutachten über Frank Wedekinds Schauspiel »Lulu«*] sowie die dort im Kommentar dargestellte Mitwirkung Thomas Manns an einer Reihe von Protestaktionen gegen einzelne Zensurmaßnahmen seit 1910).

In einigen Passagen geht der Text entschieden über den Anlass hinaus und stellt einige grundsätzliche Positionen Thomas Manns zum Verhältnis von Kunst, Geschlechtlichkeit und »Moral« knapp und ungewöhnlich pointiert heraus. Ein Jahr nach dem Essay *Süßer Schlaf!* und unmittelbar vor der Niederschrift von *Der Tod in Venedig* setzt er dem landläufigen, »seicht[en] und kümmerlich[en]« Begriff der »Moral« (der Begriff kommt, mit seinen Ableitungen, im Text achtmal vor) eine Konzeption entgegen, welche die in *Süßer Schlaf!* entwickelten Positionen impliziert und aktualisiert. Danach schließt »Moralität« gerade auch »die *Hingabe* an das Schädliche und Verzehrende« ein (Textband S. 206). Unter den überwiegend anlassbezogenen Argumenten wird hier in einigen programmatischen Sätzen eine entsprechend radikale und gleichfalls ungewöhnlich pointierte Auffassung von der Beschaffenheit der Kunst proklamiert: »Kunst ist ja ihrer Natur nach [...] eine tiefe und gefährliche Sache [...]. Ihr wohnt ohne Zweifel [...] ein Element des Dämonischen inne, das mit dem Geschlechtlichen verwandt, ja identisch ist und das man nicht negieren kann, ohne die Kunst selbst [...] zu negieren. Das Geschlechtliche, eine der Wurzeln der Kunst, hat als erotisches Problem von jeher im Mittelpunkt ihres stofflichen Interesses gestanden.«

Textlage

Der Text erschien zuerst unter der Überschrift *Gutachten* in der als unbetitelter Privatdruck erschienenen, lange Zeit als verschollen geltenden Sammlung künstlerischer und literarischer Gutachten für die Münchner Hofbuchhandlung Karl Schüler. Die von Karl Schüler selbst veranstaltete Sammlung erschien in München Ende Mai 1911. Eine gekürzte Fassung (Text von »Der Sachverständige Fürstenwerth möchte« bis »abfertigen, wie es ihnen gebührt.«, S. 293ff.) wurde dann in der Zeitschrift *Der Zwiebelfisch* im Juli 1911 veröffentlicht (3. Jg., H. 3, S. 103–105), mit einer redaktionellen Einleitung und unter der mutmaßlich redaktionellen Überschrift *Zum Kapitel »Pornographie und Erotik«*. Ein mit mehreren wörtlichen Zitaten versehenes Referat erschien am 10. August 1911 im *Berliner Tageblatt* (40. Jg., Nr. 403, Morgen-Ausgabe, S. 2) unter der Überschrift *Thomas Mann über Pornographie und Erotik*. Der im von Michael Georg Conrad herausgegebenen, kurzlebigen *Deutschen Literaturblatt* am Neujahrstag 1913 (3. Jg., Nr. 1) erschienene Wiederabdruck des gesamten, von Thomas Mann durchgesehenen Textes trug ähnlich dem Erstdruck nur die neutrale Überschrift *Ein Gutachten*. In einer Postkarte schrieb Thomas Mann am 6. November an Conrad: »Es wird mir eine Ehre sein, wenn Sie mein Gutachten in Ihr Litteraturblatt aufnehmen. Ich würde die Korrektur gern selbst besorgen, da der Abdruck in Schülers Broschüre Druckfehler enthält.« In GW XIII, 522–524 wurde der Text der gekürzten *Zwiebelfisch*-Version unter dem Titel [*Pornographie und Erotik*] (mit irrigen Angaben zum Erstdruck), in ARE I, 220–226 die durchgesehene Version aus dem *Literaturblatt* unter dem Titel *Gutachten* wiederabgedruckt. – Textgrundlage ist hier die Fassung des Erstdrucks, deren Hervorhebungen zentraler Aussagen in allen späteren Drucken zurückgenommen worden sind. Jedoch sind alle Druckfehler-Korrekturen, die Thomas Mann in späteren Drucken vorgenommen hat, übernommen. Erstmals sind hier auch die handschriftlichen Korrekturen berücksichtigt, die sich in Thomas Manns, mit einer Widmung Schülers (»Mit herzl. Grüßen / Ihr K. S.«) versehenen Exemplar finden (TMA; im Stellenkommentar nachgewiesen).

Stellenkommentar

292 28 *die Firma Ackermanns Nachfolger*] Karl Schüler war Eigentümer der Buchhandlung »Ackermanns Nachfolger« in der Münchner Maximilianstraße.

293 7–8 *Helene Böhlau*] Die erfolgreiche, in der Frauenbewegung engagierte Weimarer Erzählerin (1859–1940) war literarisch und politisch eine Nachbarin Gabriele Reuters (vgl. Textband).

8 *M. G. Conrad*] Der Erzähler und Publizist Michael Georg Conrad (1846–1927), vor allem mit der 1885 von ihm gegründeten Zeitschrift *Die Gesellschaft* einer der Wegbereiter des Naturalismus.

293 8 *Halbe*] Der in München lebende naturalistische, zunehmend von der Neuromantik beeinflusste Dramatiker und Erzähler Max Halbe (1865–1944), Freund und Mitstreit Josef Ruederers (s. u.).

8 *Ricarda Huch*] Die bedeutendste deutschsprachige Schriftstellerin ihrer Zeit (1864–1947); vgl. Thomas Manns Essay zu ihrem 60. Geburtstag (GW X, 429–435).

8–9 *E. von Keyserling*] Der baltische Erzähler und Dramatiker Eduard Graf von Keyserling (1855–1918), eine zentrale Gestalt der Schwabinger Bohème; Thomas Mann widmete ihm 1918 den Nachruf *Zum Tode Eduard Keyserlings* (GW X, 413–417).

9 *Theodor Lipps*] Lipps (1851–1914) wirkte seit 1894 als Professor der Philosophie an der Universität München und veröffentlichte u. a. Abhandlungen zu psychologischen Fragen.

9 *Ruederer*] Der Münchner Dramatiker Josef Ruederer (1861–1915). 1912/13 gehörte er, wie der zuvor genannte Max Halbe und Thomas Mann selbst, dem Münchner Zensurbeirat an (vgl. hier den Kommentar zum [*Gutachten über Frank Wedekinds Schauspiel »Lulu«*]).

9 *Ludwig Thoma*] Volkstümlicher bayerischer Erzähler, satirischer Dramatiker und Journalist (1867–1921), u. a. Mitarbeiter der *Jugend*, seit 1899 Redakteur des *Simplicissimus*, seit 1907 Mitherausgeber des *März* (vgl. den Kommentar zu *Der Literat*, hier S. 488 u. 496); unter Pseudonym auch aggressiv antisemitische Publizistik.

10 *Anzengruber*] Der bäuerlich-volkstümliche, dem Naturalismus nahestehende österreichische Dramatiker Ludwig Anzengruber (1839–1889).

10 *Ganghofer*] Der mit Ludwig Thoma befreundete Erzähler Ludwig Ganghofer (1855–1920) war mit seinen sentimental-effektvollen Romanen und Volksstücken aus der bäuerlichen Welt Bayerns einer der populärsten deutschen Schriftsteller seiner Zeit.

10 *K. Th. v. Heigel*] Karl Theodor (seit 1898: von) Heigel (1842–1915) war Professor für Neuere Geschichte an der Universität München und seit 1905 Präsident der Bayerischen Akademie der Wissenschaften.

11 *Heyse*] Der mit dem Lübecker Lyriker Emanuel Geibel als

»Dichterfürst« zum Kern des Münchner Dichterkreises gehörende Erzähler, Lyriker, Dramatiker, Essayist und Übersetzer Paul (seit 1910: von) Heyse (1830–1914) hatte 1910 für sein umfangreiches Werk den Nobelpreis für Literatur erhalten.

293 11 *Wilhelmine von Hillern*] Die in München lebende katholische Erzählerin und Dramatikerin (1863–1916), Tochter der populären Dramatikerin Charlotte Birch-Pfeiffer.

11 *Wilhelm Jensen*] Der vielgelesene Erzähler, Lyriker, liberale Journalist (1837–1911) und Freund Wilhelm Raabes war 1888 nach Bayern übergesiedelt.

11 *Perfall*] Der in München lebende Erzähler Anton von Perfall (1853–1912) war ein produktiver Verfasser bayerischer Heimatromane.

11–12 *Possart*] Der Schauspieler, Schauspieldirektor und Regisseur (auch Verfasser von Schauspielen und theatertheoretischen Schriften) Ernst von Possart (1841–1921) war Mitbegründer des Münchner Prinzregententheaters und 1895–1905 Generalintendant der Königlich Bayerischen Hofbühnen; vgl. hier auch den *Versuch über das Theater*, Textband S. 124[4] und Kommentar.

12 *Prinzessin Therese von Bayern*] Die Sammlerin, Forscherin und Weltreisende (1850–1925) war vor allem durch ihre Reiseberichte bekannt.

294 18 19 *an Bildung, d. h.: an Wissen*] Im Erstdruck: »an Bildung, d. h.: An Wissen«.

21 *Anti-Immoralisten*] So Thomas Manns handschriftliche Korrektur in seinem Exemplar der Buchausgabe (im TMA); alle Drucke haben hier das sinnwidrige »Anti-Moralisten«.

21 *Angeber*] Hier im Sinne von »Denunziant« (nicht etwa »Aufschneider«); vgl. den Schluss-Satz.

27 *mit der ihr eigenen Anmut und Kühnheit*] In allen Nachdrucken gestrichen.

295 1 *Zeloten*] Religiös-politische Bewegung der Juden in Palästina zur Zeit Christi; danach redensartlich für »Eiferer«.

6–7 *Balzacs »menschliche Komödie«*] In ironischer Anlehnung an Dantes *Divina Commedia* gewählter Obertitel des unvollendeten, mehr als vierzig Romane und Erzählungen umfassenden Lebenswerks des französischen Schriftstellers Honoré de Balzac (1799–1850).

295 11 *Wolfgang Menzel*] Der deutsche Politiker, Schriftsteller und Literaturkritiker (1798–1873), Gegner Goethes wie der Schriftsteller des Jungen Deutschland, namentlich Heines, und Inbegriff eines reaktionären und denunziatorisch-repressiven, der Zensur zuarbeitenden Kritikers.

17 *ein heutiger Literarhistoriker*] Nicht ermittelt.

18 *Kausen*] Der Jurist und Publizist Armin Kausen (1855–1913); s. hier Entstehungsgeschichte S. 407.

18 *Adolf Bartels*] Vgl. den Kommentar zu *Die Lösung der Judenfrage*, hier S. 225f.

25–26 *abfertigen, wie es ihnen gebührt*] Ähnlich schon in *Der Doktor Lessing*: »den häßlichen Schwätzer [...], wie er's verdient, zu traktieren« (Textband S. 224).

28 *scheue Vorsicht*] So in Thomas Manns Exemplar handschriftlich korrigiert, danach entsprechend in den Nachdrucken; im Erstdruck noch: »scheue Übersicht«.

296 8 *das man nicht negieren kann*] Im Erstdruck: »regieren«.

26 *Excedenten*] Hervortretenden.

27 *Willy Geiger*] Der Münchner Maler und Graphiker Willi (!) Geiger (1878–1971) war ein Schüler Franz von Stucks.

32 *Franz von Stuck*] Der symbolistische, dem Jugendstil nahestehende Maler Franz (seit 1906: von) Stuck (1863–1928) war Mitbegründer der »Münchner Secession« gewesen und hatte seit 1895 eine Professur an der Münchner Kunstakademie inne.

297 28 *klassischen Roman*] Der Roman *Der goldene Esel* des römischen Schriftstellers Lucius Apuleius (etwa 124 – etwa 180 n. Chr.). Thomas Mann würdigt ihn ausführlicher in *Meerfahrt mit ›Don Quijote‹* (1934; GW IX, 455–457).

298 7 *in usum delphini*] Lat. zumeist: »ad usum delphini«, »zum Gebrauch des Prinzen«; übertragen: ohne mögliche Anstößigkeiten, verharmlosend ›gereinigt‹.

Entstehungsgeschichte

Die von Matter (ARE I, 421) vorgebrachte und von Potempa (1992, S. 193) übernommene Vermutung, es handle sich um die Antwort auf eine Rundfrage, ist nicht belegt, aber plausibel. Allerdings steht der Text in der Erstveröffentlichung allein, nicht wie bei anderen Rundfragen als ein Beitrag in einer Reihe. Entstanden ist er im Kontext des »Schriftenstreits«, der im späten 19. Jahrhundert begann und erst während des Zweiten Weltkriegs durch eine Verfügung Hitlers beendet wurde. Die über Jahrhunderte entstandene Zweischriftigkeit von Fraktur und Antiqua in deutschsprachigen Druckerzeugnissen (entsprechend von deutscher und lateinischer Handschrift) war im Laufe der Nationalstaatsdebatten zu einem ideologisch und emotional belasteten Problem geworden. Seit den 1880er Jahren kam es zu einer Fülle von Publikationen und zu öffentlichen Auseinanderetzungen zwischen Anhängern beider Schriften; dabei spielten pädagogisch-didaktische und ästhetische Kategorien ebenso eine Rolle wie ideologische Postulate (wonach die Fraktur etwa je nach Standpunkt für »deutsch« und »männlich« oder »mittelalterlich« und »barbarisch«, die Antiqua für »modern«, »englisch«, »welsch« oder »weiblich« erklärt wurde).

Um 1911 wurde noch knapp die Hälfte der in Deutschland gedruckten Bücher in Fraktur gesetzt; die Tendenz war rückläufig. Im Jahr 1911 eskalierte der Schriftenstreit durch unterschiedliche Initiativen zur Beseitigung der Zweischriftigkeit; im Mai und Oktober war er Gegenstand leidenschaftlicher Plenardebatten im Reichstag. Auch dort zeigte sich, dass die Anhänger der Frakturschrift überwiegend national-konservativ argumentierten und weitgehend der Rechten zugehörten, diejenigen der Antiqua eher auf der Linken zu finden waren und vor allem übernationale und pragmatische Argumente vorbrachten. (Dazu grundlegend Hartmann 1999 und Pfäfflin/Kussmaul 1985, S. 319–333.)

Thomas Manns Stellungnahme wurde kurz vor der ersten, am 4. Mai eröffneten Reichstagsdebatte veröffentlicht und war – im Unterschied zu anderen Beiträgen im selben Heft – in Fraktur gesetzt. Bis in die dreißiger Jahre hinein wurde auch für Thomas Manns Werk bei S. Fischer die Fraktur bevorzugt; den Übergang von der deutschen zur lateinischen Schreibschrift vollzog er erst später. Von Aktivitäten von Gruppierungen der »Deutschschrift-bewegung« – wie dem entschieden nationalistisch ausgerichteten »Allgemeinen Deutschen Sprachverein«, der für die Fraktur eintrat und um prominente Unterstützer warb – hielt Thomas Mann sich fern. Sein Beitrag zeigt mit seinem Eintreten für eine modernisierte Form der Fraktur, insbesondere für die im Schriftenstreit vieldiskutierte »Weiß-Fraktur«, eine gemäßigt konservative Haltung, die ästhetische und historische Kategorien zumindest ebenso betont wie nationale. (Zu diesen typographischen Interessen vgl. hier auch die Essays zu Chamissos *Peter Schlemihl*, Textband S. 277 und Franks *Requiem*, Textband S. 396ff.)

Textlage

Der Text erschien in der (als ›links‹ geltenden, vgl. den Kommentar zum [*Gutachten über Frank Wedekinds Schauspiel »Lulu«*], hier S. 529f.) Berliner Zeitschrift *Die Aktion*: 1. Jg., Nr. 9, am 17. April 1911; danach hier. Der letzte Abschnitt (ab »Was die Schrift angeht«) wurde, zusammen mit ähnlich zustimmenden Äußerungen von Gerhart Hauptmann, Gabriele Reuter, Richard Dehmel, Max Liebermann, Max Slevogt, Lovis Corinth u. a. ohne Titel nachgedruckt in *Urteile von Künstlern und Schriftstellern über die Weiß-Fraktur*, einer Beilage zu der Broschüre *Weiß-Fraktur. Die Schrift des Tempel-Verlags*. Frankfurt/Main und Leipzig 1913. Auszüge erschienen in *Das Zeitungsbuch* am 1. Oktober 1925 (2. Jg., Nr. 19, S. 15) sowie in einigen Verlagsanzeigen als Reklame für die Reihe der »Tempel-Klassiker«. In der Fassung des Erstdrucks erschien der Text erneut in GW XIII, 247f. und in ARE I, 226f. Außerdem wurde der Satz »Ich war gleich entzückt von den Tempel-Klassikern und bin es noch«

in der Werbeschrift *Der Wert der Tempelklassiker* zitiert (Potempa 1992, App. 2004).

Stellenkommentar

299 2–3 *Kampfe ... der jetzt geführt wird*] Die erregten publizistischen Debatten vor der Reichstagssitzung im Mai 1911.

4 *E. R. Weiß-Fraktur*] Modernisierte, behutsam der Antiqua angenäherte Form der Fraktur, die der Maler und Graphiker Emil Rudolf Weiß (ebenso wie das Verlagssignet) für die »Tempel-Klassiker« entwickelt hatte.

5–6 *Tempel-Verlag*] An dem 1909 in Konkurrenz zur »Insel« gegründeten Gemeinschaftsverlag »Der Tempel. Bund deutscher Verleger« beteiligte sich neben fünf weiteren Verlagen auch S. Fischer. Im *Hyperion-Almanach für das Jahr 1910* (der im Leipziger Verlag Hans von Weber erschien) wurde als »Ziel des Tempelverlags« formuliert, »Ausgaben deutscher Klassiker in mustergültigen Texten und in wirklich gediegener Form zu wohlfeilen Preisen zu veröffentlichen«; die Bände sollten ohne philologische Kommentare »nichts als das Wort des Dichters« enthalten. Das »Tempel«-Programm wurde u. a. mit einer Goethe-Ausgabe eröffnet.

20 *den Cotta'schen Jubiläumsgoethe*] Die bei Cotta erschienene Werkausgabe zu Goethes 150. Geburtstag 1899.

21–23 *auf das Land ... in der Stadt*] Thomas Mann besaß eine Stadtwohnung in München und ein kleines Landhaus in Bad Tölz.

27–28 *mit Leichtigkeit ... gelesen.*] Ein erheblicher Teil des Schriftenstreits drehte sich um die Frage, welche der beiden Schriften die leichter lesbare sei.

300 2–3 *von manchem befürwortete Verdrängung*] Seit 1908 hatten unterschiedliche Vereinigungen Petitionen an den Reichstag und einzelne Landtage gerichtet, wonach die Fraktur ganz abgeschafft werden sollte; es gab auch entsprechende Vorstöße mit der entgegengesetzten Absicht.

AUSEINANDERSETZUNG MIT WAGNER

Entstehungsgeschichte

Der Essay, nach [*Der französische Einfluß*] und dem *Versuch über das Theater* Thomas Manns dritte zusammenhängende essayistische Äußerung über Wagner, antwortet auf eine Rundfrage der Wiener Zeitschrift *Der Merker* Anfang 1911 für ein (zu den Festspielen 1911) geplantes Bayreuth-Sonderheft.

Als zunehmend problematisch hatte Thomas Mann sein Verhältnis zu Wagner bereits im *Versuch über das Theater* beschrieben; den geplanten Essay *Geist und Kunst* hat Hans Wysling geradezu »eine Art ›Anti-Wagner‹« genannt (Einführung zu GuK, 128). In Briefen des Jahres 1911 spricht Thomas Mann mehrfach von einer Wagner-»Krise«. Am 21. Juni versichert er Julius Bab, mit dessen (in einem Aufsatz geäußerter) Wagner-Kritik völlig übereinzustimmen; er habe sich kürzlich anlässlich einer Rundfrage des *Merker* ähnlich geäußert (GKFA 21, 475f.). An Ernst Bertram schreibt er am 11. August (GKFA 21, 477f.):

> Über Wagner mich zu aeußern, habe ich mich nur sehr widerstrebend und unter dem Zwang eines alten Versprechens an die Redaktion des »Merker« entschlossen. Dies Blatt nämlich (es erscheint in Wien) veranstaltete für sein Bayreuth-Heft eine Art Umfrage über Wagner; es lud schon vor etwa einem halben Jahr dazu ein, und da ich bei der Gründung des Blattes die Zusage gelegentlicher Mitarbeit gegeben hatte, so glaubte ich, mich bei dieser Gelegenheit auf bequeme Art loskaufen zu können. Als es dann ernst wurde und die Redaktion drängte, war mir die Sache freilich durchaus nicht bequem, und was der *Merker* meine »Abrechnung mit Wagner« [sic] nennt, ist die eigentlich unverantwortlich skizzenhafte und journalistische Abfertigung eines Gegenstandes, den auf eine gründliche und entscheidende Weise zu behandeln eigentlich der Augenblick gekommen wäre. (»Wenn ich bloß Zeit hätte!«) Nehmen Sie also vorlieb. Von der

Krise, in der ich mich dieser Kunst gegenüber befinde, gibt das Aufsätzchen keine Vorstellung. Ich hörte letzten Montag probeweise die »Götterdämmerung« – mein innerer Widerstand gegen diese wüste Schau-Spielerei mit menschlicher Leidenschaft und menschlicher Tragik ging bis zur halblauten Empörung. Dieser Produktion Tempel bauen [wie das Bayreuther Festspielhaus, Hg.], dachte ich in meiner Bitterkeit, kann nur eine barbarische und geistig halbblinde Nation. Gut, daß ich dergleichen nicht geschrieben habe; mit der Zeit werde ich wohl ruhiger und gerechter denken lernen. / Der kleine Artikel steht im Juli-Heft des »Merker« (Wien, Oesterreichischer Verlag.).

Die Formulierung »meine ›Abrechnung mit Wagner‹« ist eine (polemisch oder irrtümlich?) falsche Wiedergabe der redaktionellen Überschrift *Auseinandersetzung mit Wagner*. Wie Thomas Mann hier die »Abfertigung« des »Aufsätzchen« bemängelt, hat er den Essay mehrfach geringschätzig kommentiert. Gegenüber Hans von Hülsen bemerkt er: »Der Wagner-Artikel im *Merker* (Bayreuthheft) ist sehr skizzenhaft« (21. August 1911; DüD I, 393); vier Jahre später spricht er irrtümlich von einer »Kleinigkeit«, die nur »15, 20 Zeilen« umfasst habe (an Anton W. Heinitz, 9. November 1915; ebd.). Diesem Urteil ist die Forschung weithin gefolgt. Kurzke/Stachorski sprechen von einer »Miszelle« (E I, 382); nach Mendelssohns Vermutung »fertigte [Thomas Mann] den kleinen Aufsatz, auf dem Briefpapier des Hôtel des Bains, rasch an« (*1996* II, S. 1427).

Die im TMA erhaltene Handschrift spricht jedoch keineswegs für eine »skizzenhafte und journalistische« Erledigung der Anfrage. In der Tat ist der Text ersichtlich als flüchtige Gelegenheitsarbeit begonnen (auf einem abgerissenen Zettel), dann aber zunehmend sorgsam und mit zahlreichen Korrekturen, Umformulierungen und Ergänzungen fortgesetzt worden (auf Hotel-Briefpapier). Dabei greift Thomas Mann mehrfach Abschnitte aus dem *Versuch über das Theater* und den Notizen zu *Geist und Kunst* wieder auf (hier im Stellenkommentar verzeichnet), so wie er später mehrere Gedanken und Formulierungen dieses Textes in *Leiden und Größe Richard Wagners* (1933) wieder benutzen wird. Die Entstehungsgeschichte des Textes ist damit komplexer und seine Komposition kunstvoller, als Thomas Manns briefliche Selbstkommentare erkennen lassen.

Deren Skepsis diametral entgegengesetzt ist die fiktionale Überhöhung dieser Entstehung in *Der Tod in Venedig*:

> Eine Frage, eine Anregung, über ein gewisses großes und brennendes Problem der Kultur und des Geschmackes sich bekennend vernehmen zu lassen, war in die geistige Welt ergangen und bei dem Verreisten eingelaufen. Der Gegenstand war ihm geläufig, war ihm Erlebnis; sein Gelüst, ihn im Licht seines Wortes erglänzen zu lassen, auf einmal unwiderstehlich. [...] Nie hatte er die Lust des Wortes süßer empfunden, nie so gewußt, daß Eros im Worte sei, wie während der gefährlich köstlichen Stunden, in denen er [...] jene anderthalb Seiten erlesener Prosa formte, deren Lauterkeit, Adel und schwingende Gefühlsspannung binnen kurzem die Bewunderung vieler erregen sollte. (GW VIII, 492f.)

Diese Passage lässt sich als hochgradig fiktionalisierte und stilisierte Reflexion der Entstehungsgeschichte von Thomas Manns tatsächlich in Venedig verfasstem Wagner-Essay lesen. Auch dieser antwortet, in ähnlichem Umfang, auf eine Rundfrage, deren Gegenstand dem Schreibenden »Erlebnis« ist und das ein »großes und brennendes Problem der Kultur und des Geschmackes« betrifft; ganz ähnlich hatte Thomas Mann in der 53. Notiz zu *Geist und Kunst* formuliert: »Für mich [...] ist Wagner noch immer etwas brennend Aktuelles, ein Problem, das Problem der Modernität selber« (GuK, 178). Durch die Adaption der Briefkopf-Angabe »Lido-Venise« in der Druckfassung des Essays (»Lido-Venedig, Mai 1911«) wird explizit ein Zusammenhang mit dem Sterbeort Wagners hergestellt, dessen letzte Wohnung am Canal Grande durch eine Gedenktafel mit seinem Porträt gekennzeichnet und dessen Denkmal am Ufer zwischen Lido und Markusplatz aufgestellt ist;

zugleich wird so auch die Entstehung der venezianischen Novelle in den Essay einbezogen.

Über die Wagner-Kritik hinaus liegt die Bedeutung des Textes in der Proklamation jener »neuen Klassizität«, die in *Der Tod in Venedig* zugleich erprobt und problematisiert wird. Am 14. September 1911 schreibt Thomas Mann an Julius Bab (GKFA 21, 478f.):

> Goethe hätte Wagner als grundwiderwärtige Erscheinung empfinden müssen. [...] Die Deutschen sollte man vor die Entscheidung stellen: Goethe oder Wagner. Beides zusammen geht nicht. Aber ich fürchte, sie würden »Wagner« sagen. Oder doch vielleicht nicht? Sollte nicht doch vielleicht jeder Deutsche im Grunde seines Herzens *wissen*, daß Goethe ein unvergleichlich verehrungs- und vertrauenswürdigerer Führer und Nationalheld ist, als dieser schnupfende Gnom aus Sachsen mit dem Bombentalent und dem schäbigen Charakter? Quaeritur

Im Wagner-Essay deutet bereits die Forderung einer »neuen Klassizität«, die das durch Wagner repräsentierte »unglückselige« 19. Jahrhundert (und Thomas Manns eigene erzählerische Schaffenskrise nach den *Buddenbrooks*) überwinden könne, die Orientierung an Goethe an, die im Brief an Julius Bab explizit formuliert wird. Zugleich übernimmt Thomas Mann damit eine Formulierung aus Samuel Lublinskis Buch *Der Ausgang der Moderne* (1909; zu Lublinski vgl. hier auch *Der Doktor Lessing* und Kommentar). Lublinski seinerseits beruft sich auf Nietzsches »heroische Anläufe [...] in die Welt einer neuen Klassizität« (Lublinski, *Ausgang*, S. 65). In dieser »klassischen« als einer »neue[n] synthetische[n] Kunst« – deren Proklamation Lublinski vielleicht bereits »mit dem Gedanken an Thomas Mann formuliert hat« (Vaget 1985, S. 52) – lebe »ein Streben nach Präzision, Einfachheit und geschlossener Einheit, während sie mit allen zivilisatorischen Hilfsmitteln über einen wunderlichen Dualismus dennoch nicht hinausgelangt« (Lublinski, *Ausgang*, S. 77). Im Kontext von Thomas Manns ästhetischen Reflexionen der Jahre 1909 bis 1912 (vgl. hier vor allem *Notizen* [II], Textband S. 211–216, [*Die gesellschaftliche Stellung des Schriftstellers in*

Deutschland], Textband S. 225–230 und *Der Literat*, Textband S. 354 bis 362) erscheint die Proklamation dieser »Klassizität« als Versuch, einen Ausweg aus den Antinomien von »Geist« und »Kunst« zu finden, ohne den Gefahren einer reaktionären »Naivisierung« zu erliegen (vgl. dazu den Kommentar zu *Der Literat*). Die Novelle lässt sich dann als Reflexion dieser Kategorien lesen: Aschenbachs Bemühen um eine Wiederbelebung der anti-›sokratischen‹, ›tragischen‹ Kunst im Sinne von Nietzsches Tragödienschrift, also um Vermittlung von dionysischem »Gefühl« und »Gedanke« (GW VIII, 492), Leidenschaft und Meisterschaft der Form, erweist sich als illusionär; die dem klassizistischen Tragödienmodell folgende Erzählung hebt mit dieser Entlarvung ihre eigene »Klassizität« am Ende wieder auf.

Im Erstdruck folgt auf den Essay eine distanzierende »Nachschrift der Redaktion«: »In einem Hefte, das das Bild Bayreuths und Richard Wagners im Geiste der Gegenwart zeichnen will, glaubten wir, bedeutsame Bekenntnisse, wie jene Thomas *Manns* und Georg *Hirschfelds*, nicht übergehen zu dürfen. Beide sind, von den angesehenen Namen ihrer Verfasser abgesehen, von dokumentarischem Wert: sie schildern eine seltsame, unleugbar vorhandene, wenn auch sicher vorübergehende Strömung in unserem geistigen Leben und so wenig wir mit ihnen übereinstimmen und so bekämpfbar der Inhalt ist, so wenig durften wir sie in einer Publikation unterdrücken, die dem Meister, dem Wahrheit am höchsten stand, gewidmet ist.«

Textlage

Die im TMA erhaltene Handschrift (s. u. Paralipomena) enthält keine Überschrift. Unter dem Titel *Auseinandersetzung mit Wagner* erschien der Text, mit der Datierung »Lido-Venedig, Mai 1911«, im Juli-Heft des *Merker*: »Festspiele Bayreuth 1911« (2. Jg., H. 19, S. 21–23), kurz darauf, unter derselben Überschrift, erneut in der *Neuen Zeitschrift für Musik* vom 3. August 1911 (78. Jg., H. 31/32, S. 476f.). In RuA, 360–363 wurde der Text unter der Überschrift

Über die Kunst Richard Wagners in einer geänderten Version aufgenommen (vgl. hier Paralipomena); ihr folgen die Wiederabdrucke in GWA XI, 660–662; GW X, 840–842 (mit irriger Angabe des Erstdrucks); Essays III, 59–61 und ARE I, 227–230. Dem Erstdruck folgt erst wieder E I, 150–153. Der Text wird auch hier in dieser Fassung wiedergegeben.

Stellenkommentar

301 6 *Klopstocks*] Vgl. auch die 96. Notiz in *Geist und Kunst*: »*Naive Dichtung*: Nachahmung des Wirklichen. *Sentimentalische*: Darstellung des Ideals. Das Letztere fürs Musikdrama. / Ebenda: Klopstock. ›Was nur immer, außerhalb der Grenzen lebendiger Form und *außer dem Gebiete der Individualität* zu erreichen ist, ist von diesem *musikalischen* Dichter geleistet.‹« (GuK, 201) Zitiert wird aus Schillers Abhandlung *Über naive und sentimentalische Dichtung*, die Hervorhebungen stammen von Thomas Mann. – In dessen Bibliothek ist eine Anthologie *Vorgoethesche Lyriker* erhalten, in der Thomas Mann (vielleicht erst in der *Faustus*-Zeit?) mehrere Gedichte Klopstocks angestrichen hat: *Vorgoethesche Lyriker*. Ausgewählt von Hans Brandenburg. München: Beck 1906 (= Statuen deutscher Kultur. Hg. von Will Vesper. Bd. V; darin Klopstock S. 32–61).

15–16 *einen großen Epiker*] Implizite Wendung gegen Nietzsches Diktum, Wagner sei ein »*Sceniker* par excellence« (*Der Fall Wagner*, 8. Abschnitt; KSA 6, 30).

16–17 *eine seiner wahrhaft theatromanischen Kunstschriften*] Ähnlich schon im *Versuch über das Theater* (vgl. Textband S. 134); zu Thomas Manns Kenntnis der »Kunstschriften« Wagners vgl. den Kommentar ebd. Das Zitat stammt aus Wagners *Oper und Drama. Das Schauspiel und das Wesen dramatischer Dichtkunst* (*Schriften* IV, S. 2).

22–302.5 *daß ich fast Mühe habe … des »Ringes«!*] Teils paraphrasierende, teils wörtliche Übernahme aus dem *Versuch über das Theater* (vgl. Textband S. 128_{5-19}). Vgl. auch die 52. Notiz zu *Geist und Kunst*: »Die Elementar-Motive des Ringes, die primitive Chromatik des Tristan: das ist dichterisch empfunden.« (GuK, 177)

302 30 *Grillparzer*] In seiner *Selbstbiographie*; vgl. den Kommentar zu *Versuch über das Theater*, S. 128 14–15.

9 *Lange Zeit stand des Bayreuthers Name*] Vgl. hier vor allem die Wagner-Passagen in [*Der französische Einfluß*], Textband S. 73ff.

12–13 *als ich keine ›Tristan‹-Aufführung*] In den Jahren 1900 bis 1902; in derselben Zeit schrieb Thomas Mann auch die Novelle *Tristan*.

16 *suspekt*] Der Ausdruck war für Thomas Mann offenbar besonders heikel: In der Handschrift hat er ihn zunächst durchgestrichen, dann erneut hingeschrieben; in der 60. Notiz zu *Geist und Kunst* hat er der Formulierung: »Wagner ist dubitös« hinzugefügt: »suspekt« (GuK, 183).

17–18 *Reinheit und Gesundheit seiner Mittel*] Ab RuA verändert zu »Reinheit und Gesundheit seiner Wirkungen«.

21 *»Literaturdichtern«*] In seiner Schrift *Oper und Drama. Das Schauspiel und das Wesen dramatischer Dichtkunst* (1852) behauptet Wagner einen Gegensatz zwischen »Literatur-Drama« und »Literatur-Lyrik« auf der einen, dem »sinnlich dargestellte[n] *dramatische[n] Kunstwerk*« auf der anderen Seite; ähnlich in *Deutsche Kunst und deutsche Politik*. Thomas Mann hatte sich mit dieser Abwertung der Literatur auch in mehreren Notizen zu *Geist und Kunst* (vor allem der 8. und der 76. Notiz), im *Versuch über das Theater* und in [*Die gesellschaftliche Stellung des Schriftstellers in Deutschland*] auseinandergesetzt; in *Leiden und Größe Richard Wagners* (1933) greift er die Formulierung erneut auf (vgl. GW IX, 377).

22–23 *Liebe ohne den Glauben*] Anspielung auf Ernest Renans Formel von der »piété sans la foi« (vgl. *Ein nationaler Dichter*, Textband S. 40)?

26–27 *Wunderbare Stunden*] Ein Topos der Wagner-Auseinandersetzungen Thomas Manns (vgl. *Versuch über das Theater*, Textband S. 141 sowie *Leiden und Größe Richard Wagners*; GW IX, 373 und *Richard Wagner und der ›Ring des Nibelungen‹*; GW IX, 502).

303 13–14 *Addition von Malerei, Musik, Wort und Gebärde*] Also diejenige Konzeption eines »Gesamtkunstwerks«, die Wagner in *Das Kunstwerk der Zukunft* proklamiert hatte. Übernommen aus der 89. Notiz zu *Geist und Kunst*: »Niemand glaubt mehr an die Addition von

Malerei, Musik, Wort und Gebärde, die Wagner für die Erfüllung aller künstlerischen Sehnsucht auszugeben die Unbefangenheit hatte. Niemand glaubt mehr an eine Rangordnung der Gattungen, in welcher der Tasso dem Siegfried nachstünde...« (GuK, 198; übernommen in *Leiden und Größe Richard Wagners*; GW IX, 374.)

303 18–24 *Woher eigentlich ... über Wagner lernen.*] So bereits im *Versuch über das Theater* (Textband S. 160, dort wiederum z. T. übernommen aus dem 8. Notizbuch; vgl. dortigen Kommentar).

28 *Man lasse sich nicht täuschen*] Bis »Mißtrauen gegen Wagner lebendig«: annähernd wörtliche Übernahme aus der 60. Notiz zu *Geist und Kunst*; vgl. ebd. die 15. Notiz: »Ausspruch eines *jungen Musikers*: ›Ach, wissen Sie, *Wagner* ist doch eigentlich mehr *für die Jugend*.‹« (GuK, 160; übernommen aus dem 9. Notizbuch, Nb. II, 177)

304 12 *Barock-Kolossalischen*] In seinem im TMA erhaltenen Exemplar von Lessings *Hamburgischer Dramaturgie* hat Thomas Mann den tadelnden Ausdruck »barockisch« angestrichen (*Lessings Werke*. Band 9. Stuttgart: Göschen 1890, S. 87).

Paralipomena

1. Der Text der Handschrift (Signatur im TMA: Mp IX 182 grün)
Die Niederschrift beginnt auf einem kleinen, ungleichmäßig zugeschnittenen Zettel und wird dann fortgesetzt auf Briefpapier des »Grand Hôtel des Bains/Lido-Venise«.

Was ich Richard Wagner an Kunstglück und Kunsterkenntnis verdanke, kann ich nie vergessen und sollte ich mich noch so weit im Geiste von ihm entfernen. Prosaist, Erzähler, Psycholog, hatte ich von dem symphonischen Theatraliker, dessen dichterische Wirkung, gleich der Klopstocks, außer dem Gebiete des Individuellen liegt und dessen Prosastyl meiner Liebe stets eine Verlegenheit war, nichts Direktes und Handwerkliches zu ler-

26 *weit*] *gestrichen folgt*: von ihm 27 *dem symphonischen Theatraliker*] *korrigiert aus*: ihm 28–29 *des Individuellen*] *korrigiert aus*: der Individualität 30 *Direktes*] *korrigiert aus*: Unmittelbares 30–S. 425.1 *zu lernen*] *gestrichen folgt*: , sondern lauter Dinge, die jenseits der Künste die Kunst selber betreffen.

nen. Aber die Künste sind ja nur die Erscheinungsformen der Kunst, welche in allen die selbe ist, und Wagner hätte der große Vermischer der Künste nicht zu sein brauchen, der er war, um auf jede Art von Künstlertum lehrend und nährend wirken zu können. Was überdies meinem Verhältnis zu ihm etwas Unmittelbares und Intimes verlieh, war der Umstand, daß ich heimlich stets, dem Theater zum Trotz, einen großen Epiker in ihm sah und liebte. In einer seiner wahrhaft theatromanischen Kunstschriften hat er es gewagt, das Epos den dürftigen Todesschatten des lebendigen Kunstwerks, des Dramas zu nennen. Aber in seiner Stoffwahl bekundete er einen merkwürdig epischen Geschmack und für mich ist es in dem Grade das Epos, das eigentlich aus seinem Drama wirkt, daß ich fast Mühe habe, ihn als Dramatiker zu empfinden. Von den schildernden musikalischen Vorspielen zu schweigen: so sind zweifellos immer die großen Erzählungen die Höhepunkte seiner Werke, eingerechnet die Nornenszene der »Götterdämmerung« und das unvergleichlich epische Frage- und Antwortspiel zwischen Mime u. dem Wanderer. Was ist der dramatische Wotan, den wir im »Rheing.« auf der Bühne sahen, verglichen mit dem erzählten, in Sieglindens Gesang vom Alten im Hut? – Grillparzer verwarf das mehrteilige Drama als Form. Das Drama sei eine Gegenwart, es müsse alles, was zur Handlung gehöre in sich enthalten. Die Beziehung eines Teiles auf den anderen gebe dem Ganzen *etwas Episches, wodurch es freilich an Großartigkeit gewönne.* Aber das ist die Wirkung des »Ringes«! Und wer das »Leitmotiv« als ein wesent-

4 *von] gestrichen folgt:* künstlerischer 4 *Künstlertum] gestrichen folgt:* nährend 5 *überdies] korrigiert aus:* aber 7 *stets,] gestrichen folgt:* einen großen 8 *liebte] gestrichen folgt:* In der Tat habe ich zuweilen Mühe, ihn als Dramatiker zu empfin[den] 12 *in dem Grade] korrigiert aus:* fast immer 14 *zu empfinden.] gestrichen folgt:* Sind seine Gebilde nicht theatralische Epen 15 *so] gestrichen folgt:* habe ich stets seine großen Erzählungen am meisten geliebt 20 *erzählten] korrigiert aus:* epischen 21 *Gesang] korrigiert aus:* Erzählung 24–25 *etwas ... gewönne.] Hervorhebung nur in der Handschrift* 26 *Und] ursprünglich folgte:* Und sollte das *zunächst korrigiert in die später ebenfalls verworfene Formulierung:* Und nie habe ich begriffen, wie man im »Leitmotiv« wieder ein wesentlich dramatisches Kunstmittel erblicken kann. Es ist im *Innersten* episch, es ist homerischen Ursprungs.

lich dramatisches Kunstmittel ansprechen wollte, vergäße, daß es seit den Tagen Homers °fast° ausschließlich von Künstlern der Erzählung gehandhabt worden ist.

Lange Zeit stand des Bayreuthers Name über all meinem künstlerischen Denken und Thun. Lange Zeit schien mir, daß alles künstlerische Sehnen u. Wollen in diesem gewaltigen Namen münde. Zu keiner Zeit aber, auch nicht, als ich keine Tristan-Aufführung des Münchner Hoftheaters versäumte, wäre mein Bekenntnis über Wagner eigentlich ein Bekenntnis zu Wagner gewesen. Als Geist, als Charakter schien er mir suspekt, als Künstler unwiderstehlich, wenn auch tief fragwürdig in Bezug auf den Adel, die Reinheit und Gesundheit seiner Mittel, und nie hat meine Jugend sich ihm mit jener vertrauensvollen Hingabe überlassen, mit der sie den großen Dichtern und Schriftstellern anhing – jenen Geistern, von denen Wagner, als von »Literaturdichtern« fast mitleidig sprechen zu dürfen glaubte. Meine Liebe zu ihm war eine Liebe ohne den Glauben, – denn stets schien es mir pedantisch, nicht lieben zu können, ohne zu glauben. Es war ein Verhältnis, – skeptisch, pessimistisch, hellseherisch, fast gehässig, dabei durchaus leidenschaftlich und von unbeschreiblichem Lebensreiz. Wunderbare Stunden tiefen, einsamen Glückes inmitten der Theatermenge, Stunden voller Schauer und kurzer Seligkeiten, voll von Wonnen der Nerven und des Intellekts, von Einblicken in rührende und große Bedeutsamkeiten, wie nur diese nicht zu überbietende Kunst sie gewährt!

Heute jedoch glaube ich nicht mehr, wenn ich es jemals glaubte, daß die Höhe eines Kunstwerkes in der Unüberbiet-

4 *all]* *korrigiert aus:* allem 6 *Wollen]* *in der Druckfassung folgt:* unserer Zeit
10–11 *suspekt]* *das Wort wurde zunächst gestrichen, dann aber erneut hingeschrieben*
14 *großen]* *gestrichen folgt:* Geistern 15 *von denen]* *korrigiert aus:* die 19 *zu glauben]* *gestrichen folgt:* , und stets schien mir die hellseherische Liebe stärker und tiefer, als die blinde. 21 *Lebensreiz]* *korrigiert aus mehrfach durchgestrichenem* Zauber
21–22 *Stunden]* *gestrichen folgt:* voller 23 *und]* *gestrichen folgt:* Se[eligkeiten]
25 *große]* Beziehungen und 27 *jedoch]* *gestrichen folgt:* will mir scheinen, als ob

barkeit seiner Wirkungsmittel bestehe. Und ich meine zu wissen, daß Wagners Stern am Himmel des deutschen Geistes im Sinken begriffen ist.

Ich rede nicht von seiner Theorie. Wäre sie nicht so durchaus etwas Sekundäres, nicht so ganz nur eine nachträgliche °u. überflüssige° Verherrlichung seines Talentes, so wäre sein Werk ohne Zweifel so unhaltbar geworden wie sie, und nie hätte jemand sie auch nur einen Augenblick ernst genommen, ohne das Werk, das sie, solange man im Theater sitzt, zu beweisen scheint und das doch eben nichts weiter beweist als sich selber. Ja, hat überhaupt je jemand ernstlich an diese Theorie geglaubt? An die Addition von Malerei, Musik, Wort und Gebärde, die Wagner für die Erfüllung aller künstlerischen Sehnsucht auszugeben die Unbefangenheit hatte? An eine Rangordnung der Gattungen, in welcher der Tasso dem Siegfried nachstünde? °Werden denn Wagners Kunstschriften auch nur gelesen? Woher eigentlich dieser Mangel an Interesse für den Schriftsteller Wagner? Daher, daß seine Schriften Parteischriften und *nicht* Bekenntnisse sind? Daß sie sein Werk, worin er wahrhaftig in seiner leidenden Größe lebt, sehr mangelhaft, sehr mißverständlich kommentieren? Man müßte diese Entschuldigung gelten lassen. Es ist wahr, man kann aus Wagners Schriften nicht viel über Wagner lernen.°

Nein, ich spreche von seinem mächtigen Werke, das heute beim bourgeoisen Publikum den Höhepunkt seiner Popularität erreicht hat, von seiner Kunst als Geschmack, als Styl, als Weltempfindung. Man lasse sich nicht täuschen durch den Begeisterungslärm der jungen Leute im Stehparterre. In Wahr-

1–2 *meine zu wissen*] *korrigiert aus:* glaube zu wissen 4 *Theorie.*] *gestrichen folgt:* Sie ist etwas durchaus Sekundäres 7 *so*] *gestrichen folgt:* schlecht gew 7 *nie*] *gestrichen folgt:* sie 15 *in*] *korrigiert aus:* nach 20 *leidenden*] *gestrichen folgt:* und fragwürdigen 24 *mächtigen Werke*] *korrigiert aus:* gewaltigen Werke *dies wiederum korrigiert aus:* Werke 25 *bourgeoisen*] *in der Druckfassung:* bürgerlichen 26 *als*] *es folgen zwei unleserlich gestrichene Worte*

heit ist °heute° in der höheren Jugend viel Wagnerkritik, viel instinktives, wenn auch stummes Mißtrauen, ja, es muß gesagt werden, viel Gleichgültigkeit gegen Wagner vorhanden. °Und° wie könnte es anders sein? Wagner ist neunzehntes Jahrhundert durch und durch, ja, er ist der repräsentative deutsche Künstler dieser Epoche, die vielleicht als groß und °gewiß als° unglückselig im Gedächtnis der Menschheit fortleben wird. Denke ich aber an das Meisterwerk des 20. Jahrhunderts, so schwebt mir etwas vor, was sich von dem Wagnerschen sehr wesentlich und, wie ich glaube, vorteilhaft unterscheidet, – irgend etwas ausnehmend Logisches, Formvolles und Klares, etwas zugleich Strenges und Heiteres, von nicht geringerer Willensspannung, als jenes, aber von kühlerer, vornehmerer und selbst gesünderer Geistigkeit, etwas, das seine Größe nicht im Barock-Kolossalischen und seine Schönheit nicht im Rausche sucht, – eine neue Klassizität, dünkt mich, muß kommen.

Aber noch immer, wenn unverhofft ein Klang, eine beziehungsvolle Wendung aus Wagners Werk mein Ohr trifft, erschrecke ich vor Freude, eine Art Heim- und Jugendweh kommt mich an, und wieder, wie einstmals, unterliegt mein Geist dem alten klugen und sinnigen, sehnsüchtigen und abgefeimten Zauber.

2. Überarbeitung in *Rede und Antwort*

Seit RuA (1922) ist der Text unter der Überschrift *Über die Kunst Richard Wagners* in einer überarbeiteten Fassung veröffentlicht wor-

1 *der] gestrichen folgt:* nach 1 *Jugend] gestrichen folgt:* von heute 2 *Mißtrauen] gestrichen folgt:* gegen Wagner 3 *Gleichgültigkeit] korrigiert aus:* Gleichgiltigkeit 3 *vorhanden] gestrichen folgt:* und wenn mich nicht alles täuscht, so ist z. B. der Einfluß Wgs. auf die Jüngsten 4 *Wagner] korrigiert aus:* diese Kunst 5 *er] korrigiert aus:* Wagner 6 *vielleicht] das Wort ist zunächst gestrichen und dann wieder hingeschrieben worden* 13 *kühlerer] ursprünglich folgte:* und vornehmer *dies zunächst korrigiert in:* Geistig[keit] 16 *kommen.] der folgende Absatz nur in der Handschrift* 17 *unverhofft] gestrichen folgt:* ein Sang 17 *Klang] gestrichen folgt:* aus Wagners Werk 21 *alten klugen] korrigiert aus:* alten, klugen

den. Der Abschnitt von »In der Tat habe ich zuweilen Mühe« bis »von Künstlern der Erzählung gehandhabt worden ist« ist nun ersetzt durch die folgende, aus mehreren Sätzen des kurzen Beitrags [*Der französische Einfluß*] kompilierte Passage:

> Das Motiv, das Selbstzitat, die symbolische Formel, die wörtliche und behutsame Rückbeziehung über weite Strecken hin, – das waren epische Mittel nach meinem Empfinden, bezaubernd für mich eben als solche; und früh habe ich bekannt, daß Wagners Werke so stimulierend wie sonst nichts in der Welt auf meinen jugendlichen Kunsttrieb wirkten, mich immer aufs neue mit einer neidisch-verliebten Sehnsucht erfüllten, wenigstens im kleinen und leisen, auch dergleichen zu machen. Wirklich ist es nicht schwer, in meinen »Buddenbrooks«, diesem epischen, von Leitmotiven verknüpften und durchwobenen Generationenzuge, vom Geiste des »Nibelungenringes« einen Hauch zu verspüren.

In einer für den Argumentationsgang zentralen Formulierung heißt es statt »Reinheit und Gesundheit seiner Mittel« in der überarbeiteten Fassung: »Reinheit und Gesundheit seiner Wirkungen«. Zu Beginn des vorletzten Absatzes schließlich ist in der Überarbeitung wieder, wie schon in der Handschrift, vom »bourgeoisen Publikum« die Rede, nicht wie im Erstdruck vom »bürgerlichen«.

CHAMISSO

Entstehungsgeschichte

Nach der Veröffentlichung seines *Peter Schlemihl*-Essays (Weihnachten 1910) nahm Thomas Mann, auf Bitten Samuel Fischers, »einen größeren Aufsatz über Chamisso (als Einleitung zur Pantheon-Ausgabe des ›Peter Schlemihl‹)« in Angriff (so rückblickend in einem Brief an Alexander von Bernus, 24. Oktober 1911; GKFA 21, 483). Dabei diente ihm die frühere Studie als Grundlage; die meisten Textpassagen zur *Schlemihl*-Erzählung wurden wörtlich in den Mittelteil des neuen und weit umfangreicheren Aufsatzes übernommen. Umfang und Anlage des Textes sprechen für eine längere Vorbereitungszeit als beim *Schlemihl*-Essay – auch wenn Thomas Mann die meisten Zitate von Gedichten, Briefen und Dokumenten tatsächlich nur aus einer einzigen Quelle bezog (vgl. hier Quellenlage). Abgefasst wurde der Text im April 1911 (vgl. Brief an Hans von Hülsen vom 30.4.1911; GKFA 21, 474f.). Während der Arbeit plante Thomas Mann bereits die Novelle *Der Tod in Venedig*, mit der dieser Essay außer dem Thema des »perdre le solide« zumindest auch das Motiv des zu überwindenden »Puppenstandes« gemeinsam hat (vgl. Stellenkomentar zu S. 330$_{14-15}$). Am 3. Juli 1911 teilt Thomas Mann Hans von Hülsen mit, er habe seine »Chamisso-Studie heute in die Welt geschickt« (GKFA 21, 476).

Vieles von dem, was hier explizit über das Verhältnis Chamissos zu seinen Dichtungen gesagt ist, lässt sich zugleich auf das Verhältnis Thomas Manns zu eigenen literarischen Werken und zu diesem Essay selbst beziehen. Chamissos Werk wird als (am Ende modellhafte) produktive Verarbeitung der als dominierend herausgearbeiteten Lebenserfahrungen gedeutet. Biographisch wie textanalytisch werden dabei solche Züge herausgearbeitet, die Chamisso und Thomas Mann gemeinsam sind – von der deutsch-romanischen Doppelheit und der kindlichen Liebe zur Sprache, die das Empfinden einer »vagen und fremdartigen Überlegenheit« weckt und vom künftigen Lorbeerkranz träumen lässt, über die »Freundschaften mit gleichgestimmten Jünglingen«, Jahre der »romantischen Wanderlust« und »Sehnsucht ins Exotische« und das darauf folgende »Heimatgefühl« bis zur Erringung wirklichen »Dichterruhms« und eines »strengen Glücks« (»Der Heimatlose gründet ein Heim«). Auch Chamissos Arbeiten fehlt »das Hymnische, Dithyrambische, Ekstatische«, dagegen eignet auch seinen »episch-dramatischen Kompositionen« bei einer gleichwohl »reizsüchtigen romantischen Konstitution« doch »[e]twas gelassen Episches, geschmiedet Objektives«, womit beiläufig auch der Gattungsunterschied zwischen Chamissos Versen und der eigenen Prosadichtung überspielt wird. Besonders am *Schlemihl* werden Eigenschaften hervorgehoben, die den Text auf Thomas Mann beziehbar machen (vgl. hier den Kommentar zu *Peter Schlemihl*).

Schon am Ende des *Schlemihl*-Essays hatte Thomas Mann bemerkt, hier werde »die phantastische Improvisation zum Bekenntnis. Und wird sie es erst hier?« Der »Bekenntnis«-Begriff wird hier mehrfach wiederaufgegriffen, vertieft und schließlich als eine poetologische Maxime resümiert, die an Platens (von Thomas Mann öfter zitiertem) Vers »Es kenne mich die Welt, auf daß sie mir verzeihe« anklingt: »Dichter, die sich selbst geben, wollen im Grunde, daß man sie erkenne; denn nicht sowohl um den Ruhm ihres Werkes ist es ihnen zu tun, als vielmehr um den Ruhm ihres Lebens und Leidens.« –

Ein erst im Rückblick hervortretendes Nebenthema ist der Umgang mit rassistischen Diskursen. Der französisch-deutsche Chamisso ist eine »Blutmischung« wie der deutsch-französische Fontane (vgl. hier *[Theodor Fontane]* und *Der alte Fontane*) und wie Thomas Mann selbst (vgl. hier *Zur Lösung der Judenfrage* und den Brief *[An die Redaktion der »Staatsbürger-Zeitung« II]*). Manns Wendung von der »wahlverwandten Rasse« belegt zunächst eine unspezifische Verwendung des Rasse-Begriffs, der dem älteren Wortgebrauch seit dem 18. Jahrhundert entspricht und im Unterschied zum rassistischen Diskurs der Moderne einen soziokulturellen Herkunftsbereich bezeichnet, ausdrücklich eine »Sprach- und Gemütszone«. Wo er hingegen auf den völkisch-rassistischen Diskurs zu sprechen kommt, gebraucht er die Formel »Rasse und Blut« und distanziert sich vom »Druck einer allgemeinen Devotion vor der bindenden Macht des Blutes«; dieser »unser« zeittypischer »Glaube« wird als »bis zum Aberglauben« gehend kritisiert.

Textlage

Als Vorabdruck erschien der Essay unter der Überschrift *Chamisso* in der *Neuen Rundschau* vom Oktober 1911 (22. Jg., H. 10, S. 1438–1453); kurz darauf dann als *Einleitung* in: *Peter Schlemihls wundersame Geschichte.* Mitgeteilt von Adelbert von Chamisso. Berlin: S. Fischer o. J. [1911], in der Reihe der Pantheon-Ausgaben, S. VII–XLIII. Ein Auszug wurde nachgedruckt im Fischer-Verlagsalmanach 1912 (*Das 26. Jahr.* Berlin: S. Fischer 1912, S. 178–185); der vollständige Text erschien, stets unter der Überschrift *Chamisso*, erneut in RuA, 199–226; AdG, 29–55; GWA X, 23–46; GW IX, 35–57; Essays I, 124–142 und ARE I, 230–254. Eine vollständige Übersetzung durch Helen T. Lowe-Porter erschien in: Thomas Mann: *Essays of Three Decades.* New York 1947, S. 241–258. – Textgrundlage ist hier der Erstdruck. 1931 wurde als Einleitung zum 1. Band des bei Diesterweg in Frankfurt/Main erschienenen Lesebuchs *Lebensgut* ein Auszug aus dem ersten Teil des Essays unter der Überschrift *Deutsches Lesebuch* abgedruckt (in der Neuausgabe 1937 dann jedoch durch gesammelte *Hitlerworte* ersetzt).

Quellenlage

Hauptquellen sind der eigene *Schlemihl*-Essay von 1910 (und damit auch die dort besprochene *Schlemihl*-Ausgabe: *Peter Schlemihls wundersame Geschichte.* München 1907: hier fortan PS) sowie die zweibändige Ausgabe: *Chamisso's Werke.* Hg. von Wilhelm Rauschenbusch. Zwei Bände. Berlin: G. Grotesche Verlagsbuchhandlung 1894. Auf diese Ausgabe weist Thomas Mann einmal beiläufig hin, ohne sie allerdings als Quelle zu benennen: »Wilhelm Rauschenbusch, der Herausgeber der zweibändigen Groteschen Chamisso-Ausgabe und ein persönlicher Bekannter des Dichters« (Textband, S. 319; auch diese biographische Information selbst stammt aus Rauschenbuschs Ausgabe).

Der erste Band dieser Ausgabe war, lediglich mit anderer Seitenzählung, bereits früher im selben Verlag erschienen, damals unter dem Titel: *Gedichte von Adelbert von Chamisso*. Hg. von Wilhelm Rauschenbusch. Thomas Mann benutzte die dritte, verbesserte Auflage, Berlin 1881; sein Exemplar stammt aus dem Besitz seines Bruders Heinrich (Besitzervermerk auf dem Vorsatzblatt: »H. Mann 1882«) und ist im TMA erhalten. Rauschenbuschs allgemeine Einleitung und Chamissos Gedichte sind offenbar nach diesem Band zitiert (auf den hier im Stellenkommentar mit dem Kürzel *Gedichte 1881* verwiesen wird), Rauschenbuschs Einzel-Einführungen in die Prosa-Arbeiten sowie Chamissos Reisebeschreibung mitsamt dem vorangestellten »curriculum vitae« (überschrieben: *Einleitend*, S. 76–79) hingegen nach dem zweiten Band der Werkausgabe von 1894 (auf den hier mit dem Kürzel *Werke* II verwiesen wird). Weitere Auskünfte entnahm Thomas Mann dem Chamisso-Artikel in Band 4 von *Brockhaus' Konversations-Lexikon*. 14. Auflage, Leipzig/Berlin/Wien 1892. Bd. 4, S. 89.

Darüber hinaus hat Thomas Mann auch gelegentlich auf Julius Eduard Hitzigs sechsbändige *Gesammt-Ausgabe von Chamisso's Werken* zurückgegriffen (Leipzig 1836–1839), auf die Rauschenbusch in der Vorrede zu *Gedichte 1881* ausdrücklich verweist, vielleicht auch auf die beste zu seiner Zeit verfügbare wissenschaftliche Ausgabe der Werke Chamissos (durch Max Koch: Stuttgart 1883).

Das damals im Lübecker Katharineum verwendete, von Jacob Hopf und K. Paulsiek herausgegebene *Deutsche Lesebuch für Gymnasien, Realschulen und höhere Bürgerschulen*. Zweiter Theil: Zweite Abtheilung: Für Secunda und Prima. II. Abschnitt. *Proben der Poesie und Prosa des 16., 17., 18. und 19. Jahrhunderts* (6. Auflage. Berlin 1882) enthält nur zwei der hier erwähnten Chamisso-Gedichte: *Das Schloß*

Boncourt und *Salas y Gomez*. Möglicherweise verweist die Formulierung, »eine zartere und gütigere Hand, als die sonst waltende«, habe wohl »Dies Buch [...] den vorgeschriebenen Lehrmitteln hinzugefügt« (Textband S. 305), auf Wilhelm Wackernagels verbreitetes, als Unterrichtshilfe für Lehrer gedachtes *Deutsches Lesebuch. Zweiter Theil: Proben deutscher Poesie vom 16.–19. Jahrhundert* (3. Auflage. Basel 1876). Darin finden sich außer dem *Schloß Boncourt* auch: *Das Lied von Thrym, Tragische Geschichte, Die Sonne bringt es an den Tag, Erscheinung, Der Bettler und sein Hund, Der Szekler Landtag, Der Birnbaum auf dem Walserfeld, Die Kreuzschau, Die alte Waschfrau* (in der 2. Auflage von 1843 außerdem *Abdallah*).

Im Gegensatz zu Mendelssohns optimistischer Annahme, Thomas Mann kenne »seinen ganzen Chamisso, weiß im Werk so gut Bescheid wie im Leben des Dichters« (Mendelssohn 1996 II, S. 1430), sind biographische Angaben, Gedicht- und Briefzitate und mehrfach auch einzelne Formulierungen sehr weitgehend unmarkiert aus den von Rauschenbusch herausgegebenen Bänden und aus dessen Kommentaren übernommen worden (Nachweise hier im Stellenkommentar). Hier finden sich auch alle von Thomas Mann mit Hinweis auf das *Deutsche Lesebuch* erwähnten oder zitierten Gedichte Chamissos. Auch die Kenntnis der gegen Ende angesprochenen Forschungspositionen verdankt Thomas Mann wohl vor allem dem *Schlemihl*-Abschnitt in Rauschenbuschs *Einleitung* (vgl. ebenfalls den Stellenkommentar). Zumal seine biographische Skizze erscheint streckenweise wie eine Montage aus der kurzen Autobiographie, die Chamisso der Beschreibung seiner *Reise um die Welt* voranstellt (Abschnitt *Einleitend* in: *Werke* II, S. 76–79), aus Rauschenbuschs Vorrede zu den Gedichten und aus seiner *Einleitung* zum zweiten Band der Werkausgabe (einschließlich der dort angeführten Briefzitate).

Rezeption

Der Essay wurde vor allem als autobiographisches Bekenntnis Thomas Manns diskutiert. Die früheste bekannte Reaktion stammt von dem Südtiroler Dichter und Essayisten Carl Dallago (1869–1949), der sich nachdrücklich zu den am Ende des Textes erwähnten »ewigen Bohémiens« zählte und in einem umfangreichen Essay Thomas Mann als einen »Philister« kritisierte (in: *Der Brenner*, 11. Jg., H. 15–17, vom 1. und 15. Januar und 1. Februar 1912): »Der Gesellschaft opfern und Philister werden, oder *sein Leben leben* und vielleicht ein Meister werden und zugrundegehen.« – Wohl anknüpfend an Thomas Manns eigene Bemerkung in den *Betrachtungen* (vgl. zur Entstehungsgeschichte des *Schlemihl*-Essays, hier S. 395), hebt Arthur Eloesser in seiner Thomas-Mann-Monographie die Analogien zwischen Chamissos Erzählung und dem *Tonio Kröger* und (damit auch den autobiographischen Modellcharakter des Essays) hervor und bemerkt, Tonio sei »der neue Peter Schlemihl, der alle möglichen Schätze für den verlorenen Schatten einhandelte, der Heimatlose« (Eloesser 1925, S. 109f.). Vier Jahre später betont auch Ulrich Peters' Aufsatz *Thomas Mann und Chamisso* (in: *Der Büchermonat*, H. 10, 1929) die autobiographischen Züge des Essays und die Ähnlichkeiten zwischen Chamissos Erzählung und dem *Tonio Kröger*. Weitere zehn Jahre später hat Agnes E. Meyer in einem Brief an Thomas Mann die Sentenz »Dichter, die sich selber geben, wollen im Grunde, daß man sie erkenne; denn nicht sowohl um den Ruhm ihres Werkes ist es ihnen zu tun, als vielmehr um den Ruf ihres Lebens und Leidens« nachdrücklich auf den Autor selbst bezogen und als Motto ihrer geplanten Thomas-Mann-Biographie in Erwägung gezogen (TM/AM, 172).

Wie *Der alte Fontane* bezeichnet auch dieser Essay eine Wende der Forschung, insofern er die bis dahin vorherrschende nationalromantische Werkdeutung durch eine differenzierte biographische, sozialpsychologische und ästhetische Analyse ablöst. Mit der Betonung des Problems bürgerlicher »Solidität« wird das bis dahin von der zeitgenössischen Germanistik (wie auch von Thomas Manns Hauptquelle, vgl. hier zur Quellenlage) ins Zentrum gestellte Problem der Nationalitätszugehörigkeit ausdrücklich marginalisiert. Als literaturwissenschaftliche Wegmarke eröffnet der Essay beispielsweise in Dagmar Walachs Kommentarband *Adelbert von Chamisso, Peter Schlemihls wundersame Geschichte: Erläuterungen und Dokumente* (Stuttgart 1982) auszugsweise die Kapitel zur Gattungsfrage (Walach 1982, S. 71) und zu Interpretationsmöglichkeiten (S. 74). Wiederholt wurde der Essay auch als Nachwort oder Einleitung in Neuausgaben des *Schlemihl* aufgenommen.

Stellenkommentar

305 2 *unseren Schulbüchern*] Vgl. hier zur Quellenlage.

306 1 *Ballade von Einem*] Chamisso, *Tragische Geschichte* (1822); *Gedichte* 1881, S. 77.

3–4 *Anekdote vom ›Szekler Landtag‹*] Chamisso, *Der Szekler Landtag* (1831); *Gedichte* 1881, S. 358–360.

6 *Einzelverse am Schluß*] Die letzte Terzinenstrophe und der abschließende Einzelvers lauten: »Sowie die Väter stolz auf ihre Thaten / Nach bräuchlichem Gelage heimgekehrt, / Erschien die Sonne, trocknete die Saaten, // Und schwankten hin die Wagen goldbeschwert.« (*Gedichte* 1881, S. 360)

8 *Loblied auf eine alte Waschfrau*] *Die alte Waschfrau* (1833); *Gedichte* 1881, S. 55f.

10 *Einsatz der Schlußstrophe*] Diese lautet bei Chamisso: »Und ich, an meinem Abend, wollte, / Ich hätte, diesem Weibe gleich, / Erfüllt, was ich erfüllen sollte / In meinen Grenzen und Bereich; / Ich wollt', ich hätte so gewußt, / Am Kelch des Lebens mich zu laben, / Und könnt' am Ende gleiche Lust / An meinem Sterbehemde haben.« (*Gedichte* 1881, S. 55)

11 *Sonnenkringel*] Anspielung auf die Ballade *Die Sonne bringt es an den Tag* (1827); *Gedichte* 1881, S. 203–205.

13–14 *erzählten von Abdallah*] Die Ballade *Abdallah. (Tausend und eine Nacht.)* (1828); *Gedichte* 1881, S. 248–254. Die erste Strophe beginnt: »Abdallah liegt behaglich am Quell der Wüste und ruht«, die zweite: »Da kommt zur selben Quelle, zu Fuß am Wanderstab', / Ein Derwisch ihm entgegen den Weg von Bagdad herab.«

306 19 *Geschichte vom ›rechten Barbier‹*] Die Ballade *Der rechte Barbier* (1833); *Gedichte* 1881, S. 150–152.

20 *Das kindische Riesenfräulein*] Die Ballade *Das Riesen-Spielzeug*, das erste Gedicht des Zyklus *Deutsche Volkssagen* (1831); *Gedichte* 1881, S. 239–241.

21–22 *Weiber von Winsperg*] Die Ballade *Die Weiber von Winsperg* (1831), das fünfte Gedicht des Zyklus *Deutsche Volkssagen*, *Gedichte* 1881, S. 247–248.

24–25 *Traumgedicht vom Vetter Anselmo*] Die Ballade *Vetter Anselmo* (1832); *Gedichte* 1881, S. 174–188.

32 *Sage von der versunkenen Burg*] Die Ballade *Die versunkene Burg* (1831), das zweite Gedicht des Zyklus *Deutsche Volkssagen*, *Gedichte* 1881, S. 241–243. Die »freche Buhle« der hoffärtigen drei Raubritterbrüder wird in der dritten Strophe eingeführt: »Und ihre freche Buhle weiß nicht, wie Hunger tut; / Sie prunkt in Gold und Seide und tritt aus Frevelmut / Die heil'ge Gottesgabe verächtlich in den Kot, / Sie geht einher auf Schuhen von feinem Weizenbrot.«

307 8–9 *von den Männern im Zobtenberge*] Anspielung auf die Ballade *Die Männer im Zobtenberge* (1831), das dritte Gedicht des Zyklus *Deutsche Volkssagen*; *Gedichte* 1881, S. 243–244. Geschildert wird, wie am Sonntag Quasimodo des Jahres 1570 »Johannes Beer aus Schweidnitz, ein schlichter, frommer Mann«, in eine Höhle im Zobtenberge gerät, wo die Gespenster dreier Mörder das Jüngste Gericht erwarten; auf seinen Gruß »Vobiscum Christi Pax!« (»Der Friede Christi sei mit euch!«) antworten sie »zähneklappernd«: »hic nulla, nulla pax!« (»Hier ist kein, ist kein Friede!«).

27 *den sanften Liederreigen*] Der Zyklus *Frauen-Liebe und Leben* (1830); *Gedichte* 1881, S. 9–15; 1840 vertont von Robert Schumann. An Liederabende seiner Mutter erinnert sich Thomas Mann ausführlich in [*Das Bild der Mutter*] (1930; GW XI, 420–423).

308 3–8 *mit vierzehn Jahren … zu gießen*] Thomas Mann paraphrasiert hier zum ersten Mal Rauschenbuschs biographischen Abriss. Dort heißt es auf der ersten Textseite, dass Chamisso »erst mit vierzehn Jahren nach Deutschland kam«, und: »wenn man ihn bis in seine

letzten Lebensjahre laut denkend einen Gedanken komponiren hörte, um einen Vers daraus zu bilden, so bemerkte man, daß er ihn erst in französischer Sprache fertigstellte und dann erst an die Umbildung in den deutschen Vers ging. So ist es ja auch bekannt, daß er nur französisch zu zählen pflegte.« (*Gedichte 1881*, S. V)

309 15–21 *»Ich sollte … gebührt.«*] Brief an den engsten Jugendfreund Louis de la Foye, 12. Oktober 1822; zitiert nach *Gedichte 1881*, S. VIII.

21–23 *»Daß ich kein Dichter … nicht aus.«*] Brief an Rosa Maria Assing vom 24. Mai 1827; ebenfalls zitiert nach *Gedichte 1881*, S. VIII.

24–25 *»Ich glaube fast …«*] Brief an Louis de la Foye vom 10. Juni 1828, zitiert nach *Gedichte 1881*, S. VIII. Wörtlich lautet die Stelle: »Was man sich in der Jugend wünscht, hat man im Alter die Fülle; ich glaube fast, ich sei ein Dichter Deutschlands.« (Die letzten drei Zitate – aus den Briefen an de La Foye und Assing – finden sich in *Gedichte 1881* in derselben Reihenfolge auf einer Seite.)

26–27 *den Kranz in den Locken spürt*] Vgl. Thomas Manns eigenes Jugendgedicht *Monolog*: »Ein Traum von einer schmalen Lorbeerkrone / Scheucht oft den Schlaf mir unruhvoll zur Nacht, / Die meine Stirn einst zieren wird zum Lohne / Für dies und jenes, was ich hübsch gemacht.« (1899; GW VIII, 1106)

29–30 *das Wort vom Volke der Dichter und Denker*] Das Wort geht zurück auf Madame de Staëls Buch *De l'Allemagne* (1810).

310 11–12 *schönen Gedicht*] *Das Schloß Boncourt* (1827); *Gedichte 1881*, S. 67f. Die folgenden Sätze paraphrasieren das Gedicht.

12 *einen gefühlvollen König*] Gemeint ist der Romantiker-König Friedrich Wilhelm IV. von Preußen. *Gedichte 1881* zitiert aus einem Brief des Königs an Chamisso: »Schon beim Lesen des Gedichtes gehn einem die Augen über und man gibt unwillkührlich Ihnen selbst den Segen zurück, welchen Sie dem Acker auf der theuren Stelle zurufen.« (*Gedichte 1881*, S. XIII)

25–26 *Ungunst der politischen Verhältnisse*] Der Satz paraphrasiert Chamissos autobiographische Skizze: »Die Auswanderung des französischen Adels entführte mich schon im Jahre 1790 dem Mutterboden. […] Nach manchen Irrfahrten durch die Niederlande, Holland, Deutschland und nach manchem erduldeten Elend ward meine Familie zuletzt nach Preußen verschlagen.« (*Werke* II, S. 76)

310 27 *Niederlande*] Gemeint sind die seit 1794 dem französischen Staat eingegliederten südlichen Niederlande (weitgehend deckungsgleich mit dem heutigen Belgien) im Gegensatz zu den 1795 von französischen Revolutionstruppen besetzten nördlichen Niederlanden (einschließlich Holland).

28–29 *Hier, in Berlin, gelingt es 1796*] Wieder eine Paraphrase von Chamissos autobiographischer Skizze: »Ich wurde im Jahre 1796 Edelknabe der Königin Gemahlin Friedrich Wilhelm's II. und trat 1798 unter Friedrich Wilhelm III. in Kriegsdienste bei einem Infanterie-Regimente der Besatzung Berlins.« (*Werke* II, S. 76) Der Dienstgrad als Fähnrich und die Beförderung zum Leutnant werden hingegen weder hier noch in Rauschenbuschs Einleitung erwähnt.

311 2–3 *Als der Erste Konsul*] Nach Chamissos autobiographischer Skizze: »Die mildere Herrschaft des Ersten Konsuls [d. i. Napoleon Bonapartes, der sich nach seinem Staatsstreich 1799 zum ersten der drei statt des Direktoriums eingesetzten Konsuln erklärte] gewährte zu Anfange des Jahrhunderts meiner Familie die Heimkehr nach Frankreich, ich aber blieb zurück. [...] Ich machte Verse, erst französische, dann deutsche.« (*Werke* II, S. 76)

7 *Varnhagen*] Der später als Diplomat, Publizist und Literat bekannte Karl August Varnhagen von Ense (1785–1858) war 1803 Mitbegründer des Berliner »Nordsternbundes«. Den (nach seiner Umschlagfarbe der »Grüne« genannten) *Musenalmanach* gab er 1804–1806 mit Chamisso heraus.

7 *Hitzig*] Der Kriminalist, Verleger und Schriftsteller Julius Eduard Hitzig (1780–1849) gründete 1808 in Berlin eine eigene Verlagsbuchhandlung. 1839/40 erschien seine Chamisso-Biographie in zwei Bänden.

10–11 *Wohlwollen Fichtes*] Nach Chamissos autobiographischer Skizze zog der *Musenalmanach* »auf mich die wohlwollende Aufmerksamkeit von Männern, unter denen ich nur *Fichte* nennen will, der seiner väterlichen Freundschaft mich würdigte. [...] Ich studirte indeß angestrengt, zuvörderst die griechische Sprache, ich kam erst später an die lateinische, und gelegentlich an die lebenden Sprachen Europa's.« (*Werke* II, S. 77)

311 14–15 *Weserfeldzug*] Die Angaben zum Weserfeldzug und zur Gefangenschaft sind aus dem *Brockhaus*-Artikel übernommen: »1805 machte er den Weserfeldzug mit, wurde in Hameln gefangen, nahm 1808 seine Entlassung aus dem preuß. Heer und lebte dann in Berlin, bis er 1810 als Professor nach Napoléonville berufen wurde.« Die folgenden Sätze paraphrasieren dann wieder Chamissos autobiographische Skizze (*Werke* II, S. 77).

20–23 *eilt nach Frankreich ... wird nichts aus der Professur.*] Nach *Gedichte 1881*, S. V, dort aber ohne die hier geäußerte Skepsis gegenüber Chamissos Frankreich-Sehnsucht.

23–24 *in den Kreis der Madame de Staël*] Fast wörtlich nach Chamissos autobiographischer Skizze: »ich ward in den Kreis der Frau von Stael [sic] gezogen. [...] Ich habe bei dieser großartig wunderbaren Frau unvergeßliche Tage gelebt« (*Werke* II, S. 78).

28–30 *»Hier leb' ich ... Paris.«*] Thomas Mann übernimmt eine Stelle als wörtliches Zitat, die bei *Gedichte 1881* nicht als solches markiert ist: »von dort schwankte in gleicher Weise sein Herz wieder nach Deutschland hinüber und er schrieb an Fouqué: hier leb' ich, lieb' ich, tracht' ich meinen deutschen ruhigen Weg fort, nirgends bin ich klotziger deutsch gewesen als in Paris.« (*Gedichte 1881*, S. V)

30–31 *Auch kehrt er dann ...*] Ab hier wieder ausführliche Paraphrase von Chamissos autobiographischer Skizze: »Im Spätjahr 1812 verließ ich Coppet [...] um mich auf der Universität zu Berlin dem Studium der Natur zu widmen. [...] Die Weltereignisse vom Jahre 1813, an denen ich nicht thätigen Antheil nehmen durfte, – ich hatte ja kein Vaterland mehr, oder noch kein Vaterland, – zerrissen mich wiederholt vielfältig, ohne mich von meiner Bahn abzulenken.« Es folgt ein Satz zur Entstehung des *Schlemihl*, der in Thomas Manns Essay erst später zitiert wird. Chamisso fährt dann fort:

»Kaum hatte der Boden sich wieder befestigt und wieder blau der Himmel sich darüber gewölbt, als im Jahre 1815 der Sturm sich wiederum erhob und auf's Neue zu den Waffen gerufen ward. Was meine nächsten Freunde mir beim ersten Ausmarsch [hatten] zuschreien müssen, sagte ich mir nun selbst: die Zeit hatte kein Schwert für mich; aber aufreibend ist es, bei solcher waffenfreudigen Volksbewegung müßiger Zuschauer bleiben zu müssen.« (*Werke* II, S. 78)

312 3 *curriculum vitae*] »Lebenslauf«; gemeint ist der mit dem Wort »Einleitend« überschriebene, nach dem Vorwort zweite Abschnitt von Chamissos Buch *Reise um die Welt* (*Werke* II, S. 76–79), vgl. hier zur Quellenlage.

11 *Er darf kein Deutscher sein*] Thomas Mann paraphrasiert wiederum Rauschenbuschs Einleitung: »So kam denn für ihn die Zeit, wo es ihm und Andern zum Bewußtsein wurde, daß er kein Vaterland habe, und das drückte am schwersten auf ihn, als es 1813 zum Entscheidungskampfe zwischen Deutschland und Frankreich kam.« (*Gedichte 1881*, S. V)

12–13 *Da fällt ihm ein Zeitungsblatt in die Hände*] Teilweise wörtlich, aber stark kürzend nach Chamissos autobiographischer Skizze. Chamisso schreibt im Anschluss an die eben zitierte Passage u. a.: »Da kam mir zufällig einmal bei Julius Eduard Hitzig ein Zeitungsartikel zu Gesichte, worin von einer nächst bevorstehenden Entdeckungs-Expedition der Russen nach dem Nordpol verworrene Nachricht gegeben ward. […] Das Blatt nannte Otto von Kotzebue als Führer der Expedition. Mit dem Staatsrathe August von Kotzebue, der zur Zeit in Königsberg lebte, hatte Hitzig in Verbindung gestanden und war mit ihm in freundlichem Verhältnisse geblieben. Briefe und Zeugnisse meiner Lehrer, die zu meinen Freunden zu rechnen ich stolz sein konnte, sandte Hitzig mit der nächsten Post an den Staatsrath von Kotzebue ab, und in der möglichst kurzen Zeit folgte auf dessen Antwort ein Brief von seinem Schwager, dem Admiral, damaligem Kapitain der russisch-kaiserlichen Marine, von Krusenstern, dem Bevollmächtigten des

Ausrüsters der Expedition, Grafen Romanzoff, aus Reval vom 12. Juni 1815. Ich war, an die Stelle des Professors Ledebour, den seine schwache Gesundheit zurückzutreten vermocht hatte, zum Naturforscher auf die zu unternehmende Entdeckungsreise in die Südsee und um die Welt ernannt.« (*Werke* II, S. 78f.) Die eigentliche Reisebeschreibung beginnt mit dem von Thomas Mann wieder aufgegriffenen Bild des Traums: »Nun war ich wirklich an der Schwelle der lichtreichsten Träume, die zu träumen ich kaum in meinen Kinderjahren mich erkühnt, die mir im Schlemihl vorgeschwebt« (Anfang des Kapitels *Vorfreude*, S. 79).

312 21 *Hamburg*] Die hier genannten Stationen der Reise konnte Thomas Mann dem Inhaltsverzeichnis des Bandes entnehmen (*Werke* II, S. XIXf.).

31 *›Reise um die Welt‹*] In *Werke* II, S. 71–475. Auf die *Bemerkungen und Ansichten* weist Chamisso selbst in seiner autobiographischen Skizze hin (ebd., S. 73).

313 14–314.27 *Deutschland es war … ein Denkmal errichtet.*] Thomas Manns Darstellung folgt eng derjenigen in *Gedichte 1881* und in der Einleitung zu *Werke* II; die Reihenfolge der Angaben und die Ausführlichkeit der Gedichtzitate sind hier aber geändert. In der Einleitung zu *Werke* II schreibt Rauschenbusch: Es »kam nach manchem Schwanken zwischen Frankreich und Deutschland auf dieser Reise sein deutsches Nationalgefühl, sein Bewußtsein, trotz seiner französischen Abstammung durch die Führung des Schicksals zum Deutschen geworden zu sein, zum vollen Durchbruch. Wir würden ohne das, was auf dieser Reise in seiner Entwicklung vor sich ging, schwerlich den hervorragenden deutschen Dichter gewonnen haben.« (*Werke* II, S. XVI) – Aus Rauschenbuschs Einleitung zur Gedichtausgabe bezieht Thomas Mann die Hinweise auf die Gedichte und ihre Entstehungsumstände, zunächst *Bei der Rückkehr. Swinemünde im Oktober 1818*: »Während dieser dreijährigen Reise um die Welt scheint das deutsche Element bei ihm zum vollen Durchbruch gekommen zu sein. Denn, als er am 17. Oktober 1818 in Swinemünde wieder ans Land trat, sang er: […] O

deutsche Heimath! – Wollt' ihm nicht versagen / Für viele Liebe nur die eine Bitte: / Wann müd' am Abend seine Augen sinken, / Auf deinem Grunde laß den Stein ihn finden, / Darunter er zum Schlaf sein Haupt verberge.« Das zweite Gedicht, *Berlin. Im Jahre 1831*, führt Rauschenbusch als Beleg für das innige Verhältnis zwischen Chamisso und Deutschland an: »daß ihm aber die deutsche Heimath auch die Treue gehalten, um die er gebeten, das bekennt er dankend in einem, seinem poetischen Hausbuche entnommenen Gedichte von 1831, das mit den Worten beginnt: Du, meine liebe, deutsche Heimath, hast, / Warum [sic] ich bat, und mehr noch mir gegeben; / Du ließest freundlich dem gebeugten Gast / Die eig'ne traute Hütte sich erheben / Und der bescheid'ne kleine Raum umfaßt / Ein neuerwachtes, heitres, reiches Leben [...].« (*Gedichte 1881*, S. VI-VII)

313 29 *die »Deutsche Heimat« begrüßte*] Chamisso und der ihn zitierende Rauschenbusch schreiben das Wort »deutsche« klein.

314 16 *Heinrich Heine*] Die Stelle bezieht sich auf Rauschenbuschs Darstellung: »da brach auch sein poetisches Talent in einer Weise durch, daß Heine mit Recht von ihm sagen konnte, er verjünge sich mit jedem Jahr blüthenreicher.« (*Gedichte 1881*, S. VII) Weggelassen sind hingegen Heines ebd. zitierter Hinweis auf die bleibenden »Eigenthümlichkeiten seiner französischen Natur«, seine »Liebe für Freiheit und Gleichheit«, sein »Streben nach Einfachheit, Klarheit und Abgeschlossenheit des Gedankens«, seine »Schalkhaftigkeit« und »graziöse Schelmerei« (*Gedichte 1881*, S. VII). Auch hier verstärkt Thomas Mann den patriotischen Zug seiner Vorlage entschieden (anders hingegen seine Deutung des *Schlemihl*).

19–20 *mit Schwab und Gaudy den ›Deutschen Musenalmanach‹*] Die biographischen Angaben zu Chamissos letzten Lebensjahren bezieht Thomas Mann aus dem *Brockhaus*-Artikel: »Mit Schwab und Gaudy leitete er seit 1832 den ›Deutschen Musenalmanach‹, ein milder Helfer junger Talente.« – Gemeint sind der schwäbische Dichter Gustav Schwab (1792–1850) und Franz Freiherr von Gaudy (1800 bis 1840), der als freier Schriftsteller in Berlin lebte.

314 22 *›Traum und Erwachen‹*] Abgedruckt in *Gedichte* 1881, S. 478–480; in Rauschenbuschs *Einleitung* zu *Werke* II abschließend zitiert, mit besonderem Hinweis auf Chamissos Freundschaft mit dem Südseeinsulaner Kadu (*Werke* II, S. XVIII).

27 *Monbijouplatz ein Denkmal*] Die Angabe stammt wohl auch aus dem *Brockhaus*-Artikel: »In Berlin wurde ihm 1888 auf dem Monbijouplatz ein Denkmal gesetzt« – wo es sich noch heute befindet.

28 *Er war ein hochgewachsener, sanfter Mensch*] Thomas Mann beschreibt vermutlich das Chamisso-Porträt auf dem Vorsatzblatt in *Gedichte* 1881.

31 *den Radack-Insulanern*] Möglicherweise bezieht Thomas Mann hier sein Wissen wiederum aus Rauschenbuschs *Einleitung* zu *Werke* II: »[...] möchte ich sodann auf Chamisso's Verkehr mit den Radack-Insulanern und den Abschied von ihnen hinweisen. Wie er in seinem Buche ihre Anmuth und Zierlichkeit nicht genug zu rühmen weiß, auch reine unverderbte Sitten und die holde Blüthe der Schamhaftigkeit bei ihnen gefunden zu haben versichert, so sehnte er sich in späteren Jahren oft nach ihnen, als besseren Menschen, zurück.« (S. XVIIf.)

315 2–4 *»einen der schönsten ... am meisten geliebt«.*] Das Zitat stammt nicht von Chamisso, sondern von Rauschenbusch, wiederum aus der Einleitung zu *Werke* II, S. XVIII. Chamissos Freundschaft mit Kadu besingt auch Hans Christian Andersens Gedicht auf Chamissos Tod (*Samlede Skrifter*. Bd. XII, S. 351).

5–7 *›Übersicht der nutzbarsten ...‹*] Titel und Wertung übernahm Thomas Mann aus dem *Brockhaus*-Artikel: »Als Naturforscher lieferte C. schätzbare Beiträge zur Völker- und Länderkunde [...] ferner botan. Arbeiten, wie die ›Übersicht der nutzbarsten und schädlichsten Gewächse, welche wild oder angebaut in Norddeutschland vorkommen‹ (Berl. 1827).«

9 *Chamissos gesammelte Poesien*] Nach Rauschenbuschs Mitteilung, »daß er sich zur Veranstaltung einer Gesammtausgabe seiner Gedichte entschloß, die 1831 erschien. So trat er also erst nach vollendetem fünfzigsten Lebensjahre als Meister vor uns [...].« (*Gedichte* 1881, S. VIII)

315 16–21 *»Ich bin schon alt ...«*] *Das Vermächtniß* (1831); *Gedichte 1881*, S. 387; der 2. und 3., 5. und 6. Vers sind in der Vorlage eingerückt.

23 *›Frauen-Liebe und Leben‹*] Vgl. Kommentar zu S. 307*27*.

24 *›Lebens-Lieder und Bilder‹*] Liederzyklus von 1831 (*Gedichte 1881*, S. 25–44).

316 2–3 *Wohlwollende haben*] Gemeint ist wiederum Rauschenbusch selbst, der auf »den gegen ihn [Chamisso] oft gemachten Vorwurf des geflissentlichen Suchens nach dem Abnormen« entgegnet: »War er abgebrannt an Stoff, so wurden die Freunde in Contribution gesetzt, insbesondere sein Freund Hitzig, der Kriminalist.« Dieser habe Chamisso mit Beispielen für »rohe Tugend und rohes Laster« versorgt (*Gedichte 1881*, S. X).

10 *Redakteur kriminalistischer Zeitschriften*] Hitzig; Rauschenbusch bemerkt, Hitzig habe an Chamisso weitergegeben, »was ihm bei der Redaktion seiner kriminalistischen Zeitschriften [...] aufstieß« (*Gedichte 1881*, S. X).

12 *aus dem Gebiete des Abnormen*] Der Begriff erscheint bei Rauschenbusch im selben Zusammenhang (*Gedichte 1881*, S. X).

18 *Hang zu grassen Stoffen*] Das folgende Beispiel übernimmt Thomas Mann von Rauschenbusch: »Eine der ergreifendsten, grausigsten Darstellungen finden wir in dem Gedichte: ›Don Juanito Marques Verdugo de los Leganes‹ (S. 379), der das Amt eines Henkers an seiner ganzen Familie [...] verrichten muß« (*Gedichte 1881*, S. XIV).

25–26 *der berühmte Terzinenbau ›Salas y Gomez‹*] Die im Text erwähnte »Bewunderung, die damals dieser schreckhaften Robinsonade zuteil wurde«, ist abermals zunächst die des Gewährsmannes Rauschenbusch selbst, der das Gedicht als »eines der großartigsten« rühmt, »das uns Chamisso zugleich als vollendeten Terzinenbaumeister zeigt. Das Gedicht verdankt seine Entstehung den Erinnerungen des Dichters an seine Reise um die Welt. Dort erzählt er von der Insel Salas y Gomez als einer nackten, unbewohnten, vegetationslosen Klippe [...].«(*Gedichte 1881*, S. XIV) Schon früher hatte Rauschenbusch auf die Erstveröffentlichung des Gedichts und seine frühe Wirkung hingewiesen: »Und als dann der Wendtsche Musenalmanach von 1829 seine Sonette an die Apostolischen und seine mächtige Dichtung ›Salas y Gomez‹ gebracht hatte, stieg Chamisso's Anerkennung als deutscher Dichter so hoch, daß er sich zur Veranstaltung einer Gesammtausgabe seiner Gedichte entschloß [...].« (*Gedichte* 1881, S. VIII; Chamissos Verse in *Gedichte* 1881, S. 418–428)

316 26–27 *Wendtschen Musenalmanach von 1829*] Der erste von Amadeus Wendt (1783–1836) herausgegebene *Musenalmanach* (»auf das Jahr 1830«) erschien 1829. Ab 1833 lief die Reihe unter dem bekannten Titel *Deutscher Musenalmanach*.

317 5 *Er hatte auf seiner Weltreise*] Thomas Mann folgt Rauschenbuschs Darstellung der Reise, die auch einige Sätze aus Chamissos Bericht zitiert: »›Man schaudert, sich den möglichen Fall vorzustellen, daß ein menschliches Wesen lebend darauf verschlagen werden könnte! denn die Eier der Wasservögel möchten sein verlassenes Dasein [...] nur allzusehr zu verlängern hingereicht haben.‹ Dieser Gedanke, der ihn schaudern macht, ist von ihm in der Weise poetisch gestaltet, daß [...]«; es folgt die Gedichtinterpretation. (*Gedichte* 1881, S. XIVf.)

11–12 *Was auch wir ohne Rückhalt bewundern*] Vgl. Rauschenbuschs Urteil, dem Gedicht sei »der Ruhm höchster Formvollendung« nicht »abzusprechen« (*Gedichte* 1881, S. XV).

18 *Ghasel*] Vgl. die Bemerkungen zu dieser persischen Gedichtform in Thomas Manns Essay *August von Platen* (1930; GW IX, 278).

26–318.4 *»Was soll ich sagen? ...*] 1819; *Gedichte* 1881, S. 61; der letzte Vers lautet dort: »Ich seh' dich so an, und ich zitt're so sehr.«

318 13 *›Peter Schlemihl's wundersame Geschichte‹*] Die Angaben zur Entstehungsgeschichte des Textes folgen wieder Rauschenbuschs Einleitung zu *Werke* II (dort dem *Schlemihl*-Abschnitt, S. VII-XIII). Bereits hier bereitet Rauschenbusch seine – von Thomas Mann später kritisierte – zeitgeschichtlich-politische Deutung der Erzählung vor: »Die Zeit seiner [des Werkes] Entstehung fällt in das Jahr 1813. Bei aller Theilnahme für Deutschland empfand Chamisso tief das

Leid des aus Rußland in Auflösung heimgekehrten französischen Heeres und die Schmach des von ihm persönlich verehrten Kaisers Napoleon. Dieser Zwiespalt preßte dem gewesenen Offizier die Worte aus: ›Die Zeit hat kein Schwert für mich‹, und es war ein Glück, daß er während der entscheidenden Zeit im Kreise der von Itzenplitz'schen Familie auf deren Gute Kunersdorf in aller Stille der Botanik leben konnte. Er schreibt von dieser Zeit: ›[...] ich schrieb in diesem Sommer, um mich zu zerstreuen und die Kinder eines Freundes zu ergötzen, das Märchen Peter Schlemihl.‹«

318 21–319.2 *»Ich hatte ... fing ich an zu schreiben.«*] Der Brief an den Petersburger Staatsrat Karl Bernhard von Trinius (11. April 1829) wird zitiert nach Rauschenbuschs *Einleitung* zu *Werke II*, S. X; statt »Ein anderes Mal wird« steht dort: »Ein andres Mal ward«.

26 *Lafontaine*] Der überaus produktive und erfolgreiche Erzähler August Heinrich Lafontaine (1758–1831).

319 5–6 *ein Spaziergang beigetragen habe*] Nach der *Einleitung* des nur an dieser Stelle beiläufig namentlich genannten Rauschenbusch zu *Werke II*: »Ich kann hieran noch aus einer mündlichen Mittheilung, die ich entweder von Chamisso, oder von Fouqué habe, hinzufügen, daß zur Entwicklung des Märchens wesentlich ein Spaziergang beigetragen, den beide einmal auf Fouqué's Gute Nennhausen gemacht.« Dann folgt die wörtlich zitierte Stelle (*Werke II*, S. X). – Seiner (im folgenden Absatz erläuterten) Skepsis gegenüber der traditionellen Gattungszuordnung entsprechend hat Thomas Mann in seiner Paraphrase den Begriff »Märchen« stillschweigend durch den der »Fabel« ersetzt.

24 *Cruikshank*] Vgl. hier den Kommentar zum *Peter Schlemihl*-Essay, S. 286₂₄.

25–27 *Hoffmann ... sehr glaubhaft.*] Annähernd wörtliche Wiederaufnahme des Schlusses aus dem *Peter Schlemihl*-Essay; vgl. im einzelnen den Kommentar dort.

320 1–2 *auf unbestimmtem Grund und Boden spielend*] Ab hier eng angelehnt an den *Peter Schlemihl*-Essay. – Die Textpassagen zu *Peter Schlemihls wundersamer Geschichte* sind im Kommentar zum *Schlemihl*-Essay erläutert (hier S. 398–403).

324 15–16 *Und keine schönere Schlußwendung*] Dieser Satz ist gegenüber dem *Schlemihl*-Essay neu, die folgende Darstellung des Schlusses ausführlicher.

325 20 *wird sie es wirklich erst hier?*] Die Frage ist aus dem *Schlemihl*-Essay übernommen; das Wort »wirklich« ist jedoch, nachdem in dieser Fassung das Wort »Bekenntnis« nun bereits zum dritten Mal genannt ist, hinzugefügt.

21 *Chamisso hat es der Mit- und Nachwelt leicht gemacht*] Ab hier gegenüber dem *Schlemihl*-Essay neu. – Auf die äußerlichen Ähnlichkeiten zwischen Schlemihl und Chamisso weist Rauschenbusch in seiner *Einleitung* zu *Werke* II, S. IX ohne die hier angeführten Details hin. Der Beschreibung im Text entspricht das von Franz Joseph Leopold (1783–1832) gestochene Titelkupfer der Erstausgabe (Nürnberg 1814), das ein Porträt des (allerdings vollbärtigen) Chamisso zeigt.

29–30 *»Stiefletten, Bendel ...«*] Aus Chamissos Gedicht *Traum und Erwachen* (1837).

326 2 *dem Briefe an Hitzig*] Gemeint ist der dem Erzähltext vorangestellte Brief »An Julius Eduard Hitzig von Adelbert von Chamisso«; PS, 3.

4–5 *bis auf den schwarzen verschnürten Rock*] Chamisso schildert Schlemihl »mit der alten schwarzen Kurtka«, die er selbst zu tragen pflegte. Den Hinweis könnte Thomas Mann aus der Biographie bezogen haben, die Hitzig seiner Chamisso-Werkausgabe voranstellt.

7–8 *›An meinen alten Freund Peter Schlemihl‹*] PS, 1f. Das 1834 verfasste Gedicht erschien zuerst als Vorwort zur dritten Auflage der Erzählung 1835.

16–17 *Hitzig berichtet an Fouqué*] »An Fouqué von Hitzig«; PS, 5.

21–22 *Dichter, die ... daß man sie erkenne; ...*] Vgl. hier zur Entstehungsgeschichte.

327 1 *Abhandlungen*] Als Beleg für seine Bemerkung, über »den Grundgedanken des Märchens« sei »viel gedacht und geschrieben«, führt Rauschenbusch in der *Einleitung* zu *Werke* II (S. IX) zwei Forschungs-

beiträge an. Zunächst verweist er auf »Dr. Lösch« und dessen Abhandlung *Das böse Princip in Goethe's Faust und Chamisso's Schlemihl* (im *Album des literarischen Vereins in Nürnberg*, 1845, S. 1–18); dann zitiert er aus Friedrich Kapps Aufsatz *Die Achtundvierziger in den vereinigten Staaten* (in der Zeitschrift *Demokratische Studien*, 1861): »Und Chamisso's Dichtung ist die mit dem Herzblut des Verbannten geschriebene, tief poetische Elegie eines edlen Mannes, der [...] selbst nur zu gut wußte, daß er seinen Schatten, das Vaterland, nicht wieder finden würde.«

327 8–9 *»Nur Leben«, war seine Maxime*] In Chamissos oben bereits zitiertem Brief an Trinius (Kommentar zu S. 318_{21}–319_{2}). Thomas Mann bezieht auch diese Information aus Rauschenbuschs *Einleitung*, in der allerdings von einem »Lebensmotto« nicht die Rede ist: »So sagt der Dichter selbst in einem Briefe an den Staatsrath Trinius in Petersburg, er wolle mit seiner Poesie selten etwas, nur das Leben könne wieder Leben ergreifen. ›Der Schlemihl‹, fährt Chamisso fort, ›ist auch so entstanden.‹« (*Werke* II, S. X) Es folgt die oben zitierte Stelle.

16 *zur Dichtung beseelen zu können.*] Wiederaufnahme eines zentralen Gedankens aus *Bilse und ich* (vgl. Textband S. 100ff. und Kommentar).

19 *Vorwort*] Den Hinweis auf die scherzhafte Abhandlung *De l'ombre* in der französischen Ausgabe von 1838 bezieht Thomas Mann vermutlich von Rauschenbusch, der im *Schlemihl*-Abschnitt seiner *Einleitung* zu *Werke* II bemerkt: »Vor allem aber muß ich der wenig bekannt gewordenen Ausgabe des Schlemihl von Chamisso selbst gedenken, die 1838 erschien.« (S. XII) Der französische Text ist u. a. abgedruckt bei Rath 1919, S. 33. Deutsch: »Über den Schatten. Ein undurchsichtiger Körper kann durch einen leuchtenden nie mehr als nur teilweise erleuchtet werden, und der vom Licht getrennte Raum, der sich auf der Seite des nicht beleuchteten Teils befindet, ist derjenige, welcher Schatten genannt wird. Auf diese Weise bildet (›représente‹) der Schatten ein Solides, dessen Form zugleich von derjenigen des leuchtenden Körpers und derjenigen des un-

durchsichtigen Körpers sowie von dessen Position im Verhältnis zum leuchtenden abhängt. Der Schatten, welchen man auf einer Fläche hinter dem ihm hervorbringenden Körper betrachtet, ist nichts anderes als der Durchschnitt dieser Fläche mit dem Soliden, welches den Schatten darstellt (›représente‹).« (Übersetzung durch den Hg.) Rauschenbusch übersetzt das doppeldeutige »solide«: »des Körpers (le solide)« (*Werke* II, S. XIII). Die Aufforderung »songez au solide« ist dort übersetzt: »Denkt an das Reelle!« und durch Freistellung im Druckbild hervorgehoben.

327 21–22 *»qui, accoutumés ... que l'ombre«.*] Wörtlich übersetzt: »welche, gewohnt, nur zu ihrer Belehrung zu lesen, unruhvoll zu erfahren begehrten, was es mit dem Schatten auf sich habe«.

328 4 *Haüy*] Chamissos parodistische Quellenangabe zur *Elementarabhandlung der Physik* verweist auf den Namen eines im zeitgenössischen Frankreich gebräuchlichen Schulbuchs.

5–12 *»C'est donc ... songez au solide.«*] Deutsch: »Es ist also das Solide, worum es in Peter Schlemihls wundersamer Geschichte geht. Die Finanzwissenschaft belehrt uns hinreichend über die Wichtigkeit des Geldes, diejenige des Schattens ist weniger allgemein anerkannt. Mein unbesonnener Freund hat das Geld begehrt, dessen Wert er kannte, und hat nicht an das Solide gedacht. Die Lektion, die er teuer bezahlt hat, soll nach seinem Willen uns nützen, und seine Erfahrung ruft uns zu: denkt an das Solide.« (Übersetzung durch den Hg.; eine freie Übersetzung dieses und des vorangehenden Zitats gibt Hitzig in seiner *Vorrede.*)

16–21 *»So stand ich ... düstere Zeit.«*] Aus Chamissos autobiographischer Skizze (*Werke* II, S. 76f.); die Auslassungspunkte ersetzen die Worte »erst französische, dann deutsche«, die Thomas Mann bereits oben im biographischen Teil seiner Darstellung zitiert hatte.

26 *Dicken, Soliden*] In der *Schlemihl*-Version noch wie in Chamissos Text: »Dicken, Wohlbeleibten«; hier in Anspielung auf das »songez au solide« modifiziert.

329 2 *irgendwo in seinen Schriften*] Nicht ermittelt.

329 5–6 *Begabung für alle möglichen Sprachen*] Wieder eine Übernahme aus dem *Brockhaus*-Artikel: »Seine letzte wissenschaftliche Schrift handelt ›Über die hawaiische Sprache‹ (Lpz. 1837), ein Zeugnis seiner außerordentlichen Begabung für fremde Sprachen.«

15 *ist mit dem Gelde zusammen genannt*] Paraphrasiert die Schluss-Sätze der Erzählung: »Du aber, mein Freund [Schlemihl redet Chamisso an], willst du unter den Menschen leben, so lerne verehren zuvörderst den Schatten, sodann das Geld. Willst du nur dir selbst und deinem bessern Selbst leben, o so brauchst du keinen Rat.« (PS, 59)

27 *dem hübschen Gedicht*] Nach Rauschenbuschs *Einleitung* zu *Werke* II: »Weiterhin erinnere ich an seines Alter Ego Hitzig Gedicht an Fouqué, in dem er ihm Chamisso's Verlobung mittheilt.« Es folgt das von Thomas Mann paraphrasierte Gedichtzitat (das Rauschenbusch seinerseits Hitzigs Chamisso-Ausgabe, Bd. VI, S. 72 entnimmt): »– Ja Freund! Schlemihl / Entbehrt nicht mehr des Schattens – hat ihn dreifach.« Nach den Schatten des »Preußenaars« und des Botanischen Gartens nennt er »Den dritten Schatten endlich und den schönsten, / Der ihm gelobt nicht mehr von ihm zu weichen, / Sein Engel jetzt, wie stets ein Engel uns, – / Antonie – das sei Dir gnug gesagt.« Die Hervorhebung des Namens »Antonie« stammt von Thomas Mann.

330 5 *an Fouqué die Verse*] Rauschenbusch fährt in seiner Einleitung zu *Werke II* nach dem vorigen Zitat fort: »Anknüpfend hieran ist Chamisso's gleichzeitigen Gedichtes an Fouqué zu erwähnen, dessen Schluß in Bezug auf das beigefügte Bild der Braut lautet, wie folgt:«; es folgen zwei Gedichtstrophen, deren zweite Thomas Mann zitiert (S. XII).

14–15 *problematischen Puppenstande zu entwachsen*] Ähnlich im 2. Kapitel von *Der Tod in Venedig* (1912): »Nur ewiges Zigeunertum findet es langweilig und ist zu spotten geneigt, wenn ein großes Talent dem libertinischen Puppenstande entwächst [...].« (GW VIII, 456)

19–20 *gehört zu den liebenswürdigsten Jugendwerken*] Auch der Schluss-Satz des Essays klingt noch einmal an Rauschenbuschs Einleitung zu *Werke II* an. »Aber«, beginnt der letzte Satz des *Peter Schlemihl*-Abschnitts dort, es könne den Herausgeber nichts in der Überzeugung beirren, dass »das Märchen vom Manne ohne Schatten zu dem Schönsten gehört, was in dieser Richtung die Literatur jemals geboten.« (S. XIII) Das doppelsinnige Wort »Jugendwerke« (beziehbar auf das Alter des Verfassers und auf den Charakter des Werkes) ist von Helen Lowe-Porter 1947, ohne Thomas Manns Widerspruch, als »youthful work« übersetzt worden.

[DE L'HUMOUR]

Entstehungsgeschichte

Thomas Mann antwortet auf eine Umfrage von Maurice Dekobra für die Zeitschrift *La Revue des Revues* (die vormalige *Revue de Paris*) im Oktober oder November 1911; unter den weiteren Beiträgern war auch George Bernard Shaw. Der Text knüpft an einige Gedanken der im Vorjahr verfassten Rundfrage-Antwort [*Die gesellschaftliche Stellung des Schriftstellers in Deutschland*] an.

In *Das Ewig-Weibliche* (1903) hatte Thomas Mann den »Humor« als »eine helle Waffe des Geistes gegen die Sinnlichkeit« apostrophiert (Textband S. 58; vgl. im 1. Akt von *Fiorenza* Giovannis Formulierung vom »Witz« und der »komischen Anschauung« als »Gegenwirkung wider die fleischliche Begierde«; GW VIII, 967). Der vorliegende Text gibt die einzige ausführlichere Bestimmung dieses Begriffs in seinem Frühwerk. Sie weist über Grundgedanken wie etwa Tonio Krögers Bestimmung seiner »Bürgerliebe zum Menschlichen« (GW VIII, 338) hinaus in Überlegungen, die Thomas Mann lebenslang beschäftigen sollten. Die Analogisierung von »humour« und »humanité« einerseits, »ironie« und »réligion de la forme« andererseits, auch die hier etymologisch begründete Kontrastierung von »feuchtem« Humor und »trockener« Ironie (und damit andeutend auch von Körperlichkeit und Geistigkeit) schlägt Motive an, die erst im *Zauberberg* wiederaufgenommen werden. Eine sehr viel spätere, begrifflich ungleich differenziertere Auseinandersetzung mit denselben Grundbegriffen führt Thomas Mann in einer im September 1953 in Zürich aufgezeichneten Rundfunkdiskussion, deren Überlegungen ausdrücklich auch auf das eigene »Jugendwerk« der *Buddenbrooks* bezogen werden ([*Humor und Ironie*]; GW XI, 801–805).

Textlage

Der Text erschien, ohne eigene Überschrift, in französischer Sprache unter dem Sammeltitel *De l'Humour* in *La Revue des Revues* vom 1. Dezember 1911 (A. 22, 6. Jg., Bd. 93, Nr. 23, S. 365f.). Wenige Tage später, am 6. Dezember 1911, wurde eine deutsche Rückübersetzung in dem mit »k.« gezeichneten Beitrag *Eine Umfrage über den Humor* in der *Germania* veröffentlicht (41. Jg., Nr. 280, 2. Blatt: *Blätter zur Unterhaltung. Tägliche Beilage zur Germania,* unpaginierte S. 3), die dann auch in ARE I, 254 wiederabgedruckt wurde (vgl. hier unter Paralipomena). Eine Vorlage des Textes ist nicht erhalten. Die Wiedergabe folgt hier dem Erstdruck.

Stellenkommentar

331 2 *Le mot humour*] Der lateinische Begriff »humor« (»Feuchtigkeit«) ist von der mittelalterlichen und frühneuzeitlichen Medizin auf die menschlichen Köpersäfte bezogen worden; die neuere Bedeutung des deutschen Lehnworts ist seit dem 18. Jahrhundert aus dem Englischen und Französischen hervorgegangen. Thomas Mann spielt hier und im folgenden mit der geistig-körperlichen Doppeldeutigkeit des Wortes.

8–9 *des humoristes anglais du XVIIIe siècle.*] Etwa die englischen Erzähler Henry Fielding (1707–1754), Laurence Sterne (1713–1768; vgl. hier auch *Ein Brief [an den Buchhändler Heinrich Jaffe]*), Oliver Goldsmith (1728–1774) und der Schotte Tobias Smollett (1721–1771).

13 *de Voltaire, de Renan, et d'Anatole France*] Diese Bemerkungen zur französischen Ironie greifen auf Überlegungen zurück, die Thomas Mann 1911 in *[Die gesellschaftliche Stellung des Schriftstellers in Deutschland]* über das Verhältnis von französischer und deutscher Kultur angestellt hatte; vgl. Textband S. 225–230. Als weitere Repräsentanten der französischen »Litteratur« (im polemischen Gegensatz zur deutschen Überschätzung des »Dichters«) hatte er dort u. a. Montaigne, Montesquieu, Voltaire, Rousseau, Michelet genannt. Zu Renan vgl. *Erkenne dich selbst!* (Textband S. 33_{15}) und *Ein nationaler Dichter* (Textband S. 40_{19-20}) und Kommentare.

Paralipomena

Der Wortlaut der deutschen Rückübersetzung in der Zeitschrift *Germania*:

Das Wort Humor bezeichnet in seinem ursprünglichen Sinne das Feuchte im Gegensatz zum Trockenen. Und ich denke, daß man ihm viel Ehre antut, wenn man sich an diese Definition hält. Denn der Humor kann Werke hervorrufen von allgemeiner Menschlichkeit und einer seltenen Tiefe der Wahrheit. Ich sage, Werke einer allgemeinen Menschlichkeit, weil der Humor immer eine Tendenz hat zu dem, was groß ist und weit, hinstrebt nach einer groben und brutalen Weise, wie der der englischen Humoristen des achtzehnten Jahrhunderts. Und gerade weil der lateinische Geist strenger die Form beobachtet, kann der Humor bei den romanischen Völkern sich nicht zu so reicher Blüte entfalten. Daher kommt es, daß er in dem Lande Voltaires, Renans und Anatole France' sich in Ironie verwandelt. Und da der moderne Humor, fern von allem Sichgehenlassen in der Form, nur eine Art optimistischer und hellsichtiger Ironie sein kann, so scheint es mir, daß der französische Geist in Zukunft einen großen Anteil an der Entwicklung eines tieferen Humors haben wird.

[UNSERE SCHRIFTSTELLER BEI DER ARBEIT]

Entstehungsgeschichte

Der Text antwortet auf eine Umfrage, an der sich u. a. auch Heinrich Mann, Richard Dehmel und Carl Hauptmann beteiligten. Von Schwierigkeiten bei der gleichzeitigen Arbeit an *Der Tod in Venedig* und dem schon begonnenen *Krull*-Vorhaben spricht Thomas Mann mehrfach. Bereits in [*Roman und Theater in Deutschland*] hatte er 1910 notiert, die »Memoiren oder Bekenntnisse eines Hochstaplers« verlangten »außerordentliche künstlerische Vorsicht« und würden ihn »noch längere Zeit in Anspruch nehmen«. (Textband S. 275) Von »einem ganz kuriosen und aeußerst heiklen Ding« ist am 23. März 1911 gegenüber Korfiz Holm die Rede (DüD I, 299). Ein Vorabdruck des 5. Kapitels erschien dann im *Almanach des S. Fischer Verlags, das 25. Jahr* (Berlin 1911, S. 273–283: *Bekenntnisse des Hochstaplers Felix Krull. Bruchstück aus einem Roman*). Mittlerweile aber hatte Thomas Mann »eine Novelle gewagten, wenn nicht unmöglichen Gegenstandes ziemlich weit gefördert«, nach deren »Bewältigung« er »zunächst den Hochstapler-Roman wiederaufnehmen« wollte (an Alexander von Bernus, 24. Oktober 1911; GKFA 21, 483). Die Bitte des Buchhändlers Heinrich Jaffe um eine neue Novelle wies er im August oder September 1911 mit dem Hinweis ab, er habe die Arbeit an seinem Roman bereits um einer größeren Novelle willen unterbechen müssen (Reg. 11/44; vgl. hier *Ein Brief [an den Buchhändler Heinrich Jaffe]*). In der Tat sollte nicht nur »bis zum Abschluß« des Romans, sondern bis zur Wiederaufnahme »Jahr und Tag vergehen«. Noch am 12. März 1913 bekennt Thomas Mann gegenüber Philipp Witkop: »Da mich der ›T[od] i[n] V[enedig]‹ ein rundes Jahr gekostet hat, bin ich mit dem Roman noch sehr im Rückstand, – und Sie können sich denken, wie schwer es mir wurde, mich nach der Novelle in den parodistischen, durchaus komischen Ton des Romans zurückzufinden.« (GKFA 21, 515)

Textlage

Der Text erschien zuerst in der Morgenausgabe des *Berliner Tageblatts* am 24. Dezember 1911 (40. Jg., Nr. 654; = Druckvorlage) unter der redaktionellen Überschrift *Unsere Schriftsteller bei der Arbeit*. Unter dem Titel [*Antwort auf eine Umfrage des ›Berliner Tageblatts‹*] wurde er wiederabgedruckt in ARE I, 255.

[OTTO JULIUS BIERBAUM ZUM GEDÄCHTNIS]

Entstehungsgeschichte

Der Nachruf erschien ohne eigene Überschrift in dem Sammelband *Otto Julius Bierbaum zum Gedächtnis* zu Bierbaums zweitem Todestag am 1. Februar 1912, mit einer passend zu Thomas Manns Charakteristik ausgewählten Photographie Bierbaums aus dem Sommer 1908. Der populäre und produktive Journalist, Erzähler, Reiseschriftsteller, Dramatiker und Singspielverfasser, Lyriker und Kabarettist Otto Julius Bierbaum (geb. 1865), der seit 1898 mit seinen literarischen Maskenspielen und seiner auffallenden Erscheinung zu den bunten Gestalten der Schwabinger Bohème gehört hatte, war am 1. Februar 1910 gestorben. Der naturalistische Schriftsteller und Publizist Michael Georg Conrad, der zu den literarischen Förderern des jungen Thomas Mann gehört hatte, lud daraufhin eine Reihe von Schriftstellern zu Beiträgen mit persönlichen Erinnerungen und Würdigungen für eine Gedenkschrift ein. Am 7. April 1910 antwortet Thomas Mann: »Sehr geehrter Herr Doktor: Die freundliche Einladung zur Mitarbeit an dem Bierbaum-Gedenkbuch erhielt ich und werde Ihnen rechtzeitig ein paar Zeilen über meine persönlichen Erinnerungen an den Verstorbenen zugehen lassen. Mit hochachtungsvollem Gruß / Ihr sehr ergebener Thomas Mann.« (Kopie im TMA)

Thomas Mann hatte nur sporadisch Kontakt zu Bierbaum gehabt. Als Mitbegründer des *Pan* sollte er Thomas Manns Novelle *Der kleine Professor* herausbringen (die dann doch nicht erschien). Für die ebenfalls von Bierbaum mitbegründete und -herausgegebene Zeitschrift *Die Insel* war im Juni 1901 die Novelle *Tristan* vorgesehen, nachdem sie von der *Neuen deutschen Rundschau* abgelehnt worden war; die Zeitschrift wurde dann jedoch eingestellt. Als Mitarbeiter des *Simplicissimus* hatte Thomas Mann Bierbaum selbst kennengelernt. 1902 publizierte dieser dann als Redakteur der Wiener Wochenschrift *Die Zeit* Thomas Manns Erzählung *Gla-*

dius Dei; 1904 erschien dort auch, auf Bierbaums Anfrage hin, Thomas Manns erste größere Äußerung zu Wagner (vgl. *[Der französische Einfluß]*, Textband S. 73ff.). Schließlich hat Hans Wysling in seinen Studien über *Narzissmus und illusionäre Existenzform* auf mögliche Beziehungen von Teilen des *Krull*-Romans zu Bierbaums Romanen *Stilpe. Ein Roman aus der Froschperspektive* und *Prinz Kuckuck* (1907/08) hingewiesen (Wysling 1982, S. 49f.).

Textlage

Der Text erschien zuerst in *Otto Julius Bierbaum zum Gedächtnis*. München 1912, S. 200–202 (= Druckvorlage). Er wurde wiederabgedruckt in GW X, 408f. und in ARE I, 256f.

Stellenkommentar

333 24 *Conrad-Bankett*] Vielleicht die Feier zu Michael Georg Conrads 60. Geburtstag am 5. April 1907.

334 6 *im Schauspielhaus, als Reinhardt dort das ›Nachtasyl‹ gab*] Maxim Gorkis Schauspiel *Nachtasyl* (*Na dne*, russisch 1902, in deutscher Übersetzung 1903 erschienen). Zu Max Reinhardt vgl. hier Thomas Manns *Notizen [II]*, Textband S. 214f. mit Kommentar.

7 *Waßmanns phänomenalem Bariton*] Hans Waßmann (1873–1932), Schauspieler.

12 *Gemma*] Bierbaums Ehefrau; vgl. seine posthum 1921 erschienenen *Briefe an Gemma*.

16–17 *manch sangbares Lied*] Vgl. hier unter Entstehungsgeschichte. Seit der 1900 herausgegebenen Sammlung *Deutsche Chansons* war Bierbaum – mit allerdings ungleich harmloseren und sentimentaleren Texten als etwa Wedekind – als Schwabinger kabarettistischer Liederdichter populär geworden.

[GLÜCKWUNSCH ZUM ZEHNJÄHRIGEN BESTEHEN DER DEUTSCHEN DICHTER-GEDÄCHTNIS-STIFTUNG]

Entstehungsgeschichte

Der Hamburger Bibliothekar Ernst Schultze (1874–1943) hatte 1901 die »Deutsche Dichter-Gedächtnis-Stiftung« gegründet. Wie in seiner Arbeit als Verleger (»Gutenberg-Verlag«, seit 1905) mit der Publikation von Buchreihen wie *Bibliothek wertvoller Memoiren* und *Bibliothek denkwürdiger Reisen*, mit seinen Schriften über Volksbildung und Volksbibliotheken, wie schließlich vor allem mit seinem vehementen publizistischen Kampf gegen »Schmutz- und Schundliteratur« (seit 1909), so wirkte Schultze auch mit dieser politisch wie literarisch konservativen Stiftung als pragmatischer Verfechter einer an bürgerlichen Traditionen orientierten Volksbildung. Immer wieder betonte er in Publikationen, das wirksamste Denkmal für einen Dichter sei die Verbreitung seiner Werke (so auch anlässlich der Enthüllung des Berliner Fontane-Denkmals 1910; vgl. hier [*Theodor Fontane*]). Der Gründungsaufruf der 1901 in Hamburg ins Leben gerufenen Stiftung war 1902 an zahlreiche Zeitungen, Zeitschriften, Institutionen und Personen des öffentlichen Lebens verschickt worden; darin war als Ziel der Stiftung die möglichst weite Verbreitung bedeutender deutschsprachiger Dichtwerke durch Schenkungen an Büchereien und durch die Herausgabe eigener preiswerter Buchreihen (nach dem Vorbild Reclams und Hendels) proklamiert worden. Die eigentliche Tätigkeit war 1903 aufgenommen und nach anfänglichen Schwierigkeiten mit beträchtlichem Erfolg fortgeführt worden. 1903 hatte Schultze auch die erste Buchreihe gegründet, der bald mehrere weitere folgten; vor allem die Leihbibliotheken ländlicher Orte wurden in großem Umfang mit Büchern versorgt. 1907 beschäftigte die Stiftung etwa zwanzig Angestellte und betreute nun auch Krankenhäuser, Kasernen und Fortbildungseinrichtungen. 1910 wurde eine Wanderausstellung gegen »Schmutz- und Schundliteratur« veranstaltet. 1911 gehörten der Stiftung knapp 10 000 Mitglieder in über 220 Ortsgruppen an. Die 1912 publizierte *Festschrift* dokumentierte diese Tätigkeiten in eindrucksvollen Auflistungen (dazu grundlegend Müller 1926).

Thomas Manns Glückwunsch steht in engem Zusammenhang mit seinem auch sonst lebhaften Interesse an der Popularisierung bedeutender literarischer Werke; vgl. hier [*Volksromane*] (1905), »*Die Bücher des deutschen Hauses*« (1908) und [*Beim Erscheinen der No. 5000 von Reclams Universal-Bibliothek*] (1909). 1907 hatte er selbst für den Novellenband *Kindheitsgeschichten* in der Reihe *Hausbibliothek* (2. Auflage 1909) das 2. Kapitel des *Tonio Kröger* zur Verfügung gestellt.

Textlage

Die Glückwunschadresse erschien in der *Festschrift der Deutschen Dichter-Gedächtnis-Stiftung, zum zehnjährigen Bestehen* 1901–1911. Hamburg-Großborstel 1912, S. 88. Sie wurde bisher nicht wiederabgedruckt.

DANK

[AN ARTHUR SCHNITZLER]

Entstehungsgeschichte

Der Glückwunschartikel wurde zum fünfzigsten Geburtstag Arthur Schnitzlers (1862–1931) geschrieben, der am 15. Mai 1912 gefeiert wurde. Schnitzler stand um diese Zeit auf dem Zenit seines öffentlichen Ansehens; im selben Jahr erschien bei S. Fischer die erste Ausgabe seiner *Gesammelten Werke*. Zum Geburtstag widmete die Wiener Zeitschrift *Der Merker* ihm ein Heft, in dem neben drei frühen Gedichten von Schnitzler selbst auch Würdigungen zeitgenössischer Schriftsteller abgedruckt wurden. Thomas Mann hatte schon seit einigen Jahren mit Schnitzler korrespondiert und ihn 1908 auch persönlich kennengelernt. In seiner Bibliothek hat sich ein Exemplar von Schnitzlers Drama *Der einsame Weg* (2. Auflage. Berlin: S. Fischer 1904) mit der handschriftlichen Widmung erhalten: »Thomas Mann in herzlicher Verehrung / Arthur Schnitzler / Mitte Februar 1904«; wie sich aus Thomas Manns Dankesbrief vom 15. Februar ergibt, war dies offenbar der Beginn der Korrespondenz zwischen beiden Autoren.

Seine Bewunderung für Schnitzlers Dichtungen hat Thomas Mann mehrfach emphatisch geäußert, so gegenüber Samuel Fischer am 6. Februar 1906: »Diese Wiener sind Blitzkerle. Schon Schnitzlers ›Zwischenspiel‹, im Residenztheater sehr gut gespielt, hatte mich entzückt.« (SF/HF, 405) – Der aus Anlass des Geburtstags geschriebene Satz, »das Beste« sei »der Persönlichkeitszauber, der von Allem ausgeht, was er gebildet hat«, formuliert einen Grundzug von Thomas Manns literaturkritischer Essayistik überhaupt (vgl. hier etwa *Chamisso*, *Der alte Fontane* und *Über Frank Wedekind*).

Textlage

Der Text erschien zuerst (wie zuvor die *Auseinandersetzung mit Wagner*) unter der Überschrift *Dank* im 1. Mai-Heft 1912 des *Merker* (3. Jg., H. 9, S. 344–345; = Druckvorlage), danach unter der Überschrift [*Arthur Schnitzler I*] in GW X, 406f. und unter dem ursprünglichen Titel in ARE I, 257–259.

Stellenkommentar

337 2–3 *als sein Name schon glänzte*] Thomas Manns erster Novellenband *Der kleine Herr Friedemann* erschien 1898 bei S. Fischer. Bereits seit 1880 hatte Schnitzler (neben seinen medizinisch-psychologischen Abhandlungen) Gedichte, Prosatexte, Aphorismen und Dramen veröffentlicht, zunächst in Zeitschriften, dann seit dem Einakter-Zyklus *Anatol* (1892, vordatiert auf 1893) auch in zahlreichen Büchern, seit 1895 bei S. Fischer. Ebenfalls 1895 hatte die Wiener Uraufführung des Dramas *Liebelei* erstmals einen Skandal wegen vorgeblicher erotischer ›Amoralität‹ ausgelöst, der vom 1896/97 verfassten, 1903 in Buchform erschienenen *Reigen* noch überboten wurde. 1901 führte Schnitzler mit der Novelle *Lieutenant Gustl* [heute: *Leutnant Gustl*] die »stream-of-consciousness«-Technik in die deutschsprachige Literatur ein.

20 *vom jungen Medardus*] In einem Brief vom 22. November 1910 bedankt sich Thomas Mann bei Schnitzler für die Zusendung der soeben erschienenen Buchausgabe von *Der junge Medardus. Dramatische Historie*; Teile des Textes habe er bereits im Vorabdruck in der *Neuen Rundschau* gelesen.

21 *dem erotischen Ernst des ›Weiten Landes‹*] Die Tragikomödie *Das weite Land*, die am 14. Oktober 1911 gleichzeitig an neun Theatern des deutschen Sprachraums uraufgeführt worden war (in Berlin, Breslau, Bochum, Hamburg, Hannover, Leipzig, München, Prag und Wien), war einer der größten Publikumserfolge Schnitzlers; im Zentrum dieser Ehestudie stehen, wie häufig bei Schnitzler, erotische Beziehungen und Rollenkonflikte.

30–31 *auf allen Stufen des Menschlichen charakteristisch fruchtbar*] Ebenso in *Der Tod in Venedig* (GW VIII, 451). Die Wendung bezeichnet einen Lieblingsgedanken Thomas Manns; sie kehrt wieder in der Erstfassung von *Goethe und Tolstoi* (1921; E II, 60) und in *Deutschland und die Deutschen* (1945; GW XI, 1127), sinngemäß auch in *Goethe als Repräsentant des bürgerlichen Zeitalters* (1932; GW IX, 297–332).

[ZUM BAU DER BERNER KUNSTHALLE]

Entstehungsgeschichte

Dieser Text ist als Beitrag zu einer Werbeschrift für die Errichtung einer Kunsthalle in Bern verfasst worden. Die Initiatorin des Unternehmens, Hedwig Dietzi-Bion, schildert die Vorgeschichte *Zur Einführung*: »Nicht lang mehr brauchst du, liebe Kunst, zu irren / Im armen Kleidchen, scheu, von Tür zu Tür – / Es regen Hände sich, Goldstücke klirren, / Und bald wird eine schöne Heimstatt dir. / [...] / Zum schönen Bau jedoch gebrach's am Steine, / Der hoch sich türmt, es fehlt' an edlem Erz: / Da drangen leis wir in der Dichter Haine, / Denn Dichter haben ein mitfühlend Herz. / [...] / So ward dies Buch gefügt aus ihren Blättern, / Aus ihnen wächst empor der stolze Bau. – / Wir sagen heissen Dank für Eure Lettern / Poeten Euch im lieben Schweizergau, / Poeten euch in fernen deutschen Landen, / Die uns geschenkt ein Blatt von Eurem Ruhm – / So sei dies Buch, geliebt und wohl verstanden / Des ächten Berners schönes Eigentum!«

Unter den Beiträgern waren Hermann Bahr, Marie von Ebner-Eschenbach, Emil Ermatinger, Ludwig Ganghofer, Hermann Hesse, Paul Heyse, Ricarda Huch, Wilhelm Jensen, Gabriele Reuter, Peter Rosegger, Carl Spitteler, Arthur Schnitzler, Hans Thoma und Frank Wedekind. Kein anderer Gruß aber ist so wortkarg ausgefallen wie derjenige Thomas Manns. – Der Bau der Berner Kunsthalle verzögerte sich trotz dieses Einsatzes noch um mehrere Jahre; die Eröffnungsfeier fand erst am 1. Oktober 1918 statt.

Textlage

Der Gruß erschien bisher nur in der Sammlung *Steine gespendet zum Bau der Berner Kunsthalle von Schweizer und deutschen Poeten*. Bern 1911, S. 33 (= Druckvorlage).

[ZU AUGUST STRINDBERGS TOD]

Entstehungsgeschichte

August Strindberg (geb. 22. Januar 1849) starb am 14. Mai 1912 in Stockholm; am selben Tag bat die Stockholmer Tageszeitung *Dagens Nyheter* europäische Schriftsteller um Äußerungen zu diesem Ereignis. Thomas Manns Antwort wurde telegraphisch übermittelt und am nächsten Tag in Stockholm zweisprachig publiziert. Die Datierung »München den 10. Mai« beruht zweifellos auf einem Übertragungsfehler.

Der Nachruf ist Thomas Manns erste längere Äußerung über Strindberg. Die trotz des Genres spürbare Ambivalenz des Urteils ist schon in der beiläufigen Zustimmung zu Fontanes Strindberg-Kritik in *Der alte Fontane* angeklungen (vgl. Textband S. 266f.). Sie wiederholt sich auch in den späteren Äußerungen über den schwedischen Dichter (vgl. *August Strindberg*, 1948; GW X, 371–374 und [*Über August Strindberg II*], verfasst zum 100. Geburtstag 1949; GW XIII, 869f.) und unterscheidet sich merkbar von der Bewunderung, mit der Thomas Mann sich immer wieder über Strindbergs Konkurrenten und Widersacher Henrik Ibsen äußerte. Die Charakterisierung des Dichters als eines kämpfenden und leidenden »Helden« ist seit *Schwere Stunde* (1905; GW VIII, 371–379) ein Topos von Thomas Manns literaturkritischen Texten.

Textlage

Thomas Manns Nachruf erschien am 15. Mai 1912 zusammen mit kurzen Beiträgen von Georg Brandes, George Bernard Shaw, Jakob Wassermann u. a. unter der Sammelüberschrift *Europa om August Strindberg* in *Dagens Nyheter* in deutscher und schwedischer Sprache. Unter der Sammelüberschrift *Strindberg im Urteil seiner Zeitgenossen* wurde der deutsche Text dann auch in der *Frankfurter Zeitung* vom 19. Mai 1912 publiziert, allerdings ohne den Schluss-Satz. Ein Ausschnitt aus dem Schlusspassus des Textes wurde in der Verlagswerbung für die deutsche Strindberg-Ausgabe verwendet. Der gesamte Text wurde, ohne den letzten Satz, wiederabgedruckt in: *Ost und West* (Berlin), Januar 1949, 3. Jg., H. 1 und vollständig in GW XIII, 817f. (unter dem Titel [*Über August Strindberg I*]), sowie in ARE I, 259 (unter dem Titel [*Über August Strindberg*]). Druckvorlage ist hier die zweisprachige Erstveröffentlichung; eindeutige Druckfehler im deutschen Text sind korrigiert und im Stellenkommentar ausgewiesen.

Stellenkommentar

339 3 *Seit Tolstois Tod*] Ähnlich der Schluss des Artikels zu Tolstois 80. Geburtstag: »Seit Ibsens Tode lebt nur noch ein Großer in Europa. Beugen wir das Knie.« (Textband S. 200) Die sich so indirekt ergebende Rangfolge Ibsen – Tolstoi – Strindberg entspricht auch Thomas Manns sonst einschlägigen Äußerungen.

4 *ersten Geist Europas*] In späteren Würdigungen zurückhaltender: »wahrscheinlich der größte Geist, den Schweden und überhaupt der Norden hervorgebracht hat« ([*Über August Strindberg II*], 1949; GW XIII, 869).

8–9 *gewaltig schamloser Bekenner vom Stamme des heiligen Augustin*] Anspielung auf die *Confessiones* des Augustinus (der mit derselben Namensform auch im *Vorwort zu einem Roman* erwähnt wird, s. Textband S. 388) und auf Strindbergs autobiographische Romane *Der Sohn der Magd* (1886–1909) und *Inferno* (1897/98). Ähnlich spricht Thomas Mann in *Goethe und Tolstoi* von »der großen Linie der Lebens- und Seelenbeichten, die von dem afrikanischen Heiligen bis zu Strindberg, dem Sohn der Magd, heraufführt«; dort werden ebenfalls »Selbstentblößung« und Mangel an »Schamhaftigkeit« hervorgehoben (GW IX, 68f.).

9–10 *grotesker Zug*] Im Erstdruck: »grotescher« (Druckfehler). – Vgl. *August Strindberg* (1948): »seiner oft grotesken [...] Menschlichkeit« (GW X, 371); ähnlich in [*Über August Strindberg II*] (1949): »ein gut Teil bewußter Groteske, freiwilliger Komik« (GW XIII, 869).

12 *Aufstieg ... gehindert*] Vielleicht eine Anspielung auf die (durch

polemische Artikel Strindbergs wie durch Anfeindungen konservativer Gegner ausgelöste) literarische und politische »Strindberg-Fehde«, die in den Jahren vor Strindbergs Tod die schwedische Öffentlichkeit bewegt und sich auch auf die deutsche Rezeption ausgewirkt hatte.

339 14 *ein Grosser*] Im Erstdruck: »ein grosser« (Druckfehler).

14–15 *Repräsentant, der im europäischen Style lebte*] Im Erstdruck: »ein Representant, der im europeischen Style lebte« (Druckfehler).

16 *Gesammt-Ausgabe seiner Werke*] Die Deutsche *Gesamtausgabe*, von der von der Jahrhundertwende bis 1928 insgesamt 46 Bände erschienen: *Strindbergs Werke. Deutsche Gesamtausgabe unter Mitwirkung von Emil Schering als Übersetzer vom Dichter selbst veranstaltet.*

17–18 *bedeutend gefördert*] Im Erstdruck: »gefördet« (Druckfehler). – Vgl. im dritten der *Briefe aus Deutschland* (Juni 1923) die Bemerkung über »unser modernes Repertoire«: »Ibsen war auf der deutschen Bühne zeitweise völlig von Strindberg verdrängt« (GW XIII, 288).

Paralipomena

Der Wortlaut der parallelen schwedischen Übersetzung in der Erstveröffentlichung:

Efter Tolstojs död hade man utan tvekan att i August Strindberg hälsa den förnämsta anden i Europa. Det är möjligt att han som konstnär, gestaltare och skapare icke fullkomligt hörde till första rang. Kanske var han för kritisk, för elak (i en hög mening) för att bliva en alltigenom stor konstnär. Men som storstiladt och blyg bekännare af den heliga Augustinus' stam skall han visserligen vara odödlig. Ett groteskt drag i hans väsen, en viss sublim löjlighet har i hans hemland såväl som i utlandet länge stått i vägen för hans upphöjande till denna det officiella erkännandets värdighet, som eljest hvar och en inser honom förtjänt af. Eljest vet hvar och en att han var en stor man, en hjälte, en representant som lefde, kämpade och led i europeisk stil. I Tyskland har i synnerhet den imposanta upplagan af hans samlade verk (hos Müller i München) inom kort betydligt stärkt hans anseende.

EIN WERK DES NATURALISMUS

Entstehungsgeschichte

Unmittelbar nach dem Abschluss von *Der Tod in Venedig* und während der wiederaufgenommenen Arbeit am *Felix Krull* schrieb Thomas Mann diese Besprechung von Georg Hirschfelds kurz zuvor in der Deutschen Verlags-Anstalt Stuttgart erschienenem Roman *Der Kampf der weißen und der roten Rose* unter dem eine weitere Perspektive andeutenden Titel *Ein Werk des Naturalismus*. Sie ist seine einzige längere essayistische Arbeit des Jahres 1912.

Obwohl über den genauen Anlass nichts bekannt ist, dürfte es sich vor allem um einen Freundschaftsdienst gegenüber Georg Hirschfeld (1873–1942) handeln. Dieser war zunächst von Ernst von Wildenbruch, dann von Otto Brahm gefördert worden und hatte vor allem mit seinen Dramen, aber auch mit einigen Romanen und Novellen zu den engsten Schülern Gerhart Hauptmanns gehört, der sich um diese Zeit selbst freilich längst schon entschieden vom Naturalismus abgewandt hatte. Noch 1929 schlug Thomas Mann, eine entsprechende Bitte Hirschfelds unterstützend, Hauptmann »eine Würdigung von Hirschfelds Lebensarbeit« durch die Gerhart-Hauptmann-Stiftung vor: »denn die Härte des Lebens, das dieser feine, stille Mensch und ernste Künstler zu tragen hat, ergreift mich, und ich würde ihm gerne beistehen.« (Brief vom 15. Oktober 1929; Br. I, 294)

Auch Thomas Mann selbst hatte in seinen Anfängen den großen naturalistischen Erzählern und Dramatikern (u. a. Zola, Kielland, Lie, Ibsen, Hauptmann) wesentliche Anregungen verdankt und Zeitschriften der naturalistischen Bewegung wie Conrads *Die Gesellschaft* nahegestanden (vgl. hier etwa *[Der französische Einfluß]* und *Im Spiegel*). Nun nimmt er die Besprechung zum Anlass eines vorsichtig kritischen Rückblicks auf die naturalistische Mode, die in Hirschfelds Roman einen späten und bis zur Selbstkarikatur epigonalen Nachzügler hervorgebracht hatte. Sein eigenes

Schreiben sah er seit *Tonio Kröger* (1903) in zunehmender Distanz dazu. In [*On Myself*] (1940) befand er rückblickend, »daß diese Art, die Erzählung zu vergeistigen, mich in eine gewisse Distanz zu dem herrschenden, geistig untransparenten, massiven Naturalismus jener Zeit brachte.« (GW XIII, 145) Zur Zeit der Hirschfeld-Besprechung war sein eigenes Hauptgeschäft die Fortsetzung des *Felix Krull*; was er an Hirschfelds Roman vermisst – Spiel, Sprachlust, Kunstzauber –, steht im Mittelpunkt dieses von naturalistischer Programmatik entschieden abgewandten Textes.

Die Schwächen von Hirschfelds Buch werden in Thomas Manns Besprechung zwar deutlich, aber durchaus wohlwollend dargestellt. Insbesondere die Klischees der Figurendarstellung und die passagenweise kolportagehafte Handlung werden freundlich verkleinert; über weite Strecken handelt es sich um eine Trivialerzählung, die auch in der Tradition Hedwig Courths-Mahlers gelesen werden kann. So erkennt Karlmanns »blauer, deutscher, blütenreiner Jünglingsblick« in Tonis Augen »die Glut der Unterwelt, des Dämons Leidenschaft« (S. 103). An anderer Stelle: »Er hatte heute einen tiefen, erlösenden Trunk aus ihrem reinen Quell getan« (S. 39). Oder: als »ein Symbol der goldenen Gesundheit, aber mit schwerem Wissen beladen schritt sie dahin« (S. 330). Selbst das am Ende gleichsam als *Ultima Ratio* zugunsten des Buches angeführte Schwabinger Lokalkolorit prägt nur einzelne Passagen in der zweiten Hälfte des Romans, der selbst in der Schauplatzgestaltung wahrhaftig »farblos bis zum Konventionellen« erscheint.

Textlage

Der Text erschien im Morgenblatt der *Münchner Neuesten Nachrichten* vom 22. Juli 1912 (65. Jg., Nr. 369; = Druckvorlage). In RuA wurde er, mit der Nummer II, unter die *Buchbesprechungen* aufgenommen (S. 330–333), unter der Überschrift des Erstdrucks wieder in GW X, 555–558 und ARE I, 260–263.

Stellenkommentar

340 4 *Titel*] Der Titel des Romans spielt auf eine historische Abhandlung über den englischen *War of the Roses* an, mit der sich einer der Protagonisten vergebens abmüht. Das Bild wird mehrfach symbolisch überhöht, teils auf die dargestellten Familienbeziehungen, teils auf den Gegensatz von Künstler- und Bürgerleben oder auf den Gegensatz von Leben und Tod bezogen (vgl. etwa S. 167, 177, 194f., 300f., 330, 392).

19 *Dialog*] Thomas Mann konstatiert hier implizit auch das Scheitern von Hirschfelds Bemühen, die Figuren, naturalistischen Vorgaben entsprechend, in unterschiedlichen Soziolekten und Mundarten reden zu lassen.

28–29 *Tendenz … zum Kolossalen*] Am massivsten in Émile Zolas zwanzigbändigem Zyklus *Les Rougon-Macquart* (1871–1893), dessen deutsche Übersetzung (1892–1899) im 7. Notizbuch zur Lektüre vorgemerkt wurde (Nb. II, 38). Zur Zola-Kenntnis des frühen Thomas Mann vgl. die Entstehungsgeschichte zu *Buddenbrooks* in GKFA 1.2, 42–50. Manche der folgenden Bemerkungen lassen sich auch auf die *Buddenbrooks* beziehen.

341 24 *charitatives*] Die Schreibweise verschränkt (absichtsvoll?) die Bedeutungsfelder von »caritas« (Nächstenliebe) und »charis« (Gnade). In den Nachdrucken dann: »karitatives«.

31 *Episode des Vaters*] Im 6. Kapitel des 1. Teils schaut Benjamin Mohr seinem schwachsinnigen Sohn beim Zeichnen zu und bemerkt: »Da schau her – ich hab' immer mein Notizbuch daneben und kopier' gleich, was ihm einfällt. Denn das sind die ersten, primitivsten Äußerungen des menschlichen Geistes. Interessant – wie? Das bringt der raffinierteste Künstler nit zusammen. Wenn du dir das ganze Büchl da anschaun tätst, würdest du erst begreifen, was in solchem verkannten, verleumdeten Kopf alles vorgeht.« (S. 101)

32–342.1 *Todesfahrt*] Im 2. Kapitel des 2. Teils; wie in der hier anschließend erwähnten Sterbeszene der Mutter Klementine wird auch Julianes Tod sentimental verklärt: »Es weinte von den Bäumen und Sträuchern, alles war ein leises, süßes, klagendes Trauern. Die Natur sang ihr schönstes Weihelied auf den Tod eines jungen Mädchens.« (S. 219)

342 2–3 *Sterben Klementine Romingers*] Thomas Mann zitiert den Schluss des 3. Teils (S. 303). Ein »leiderprobter Volksinstinkt« wird Klementine schon früh vom Erzähler attestiert (S. 123).

16 *unzüchtig-fertilen Wirken*] Fertil: fruchtbar, im Dienste der Fortpflanzung stehend.

19–20 *Mißverstehen wachsamer Staatsanwälte*] Vgl. hier Thomas Manns [*Gutachten über Frank Wedekinds Schauspiel »Lulu«*] und den Kommentar dazu.

21 *jene Seite, wo Toni Tränkle*] Thomas Mann zitiert aus einer längeren Passage im 6. Kapitel des 1. Teils, die sich mit Schilderungen sexueller Ambivalenz bei Toni Schwabe (vgl. *Das Ewig-Weibliche*) berührt: »Mit nackter Brust und bloßen Armen lag sie auf dem Bett. Juliane saß schweigend bei ihr – kein klärendes Wort war zwischen ihnen gewechselt worden. Sie wünschten es auch beide nicht. Mit dem Ungeheuren, das neben ihnen lebte, hielten sie Zwiesprache genug. [...] Sie riß das schmale, knabenhafte Geschöpf an ihren vollen, heißen, nackten Körper und küßte sie dreimal auf den Mund. [...] Sie war allein und riß die Decke vollends von sich. Mit den Füßen auf der federnden Matratze stampfend, das Gesicht in die Arme gewühlt, halb seufzend, halb singend dachte sie an Karlmann.« (S. 126f.)

32–343.1 *lustig-erpresserische Brief*] Der zitierte Brief, »von ungelenker Dienstbotenhand geschrieben«, ist das einzige Beispiel solcher Lustigkeit in Hirschfelds Roman (S. 133f.).

343 4 *insgesammt*] Im Erstdruck: »insgesamm« (Druckfehler).

TALENT

Entstehungsgeschichte und Quellenlage

Am 1. November 1912 wäre der aus Innsbruck stammende Lyriker und Dramatiker Hermann von Gilm, Ritter zu Rosenegg (1812–1864), hundert Jahre alt geworden. Zu diesem Anlass gab die Innsbrucker akademische Burschenschaft »Suevia« in der Wagner'schen Universitäts-Buchhandlung Innsbruck ein aufwendig gestaltetes *Festbuch* heraus. Der Dichter, dessen zu Unrecht weitgehend in Vergessenheit geratene, schmerzlich-ironische, an der Romantik und vor allem an Heine geschulten Gedichte u. a. von Richard Strauss vertont worden waren, hatte zu Lebzeiten nur einen einzigen Band veröffentlicht; eine zweibändige Sammelausgabe erschien erst nach seinem Tode.

Thomas Mann schickte als Beitrag diesen durch die Isolierung und neue Überschrift zum Aphorismus gewordenen Auszug aus seiner Erzählung *Schwere Stunde* (1905), auf die im selben Jahr auch das Verspaar *[Über Schiller]* anspielt (vgl. Textband S. 83). In der Erzählung denkt (der nicht namentlich genannte) Schiller über das Verhältnis zwischen Goethes vermeintlich unbewusst-mühelosem Schaffen und dem eigenen »Talent« nach: »Denn das Talent, meine Herren und Damen dort unten, weithin im Parterre, das Talent ist nichts Leichtes, nichts Tändelndes, es ist nicht ohne weiteres ein Können. In der Wurzel ist es *Bedürfnis*, ein kritisches Wissen um das Ideal, eine Ungenügsamkeit, die sich ihr Können nicht ohne Qual erst schafft und steigert. Und den Größten, den Ungenügsamsten ist ihr Talent die schärfste Geißel ...« (GW VIII, 375f.) Diese Passage hat Thomas Mann (bis auf die imaginäre Publikumsanrede wörtlich) wiederum aus einem Brief übernommen, den er Ende August 1904 an Katia Pringsheim geschrieben hatte (GKFA 21, 299). Thema und Begriff »Talent« tauchen in den frühen Essays immer wieder auf; vgl. hier u. a. *Friedrich Huch, Vorwort zu einem Roman* und den Brief *An einen jungen Dichter*.

Textlage

Der Text erschien zuerst im von der Burschenschaft »Suevia« herausgegebenen *Festbuch zum hundertsten Geburtstage von Hermann von Gilms*. Innsbruck 1912 (= Druckvorlage). Er ist nur in GW XIII, 248f. nachgedruckt worden.

[AN DIE REDAKTION DER »STAATSBÜRGER-ZEITUNG« I]

Entstehungsgeschichte

Es handelt sich um einen Auszug des Briefes vom 5. Dezember 1912 an die Redaktion der militant antisemitischen Berliner *Staatsbürger-Zeitung*, die ihn unter der redaktionellen Überschrift *Thomas Mann's Stammbaum* am 8. Dezember veröffentlichte. Eine redaktionelle Vorbemerkung erläutert: »Aus der großen Zahl der in unserer Nummer 274 aus dem jüdischen Verlage von *Sam. Fischer* aufgezählten jüdischen Schriftsteller ersucht uns Herr *Thomas Mann* – München um Streichung seines Namens in unserer ›*Kontroll-Liste*‹, in dem er u. a. schreibt: [...].« Abschließend fügt die Redaktion dem Zitat die folgende Erklärung hinzu: »Unsere Gewährsleute aus München dagegen berichten, daß Herr Thomas Mann mit einer (katholischen?) Dame aus jüdischem Stamm und Blut vermählt sei; solche Rassenmischung wird biologisch recte nach jüdischer Seite hin verrechnet.« Die erwähnte Liste hatte am 1. Dezember 1912 (Nr. 274) unter der Überschrift *Die jüdischen Autoren des S. Fischer Verlags* auch Thomas Manns Namen angeführt.

Dass Thomas Mann sich, obgleich »ein überzeugter und zweifelloser ›Philosemit‹« (so in *Die Lösung der Judenfrage*, 1907, Textband S. 174), gleichwohl gegen die Identifikation als Jude verwahrte, begründet er selbst wiederholt mit der seiner Ansicht nach verzerrenden Rezeptionslage, die sich damit für seine literarischen Werke, insbesondere die *Buddenbrooks*, ergeben würde; vgl. dazu den Kommentar hier S. 225–232. Derselben Absicht entspringt auch die Betonung seiner eigenen Herkunft aus jener hanseatisch-patrizischen Sphäre, die sein Roman schildert.

Textlage

Der Text erschien zuerst in der *Staatsbürger-Zeitung* vom 8. Dezember 1912 (Nr. 288), auf der Titelseite der 1. Beilage. Als Zitat wurde er wiederabgedruckt im Thomas-Mann-Artikel des *Semi-Kürschner oder Literarisches Lexikon der Schriftsteller, Dichter, Bankiers [...] jüdischer Rasse und Versippung, die von 1813 bis 1913 in Deutschland tätig oder bekannt waren.* Hg. von Philipp Stauff. Berlin 1913, sowie in der überarbeiteten und erweiterten Neuausgabe dieses antisemitischen Sammelwerks: *Sigilla Veri. (Ph. Stauff's Semi-Kürschner) Lexikon der Juden, -Genossen und -Gegner [...].* Hg. von E. Ekkehard. 2., um ein Vielfaches vermehrte und verbesserte Aufl. o. O. [Erfurt] 1931, danach in den Kommentarteilen von ARE I, 429 und E I, 365.

[AN DIE REDAKTION DER »STAATSBÜRGER-ZEITUNG« II]

Entstehungsgeschichte und Quellenlage

Der zweite Brief Thomas Manns an die militant antisemitische Berliner *Staatsbürger-Zeitung* erschien, kurz nach dem ersten, am 15. Dezember 1912 unter der redaktionellen Überschrift *Thomas Manns Rassenbekenntnis* (zwischen den Artikeln *Der Kronprinz in der Parsifal-schutz-Front!* und *Isidor Stinkeles Nobilitierung*). Es handelt sich offenkundig nicht um ein »Bekenntnis«, sondern um eine tadelnde Richtigstellung eines redaktionellen Fehlers; gegen »Rassen-Chauvinismus« und den »Druck einer allgemeinen Devotion vor der bindenden Macht des Blutes« hatte Thomas Mann sich wiederholt ausgesprochen (vgl. *Die Lösung der Judenfrage*, 1907; Textband S. 174 und *Chamisso*, 1911, Textband S. 313); die Bezeichnung der Zeitung als »Ihres geschätzten Blattes« und die Grußformel sind also wohl als ironisch zu verstehen. Adolf Bartels (1862–1945), vom Kaiserreich bis zum Ende der NS-Zeit Führer der antisemitischen Germanistik, hatte bereits in einigen Darstellungen der zeitgenössischen »Dekadenz«-Literatur Thomas Mann als einen jüdischen Schriftsteller ausgegeben, worauf dieser sich u. a. mit einer Richtigstellung bezogen hatte (vgl. hier *Die Lösung der Judenfrage* und Kommentar; zu Bartels' Rezeption der *Buddenbrooks* vgl. GKFA 1.2, 192–196). In der 2. Auflage seiner *Geschichte der deutschen Literatur* (Leipzig 1909) hatte Bartels sich daraufhin mit der Betonung der »kreolischen Blutmischung« begnügt, Thomas Mann jedoch weiterhin mit dem »Geiste des Judentums« identifiziert und diesem wie ihm einen »schlecht verkappte[n] Haß gegen alles Deutsche« unterstellt (Bd. 2, S. 544). Thomas Manns Streit mit Theodor Lessing (vgl. hier *Der Doktor Lessing* und *Berichtigungen*) hatte seinen inquisitorischen Bemühungen dann neue Nahrung gegeben: Lessings Pamphlet *Wider Thomas Mann* in der *Schaubühne* vom 10. März 1910 hatte erklärt, daß sich »Herrn Manns Familie, die bereits in zweiter Generation getauft ist, niemals gerne an die Tatsache ihrer jüdischen Abstammung erinnert sah« (wiederabgedruckt in Lessings Streitschrift *Samuel zieht die Bilanz und Tomi melkt die Moralkuh oder Zweier Könige Sturz*. Hannover 1910, S. 35); in derselben Streitschrift hatte Lessing auch Thomas Manns Erklärung zitiert, er sei mit einer jüdischen Familie »durch Heirat verwandt«, und sich selbst als »Jude nach Blut und Stolz« bezeichnet. Darauf bezugnehmend, hatte Bartels in dem Artikel *Nochmals Thomas Mann* (*Deutsches Schrifttum*, Weimar, Juli 1910, S. 111) mit Berufung auf Lessing erneut erklärt, Thomas Mann sei jüdischer Abkunft, in seiner früheren Antwort habe er gelogen und damit sein Judentum verleugnet. Auch hier lautet sein *Ceterum censeo*: »Literarisch gehört er auf alle Fälle zu den Juden.« Die *Staatsbürger-Zeitung* hatte, nachdem sie bereits am 1. Dezember 1912 Thomas Mann unter den jüdischen Autoren des Verlags S. Fischer aufgeführt und noch bevor sie daraufhin am 12. Dezember Thomas Manns Richtigstellung auszugsweise veröffentlicht hatte, bereits am 10. Dezember Bartels' Text in der Rubrik *Briefkasten* zitiert.

Zur Begründung von Thomas Manns Richtigstellung vgl. hier den Kommentar zu [*An die Redaktion der »Staatsbürger-Zeitung« I*].

Textlage

Der Text erschien in der *Staatsbürger-Zeitung* vom 15. Dezember 1912 auf der zweiten Seite der 1. Beilage (Nr. 294). Unter derselben Überschrift wurde er wiederabgedruckt in mehreren antisemitischen Hetzschriften: in Adolf Bartels' Publikation *Deutsches Schrifttum. Betrachtungen und Bemerkungen*. Januar 1913 (Band 2, Bogen 17), dann in *Semi-Kürschner oder Literarisches Lexikon der Schriftsteller, Dichter, Bankiers [...] jüdischer Rasse und Versippung, die von 1813 bis 1913 in Deutschland tätig oder bekannt waren*. Hg. von Philipp Stauff. Berlin 1913, sowie in der überarbeiteten und erweiterten Neuausgabe dieses antisemitischen Sammelwerks: *Sigilla Veri. (Ph. Stauff's Semi-Kürschner) Lexikon der Juden, -Genossen und -Gegner [...]*. Hg. von E. Ekkehard. 2., um ein Vielfaches vermehrte und verbesserte Aufl. o. O. [Erfurt] 1931, danach dann in GW XI, 730f.; ARE I, 263f. und in E I, 154f.

Stellenkommentar

346 8–9 *Herrn Professor Bartels*] Im *Gutachten [über Pornographie und Erotik]* hat sich Thomas Mann respektvoll ausgedrückt: »Menzel. [...] der Denunziant des jungen Deutschland. [...] war in der Tat der talentierte Ahn unserer Kausen, Adolf Bartels und Fürstenwerth.« (Textband S. 295)

28 *Hedwig Dohm*] Die Schriftstellerin Hedwig Dohm (1833–1919) war eine der Protagonistinnen der literarischen Frauenbewegung am Ende des 19. Jahrhunderts; vgl. Thomas Manns Porträt *Little Grandma* (1942; GW XI, 467–476).

347 2–3 *»biologisch ... zu verrechnen«*] Thomas Mann zitiert den redaktionellen Begleittext zu seinem ersten Brief an die *Staatsbürger-Zeitung* (vgl. den Kommentar dort).

9–11 *Was wäre das Buch ... Snob-Buch.*] Vgl. die 11. Notiz zu *Geist und Kunst*: »Gott Lob, daß ich kein Jude bin. Man würde sonst sofort sagen: Natürlich, drum auch!« (GuK, 158)

18 *Dehmel*] Bartels hatte über den von Thomas Mann besonders geschätzten Lyriker Richard Dehmel (1863–1920) in der 7. Auflage seines Werkes *Die deutsche Dichtung der Gegenwart* (Leipzig 1907) bemerkt: »Im Grunde ist Dehmel wohl mehr Slawe als Deutscher, eine slawische Virtuosennatur.« (S. 305)

19 *»romanische Artisten«*] Vgl. die Erzählung *Tonio Kröger* (1903; GW VIII, 271–338), den Essay *Der alte Fontane* (1910, Textband S. 257 u. 266) und den im Jahr vor diesem Brief erschienenen *Chamisso*-Essay (1911, Textband S. 305–330).

ZU »FIORENZA«

Entstehungsgeschichte

Am 3. Januar 1913 hatte Thomas Manns Schauspiel in den Kammerspielen des Deutschen Theaters in Berlin unter der Regie von Eduard von Winterstein Premiere. Zu dieser Inszenierung verfasste Thomas Mann seinen kurzen Beitrag Ende 1912 in großer Eile. Wie er schon früher alle Versuche zurückgewiesen hatte, seine Position entweder mit derjenigen Lorenzos oder mit derjenigen Savonarolas zu identifizieren (vgl. *Über »Fiorenza«* [II] und die im Kommentar dazu zitierten Briefe), so betont Thomas Mann auch hier die »dialektische« Anlage des Stücks. Ebenso eng wie mit dem Stück, das nur im ersten Satz erwähnt wird, ist der Text mit den Notizen zu *Geist und Kunst* verknüpft, deren 1. und 49. wörtlich übernommen werden (vgl. den Stellenkommentar).

Auch hier werden die von Schiller erörterten Gegensätze des »Naiven« und »Sentimentalischen« verknüpft mit einer Reihe weiterer und analog gesetzter Dichotomien (vgl. die Kommentare zu *Der Literat*, hier S. 488–500, [*Die gesellschaftliche Stellung des Schriftstellers in Deutschland*], hier S. 328–341 und *Notizen* [II], hier S. 293–310). Neu ist, dass hier eine eindeutige Synthese der Gegensätze proklamiert wird. In seinem Brief an den Bruder Heinrich hatte Thomas Mann am 18. Februar 1905 selbstkritisch bemerkt, er habe in *Fiorenza* »die Begriffe ›Geist‹ und ›Kunst‹ [...] feindlich gegen einander gestellt. Das hatte zu diesem Solneß-Absturz geführt, diesem Fiasko in dem Bemühen eine geistige Construction mit Leben zu erfüllen« (GKFA 21, 315). Hier dagegen wird – wiederum im Rückgriff auf Ibsen – »der Dichter« als »die Synthese selbst« ausgegeben, als der Ort jener Versöhnung, die mit Ibsens Mystiker-Zitat als das »dritte Reich« apostrophiert wird (vgl. Stellenkommentar).

Textlage

Der Text erschien Ende 1912 unter der Überschrift *Zu »Fiorenza«* in den Berliner *Blättern des Deutschen Theaters* (2. Jg., Nr. 25, S. 393f.; = Druckvorlage). Mit *Über »Fiorenza« [II]. Brief an eine katholische Zeitung* (1908) wurde er unter der Überschrift *Über ›Fiorenza‹* in RuA aufgenommen (S. 351f.); dabei wurde der Anfang überarbeitet. Mit dem 1955 verfassten *Offenen Brief an den ›Weser-Kurier‹* erschien er unter derselben Sammelüberschrift in GW XI, 563f. (Einzelüberschrift: *Für die ›Blätter des Deutschen Theaters‹*), schließlich unter dem Titel *Über »Fiorenza«. Geschrieben für die »Blätter des Deutschen Theaters«* in ARE I, 264f. Alle Wiederabdrucke folgen der Fassung von RuA; erst E I, 156 hat wieder die Fassung des Erstdrucks publiziert (vgl. unter Paralipomena).

Stellenkommentar

348 4 *»Naiv und sentimentalisch«*] Schillers Abhandlung von 1795/96 stellt unter den im Titel genannten Kategorien auch einen Vergleich zwischen Goethe und Schiller selbst an. Sie war ein Vorbild der von Thomas Mann geplanten, dann Aschenbach zugeschriebenen »leidenschaftlichen Abhandlung über ›Geist und Kunst‹, deren ordnende Kraft und antithetische Beredsamkeit ernste Beurteiler vermochte, sie unmittelbar neben Schillers Raisonnement über naive und sentimentalische Dichtung zu stellen« (*Der Tod in Venedig*, 1912; GW VIII, 450).

12–13 *daß die Poesie auf ihrem Gipfel ganz äußerlich sei*] Zitat aus Goethes *Maximen und Reflexionen über Literatur und Ethik* (*Betrachtungen im Sinne der Wanderer*): »Auf ihrem höchsten Gipfel scheint die Poesie ganz äußerlich; je mehr sie sich in's Innere zurückzieht, ist sie auf dem Wege zu sinken.« (WA I. 42.2, 176)

16 *des großen Juden-Christen*] Der aus einer jüdischen Familie stammende, einen christlich ausgerichteten Deismus vertretende Philosoph Baruch de Spinoza (1632–1677).

16–17 *Erledigung der Leidenschaften durch ihre Analyse*] Kurzke/Stachorski haben darauf hingewiesen, dass in Albert Bielschowskys Buch *Goethe. Sein Leben und seine Werke* (das Thomas Mann seit *Schwere Stunde* als bevorzugte Informationsquelle diente) im Kapitel *Goethe und die Philosophie* Spinozas Satz zitiert wird: »Ein Affekt, der eine Leidenschaft (ein Leiden) ist, hört auf Leidenschaft zu sein, sobald wir uns eine klare und bestimmte Vorstellung desselben bilden« (20. Aufl., Bd. 2. München 1911, S. 88). Zugleich ist dies ein Gedanke Arthur Schopenhauers.

348 18 *Wahlverwandtschaften*] Kurz zuvor, im Zusammenhang seiner Orientierung am von Lublinski proklamierten »Neuklassizismus«, hatte Thomas Mann Goethes Roman als Vorbild für den *Tod in Venedig* herangezogen (zum Neuklassizismus vgl. den Kommentar zu *Auseinandersetzung mit Wagner*, hier S. 420f.).

19 *Geist und Sinnlichkeit*] Ähnlich resümiert Thomas Mann gegenüber Kurt Martens den Grundgedanken von *Fiorenza*: »›Fiorenza‹ ist ein Traum von Größe und seelischer Macht. ›Es geht um Seelen, es geht um das Reich‹ – das ist Alles. Es ist die Darstellung eines heroischen Kampfes zwischen den Sinnen und dem Geist« (28. März 1906; GKFA 21, 360). – Martens hatte noch pointierter formuliert: »der alte Gewissenskampf zwischen den Mächten der Lust und der Askese« (in *Die Gebrüder Mann*, *Leipziger Tageblatt*, 21. März 1906; Nachdruck im TM/Martens I, 242–247).

21 *Distichon*] Gemeint ist Schillers Distichon *Tonkunst*, das Thomas Mann auch im 1. Band der 1911 erschienenen Schiller-Ausgabe des Tempel-Verlags angestrichen hatte und mit dem er seine Notizen zu *Geist und Kunst* eröffnete: »Leben atme die bildende Kunst, Geist fodr' ich vom Dichter; / aber die Seele spricht nur Polyhymnia aus.«

22–24 *»Gemein ist alles …«*] Zitiert wird der erste Satz aus Schillers Abhandlung *Gedanken über den Gebrauch des Gemeinen und Niedrigen in der Kunst*. – Das Distichon und diesen Satz hatte Thomas Mann bereits im 7. Notizbuch (Nb. II, 119) festgehalten und daraus in die 1. Notiz zu *Geist und Kunst* sowie in die Notizen zu *Der Tod in Venedig* (TMA, Mp. XI/13e, Bl. 29; vgl. Reed 1983, S. 118) übernommen. Das zweite Zitat verwendet Thomas Mann auch im *Doktor Faustus* (GW VI, 549).

348 26 *Künstlerschwäche für den Katholizismus*] Wiederaufnahme aus der 49. Notiz zu *Geist und Kunst* (dort wiederum zitiert nach dem *Marbacher Schillerbuch*, 1905): »Schiller besitzt eine gute Portion sinnlicher Naivetät. Seine Künstlerschwäche für den Katholizismus in ›Maria Stuart‹. Aber: ›Es ist *schwerer* einen Brief des Julius zu schreiben, als die beste Scene zu machen.‹« (GuK, 176)

27 *daß es schwerer sei*] Die Bemerkung, die lange Zeit zu Thomas Manns Lieblingszitaten gehört, wird hier wiederaufgenommen aus [*Über die Kritik*], Textband S. 86.

349 6 *dritte Reich*] Die Formel wird zurückgeführt auf den Mystiker Joachim von Fiore (Gioacchino da Fiore, geboren zwischen 1130 und 1135, gestorben 1201 oder 1202), wenngleich er sie nicht explizit gebraucht hat. Gemeint ist ursprünglich die trinitarisch begründete, chiliastische Überzeugung von der Heraufkunft eines Reiches des Heiligen Geistes, das als letztes der drei Weltalter erst von der Wiederkunft Christi und dem Weltgericht beendet werde. Im Laufe des 19. Jahrhunderts war der Begriff dank seiner prophetischen Aura und mannigfachen Adaptierbarkeit zu neuer Beliebtheit gekommen (der er dann auch seine Karriere in der ›Konservativen Revolution‹ nach 1918 verdanken sollte). Thomas Mann konnte ihn, wie Kurzke/Stachorski nachgewiesen haben, in Dmitri Mereschkowskis Buch *Tolstoi und Dostojewski* (Leipzig 1903, S. 115) oder im 1. Band von Karl Lamprechts *Zur jüngsten deutschen Vergangenheit* finden, dessen Titel er im 7. Notizbuch mit dem Hinweis »Lesen« notiert hat (Freiburg 1905, S. 406; vgl. Nb. II, 97). Eine mögliche Quelle ist auch Ibsens *Kaiser und Galiläer. Welthistorisches Schauspiel* (1873). Die Verwendung der Formel knüpft hier direkt an deren mystische Ursprünge an; vgl. vor allem den 3. Akt des I. Teils (*Sämtliche Werke*. Bd. 5. Berlin 1903, S. 74). – In späteren Werken Thomas Manns kehrt die Formel in anderen Kontexten und mit wechselnden, aber meist doch irgendwie mit Synthese verschwurbelten Bedeutungen häufig wieder; am nächsten steht dieser Textstelle eine Passage im [*Bekenntnis zum Sozialismus*] von 1933 (GW XII, 679f.). In der Sache ähnlich ausgerichtet ist bereits, al-

lerdings ohne den Begriff zu gebrauchen, Thomas Manns Vergleich zwischen Heine und Ibsen in der *Notiz über Heine* (1909, Textband S. 187).

Paralipomena

In der Überarbeitung des Textes für RuA (1922) und in allen folgenden Nachdrucken außer demjenigen in E I lautet der Anfang des Textes:

> Der Gegensatz, welcher diesen Gesprächen den dialektischen Nerv gibt, ist zuletzt derselbe, den Schiller in seinem unsterblichen Essay unter der Formel »Naiv und sentimentalisch« behandelt hatte. Man weiß, daß er darin das eigene Wesen und Dichtertum gegen das des anderen zu behaupten und abzugrenzen suchte. Aber die innere Form des Essays, antithetisch wie die des Dramas, hinderte ihn nicht, der Wirklichkeit gerecht zu werden, verführte ihn nie zu der Fiktion, als sei der Gegensatz in ihm und Goethe rein dargestellt gewesen. Wahrhaftig, das war er nicht.

Dieses Urteil über Schillers Leistung steht demjenigen des Erstdrucks diametral entgegen. Kurzke/Stachorski haben den Grund dieser Wende darin erkannt, dass Thomas Mann zunächst von seiner »Selbstkritik ausgehend das Scheitern auch Schillers in der Darstellung der Gegensätze betont« habe, »in den späteren [Fassungen] wird der kritische Bezug zugunsten eines positiven Schillerbildes getilgt.« (E I, 367) Vgl. dazu auch *[Über Schiller]* (1905, Textband S. 83) und den Kommentar dazu.

EIN BRIEF

[AN DEN BUCHHÄNDLER HEINRICH JAFFE]

Entstehungsgeschichte

Thomas Manns Münchner Lieblingsbuchhändler Heinrich Jaffe (in ARE I und Reg. 11/44 irrtümlich: »Fritz Jaffé«) hatte im Spätsommer 1911 für einen Jubiläumskatalog zum zehnjährigen Bestehen seiner Buchhandlung in der Brienner Straße zunächst eine Novelle erbeten. Diesen Wunsch wies Thomas Mann mit dem Hinweis zurück, er habe die Arbeit an seinem Roman (*Felix Krull*) bereits um einer größeren Novelle (*Der Tod in Venedig*) willen unterbrechen müssen, »in die ich ohne mich ganz zu verwirren, nicht abermals etwas eintragen kann« (Reg. 11/44). Stattdessen schrieb er diesen kleinen Essay.

Textlage

In der Festschrift *1903–1913. Buchhandlung Heinrich Jaffe*. München o. J. [1912] erschien der Text auf den ersten beiden Seiten, über denen die Anrede wie eine Überschrift gesetzt ist; im Inhaltsverzeichnis wird als Titel *Ein Brief* angeführt (= Druckvorlage). Die in RuA (1922), 320–323 formulierte Überschrift *Glückwunsch an einen Buchändler* wurde übernommen in AuN, 693–695; GWA XI, 663–665; GW X, 843–845 (mit irriger Datierung auf 1913) und ARE I, 265–268. Eine um den ersten und dritten Absatz gekürzte Fassung erschien unter dem Titel *Mein Sortimenter* im *Festbuch zur Pfingsttagung Deutscher Buchhandlungsgehilfen auf der Bugra 1914 in Leipzig*. Hg. von Max Diedrich. Leipzig 1914, S. 122f.

Stellenkommentar

350 5–6 *Sezession*] Trennung.

6 *dem großen alten Haus in der Maximilianstraße*] Die traditionsreiche Buchhandlung A. Ackermann (Nachfolger: Karl Schüler; vgl. hier *Gutachten [über Pornographie und Erotik]*), laut Münchner Handels- und

Gewerbe-Adressbuch von 1900 »kgl. bayer. u. großherzogl. luxemb. Hof= Buch= u. Kunsthändler« in der Maximilianstraße 2.

350 7 *gegenüber dem »Luitpold«*] Das populäre Café Luitpold in der Briennerstraße (nach alter Zählung: Hausnummer 8); zu den Stammgästen zählten u. a. Rilke und Klages. Jaffes Buchhandlung befand sich seit 1903 im Erdgeschoss genau gegenüber (nach alter Zählung: Hausnummer 54).

15–16 *wie Glück ... »verketten«*] Anspielung auf Mephistos Schlusswort zur Thronsaal-Szene im 1. Akt von Goethes *Faust II*: »Wie sich Verdienst und Glück verketten / Das fällt den Toren niemals ein; / Wenn sie den Stein der Weisen hätten / Der Weise mangelte dem Stein.« (V. 5061–5064) Dasselbe Zitat hier auch im *Vorwort zu einem Roman* (Textband S. 387).

351 14–15 *mit Münchens bedeutendstem literarischen Verein*] Gemeint ist vermutlich der von Joseph Ruederer geleitete »Neue Verein«, seit dem 20. Dezember 1903 Nachfolger des »Akademisch-Dramatischen Vereins«, dem auch der junge Thomas Mann angehört hatte.

30 *Laurence Sterne*] Die bekanntesten Werke des englischen Erzählers (1713–1768) sind der Roman *The Life and Opinions of Tristram Shandy* (1760–1767) und der humoristische Reisebericht *A Sentimental Journey through France and Italy* (1768).

31–352.2 *Tauchnitz edition ... Macmillan and Co. Limited*] U. a. durch ihre Klassikerausgaben bekannte Londoner Verlagshäuser.

353 2 *Hans von Webers Verlag*] Schon anlässlich der Neuausgabe von Chamissos *Peter Schlemihl* (Weihnachten 1910) hatte Thomas Mann von »dem preziösen Verlage des Herrn Hans v. Weber in München« und seinen bibliophilen Büchern gesprochen (Textband S. 277). Vgl. auch Thomas Manns Nachruf auf Weber; GW X, 436f.

3 *kostbare Kuriositäten der »Insel«*] Das Programm des 1899 von Alfred Walter Heymel, Rudolf Alexander Schröder und Otto Julius Bierbaum gegründeten »Insel«-Verlags mit der Monatsschrift *Die Insel*, den jährlichen *Insel-Almanachen* (seit 1906) und der *Insel-Bibliothek* war auch bis in die Buchausstattung maßgebend für die antinaturalistischen Bewegungen des frühen 20. Jahrhunderts.

353 3–4 *Georg Müllers … Produkte*] Der 1903 gegründete Verlag Georg Müller gehörte wie die »Insel«, Albert Langen (Verlagsgründung 1893) und Hans von Weber zu den wichtigsten Verlagen der Münchner Moderne.

9 *Reclamheftchen*] Zu Thomas Manns Wertschätzung von Reclams »Universalbibliothek« vgl. die 74. Notiz zu *Geist und Kunst* (man müsse das »Buch um seiner selbst willen lieben, als Reclamheft«; GuK, 191) und hier [*Beim Erscheinen der No. 5000 von Reclams Universal-Bibliothek*] (1909; Textband S. 196).

DER LITERAT

Entstehungsgeschichte und Quellenlage

Bereits am 1. April 1910 hatte sich Thomas Mann in einem Brief an Hermann Hesse bereiterklärt, gelegentlich einen Beitrag für die von Hesse zusammen mit Kurt Aram, Albert Langen und Ludwig Thomas herausgegebene Zeitschrift *März* zu verfassen (vgl. GKFA 21, 448). Dazu kam es aber erst, nachdem er den seit 1909 geplanten großen *Litteratur-Essay* über *Geist und Kunst* in *Der Tod in Venedig* zumindest vorläufig an Gustav von Aschenbach abgetreten hatte (GW VIII, 450); noch für das Jahr 1913 allerdings kündigte die *Neue Rundschau* in einem Prospekt einen Essay über *Kunst und Kritik* an. Die Handschrift, die Thomas Mann der Redaktion einsandte, dürfte Ende 1912 entstanden oder jedenfalls zum Zweck der Veröffentlichung überarbeitet worden sein. Das Blatt mit der nachträglich verfassten Vorrede trägt den redaktionellen Eingangsstempel »27. Dez. 1912«.

Die weitere Entstehungsgeschichte ist nur noch ungenau rekonstruierbar. Einige gestrichene Zeilen zu Beginn und am Schluss der Handschrift (vgl. hier S. 504_{21-22} u. Anm. bzw. 515_{3} u. Anm.) deuten darauf hin, dass Thomas Mann Varianten eines prologartigen Abschnitts bzw. eine wieder verworfene Fortsetzung des abschließenden Gedankens erprobt hat. Ob das in der Vorbemerkung genannte »Kapitel« über den »Typus des literarischen Menschen« tatsächlich geschrieben worden ist und welchen Umfang es in diesem Fall gehabt hat, lässt sich nach dem erhaltenen Konvolut ebenso wenig entscheiden wie die Frage, wann etwaige Streichungen und Bearbeitungen vorgenommen wurden.

Eine Hauptquelle des Essays gibt Thomas Mann in seiner Vorbemerkung selbst an: die lange geplante, schließlich als »amorphe Notizenmasse« aufgegebene »große Abhandlung über Geist und Kunst« – mitsamt der heterogenen Fülle der dort herangezogenen literarischen, historischen, publizistischen Materialien.

Es fällt jedoch auf, dass nur vergleichsweise wenige der Notizen zu *Geist und Kunst* tatsächlich wörtlich in diesen Text eingegangen sind, während umgekehrt hier Gedankengänge verfolgt, Autoren und Texte genannt werden, die dort gar keine Erwähnung finden. Entgegen dem – auch durch seine Vorbemerkung erweckten – Anschein hat Thomas Mann hier nicht so sehr Grundgedanken dieses (so die Aufschrift seines im TMA erhaltenen Konvoluts) *Litteratur-Essays* resümiert, modifiziert oder erweitert; vielmehr werden einige dort eher am Rande berührte Fragen nun energisch herausgestellt, zugespitzt und systematisiert, und es wird in experimentierender Apodiktik eine mögliche Lösung durchgespielt. Die *zentralen* Argumentationslinien aus *Geist und Kunst* sind dagegen bereits in anderen, thematisch verwandten Essays weiter verfolgt worden; vgl. *Notizen [II]* (Textband S. 211–216), den *Versuch über das Theater* (Textband S. 123–168) und vor allem den Beitrag über *[Die gesellschaftliche Stellung des Schriftstellers in Deutschland]* (Textband S. 225–230). – Um den gedanklichen und entstehungsgeschichtlichen Zusammenhang des *Literaten*-Essays mit den Fragmenten des *Litteratur-Essays* zu verdeutlichen, werden hier zunächst dessen unmittelbar einschlägige Passagen resümiert.

Die Gedankengänge in *Geist und Kunst* konzentrieren sich weitestgehend auf zeitgenössische Entwicklungen in Kunst und Kultur, und zwar vor allem in Deutschland. Gegen diverse irrationalistische, esoterische, völkische, nationalkonservative und neoromantische Zeitströmungen, die sich auf die Kunsttheorien Wagners berufen oder sich nach Thomas Manns Meinung auf sie zurückführen lassen, soll ein Konzept des »Literaten« und der »Literatur« verteidigt und vertreten werden, das sich in erster Linie auf Nietzsche beruft und bezieht, und zwar als »Nietzsche militans« im Gegensatz zum »Nietzsche triumphans« (103. Notiz; GuK, 208), und das Literatur als eine auf psychologisch-skeptischer »Erkenntnis« gegründete Kunst versteht: »der Literat« ist danach »dieser Künstler der Erkenntnis par excellence (von der Kunst im naiven und treuherzigen Sinne geschieden durch Bewußtheit, durch Geist, durch Moralismus, durch Kritik)«. (So das Resümee dieses Grundgedankens in [*Die gesellschaftliche Stellung des Schriftstellers in Deutschland*], vgl. Textband S. 225.) Die kritische und für den Kritiker selbst schmerzhafte »Erkenntnis« durchschaut nicht nur ästhetische Lüge, ideologische Verkleidung und die sinnlich-verführerische Illusionskunst des Schauspielertums (wie im Fall von Nietzsches Anti-Wagner-Schriften), sondern darüber hinaus, mit Schopenhauer, den grundsätzlichen Illusionscharakter des Daseins. In der 5. Notiz greift Thomas Mann noch einmal auf die im Literaturgespräch des *Tonio Kröger* diskutierte Identifikation des Literaten als eines Erkennenden mit Schopenhauers »Heiligem« zurück: »Der Litterat als *Heiliger* (höchster Typus): Kunstgespräch im Tonio Kröger.« (GuK, 153; vgl. GW VIII, 300.) Dieser Heilige ist bei Schopenhauer verstanden als »Anachoret«, der den Willen zum Leben durchschaut und ihn verneint (*Die Welt als Wille und Vorstellung*, 4. Buch, § 68; weitergedacht von Nietzsche in *Menschliches, Allzumenschliches*, Teil I, 3: *Das religiöse Leben*, Abschnitte 141 bis 144).

Gegenbegriff der »Litteratur« ist in *Geist und Kunst* eine anti-intellektuelle (oft zugleich völkisch-antisemitische), anachronistisch auf eine neue Naivität zielende »Kunst«. Aus der von Nietzsche gewonnenen Position heraus polemisieren die Notizen deshalb immer wieder gegen Wagners abschätzige Rede von »Literatur« als einer defizienten Erscheinungsform der Kunst, gegen die Abwertung von »Literaturdrama« und »Literatur-Lyrik« (etwa in der 3., 8., 10., 14., 16., 76. und 90. Notiz) zugunsten einer ersatzreligiösen »Tempelkunst« (12. Notiz).

»Literat als Schimpf. Literatur gleich Unkunst«, zitiert Thomas Mann in der 27. Notiz (GuK, 167) und fährt fort: »Der neueste Mode-Unsinn, der übrigens von Wagner her durchgesickert ist. [...] Die Unverschämtheit kleiner, dämlicher Wichtigmacher unter dem Schutz einer thörichten, national bornierten Zeitströmung!« Gegen Wagners Forderung nach der »Sinnlichkeit« eines »Gesamtkunstwerks«, das dann gar die Funktionen einer »Kunstreligion« übernehmen sollte (vgl. dazu den *Versuch über das Theater*), proklamiert Thomas Mann die »*Intellektualität* des repräsentativen modernen Künstlers« (13. Notiz; GuK, 159). Die 97. Notiz setzt den Begriff der »Litteratur« als Schlagwort gegen »Wagner« ein: »Nein, man kann Wagnern nicht verehren! [...] Und was ist es, was ihm fehlt? Welcher Mangel an seiner Persönlichkeit, seiner geistigen Haltung entmutigt die Verehrung und macht ihn würdelos, ungerecht, mißtrauisch, anmaßend, ehrsüchtig, neidisch, gemein? Es ist der Mangel, dessen er sich sein Leben lang als einer Tugend gerühmt hat und den die Deutschen ihm auch als Tugend angerechnet haben: der Mangel an Litteratur.« (GuK, 203) In diesem Zusammenhang tauchten explizit auch die Oppositionen von »Dichter« und »Schriftsteller« (46. Notiz), »Künstler« und »Litterat« (als »Kritiker«) auf (mit diesen Termini in der 27. und 111., sinngemäß auch in der 62. Notiz u. ö.).

In dieser Argumentation greift Thomas Mann mehrfach auf Schillers Unterscheidung zwischen »naiver« und »sentimentalischer« Dichtung zurück. Die durch Goethe noch überzeugend verkörperte Einheit von Künstler und Natur, Subjekt und Welt erscheint sowohl für den »sentimentalischen« Schiller (in der Erzählung *Schwere Stunde*, 1905; GW VIII, 371–379) wie auch für die dezidiert als intellektualistisch verstandene Frühromantik als verloren. Schon dort ist an die Stelle der Goethe'schen »Kunst« die »Litteratur« getreten (womit sie hier, wiederum in genauem Gegensatz zur späteren Position der *Betrachtungen*, in die Reihe der Kronzeugen für eine aufgeklärte Moderne eintritt). In der 42. Notiz identifiziert Thomas Mann geradezu »*Romantik* und Kritizismus (Schriftstellertum). [...] In der ganzen Romantik ist der *Geist*, die Ironie die [...] Hauptsache. Sie ist tief litterarisch. [...] Unnaiv.« (GuK, 172; vgl. auch das Kapitel *Romantische Ironie* in Ricarda Huchs von Thomas Mann gründlich durchgearbeitetem Buch *Blüthezeit der Romantik*. Leipzig 1899.)

»Litteratur« umfasst in *Geist und Kunst* jedoch noch einen zweiten, komplementären Aspekt. Sie ist nicht nur analytisch als »Kritik« (vgl. hier bereits *Kritik und Schaffen* und [*Über die Kritik*]), sondern auch konstruktiv als Kunst des treffenden und schönen Ausdrucks. In beiden Hinsichten beruft sich Thomas Mann in *Geist und Kunst* auf Friedrich Nietzsche, der »über Schreibkunst das Feinste und Aeußerste gesagt hat, was unter uns darüber gesagt worden ist! Den nur die Reinheit, psychologische Reizbarkeit, Wahrheitsliebe des Litteraten, des Menschen der Erkenntnis von dem unzuverlässigen und charakterlosen Künstler Wagner hat abfallen lassen!« (32. Notiz; GuK 168) Auch die 12. Notiz setzt gegen die »modische[ ] Vornehmthuerei in Deutschland gegen das ›Litterarische‹« eine von Nietzsche übernommene Bezeichnung: »Schreiben können gilt nichts, aber was lallend aus orphischen Tiefen kommt oder zu kommen vorgiebt, wird sehr geschätzt.« (GuK, 158; vgl. [*Die gesellschaftliche Stellung des Schriftstellers in Deutschland*], Textband S. 228$_{26-27}$ mit Kommentar.) Bereits in der 2. Notiz heißt es deshalb kategorisch: »Es kommt darauf an, *gut zu schreiben*. Nur wer am besten schreibt, hat das Recht auf die höchsten u. vornehmsten Gegenstände. C. F. Meyer als Exempel.« (GuK, 152) Die 95. Notiz von Nietzsches *Der Wanderer und sein Schatten* in *Menschliches, Allzumenschliches* II fordert, »an einer Seite Prosa wie an einer Bildsäule [zu] arbeiten« (KSA 2, 595). Der 87. Aphorismus enthält die auch im *Literaten*-Essay aufgegriffene Passage: »Desshalb muss jetzt ein Jeder, der gut europäisch gesinnt ist, *gut und immer besser schreiben* lernen: es hilft Nichts, und wenn er selbst in Deutschland geboren ist, wo man das schlecht-Schreiben als nationales Vorrecht behandelt. Besser schreiben aber heisst zugleich auch besser denken [...].« (KSA 2, 592)

Diese Gleichsetzung wird in einer Notiz, die Thomas Mann in seinem Exemplar von *Jenseits von Gut und Böse* an den Rand des 254. Aphorismus eingetragen hat, zugleich erweitert und entscheidend überboten. Sie besagt, dass »litterarisch-formale und moralistische Cultur Hand in Hand gehen« (zitiert nach GuK, 172). Die Frage, ob und inwiefern aus dem zunächst destruktiv-analytischen Erkennen des einzelnen »Litteraten« über das ›besser Denken‹ hinaus eine moralisch gute (humane, philanthropische) Wirkung für die menschliche Gesellschaft hervorgehen könne, wird in der 20. Notiz erstmals versuchsweise bejaht:

> Notwendigkeit der »Literatur« zumal bei uns: Erweckung des Verständnisses für alles Menschliche, Sittigung, Veredelung, Besserung. Schwächung dummer Überzeugungen und Werturteile. Skeptisierung. Humorisierung. Was das Moralische betrifft: *zugleich* Verfeinerung u. Reizbarkeit einerseits und Erziehung zum Zweifel, zur Gerechtig[keit], Duldsamkeit. *Psychologisierung*. (GuK, 164)

Als ein möglichst pointiertes Beispiel eines zugleich ästhetisch anspruchsvollen und moralisch wertvollen »Schriftstellertums«, das überdies sogar unmittelbar auf die gesellschaftliche Praxis einzuwirken vermag, schildert die 41. Notiz den italienischen Aufklärungs-Juristen Cesare Beccaria (1738–1794):

> *Schriftstellertum.* Beccaria, philantropischer [sic] Schriftsteller, geb. 1738 in Mailand, berühmt durch die Schrift »Dei delitti e delle pene« (gegen die Härte der Kriminaljustiz, Tortur u. Todesstrafe), die bewirkte, »daß der Abscheu gegen unmenschliche Strafen allgemeiner verbreitet und für mildere Gesetze der Weg gebahnt wurde« (Brockhaus). Gleichzeitig berühmt durch eine philos. Sprach- und Styllehre u. mehrere Abhandlungen über den Styl. Anführer einer Reihe »von kriminalpolitischen Literatoren des 18. Jahrhs. die die Gesellschaft auf die Anklagebank gesetzt haben« […]
>
> (Was, wo wären wir, wäre die Menschheit ohne ihre großen Fürsprecher, die Schriftsteller! Verdankt sie ihnen nicht mehr, als den Dichtern, die, Künstlerkinder, die sie sind, allzu oft nur dem Vergnügen, dem Genuß der Herrschenden gedient haben.)
>
> Philantropie [sic] und Schreibkunst als dominierende Passionen *einer* Seele. Das hat etwas zu bedeuten. Schön schreiben heißt beinahe schon schön denken, und davon ist nicht weit zum schönen Handeln. Alle Sittigung, sittliche Veredelung und Steigerung entstammt dem Geiste der Litteratur. (Die gute That, das schöne Wort.[)]) (Goethe) […] (GuK, 171)

Der Gedanke einer notwendigen Zusammengehörigkeit von »guter That« und »schönem Wort« wird in der 62. Notiz – bereits unter derselben Überschrift wie der vorliegende Essay – wiederaufgenommen, zugleich aber auch (im Blick auf Heinrich Mann) vorsichtig relativiert:

> *Der Litterat*: seine besondere Libertin-Stellung in der Gesellschaft (Schiller), von sehr unterschiedlicher wissenschaftlicher Ausbildung, jedenfalls meist ohne Ausweis darüber, ohne Akademie, ohne Examina. Am besten paßt Nietzsche's Definition des modernen Artisten, dieser »Zwischen-Spezies« etc. [...] Aber von der Kunst im naiven und treuherzigen Sinne geschieden durch Erkenntnis, durch Wissen, durch Kritik. Vornehmste Entwicklungsstufe des Typus: der Heilige. (Tonio Kröger.) Bewußtheit, höchste psychologische und sittliche Reizbarkeit, Reinheit, Güte, Humanität, was, bei politischer Teilnahme [,] zu einem fast trivialen, fast kindlichen Radicalismus und Demokratismus führen kann. Heinrich. (GuK, 184; vgl. auch die 105. Notiz; GuK, 210, zu Ibsen.)

Trotz dieser Relativierung nimmt Thomas Mann die Beccaria-Notiz als unmittelbare Vorlage für *Der Literat* wieder auf. Denn hier bemüht er sich, das moralische, humanistisch-philanthropische Potential des Literatentums möglichst konsequent auszuloten. (Dabei greift er historisch und topographisch weiter aus als in den *Geist und Kunst*-Notizen.) Die zu Beginn der Handschrift gestrichenen Zeilen, bei denen es sich wohl um den Rest eines verworfenen früheren Anfangs handelt, erwecken den Eindruck, dass hier eine Art Versuchsanordnung für den folgenden Text entworfen wird:

> Stellen wir ihn in ein ruhiges Tageslicht! Seien wir wissenschaftlich, objektiv, naturalistisch und gerecht! Fragen wir ohne Zorn und Beflissenheit: Wer ist litterarisch? Was ist ein Litterat?

Der gegenüber *Geist und Kunst* überraschend pathetische, ja manchmal fast weihevolle Ton des Essays könnte sich im Lichte dieser

Vorbemerkung als eine Art experimentierender Rollenprosa erklären. Zumindest an einer Stelle würde dieses Spiel unterbrochen, dann nämlich, wenn ausgerechnet der Gewährsmann Voltaire mit dem Verb »kreischt« ridikülisiert wird (»›Andere Interessen‹, kreischt Voltaire, ›andere Taten!‹« Textband S. 361).

Andererseits jedoch klingen im Schlussabsatz Begriffe wieder an, die am Ende des *Tonio Kröger* vorbereitet werden: »Denn wenn irgend etwas imstande ist, aus einem Literaten einen Dichter zu machen, so ist es diese meine Bürgerliebe zum Menschlichen, Lebendigen und Gewöhnlichen. Alle Wärme, alle Güte, aller Humor kommt aus ihr [...].« (GW VIII, 338) Und bereits 1910 hatte Thomas Mann in [*Die gesellschaftliche Stellung des Schriftstellers in Deutschland*] nachdrücklich erklärt:

> Der litterarische Geist [...] ist die vornehmste, die höchste Offenbarung des Menschengeistes überhaupt. Er ist es, der das Verständnis für alles Menschliche weckt, der Sittigung, Veredelung, Bildung verbreitet, der die Schwächung dummer Überzeugungen und Werturteile betreibt und, während er die Sittlichkeit verfeinert und reizbar macht, zugleich doch zum Zweifel, zur Gerechtigkeit und Güte erzieht. (Textband S. 229)

Dieser Gedanke wird nun fast wörtlich wiederaufgenommen, zunächst im Hinweis auf die »sittliche Reizbarkeit« des »Literaten« und der »vornehmsten Entwicklungsstufe«, auf der er dem Heiligen gleiche, dann in dem Satz: »Alle Sittigung – das ist billig festzustellen – alle sittliche Veredelung und Steigerung des Menschengeschlechtes entstammt dem Geiste der Literatur, und schon den Volkspädagogen der Alten galt das schöne Wort als der Erzeuger der guten Tat.«

Erst an exponierter Stelle in den *Betrachtungen eines Unpolitischen*, am Ende des Abschnitts *Einkehr*, hat Thomas Mann dann im Zusammenhang mit der Verhöhnung des »Zivilisationsliteraten« auch den *Literaten*-Essay (und damit indirekt auch die ihn antizipierenden Gedanken der früheren Texte) einer scharfen Kritik unterzogen, in der die vergleichsweise vorsichtigen Relativierungen in der 62. Notiz von *Geist und Kunst* resolut zugespitzt werden:

> In einer Zeitschrift (es war der ›März‹, – ein Name, politischen Frühlingsahnens voll) erschien ein Aufsatz, eine Studie, dem »Literaten« gewidmet, eine Aufklärung für Deutsche über Wesen und Herkunft dieses im höchsten Grade *aktuellen* geistigen Typus, – und Schmeichelhafteres, als ihm in diesem März-Artikel gesagt wurde, war dem Literaten in Deutschland überhaupt seiner Lebtage noch nicht gesagt worden.

Dann wird zunächst ausführlich, streckenweise wörtlich und mit ironischem Unterton (in indirekter Rede) der Gedankengang des Essays paraphrasiert; diese Passage endet mit den Worten:

> Alle Sittigung des Menschengeschlechtes – das sei festzustellen – entstamme dem Geiste der Literatur, und schon den Volkspädagogen der Alten habe das schöne Wort als der Erzeuger der guten Tat gegolten. – Welch ein Sermon! Es ist Woodrow Wilson, den man zu hören glaubt, dieser hochgestellte Gönner des Menschengeschlechtes [...].

Was im Essay von 1912 als »Literat« geschildert wurde, erscheint in dieser Kritik nun unter dem Kampfbegriff des »Zivilisationsliteraten«; die politischen Konsequenzen, die dort nur implizit angedeutet waren, werden hier polemisch expliziert:

> Zwar war ich im Geistig-Sittlichen verblieben, war nicht ins Politische vorgeschritten. Allein die politischen Konsequenzen dessen, was ich da ausgekramt hatte, lagen ja auf der Hand: die politische Konsequenz von »Philanthropie und Schreibkunst«, das ist die radikale Republik, die Advokaten- und Literatenrepublik, wie der Zivilisationsliterat sie im Haupte und Herzen hegt ... Nochmals, ich hatte es getroffen. Aktivisten und Männer des ›Ziels‹ drückten mir ihre Anerkennung aus. In ihrer Art nicht weniger avancierte Köpfe zählten die Ideen meines Literatenartikels jenen Dingen zu, die »der neue Geist einer jüngsten Literatur dem Geiste der älteren, seit Hebbel etwa, zu sagen hat«. Kein Zweifel, ich befand mich im richtigen Boot; ich hatte den Anschluß, weiß Gott! (GW XII, 99–101; vgl. die Auseinandersetzung mit *Fiorenza* ebd. S. 92f.)

In ähnlich denunziatorischer Absicht, aber gedämpfter und parodistischer, werden im *Zauberberg* einige Grundgedanken des Essays Settembrini und seinem Adepten Hans Castorp in den Mund gelegt:

> Und er sprach vom »Worte«, vom Kultus des Wortes, der Eloquenz, die er den Triumph der Menschlichkeit nannte. Denn das Wort sei die Ehre des Menschen, und nur diese mache das Leben menschenwürdig. Nicht nur der Humanismus, – Humanität überhaupt, alle Menschenwürde, Menschenachtung und menschliche Selbstachtung sei untrennbar mit dem Worte, mit Literatur verbunden – (»Siehst du wohl«, sagte Hans Castorp später zu seinem Vetter, »siehst du wohl, daß es in der Literatur auf die schönen Worte ankommt? Ich habe es gleich gemerkt.«) –, und so sei auch die Politik mit ihr verbunden, oder vielmehr: sie gehe hervor aus dem Bündnis, der Einheit von Humanität und Literatur, denn das schöne Wort erzeuge die schöne Tat. [...] Schön schreiben, das heiße beinahe auch schon schön denken, und von da sei nicht mehr weit zum schönen Handeln. Alle Sittigung und sittliche Vervollkommnung entstamme dem Geiste der Literatur, diesem Geiste der Menschenehre, welcher zugleich auch der Geist der Humanität und der Politik sei. Ja, dies alles sei eins, sei ein und dieselbe Macht und Idee, und in *einen* Namen könne man es zusammenfassen. Wie dieser Name laute? [...] – er laute: Zivilisation! Und indem Settembrini dies Wort von den Lippen ließ, warf er seine kleine, gelbe Rechte empor, wie jemand, der einen Toast ausbringt. (GW III, 224f.)

Textlage

Der Beitrag erschien in zwei Teilen im *März* vom 4. (Vorbemerkung und 1. Teil: *Der Literat*, S. 18–21) und 11. Januar 1913 (2. Teil: *Der Künstler und der Literat*, S. 62–65). Er wurde erst in GW X, 62–70; ARE I, 325–333 und in E I, 158–165 wieder nachgedruckt (jeweils ohne Untergliederung und unter der zweiten als der Gesamt-

Überschrift). Die handschriftliche Vorlage des Erstdrucks ist, mit Vermerken der Redaktion, in der Universitätsbibliothek von Yale vorhanden. Außerdem existiert im TMA das Fragment einer Handschrift, die vermutlich zu den Vorarbeiten zu diesem Text (und zugleich dem Essay [*Die gesellschaftliche Stellung des Schriftstellers in Deutschland*]) gehört. Beide Texte werden hier unter Paralipomena wiedergegeben und kommentiert.

Die Zweiteiligkeit des Erstdrucks hat Wysling sogar veranlasst, von zwei »Aufsätze[n]« zu sprechen (GuK, 125). Die Handschrift ist jedoch als ein durchlaufender Text konzipiert und enthält keine Überschrift, die eindeutig auf Thomas Mann zurückzuführen wäre. Nach der Vorbemerkung, vor Beginn des Haupttextes, sind von fremder Hand und in einer von der seinen abweichenden Orthographie die Worte »Der Literat / von Thomas Mann« eingefügt, die dann als Überschrift des ersten Teils in den Erstdruck übernommen wurden. Ihr entsprechen seine späteren Erwähnungen des Textes in den *Betrachtungen eines Unpolitischen* (eine »Studie, dem ›Literaten‹ gewidmet«, »mein Literatenartikel«; GW XII, 99–101). Der Beginn des zweiten Teils ist in der Handschrift hingegen nicht besonders markiert. Inwieweit die im Erstdruck eingefügte Überschrift *Der Künstler und der Literat* von Thomas Mann gewünscht ist, lässt sich nicht mehr entscheiden; sie ist aber zumindest passiv autorisiert. Nichts spricht hingegen dafür, dass sie auch – wie in allen bisherigen Nachdrucken geschehen – als Titel über den gesamten Essay gestellt werden sollte.

Stellenkommentar

354 2 *Eine große Abhandlung*] Vorangestellt ist im Erstdruck die redaktionelle Einführung: »Thomas Mann wünscht diese Worte seinem Essay über den Literaten vorangestellt zu sehen: [...].«

10–12 *»Die, welche ... Brahmanen werden.«*] Die Quelle konnte nicht ermittelt werden, ebenso wenig die Herkunft der von Thomas Mann gebrauchten Namensform »Vedam«. *Veden* (*Veda*): die ältesten heiligen Schriften der Inder. Brahmanen: im Hinduismus die

Angehörigen der obersten Kaste, die als besonders weise gelten (vgl. Friedrich Rückerts *Die Weisheit des Brahmanen*, 1836–1839).

354 18 *Abenteuerlust*] Vgl. *Der Abenteurer* in *Notizen* [I], Textband S. 93.

355 16–17 *der primäre und ursprüngliche*] Abweichung des Erstdrucks von der letzten Fassung der Handschrift: Dort ist »ursprüngliche« gestrichen und durch »zeugende« ersetzt.

356 7 *Schiller*] Etwa in der Abhandlung *Über die ästhetische Erziehung des Menschen in einer Reihe von Briefen* (1793). In der Handschrift ist dem Namen Schillers hier die Bestimmung »ein Litterat höchsten Ranges« hinzugefügt.

10 *Goethe*] Aus der Rede der »Muse« in seinem szenischen Gedicht *Künstlers Apotheose* (1788): »Denn was ein guter Mensch erreichen kann, / Ist nicht im engen Raum des Lebens zu erreichen. / Drum lebt er auch nach seinem Tode fort / Und ist so wirksam, als er lebte; / Die gute Tat, das schöne Wort, / Es strebt unsterblich, wie er sterblich strebte. / So lebst auch du durch ungemeßne Zeit. Genieße der Unsterblichkeit!« (V 201–208)

21 *Philanthropie und Schreibkunst*] Vgl. hier zur Entstehungsgeschichte. In den *Betrachtungen* erscheint die Formel mehrfach als herabsetzende Charakterisierung des »Zivilisationsliteraten« (vgl. GW XII, 99ff., 232 und 442).

357 12 *sein Talent*] Zu diesem Begriff vgl. hier den Aphorismus *Talent* (Textband S. 344) sowie *An einen jungen Dichter* (S. 194f.), auch das *Vorwort zu einem Roman* (S. 388).

15 *äffisch Unterhaltsames*] Vom »äffische[n] Urgrund der Kunst« ist noch im Tschechow-Essay 1954 die Rede (GW IX, 848).

358 10 *Montaigne*] Wiederaufnahme aus *Der alte Fontane* (Textband, S. 271f.). Thomas Mann zitiert aus den *Essais* von Michel Eyquem Seigneur de Montaigne (1533–1592) *De l'utile et de l'honneste*. In der von ihm benutzten deutschen Ausgabe *Ausgewählte Eßais*. Straßburg 1900, finden sich die zitierten Stellen in Band 5 (S. 9f. und 38).

25 *Montaigne ist außer sich*] In der Handschrift noch: »Er ist außer sich«; der Name ist erst im Druck, mit Rücksicht auf die Unterbrechung, am Beginn des zweiten Teils wieder eingefügt worden (vgl. hier zur Textlage).

359 6 *Epaminondas*] Thebanischer Feldherr (420–362).

16–17 *Renaissanceliterator*] Übernahme aus dem in der 41. Notiz zu *Geist und Kunst* zitierten Schrift von Hans Leuß *Aus dem Zuchthause. Verbrecher und Strafrechtspflege* (Berlin 1903); dort ist die Rede von »kriminalpolitischen Literatoren des 18. Jahrhs. die die Gesellschaft auf die Anklagebank gesetzt haben« (vgl. GuK, 171). Vielleicht darüber hinaus auch eine Anspielung auf die früher angegriffene ›hysterische Renaissance‹ in Heinrich Manns Romanen (vgl. hier *Das Ewig-Weibliche*) und auf Thomas Manns eigenes Drama *Fiorenza*.

27–28 *dem Künstler »wie er im Buche steht«*] Die Darstellung des »Künstlers« knüpft an *Fiorenza* an: »Ich schilderte ›den Künstler‹ getreu nach dem Bilde meines Aldobrandino in ›Fiorenza‹« (GW XII, 100).

360 10 *Freudenmeister*] Vielleicht übernimmt Thomas Mann das Wort aus Kurt Martens' 1907 in Berlin erschienener Komödie *Der Freudenmeister*, die er in seinem Brief an Martens vom 22. Dezember 1907 kommentiert hat (vgl. TM/Martens I, 234f.).

30 *rankünös*] Intrigant; hier am ehesten: rachedurstig.

32 *Voltaires Gehässigkeit gegen Karl den Großen*] Thomas Mann zitiert und paraphrasiert das 15. und 16. Kapitel des zweiten Teils von Voltaires *Essay sur l'histoire générale et sur les mœurs et l'esprit des nations depuis Charlemagne jusqu'à nos jours* (»Versuch über die allgemeine Geschichte, über die Sitten und den Geist der Nationen von Karl dem Großen bis in unsere Tage«); die von ihm benutzte Quelle ist nicht ermittelt.

362 5–6 *Propheten des alten Bundes*] In der Handschrift zunächst nur »Propheten«, ohne die (erst über der Zeile nachgetragene) Einschränkung. Der »alte Bund« (Gottes mit dem erwählten Volk Israel) meint die Zeit des Alten Testaments.

8 *Anachoret*] Frommer Einsiedler.

Paralipomena

1. Handschriftlicher Entwurf einer früheren Fassung

Die Handschrift ist im TMA unter der Signatur Mp. I/1 erhalten und ohne die Varianten abgedruckt in GuK, 147f. Sie ist offenkundig unvollständig; da keine Paginierung vorhanden ist, lässt sich nicht mehr feststellen, ob nach den Worten »der Begriff so häßlich« ein Blatt oder mehrere fehlen. Eine entstehungsgeschichtliche Lokalisierung wird durch drei Umstände möglich: Einerseits steht der Text im Gedankengang und mehreren wörtlich identischen Formulierungen in engem Zusammenhang mit der Rundfrage-Antwort [*Die gesellschaftliche Stellung des Schriftstellers in Deutschland*], die auf den 7. März 1910 datiert ist (vgl. Textband S. 225–230). Andererseits bestehen ähnliche, wenn auch weniger umfangreiche Übereinstimmungen mit dem 1913 publizierten, ebenfalls hier im Textband abgedruckten *Literaten*-Essay. Drittens schließlich weist die Handschrift ein graphisches Merkmal auf, das sie nur mit diesem Essay gemeinsam hat: Sie beginnt mit einer sorgfältig ausgeführten Anfangsmajuskel und bildet damit eine spezifische typographische Gepflogenheit der Zeitschrift *März* ab. Gegenüber deren Herausgeber Hermann Hesse hatte Thomas Mann, wie erwähnt, bereits 1910 brieflich einen Beitrag versprochen, das Versprechen aber erst mit dem *Literaten*-Essay eingelöst. Dies alles führt zu der Annahme, dass es sich bei dem Handschriftenfragment um die Reste eines ersten Entwurfs für den *März* handelt.

Auffallend ist hier, im Unterschied zu allen zeitlich und thematisch benachbarten Texten, die nachdrückliche Analogisierung der sozialen (Außenseiter-)Rolle des »Literaten« mit derjenigen der Juden und der Frauen. Das Interesse für das Problem des Antisemitismus bei Juden ist möglicherweise motiviert durch die Auseinandersetzung mit Theodor Lessing. Jedenfalls greift hier die einleitend im parodistischen Spiel mit dem Katechismus-Ton formulierte Kritik der Selbstverachtung von »Literaten« zurück auf einen Passus aus *Der Doktor Lessing* (1910; vgl. Textband S. 218f.). Zu

Übernahmen aus den Notizen zu *Geist und Kunst* vgl. hier zur Entstehungsgeschichte.

Welches ist das tötlichste Schimpfwort, heute gefürchteter und eine ärgere Brandmarkung, als Stümper, Hohlkopf und Langfinger? – »Litterat!« – Wer hat es erfunden? – Wir Litteraten. – Wen nennen wir so? – Unsselbst, uns, unter einander. – »Wir«, sage ich, um mich auszunehmen, indem ich mich einbegreife; denn ich vermeide so die Unsitte vieler, ja der meisten meiner Berufsgenossen, gegen Beruf und Genossenschaft vornehm zu thun und sich überall die Miene zu geben, als gehörten sie keineswegs dazu, – völlig nach Art jener antisemitischen Juden, die zwar ebenfalls Juden, aber doch irgendwie nicht in dem Sinn, wie die anderen, sind – oder nach der unserer antifeministischen Weiber, die in der Frauenfrage Entscheidungen von der amüsantesten Rückschrittlichkeit treffen, unverhohlen ihre Geschlechtsgenossinnen zu den Tieren verweisen und °immer° nur für ihre Person, eben auf Grund dieses überlegenen Urteils, eine Sonderstellung beanspruchen … Seltsame Untreue! Seltsame Unsicherheit des Ichs – dieser Ekel vor dem, was man ist! Er allein ist schuld, daß zur Schmähung entarten konnte, was ursprünglich ein neutrales Kennwort nicht nur, nein, ein Ehrentitel und Ordenszeichen war °und für Viele heute noch ist.° Denn da giebt es so manchen °handfesten° Stückeschreiber und herzlichen Bürgerpoeten, der vor seligem Stolz verginge, wenn eine Abordnung aus unserer Mitte ihm eines Tages, viel-

3 *heute gefürchteter*] *korrigiert aus:* gefürchteter heute 7 *sage ich,*] *gestrichen folgt:* und »uns«, und das, um mich auszunehmen *darüber gestrichen:* denn zwar, *danach gestrichen:* und zwar 7 *einbegreife;*] *gestrichen folgt:* aber ich 8 *so*] *korrigiert aus:* damit 12 *doch irgendwie nicht*] *korrigiert aus:* beileibe nicht 12 *Sinn*] *korrigiert aus:* Sinne 13 *die*] *korrigiert aus:* alle 18 *beanspruchen …*] *gestrichen folgt:* Ja, der Ekel vor dem, was man ist, diese Untreue und seltsame Unsicherheit des Ichs scheint in der That die gemeinsame Eigenschaft der Juden, Frauen und Litteraten zu sein.
18 *Seltsame*] *korrigiert aus:* Welche *dies wiederum korrigiert aus:* Seltsame
18–19 *Seltsame*] *korrigiert aus:* Welche *dies wiederum korrigiert aus:* Seltsame

leicht zu seinem siebenzigsten Geburtstag, das Diplom als »litterarischer« Dichter auf sammtenem Kissen überreichte, – woraus gleich zu ersehen, daß es hier eine doppelte Optik und Beleuchtung giebt, eine von oben und eine von unten, und daß darum der Begriff so häßlich [*Seitenende; der Satz bricht ab*]

Sanftmut, Wissen und Güte, das sind priesterliche Eigenschaften: und wer wird mich tadeln, wenn ich den Litteraten einen Priester nenne? Sogar in einem ganz bürgerlichen und persönlichen Sinne mag dies verstanden werden, denn es giebt ein Beichtkind-Vertrauen der Aktiven in die unbeteiligte Geistigkeit des Litteraten, eine vorübergehende Unterwürfigkeit und Bekenntnis-Rührung der Weltkinder gegenüber, welche genau dem alten Verhältnis zwischen Krieger und Priester entspricht.

2. Handschriftliche Vorlage der Druckfassung

Die in der Bibliothek der Universität Yale erhaltene Handschrift lässt erkennen, wie sorgfältig und zielstrebig Thomas Mann den Essay erarbeitet hat und wie nahezu ›restlos‹ er einmal eingeführte und zunächst wieder gestrichene Motive wieder aufgreift. Eine bemerkenswerte Ausnahme ist die in der Druckfassung endgültig aufgegebene Anspielung auf die Entwicklung des Literaten vom »nihilistischen Causeur zum Politiker, Patrioten und Sittenrichter großen Styles«. Die Formulierungen passen ziemlich genau auf Thomas Manns Bild von Maximilian Harden, über den er in der 45. Notiz zu *Geist und Kunst* bemerkt hatte: »Bei *Harden* nachzuweisen: Sein wachsender Wille zum realen Einfluß, zum Positiven, während er früher den nihilistischen Geist vertrat. Überbrückung, Ausgleichung des Gegensatzes zwischen *Geist* (Litteratur) und Realität.« (GuK, 173) Möglicherweise hat Harden also eine Zeit lang als ein Modell des hier geschilderten Literaten gedient – das dann

10 *ein Beichtkind-Vertrauen*] *zuvor erwogen:* eine Beichtkind-Vertraulichkeit *und* jenes Beichtkind-Vertrauen 12 *gegenüber*] *gestrichen folgt:* dem Geist 13 *genau*] *korrigiert aus:* ganz

allerdings in der letzten Fassung wieder zurückgenommen worden wäre (vielleicht auch im Sinne der 122. Notiz, in der Harden als der »zum Politiker pervertierte Literat« apostrophiert wird). Der Vergleich zwischen Handschrift und Druckfassung zeigt schließlich eine Tendenz zur Bevorzugung des gewählten Ausdrucks vor dem umgangssprachlichen: Aus der »Sache« wird die »Erfordernis«, aus »neben einander genannt« wird »einander innig gesellt«, »seine Schwägerin« wird korrigiert zu »seines Bruders Weib«.

[*Von Thomas Mann nachträglich der ersten Textseite vorangestelltes Blatt:*] Eine große Abhandlung über Geist und Kunst, Kritik und Plastik, Erkenntnis und Schönheit, Wissen und Schöpfertum, Civilisation und Kultur, Vernunft und Dämonie wurde vor Jahren erträumt und entworfen. Der Gegenstand führte ins Ungemessene, und die essayistische Disziplin des Verfassers reichte nicht aus, ihn zu komponieren. So blieb der Plan als amorphe Notizenmasse liegen. Was folgt, sind ein paar zusammenhängende Seiten aus dem Kapitel, in welchem versucht werden sollte, den Typus des literarischen Menschen in seiner abstrakten Reinheit kritisch darzustellen.

Der Literat
Von Thomas Mann

»Die, welche mit mehr Klugheit und größerer Liebe zur Tugend geboren sind, als die andern«, heißt es im Vedam, »sollen Brahmanen werden.« Darf man unter »Klugheit« ein auf innere An-

20–21 *Der Literat / Von Thomas Mann*] *von fremder Hand eingefügt, gestrichen gehen die folgenden drei Zeilen, offensichtlich der Rest eines früheren, verworfenen Anfanges, voran:* schillert. Stellen wir ihn in ein ruhiges Tageslicht! Seien wir wissenschaftlich, objektiv, naturalistisch und gerecht! Fragen wir ohne Zorn und Beflissenheit: Wer ist litterarisch? Was ist ein Litterat? [*korrigiert aus:* Wer ist ein Litterat? Was ist litterarisch? 23 *geboren*] *gestrichen folgt:* worden 24 *werden.«*] *gestrichen folgt:* Die litterarische Klug[heit] 24 *ein*] *gestrichen folgt:* zum Teile

schauung und hingebende Erfahrung gegründetes Wissen um alles Menschliche begreifen, überwacht, befeuert, ja vielleicht °nicht nur überwacht und befeuert° durch eine leidenschaftliche Lust am bezeichnenden Ausdruck, eine °verwöhnte, reizbedürftige°, stets ungenügsame, stets nach neuen Eroberungen ausschauende °Abenteuerlust und Meisterschaft° auf dem Gebiete des Wortes; unter »Liebe zur Tugend« aber *die Reinheit* des Betrachtenden, den Willen zum Unbedingten, den Ekel vorm Zugeständnis und der Korruption, ein spottweise oder feierlich anklagendes und richtendes Bestehen auf dem Idealen, auf Freiheit, Gerechtigkeit, Vernunft, Güte und Menschenwürde: so ist in dieser Definition der Brahmanenbegabung die literarische Anlage auf ihre kürzeste Formel gebracht.

Das achtzehnte, das eigentlich litterarische Jahrhundert liebte es, von dem »Gelehrten« – einem trockenen und zänkischen Wesen – den »Philosophen« zu unterscheiden, und es scheint, daß mit diesem ungefähr das gemeint war, was wir heute unter einem Litteraten verstehen. Die Zeitunterschiede sind gleichwohl bedeutend, und der heutige Begriff des Litteraten °deckt sich° noch weniger, als der damalige des Philosophen mit dem des lettré, des

1 *hingebende] korrigiert aus:* leidenschaftliche 2 *überwacht] korrigiert aus:* beherrscht 2 *vielleicht] gestrichen folgt:* hervorgebracht 4 *am … Ausdruck] gestrichen folgt:* , am Wort 5–6 *ausschauende] gestrichen folgt:* Herrschsucht 9 *und] korrigiert aus:* vor 9 *Korruption] gestrichen folgt:* der Idee durch die Wirklichkeit – die anklagende, richtende, spottende, fein [?] pathetische Forderung 11 *Menschenwürde] korrigiert aus:* Menschlichkeit 13 *gebracht.] gestrichen folgt nach Absatzwechsel:* Welche [*korrigiert aus:* Seltsame] Anlage! Welche [*korrigiert aus:* Seltsame] Begabung! Die merkwürdigste, absonderlichste, schmerzbringendste und in diesem Sinn [*korrigiert aus:* Sinne] edelste, wie mir scheint, unter allen. Sie zeigt sich früh und befremdend – zu einer Zeit da das Einzelwesen billig noch in Frieden und Eintracht mit Gott und der Welt leben sollte und da in der That jede andere Art von werdendem Genie, das technische, wissenschaftliche, künstlerische, noch harmlos und unauffällig [*gestrichen:* im Alltäglich] in der gemeinen Menge zu verschwinden vermag. »Ein Jüngling von feinerem Stoff als viele«, 18 *gleichwohl] korrigiert aus:* immerhin 19 *und] gestrichen folgt:* jedenfalls deckt sich

Gelehrten. Alles Schulgerechte ist auszuscheiden. Ein geistiger Freibeuter von sehr unterschiedlicher wissenschaftlicher Ausbildung, oft wenigstens ohne Ausweis darüber, ohne Akademie, ohne Examina, Libertiner zu sehr, Träumer, Erlebender, Künstler, um fürs °Sachlich-°Fachliche zu taugen, aber von der Kunst im naiven und treuherzigen Sinne geschieden durch Bewußtheit, durch Geist, °durch Moralismus,° durch Kritik, wird der Litterat vielleicht am vollkommensten durch den Namen eines Künstlers der Erkenntnis bestimmt.

Wer aber die Frage aufwerfen wollte, welcher Trieb, °der artistische oder der moralistische,° in diesem merkwürdigen Typ wenn nicht der vorherrschende, so doch der primäre und zeugende sei – eine Frage, die hier bereits mit der gebotenen Vorsicht berührt wurde –, der thäte es auf die Gefahr, das Problem der Kunst selbst aufs Tapet zu bringen, welches, *als* Problem, nicht aufhören wird, die sachliche Menschheit zu skandalisieren, solange sie dem Dualismus von Form und Inhalt anhangen und beim Worte »Form« unweigerlich den Begriff des Frivolen und Unernsten °wird mit- und an°klingen hören. Form als Frivolität, – auf diesem Urteil oder Vorurteil, das ich nicht bekämpfen werde und das viel subjektive Wahrheit enthalten mag, beruht in der That das ganze Mißtrauen, der ganze Unglaube, womit der Bürger, will sagen: der sachliche Mensch, dem Litteraten auf jedem praktischen Gebiet, zum Beispiel dem politischen, begegnet, und man hat Fälle, daß ein Litterat zu irgend einer menschlichen Verwicklung und Freundesnot sich mit Hingebung und Leidenschaft geäußert zu haben meinte und die bittere Antwort erhielt, was er da beigesteuert sei eine schöngeistige Abhandlung, aber nicht Rat noch Trost. Es ist durchaus nicht an dem, daß in der Welt das gut

1 Ein] *gestrichen folgt:* Libertin und 3 *oft wenigstens*] *korrigiert aus:* jedenfalls meist 6 *Bewußtheit*] *korrigiert aus:* Wissen 8 *am*] *gestrichen folgt:* treffen[dsten] 10 *Trieb*] *korrigiert aus:* Instinkt 12 *zeugende*] *korrigiert aus:* ursprüngliche 12 *sei*] *es folgt ein gestrichenes Komma* 18–19 *wird mit- und anklingen hören*] *korrigiert aus:* mitklingen hören wird 23 *Litteraten*] *gestrichen folgt:* begegnet 29 *durchaus*] *korrigiert aus:* schlechterdings

Gesagte geglaubt wird. Umgekehrt glaubt der Bürger allein an einen formlosen Ernst, an eine ungehobelte und glanzlose Moral; Tugend mit Schönheitssinn dünkt ihn lästerliche Frechheit, – und die Unerschütterlichkeit seiner Überzeugung gibt ihm Recht. Dennoch hat Schiller ihm seinen teuersten und begeisterndsten Gedanken, den des Zusammenhanges von Kunst und Moral, von Geschmack und Ethik, beredtsam ans Herz gelegt. Dennoch hat Goethe, in einem berühmten Gedicht, die gute That, das schöne Wort einander innig gesellt... Die gute That! Nichts bezeichnender für die litterarische Anlage, als die zwiefache und im Grunde doch einheitliche Wirksamkeit jener philanthropischen Publizisten der Aufklärungszeit, welche in kriminalpolitischen Schriften die Gesellschaft vor das Forum der Menschlichkeit luden, ihre Zeitgenossen zum Abscheu gegen die Wildheiten der Justiz, gegen Tortur und Todesstrafe erzogen, milderen Gesetzen den Weg bereiteten – und sich typischerweise zugleich durch Lehrschriften über Sprache und Styl, Abhandlungen über die Kunst des Schreibens einen Namen machten. Philanthropie und Schreibkunst als herrschende Passionen *einer* Seele: das hat etwas zu bedeuten; und auch dies ist bedeutsam, daß der Begriff der Barbarei den ganzen Vorstellungskomplex von Unkultur, Unwissenheit, Gemeinheit, Grausamkeit und Geschmackswidrigkeit umfaßt. Schön schreiben heißt beinahe schön denken, und von da ist nicht weit mehr zum schönen Handeln. Alle Sittigung – das ist billig festzustellen – alle sittliche Veredelung und Steigerung des Menschengeschlech-

3 *lästerliche] korrigiert aus:* ein spielerische 5 *Schiller] gestrichen folgt:* , ein Litterat höchsten Ranges, 5 *begeisterndsten] korrigiert aus:* stimulierendsten 8 *Gedicht,] es folgen gestrichene Anführungszeichen* 9 *einander innig gesellt...] korrigiert aus:* geschwisterlich neben einander genannt... 10 *die litterarische Anlage] korrigiert aus:* den Typus des Litteraten 11 *Wirksamkeit] korrigiert aus:* That 11–12 *philanthropischen Publizisten] korrigiert aus:* Philanthropen und Gesellschaftskritiker *dies wiederum korrigiert aus:* philanthropischen Schriftsteller 13 *luden] korrigiert aus:* riefen 14 *Wildheiten] korrigiert aus:* Barbarei 16 *zugleich] korrigiert aus:* gleichzeitig 21 *von] korrigiert aus:* von der 21 *Unkultur] gestrichen folgt:* Gemein[heit]

tes entstammt dem Geiste der Litteratur, und schon den Volkspädagogen °der Alten° galt das schöne Wort als der Erzeuger der guten That.

Dies alles ist beschwichtigend anzuführen, bevor man sich zu der Vermutung bekennt, daß °allerdings° im *Worte* der Ausgang und Urtrieb des Litteraten zu erblicken sein möchte, – daß jene Abenteuerlust und Meisterschaft im Reiche des Ausdrucks, die vielleicht nicht nur die Miterscheinung oder Folge seiner »Klugheit«, seines seelischen Wissens, sondern ihr Ursprung ist, möglicherweise auch der seiner »Liebe zur Tugend« sein könnte. Ja, das Wort, das da ist, das Allen gehört, und das doch er nur °auf eine souveräne und glänzende Weise° zu handhaben versteht, es ist sein erstes Staunen, seine früheste Lust, sein kindischer Stolz, der Gegenstand seiner geheimen °und unbelobten° Übungen, der Quell seiner vagen und fremdartigen Überlegenheit, es ist sein *Talent* … Aber jedem Talent ist das Streben nach den °höchsten und° günstigsten Entfaltungsbedingungen eingeboren und, von Natur etwas Niedriges, °Spielerisches° und äffisch Unterhaltsames, wird es, je stärker es sich fühlt, desto ehrgeiziger darauf bedacht sein, °sich selber ernst, ja feierlich nehmen zu dürfen

1 *den] gestrichen folgte zunächst* ältesten *dann* griechischen 3 *guten] korrigiert aus:* schönen 5 *Worte] ursprünglich folgte:* des Litteraten 5–6 *Ausgang und Urtrieb des Litteraten] korrigiert aus:* Ausgang und des Litteraten frühester Trieb, *dies wiederum korrigiert aus:* Ausgang und frühester Trieb 6 *sein möchte] korrigiert aus:* sein mag 7 *Abenteuerlust] korrigiert aus:* Erobererlust *dies wiederum korrigiert aus:* Abenteuerlust 7 *Meisterschaft] korrigiert aus:* Künstlerschaft 9 *seelischen] korrigiert aus:* menschlichen 10 *sein könnte] korrigiert aus:* ist 12 *handhaben] gestrichen folgt:* und erglänzen zu lassen 13 *Stolz,] gestrichen folgt:* es ist 16 *Talent …] gestrichen folgt:* Aber jedem Talent ist das Streben nach den günstigsten und würdigsten Entfaltungsbedingungen eingeboren, *dies korrigiert aus:* Aber das Talent, an sich etwas Niedriges und äffisch Unterhaltsames, ist stets auch ein Stachel zur Würde, zur Veredelung und Vergeistigung seiner Wirkungen, und je stärker es ist, je kräftiger es im Seelischen, ja Tierischen wurzelt, je stärker es sich fühlt 17 *günstigsten] gestrichen folgt:* und würdigsten 17–18 *von Natur] korrigiert aus:* an sich

und° seine Wirkungen ins Würdevolle und Gute zu erheben. Dies ist die Moralität des Talentes, welche in zahllosen Künstlerschicksalen und am bewunderungswürdigsten vielleicht in gewissen Einzelentwicklungen der litterarischen Sphäre sich offenbart.

Der Litterat ist also Moralist in doppeltem Sinne: Er ist Seelenkundiger und Sittenrichter, und er ist beides aus Künstlertum. Sein Kunsttrieb macht ihn zum Psychologen, denn wo fände sein Talent, seine sprachliche Verwöhnung und Neugier köstlicheres Genüge, wo sein expressives Virtuosentum erlesenere, schwierigere, sublimere Aufgaben, als in den Wirrnissen des Menschenherzens? Es ist nicht so, daß er ausdrückte, nachdem er erlebt und erkannt hat. Dies ist eher noch die Art des Dichters. Der Litterat drückt aus, indem er erlebt, er erlebt, indem er ausdrückt, und er erlebt, um auszudrücken.

Aber wiederum ist es sein Talent, dem seine ethische Leidenschaft entspringt. Die Reinheit und edle Haltung seines Styles spiegelt sich (es ist wahrscheinlich nicht umgekehrt) in seiner Anschauung und Empfindung der menschlichen, gesellschaftlichen, staatlichen Dinge. Er ist radikal, weil Radikalismus ihm Reinheit, Edelmut und Tiefe bedeutet. Er verabscheut die Halbheit, die logische Feigheit, das Compromiß; er lebt im Protest

1 *Würdevolle]* *korrigiert aus:* Ernste, Würdige 1 *zu erheben]* *es folgt die gestrichene, zum Teil schwer lesbare Passage:* Viele Künstlerschicksale lehren [*korrigiert aus:* beweisen] das, und die litterarische Sphäre gerade bietet glänzende Beispiele. Muster etwa, die ich [*korrigiert aus:* Jenes etwa, das a. ich] im Sinne habe, – eine individuelle Entwicklung vom Wortklown und nihilistischen Causeur zum Politiker, Patrioten und Sittenrichter großen Styles, ist ein bewunderungswürdiges Beispiel für Viele Künstlerschicksale beweisen das, und die litterarische Sphäre gerade bietet in 5 *also]* *gestrichen folgt:* ein 8 *und]* *gestrichen folgt:* Erob 12 *Dies ist eher]* *korrigiert aus:* Dies ist eigentlich, *dies wiederum korrigiert aus:* Dies ist eher, *weitere Korrektur zu* eigentlich *wieder gestrichen* 12 *Dichters]* *es folgt ein unleserlich gestrichenes Wort*
12 *Der Litterat]* *korrigiert aus:* Er 13 *drückt]* *gestrichen folgt:* es 15–16 *seine ethische Leidenschaft]* *korrigiert aus:* sein ethischer Kritizismus *dies wiederum korrigiert aus:* seine Liebe zur Tugend 19 *ihm]* *korrigiert aus:* logische 20 *Edelmut]* *korrigiert aus:* Tapferkeit 21 *im]* *gestrichen folgt:* beständig[en]

gegen die Verderbnis der Idee durch die Wirklichkeit. Sein Schönheitssinn, sein Künstleridealismus verleiht ihm die innere Gebärde der Generosität, mit welcher er das *Ehrenhafte* gegen das *Nützliche* beschützt. Es ist Montaigne, den ich hier anführe, und jene erstaunliche Abhandlung, worin er diese beiden Werte gegen einander erwägt. In jeder Staatsverfassung, meint er, gebe es Dienste, die nützlich, ja notwendig und doch nicht nur gemein, sondern sogar lasterhaft seien, und wenn die gemeine Notdurft ihr wahres Gesicht verwische, so habe man doch eine solche Rolle zu spielen den Staatsbürgern zu überlassen, die mehr Nerv und weniger Furchtsamkeit haben. Das Gemeinwohl fordere, daß Verrat geübt und gelogen, daß Blut vergossen werde, aber »das Amt dazu«, sagt er, »wollen wir Leuten abtreten, die gehorsamer und schmiegsamer sind«. Als wer? Als er, der Litterat, der zu nervös und furchtsam, zu widersetzlich und streng ist, um dem Nützlichen das Ehrenhafte zu opfern.

Er ist außer sich über den Richter, der durch Trug und falsche Verheißungen von Milde oder Gnade den Verbrecher verlockt, seine That zu offenbaren. Er geht so weit, zu behaupten, daß derjenige, der, von Räubern gefangen, auf sein Versprechen hin, eine gewisse Summe zu zahlen, wieder in Freiheit gesetzt wurde, durchaus verpflichtet sei, sein Versprechen zu halten, – denn wenn auch nur die Furcht seine Zunge ohne den Willen gezwungen habe, so bleibe er doch, ohne die Furcht, gehalten, sein Wort streng einzulösen. Und woher diese Empfindlichkeit Montaignes

16 *zu opfern] Absatzzeichen, im Druck endet hier der erste Teil; in der Handschrift folgt eine gestrichene Passage:* Sollte man vermuten, zu welchem Exempel er greift, um das Nützliche moralisch in Frage [zu] stellen? »Die Ehe«, sagt er, »ist doch das notwendigste und nützlichste Band der menschlichen Gesellschaft. Da nun steht es so, daß der Ratschluß der Heiligen das Nichtheiraten für die rechtere Entscheidung hält und von der Ehe den ehrwürdigsten Menschenberuf ausschließt; wie auch wir zur Züchtung die minderwertigen Tiere bestimmen.« 22 *verpflichtet] korrigiert aus:* gehalten 22 *zu halten] korrigiert aus:* einzulösen, *dies wiederum korrigiert aus:* zu halten 23 *auch nur] danach gestrichen nochmals:* auch nur 24 *gehalten] korrigiert aus:* verpflichtet 25 *streng] danach eingefügt und wieder gestrichen:* zu 25 *Und woher diese] korrigiert aus:* In eine solche Empfindlichkeit *dies wiederum korrigiert aus:* Und woher diese

im Punkte des Ehrenhaften? Aus dem selben Geschmack, der ihn den Epaminondas sich zum Helden wählen läßt: jenen menschlichen Kriegsmann, der so sehr auf milde und höfliche Sitten hielt, daß er, im rasendsten Handgemenge auf den Gastfreund stoßend, artig zur Seite auswich und von dem überliefert ist, daß er, bevor er zu Felde zog, den Musen opferte, um durch ihre Sanftheit und Heiterkeit der Rauhigkeit und Wut des Mars die Härte zu nehmen. Wohlan, – dies Alles ist Litteratur! Ist das Leben ein Kampf, so ist der Litterat der Kämpfer welcher, bevor er zu Felde zieht, den Musen opfert.

Sollte man vermuten, zu welchem Exempel der Renaissance-Litterator greift, um das Nützliche moralisch in Frage zu stellen? »Die Ehe«, sagt er, »ist doch das notwendigste und nützlichste Band der menschlichen Gesellschaft. Da nun steht es so, daß der Ratschluß der Heiligen das Nichtheiraten für die rechtere Entscheidung hält und von der Ehe den ehrwürdigsten Menschenberuf ausschließt; wie auch wir zur Züchtung die minderwertigen Tiere bestimmen.« Ein starkes Beispiel! Wie es scheint, so versteht sich der Literat mit dem *Heiligen* besser, als mit dessen Gegenteile, dem Künstler, und wenn sein Moralismus artistischer Herkunft ist, so entfremden ihn doch gerade seine erkennenden und richtenden Triebe dem Künstler »wie er im Buche steht«, – diesem aufgeräumten und harmlosen Wesen, das mit einem Gemisch aus Widerwillen und frommer Scheu dem strengen Bruder begegnet oder lieber noch nicht begegnet.

2–3 *menschlichen] korrigiert aus:* gütigen und zartfühlenden 11–12 *der Renaissance-Litterator] korrigiert aus:* Montaigne *dies wiederum korrigiert aus:* der Renaissance-Litterator 18 *so] nach Absatzwechsel folgt gestrichen:* Und folglich ist er denn also ein Künstler? Ein Künstler vielleicht und gewiß, in einer Art ein Künstler, – wenn auch das aufgeräumte und harmlose [*korrigiert aus:* unschuldige] Wesen nicht, wie es unter dem Namen des Künstlers im Buche steht: denn wenn auch sein Moralismus artistischer Herkunft ist, so sind es doch eben seine erkennenden und richtenden Triebe 22 *dem] gestrichen folgt:* aufgeräumten 23 *Wesen] korrigiert aus:* Burschen *dies wiederum korrigiert aus:* Wesen

Der Künstler, den Typus so unverfälscht genommen, wie der des Litteraten hier genommen wird, ist sittlich indifferent, unverantwortlich und unschuldig wie die Natur, deren rechter Sohn er ist. Schöpferisch gerichtet seinem Wesen nach, nicht betrachtend, sondern thätig, °ja der Thätige an sich° und als Werkmensch des Zugeständnisses an die Materie gewöhnt, läßt er sich nicht einfallen, das Ehrenhafte und das Nützliche als Gegensätze zu empfinden. Ein Bursche, der lebt und leben läßt, sinnlich, kindisch, auf Spiel, Glanz und Feste bedacht, überläßt er jedem, der Lust dazu hat, die Beurteilung der Gotteswelt, die er zu schmükken und nachzubilden sich begnügt. Man kennt ihn als Freudenmeister an den Höfen der Großen, als unbekümmerten Mitesser am Tische des reichen Hallunken, – und kurz, wenn irgend ein löblicher Charakterzug °diesem sympathischen Gesellen° mangeln sollte, so möchte es etwa die *Anständigkeit* sein, welche schlechterdings nicht die Sache der Natur und des »Temperamentes« sondern diejenige des Wissens und der Kritik ist.

Der Litterat seinesteils ist der wesentlich anständige Mensch, und er kann unmöglich umhin, es zu sein. Sein Widerwille, sich, den frei Betrachtenden und Urteilenden, irgendwie zu verbinden, festzulegen °und gemein zu machen° – eine Erfordernis der Selbstbehauptung ganz einfach – trägt ohne Mühe den Sieg über alle Versuchungen der Welt davon. Sein Freiheitspathos, seine Begriffe von Menschenwürde, seine tiefe Widersetzlichkeit machen ihn offenbar ungeeignet zum Fürstenknecht. Seine soziale

1 *unverfälscht]* *korrigiert aus:* rein 3 *unschuldig]* *danach folgte ursprünglich Satzende und die jetzt gestrichene Passage:* Ein Bursche, der lebt und leben läßt, sinnlich, kindisch, auf schöpferisches Spiel bedacht überläßt er jedem, der Lust dazu hat, die Beurteilung der Gotteswelt, die er zu schmücken [*gestrichen:* und nachbildet] und nachzubilden sich begnügt gleich der 4 *ist.]* *gestrichen folgt:* Werkmensch und 9 *er]* *gestrichen folgt:* es 12 *unbekümmerten]* *korrigiert aus:* unbedenklichen 13 *Hallunken]* *so in der Handschrift* 13 *wenn]* *gestrichen folgt:* je 14 *löblicher]* *korrigiert aus:* sympathischer 18 *wesentlich]* *korrigiert aus:* eigentlich 20 *frei]* *korrigiert aus:* freien, 20 *Urteilenden]* *korrigiert aus:* Urteilen 21 *Erfordernis]* *korrigiert aus:* Sache

Einsicht würde ihn zum Mitschuldigen des prassenden Ausbeuters machen, dessen Gast er wäre. Und während der Künstler ganz eigentlich der Mann der Wirkung und des Erfolges ist, sieht der Litterat im Erfolge beinahe nichts, als die Beschönigung des Unrechts: – ja, seine psychologische und sittliche Reizbarkeit macht ihn, den Betrachtenden, rankünös gegen die Aktivität überhaupt, gegen das praktisch sich anpassende Schöpfertum. Voltaires Gehässigkeit gegen Karl den Großen ist ein vortreffliches Beispiel dieser Litteratensensibilität gegenüber dem unreinen Heldentum der That. »Karls Name«, ruft er erbittert, »ist einer der größten Beweise dafür, daß der Erfolg das Unrecht gutmacht und zum Ruhme führt.« Und dann zeigt er, mit Grinsen und Speicheln, was eigentlich das ist: die aktive Größe. Karl hat die Rechte der Natur und die Bande des Blutes für nichts geachtet. Er hat seines Bruders Weib und ihre Kinder ins Elend gejagt, um sich ihres Gebietes zu bemächtigen. Er hat sie wahrscheinlich später ins Kloster gesteckt oder töten lassen. Er hat auf die Forderung des Papstes, seine langobardische Gattin ganz ohne Grund und Form verstoßen und ihren Vater, wie manchen anderen Fürsten eingesperrt. Er hat Wittekinds Freiheitskampf wie einen gemeinen Aufstand behandelt und an den Ufern der Aller viertausendfünfhundert Gefangene hinrichten lassen. Er hat die Sachsen zu Sklaven gemacht unter dem Vorwande, sie zu Christen zu machen, und er hat sich, den Christen mit Sarazenen gegen Sarazenen verbündet, ohne sich einfallen zu lassen, seine Verbündeten zum Christentum bekehren zu wollen. »Andere Interessen«, kreischt Voltaire, »andere Thaten!« Und man sieht wohl, daß dies eben, diese schamlose Verleug-

3 *sieht]* *korrigiert aus:* erblickt 6 *Aktivität]* *das Wort wurde zunächst gestrichen und dann wieder hingeschrieben – gestrichen folgt:* ge[gen] 7 *das]* *korrigiert aus:* die 7 *Schöpfertum]* *korrigiert aus:* Schöpferthat 10 *Name]* *korrigiert aus:* Ruf 10 *ruft]* *korrigiert aus:* schreit 13 *ist:]* *der Doppelpunkt korrigiert aus ursprünglichem Komma* 14–15 *seines Bruders Weib]* *korrigiert aus:* seine Schwägerin 15 *gejagt]* *korrigiert aus:* gestoßen 24 *den Christen]* *korrigiert aus:* der Christ

nung des Ehrenhaften zugunsten des Nützlichen, ihm das Unerträgliche ist. Ein schlauer Praktikus, der durchaus nicht darauf bestand, sich für Roncesval zu rächen, sondern stets nur nahm, was er festhalten konnte und »seinen Ehrgeiz der Gunst oder Ungunst der Verhältnisse anpaßte«. Ein Heuchler, der nachdem er den römischen Adel mit Gold bestochen und sich öffentlich um die Kaiserwürde beworben, den Überraschten mimte, als Leo ihn abgekarteter Weise während der Messe zum Kaiser erklärte. Ein frecher Räuber, °kurz und gut,° dem nur der Erfolg und – wie Voltaire mit arger Billigkeit hinzufügt – »einige glänzende Eigenschaften« den Namen eines großen Mannes erworben haben: das ist der historische Heros vor dem Richterstuhl reiner Betrachtung, und wem solch Urteil absurd erscheint, der möge bedenken, daß das Absurde nichts Anderes, als das geistig Ehrenhafte ist.

Der Litterat ist anständig bis zur Absurdität, er ist ehrenhaft bis zur Heiligkeit, ja, als Wissender und Richtender den Propheten °des alten Bundes° verwandt, stellt er in der That auf seiner vornehmsten Entwicklungsstufe den Typus des Heiligen vollkommener dar, als irgend ein Anachoret einfacherer Zeiten. Sein Schönheitssinn, seine Sensibilität gegen das Gemeine°, Lächerliche° und Unwürdige führt zur Vernichtung aller niederen Leidenschaften, der Bosheit, des Neides, der Herrschsucht, der Rachgier, der Eifersucht; seine Kunst, zu zergliedern und zu bezeichnen, die kühlende, erledigende Wirkung des litterarischen Wortes führt zur Auflösung und Beilegung der Leidenschaft überhaupt, zur Sanftmut, zur Stille. Ja, wenn er von Geburt ein Richter ist,

2 ist.] *gestrichen folgt:* Er verhöhnt den Kaiser wegen seiner Vorsicht Feinden gegenüber, die 14 *nichts Anderes, als das geistig Ehrenhafte*] *korrigiert aus:* die geistige Form des Ehrenhaften 15 *zur Absurdität*] *korrigiert aus:* zum Absurden 18–19 *vollkommener*] *korrigiert aus:* reiner 21 *führt zur*] *korrigiert aus:* bewirkt die 23–24 *seine Kunst, zu zergliedern und zu bezeichnen*] *korrigiert aus:* sein zergliedernder und bezeichnender Trieb *ein Wort über der Zeile energisch unlesbar gemacht* 25 *zur*] *gestrichen folgt:* die 26 *Stille*] *gestrichen folgt:* Seine Kenntnis des Herzens, sein Wissen *neu angesetzt:* und selbst zur Güte *neu angesetzt:* Denn

begabt und berufen, die Dinge mit scharfen Namen zu treffen, so ist es zuletzt seine »Klugheit«, welche sich stärker erweist, als seine »Liebe zur Tugend«: Seine Kenntnis des Herzens, sein Wissen um die Vieldeutigkeit und tiefe Unrichtbarkeit der menschlichen Handlungen läßt ihn verstehen, läßt ihn vergeben, führt ihn zur *Güte* …

3 *sein] gestrichen folgt:* tiefes 4 *Vieldeutigkeit] gestrichen folgt:* , Buntfarbigkeit und tiefe 6 *Güte …] ein weiterer, gestrichener Absatz bricht am Seitenende ab:* Die Erscheinung des Priesters, des Harten, Furchtsamen, Geistigen, dem

FÜR FRITZ BEHN

Entstehungsgeschichte und Quellenlage

Äußerer Anlass der Schrift war die Vergabe des städtischen Auftrags für ein Reiterstandbild Kaiser Wilhelms I. an den Berliner Bildhauer Louis Touaillon statt an den aus Lübeck stammenden und in München in Thomas Manns unmittelbarer Nachbarschaft lebenden Fritz Behn. Behn hatte sich im Gespräch über die Zurücksetzung durch seine Vaterstadt beklagt, wie Thomas Mann in einem Brief am 24. März 1913 der Lübecker Vertrauten Ida Boy-Ed schreibt, in dem er auch »eine kleine aktuelle Arbeit« erwähnt, die ihn nach der Rückkehr von einer Vortragsreise beschäftigt habe:

> Die aktuelle Nebenarbeit, von der ich sprach, ist unserem Landsmann Fritz Behn gewidmet. Er kam zu mir mit bitteren Klagen über Zurücksetzung und Vernachlässigung vonseiten Lübecks, und, da ich seine Arbeit aufrichtig schätze, habe ich einen gewisse unschöne Charakterzüge Lübecks kritisierenden Artikel zu seinen Ehren verfaßt, den ich in Lübeck veröffentlichen möchte. Würden Sie mir mit einer Zeile raten, wohin ich ihn schicken soll? An die Lübeckischen Blätter vielleicht, oder die Eisenbahn-Zeitung? (GKFA 21, 519)

In den vielgelesenen *Lübeckischen Blättern* war 1905 *Ein Nachwort* erschienen; die *Eisenbahn-Zeitung* war als konkurrierende Lübecker Tageszeitung von Ida Boy-Eds Vater gegründet worden. – Den Gesprächen mit Behn dürfte Thomas Mann die meisten in seinem Aufsatz genannten Informationen entnommen haben, wohl auch die darin zitierte Passage aus der *Frankfurter Zeitung*.

Behn war am 16. Juni 1878 im mecklenburgischen Klein-Grabow als Sohn des Lübecker Advokaten und Senators Heinrich Theodor Behn (1819–1906) und der ebenfalls aus Lübeck stammenden Marie Behn (geb. Behncke) zur Welt gekommen. Nach dem Gymnasialbesuch in Leipzig und Lübeck nahm er 1898 das Studium an der Münchner Akademie der Künste auf, zunächst bei

Wilhelm von Ruemann (1850–1906), bald darauf dann bei Adolf von Hildebrand (1847–1921), dem Begründer der jungen Münchner Bildhauerschule, einer neoklassizistischen Gegenbewegung zum Naturalismus. Behns Erfolgsgeschichte begann 1901 mit der Bronzestatuette *Der Sieger*; Auftragsarbeiten wie Porträts und Grabmale für Hamburger Familien, die Statue für den Lübecker Johannis-Brunnen, eine Leipziger Porträtskulptur E. T. A. Hoffmanns, Diana- und Stierreiter-Gruppen für die Münchner Ausstellung 1908 und Kleinbronzen machten ihn bald zu einem geschätzten Porträtisten und Tierbildner, der eine gewisse Leichtigkeit und Natürlichkeit der Darstellung mit unaufdringlicher Stilisierung, zunehmend auch diskreter Monumentalisierung verband. Zwei längere Reisen nach Ostafrika (zwischen 1907 und 1910) trugen wesentlich zu einer neuen Auffassung der Plastik bei, die Behn später auch in Zeichnungen (der Lithographienmappe *Afrikanische Visionen*, 1914) und Kunstschriften reflektierte (*Haizuru, ein Bildhauer in Afrika*. München 1917, mit eigenen Zeichnungen und Photographien). Seine Plastik *Tanzender Massai* (Kunsthalle Bremen, vor 1913) erregte Aufsehen als eigenständiger Beitrag zur Entdeckung und Adaption afrikanischer Kunst im Kontext des Jugendstils. 1912 besuchte er Auguste Rodin in dessen Pariser Atelier. – Behns künstlerische Laufbahn seit dem Ersten Weltkrieg, an dem er als Freiwilliger teilnahm, ist überschattet von seiner zunehmenden Annäherung an nationalistische Bewegungen, bald auch an den italienischen Faschismus (1943 schuf er eine Büste Benito Mussolinis, der ihn bereits 1934 zur Audienz empfangen hatte). 1939 wurde er als Direktor an die Wiener Kunstakademie berufen. Nach Kriegsende 1945 vom Dienst suspendiert und seines Ateliers verwiesen, gründete er eine eigene Bildhauerschule in Tirol; 1951 kehrte er nach München zurück.

Wie Behn entstammte auch Thomas Mann einer angesehenen Lübecker Patrizierfamilie (sein Vater war siebenmal zum Bürgermeister gewählt worden; die von Fritz Behn geschaffene Porträtbüste steht heute im Lübecker Behn-Haus) und hatte mit dem

Wechsel nach München die unbürgerliche Laufbahn eines Künstlers eingeschlagen. Mehr noch als Behn war er selbst in Lübeck als Verächter seiner Heimat, ja als ›Nestbeschmutzer‹ und als Angehöriger der ›amoralischen‹ Schwabinger Bohème denunziert worden. Diese biographischen Parallelen zwischen den Lebensläufen des Schriftstellers Thomas Mann und des Bildhauers Fritz Behn begünstigen eine durchgängige und offenkundige Doppelbödigkeit des Aufsatzes, von der Formulierung »ein Lübecker Künstler in der Welt« im zweiten Absatz bis in die explizit verallgemeinernden Schluss-Sätze. Der letzte Abschnitt erinnert bis in den Wortlaut hinein an den Schlussappell von *Ein Nachwort*, der ersten Selbstverteidigung in der Bilse-Angelegenheit (1905 in den *Lübeckischen Anzeigen* veröffentlicht; vgl. Textband S. 91f.). Möglicherweise spielen darüber hinaus für Thomas Manns Würdigung auch Ähnlichkeiten in der Kunstauffassung eine Rolle (vgl. etwa die Proklamation einer »neuen Klassizität« in *Auseinandersetzung mit Wagner*, 1911).

Ein anschauliches Bild der Spannungen zwischen dem jungen Behn und der Stadt Lübeck hat Thomas Manns Jugendfreund, der Kunstschriftsteller Otto Grautoff, 1908 im Kapitel *Lübecker Kultur und Kunst im 19. Jahrhundert* seiner Monographie *Lübeck* gezeichnet (erschienen in der Leipziger Reihe *Stätten der Kultur*, Bd. 9, mit Buchschmuck von Fidus). Die Ähnlichkeiten in Darstellung und Polemik sind so augenfällig, dass der Thomas Mann zweifellos bekannte Text als eine Anregung, vielleicht sogar als eine Quelle des Essays in Betracht kommt.

> Drei Bildhauer hat Lübeck in neuster Zeit hervorgebracht; unter ihnen ist der in München lebende Fritz Behn, einer der begabtesten Schüler Adolf Hildebrands, der bedeutendste. Wenn Fritz Behn seine Vaterstadt gänzlich verleugnen oder vergessen würde oder er wenigstens die Mißachtung vergessen würde, die seine Vaterstadt ihm entgegenbringt, könnte man ihn eine jener glücklichen Naturen heißen, deren Leben ohne eine trübe Wolke unter dauerndem Sonnenschein glänzend dahinläuft.

> Schon nach wenigen Studienjahren in München hat er ruhmreiche Erfolge erzielt. Aus Hamburg, München und anderen Städten erhielt er bedeutende Aufträge. Seine siegesverwöhnte Künstlerlaune eroberte sich im Sturm das goldene Herz der Münchner, und schon frühe bildete er in München ein gesellschaftliches Zentrum, in dem froher Übermut und Künstlersinn regierten. Behn ist ein sehr gesuchter Bildhauer, der auf den Schultern Hildebrands emporgewachsen ist; er verbindet mit einem Sinn für Monumentalität einen schönen, dekorativen Geschmack und beherrscht virtuos sein Metier. Als in Lübeck ein Kaiser-Wilhelm-Denkmal errichtet werden sollte, überging die Stadt diesen Künstler der Heimat nicht nur, sondern brüskierte ihn sogar noch unnötigerweise, wozu man ein Recht zu haben glaubte, weil Fritz Behn damals noch nicht 30 Jahre alt und weder als Professor noch mit sonst einem schönen Titel ausgezeichnet war. Im vergangenen Jahre aber hat ein kunstsinniger Bürger für das Johanneum einen Brunnen gestiftet, den Fritz Behn geschaffen hat. Der Brunnen ist mit vielem Geschmack glänzend aufgebaut und wird durch die Figur des Johannes des Täufers, die aus quatrocentristischem Formempfinden herausgewachsen ist, bekrönt. (S. 152f.)

Nach Ausführungen über die Bildhauer Heinrich Joachim Pagel und Hans Schwegerle (den späteren Thomas-Mann-Porträtisten) fügt Grautoff noch die Bemerkung hinzu: »Die wenigsten Künstler, die ich hier aufzählte, sind dem Lübecker Publikum bekannt; und die Lübecker Kunsthändler bemühen sich nicht, sie in der Heimat und den Bürgern der Stadt bekannt zu machen. Während in der ganzen Welt sich die Kunsthändler um die Künstler bemühen, warten in Lübeck die Kunsthändler, bis die Künstler zu ihnen kommen; allein nur Dilettanten bitten die Kunsthändler um Förderung.« (S. 153)

Die »gewissen unschönen Charakterzüge Lübecks«, die Thomas Mann in seinem Essay wie in seinem Brief an Ida Boy-Ed erwähnt, werden in schonenderen Formulierungen erneut in *Lübeck als gei-*

stige Lebensform (1926; GW XI, 376–398) und in der [*Ansprache in Lübeck*] (1955; GW XI, 533–536) zur Sprache gebracht. Die programmatische Passage über die Heimatliebe des Künstlers im vorletzten Absatz (von »Der Knabe mag die Heimat verachten« bis »lernt er die Heimat achten«) hat Thomas Mann Jahrzehnte später in den Schluss des 3. Kapitels seines *Felix Krull*-Romans annähernd wörtlich eingefügt (worauf zuerst Schröter 1964, S. 33f. aufmerksam gemacht hat; vgl. hier unter Paralipomena).

Textlage

Der Aufsatz erschien zuerst in den *Lübecker Nachrichten* vom 12. April 1913 (72. Jg., Nr. 85), auf der 1. Seite des 2. Blattes (= Druckvorlage). Unter der Überschrift *Thomas Mann über seine Heimatstadt. Ein Eingesandt aus dem Jahre 1913* wurde er am 17. März 1957 in derselben Zeitung nochmals publiziert. Unter dem ursprünglichen Titel wurde er nachgedruckt in GW XI, 732–739 und in ARE I, 334–342.

Stellenkommentar

363 3–4 *k. b. Professor*] Königlich-Bayerischer Professor (nämlich an der Münchner Kunstakademie).

364 20 *Tuaillon*] Der Bildhauer Louis Tuaillon (1862–1919), in Berlin geboren und nach einem mehrjährigen Rom-Aufenthalt wieder dort lebend, war ebenfalls ein Schüler Hildebrands und seit 1907 Vorsteher eines Meisterateliers für Bildhauerei an der Akademie der Künste. Zu seinen Hauptwerken gehören Denkmäler deutscher Kaiser (u. a. an der Kölner Rheinbrücke).

365 9 *der Roland*] Die aus Wien stammende Schauspielerin Ida Roland (geb. Klausner; 1881–1951) hatte 1905–1908 unter Max Reinhardt am Deutschen Theater in Berlin, 1908–1911 ebd. am Hebbel-Theater und seither an den Münchner Kammerspielen gewirkt; noch 1913 ging sie nach Wien.

18 *Neger Akte*] In GW XI: »Neger-Akte«.

24 *Einfluß Hildebrandts*] Gemeint ist Adolf von Hildebrand (1847–1921); vgl. hier zur Entstehungsgeschichte.

366 2 *Klimsch*] Der in Berlin-Charlottenburg lebende Bildhauer Fritz Klimsch (1870–1960) hatte nach Studienaufenthalten in Italien und Frankreich 1898 die Berliner Sezession mitbegründet und war seit 1912 Mitglied der Berliner Akademie der Künste.

2 *Lederer*] Der ebenfalls unter dem Einfluss Hildebrands stehende Berliner Bildhauer Hugo Lederer (1871–1940) war 1901 mit seinem monumentalen Hamburger Bismarck-Denkmal bekannt geworden.

4–5 *Hahnschen Kunstsalon zu Frankfurt*] Vermutlich der Salon des Frankfurter Kunsthändlers Julius Hahn (1877–1947), Bruder des Physikers und Nobelpreisträgers Otto Hahn.

19 *Der Norddeutsche Lloyd*] Die 1857 gegründete bedeutende Dampfschifffahrtsgesellschaft hatte ihren Hauptsitz in Bremen.

32 *Thannhauser*] Die Galerie Thannhäuser war die bedeutendste der Stadt München; in ihr war u. a. kurz zuvor die erste Ausstellung des »Blauen Reiter« veranstaltet worden.

367 1 *Tschudistiftung*] Hugo von Tschudi (1851–1911), Schweizer Kunsthistoriker. War ab 1896 Leiter der Berliner Nationalgalerie und seit 1909 Direktor der Bayerischen Staatssammlungen.

368 7 *das »Nemo propheta«*] Anspielung auf eine Variante von Mt 13,57: »Nemo propheta sua splendidus patria« (wörtlich: »kein Prophet [gilt als] glanzvoll in seinem Vaterland«): »Ein Prophet gilt nirgends weniger als in seinem Vaterlande und in seinem Haus.«

16 *»Trägheit des Herzens«*] Vielleicht übernimmt Thomas Mann die Wendung aus dem Untertitel von Jakob Wassermanns 1908 erschienenem Roman *Caspar Hauser oder die Trägheit des Herzens* (vgl. Thomas Manns Besprechung, Textband S. 197ff.).

29–30 *ihre Ungeduld, fortzukommen*] Ähnlich heißt es noch in der Manuskript-Fassung von *Deutschland und die Deutschen* (1945): »Welche Traumwelle verschlug mich aus dem entferntesten Winkel Deutschlands, wo ich geboren wurde, und wohin ich schließlich gehöre, |wenn ich mich auch so bald wie möglich daraus davon machte,| in diesen Saal, auf dieses Podium, daß ich hier als Amerikaner stehe, zu Amerikanern redend?« (E V, 260, 437)

369 26–27 *einen wollenen Schal um den Hals*] Ein stehendes Attribut des Bohémiens bei Thomas Mann, das sich vielleicht dem Modell Paul Verlaines verdankt (vgl. *Im Spiegel*, Textband S. 183).

371 20–21 *Burg- und Mühlentor*] Ehemals östliches und westliches Stadttor der Lübecker Altstadt.

Paralipomena

Wiederaufnahme des vorletzten Absatzes im 3. Kapitel des *Felix Krull*

[…] da meine Mutter schon zu Neujahr Aftermieter oder Pensionäre aufzunehmen hoffte, so sollte unsere Übersiedlung noch vor dem Christfeste statthaben, und zwar war Frankfurt am Main, der in einer so großen Stadt reichlicher sich bietenden Glücksmöglichkeiten halber, endgültig als Ziel und Wohnsitz erwählt worden.

Wie leicht, wie ungeduldig, geringschätzig und unbewegt läßt der ins Weite stürmende Jüngling die kleine Heimat in seinem Rücken, ohne sich nach ihrem Turme, ihren Rebenhügeln auch nur noch einmal umzusehen! Und doch, wie sehr er ihr auch entwachsen sein und ferner entwachsen möge, doch bleibt ihr lächerlich-übervertrautes Bild in den Hintergründen seines Bewußtseins stehen oder taucht nach Jahren tiefer Vergessenheit wunderlich wieder daraus hervor: Das Abgeschmackte wird ehrwürdig, der Mensch nimmt unter den Taten, Wirkungen, Erfolgen seines Lebens dort draußen geheime Rücksicht auf jene Kleinwelt, an jedem Wendepunkt, bei jeder Erhöhung seines Daseins fragt er im stillen, was sie wohl dazu sagen werde oder würde, und zwar gerade dann ist dies der Fall, wenn die Heimat sich mißwollend, ungerecht, unverständig gegen den besonderen Jüngling verhielt. Da er von ihr abhing, bot er ihr Trotz; da sie ihn entlassen mußte und vielleicht längst vergessen hat, räumt er ihr freiwillig Urteil und Stimme über sein Leben ein. Ja, eines Tages, nach Ablauf vieler für ihn ereignisreicher, veränderungsvoller Jahre, zieht es ihn wohl persönlich an jenen Ausgangspunkt zurück, er widersteht nicht der Versuchung, erkannt oder unerkannt, sich im erlangten fremden und glänzenden Zustande der Beschränktheit zu zeigen und, viel ängstlichen Spott im Herzen, sich an ihrem Staunen zu weiden – wie ich an seinem Orte von mir zu berichten haben werde. (GW VII, 335f.)

[GUTACHTEN ÜBER FRANK WEDEKINDS SCHAUSPIEL »LULU«]

Entstehungsgeschichte

Das in Briefform verfasste Gutachten entstand im Zusammenhang mit Thomas Manns Mitarbeit im Zensurbeirat bei der Königlich Bayerischen Polizeidirektion in München vom Frühjahr 1912 (vgl. seinen Brief an den Polizeipräsidenten Freiherr von der Heydte vom 15. März, Reg. 12/17) bis zum Frühjahr 1913. Aufgabe des 1908 gegründeten Beirats war es, mit »nur beratender Stimme [...] in jedem einzelnen Falle dem Polizeipräsidenten Fingerzeige [zu] geben, ob die Aufführung eines Dramas zu gestatten oder zu verbieten sei. In den Zensurbeirat war ein halbes Dutzend Schriftsteller berufen worden, die der Behörde aus irgendwelchen nicht näher bezeichneten Gründen zum Amt des Sittenrichters geeignet erschienen« (so der mit Thomas Mann befreundete Schriftsteller Kurt Martens in Band 2 seiner *Schonungslosen Lebenschronik*. Wien 1924, S. 116). Zu diesen Schriftstellern gehörten neben Thomas Mann auch die Dramatiker Max Halbe (1865–1944), Josef Ruederer (1861–1915) und der Theaterintendent Ernst von Possart (vgl. den Stellenkommentar zum *Versuch über das Theater*, S. 1244).

Besonders heftig und für beide Seiten belastend waren die durch diese Tätigkeit verursachten Spannungen im Verhältnis zu dem von Thomas Mann bewunderten und ihm künstlerisch nahe stehenden Frank Wedekind (1864–1918). Wedekinds exzentrische Auftritte, seine provozierend antibürgerlichen Dramen, Chansons und Kabarett-Inszenierungen waren ein Hauptziel der bayrischen Zensurbehörde; die Aufführungsgenehmigung für *Frühlings Erwachen* hatte eine (in Teilen der Öffentlichkeit prompt als zu liberal kritisierte) Ausnahme dargestellt. Nachdem Wedekind bereits 1899/1900 wegen Majestätsbeleidigung eine Festungshaft hatte absitzen müssen, waren mehrere seiner Schauspiele verboten worden.

Schon am 30. Dezember 1911, also einige Monate vor Thomas Manns Berufung in den Beirat, hatte Wedekind in den *Münchner Neuesten Nachrichten* einen ebenso scharfen wie mutigen offenen Brief *An jedes Mitglied des Münchner Zensurbeirates* veröffentlicht. Darin verwies er auf seinen satirischen Einakter *Die Zensur* und verglich die »beschimpfende, menschenunwürdige Behandlungsweise [...], die ich mir seit drei Jahren von der Münchner Zensurbehörde bieten lassen muß«, durchaus zu Recht mit »dem Geheimverfahren eines Inquisitionsgerichtes«. Als Thomas Mann dem Beirat beigetreten war, führte das erwartungsgemäß zu einem Zerwürfnis mit Wedekind. Auf dessen Forderung nach Thomas Manns Rücktritt rechtfertigte dieser seine Mitwirkung in einem Brief vom 7. Dezember 1912 (unmittelbarer Anlass war eine Auseinandersetzung um Zensurmaßnahmen gegen Wedekinds Drama *Franziska. Ein modernes Mysterium*):

> Unter allen Umständen können Sie sich überzeugt halten, daß ich nicht der Mann bin, an Ihren Dichtungen »Anstoß« zu nehmen und die Behörde zu irgendwelchen »Maßregeln« dagegen zu veranlassen. Dieser Gedanke ist absurd, und ich bedaure, daß Sie ihn überhaupt zuließen. Im Gegenteil sehe ich meine Aufgabe als Mitglied des Censur-Beirates darin, die Aufseher der oeffentlichen Ordnung vor Eingriffen in Werke von Dichtungsrang zu warnen. Diese Möglichkeit die Censur-Behörde, so lange sie nun einmal besteht, von Fall zu Fall meine Meinung wissen zu lassen, ist mir von Wert, und ich beabsichtige nicht, sie aufzugeben. [...]
>
> In unveränderter, unveränderlicher Wertschätzung,
> sehr geehrter Herr Wedekind,
> Ihr ergebener Thomas Mann. (GKFA 21, 501f.)

Auch bei anderen Schriftstellern stieß Thomas Manns Mitwirkung bei der Zensurbehörde ungeachtet seiner Rechtfertigungen auf scharfen Widerspruch – insbesondere beim »Schutzverband deutscher Schriftsteller«, dessen Vorstand Thomas Mann gleichzeitig angehörte. Als dort für eine auf den 28. Mai 1913 angesetzte

Mitgliederversammlung die Abstimmung über eine Unvereinbarkeitserklärung bevorstand (es sei »*mit der Würde eines deutschen Schriftstellers künftig nicht mehr vereinbar, dem Münchener Zensurbeirat* anzugehören«, so der Wortlaut in den *Münchner Neuesten Nachrichten* vom 29. Mai 1913; Lehnert/Segebrecht 1963, S. 191), legte er unmittelbar vorher die Vorstands- und Vereinsmitgliedschaft nieder. Dem (zugleich auch mit Wedekind befreundeten) Vertrauten Kurt Martens schrieb er am 26. Mai:

Lieber Martens:

Ich habe mir's gründlich überlegt und habe gefunden, daß das Problem am gründlichsten gelöst wird, indem ich zugleich meinen Austritt aus dem Censur-Beirat und dem Schutzverbande erkläre. Jenem wie diesem bin ich aus anständigen Gründen, aus gutem sozialem und kollegialem Bethätigungswillen beigetreten; aber man hat üblen Dank dafür, und das Verhalten des Schutzverbandes behagt mir doch gar zu wenig. [...] Ich wäre bereit gewesen, mich an jeder Aktion zugunsten von Wedekinds Tragödie zu beteiligen; aber das genügte nicht; meine Zugehörigkeit zum Censur-Beirat mußte zur »heute wichtigsten Schriftstellerfrage« erhoben werden. Das ist mir zu dumm. [...] Aus dem Censur-Beirat trete ich natürlich aus, weil ich mich nicht der liebenswürdigen Unterstellung aussetzen will, ich hätte mich gegen Geist, Freiheit und Kollegenschaft auf die Seite der Polizei gestellt. Als Unbeamteter und Unorganisierter ist mir schließlich am wohlsten. (GKFA 21, 522f.)

Tatsächlich erklärte Thomas Mann noch am selben Tag auch seinen Austritt aus dem Zensurbeirat. Dieser bisher unveröffentlichte Brief an den Münchner Polizeipräsidenten Freiherrn von der Heydte ist vom 26. Mai 1913 datiert und mit einem Eingangsstempel vom 27. Mai versehen (Stadtarchiv München, Polizeidirektion München Nr. 4342); er lautet:

An die Kgl. Polizei-Direktion,
München.

Der Kgl. Polizei-Direktion beehre ich mich meinen Austritt aus dem Münchner Censur-Beirat ergebenst anzuzeigen. Kollegiale Rücksichten nötigen mich zu diesem Schritt.

Mit vorzüglicher Hochachtung
Thomas Mann.

Neben den Protesten seiner Kollegen spielte bei diesem Rücktritt auch die Resignation über sein kurz zuvor gescheitertes Bemühen mit, das Aufführungsverbot von Wedekinds *Lulu* zu verhindern; für kein anderes Stück hatte er sich in vergleichbarer Weise eingesetzt.

Es handelte sich um eine zwei Dramen zu einem zusammenziehende Bühnenbearbeitung der Schauspiele *Der Erdgeist* (der schon früher freigegeben und mehrfach aufgeführt worden war) und *Die Büchse der Pandora*, die 1908 und 1910 – mit Zustimmung des Zensurbeirats bei nur einer Gegenstimme – verboten, nur zweimal (1904 und 1910, jeweils im Beisein auch Thomas Manns) in geschlossenen Veranstaltungen aufgeführt worden war. Im April 1913 hatte die Direktion des Münchner Künstlertheaters dem Polizeipräsidenten von der Heydte das Manuskript der Neufassung pflichtgemäß »zur zensurpolizeilichen Würdigung« vorgelegt; die Bitte um Aufführungsgenehmigung für den Mai endete mit der Zusicherung: »Der Stil der Aufführung im Künstlertheater soll auf strengen Ernst gestimmt sein unter sorgfältiger Vermeidung alles Sensationellen.«

Von der Heydte, den Wedekind in seinem Gedicht *Herr von der Heydte* in der *Aktion* schon 1912 öffentlich angegriffen hatte (Bd. 2, Sp. 239), leitete dieses Ersuchen mit der Bemerkung an den Beirat weiter, er habe »die allerschwersten Bedenken gegen die Freigabe dieses Stückes zur öffentlichen Aufführung« (nach Lehnert/Segebrecht 1963, S. 195f.). Diesem Urteil widersprach Thomas Mann mit seinem Gutachten vom 30. April. Sein Bemühen um Freigabe des Stücks blieb jedoch erfolglos: Nur fünf der dreiundzwanzig Beiratsmitglieder stimmten ihm zu, drei stimmten unentschieden, fünfzehn jedoch für ein unbedingtes Aufführungsverbot.

Auch wenn Thomas Mann am 29. Mai in zwei gleichlautenden

Briefen an Beiratsmitglieder betonte, dass er der Unvereinbarkeits-»Resolution dieses [Schriftsteller-] Verbandes gegen den Censur-Beirat durchaus fernstehe« (Lehnert/Segebrecht 1963, S. 192f.), so wurde sein Rücktritt in der Öffentlichkeit doch weithin in erster Linie als Distanzierung von der Zensurbehörde wahrgenommen. Auf einen nicht überlieferten Brief von Wedekind antwortete Thomas Mann noch am selben Tag, also dem 29. Mai 1913, mit merklicher Erleichterung und einer erneuten Rechtfertigung:

Mein verehrter Herr Wedekind:

Sie haben mir mit Ihrem Brief eine wirkliche Freude gemacht, die mich für die Aergernisse der letzten Zeit entschädigt.

Sie hatten mich mißverstanden, – aber wer selber so wenig verstanden wird, ist nicht verpflichtet, andere zu verstehen.

Wenn ein bürgerlicher Einschlag in meine Produktion, in meine ganze Lebensstimmung und Lebenshaltung (ein Einschlag, der mich weder als Menschen noch als Künstler entehrt, denn bei sehr großen Künstlern war er vorhanden) – wenn, sage ich, dieser Einschlag den bürgerlichen Ordnungsmächten ein täppisches Vertrauen zu mir einflößte: warum sollte ich solches Vertrauen nicht benutzen, um zwischen Genie und Ordnung politisch zu vermitteln? Sie hat mich sehr amüsiert, diese Art, mich oeffentlich nützlich zu machen, und ich bilde mir ein, daß ich einen oder den anderen Erfolg dabei zu verzeichnen habe … Einerlei. Da nun meine Demission als »Polizeiorgan« mir Ihre Sympathie zurückgewinnen konnte, so will ich vergnügt sein, sie gegeben zu haben. Das Verbot Ihres größtes Werkes [d. i. *Lulu*] war jedenfalls eine passende Gelegenheit dazu. Und von dem Odium dieses besonderen Amtes abgesehen, – ganz ohne Amt ist mir schließlich am wohlsten.

Ihr ergebener

Thomas Mann. (GKFA 21, 523f.)

In der Tat hatte Thomas Manns – und sei es mahnende – Mitwirkung in einer Zensurbehörde einen offenkundigen Anachronismus dargestellt. Bereits 1907 hatte er sich ja entschieden für die kompromisslose Abschaffung der Theaterzensur ausgesprochen (vgl. hier [*Die Theaterzensur*]). Wiederholt hatte er sich überdies auch an Protestaktionen gegen einzelne Zensurmaßnahmen beteiligt.

Im November 1910 hatte er zusammen mit seinem Bruder, Hermann Bahr und Wedekind in Maximilian Hardens *Zukunft* einen Protest *Gegen die Boykottierung Erich Mühsams* veröffentlicht. Darin verwahrten sich die vier Unterzeichner dagegen, »daß für die Beurteilung und Verbreitung dichterischer Arbeiten andere als rein künstlerische Momente maßgebend sein dürfen«, und verlangten für den Anarchisten Mühsam »dieselben Möglichkeiten, sich zu betätigen und zu äußern, die uns Anderen gewährt werden.« (*Aufrufe*, Nr. 1) Insbesondere für Wedekind hatte Thomas Mann sich mehrfach engagiert. Im Juni 1911 gehörte er (neben Heinrich Mann, Bahr, Michael Georg Conrad, Lovis Corinth, Alfred Kerr, Max Liebermann, Max Reinhardt, Arthur Schnitzler, Max Slevogt, Hans Pfitzner, Richard Strauss u. a.) zu den 22 Unterzeichnern einer Erklärung, die in Franz Pfemferts *Aktion* erschien und scharf gegen die Aufführungsverbote für Wedekinds Dramen protestierte:

> Die Unterzeichneten bieten die Hand zu einem Zusammenschluß aller derer, denen das Schaffen Frank Wedekinds wert erscheint, vor einer systematischen Verdrängung aus der Öffentlichkeit bewahrt [zu] werden.
>
> Ein Drittel der gesamten dramatischen Produktion Wedekinds wird infolge von Polizeiverboten an keiner deutschen Bühne zur Aufführung zugelassen. Dazu gehören gerade die in künstlerischer und menschlicher Hinsicht wertvollsten Arbeiten des Dichters: »Die Büchse der Pandora«, »Tod und Teufel«, »Totentanz« und die Einaktertrilogie »Schloß Wetterstein«. [...]
>
> Die Unterzeichneten bieten die Hand zur Wahrung dieses Werkes vor der ihm drohenden Erdrosselung durch Polizeigewalt, indem sie dem bald Fünfzigjährigen den Weg ebnen wollen, den er gehen muß, um sein Werk zur Geltung zu bringen. (*Aufrufe*, Nr. 2)

Auch als im Frühjahr 1914 kurz nacheinander drei Ausgaben der *Aktion* ihrerseits durch die Berliner Staatsanwaltschaft konfisziert worden waren, war Thomas Mann – wiederum mit Wedekind und Heinrich Mann (sowie mit Hugo Ball, Johannes R. Becher, Max Halbe, Wladimir Kandinsky, Klabund, Kurt Martens u. a.) – unter den Unterzeichnern eines in der Zeitschrift *Phöbus* veröffentlichten Protestes gegen den Versuch, »diesem kleinen, tapferen und gescheiten Organ der literarischen Linken grundsätzlich an den Kragen« zu gehen:

> Wie immer man über die einzelnen inkriminierten Beiträge und deren Autoren denken mag, eins ist gewiß, daß die ästhetische und moralische Ernsthaftigkeit der Zeitschrift über jeder Diskussion steht. [...] Wir halten es darum für geboten, zur Tendenz der »Aktion« und ganz besonders zu ihrer Leitung durch Franz Pfemfert unsere Sympathie kundzugeben und versichern, daß der Staatsanwalt durch den törichten Versuch einer Unterdrückung der Zeitschrift die Lauterkeit ihrer Gesinnung nicht in Frage ziehen kann. (*Aufrufe*, Nr. 7)

Selbst im Juli 1912, also während der Zeit seiner Mitwirkung im Zensurbeirat, unterschrieb Thomas Mann (neben Heinrich Mann, Bahr, Conrad, Otto Falckenberg, Georg Hirschfeld, Friedrich Huch, Berthold Litzmann, Börries von Münchhausen, Rudolf Presber, Joseph Ruederer, Johannes Schlaf, Clara Viebig u. a.) ein in mehreren Zeitungen veröffentlichtes Protestschreiben zum Verbotsantrag des Polizeipräsidenten von Berlin-Schöneberg gegen die Aufführung von Franz Dülbergs (1873–1934) vorgeblich sittenwidrigem Schauspiel *Korallenkettlin* (*Aufrufe*, Nr. 4). Schließlich ließ auch sein 1911 im *Zwiebelfisch* veröffentlichtes *Gutachten [über Pornographie und Erotik]* an Deutlichkeit in der Ablehnung der Zensur nichts zu wünschen übrig (Textband S. 292–298).

Nach den Auseinandersetzungen um den Beirat und das Aufführungsverbot der *Lulu*, im Frühjahr 1914, trat Thomas Mann nachträglich dem »Komitee zur Ehrung Frank Wedekinds« bei, das eine Sammlung für eine Ehrengabe zum 50. Geburtstag des

Dichters veranstaltete (zum Weiteren vgl. den Kommentar zu *Über Frank Wedekind*, hier S. 567–573). Dass ausgerechnet dieser Thomas Mann sich gleichwohl zeitweise zur Mitarbeit im Zensurbeirat bereiterklärt hatte, dürfte am ehesten in dem gegenüber Wedekind formulierten Vorsatz begründet sein, »zwischen Genie und Ordnung politisch zu vermitteln«.

Textlage

Der Text wurde zuerst aus dem Nachlass Thomas Manns in der grundlegenden Darstellung von Herbert Lehnert und Wulf Segebrecht veröffentlicht: *Thomas Mann im Münchener Zensurbeirat (1912/13)*. In: *Jahrbuch der deutschen Schillergesellschaft* 7 (1963), S. 190–200, der Text des Gutachtens dort S. 197f. Unter der Überschrift *An die K.[öniglich] B.[ayerische] Polizeidirektion München* erschien er als Nachtrag auch in Br. III, 461f. sowie in ARE I, 342–344 und in E I, 166f. Der Text wird hier nach der Handschrift wiedergegeben, die unter den Münchner Polizeiakten des Akts »Lulu« erhalten ist und den Eingangsstempel »K. B. Polizeidirektion 1t Mai 1913 München« trägt.

Stellenkommentar

372 6 *Kürzungen und Milderungen*] »Die ›Bearbeitung‹ des Münchner Künstlertheaters besteht abgesehen von den aus dem beifolgenden Textbuch ersichtlichen Strichen darin, daß aus dem Schauspiel ›Erdgeist‹ der 3. Aufzug und aus dem Schauspiel ›Die Büchse der Pandora‹ der 1. Aufzug weggelassen ist.« (Brief von der Heydtes an die Mitglieder des Zensurbeirats; zitiert nach Lehnert/Segebrecht 1963, S. 196.)

16 *Absichten auf Sensation*] Thomas Mann nimmt die Wendung auf, die von der Heydte ebd. aus dem Bittbrief des Künstlertheaters zitiert: Bei der Aufführung sei eine »Vermeidung alles Sensationellen« beabsichtigt. 1904 war das Stück im »Akademisch-Dramatischen Verein«, 1910 im Künstlertheater aufgeführt worden, jeweils in geschlossenen Vorstellungen.

373 2–3 *»Franziska«*] Wedekinds Drama *Franziska. Ein modernes Mysterium* (1912); vgl. Thomas Manns Brief an Wedekind vom 7. Dezember 1912 (hier unter Entstehungsgeschichte).

12 *in Wegfall gekommen*] Abermals Übernahme einer Wendung aus dem Bittbrief des Künstlertheaters, das in von der Heydtes Schreiben zitiert wird: die anstößigen Stellen des Stücks seien »bei der Bearbeitung durchaus in Wegfall gekommen«.

13–14 *den Sie … als »brutal« bezeichnen*] »Ich bemerke noch, daß die ganze letzte brutale Szene /: Lustmord in einer Dirnenwohnung :/ stehen geblieben ist« (von der Heydte, wie hier zum Lemma »Kürzungen und Milderungen« zitiert).

23–24 *der Meinung über die problematische Menschlichkeit*] In von der Heydtes Schreiben an die Mitglieder des Zensurbeirats ist von solchen Bedenken nicht die Rede.

[SELBSTBIOGRAPHIE IV]

Entstehungsgeschichte

Der Text wurde als Antwort auf eine Rundfrage für den Sammelband *Geistiges und künstlerisches München in Selbstbiographien* geschrieben. In der Handschrift nicht datiert, muss er doch vor Pfingsten 1913, also vor dem 11. Mai, entstanden sein (Datum des Herausgeber-Vorworts). Die Handschrift umfasst drei Blätter, deren erstes ein Formblatt für alle Beiträge der Rundfrage darstellt. Unter der Überschrift *Gesichtspunkte* werden dort folgende Angaben erbeten:

I. *Namen,* Vornamen, Titel, Stand, Beruf, Zugehörigkeit zu einer gelehrten, künstlerischen oder anderen bekannten Gesellschaft, Konfession, Adresse.

II. *Anhaltspunkte zur Abfassung der Selbstbiographie.* Diejenigen Herren, welche die Freundlichkeit haben, eine grössere, bis 180 Zeilen umfassende Autobiographie beizusteuern, werden gebeten, diese als Beilage miteinzusenden. Geburtsjahr und Ort, Stand und Wohnort der Eltern, Bedeutende Vorfahren, Verheiratet seit wann und mit wem, Eltern oder bedeutende Familienangehörigen [sic] des anderen Ehegatten, Namen, Geburtsjahr und Stand der Kinder, *Äusserer und innerer Bildungsgang* mit denkwürdigen Momenten aus dem Leben.

III. Im *Buchhandel* erschienene *Schriften,* Teilnahme an gelehrten und anderen Zeitschriften. *Kunstwerke.*

Thomas Manns Antwort, die abgesehen von dem Sonderfall *Im Spiegel* ausführlichste seiner frühen autobiographischen Skizzen, entspricht diesem Schema recht getreu. Dabei folgt er zugleich den Grundzügen seiner biographischen Selbstdarstellung, wie er sie bereits in seinem Brief an Oskar Wilda entworfen hatte (vgl. hier [*Selbstbiographie I*]). – Stellenkommentare, die bereits zu den drei früheren Selbstbiographien gegeben wurden, sind hier nicht wiederholt.

Thomas Manns umfangreicher *Lebensabriß* von 1930 (GW XI, 98–144) greift in einigen Teilen nahezu wörtlich auf die vorliegende Skizze zurück.

Textlage

Der Text erschien zuerst, ohne Überschrift, in dem von W. Zils herausgegebenen Sammelband *Geistiges und künstlerisches München in Selbstbiographien*. München 1913, S. 231–233 (= Druckvorlage), danach unter dem Titel *[Selbstbiographie]* in GW XIII, 31–33 und in ARE I, 359–361. Die Handschrift ist in der Stadtbibliothek München erhalten. Bis auf drei hier im Stellenkommentar nachgewiesene Wortänderungen unterscheidet sie sich von der Druckfassung lediglich in der (nachlässigeren) Interpunktion, Abkürzungen (Handschrift: »im Jahre«) und Orthographie (Thomas Mann schreibt »thätig«, »cynisch«, »verstohlener Weise«).

Stellenkommentar

375 2 *Mann Thomas*] In der Handschrift eigens korrigiert aus: »Thomas Mann«.

2 *ev.*] In der Handschrift: »protestantisch«.

21 *Conrads revolutionärer ›Gesellschaft‹*] Vgl. hier die ähnliche Charakterisierung in *Im Spiegel* (Textband S. 182) und im *Lebensabriß* von 1930 (GW XI, 101).

27–29 *Geschichte bei Stieve ... Herz*] Thomas Mann besuchte als Gasthörer 1894/95 an der Technischen Hochschule München Vorlesungen, die in den Notizen und Kommentaren seines *Collegheftes 1894–1895* dokumentiert sind: *Kultur- und Weltgeschichte* bei Felix Stieve, *Grundlegung der Ästhetik* bei Franz von Reber (wie das *Collegheft* zeigt, mit erheblichen Einwänden) und *Deutsche Mythologie*, d. h. faktisch Literaturgeschichte des Mittelalters, darunter die hier hervorgehobene höfische Epik (laut *Collegheft* einschließlich des *Gregorius*) bei Wilhelm Hertz, außerdem über *Nationalökonomie* bei Max Haushofer und über *Shakespeares Tragödien* bei Karl von Reinhardstöttner. Vgl. auch seine entsprechenden Erinnerungen im *Lebensabriß* (GW XI, 102).

376 2–3 *Wolzogen*] Der Schriftsteller Ernst (Freiherr) von Wolzogen (1855–1934) war einer der Wegbereiter des naturalistischen Dramas in München; seine hier erwähnte *Wildenten*-Inszenierung war eine Wegmarke der deutschen Ibsen-Rezeption. Vgl. hierzu auch *Lebensabriß* (GW XI, 102f.).

4 *Werle*] In der Handschrift korrigiert aus »Ekdal«.

5–6 *jungen Münchener Literatur*] Zu dem Lyriker Ludwig Scharf (1864 bis ca. 1938/39, vermisst) vgl. hier den Kommentar zu *Das Ewig-Weibliche*, S. 59_{9}. – Der Name des naturalistischen Dramatikers Joseph Ruederer (1861–1915) ist in der Handschrift erst über der Zeile nachgetragen. Ruederer gehörte 1912/13 zusammen mit Thomas Mann dem Münchner Zensurbeirat an (vgl. hier den Kommentar zu Thomas Manns *[Gutachten über Frank Wedekinds Schauspiel »Lulu«]*). – Josef Schaumberger (1858–1924) war Dramatiker, Dramaturg und Theaterkritiker in München. – Der Dichter und Übersetzer Christian Morgenstern (1871–1914) und der Erzähler, Lyriker und Dramatiker Otto Erich Hartleben (1864–1905) waren (wie auch Scharf) aus den naturalistischen Kreisen Berlins nach München gekommen.

7 *usw.*] Handschrift: »etc.«

7–8 *Dehmel*] Richard Dehmel (1863–1920), der 1895 Mitbegründer der Zeitschrift *Pan* gewesen war, galt seinen Zeitgenossen als der neben Liliencron wichtigste deutsche Lyriker der Jahrhundertwende. Vgl. Kommentar zu *Der alte Fontane*, S. 265_{21} und *Lebensabriß* (GW XI, 101f.).

14 *Oskar Bie*] Seit 1904 war der Kritiker Oskar Bie (1864–1938) Redakteur der als Nachfolgerin von Otto Brahms *Freier Bühne* gegründeten *Neuen deutschen Rundschau*, die ebenfalls 1904 in *Neue Rundschau* umbenannt worden war.

18 *in Rom und den Sabiner Bergen*] Vom Oktober 1896 bis zum April 1898 lebte Thomas Mann mit seinem Bruder Heinrich in Rom und in Palestrina, »einem Landstädtchen der Sabiner Berge« (*Lebensabriß*; GW XI, 103).

18–19 *Mein Zustand*] In der Handschrift folgt gestrichen: »bürgerlich«.

376 22–23 *nicht sowohl jugendlichem Leichtsinn, als vielmehr dem sicheren Gefühle*] In der Handschrift korrigiert aus: »nicht allein jugendlichem Leichtsinn, sondern auch dem sicheren Gefühle«.

377 2–3 *auch auf der Bühne*] In der Handschrift korrigiert aus: »auch auf dem Theater«.

4 *die Novelle*] *Der Tod in Venedig* erschien 1912 im Hyperionverlag. 1913 erschien jedoch die erste Buchausgabe im S. Fischer Verlag.

5 *bin ich verheiratet mit*] In der Handschrift folgt gestrichen: »der Tochter«.

7–8 *Meine Frau ist mütterlicherseits*] In der Handschrift korrigiert aus: »und mütterlicherseits«.

9–10 *Mit den Meinen verlebe ich*] Danach in der Handschrift gestrichen: »den Winter in München,«.

11 *große, liebenswürdige*] In der Handschrift: »große und liebenswürdige«.

13–14 *Und so hoffe ... möge*] In der Handschrift zunächst: »Und so hoffe ich, daß es mir beschieden sein möge«, korrigiert zu: »vergönnt sein möge«, dann zu der jetzigen Fassung.

FRIEDRICH HUCH.

GEDÄCHTNISREDE, GESPROCHEN BEI DER TRAUERFEIER AM 15. MAI

Entstehungsgeschichte

Erst vierzigjährig, war der Schriftsteller Friedrich Huch am 12. Mai 1913 in München an den Folgen einer Mittelohrentzündung gestorben. Am 15. Mai wurde er in München bestattet (Grabstätte heute in Braunschweig). Thomas Mann hielt dabei die Trauerrede; erschüttert »über Friedrich Huchs frühen, schrecklichen Tod« schrieb er am 16. Mai 1913 an Ernst Bertram: »Ich war gestern in München, um am Sarge des liebenswerten Dichters ein paar Worte zu sprechen – und konnte es kaum vor Bewegung.« (GKFA 21, 521) Für die Druckfassung wurde die notgedrungen »rasch zusammengestellte kleine Rede« sorgfältig korrigiert (an Paul Nikolaus Cossmann, 16.5.1913; DüD I, 450).

Friedrich (»Fritz«) Huch (1873–1913), ein Enkel des Abenteuerschriftstellers Friedrich Gerstäcker und Cousin Ricarda Huchs, gehörte mit seinen sechs Romanen und elf Erzählungen zu den bekanntesten Erzählern im Umkreis des ›Jugendstil‹. Wie Thomas Mann entstammte er einer Patrizierfamilie. Nach Studien in Berlin, Paris und München und Hauslehrertätigkeiten in Hamburg und Lodz lebte er seit 1903 in München als Redakteur der *Freistatt* (in der im selben Jahr Thomas Manns *Das Ewig-Weibliche* erschien), dann als Lektor der Zeitschrift *Jugend*, schließlich als freier Schriftsteller in der Schwabinger Bohème. Er stand sowohl dem George-Kreis als auch Ludwig Klages und den »Kosmikern« um Alfred Schuler nahe (sein Cousin Roderich, der als Student ebenfalls in München lebte, wurde von den Kosmikern, vor allem von Schuler selbst, als »Sonnenknabe« verehrt); nach deren Zerwürfnis schlug er sich 1904 auf die Seite Georges. Bereits 1899 hatte Thomas Mann sich durch die Vermittlung seines Bruders Viktor mit Huch angefreundet. Dessen Roman *Pitt und Fox: Die Liebeswege der Brüder*

Sintrup, vor allem aber die Romane *Peter Michel* (1901), *Geschwister* (1903), *Wandlungen* (1905) und *Mao* (1907) schildern, teils in satirischer Kritik der Bürgerwelt, teils eher neuromantisch-lyrisch, sensible Kinder- und Jünglingsgestalten, die in mancher Hinsicht Thomas Manns Tonio Kröger und Hanno Buddenbrook verwandt sind. *Wandlungen* und *Geschwister* (diesen Roman erwähnt Thomas Mann im Zusammenhang mit Toni Schwabe in *Das Ewig-Weibliche*, Textband S. 54) artikulieren darüber hinaus passagenweise pädophile Neigungen und Verhältnisse, die Huch selbst wohl nicht fremd waren. Die Streichung des Vergleichs mit Herman Bang im zweiten Absatz (der im gekürzten Nachdruck im *Literarischen Echo* als Textanfang noch hervorgehoben war) ab RuA könnte damit zusammenhängen, dass die Assoziation dieses Namens mit einer effeminierten Homosexualität mittlerweile zu verbreitet war.

Mit seiner sportlich-vitalen Erscheinung war Huch, der in Viktor Manns *Wir waren fünf* als der »blonde Held Siegfried« erscheint (Konstanz 1949, S. 141), nicht nur eine öffentlich bekannte Figur im Münchner Leben, sondern erschien auch als der Inbegriff des »Regenerationstypus« (so Thomas Manns Begriff im 9. Notizbuch; Nb. II, 172): eine Verkörperung der in der 103. Notiz zu *Geist und Kunst* so apostrophierten »Regenerations«-Bewegungen zwischen »Wandervogel«, Reformschulen und den vitalistischen Strömungen der Münchner Moderne (vgl. GuK, 207f.). Klaus Harpprecht hat darauf hingewiesen, dass die Gestalt des sportlichen Radfahrers, der in Thomas Manns Erzählung *Der Weg zum Friedhof* als »das Leben« figuriert, Ähnlichkeiten mit Huch aufweist (1900; GW VIII, 187–196; Harpprecht 1995, S. 143f.). – Die Verbindung von »Regenerations«-Bestrebungen und Vertrautheit mit dem Tode betont Thomas Mann auch in seinem Aufsatz über Erich von Mendelssohn (Textband S. 387–395).

Textlage

Der Text wurde zuerst unter der Überschrift *Friedrich Huch. Gedächtnisrede, gesprochen bei der Trauerfeier am 15. Mai 1913* in den *Süddeutschen Monatsheften* veröffentlicht (10. Jg., H. 9, S. 329–331; = Druckvorlage). Eine gekürzte Fassung erschien am 1. Juli in der Rubrik *Echo der Zeitschriften* in *Das literarische Echo* (15. Jg., H. 19, Sp. 1356f.); hier setzt der Text mit dem zweiten Absatz ein (»Seit Hermann Bangs Tode«) und endet mit dem fünften (»human im schönsten Sinne des Wortes war«). Unter der Überschrift *Gedächtnisrede auf Friedrich Huch* wurde der vollständige Text in den Almanach des S. Fischer Verlags aufgenommen (*Das 27. Jahr*. Berlin 1913, S. 38–42). Unter der ursprünglichen Überschrift stand er erneut in der Zeitschrift *Der Lesezirkel* (1. Jg., Januar 1914, H. 5, S. 97–100) und als Vorwort in den Neuauflagen von Huchs Roman *Pitt und Fox: Die Liebeswege der Brüder Sintrup* (8. Band in den *Büchern der Rose*, S. 7–12) ab 1916 und bis 1933 sowie im ersten Band von Huchs *Gesammelten Werken* (Berlin/Leipzig o. J. [1925], S. VII-XII). Um den zweiten Absatz gekürzt, nahm Thomas Mann den Text in RuA (S. 278–282) und AuN (S. 271–275) auf; in derselben Form erschien er in GWA XI, 341–344 und GW X, 409–413. In ARE I ist der gestrichene Absatz im Kommentarteil nachgetragen. E I, 168–171 folgt dem Erstdruck.

Stellenkommentar

378 8 *seit Hermann Bangs Tode*] Der dänische Dichter Herman Bang (1857–1912) gehörte zu den wichtigsten literarischen Anregern des jungen Thomas Mann (vgl. etwa den Brief an Martens vom 16. Oktober 1902; GKFA 21, 215); er war im Januar 1912 während einer Lesereise durch die USA gestorben. Auch im Nachruf *Zum Tode Eduard Keyserlings* erwähnt Thomas Mann »den teuren, traurigen Namen Herman Bangs« und »das schmerzliche Werk des Dänen« (1918; GW X, 416).

11 *jene französische Unterscheidung*] Ähnlich zu Beginn des *Gesangs vom Kindchen* (1919): »Bin ich ein Dichter? War ich's zuweilen? Ich weiß

nicht. In Frankreich / Hieße Poet ich nicht. Man scheidet bequem und verständig / Dort den Reimschmied vom Manne der gradausgehenden Rede.« (GW VIII, 1068; vgl. hier auch den *Versuch über das Theater*, *[Roman und Theater in Deutschland]*, *Der Literat* und die in den jeweiligen Kommentaren dazu angeführten Notizen zu *Geist und Kunst*.)

378 15 *Schillers strenges Wort*] Die von Thomas Mann wiederholt zitierte Frage stellt Schiller in *Über naive und sentimentalische Dichtung*: »Was selbst der Dichter, der keusche Jünger der Muse, sich erlauben darf, sollte das dem Romanschreiber, der nur sein Halbbruder ist, und die Erde noch zu sehr berührt, nicht gestattet seyn?« (NA 2, 462)

21 *»Enzio«*] Roman von Huch, erschienen 1911.

27 *Epilog zur Glocke*] Goethe, *Epilog zu Schillers »Glocke«* (1815): »Doch hat er, so geübt, so vollgehaltig, / Dies bretterne Gerüste nicht verschmäht.« (V. 57f.)

379 8–9 *»Und manches tiefe Werk«*] Aus Goethes *Epilog zu Schillers »Glocke«* (V. 61f.).

25 *Raabes*] Eine der seltenen Erwähnungen Wilhelm Raabes (1831–1910) bei Thomas Mann. Nicht nur die »Phantasie« und der »skurrile Humor« ließen Thomas Mann hier vielleicht an Raabe denken, sondern auch der Umstand, dass Huch in Braunschweig geboren war, wo Raabe sein bedeutendes Spätwerk verfasst hatte.

380 2–3 *»Regeneration«*] Vgl. hier zur Entstehungsgeschichte. – Der Begriff »Regeneration« spielt eine zentrale Rolle in Richard Wagners *Religion und Kunst*; Karl Lamprecht verwendet ihn im ersten Band von *Zur jüngsten deutschen Vergangenheit* (1905) im Kapitel *Weltanschauung*. Bei beiden Autoren ist damit aber eher eine ›sittliche Wiedergeburt‹ gemeint als die von Thomas Mann hervorgehobenen körperbetonten und vitalistischen Züge, die er in der 103. Notiz zu *Geist und Kunst* mit der Jugendbewegung sowie ihrer Adaption Whitmans und eines »Nietzsche triumphans« verbindet (dagegen: »Unser Nietzsche ist der Nietzsche militans.« GuK, 208).

6 *Würmbade*] Populäres Freibad in der Nähe von München.

381 5 *Ein Philosoph*] Schopenhauer am Anfang des 41. Kapitels von *Die Welt als Wille und Vorstellung* II, Viertes Buch (*Über den Tod*).

13 *»Requiem«*] *Das Requiem* erschien in der *Jugend* Nr. 10 (1913), S. 272–278.

23 *Briefe*] Vermutlich der Brief vom 31. März 1913 (Reg. 13/29), in dem Thomas Mann dem Freund »F. H.« für die »schönen, nachdenklich-heiteren Abendstunden« mit seiner Erzählung dankt.

382 6 *Novelle*] Huchs Novelle *Der Gast* erschien im 1. Heft der *Neuen Rundschau* 1913, S. 457–478.

[ÜBER KARL KRAUS]

Entstehungsgeschichte

Am 29. März 1913 veranstaltete der Herausgeber der seit 1910 in Innsbruck erscheinenden Zeitschrift *Der Brenner*, Ludwig von Ficker (1880–1967), im Münchner »Vier Jahreszeiten«-Saal einen Vortragsabend mit Karl Kraus (1874–1936). Die neuartige, rasch bekannte und umstrittene Form seiner Vortrags- und Leseabende hatte Kraus erst 1910 eingeführt. Den Münchner Abend eröffnete er mit einer Lesung von Jean Pauls *Rede des toten Christus vom Weltgebäude herab, daß kein Gott sei* (zu Ehren von Jean Pauls 150. Geburtstag am 21. März) und setzte ihn mit eigenen Texten aus der *Fackel* fort. Die *Münchner Neuesten Nachrichten* kommentierten am 31. März: »Man mag über seine Schriften denken wie man will. Als dieser Autor am Samstag abend wieder am Vorlesetisch im Jahreszeitensaal erschien, und den Druckseiten, die er vor sich ausgebreitet, mit den Hammerschlägen seiner Geste, und einer Stimme, die zur Rezitation mehr erzogen als geboren erscheint, die Flammen des Hasses entrang, die seine Größe ausmachen: da erlebte man wieder jenes ganz seltene Eins-Sein von Mann und Wort.« Kraus' Vortrag des Jean Paul-Textes wird besonders hervorgehoben; dann bemerkt der Rezensent: »Der Vortrag einiger seiner Kampfartikel gegen Harden veranlaßte eine erfreulich lebhafte *Diskussion*, die allerdings nur zwischen den Beifallklatschenden und einer zähen Opposition zum Austrag kam.« Die *Münchner Zeitung* vom selben Tag spricht von Kraus geradezu als von einem »Gottesstreiter[ ]«; auch hier wird der Vortrag des Jean Paul-Textes besonders hervorgehoben und die Harden-Diskussion erwähnt: »Selbstverständlich ging es auch wieder gegen Maximilian Harden, dessen unnatürlichen Stil Kraus mit seinen elegantesten und dabei wuchtigsten Degenstößen zur Strecke brachte. Einige schien das zu verdrießen, die meisten aber dankten es ihm mit immer wieder erneutem Beifall [...].« (Beide Artikel zitiert nach der Rubrik No-

tizen in der *Fackel* Nr. 374/375 vom Mai 1913; dort äußert sich Kraus selbst verärgert über »zwei Zischer [...] zugunsten des Herrn Harden«.) Am 9. April erschien dann als Illustration eines pseudonymen Kommentars in der Münchner Wochenzeitung *Zeit im Bild* eine Karikatur, die Kraus während der Lesung zeigt und von diesem in einer scharfen Polemik in der *Fackel* im Mai angegriffen wurde (der Text jetzt in Karl Kraus: *Literatur und Lüge. Schriften.* Bd. 3. Hg. von Christian Wagenknecht. Frankfurt/Main 1987, S. 299 bis 309; die Karikatur ebd. S. 366). Als Reaktion auf diese Karikatur bat Ficker einige Schriftsteller um eigene Stellungnahmen zu Kraus im *Brenner*. Unter ihnen waren Peter Altenberg, Hermann Broch, Richard Dehmel, Else Lasker-Schüler, Georg Trakl, Frank Wedekind und Stefan Zweig.

Thomas Manns Verhältnis zu Kraus ist im ganzen distanziert (»Ich habe nie besonders für ihn geschwärmt«, an Klaus Mampell, 17. Mai 1954; Br. III, 341), aber durchaus respektvoll. Als er sich am 8. August 1910 beim Albert Langen Verlag für die Zusendung von Kraus' *Die chinesische Mauer* bedankt, lässt er ihm höflich seinen Glückwunsch zu dieser »glänzenden Veröffentlichung« aussprechen (Reg. N 10/4). Als seine Tochter Erika ihm später Grüße von Kraus ausrichtet, antwortet er ihr brieflich: »Daß der Fackelkraus mich grüßen läßt, ist generös. Eigentlich herzlich meint er es nicht mit mir, da ich mich nicht in den gebotenen unbedingten Tönen über ihn geäußert habe. Gewiß unterscheidet er scharf zwischen einer gesellschaftlichen Empfehlung und irgendwelcher höheren Achtung. Übrigens halte ich ihn für den Anständigsten seiner Art (Harden, Kerr). So eitel wie sie ist er auch, und mit seiner Allesverneinung ist es auch nicht so schlimm, glaube ich, im Grunde wird er weich und dankbar sein.« (19. September 1924; Br. I, 215–217)

Textlage

Der Text erschien in der Innsbrucker Zeitschrift *Der Brenner* vom 15. Juni 1913 (3. Jg., H. 18, S. 839f.) im ersten von insgesamt drei

Teilen mit Antworten auf die Rundfrage unter der hier übernommenen redaktionellen Sammelüberschrift. Sämtliche Antworten wurden 1917 in einer selbständigen Publikation des Innsbrucker Brenner-Verlags unter demselben Titel erneut veröffentlicht, Thomas Manns Antwort dort S. 15f. Er erschien erst wieder in GW X, 847f. und ARE I, 348f.

Stellenkommentar

383 10 »*Fackel*«] Die von Karl Kraus 1899 gegründete, bis zu seinem Tod herausgegebene und seit 1912 allein verfasste Zeitschrift *Die Fackel*.

17–18 *etwas Geistliches, etwas Religiöses*] Diese auch von den zitierten Rezensionen hervorgehobenen religiösen Züge der Kraus'schen Kritik und ihre Einordnung in die Gegensatzpaare »von Geist und Kunst, von Zivilisation und Kultur« rückt Kraus' Kampf »gegen die Zivilisation« in die Nähe einer Position, wie sie später im *Zauberberg* Naphtha einnehmen wird.

18–19 *Gegensatz von Geist und Kunst, von Zivilisation und Kultur*] Vgl. den Titel des geplanten *Litteratur-Essays Geist und Kunst*. Die nachmals so heikle Gegensatzformel von »Kultur« und »Zivilisation« erscheint bereits in der 118. Notiz dazu sowie in der Vorbemerkung zu *Der Literat* (vgl. Textband S. 354); erstmals systematisch entfaltet wird das Begriffspaar in *Notizen* [II], wiederum unter der Überschrift *Geist und Kunst* (Textband S. 213f.).

23–24 *Zola und Carlyle*] Der französische Romancier und Publizist Émile Zola (1840–1902) und der englische Historiker, Essayist und Erzähler Thomas Carlyle (1795–1881) werden in Nietzsches *Götzendämmerung* (1888) zu Beginn der *Streifzüge eines Unzeitgemässen*, zusammen mit zwölf anderen europäischen Dichtern und Philosophen unter der Überschrift *Meine Unmöglichen* aufgeführt und wie folgt charakterisiert: »*Carlyle*: oder Pessimismus als zurückgetretenes Mittagessen. [...] *Zola*: oder ›die Freude zu stinken.‹–« (KSA 6, 111)

384 1 *Leyer und Bogen*] Dasselbe Bild in *Bilse und ich*, vgl. Textband S. 108$_{11}$ und Kommentar.

384 3 *Pamphletisten von Genie*] Im Gegensatz zu einem »unreinen Pamphletisten« wie Leutnant Bilse (vgl. *Ein Nachwort*, Textband S. 90).

[ÜBER EUGEN REICHELS »DIE AHNENREIHE«]

Entstehungsgeschichte und Textlage

Der kurze Text wurde vermutlich auf Bitten des Privatgelehrten und naturalistischen Schriftstellers Eugen Reichel (1853–1916) veranlasst, der sich durch den in einigen Rezensionen erhobenen Vorwurf verletzt sah, er habe in seinem (zweiten) Roman *Die Ahnenreihe* Thomas Manns *Buddenbrooks* plagiiert. Thomas Manns Stellungnahme erschien in der von Maximilian Harden herausgegebenen Zeitschrift *Die Zukunft*, am 5. Juli 1913 (21. Jg., Bd. 84) ohne eigene Überschrift in der Rubrik *Literatur*. Der bisher einzige Nachdruck findet sich im Briefwechsel TM/Harden, 156f. – Reichels Roman erzählt die Geschichte der Familie »Sohnreich« über mehrere Generationen; spezifische Gemeinsamkeiten zwischen diesem trivialen und sentimentalen Familienroman und den *Buddenbrooks* lassen sich in der Tat nicht feststellen.

Quellenlage

Reichels Roman erschien unter dem Titel *Die Ahnenreihe. Ein Roman in fünf Büchern* in Berlin o. J. [1912]. Es ist anzunehmen, dass Thomas Mann die Hinweise auf lobende Rezensionen von Reichels Büchern nicht aus eigener Anschauung, sondern durch Angaben Reichels selbst oder durch die mit umfangreichen Zitaten aus Rezensionen und Briefen von Schriftstellern (darunter Ferdinand von Saar) versehenen Verlagsankündigungen in der Romanausgabe kannte. Darin werden Reichels Novellenbände *Aus dem Leben* (1887) und *Lebensbilder. Neue Novellen* (1888) empfohlen, die Thomas Manns Besprechung einleitend ohne Titelnennung erwähnt.

Stellenkommentar

385 2 Harden] Vgl. hier *Maximilian Harden* sowie die Kommentare zu *Ein nationaler Dichter*, *Der alte Fontane* und *Chamisso*. Nicht nur von Tho-

mas Mann, auch von Reichel selbst waren (allerdings lange zuvor) einige Arbeiten in Hardens *Zukunft* erschienen.

385 3 *Frenzel*] Fritz Frenzel (1855–1915) war, z. T. unter dem Pseudonym »August Bäbchen«, ein rühriger Publizist, seit 1888 Mitarbeiter der Zeitschrift *Fürs deutsche Haus*, ab 1890 u. a. Redakteur der Zeitschriften *Für unsere Frauen* und *Für Palast und Hütte*.

3 *Widmann*] Der schweizerische Dramatiker und Erzähler Joseph Viktor Widmann (1842–1911) war seit 1880 Feuilletonredakteur des Berner *Bund*.

3 *J. J. David*] Der vielseitig produktive Erzähler und Dramatiker Jakob Julius David (1859–1906) war seit 1903 Redakteur der *Wiener Zeitung*.

5 *monumentale Gottsched-Biographie*] Reichels zweibändiges Werk *Gottsched* erschien zuerst 1902, erneut 1908–12. Daneben hatte Reichel, der aus Königsberg stammte, zahlreiche teils philologische, teils patriotische Arbeiten über seinen ostpreußischen Landsmann Gottsched publiziert; er war auch Mitbegründer der »Gottsched-Gesellschaft«.

7 *Rosegger*] Der konservative österreichische Erzähler Peter Rosegger (1843–1918).

7 *Max Nordau*] Journalist und mit seinem Hauptwerk *Entartung* (1892/93) einflussreicher Theoretiker der »décadence«; Mitbegründer des Zionismus (1849–1923).

VORWORT ZU EINEM ROMAN

Entstehungsgeschichte

Der Essay wurde veranlasst durch eine Bitte Bruno Franks um ein Vorwort zur geplanten Buchausgabe des Romans *Nacht und Tag*, den sein kurz zuvor verstorbener Freund Erich von Mendelssohn verfasst hatte. In einem Brief an Korfiz Holm vom 2. September 1913 erwähnt Thomas Mann die abgeschlossene Arbeit an diesem Text: »ich mußte etwas schreiben und abliefern: ein Vorwort zu dem nachgelassenen Roman eines jung verstorbenen Dichters. (Alt wird man und väterlich.)« (GKFA 21, 527) Der Text ist im Erstdruck und in der ersten Buchausgabe datiert: »Tölz im September 1913«. Am 16. September bot Thomas Mann das Manuskript dem Herausgeber der *Süddeutschen Monatshefte*, Paul Nikolaus Cossmann, zum Vorabdruck an (Reg. 13/76); am 29. September schickte er es mit der Bemerkung ab, es sei »umfangreicher geworden, als ich dachte« (DüD I, 593). Gegenüber Mendelssohns Witwe Gerda bekannte er in einem Brief vom 10. Dezember, dass er mit seinem Text nicht recht zufrieden sei (Reg. N 13/6). Wie aus dem Anfang des 2. Teils (»Wir legen die Jugendgeschichte eines Frühverstorbenen vor«) und der Schlussbemerkung des *Vorworts* hervorgeht (»fügen wir der Ausgabe von ›Nacht und Tag‹ hinzu«), tritt Thomas Mann auch als Herausgeber des Bandes auf; in Verlagsankündigungen wird er entsprechend bezeichnet: Das *Deutsche Bücherverzeichnis* 1911–14 annonciert den Roman als »hrsg. von Thomas Mann«.

Der Schriftsteller und Übersetzer Erich von Mendelssohn (Dorpat/Tartu 1887 – Hellebæk bei Kopenhagen 1913) war im Juni 1913 im Alter von nur sechsundzwanzig Jahren gestorben, vermutlich an den Folgen einer Lungenentzündung, die er sich beim Schwimmen zugezogen hatte (unweit des Badehotels Aalsgaard, in dem Thomas Mann und Tonio Kröger sich aufgehalten hatten). Gerüchteweise war auch von Freitod die Rede. Um 1910/11 hatte

Thomas Mann durch Vermittlung Bruno Franks (1887–1945; vgl. *Bruno Frank, »Requiem«* Textband S. 396ff.) dessen einstige Klassenkameraden, die jungen Schriftsteller Wilhelm Speyer (1887–1952) und Erich von Mendelssohn, kennengelernt. Beide waren damals gelegentlich zu Gast bei Manns in München und Bad Tölz. Mendelssohn war ein Verehrer Thomas Manns; in seinem Roman *Die Heimkehr*, den Thomas Mann im vorliegenden Text erwähnt (ohne dass Lektüre nachweisbar wäre), finden sich ausführliche Diskussionen auch um dessen Werk.

Mendelssohns Roman *Nacht und Tag* schildert, ohne ausdrückliche Nennung des Ortes, Erlebnisse der Schulzeit in der von Hermann Lietz (1868–1919) gegründeten Reform-Landschule Haubinda bei Meinigen, einem der ersten »Deutschen Land-Erziehungs-Heime« mit programmatisch anti-intellektueller, körperbetonter und nationaler Ausrichtung. Dabei wird Frank als »Gruber«, Speyer als »Uglop« und Mendelssohn selbst als »Otto Mahrensee« porträtiert. In Haubinda unterrichtete eine Zeitlang auch Theodor Lessing, mit dessen Ehefrau der Schüler Bruno Frank eine Liebesaffäre hatte (vgl. hier auch *Der Doktor Lessing* mit Kommentar). Der Roman erschien Ende 1913 (auf 1914 vordatiert). Gewidmet ist er Mendelssohns zeitweiligem Lehrer Paul Geheeb (1870–1961), dem späteren Gründer der Odenwaldschule und auch in Thomas Manns *Lebensabriß* erwähnten »Landschulpädagogen« (1930; GW XI, 105).

Neben seinen literarischen Versuchen hatte Mendelssohn Gedichte von Johannes V. Jensen übersetzt und an der im Text erwähnten *Sammlung Thule (Altnordische Dichtung und Prosa)* mitgearbeitet. Die Beteiligung des Juden Mendelssohn an dieser 1911 von Eugen Diederichs mit dem Ziel gegründeten Publikationsreihe, ›germanisch‹-völkische Tugenden zu popularisieren, weckte Widerstände. Ein Exemplar der von ihm übersetzten *Grönländer und Färinger Geschichten* (Bd. 13, Jena 1912) hatte Mendelssohn Thomas und Katia Mann mit den Worten gewidmet: »Herrn und Frau Th. Mann / ein unvergängliches Buch / in vergänglicher Übersetzung / Den 28.10.12 / Erich von Mendelssohn« (TMA). In diesem Band wird für die Reihe u. a. in folgender Weise geworben: Die Sagas »zeigen uns im Spiegel einer rein germanischen Bauernkultur ohne Einfluß des Christentums alle Charaktermöglichkeiten des germanischen Wesens. Sie sind ein ganz einziges Dokument des rassehaften Denkens und Fühlens«; gerade so erfüllten sie unsere »Sehnsucht nach dem Epischen«.

Thomas Manns *Vorwort* deutet Mendelssohns Roman mit überraschender Selbstverständlichkeit im Kontext autobiographischer Konfessionen, nicht hingegen im Zusammenhang mit dem Genre des Schulromans, das mit Emil Strauß' *Freund Hein* (1902; vgl. Thomas Manns Hinweis in *Das Ewig-Weibliche*, 1903, Textband S. 54), Robert Musils *Die Verwirrungen des Zöglings Törleß* und Hermann Hesses *Unterm Rad* (beide 1906) wenige Jahre zuvor drei moderne Klassiker hervorgebracht hatte und dem Mendelssohns ungleich anspruchsloseres Buch etwa in Otto Flakes Nachruf in der *Neuen Rundschau* 1913 mit aller Selbstverständlichkeit zugerechnet wird.

Vielmehr greift Thomas Mann hier Themen wieder auf, die ihn im Zusammenhang mit dem eigenen Schreiben beschäftigten: das Problem autobiographischer Fundierung des Erzählens und den Kritiker-Topos der »Eigenliebe« (vgl. *Bilse und ich*); die Frage nach der Beschaffenheit des »Talents« (vgl. *An einen jungen Dichter*, Textband S. 194f. und den Aphorismus *Talent*, Textband S. 344); schließlich die »Regenerationsliteratur« (vgl. den Kommentar zu *Friedrich Huch*, hier S. 538 u. 540), der gegenüber er sich in der Position von Ibsens alterndem »Baumeister Solneß« fühlt (vgl. die 103. Notiz zu *Geist und Kunst*; GuK, 207f.). Andererseits betont er die Brüchigkeit dieses Vitalismus bei Mendelssohn und seinem *Alter ego* im Roman. Ähnlich, aber weit energischer hebt Otto Flakes Nachruf die Spannung zwischen Mendelssohns »Wille[n]«, »Ehrgeiz« und dem »nervösen Temperament« dieses »Gehetzten und Zerrissenen« hervor.

Anlässlich einer Lesung aus dem *Felix Krull* in der Berliner Sezession am 5. November 1916 hat Thomas Mann seinen Vortrag [*Der autobiographische Roman*] (GW XI, 700–703) mit einer Wiederaufnahme des ersten Absatzes aus dem Mendelssohn-Essay eröffnet (bis zu »Geist der großen Autobiographie überhaupt«). Auch in den entstehenden Essay *Goethe und Tolstoi* hat Mann diesen Absatz wörtlich übernommen; dazu hatte er sich am 23. Juni 1921 von Paul Nikolaus Cossmann brieflich ein Exemplar des entsprechenden Heftes der *Süddeutschen Monatshefte* erbeten (DüD I, 593).

Textlage

Der Text erschien zunächst unter dem Titel *Vorwort zu einem Roman* in *Süddeutsche Monatshefte*, November 1913, S. 235–239 (= Druckvorlage), dann als *Vorwort* in Erich von Mendelssohn: *Nacht und Tag*. Roman. Leipzig: Verlag der weißen Bücher 1914 (erschienen November 1913), S. V-XVI. Um den letzten Absatz gekürzt, wurde er als *Vorwort zu einem Roman* aufgenommen in RuA, 296–304 dann unter der neuen Überschrift *Vorwort zu dem Roman eines Jungverstorbenen* in AuN, 457–464; GW X, 559–565; ARE I, 349–356 und, in der Fassung des Erstdrucks, in E I, 172–177. Der erste Teil erschien 1954 unter der Überschrift *Über das Autobiographische* in Helmut Bode / Kurt Debus / Norbert Tönnies (Hg.): *Bücher – Schlüssel zum Leben, Tore zur Welt*. Frankfurt-Höchst, S. 283f.

Quellenlage

Ob Thomas Mann außer dem Manuskript des Romans *Nacht und Tag*, dem Prosastück *Juliana* sowie den Übersetzungen noch weitere der erwähnten Arbeiten Mendelssohns zur Kenntnis genommen hatte, ist unklar. In Heft 2 der *Neuen Rundschau* 1913 war kurz zuvor ein Nachruf von Otto Flake erschienen, der einige auch von Thomas Mann behandelte Probleme berührt und diesem bekannt gewesen sein dürfte.

Stellenkommentar

387 2 *»Liebe zu sich selbst«*] Thomas Mann zitiert den abschließenden Aphorismus aus Oscar Wildes *Phrases and Philosophies for the Use of the Young*: »To love oneself is the beginning of a lifelong romance«. Der Satz wird auch in Wildes (am 25. Mai 1905 in München zuerst in deutscher Übersetzung aufgeführter) Komödie *An Ideal Husband* geäußert (von Lord Goring am Anfang des dritten Aktes). Thomas Mann hat sich in seinem Exemplar von Franz Blei: *In memoriam Oscar Wilde*. Leipzig: Insel 1904 (erhalten in der »Rare Book and Manuscript Library«, Yale), dessen Übersetzung des Satzes angestrichen: »Selbstliebe ist der Anfang zu einem lebenwährenden Roman.« (S. 75; hier nach Wysling 1982, S. 324) Der Satz erinnert auch an Friedrich Schlegels Diktum: »Wer sich selbst liebt, der ist auf dem Wege, etwas Großes zu werden«, den Thomas Mann in seinem Exemplar von Ricarda Huchs *Blüthezeit der Romantik* angestrichen hat (S. 5).

18–21 *»Alles geben die Götter … ganz.«*] Goethes Vierzeiler in seinem Brief an Gräfin Auguste zu Stolberg vom 17. Juli 1777 wird hier in der zu Thomas Manns Zeit bekannten Fassung zitiert (wie auch im *Doktor Faustus* vom Teufel; GW VI, 315). Tatsächlich heißt es in Goethes in der Yale Library wiedergefundener Handschrift statt »geben«: »gaben«.

24 *angeborener Verdienste*] Die von Thomas Mann öfter zitierte Wendung stammt aus dem Dritten Buch von Goethes *Dichtung und Wahrheit* (11. Kapitel; WA I. 28, 45).

26 *Glück und Verdienst*] Anspielung auf Mephistos Worte an Faust im 1. Akt von Goethes *Faust. Der Tragödie zweiter Teil*: »Wie sich Verdienst und Glück verketten / Das fällt den Toren niemals ein« (V. 5061f.).

388 22 *Augustins*] Die um 400 geschriebenen *Confessiones* des Kirchenvaters Aurelius Augustinus (354–430) besaß Thomas Mann in der von J. E. Poritzky neu übersetzten und eingeleiteten Ausgabe *Die Bekenntnisse des heiligen Augustin*. München: Georg Müller 1911.

22 *Jean-Jacques'*] Der Vorname, mit dem Rousseau (1712–1778) sich

selbst in seiner posthum 1782 und 1788 erschienenen Autobiographie *Les confessions* nennt, die von Thomas Mann wiederholt als Beispiel einer rücksichtslosen (und artistischen) Selbstdarstellung angeführt wird. Vgl. auch die Notiz *»Confessions« von Rousseau* in *Notizen [I]* (1905, Textband S. 93). In Thomas Manns Nachlass hat sich keine Rousseau-Ausgabe erhalten.

388 23 *Konfessionen*] So nennt Goethe selbst gelegentlich sein autobiographisches Werk *Dichtung und Wahrheit.*

23 *Jung Stillings*] Der erste Teil von Johann Heinrich Jung-Stillings (1740–1817) Autobiographie erschien, bearbeitet von Goethe, 1777 unter dem Titel *Heinrich Stillings Jugend. Eine wahrhafte Geschichte*, die weiteren fünf Teile in den Jahren 1778 bis 1817. Sein eigenes Exemplar der 1907 erschienenen Ausgabe des ersten Teils hat Thomas Mann datiert »Tölz, 1910«. – Als »sanft« beschreibt Goethe Jung-Stilling in *Dichtung und Wahrheit* (2. Teil, 9. Buch) im selben Zusammenhang, in dem er bemerkt, dass er die Niederschrift seiner Lebensgeschichte angeregt habe.

24–25 *Anton Reisers*] Karl Philipp Moritz' (1756–1793) unvollendet gebliebener autobiographischer Roman *Anton Reiser* erschien in vier Teilen 1785–1790. Thomas Mann besaß die 1911 bei Georg Müller erschienene Ausgabe und die Originalausgabe von 1786 (Anschaffung nicht datierbar), deren im TMA erhaltenes Exemplar einige Anstreichungen aufweist.

27 *Cellini*] Die zwischen 1558 und 1566 entstandene Autobiographie des italienischen Goldschmieds und Bildhauers (1500 bis 1571) erschien 1803 in Goethes Übersetzung bei Cotta in Tübingen unter dem Titel *Leben des Benvenuto Cellini.* Thomas Mann benutzte sie als Quelle für sein Drama *Fiorenza* (1905; Cellini ist dort das Vorbild für die Figur des Aldobrandino). Eine von Max Slevogt illustrierte Neuausgabe erschien 1914.

27 *Casanova*] Der Abenteurer und Schriftsteller Giacomo Girolamo Casanova de Seingalt (1725–1798), Verfasser der berühmten *Mémoires.*

27–28 *Gedanken und Erinnerungen*] Scherzhafte Anspielung auf den

Titel von Otto von Bismarcks Memoiren, deren erster und zweiter Band 1898 erschienen waren.

388 28 *Herrn Manolesku*] Die Memoiren des Hoteldiebs Georges Manulescu alias »Fürst Lahovary« erschienen in zwei Bänden unter den Titeln *Ein Fürst der Diebe. Memoiren* (5. Auflage. Berlin 1905) und *Gescheitert. Aus dem Seelenleben eines Verbrechers* (Berlin 1905). Sie bilden, neben anderen hier genannten Autobiographien, eine Hauptquelle für Thomas Manns *Felix Krull*.

389 4 *sich selber vortragen*] Anspielung auf die Schüler-Szene im ersten Teil von Goethes *Faust*: »Es trägt Verstand und rechter Sinn / Mit wenig Kunst sich selber vor« (V. 550f.).

5–6 *ein Wort des größten Autobiographen*] Goethes bekannte Äußerung gegenüber Heinrich Laube: »Das Benutzen der Erlebnisse ist mir immer alles gewesen; das Erfinden aus der Luft war nie meine Sache, ich habe die Welt stets für genialer gehalten, als mein Genie.« (Biedermann, *Goethes Gespräche* II, S. 292) Thomas Mann erwähnt die Stelle auch im 9. Notizbuch (Nb. II, 169) und in der *Mitteilung an die Literaturhistorische Gesellschaft in Bonn* (Textband S. 170). In *Bilse und ich* stützt er sich auf eine gedanklich verwandte Äußerung (vgl. Textband S. 98 und Kommentar).

11 *autobiographisches Fragment*] Missverständlich: Bei Mendelssohns Text handelt es sich um einen abgeschlossenen Roman über die Internatszeit des Helden bis zum Examen und dem Verlassen der Schule; der Text trägt zwar autobiographische Züge, ist aber weder als autobiographisches Werk ausgegeben noch als Ich-Erzählung gestaltet und fragmentarisch nur insofern, als er den ersten Band einer Trilogie darstellen sollte.

13 *»dem Wirklichen eine poetische Gestalt zu geben«*] In *Dichtung und Wahrheit* (4. Teil, 18. Buch) spricht Johann Heinrich Merck (1741–1791) von Goethes »Bestreben [...], dem Wirklichen eine poetische Gestalt zu geben« (WA I. 29, 93).

24–25 *Landerziehungsheim zu Haubinda*] Vgl. hier zur Entstehungsgeschichte.

28 *Botho Graafs*] Der in Jena lehrende klassische Archäologe und

Kunsthistoriker Botho Graef (1857–1917) arbeitete u. a. über die Dionysos-Überlieferung, Themen der antiken Kunstgeschichte, aber auch über zeitgenössische Maler wie Franz Hodler und Ludwig von Hofmann.

390 11 *rodomontierte*] Aufschneiden, prahlerisch daherreden; nach der Figur des Rodomonte in Ariosts (1474–1533) *Orlando Furioso*.

29–30 *erste Reise nach Island*] Insgesamt unternahm Mendelssohn drei Islandreisen: 1908, 1910 (gemeinsam mit dem »Thule«-Verleger Eugen Diederichs) und 1912; im selben Jahr reiste er auch durch Norwegen.

391 6 *Sagen des Volkes*] Gemeint sind nicht Volkssagen, sondern die altisländischen Saga-Dichtungen. In München hatte Thomas Mann selbst 1895 bei Wilhelm Hertz Vorlesungen über die »Prosa-Edda« gehört (vgl. *Collegheft 1894–1895*, S. 168ff.).

8–9 *läßt er sich in Kopenhagen nieder*] Mendelssohn war bereits vor seiner ersten Islandreise 1908 nach Kopenhagen übergesiedelt.

14 *Sammlung »Thule«*] Vgl. hier zur Entstehungsgeschichte. Mendelssohns Übersetzung der *Grönländer und Färinger Geschichten* (mit den Sagas über Grönland, die Färöer und die Entdeckung Nordamerikas) wurde von Fachgelehrten wie Andreas Heusler als unzulänglich kritisiert, wobei vielleicht auch antisemitische Affekte mitspielten. 1929 wurde sie durch diejenige Felix Niedners ersetzt. Daneben übersetzte Mendelssohn für die Insel-Bücherei *Die Saga vom Freysgoden Hrafnkel* (1913).

15 *Gedichte Jacobsens*] Nachdem die erste deutsche Übersetzung von Jens Peter Jacobsens Gedichten (durch Robert F. Arnold) bereits 1897 erschienen war, übersetzte Mendelssohn die Texte für Band 3 der *Sämtlichen Werke* 1912 neu. Im Unterschied zu Johannes V. Jensen galt der dänische Erzähler und Lyriker Jens Peter Jacobsen (1847–1885) in Deutschland (anders als in Skandinavien) weithin als Repräsentant der *décadence*-Literatur.

16 *J. W. Jensens*] Der dänische Erzähler und Lyriker Johannes V.[ilhelm] Jensen (1873–1950), der 1944 den Nobelpreis für Literatur erhielt, war einer der Wortführer der hier von Thomas Mann mit

dem Schlagwort »Regeneration« apostrophierten Bewegung in Skandinavien und erklärter Antipode des von Thomas Mann besonders geschätzten Herman Bang. Eine Übersetzung seiner Gedichte durch Mendelssohn ist in den Verzeichnissen des S. Fischer Verlags nicht nachweisbar.

391 20–21 *»Die Phantasten«*] Mendelssohns Roman *Phantasten.* Berlin 1912.

22 *Gedichte*] Leipzig 1911 erschien unter dem Titel *Bilder und Farben* eine Sammlung von Gedichten Mendelssohns aus den Jahren 1904–1911.

23–24 *Roman »Die Heimkehr«*] Dieser Roman wurde nach dem Erfolg von *Nacht und Tag* 1914 ebenfalls im Verlag der weißen Bücher publiziert.

29 *junger Verlag*] Der Verlag der weißen Bücher war erst kurz zuvor von Erik-Ernst Schwabach gegründet worden, einem Freund René Schickeles, der vielleicht Mendelssohns (durch Otto Flake an ihn gelangtes) Manuskript an den Verlag vermittelte (so Peter de Mendelssohn 1996 II, S. 1525).

392 5 *der Roman berichtet davon*] Am Ende des XII. Kapitels kehrt der Protagonist Otto Mahrensee mit seinem Freund Gruber von einem überhasteten Waldlauf in die Schule zurück: »Mahrensee wankte zu seiner Bank. Aber kaum hatte er sich gesetzt, als er einen heftigen Stich in der Brust fühlte und ohnmächtig vornüber auf sein Pult sank.« (S. 186)

393 6 *Gesprächen von einem sehr deutschen Niveau*] Die meisten Dialoge zwischen den Schulfreunden werden bestimmt von philosophisch-abstrakten Erörterungen über Vernunft und Gefühl, Geist und Seele (versinnbildlicht im titelgebenden Gegensatz von »Nacht und Tag«, Sonne und Mond, Schein und Wirklichkeit usf.).

8–9 *Mowgli's starker Dichter*] Rudyard Kipling (1865–1936). Der Inderjunge Mowgli ist der Protagonist seiner berühmten Erzählungssammlung *The Jungle Books* (1884/85). Kiplings autobiographische Schulgeschichtensammlung *Stalky & Co.* erschien 1899 und wurde zu einem der beliebtesten Jugendbücher des englischen Sprachraums.

393 12 *jenem deutschen Referenten*] Nicht ermittelt.

17–18 *dem Kiplingschen Kleeblatt*] Wie bei Mendelssohn stehen auch in Kiplings Roman drei befreundete Schüler im Mittelpunkt.

21 *Problem des Blutes*] Mendelssohn stammte aus einer assimilierten jüdischen Gelehrtenfamilie. Sein Vater war der Historiker und Philologe Ludwig von Mendelssohn; die »Mischung aus feudalem und jüdischem Blut« betont auch Otto Flakes Nachruf in der *Neuen Rundschau*. Die Ambivalenz dieses »Problems« als Makel und Auszeichnung hatte Thomas Mann in *Tonio Kröger* beschäftigt und taucht immer wieder als ein auch autobiographisches Thema auf; vgl. hier etwa die Briefe *[An die Redaktion der »Staatsbürger-Zeitung«]*, *[Theodor Fontane]* und *Chamisso*.

27 *Herrschaft des Regenerationsgedankens*] Der Plan zur »Entwicklung starker Charaktere«, der dem Reformschulmodell zugrundeliege, wird im Roman kritisch diskutiert (etwa S. 219). Dagegen erscheint Mahrensee, Protagonist des Romans und *Alter ego* des Autors, schon von Beginn an als von Migräne geplagter Knabe, der sich zwar nach Gesundheit sehnt, zugleich aber rhetorisch fragt: »Was kann es Schöneres geben als eine Krankheit ohne Schmerzen?« (S. 187). – Den Begriff des »Regenerationstypus« gebraucht Thomas Mann im 9. Notizbuch (Nb. II, 172); vgl. hier auch *Friedrich Huch* mit Kommentar.

394 7 *»Rückkehr zur Natur«*] Popularisierend aus Jean-Jacques Rousseaus Pädagogik abgeleitetes Schlagwort unterschiedlicher Reformbewegungen um 1900.

22 *»und Flöte blasen«*] Vgl. *Betrachtungen eines Unpolitischen*: »das Verhältnis von Gesundheit und Krankheit geht nicht auf in dem von Optimismus und Pessimismus, von Fortschrittstugend und Sympathie mit dem Tode. Schopenhauers Pessimismus war, persönlich genommen, sicher etwas Gesunderes als Nietzsche's dionysischer Optimismus, denn Schopenhauer, das Leben verneinend, erreichte ein Patriarchenalter, indes er die Flöte blies, und Nietzsche's Lebensbejahung ist als paralytische Euphorie aufs heilloseste kompromittiert.« (GW XII, 427)

394 24–25 *Wie ist das Leben ...*] Im 7. Notizbuch hat Thomas Mann diesen Satz im Zusammenhang mit den Plänen zu *Maja / Die Geliebten* notiert: »ein furchtbarer Typus, den Nietzsche gezüchtet hat: er schreit, während ihm die Schwindsucht auf den Wangenknochen glüht, beständig: Wie ist das Leben stark und schön!« (Nb. II, 43). In *Königliche Hoheit* heißt es über den Dichter Axel Martini, dass er, »während ihm die ungesunde Röte über den Wangenhöhlen glomm, beständig rief: ›Wie ist das Leben so stark und schön!‹« (GW II, 181). In *Doktor Faustus* schließlich gehört der Renaissance-Bewunderer Helmut Institoris »dem von jenen Jahrzehnten gezüchteten Typ an, der, wie Baptist Spengler es einmal treffend ausdrückte, ›während ihm die Schwindsucht auf den Wangenknochen glüht, beständig schreit: Wie ist das Leben so stark und schön!‹« (GW VI, 381f.)

26–27 *Das Leben ist oft ... der Tod.*] Der Gedanke klingt bereits in der Gedächtnisrede auf Friedrich Huch an: »Aber wenn er am Leben hing, wenn er gern gelebt hätte, – ich glaube nicht, daß der Tod ihm als ein Fremder erschienen ist. Er war ein Dichter, und solche pflegen mit dem Tode auf vertrautem Fuße zu stehen; denn wer so recht der Vertraute des Lebens ist, der ist auch derjenige des Todes.« (Textband S. 380f.)

29 *phantastische Prosadichtung »Juliana«*] Die neuromantisch-lyrisch geprägte, sentimentale Prosadichtung, die sich als selbständiger Text ähnlich einer in den Roman eingelegten Märchendichtung des Protagonisten lesen lässt (»Eine Geschichte aus fernem Lande, aus alter Zeit«, S. 48–53), ist in der Buchausgabe gleichwohl als »Fragment« annonciert; *Juliana* sollte auch der Titel des geplanten dritten Bandes der Romantrilogie lauten. – Den Begriff »phantastisch« gebraucht Thomas Mann hier wie etwa auch in *Der alte Fontane* im weiteren Sinne einer emphatischen Fiktivität.

30 *starkes Kapitel*] Gemeint ist ein nur 25 Druckzeilen umfassender Abschnitt, in dem die textbestimmende Auseinandersetzung mit der Sexualität kulminiert: In einer feuchten Höhle voller »Schlangen und Gewürm« spricht der zum »Bettler« erniedrigte Königs-

sohn gegenüber der begehrten Juliana davon, wie »sich in heißer Wollust Verlangen Ekel und Grausen« mische und »die häßliche, triefende Nacht in feuchter Höhle ein Sehnen nach Gleichem im Körper auslöse«, und er verlangt vergebens: »Laß mein seltsames Verlangen nach Unreinheit Befriedigung finden.« (S. 278) Im Roman *Nacht und Tag* wird dagegen das für die »Regenerationsliteratur« so wichtige Thema der Geschlechtlichkeit (mit Ausnahme eines keuschen Kusses) nicht behandelt.

BRUNO FRANK, »REQUIEM«

Entstehungsgeschichte

Bruno Franks Gedichtzyklus *Requiem*, ein schmaler Band von nur 24 Seiten, erschien in bibliophiler Ausstattung 1913 im Albert Langen Verlag (auf den im Erstdruck eine redaktionelle Fußnote zur Überschrift ausdrücklich verweist). Der junge Schriftsteller (1887–1945) war bereits mit Novellen, einem Roman (*Die Nachtwache*, 1909) und Gedichten (zuerst den Versen *Aus der goldenen Schale*, 1905; 1912 dem Band *Die Schatten der Dinge*) hervorgetreten. Thomas Mann und Frank waren seit 1910 und blieben bis zu Franks Tod im kalifornischen Exil 1945 eng befreundet; in seinem 1912 bei Langen erschienenen Gedichtband *Der Schatten der Dinge* hatte Frank ein (später mehrfach nachgedrucktes) Gedicht auf Thomas Mann veröffentlicht: *Auf einen lebenden Dichter*. Mit Werk und Person des Freundes hat Thomas Mann sich später in einer Reihe ähnlich anlassgebundener Beiträge wie dem vorliegenden auseinandergesetzt; vgl. *Politische Novelle* (1928; GW X, 685–700); *[Bruno Frank]*, zum fünfzigsten Geburtstag (1937; GW X, 484–488); *Vorwort zu Bruno Franks ›Cervantes‹* (1944; GW XIII, 444–449); die *[Trauerrede auf Bruno Frank]* und die *[Ansprache bei der öffentlichen Gedenkfeier für Bruno Frank]* (beide 1945; GW XIII, 867f. und [illegible]) sowie die entsprechenden Passagen in *Die Entstehung des Doktor Faustus* (1949; GW XI, 229f.).

Franks *Requiem* umkreist in vierzehn Gedichten aus einer bis drei Stanzen den Tod von Franks amerikanischer Geliebter Emma Ley, die im Sommer 1912 in Davos gestorben war (wo sie sich gleichzeitig mit der ebenfalls erkrankten Katia Mann aufgehalten hatte); Thomas und Katia Mann nahmen tiefen Anteil an diesem Tod und an der Trauer ihres Freundes.

In einem Brief an Hans von Weber, dem Herausgeber des *Zwiebelfisch*, vom 2. Dezember 1913 bemerkt Thomas Mann, er habe das »Artikelchen« auf diesen Termin hin zunächst »sehr rasch und eilig geschrieben« und wolle es »nun, da die Zeit nicht mehr drängt, noch etwas behalten, um gelegentlich daran zu bessern« (Reg. 13/103). Ähnlich schreibt er am 10. Dezember an den *Simplicissimus*-Herausgeber und Leiter des Langen-Verlags Korfiz Holm, die »Besprechung [sei] immer noch dürftig, weil sehr schnell gemacht«, werde aber wohl »ihren Zweck erfüllen.« (DüD I, 594) Zur nochmaligen Überarbeitung erbittet er die Rücksendung des »Manuskriptchen[s]« in einem weiteren Brief an Weber vom 26. Januar 1914 (ebd.).

Textlage

Die Besprechung wurde für das Dezemberheft 1913 der von Hans von Weber herausgegebenen Münchner Zeitschrift *Der Zwiebelfisch* verfasst; sie erschien aber erst verspätet im Märzheft 1914 (6. Jg., Heft 1, S. 13f.; = Druckvorlage). Ohne den Schlussabschnitt wurde sie unter der Sammelüberschrift *Bücherbesprechungen (III)* in RuA 1922 (S. 334f.) und in GW X, 566f. aufgenommen; in ARE I ist der Schlussabschnitt im Kommentarteil S. 439 beigefügt.

Stellenkommentar

396 9 *einer geliebten Toten*] Das Vorsatzblatt trägt die Widmung: »Emma Ley zum Gedächtnis«.

21–23 *Ich schaue doch … daß du nicht bist.*] Wiederholter Grundgedanke des Zyklus, im 11. Gedicht in der hier paraphrasierten Formulierung: »Noch seh ich sie [die Welt], und liegt sie gleich im Grauen. / Du aber darfst nicht dasein, nichts mehr schauen. // Dies Wort, daß Tote selbst den Tod nicht wissen, / Es wäre sanft? Es ist ein Hammerschlag.« Dagegen kommt der von Thomas Mann erwähnte Gegensatz zwischen (künstlerisch gestalteter) Klage und Vergessen im täglichen Leben in Franks Dichtung nicht vor.

23–25 *Es ist nicht … mehr leben.*] Unmarkiertes Zitat des letzten Verses im 11. Gedicht: »Kann ich Dir nichts als feile Trauer geben? / Es ist nicht recht. Ich sollte nicht mehr leben.«

25–397.1 *Oder er sagt: … keinen spenden.*] Der Abschnitt paraphrasiert, am Rande des unmarkierten Zitats, ein einziges Gedicht: »[...] Oh Frau und Freund, Geliebte und Genoß! / Not war ein Spiel, und Lüge die Gefahren, / Als noch Dein Dasein mir im Blute floß. / [...] Doch holden Trostes Worte und Gebärden / Sie mundeten mir wie ein kühler Trank. / So kam ich wohl mit minderen Beschwerden [...] / Ja, heute braucht ich Trost aus Deinen Händen. / Und eben heute kannst Du ihn nicht spenden.« (4. Gedicht)

397 5–8 *»Doch Wert ... nennt.«*] Zitat aus dem 9. Gedicht (Beginn der dritten Strophe).

12–13 *weil »hinterm ... nicht ahnt«.*] Zitat aus dem 2. Gedicht: »Ich weiß zu gut, daß hinterm schweren Lide / Der Schlummernde die Schlummernde nicht ahnt.«

18 *Talent*] Vgl. Thomas Manns Versuche einer Klärung dieses Begriffs im Brief *An einen jungen Dichter* (Textband S. 194f.), der aphoristischen Notiz *Talent* (Textband S. 344) und dem *Vorwort zu einem Roman* (Textband S. 388).

27–398.4 *Es ist gedruckt ... 50 Mark.*] Thomas Mann bezieht sein detailliertes Wissen aus dem Impressum des Bandes: »Dieses Buch wurde in einer einmaligen Auflage von zweihundert Exemplaren hergestellt. Es wurde auf Japan-Bütten in der Ohio-Schrift der Brüder Butter A.-G. in Dresden von der Spamerschen Buchdrukkerei in Leipzig gedruckt und in der Handbuchbinderei von E. A. Enders in Leipzig in echtes englisches Kalbpergament gebunden. Für die Kassette wurden japanische Papiere als Überzug und innere Verkleidung benutzt. Das Buch kostet fünfzig Mark.« Das im TMA erhaltene Exemplar Thomas Manns trägt die Nummer 15. Der Erstguss der Ohio-Schrift war erst 1912 erfolgt, also unmittelbar vor Drucklegung des besprochenen Bandes.

[MALER UND DICHTER]

Entstehungsgeschichte

Der Text antwortet auf die von dem Kunst- und Kulturhistoriker und Redakteur des *Berliner Tageblatts* Fritz Stahl veranstaltete Rundfrage: »Mit welchem Maler finden Sie sich in Ihrem Schaffen verbunden?« – Die Distanz gegenüber der bildenden Kunst, die Thomas Mann sich hier selbst attestiert, hat er in den Notizen zu *Geist und Kunst* auch an Wagner und Schiller beobachtet: »Wagner und die bildende Kunst. Ganz ohne Verhältnis. [...] Schiller, ein musikalischer Dichter, nannte sich einen Barbaren in allem, was bildende Kunst betrifft.« (37. Notiz; GuK, 169; ähnlich wieder in *Leiden und Größe Richard Wagners*, 1933; GW IX, 376) Die entsprechende Stelle in Adolf Baumeisters Abhandlung *Schillers Idee von seinem Dichterberuf* hatte Thomas Mann schon früher im *Marbacher Schillerbuch* (Stuttgart/Berlin 1905) durch Randmarkierung und Unterstreichung doppelt hervorgehoben: »Ihm ›fehlt das Interesse und der Sinn für die bildenden Künste‹. Ja, er ist ›ein Barbar in allem, was bildende Kunst betrifft.‹« (S. 19) Seine eigene erste engere Berührung mit der bildenden Kunst verdankte Thomas Mann weniger dem kunstliebenden Jugendfreund Otto Grautoff und dem Bruder Heinrich, »der ursprünglich gern Maler hätte werden wollen« (*Lebensabriß*; GW XI, 104), als vielmehr dem geliebten Freund Paul Ehrenberg, der selbst malte. Im Briefwechsel mit ihm äußert er sich erstmals ausführlicher über Ausstellungen, die er besucht hat; ein von Ehrenberg gemaltes Jagdstück (mit dem Titel *Hetzjagd*) hatte lange Zeit denselben Platz über dem Schreibtisch eingenommen, an dem sich später der hier erwähnte *Heilige Hain* von Böcklin befand.

Das von Thomas Mann besonders geschätzte Werk Ludwig von Hofmanns wird hier noch nicht einbezogen; vermutlich lernte Thomas Mann es in größerem Umfang erst kurz nach Fertigstellung dieses Textes, im Januar 1914, in einer Ausstellung der Wiener

Galerie Caspari kennen. Auch Lenbach (dessen Kinderporträt Katia Manns als Reproduktion in seiner Münchner Wohnung hing und den er in *Erkenne dich selbst!* neben Guido Reni als seinen »Lieblingsmaler« genannt hatte; vgl. Textband S. 33) und andere Künstler, von denen ihm einzelne Werke etwas bedeuteten, werden in Thomas Manns Antwort nicht erwähnt.

In späteren Beiträgen hat Thomas Mann sich aus verschiedenen Anlässen, allerdings nie mit auch nur annähernd vergleichbarer Eindringlichkeit wie zur Musik, wieder über sein Verhältnis zur bildenden Kunst geäußert, zumeist in kleineren und anlassbestimmten Texten. Die hier formulierte Skepsis gegenüber avantgardistischer Kunst hat Thomas Mann lebenslang beibehalten; noch in seiner letzten Erzählung wird die Malerin Anna, die Tochter der *Betrogenen* (1953), um ihrer Vorliebe für Kubismus und Abstraktion willen sanft ironisiert.

Textlage

In der Weihnachtsausgabe des *Berliner Tageblatts* wurde der Text am 25. Dezember 1913 (42. Jg., Beilage zu Nr. 654, S. 2; = Druckvorlage) mit Antworten von Malern und Schrifstellern (u. a. Lovis Corinth, Käthe Kollwitz, Alfred Kubin, Max Liebermann, Hans Thoma, Hermann Bahr, Carl Hauptmann und Frank Wedekind) unter der Sammelüberschrift *Maler und Dichter. Beitrage zur Psychologie der Kunst* veröffentlicht. Danach erschien er erst wieder in GW XI, 740; ARE I, 358f. und E I, 180.

Stellenkommentar

399 4 *ein »Ohrenmensch«*] Die Unterscheidung zwischen Augen- und Ohrenmenschen führt Thomas Mann 1924 in einer Rede auf Nietzsche zurück, in dessen Werk sie aber nicht verifiziert werden kann (vgl. E II, 236 mit einem wichtigen Hinweis auf den *Doktor Faustus* im Kommentar).

5–6 *meine Vorstellung von künstlerischer Komposition*] Dieselbe Metaphorik findet sich in mehreren Selbstkommentaren, so im Brief an

Moritz Heimann im Mai 1907: Thomas Mann spricht hier vom Schreiben als seinem »Musiziren« und kritisiert an den theoretischen Gedankengängen seines *Versuchs über das Theater*, »daß ich bei meiner Musik bleiben sollte« (Nb. II, 169f.). In den *Betrachtungen eines Unpolitischen* bezeichnet er seine Werke geradezu als »Partituren« (GW XII, 319).

399 7 *leider – das Werk Richard Wagners*] Vgl. hier auch den *Versuch über das Theater* und *Auseinandersetzung mit Wagner*.

11–12 *galt mein Interesse ... der Bildhauerei*] Vgl. hier den Essay *Für Fritz Behn*.

16 *Rodin*] Der französische Bildhauer Auguste Rodin (1840–1917). Noch in seinem Washingtoner Vortrag über *Joseph und seine Brüder* (1942) hat Thomas Mann die Loslösung seiner Romanfiguren aus dem Mythisch-Kollektiven mit der Lösung »gewisse[r] Figuren Rodins« aus dem Stein verglichen (GW XI, 666).

16 *Maillol*] Der französische Bildhauer Aristide Maillol (1861 bis 1944).

16 *Minne*] Der belgische Bildhauer George Baron Minne (1866 bis 1941).

17 *Barlach*] Der deutsche Bildhauer, Maler, Zeichner und Dichter Ernst Barlach (1870–1938); vgl. auch Thomas Manns Eintragung im 9. Notizbuch (1908/09; Nb. II, 176).

18 *Sixtinische Madonna in Dresden*] Raffaels (1483–1520) *Sixtinische Madonna* (um 1513) in der Dresdner Gemäldegalerie wurde mit Wilhelm Heinrich Wackenroders und Ludwig Tiecks *Herzensergießungen eines kunstliebenden Klosterbruders* (1796) zur Ikone frühromantischer Kunstauffassung. – Nach Dresden war Thomas Mann 1905, 1906 und 1909 gereist.

25–26 *große Reproduktion von Böcklins Heiligem Hain*] Das Gemälde *Heiliger Hain* des Schweizer Malers Arnold Böcklin (1827–1901). Vgl. BuT, 16f. In den *Betrachtungen eines Unpolitischen* (1918) beschreibt Thomas Mann das Gemälde ausführlich im Zusammenhang mit der Frage, »ob man den Menschen in emanzipierter oder in verehrender Haltung schöner zu finden geneigt sei«; dabei werden auch die Begriffe von »Opfer« und »Dienst« wieder aufgegriffen (GW XII, 478f.). Auf dieses Gemälde spielt Thomas Mann vermutlich auch in *Süßer Schlaf!* an (vgl. Textband S. 202 und Kommentar).

ÜBER FRANK WEDEKIND

Entstehungsgeschichte

Zur Vorgeschichte dieses Essays gehört das Zerwürfnis mit Frank Wedekind, das durch Thomas Manns Mitwirkung im Münchner Zensurbeirat ausgelöst wurde und lange Zeit weder durch Thomas Manns entschiedene Versuche, Aufführungsverbote für Wedekinds Dramen zu verhindern, noch durch seine rechtfertigenden und beschwörenden Briefe an Wedekind geheilt werden konnte, dessen Empörung über diesen vermeintlichen Verrat zeitweise groteske Formen annahm (vgl. hier und zum Folgenden [*Gutachten über Frank Wedekinds Schauspiel »Lulu«*], Textband S. 372ff. und Kommentar). Am 26. Mai 1913 war Thomas Mann aus dem Zensurbeirat ausgetreten. Drei Tage später antwortete er dann auf einen nicht erhaltenen Versöhnungsbrief Wedekinds unter anderem: »Da nun meine Demission als ›Polizeiorgan‹ mir Ihre Sympathie zurückgewinnen konnte, so will ich vergnügt sein, sie gegeben zu haben.« (vgl. hier S. 528) Tatsächlich hatte Thomas Mann sich bereits 1911 an einem Protestaufruf in der *Aktion* gegen Aufführungsverbote für Wedekind beteiligt (*Aufrufe*, Nr. 2). Im Frühjahr 1914 schließlich unterzeichnete er gemeinsam mit Wedekind, Johannes R. Becher, Kandinsky und anderen eine Resolution gegen den Versuch, mit Beschlagnahmung einiger Ausgaben der *Aktion* »diesem kleinen, tapferen und gescheiten Organ der literarischen Linken grundsätzlich an den Kragen« zu gehen (*Aufrufe*, Nr. 7).

Ebenfalls im Frühjahr 1914 trat Thomas Mann nachträglich dem »Komitee zur Ehrung Frank Wedekinds« bei, das eine Sammlung für eine Ehrengabe zum 50. Geburtstag des Dichters veranstaltete, und bemerkte dazu in einer (in mehreren Zeitschriften publizierten Erklärung), es handle sich »selbstverständlich nicht um die Unterstützung eines Bedürftigen, sondern um die demonstrative *Ehrung* eines hervorragenden Dichters« (April/Mai

1914; *Aufrufe*, Nr. 6). Gegenüber Stefan Zweig begründete er seine Teilnahme am 5. Mai 1914 mit der Bemerkung: »Ich trat dem Comité bei, als alles beschlossen war. [...] Warum aber sollen die, die den tiefen, gequälten Menschen in seiner erschütternden Lächerlichkeit lieben und ehren, sich nicht zusammenthun, um ihm eine Ehrengabe zu überreichen« (Br. I, 107f.). Eine von Thomas Mann und acht weiteren Künstlern und Schriftstellern unterzeichnete Erklärung zu Wedekinds 50. Geburtstag (vorab veröffentlicht im April 1914) gipfelte in dem Satz: »Wir wollen bekennen, daß er durch die schonungslose Aufrichtigkeit seiner Kunst uns entflammt und gestärkt hat« (*Aufrufe*, Nr. 5).

Über Frank Wedekind ist der letzte große literarische Porträt-Essay, den Thomas Mann vor dem Ausbruch des Weltkriegs (und dem für ihn damit verbundenen Paradigmenwechsel) verfasst hat. Er ist zugleich der einzige, der das Porträt eines Dichters nicht in der Entfaltung von Lebens- und Werkgeschichte zeichnet (wie beispielsweise in *Chamisso* und *Der alte Fontane*), sondern in der Mikroanalyse einer einzigen Szene. Das Darstellungs- und Deutungsprinzip bleibt trotz dieser äußeren Differenz dasselbe. Getreu der im *Chamisso*-Essay formulierten Prämisse: »Dichter, die sich selbst geben, wollen im Grunde, daß man sie erkenne« (Textband S. 326), wird auch hier eine Verschränkung von empirischem Autor-Subjekt und fiktionalem Werk demonstriert. Da es sich hier erst in zweiter Linie um die Erörterung eines gedruckten Textes, vorrangig jedoch um die Beschreibung einer bestimmten Aufführung handelt, kann diese Verschränkung ins äußerste Extrem gesteigert werden: Als Autor des *Marquis von Keith* und als Schauspieler, der diese Figur auf der Bühne verkörpert, erscheinen »Wedekind« und »Keith« hier bis in die sprachlichen Nuancen hinein als unauflösliche Dyade (teils durch explizite Gleichsetzung in Wendungen wie »Marquis Wedekind«, teils in ontologischen Gleichsetzungen von Dramenfiguren und Autornamen wie »Scholz nennt Wedekind nutzlos«, auch im Tempuswechsel zwischen dem Präsens der schildernden Rezension und dem Präteritum der

Narration) – ohne dass sie dabei schlechterdings identifiziert würden (der »Regisseur Wedekind« wird von der Dramenfigur unterschieden). Nicht allein das thematische Problem der Wahnsinnsdarstellung wird damit subtil im Darstellungsmodus reflektiert, sondern auch die im Drama immer wieder aufgeworfene Identitätsproblematik zwischen Geburt, gesellschaftlicher und komödiantischer Rolle (Scholz ist ›eigentlich‹ ein Graf Trautenau, Keith ist unter einem anderen Namen und in ärmlichen Verhältnissen zur Welt gekommen und hat sich von einem englischen Aristokraten adoptieren lassen, Nebenfiguren werden willkürlich neue Namen zugeteilt). Die Dichte und Eindringlichkeit, die der Essay durch dieses Verfahren gewinnt, haben ihn zu einem der meistzitierten Texte der Wedekind-Rezeption werden lassen.

Über Person und Werk Wedekinds hinaus bündelt der Text auch Themen, die Thomas Mann in seiner literarischen Essayistik der vorangegangenen zwanzig Jahre behandelt hatte. Die Einbeziehung Panizzas erinnert an eine der frühesten kritischen Arbeiten Thomas Manns, die Besprechung des *Liebeskonzils* (und Stellungnahme zur Zensur) in *Das Zwanzigste Jahrhundert* (1895, Textband S. 26f.). Das literarische Spiel mit Dramentext und Aufführungspraxis setzt die entsprechenden Erörterungen im *Versuch über das Theater* und den damit verbundenen kürzeren Arbeiten voraus (vgl. den Kommentar, hier S. 178–217). Die Identifikation mit dem literarischen und gesellschaftlichen Außenseiter entwickelt auch hier eine Grundfigur weiter, die in Essays von *Chamisso* bis zum *Vorwort zu einem Roman* und deutlicher noch im erzählerischen Werk vom *Kleinen Herrn Friedemann* bis zu *Königliche Hoheit* wiederkehrt. In der Verflechtung von Autorsubjekt und Werk, vor allem in der (hier über Mereschkowski und Gogol vermittelten) Stilisierung des Künstlers zum »Heiligen« und »Märtyrer«, klingt der kunstreligiöse Grundgedanke wieder an, der umfassender und mit Bezug auch auf Schopenhauer in *Bilse und ich* programmatisch formuliert worden war. (Vgl. auch den Kommentar zu *Der Literat*, hier S. 488–500.) Selbst die Idee einer Verführung des Künstlers durch den Teufel schließlich, in den Notizbüchern bereits konzipiert, wird hier wieder umkreist.

Thomas Manns Darstellung spielt nicht nur mit der Identifikation von Autor, Schauspieler und Protagonist, sondern deutet passagenweise auch seine eigene Identifikation mit Keith an. Weitere, hier nicht explizierte Züge des Schauspiels bestätigen das. Keith entwirft in Monologen und Repliken von sich selbst die grell-verzerrte Version eines Bildes, mit dem auch Thomas Mann in autobiographischen Zügen früher Erzählungen und in autobiographischen Essays spielt. Als egozentrischer »Hochstapler« (5. Akt), als eine »Kreuzung von Philosoph und Pferdedieb« (vgl. hier *Im Spiegel*), der als Sohn eines nüchtern-mathematischen Vaters und einer »Zigeunerin« geboren ist und als »Bastard«, ja geradezu »als Krüppel zur Welt gekommen« zu sein meint (1. Akt; vgl. Thomas Manns Figuren vom Friedemann bis zu Klaus Heinrich) und zugleich als strahlender Mittelpunkt und heimlicher Verächter des »Münchner Bürgertums« und dieser »Kunststadt« lebt (3. Akt), in der das Stück »im Spätsommer 1899« spielt. Höhepunkt dieser angedeuteten Identifikation ist die Anspielung auf das »Mysterium der Abdankung« im vorletzten Absatz: Möglicherweise verweist Thomas Mann hier auf die von seinem Bruder Heinrich 1905 verfasste, 1906 gedruckte und Thomas gewidmete Novelle *Abdankung*, die auch als (warnendes) Porträt des jungen Thomas Mann gemeint war: »Sie handelt von der Gefährdung eines genialisch phantasiebegabten und neurotisch herrschsüchtigen Jungen, die in homoerotischen Masochismus umschlägt. Das knabenhafte Spiel endet mit seinem Selbstmord. Die Widmung an den Bruder bedeutete eine Warnung vor dessen Gefährdungen, nicht nur vor denen, die durch seine Erotik ausgelöst werden konnten, sondern auch davor, ein Spiel in verhängnisvollen Ernst übergehen zu lassen.« (Lehnert 1992, S. 29f.)

Textlage

Der Essay erschien gleichzeitig in der Zeitschrift *Der Neue Merkur* im Juli 1914 (1. Jg., H. 4, S. 520–525; = Druckvorlage) und, ohne Titel, in dem zu Wedekinds 50. Geburtstag veröffentlichten Band *Das Wedekindbuch*. Hg. von Joachim Friedenthal. München/Leipzig 1914, S. 215–224. Er wurde mehrfach wieder abgedruckt: unter der Überschrift *Über eine Szene von Wedekind* in RuA, 250–257 und unter der Überschrift *Eine Szene von Wedekind* in AuN, 31–38 sowie in dem Band *Frank Wedekind: Prosa, Dramen, Verse*. München 1954, S. 10–16 und in GWA XI, 59–65; unter der Überschrift *Über eine Szene von Wedekind* in GW X, 70–76 und in ARE II, 5–11. Eine gekürzte Fassung erschien unter dem Titel *Über eine Szene Wedekinds* in den *Dramaturgischen Blättern* im Juli 1947 (1. Jg., Nr. 4, S. 15–18). E I, 181–187 folgt unter dem Titel *Über Frank Wedekind* dem Abdruck im *Wedekindbuch*.

Stellenkommentar

400 17 *im »Marquis von Keith«*] *Der Marquis von Keith. Schauspiel in fünf Aufzügen*. Die Buchausgabe erschien 1901 (mit dem Untertitel *Münchner Scenen*).

19 *in München, im »Schauspielhaus«*] Ab dem 20. Oktober 1902 war das Schauspiel mehrfach unter Wedekinds Regie im »Akademisch-dramatischen Verein« aufgeführt worden.

27–401.2 *»Ich gebe dir … Grabe wächst!«*] Aus dem Abschiedsdialog zwischen Keith und Anna im 5. Akt.

401 4–5 *»Ah! … der Tod!«*] Zitat aus der kurzen Szene zwischen Annas Abschied und dem letzten Auftritt von Scholz; Szenenanweisung: »v. Keith (allein, sich unter Herzkrämpfen windend) […] (Er stürzt zum Schreibtisch, entnimmt einem Schubfach eine Handvoll Briefe und eilt zur Tür.) Anna! Anna! (In der offnen Tür tritt ihm Ernst Scholz entgegen. […].)« Alle folgenden Zitate stammen, soweit hier nicht anders angegeben, aus dem nun beginnenden letzten Dialog zwischen Keith und Scholz.

402 1 *»Ich gehe in eine Privatheilanstalt.«*] Hervorhebung von Thomas Mann.

402 9 *Scholz verteidigt sich*] Im Wortlaut der Szene: »Ich verzichte nicht auf meine Menschenwürde! Du hast weder Ursache, mich zu beschimpfen, noch meiner zu spotten! – Wenn jemand die Beschränkung, in die ich mich finde, *gegen* seinen Willen über sich verhängen lassen muß, dann mag er seiner Menschenwürde verlustig gehen. Dafür bleibt er relativ glücklich; er wahrt sich seine Illusionen. –«

16 *Oskar Panizza*] Vgl. [*»Das Liebeskonzil«*] (Textband S. 26f.) und Kommentar.

403 4–5 *»Ich habe die heilige … begleitest.«*] Wiederum Thomas Manns Hervorhebung.

18–19 *Er malt ihm … aus*] Tatsächlich paraphrasiert Thomas Mann nur den einen Satz (der Druckfassung): »Du findest ein behaglicheres Heim, als du es vielleicht jemals gekannt hast.«

404 11 *Dieser sogenannte Scholz*] Anspielung einerseits darauf, dass dieser Name im Drama nur das selbstgewählte Pseudonym des Grafen Trautenau ist, andererseits auf die Rolle des Teufels, in die Thomas Mann Scholz im folgenden hinüberspielt.

17–18 *daß sie den »anders Gearteten« als Verbrecher aburteilen*] Thomas Mann kombiniert eine Paraphrase der früheren (und hier im Text nicht wieder aufgenommenen) Äußerung beider, sie seien »anders geartet als andere Menschen«, und des Satzes: »Die bürgerliche Gesellschaft urteilt dich als Verbrecher ab und unterwirft dich allen unmenschlichen mittelalterlichen Martern …«

24 *Mereschkowski*] Thomas Mann zitiert aus der 1911 in München und Leipzig erschienenen deutschen Übersetzung Dmitri Mereschkowskis Monographie *Gogol. Sein Werk, sein Leben und seine Religion*, und zwar aus dem 2. bis 4. Kapitel des 2. Teils.

405 25 *Fensterkreuz*] Der Einfall gehört allein der Inszenierung; der gedruckte Text enthält keine entsprechende Szenenanweisung.

406 10–11 *das Leben »kein Puppenspiel«*] Nicht ermittelt.

11–12 *»ein Ungeheuer an Gewissenlosigkeit«*] Zitat aus dem ersten Dialog zwischen Keith und Scholz im 1. Akt; Scholz: »Du bist mir auch heute noch, wie während unserer ganzen Jugendzeit, geradezu ein Ungeheuer an Gewissenslosigkeit […].«

406 12–16 *dem ein kleines Mädchen ... als Unrecht zu tun*] Paraphrase des Dialogs zwischen Keith und Molly am Ende des 3. Akts.

17 *»seinen Glauben nicht auf der Folter widerruft«*] Wiederum aus dem letzten Dialog zwischen Keith und Anna im 5. Akt, unmittelbar vor der hier geschilderten Szene zwischen Keith und Scholz.

24–25 *das Mysterium der Abdankung*] Vielleicht Anspielung auf die gleichnamige Novelle von Heinrich Mann; vgl. hier Entstehungsgeschichte.

25 *Wer es faßt, der fasse es*] Variante eines Satzes Jesu im *Matthäusevangelium*: »Wer es fassen kann, der fasse es!« (Mt 19,12)

29 *dieser tiefe, gequälte Mensch*] Vgl. dieselbe Formulierung im Brief an Stefan Zweig vom 5. Mai 1914 (hier unter Entstehungsgeschichte).

ANHANG

NACHWORT UND DANK

Thomas Manns essayistisches Werk 1893–1914

Nein, leicht hatte der Essayist es nie. *An unsere Leser* richtet im Juni 1893 der pseudonyme Herausgeber des Lübecker *Frühlingssturm* eine Selbstverteidigung gegen Ungenannte, deren Kritik »scharf gegen unser Blatt gerichtet ist«; zu lesen ist die Replik bereits im zweiten und zugleich letzten Heft des kurzlebigen Unternehmens. Zehn Jahre später sieht derselbe Verfasser sich – mittlerweile unter seinem bürgerlichen Namen – veranlasst, einen Essay für die Münchner *Freistatt* mit einem Kommentar zu versehen, der dem Essayschreiben eigentlich den Boden entziehen müsste. »Man sollte als Künstler«, erklärt er, »nichts Allgemeines veröffentlichen«, denn: »Das Allgemeine kompromittiert immer.« Abermals vier Jahre später wiederholt sich der Stoßseufzer. Nun hat der Essayist aber genug leidvolle Erfahrungen gesammelt, um sie wenigstens auf den systematisierenden Begriff bringen zu können: Gegen die reine Kunst als das »Musizieren« steht nun, als Inbegriff des kompromittierenden Allgemeinen, das »Schriftstellern«. Erschöpft und vielleicht auch enttäuscht von der Anstrengung seines bisher umfangreichsten Essays, des *Versuchs über das Theater*, bekennt er, »daß ich bei der Schriftstellerei das peinvolle Gefühl nicht los werde, mich ganz unnütz zu kompromittieren, und daß ich also viel klüger täte, bei meiner ›Musik‹ zu bleiben. Aber es hilft nichts: Obgleich die Ernüchterung, der Katzenjammer, das Gefühl der Entkräftung und der Reue nach jedem Anfalle stärker wird, scheint es, daß ich das Schriftstellern nie ganz werde lassen können.« (*Mitteilung an die Literaturhistorische Gesellschaft in Bonn*, 1907) Die Redaktion des *Frauen-Fortschritt* bescheidet der Essayist 1910 mit dem vielleicht verblüffendsten Satz dieses Bandes: »Ich bin kein Essayist« (*[Männerstimmen über Frauen]*).

Unterlassen konnte er das Schriftstellern trotz dieser Beteuerung tatsächlich nie. In den einundzwanzig Jahren vom *Frühlingssturm* 1893 bis zum Kriegsausbruch 1914 entwickelt sich neben den Romanen, den Erzählungen und dem Drama ein essayistisches Werk von beachtlichem Umfang, erstaunlicher Vielfalt der Themen, Positionen und Ausdrucksmittel und von literarischer Leuchtkraft. Dass einige dieser Arbeiten zu seinen wichtigsten zählten, wusste er und griff bis weit ins Spätwerk hinein immer wieder auf sie zurück. Die Beliebtheit seiner Prosadichtung *Süßer Schlaf!* von 1909 erfüllt ihn noch 1927 mit Genugtuung, und der Nachhall dieses Textes wird bis in den *Josephs*roman hinein vernehmbar bleiben; das Porträt des *Alten Fontane* von 1910 nennt er 1951 rückblickend »noch immer das Beste, was ich kritisch zustande gebracht habe«. Auch andere Texte wären für dieses Lob in Betracht gekommen, die Porträts Chamissos und Wedekinds etwa, das Selbstporträt *Im Spiegel*, experimentierende Positionsbestimmungen wie *Der Literat* oder die *Auseinandersetzung mit Wagner*, sogar die angestrengteren Versuche *Bilse und ich* und *Versuch über das Theater* – schließlich auch manche der kleineren, weithin unbekannt gebliebenen und noch immer zu entdeckenden Arbeiten.

Denn die meisten dieser Versuche waren eben nicht so »hell und weit« sichtbar, wie ihr Verfasser es der Buchausgabe von *Bilse und ich* ausdrücklich wünschte (im ersten *Vorwort*), sondern blieben »im Halbdunkel einer Literaturzeitung« (ebd.) oder noch obskurerer Veröffentlichungsorte. Entsprechend unterschiedlich fiel die zeitgenössische Rezeption aus. Manches war von Anfang an aufsehenerregend wie eben *Bilse und ich* oder so folgenreich wie *Der alte Fontane*, der zur Kanonisierung dieses Erzählers wesentlich beitrug; vieles verdämmerte in der *Festgabe des Literarischen Vereins »Phoebus«* (so geschehen im Fall der *Notiz über Heine*) oder in Privatdrucken (so das *Gutachten [über Pornographie und Erotik]*, so auch der *Brief [an den Buchhändler Heinrich Jaffe]*). Einzelnes war zwar ersichtlich zur Veröffentlichung vorgesehen, blieb aber im Schreibtisch (von der ersten Einführung in *Fiorenza* 1904 bis zur grundlegenden Abhandlung über *[Die gesellschaftliche Stellung des Schriftstellers in*

Deutschland] 1910). Und trotz der obligatorischen und nur privat notierten Klagen über die Ablenkungen von seiner Musik widmete der Verfasser – »da aber doch nun einmal geantwortet sein muß« ([*Volksromane*]) – einem kleinen Beitrag für die Hallenser *Saale-Zeitung* beinahe dieselbe geduldige Aufmerksamkeit wie einem langen Essay für Maximilian Hardens *Zukunft* (und vergaß auch nicht die Beteuerung seiner Vorfreude auf einen Besuch in »diese[r] berühmte[n] Stadt«). Eigentlich hat ihn das Ingenium, noch zum ihm fernstliegenden Anlass das richtige Wort zu finden, in diesen gut zwei Jahrzehnten nur einmal gänzlich verlassen: beim geradezu rührend verlegenen und allein aus diesem Grund erwähnenswerten Gruß [*Zum Bau der Berner Kunsthalle*] (1911). Ansonsten aber geraten ihm selbst eine französische Rundfrage-Antwort über den Humor oder eine schroffe Absage wie die an die Redaktion des *Frauen-Fortschritt* noch zum eleganten Bonmot. Sogar die merklich pflichtgemäß begonnene Antwort auf eine Zeitungs-Rundfrage über [*Dichterische Arbeit und Alkohol*] kann, durch übermütige Anschauungsbeispiele und das beiläufig aufgetauchte Stichwort »Stimmung« (»Ich glaube nicht, daß der Alkohol Stimmung macht«) unversehens animiert, den Anlass weit hinter sich lassen und übergehen in poetologische Reflexion (»ich glaube überhaupt nicht sehr an Stimmung«), um schließlich einzumünden in einen unmerklich rhythmisierten Hymnus auf die Wonnen künstlerischer Askese: »Stimmung ist nicht Betrunkenheit. Stimmung ist Ausgeschlafenheit, Frische, tägliche Arbeit, Spazierengehen, reine Luft, wenig Menschen, gute Bücher, Friede, Friede …« So genau hatte es das *Literarische Echo* vielleicht gar nicht wissen wollen – das dennoch bedankt sein soll, weil es ihm diese Antwort abverlangt hat.

Thomas Mann selbst hat solche beinahe aus Versehen entstandenen Kunststücke sorgsam gehortet und sich ihrer bei Bedarf erinnert. »Aschenbach«, liest man etwa im *Tod in Venedig*, »hatte es einmal an wenig sichtbarer Stelle unmittelbar ausgesprochen, daß beinahe alles Große, was dastehe, als ein Trotzdem dastehe« – um nichts anderes handelt es sich beim Vorbild dieser wenig sichtbaren Stelle als eben um Thomas Manns eigene Rundfrageantwort über [*Dichterische Arbeit und Alkohol*]. Ähnlich werden die Schlussworte der 1903 geschriebenen Buchbesprechung *Das Ewig-Weibliche* mehr als dreißig Jahre später am Ende von *Richard Wagner und der ›Ring des Nibelungen‹* (1937) wörtlich wiederaufgenommen.

Der alte Stoßseufzer verstummte dennoch nie ganz. Es sei, lautet ein leitmotivisch variiertes Schiller-Zitat, schwerer, einen philosophischen Brief des Julius zu schreiben als die beste Dramenszene. Noch in der *Vorrede* zu den *Betrachtungen* wird 1918 wieder von der »Qual« die Rede sein, die »das unsäglich Kompromittierende und Desorganisierende alles Redens« bedeute (GW XII, 13). Der Schriftsteller der Vorkriegszeit hatte das, mit demselben Schlüsselbegriff, so resümiert: »Man kompromittiert sich, [...] und dann wird es schlecht bezahlt und garnicht bewundert.« (*Geist und Kunst*, 144. Notiz) Vielleicht kann die vorliegende Gesamtausgabe seiner essayistischen Arbeiten von 1893 bis 1914 wenigstens am Letzteren etwas gutmachen.

Die Treue des Musikers zur Schriftstellerei – sie verdankt sich nicht allein dem Pflichtgefühl des Werkmenschen. Sie ergibt sich auch aus zwei eng miteinander verknüpften Grundgedanken dieser Texte selbst: einerseits dem – von Nietzsche inspirierten, wiederholt im Rückgriff auf Schillers Begriffe formulierten – Postulat einer Integration der »Kritik« in die Kunst, die damit nicht mehr naiv, sondern sentimentalisch, bewusst, modern sei; andererseits der prekären und produktiven Unfestigkeit, Vielseitigkeit, *Bajazzo*haftigkeit des sie betreibenden modernen Künstlers – der eben kein »Dichter«, kein »Künstler« im herkömmlichen Sinne mehr wäre, sondern *in* seinem modernen Künstlertum ein »Kritiker«. »Der Künstler ist einseitig, wie jede starke Persönlichkeit«, bemerkt der einundzwanzigjährige Autor in *Kritik und Schaffen* (1896), »der Kritiker ist vielseitig, eben weil er keine Persönlichkeit ist, denn er ist jeden Tag eine neue.« Kritiker, fährt er fort, seien

»neugierige, feingeistige Menschen, immer auf der Suche nach einer künstlerischen Persönlichkeit, in der sie verschwinden, in der sie aufgehen, in die sie sich verwandeln können«; und der Kontext lässt wenig Zweifel daran, dass diese Bemerkung auch als ein autobiographisches Aperçu verstanden werden darf. (»Übrigens brauchte es nicht immer ein Prinz zu sein«, wird er später selbstironisch in *Kinderspiele* [I] bemerken, »meine Rollen wechselten häufig.«)

Selbst wenn die Kontrastierung sich in dieser Pointierung vielleicht eher der Lektüre Paul Bourgets verdankt als nur der Introspektion (und überdies vorerst noch auf das enger gefasste Modell des »Dilettanten« beschränkt bleibt), so benennt die Notiz doch eine wesentliche Voraussetzung der intellektuellen Beweglichkeit dieser Essayistik insgesamt. Es ist der 1918 in den *Betrachtungen* rückblickend konstatierte »Rest von Rolle, [...] von Überzeugungslosigkeit und jener dichterischen Sophistik, welche den Recht haben läßt, der eben redet« – und zwar in stetiger, wenn auch mehr oder minder deutlich hervortretender Verbindung mit »einer gewissen unbeschreiblichen Irritabilität gegen geistige Zeittendenzen, einer Reizbarkeit, Dünnhäutigkeit und Wahrnehmungsnervosität, die ich von jeher an mir kannte« (GW XII, 10f.). Wer derart existenziell gezwungen ist, auf das ihn Bedrängende zu reagieren, und zugleich gewohnt, nicht »zu reden, sondern reden zu lassen«: der besitzt ideale Voraussetzungen wohl auch zur Wahrnehmung von »Zeittendenzen« und erst recht zu Einsichten in andere »künstlerische Persönlichkeiten«.

Es ist manchmal tadelnd bemerkt worden, dass Thomas Manns Arbeiten über andere Schriftsteller vor allem von ihm selbst handelten. In der Tat, die großen Dichterporträts von *Chamisso* bis zum *Alten Fontane* und schließlich zu *Über Frank Wedekind* nicht anders als die Gelegenheitsarbeiten von [*Otto Julius Bierbaum zum Gedächtnis*] bis zu *Für Fritz Behn* zeigen zuweilen eine ans Identifikatorische gehende Haltung; auch in ihnen ist, wie ihr Verfasser das provozierend von seiner Romankunst behauptet hat, insgeheim immer wieder von einem die Rede: »von mir, von mir ...« (*Bilse und ich*) Aber was vermag der Schreiber eben auf diese Weise an den Beschriebenen sichtbar zu machen! Die Identifikation zeigt sich gerade in den Porträts als ein zweiseitiges Unternehmen: Indem der Kritiker *sich* in sein Gegenüber versetzt, versetzt er sich *in sein Gegenüber*. Man kann diesen Vorgang, aus dem beide Seiten nicht unverändert hervorgehen, auch als gelingenden hermeneutischen Prozess beschreiben. (Dass er so schiefgeht wie im Fall des *Gabriele Reuter*-Artikels, der mit lauter Projektionen eigener Erfahrungen auf die Porträtierte deren Bild weitgehend überblendet, ist eine seltene Ausnahme.) Denn je länger man liest, desto deutlicher tritt aus diesen großen Essays, aber auch aus Nebenwerken wie etwa dem kleinen Geburtstagsporträt Bierbaums eine prägnante Physiognomie hervor; mit völligem Recht zeigt der Porträtist hier auf das von ihm entworfene Bild und sagt: »So war er.« (*[Otto Julius Bierbaum zum Gedächtnis]*) So mächtig die vom Bruder Heinrich verhöhnte »Leidenschaft für das eigene Ich« als Triebkraft dieser Neugier wirken mag, so zuverlässig trägt sie dieses Ich in die Wahrnehmung des Anderen hinein – eben weil dieses Ich so unfest und offen ist. Thomas Manns Dichter-Essays sind liebevoll in einem durchaus nicht mehr narzisstischen Sinne. Wer sie gelesen hat und danach Chamisso oder Bierbaum nicht in ihrer Eigenart vor sich sieht, hat sie nicht gelesen. Auf die Frage danach, welche geschichtlichen Gestalten er nicht leiden könne, hat der Zwanzigjährige 1895 (im Fragebogen *Erkenne Dich selbst!*) geantwortet: »Die ich nicht verstehe.«

Die Unbestimmtheit des Kritiker-Ich ist deshalb nicht nur Grund wiederkehrender Klagen, sondern zugleich eines besonderen Selbst-Bewusstseins. »Von des Gedankens Blässe angekränkelt«, nennt sich, ausdrücklich »hamletisch«, der junge Schriftsteller im selben Fragebogen; umgekehrt gilt sein Spott schon in der Rezension eines Romans von Carl von Weber 1896 einem Schriftsteller, der »nicht von dem leisesten Zweifel angekränkelt« sei – und also »kein literarischer Mensch«. Diese von Beginn an als

Kritiker-Ethos formulierte, aber wohl auch faktisch unausweichliche Grundhaltung des Zweifelns, Verstehens, Erprobens wird lange beibehalten; ihr entspricht der auf weite Strecken experimentelle Charakter dieser Essays im einzelnen und in ihren Wechselbeziehungen, in den Positionen, die sie durchspielen, wie in den Ausdrucksformen, deren sie sich dafür bedienen.

Zuweilen scheint die Themenstellung eines Essays explizit als Versuchsanordnung markiert – so in den rhetorischen Selbstbefragungen des *Versuchs über das Theater* 1908 (»Wünsche ich, dem Theater gerecht zu werden – ja oder nein?«); so am Anfang der handschriftlichen Fassung von *Der Literat* um 1910 (»Stellen wir ihn in ein ruhiges Tageslicht! Seien wir wissenschaftlich, objektiv, naturalistisch und gerecht!«); so auch, wenn auch vielleicht ungewollt, im überraschenden Wechsel der Stilregister, der im selben Essay die umständlich begründete Aufklärungszuversicht plötzlich dem »kreischenden« Voltaire zuschreibt und das Bekenntnis mit diesem einen Wort umschlagen lässt in eine karikaturhafte Außenansicht.

Gerade die insistierenden Selbstbefragungen aber signalisieren auch, dass die essayistischen Experimente sich nicht einfach in wechselnden und letztlich unverbindlichen Maskeraden genügen, sondern dass sie vielmehr einem dringlichen, manchmal existenziellen Bedürfnis nach Orientierung entspringen, nach Verbindlichkeit und Eindeutigkeit – denen sie dann, kaum dass eine verlässliche Position gefunden scheint, doch wieder misstrauen und ins Wort fallen. Erst der Donnerschlag des Kriegsausbruchs wird dann endlich klare Frontlinien bereitstellen und so eindeutige wie lautstarke Entscheidungen verlangen und erlauben. Bis dahin aber ist die »Schriftstellerei« dieser frühen Jahre von einer Beweglichkeit, Neugier und Mannigfaltigkeit, die sie in Thomas Manns späterem essayistischen Werk vielleicht nie mehr erreicht hat.

Am augenfälligsten zeigt sich dieser Grundzug in der Vielfalt der Genres, die durch den Sammelbegriff »Essay« nur sehr vereinfachend resümiert ist. Was diese nichtfiktionalen unter den zur Veröffentlichung bestimmten Texte von 1893 bis 1914 umfassen, das sind Buchbesprechungen unterschiedlichsten Charakters und Umfangs, Rundfrageantworten und Geburtstagsglückwünsche, die Aphorismensammlungen der *Notizen*, juristische Gutachten in Zensurverfahren, Verse für Schiller, fiktive (*An einen jungen Dichter*) und reale Briefe (*Ein Brief [an den Buchhändler Heinrich Jaffe]*), das Märchen-Pastiche am Anfang des Entwurfs zu *Im Spiegel* und der große Prosa-Dithyrambos an den Schlaf (den der Verfasser selbst später ein »Lied« nennen wird), autobiographische Skizzen, Erläuterungen zu eigenen Werken (diese wiederum teils als nacherzählende Inhaltsangaben wie *[Über »Fiorenza« I]*, teils als Selbstkommentare wie *[Über »Königliche Hoheit« I und II]*), Autorenporträts über Leiden und Größe von Meistern wie Fontane, Chamisso, Wedekind. Unter alldem finden sich hier schließlich auch grundlegende Erörterungen philosophisch-ästhetischer Themen, wie sie einem traditionellen Begriff von ›Essay‹ am ehesten entsprechen – Versuche über Theater und Roman, Kunst und Leben, Außenseitertum und Geschlechterrollen, über Gott und die Welt.

Es sei »der tägliche Rollenwechel«, der den Kritiker mit dem Schauspieler verbinde, hatte der junge Nietzsche-Leser 1896 in *Kritik und Schaffen* pointiert behauptet. Und dennoch lassen sich hier, durch alle Experimentierlust dieser Versuche hindurch, Konstanten und Kontinuitäten wahrnehmen und hinter den wechselnden Rollen eine »Künstler-Persönlichkeit«. Liest man die hier versammelten Texte in chronologischer Folge und in Kenntnis ihrer Entstehungszusammenhänge, ihrer Vorstufen und Wirkungsabsichten, so werden ungeachtet aller Zufälligkeiten der Textentstehung einige durchlaufende Linien sichtbar, rote Fäden im bunten Gewebe dieser Essayistik. Drei davon, ihrerseits miteinander verwoben, sollen im Folgenden ohne Anspruch auf Vollständigkeit herausgezogen und in Augenschein genommen werden: ein ästhetischer, ein autobiographischer, ein politischer. Dass sich unter den hier nur nach ihren Meinungen und Argumentationsstrategien befragten Texten auch einige der schönsten, musikalischsten Prosastücke des frühen Thomas Mann finden, das muss sich in der Lektüre erweisen.

Die Auseinandersetzungen zwischen naiver und sentimentalischer, plastisch-intuitiv schaffender und analytisch-kritisch reflektierender Kunst, zwischen »Dichtung« und »Litteratur«, volkstümlicher »Tempelbude« und psychologischem Roman, zwischen Kunst und Geist – diese Auseinandersetzungen bilden das auffallendste Leitthema. Sie entzünden sich einerseits an der Philosophie Nietzsches, die vielleicht schon in die *Frühlingssturm*-Artikel, sicher dann in Beiträge zum *Zwanzigsten Jahrhundert* hineinleuchtet und fortan das Selbstverständnis dieses Kritiker-Schriftstellers wesentlich mitbestimmt. Sie werden andererseits entflammt durch die Kunst Richard Wagners, die der junge Thomas Mann im Einklang mit Nietzsche liebt und verabscheut und deren Ambivalenz zwischen Kunstzauber und »Festkasperliade« er identifiziert mit dem »Problem der Modernität selber« (vgl. hier den Kommentar zu *Notizen* [II]). Die Suche nach einer Positionsbestimmung zwischen Naivität und sentimentalischer Reflexion, zwischen »Plastik« und »Kritik« artikuliert sich für den Autor von *Buddenbrooks* und *Fiorenza* immer wieder als Verteidigung der Literatur, namentlich des modernen Romans, gegenüber der faszinierenden und problematischen Sinnlichkeit des Theaters. Diese Auseinandersetzungen, manchmal auch Spiegelfechtereien um die Aufgaben und Möglichkeiten der Kunst in der Moderne münden zunächst in das Bestreben, neben den praktischen Exempla von *Buddenbrooks* und *Königliche Hoheit* auch in der Theorie endlich »den deutschen Roman als Kunstform zu adeln« ([*Über »Königliche Hoheit« II*]) – als liege nicht, aller Theatromanie des Zeitalters zum Trotz, das große Jahrhundert des Romans hinter ihm. Sie bringen auch eine Funktionsbestimmung des modernen Romans hervor, die den Überwältigungsstrategien des Wagnertheaters und den Renaivisierungsversuchen der diversen Theaterreformbewegungen das Programm einer entschieden subjektiven und ironischen Reflexion entgegenstellt – eine Funktionsbestimmung allerdings auch, die unter der Hand einige der kunstreligiösen Implikationen beibehält, die im *Theater als Tempel* zumindest vorläufig obsolet, anachronistisch und reaktionär geworden sind. *Bilse und ich*, diese aus Lübecker Klatschgeschichten und Gerichtsskandalen beinahe unversehens hervorgegangene Poetik des modernen Romans, wird nach allerlei Reflexionen über »Beseelung« und »Erlösung« am Ende mit dem *Vorwort* zur Buchausgabe im Herzen des Romanautors gar jene »Monstranz« wiedererblicken, mit der Kunstpriester wie Wagner so verdächtig virtuos hantiert hatten.

Überhaupt fällt in der Zusammenschau der Texte auf, wie erstaunlich dauerhaft die ästhetischen Diskussionen mit religiösen oder (die Bestimmung dieses »oder« fällt im Einzelfall nicht immer leicht) mit kunstreligiösen Fragen verbunden sind. Derselbe, der 1895 auf die Frage nach seinem »Lieblingshelden in der Geschichte« antwortet: »Christus« und sich in manchen Beiträgen zum *Zwanzigsten Jahrhundert*, nicht ohne Verkrampfung, um eine religiös konservative Feierlichkeit bemüht, wehrt gegenüber einer katholischen Zeitung vehement das Missverständnis ab, *Fiorenza* sei als »antichristliches Tendenzstück« aufzufassen (*Über »Fiorenza«* [II]). Das von der Kunst Richard Wagners provozierte Interesse an Möglichkeiten und Grenzen einer (neo-)romantischen Kunstreligion bleibt nicht auf die *Auseinandersetzung mit Wagner* beschränkt. Es greift aus auf die wiederkehrende Frage nach »Tempelkunst und heilige[m] Theater« (*Der alte Fontane*), spottet über den »Heiligen Stefan« George (ebd.) und nimmt im Komplex der vier *Bilse*-Texte selbst eine eigentümlich kunstreligiöse Färbung an.

Kein anderes Thema umspannt die hier dokumentierten einundzwanzig Jahre so vollständig wie die Suche nach einem eigenen Ort zwischen »Plastik« und »Kritik«, die sich mit Vorliebe an der ihm selbst problematischen Theaterleidenschaft dieses Erzählers entzündet. Das beginnt mit den ersten Schülerrezensionen über Ibsens *Baumeister Solness* und das *Lübecker Theater* und endet hier erst mit dem letzten Essay *Über Frank Wedekind*. Mit dem *Versuch über das Theater* gilt diesem Problem der umfangreichste Text des Bandes und mit der *Auseinandersetzung mit Wagner* derjenige, dem nebenan im dichterischen Werk die höchsten Weihen zuteil geworden sind: Er bildet gewissermaßen das werkgeschichtliche Korrelat zu Aschenbachs letzten »anderthalb Seiten erlesener Prosa«. Noch über diejenigen Texte hinaus, die das Stichwort ›Theater‹ oder einen Dramentitel in der Überschrift führen, kehrt dieses problematische Verhältnis in allen möglichen Zusammenhängen wieder, in einer Rundfrageantwort über [*Theodor Fontane*] wie in der Selbstverteidigung [*Über »Königliche Hoheit« II*] oder der Grabrede auf Friedrich Huch.

Auf der Suche nach einem Ausweg aus den Antinomien von »Geist« und »Kunst«, der nicht ins Sumpfland reaktionärer »Naivisierungen« hinausführt, erscheint, sobald es um das Theater geht, als ein erstaunlich treuer, stets nur kurzer Seitenblicke gewürdigter Wegbegleiter der späte Henrik Ibsen – nicht der Naturalist, sondern der Symbolist und Allegoriker von *Baumeister Solness, Klein Eyolf* und *Wenn wir Toten erwachen*. Fast reflexhaft erscheint sein Name, wo es gilt, ein Seiten- und Gegenstück zu Wagners Tempelkunst bereitzuhalten, vom *Lübecker Theater* über die Frage nach dem [*Französischen Einfluß*] bis in so abgelegene Texte wie die aufschlussreiche Rechenschaft über [*Dichterische Arbeit und Alkohol*]. Ähnlich verlässliche weltliterarische Bezugsautoren bleiben über lange Zeit Heine (neben Nietzsche), Schiller (manchmal neben, manchmal gegen Goethe), als Seelenverwandter ein *décadent* wie Bang und als Antipode der vermeintlich eine neue Naivität verkündende, rücksichts- und kunstlos bekennende Rousseau mitsamt seinen vermeintlichen Nachfahren bis zu August Strindberg. Aus diesen Bezügen entwickelt sich zeitweise so etwas wie ein Koordinatensystem, in das Strindberg und Tolstoi ebenso eingeordnet werden können wie Richard Strauss und Hans Pfitzner, Max Reinhardt und Otto Brahm.

In ihren Verflechtungen wie in ihren internen Spannungen und Selbstwidersprüchen (dies namentlich im *Versuch über das Theater*) zeigen diese Texte selbst dort, wo sie einen Gedanken über Jahre hinweg verfolgen, doch immer auch das Unfeste, Unabgeschlossene des Denkprozesses, ja stellen es mit ihren rhetorischen Fragen und demonstrativen Neuansätzen geradezu aus. Das gilt am entschiedensten für jenen Essay, der das umfangreichste, ehrgeizigste und mit der größten Ausdauer betriebene theoretische Vorhaben dieser Jahre gewesen ist und doch nie zustande kam: *Geist und Kunst*. Das Begriffspaar, das diese zunächst nur als *Litteraturessay* projektierte »große[] Abhandlung« überschreiben sollte und noch 1911 in einer Verlagsankündigung in der Variante »Kritik und Kunst« auftaucht, erscheint zuerst ganz unauffällig in Briefen und dem kleinen Beitrag [*Über die Kritik*] (1905). Als Thema eines »zurzeit« entstehenden Essays kehrt es im Brief [*An die Redaktion der »Saale-Zeitung«*] wieder, kurz darauf dann als Überschrift einer sorgfältig ausgearbeiteten aphoristischen Reflexion in *Notizen* [II]; bis in die Rundfrageantwort über Karl Kraus (1913) bleibt es eine stehende Formel.

»Eine große Abhandlung über Geist und Kunst, Kritik und Plastik, Erkenntnis und Schönheit, Wissen und Schöpfertum, Zivilisation und Kultur, Vernunft und Dämonie wurde vor Jahren erträumt und entworfen. Der Gegenstand führte ins Ungemessene, und die essayistische Disziplin des Verfassers reichte nicht aus, ihn zu komponieren.« Thomas Manns Vorbemerkung zu seinem *Literaten*-Essay von 1913 – der *de facto* aus dem Zusammenhang der einschlägigen Entwürfe eher ausbricht als einen Ausschnitt daraus präsentiert – lässt schon in der Kumulation der unterschiedlichen Antinomien die Gründe des Scheiterns erkennen. Immerhin hat die essayistische Disziplin dieses Literaten doch ausgereicht, umfangreiche Entwürfe und Notizen anzufertigen, die mitsamt einer Sammlung diverser Materialien im Thomas-Mann-Archiv erhalten und von Hans Wysling 1967 in Band I der *Thomas-Mann-Studien* kritisch ediert worden sind.

Der Umgang mit diesem aus lauter Fragmenten zusammengesetzten Torso bedeutete für die vorliegende Ausgabe ein erhebliches editorisches Problem. Einerseits würde eine Aufnahme dieser rund einhundertfünfzig Notizen einen wenn auch gänzlich unabgeschlossenen Kernbereich der ästhetischen Reflexionen des jungen Thomas Mann präsentieren. (Weshalb sich Harry Matter in ARE I denn auch zu einer energisch redigierten Bearbeitung entschlossen hat, die in dieser irreführenden Form eine ähnliche Abgeschlossenheit suggeriert wie die beiden von Thomas Mann selbst publizierten *Notizen*-Sammlungen.) Andererseits hätte sie es mit einem gänzlich heterogenen Konvolut zu tun, das entschieden nicht zur Veröffentlichung vorgesehen, sondern vielmehr vom Autor selbst noch *in statu nascendi* »erträumt und entworfen« und dann doch abgebrochen worden ist und dessen Grenzen so wenig trennscharf zu bestimmen sind, dass im Zweifelsfall auch die Materialienmappe hätte einbezogen werden müssen. Im Laufe der Kommentierungsarbeiten zeigte sich jedoch, dass dieses Entweder-Oder auf unzutreffenden Vorannahmen beruht. In Wahrheit nämlich hat Thomas Mann bei weitem die meisten Einfälle der *Geist und Kunst*-Notizen in seinen veröffentlichten essayistischen Arbeiten verwertet – die damit größere Aufmerksamkeit beanspruchen dürfen, als ihnen bislang oft zuteil geworden ist: in *Notizen* [I] (1905) und vor allem *Notizen* [II] (1909), im *Versuch über das Theater* (1908), in der *Notiz über Heine* (1908) und der Skizze zu [*Roman und Theater in Deutschland*] (1910), in der unveröffentlichten, aber abgeschlossenen und ersichtlich zur Publikation vorgesehenen Abhandlung über [*Die gesellschaftliche Stellung des Schriftstellers in Deutschland*] (1910), schließlich im schon wieder in Neuland vorstoßenden Essay *Der Literat* (mit Vorstufen, 1910–1913). In weiterem Abstand gehören in die Reihe der *Geist und Kunst*-Abkömmlinge auch die *Mitteilung an die Literaturhistorische Gesellschaft in Bonn* (1907), der Brief *An einen jungen Dichter* (1908), die *Auseinandersetzung mit Wagner* (1911) sowie Passagen von [*Theodor Fontane*], *Der alte Fontane* und *Der Doktor Lessing* (alle drei 1910). Um deren Verbindungslinien zum Notizenkonvolut des *Litteraturessays* zu verdeutlichen und der nachprüfenden Lektüre zu erschließen, werden in den entsprechenden Kommentaren die einschlägigen Notizen umfangreich dokumentiert; in Zweifelsfällen wurde dabei stets zugunsten einer ausführlichen Zitierung entschieden. Konzeption und Probleme des geplanten und verworfenen Essays werden im Kommentar zu *Der Literat* ausführlich erläutert, mit dessen Vorbemerkung sich Thomas Mann endgültig von dem jahrelang verfolgten Projekt verabschiedet.

»Ist der Künstler überhaupt ein Mann?«, will der mit ähnlichen Problemen befasste Künstler Tonio Kröger wissen: »Man frage ›das Weib‹ danach!« (GW VIII, 296) Diese Empfehlung beherzigt Thomas Mann nirgends so ausdauernd und in erkennbar eigener Sache wie in den hier vorliegenden Versuchen und ihren manchmal auf Camouflage-Vorkehrungen verzichtenden Vorstufen. 1903 nimmt der Essay *Das Ewig-Weibliche* das Romandebüt der lesbischen Emanzipationsschriftstellerin Toni Schwabe zum Anlass für ein nicht nur auf den Bruder Heinrich, sondern auch auf die eigenen erotischen Rollenkonflikte anspielendes Bekenntnis zu einem »weibliche[n] Kunst- und Kulturideal«. Der gleich anschließende Versuch über *Gabriele Reuter* (1904) wiederholt wörtlich diese Analogisierung von Weiblichkeit und Künstlertum und unterstellt sie der Autorität einer ungleich populäreren und angeseheneren Schriftstellerin. Zugleich wird hier eine weitere Parallele konstruiert, deren Folgen sich schwerlich absehen lassen: was für Autorinnen wie Gabriele Reuter »die bewußte und betonte Weiblichkeit«, das ist für Autoren wie den hier unvermittelt einbezogenen Jakob Wassermann »das bewußte und betonte Judentum«. Die Trias von Künstlertum, kaum verhüllt auch homoerotisch konnotierter Weiblichkeit und Judentum setzt sich in der Konstellation der Außenseitergestalten fort, deren Resümee in *Königliche Hoheit* dem jüdischen Arzt Sammet überlassen bleibt; in Thomas Manns eigener Charakterisierung dieses Romans am

Ende der *Mitteilung an die Literaturhistorische Gesellschaft in Bonn* klingt sie betont humoristisch wieder an. Sie lässt sich auch als ein untergründiges Movens mancher sonderbar ambivalenten, zwischen Verachtung und Identifikation changierenden Äußerungen zu Juden, Judentum und Antisemitismus wahrnehmen – von der entschieden affirmativ gemeinten Apostrophierung Heinrich Heines als »dieser Künstlerjude« (*Notiz über Heine*, 1908) bis zum befremdlichen Widerspruch zwischen laut proklamiertem Philosemitismus und einem im selben Atemzug vorgebrachten Katalog antisemitischer Stereotypen (*Die Lösung der Judenfrage*, 1907; ähnlich in den Polemiken gegen Theodor Lessing, in denen die Verteidigung Lublinskis gegen antisemitische Angriffe passagenweise mit ebensolchen Affekten gegen den Angreifer selbst einherzugehen scheint). Auch das Bestreben, von der wüst antisemitischen *Staatsbürger-Zeitung* keinesfalls für einen Juden gehalten zu werden (1912), behält allen vernünftigen Begründungen zum Trotz einen sonderbar besorgten Unterton. Dass hier nicht lediglich implizit der an anderer Stelle explizit verworfene »Aberglaube« an »Rasse und Blut« fortwirkt (*Chamisso*, 1911), wird nahegelegt durch den unveröffentlicht gebliebenen, vielleicht schon 1910 geschriebenen ersten Entwurf des *Literaten*-Aufsatzes. Darin kulminiert die seit 1903 umkreiste Identifikation in Sätzen wie: »Ja, der Ekel vor dem, was man ist, diese Untreue und seltsame Unsicherheit des Ichs scheint in der That die gemeinsame Eigenschaft der Juden, Frauen und Litteraten zu sein. Seltsame Untreue! Seltsame Unsicherheit des Ichs – dieser Ekel vor dem, was man ist!« Aufmerksam geworden auf solche untergründig über weite Abstände fortwirkenden Zusammenhänge, wird man auch im Vergleich des *Peter Schlemihl*-Essays mit den diversen Lesespuren in Thomas Manns Exemplar dieses Buches den homoerotischen Subtext wieder entziffern können, den er in dieser Geschichte eines erotischen und gesellschaftlichen Außenseiters mit einem jiddischen Namen gelesen hat. Was der letzte Satz der rabiaten Rundfrage-Antwort [*Männerstimmen über Frauen*] 1910 knapp resümiert, wird durch eine Reihe dieser Texte eindrucksvoll bestätigt: »meine Meinung über das Geschlecht ist sehr individuell bedingt.«

Auch *diese* weitreichend experimentierenden Modellbildungen werden im Spätsommer 1914, mit dem Donnerschlag des Kriegsausbruchs, in ihr genaues Gegenteil umkippen. Sind in den Vorkriegsschriften seit 1903 »Weiblichkeit« und »Judentum« in der Regel ebenso emphatisch positiv konnotiert wie das Stichwort »Frankreich«, so wird derselbe mannweibliche Verehrer eines »weiblichen Kunst- und Kulturideals« (aber ist er jetzt noch derselbe?) nun in *Gedanken im Kriege* höhnen, »das süße Frankreich« habe »eine Art, den Gegner ins Unrecht zu setzen, – weiblich in dem Grade, daß einem die Arme sinken [...] diese Nation nimmt Damenrechte in Anspruch, es ist kein Zweifel.« Denn dort »kreischt man mit Fistelstimme: ›Die Zivilisation!‹« (GW XIII, 541) und übt »französische Damennaivität« (GW XIII, 543). Die nunmehr als widerwärtig, abstoßend geschilderte Weiblichkeit avanciert umgehend zu einem – für sich genommen unmotiviert erscheinenden – Grundmotiv der antifranzösischen Kriegspolemik. Friedrich II. figuriert in *Friedrich und die große Koalition* nicht als der männerliebende und leidende Künstler, als den ihn der Verkünder des *Ewig-Weiblichen* vermutlich dargestellt hätte, sondern als soldatischer »Weiberfeind«, der als »Zögling[] französischer Frauen« »dermaßen ans Männliche« gewöhnt worden war, »daß er das Weib am Ende ›nicht mehr riechen‹ konnte, – und dies in einem Jahrhundert, einem rechten Weibsjahrhundert, welches von dem ›Parfüm des Ewig-Weiblichen‹ ganz erfüllt und durchtränkt war.« (GW X, 92)

Das »Ewig-Weibliche«: nicht lange zuvor hatte Goethes Formel als Äquivalenzbegriff reinen Künstlertums gedient – jetzt ist sie zum Kampfbegriff geworden gegen parfümiertes Franzosentum. Das Männliche und Soldatische als das Deutsche – jetzt steht es in einer Front gegen das Weibliche Frankreichs, gegen Frankreich-als-Weib. Da ist ein Mann zum *Mann* geworden und »das Ewig-Weibliche« gewaltsam verwandelt ins Akut-Männliche.

Zu den »Rollenwechseln« dieser Essays gehört auch eine experimentierende Apodiktik. Nicht selten verzerrt sie die Positionen des Angegriffenen bis zur Unkenntlichkeit und kann, hat sich der Schreiber erst in Hitze geredet, weit über das Ziel hinausschießen. So ergeht es schon dem wohlmeinenden Doktor Scipio in *Heinrich Heine, der »Gute«* (1893) und noch dem weniger wohlmeinenden *Doktor Lessing* (1910). Man kann hinter solchen Polemiken den Willen zu jener Eindeutigkeit vermuten, die den nietzscheanischen Künstler-Kritiker immer wieder verlockt und ihm doch, einmal erlangt, sogleich wieder abhanden kommt, weil er ihr selbst nicht traut. Aber auch ein hartnäckiger Widerwille gegen jedwede ›political correctness‹ spielt in diese Provokationsfreude hinein, das Beharren auf jener intellektuellen Unabhängigkeit, für die Nietzsche und Ibsen, der alte Fontane und ein wenig auch der zwischen den Fronten stehende Chamisso als Eideshelfer angerufen werden.

Das gilt schon für den Siebzehnjährigen, der 1893 unter dem Pseudonym »Paul Thomas« den *Frühlingssturm* mit einer Attacke auf bürgerliche »Gehirnverstaubtheit« eröffnet (und nebenbei die erste allein von Schülern gemachte Zeitung in Deutschland, die sich nachweisen lässt). Es gilt für den Achtzehnjährigen, der am selben Ort den jüdischen Intellektuellen »Harry Heine« gegen kulturprotestantische Vereinnahmungen verteidigt, »deren Gutheit aus praktischem Lebensegoismus und christlicher Moral mit möglichster Inkonsequenz zusammengestückt ist«, und gegen die gut gemeinte Hervorhebung von Heines deutschem Patriotismus die Bemerkung setzt, der Mensch müsse »schon von einer gewißgradigen geistigen Beschränktheit sein, um Patriot sein zu können«. Das gilt auf andere Weise auch für seine Mitarbeit am *Zwanzigsten Jahrhundert*. So wenig er die antisemitische Tendenz des Blattes bedient, so zielstrebig nutzt er den von seinem Bruder bereitgestellten Publikationsort doch zu Stil- und Rollenproben in einer patriotischen Prosa, die der rebellischen Attitüde des *Frühlingssturm* eine konservative Variante gegenüberstellt. (Gleichzeitig vertritt der Lobredner der »*Ostmarkklänge*« und des *nationalen Dichters* in Briefen an Grautoff einige diesem Lob diametral entgegengesetzte Ansichten.)

Sieht man allerdings von diesem Intermezzo ab, so zeichnen sich für eine lange Periode des hier dokumentierten Zeitraums politische Sympathien ab, die sich ins noch immer landläufige Image des konservativen ›Unpolitischen‹ keineswegs fügen. Der Künstler-Kritiker dieser Essays ist über weite Strecken nicht nur ein bemerkenswert politischer, sondern auch ein frappierend liberaler, zeitweise selbstbewusst linksliberaler Autor. Wenn er sich in dem autobiographischen Essay *Im Spiegel* als »ein dem Staate nicht nur nicht nützlicher, sondern sogar aufsässig gesinnter Kumpan« vorstellt, dann ist das nicht bloß kokette Pose. Der Essayist, der in einer Stellungnahme zum Verhältnis von Künstlertum und Kritik »Partei für den Geist« genommen und erklärt hatte: »Ich bin, um es ganz schlicht zu sagen, für *Freiheit*. Das Wort, der Geist sei frei [...]« ([*Über die Kritik*], 1905) – dieser Essayist hat sich in der Tat jahrelang schreibend für die unbegrenzte Freiheit des Wortes eingesetzt. Hatte er zwölf Jahre zuvor im *Zwanzigsten Jahrhundert* noch die Zensurmaßnahmen gegen Oskar Panizzas *Liebeskonzil* verteidigt (1895), so fordert er 1907 die vollständige »Abschaffung der Theaterzensur als einer staatlichen Anmaßung«. Für denselben Verleger, bei dem diese Erklärung erscheint ([*Die Theaterzensur*]), wird Thomas Mann dann sein *Gutachten [über Pornographie und Erotik]* verfassen, das die Freiheit aller, auch womöglich obszöner und anstößiger Kunst verteidigt gegen »Banausen und Zeloten« (1911). Seine unter diesen Umständen allerdings überraschende Mitwirkung im Münchner Zensur-Beirat 1912/13 verteidigt er gegenüber dem begreiflicherweise empörten Freund Wedekind mit der Begründung, er sehe seine »Aufgabe als Mitglied des Censur-Beirates darin, die Aufseher der öffentlichen Ordnung vor Eingriffen in Werke von Dichtungsrang zu warnen« – was ihm zumindest im Skandal um Wedekinds *Lulu* auch eindrucksvoll gelingt (vgl. hier das [*Gutachten über Frank Wedekinds*

Schauspiel »Lulu«], 1913). In derselben Zeit beteiligt er sich an Unterschriftenaktionen für den Anarchisten Erich Mühsam (1910), gegen Aufführungsverbote für Wedekinds Dramen (1911) und noch im Frühjahr 1914 gegen Konfiszierungen der Berliner *Aktion*, dieses, wie es in dem Protestschreiben heißt, »kleinen, tapferen und gescheiten Organ[s] der literarischen Linken«.

1911 hatte Thomas Mann in eben diesem Organ eine Stellungnahme zum »Schriftenstreit« veröffentlicht (*Fraktur oder Antiqua?*); zwei Jahre später überlässt er den *Schlemihl*-Essay dem sozialdemokratischen *Vorwärts* (August 1913). In seinen Erörterungen über *[Die gesellschaftliche Stellung des Schriftstellers in Deutschland]* (1910) verspottet er die kaiserliche Verdächtigung Liliencrons wegen dessen »Liebäugeln[s] mit der Sozialdemokratie«; im selben Jahr will er gar seinen Märchen-Roman *Königliche Hoheit* für jene »geistige Wendung zum Demokratischen« in Anspruch nehmen, die der Bruder lediglich »stürmischer und vorbehaltloser« proklamiere und die nun jedenfalls an der Zeit sei (*[Über »Königliche Hoheit« II]*). Manchmal sind es allein die Kontexte, die einem für sich genommen ganz unauffälligen Text eine politische Dimension geben. So entsteht die kleine *[Selbstbiographie III]* von 1910 als Begleittext zu der Novelle *Schwere Stunde*, die Thomas Mann zu einem von Eduard Bernstein eingeleiteten Sammelband beisteuert. Erklärtes Ziel dieser Publikation ist Unterstützung für die Revolutionsbewegung in Russland und Hilfe für die »Opfer der zaristischen Verfolgung«.

Nicht als Parteigänger tritt der Autor in all diesen Fällen auf, sondern als Einzelgänger; nicht von einem festen ideologischen Standpunkt aus beansprucht er zu handeln, sondern einfach aus »gutem sozialem und kollegialem Bethätigungswillen« (so im Beitrag über die Theaterzensur). Demselben Willen entspringen, auch wenn hier ein Beigeschmack bildungsbürgerlicher Herblassung kaum zu vermeiden und andererseits der Kunst »mit den Werturteilen volkspädagogischer Sittsamkeit nicht beizukommen ist« (*Gutachten [über Pornographie und Erotik]*), seine eben doch volkspädagogischen Stellungnahmen zum Verhältnis von Literatur und Bildungspolitik ([*Volksromane*], 1905; »*Die Bücher des deutschen Hauses*«, 1908; [*Beim Erscheinen der No. 5000 von Reclams Universal-Bibliothek*], 1909; auch der *Brief* [*an den Buchhändler Heinrich Jaffe*], 1912). Zwar »in sozialen Angelegenheiten viel zu unbewandert« ([*Volksromane*]), verweist der gebildete Bürger hier doch gelegentlich zustimmend auf das Vorbild der »sozialdemokratischen Zeitungen« und empfiehlt als Volkslektüre neben den Klassikern auch Maxim Gorki. »Unter den Äußerungen der sozialen Liebe«, so lässt ihn sein kollegialer Betätigungswille formulieren, »ist wohl die schönste das vielfältige Bestreben unserer Tage, dem Volke, den geistig Unberatenen und wirtschaftlich Schwachen gute Kunst, gute Bücher zuzuführen« (»*Die Bücher des deutschen Hauses*«). Die Ziele eines derart »volksfreundlichen Programms« will er »nach Kräften ermuntern und fördern« (ebd.) – was er dann auch verlässlich tut.

Wenn im Kontext der Versuche zu *Geist und Kunst* auch das riskante Gegensatzpaar von »Kultur« und »Zivilisation« (*Notizen* [II]) auftaucht, dann lässt schon ein flüchtiger Blick erkennen, welche Kluft dieses Gedankenspiel von dem der Kriegs- und Nachkriegszeit trennt. Zwar ist der Künstler-Kritiker sehr wohl fähig, die Verlockungen neuromantischer und neuklassischer Provenienz lebhaft zu empfinden und einzugestehen, vorübergehend auch, sie mit einem pathetisch-verlegenen »dünkt mich« zu proklamieren (wie am Ende des *Wagner*-Essays von 1911). Und dennoch stellt er sich in dieser Periode, angefochten und entschlossen, immer wieder auf die Seite der »Zivilisation« als »Vernunft, Aufklärung, Sänftigung, Sittigung, Skeptisierung, Auflösung, – *Geist*« (so in *Notizen* [II]). Nichts greift er höhnischer an als die falsche Tiefe der Neoromantiker, die Naivisierungstendenzen der Heimatkunstbewegung, die Schablonen völkischer Literaturkritik, und nichts macht er sich so oft und so demonstrativ zu Eigen wie jenen »jüdische[n] Geist, den Gott erhalte«: »Helligkeit, Witz« und »Intellektualismus« ([*Die gesellschaftliche Stellung des Schriftstellers in*

Deutschland]). Was er Fontane als »tapfere Modernität« nachrühmt, gilt hier auch für ihn selbst; und »was vollkommen fehlt«, sind zumindest vorderhand auch hier »die trübe Tiefe [...], der reaktionäre Zug, der Haß gegen ›diese Zeit‹.« (*Der alte Fontane*)

Solche Bekundungen kulminieren 1913 im nach mehrfachen und schwierigen Anläufen endlich publizierten Versuch über den *Literaten*. Dieses Manifest dessen, was dann in der höhnisch-denunziatorischen Kritik dieses Essays in den *Betrachtungen eines Unpolitischen* als ›Zivilisationsliteratur‹ erscheinen wird, liest sich als letzter und beinahe schon überanstrengter Versuch, das humanistisch-philanthropische Potential einer »Schriftstellerei« noch einmal zu behaupten, das in anderen Texten dieser Zeit schon brüchig zu werden beginnt. In festtäglicher Rhetorik gesteigert, wird hier das (Selbst-)Bild beschworen, das seit *Kritik und Schaffen* (1869) über fünfzehn Jahre hin immer neu aktualisiert worden ist und um das sich letztlich auch alle Notizen um das Verhältnis von »Geist und Kunst« gedreht hatten. Zufolge den nüchterneren Worten der Abhandlung über [*Die gesellschaftliche Stellung des Schriftstellers in Deutschland*] von 1910 ist »der Literat« danach im Gegensatz zum »Dichter« ein »Künstler der Erkenntnis par excellence (von der Kunst im naiven und treuherzigen Sinne geschieden durch Bewußtheit, durch Geist, durch Moralismus, durch Kritik).«

Genau so, und in einer über die ästhetischen Reflexionen entschieden hinausgehenden politischen Akzentuierung, hatte Thomas Mann im selben Jahr 1910 den »alten Fontane« porträtiert. Auf dem vorläufigen Höhepunkt seiner ›linken‹ Sympathien, galt sein ganzes Interesse Fontane als einem »Literaten«. Dazu gehören, so entschieden auch hier der Intellektuelle als unabhängiger Geist gezeichnet wird und als für alle Seiten »unsicherer Kantonist«, doch auch die Züge jener »sozialdemokratischen Modernität«, die Thomas Manns Porträt weitaus schärfer konturiert und energischer vereindeutigt, als seine Vorlagen das eigentlich hergeben.

Gerade am weiteren Schicksal dieses Essays nun, immerhin des auch nach seiner eigenen, lebenslang beibehaltenen Meinung gelungensten kritischen Autorenporträts, wird schlaglichtartig die grundlegende Umwertung der Werte erkennbar, die mit dem Kriegsbeginn einsetzt. In der stillschweigenden Überarbeitung, die *Der alte Fontane* 1919 über sich ergehen lassen musste, wandeln sich Darstellung und Bewertung des politischen Schriftstellers so eingreifend, dass diese Fassung der früheren streckenweise diametral entgegengesetzt ist. Nun wird Fontanes zuvor noch zustimmend zitierte Kritik an Militarismus und Kolonialismus gestrichen und sein zustimmender (und zustimmend referierter) Ausblick auf eine kommende soziale Revolution relativiert. Nicht mehr progressiv als Sympathisant der Arbeiter ist der alte Fontane dieser Neufassung, sondern »konservativ als Schützer des Mythos« mitsamt einer besonderen »Adelsvorliebe«; kein spöttischer Verächter Bismarcks mehr, sondern ein gutmütig grantelnder Bismarckianer; kein kosmopolitischer Geist, sondern ein wieder unironischer »Verherrlicher kriegerischen Preußenadels« und Repräsentant »großen Deutschtums«. Wie die pejorative Umdeutung des »Ewig-Weiblichen«, so zeigen auch solche Korrekturen, wie sich im neuen Magnetfeld die Eisenfeilspäne zu neuen Figuren ordnen und wie auf lange Zeit der Verfasser selbst sich als ein ganz anderer begreift oder inszeniert.

Und dennoch: Was bei Kriegsausbruch als so jäher, ja unbegreiflicher Umbruch erscheint, erweist sich beim genauen Durchgang durch die hier versammelten Texte vielleicht doch als nicht mehr ganz so überraschend. Die aggressiv nationalistische und militaristische Wende des Spätsommers 1914 – seit 1912/13 wirft sie einige unauffällige Schatten schon auf Passagen der Essays.

»Modernität ist Bewußtheit«, hatte der Verfechter eines weiblichen Kulturideals 1904 im Essay über *Gabriele Reuter* noch kategorisch erklärt. Eine »aufs Neue erreichte Naivität, die dem Willen zur Kraft entstammt«, hatte er dagegen spöttisch auf Distanz gehalten: »Enge ist ja fast immer auch Tiefe. Enge ist Naivität und Kraft.« Auch im wenig später verfassten Glückwunschartikel für den vermeintlich vitalen Haudegen Liliencron – in schönen Daktylen gerühmt als »der Krieger, der Jäger, der Stolze, der Ganze, der Mann« – war die Sehnsucht nach männlicher Einfachheit und Eindeutigkeit noch spielerisch ironisiert worden. Anders hingegen schon die Sehnsucht nach »einer neuen Klassizität« am Ende des venezianischen Wagner-Essays (1911). Auch dass im selben Jahr im *Chamisso*-Porträt, bei fortwährender Ablehnung des »Aberglaubens« an »Rasse und Blut«, unversehens das Adjektiv »deutsch« der Vorlage in »Deutsche Heimat« mit großem Anfangsbuchstaben abgeschrieben und der deutsche Patriotismus des französischen Dichters resolut vereindeutigt wird, liest sich im Rückblick wie ein fast unmerkliches Vorzeichen. Noch bleibt es bei der flüchtigen Versuchung; ebenfalls 1911 schreibt Thomas Mann für die französische *Revue des Revues* eine neue Verteidigung der »ironie optimiste et clairvoyante« ([*De l'humour*]).

Im Jahr darauf mehren sich die Anzeichen eines Wandels. In der Verteidigung seines (für solche Formeln sicher auch besonders empfänglichen) *Fiorenza*-Dramas wird eine Synthese proklamiert, in der die bis dahin oft nachdrücklich, manchmal polemisch geschiedenen Bereiche des Naiven und Analytisch-Sentimentalischen zusammenfallen, wenn nicht gar insgeheim zugunsten des ersteren erledigt werden sollen. Sie wird resümiert mit einer schwärmerisch vieldeutigen Vokabel: dem alten romantischen Traum vom »dritten Reich« (*Zu »Fiorenza«*, 1912). Dass der einzige längere Essay dieses Jahres einem nur vorgeblich noch ›naturalistischen‹, im Grunde schon der Heimatkunst bedenklich nahestehenden Roman Georg Hirschfelds gilt, einem Buch, in dem ein »blauer, deutscher, blütenreiner Jünglingsblick« schon »die Glut der Unterwelt, des Dämons Leidenschaft« spiegelt – auch dieser Umstand behält trotz Thomas Manns vorsichtiger ästhetischer Distanzierung doch etwas Beunruhigendes (*Ein Werk des Naturalismus*). Kaum ein Jahr später dann ist der Einzug des fremden Gottes nicht mehr zu verheimlichen.

Da wird, im Juni 1913, der früh verstorbene Friedrich Huch in

Thomas Manns Gedächtnisrede als »kerndeutscher Künstler« gepriesen, und dies nicht nur um seines Werkes und seiner »hervorragend nationalen Eigenschaften« willen, sondern (ohne jede, bei diesem Anlass ohnehin deplazierte Ironie) auch wegen seines »holzschnittartigen Kopf[es]« und seiner »blauen Seemannsaugen«. Der deutsche »Verkünder jenes *neuen Humanismus*, dessen Heraufkunft wir fühlen« – er verkündet nach Ansicht des Trauerredners in erster Linie eine »wiedergewonnene Vollmenschlichkeit«, die sich der Verschmelzung »seelisch-geistiger Angelegenheiten« mit »körperehrenden Übungen« und »betonter Verehrung des Leibes« verdankt. Im November desselben Jahres wird dann ausgerechnet dem armen Erich von Mendelssohn die tragisch gescheiterte Vorbereitung auf ein nordisches, »ein männliches, verantwortungsvolles Kämpferleben« nachgerühmt. So frei auch dieser liebevolle Nachruf auf den früh verstorbenen jüdischen Schriftsteller von jedem antisemitischen Unterton bleibt und so skeptisch gegenüber dem aus Schwäche entstandenen Projektionscharakter eines nietzscheanisch erhitzten Vitalismus – es ist doch, als Thomas Mann dies schreibt, noch gar nicht so lange her, dass er sich im Umkreis der *Geist und Kunst*-Entwürfe von derartigen Gedanken und Vokabeln bei anderen Autoren noch spöttisch distanziert hatte.

Nun aber treibt den skeptischen und leidenden Intellektualisten ausdrücklich eine »Sehnsucht [...] nach Erlösung« aus den alten Dichotomien in die Arme lockender Syntheseverheißungen (auch wenn er jetzt und fortan außerstande bleiben wird, dafür alle Kritik über Bord zu werfen). Wenn er kurz darauf anlässlich einer Rundfrage [*Über Karl Kraus*] den bis jetzt noch immer unverdächtigen Gegensatz von »Zivilisation und Kultur« zum ersten Mal mit einer polemischen Abwertung der ersteren verbindet und – im selben Atemzug und in überraschender Beiläufigkeit – zu den »großen Grundtatsachen des Lebens« außer »Geschlecht« und »Kunst« auch den »Krieg« zählt: dann sind in Angst, Lust und entsetzter Neugier schon Getümmel, Getöse und ein Gemisch von Lärm vernehmbar, die sich von weither rasch nähern.

Liest man den *Literaten*-Aufsatz mit seiner später Settembrini parodistisch in den Mund gelegten Festrhetorik im Kontext dieses Geschehens noch einmal, dann lässt er sich vielleicht auch als moralische Anstrengung verstehen: als Versuch, sich vom Vitzliputzli der verlockend einfachen und schon zum Greifen nahegerückten Geistfeindschaft zurückzurufen zur zivilisatorischen Ordnung, noch einmal laut, vielleicht überlaut Settembrini zu Wort kommen zu lassen, ehe Naphtha es ganz übernimmt.

*

Die vorliegende Ausgabe enthält alle nichtfiktionalen zur Veröffentlichung bestimmten Texte Thomas Manns aus der Zeit von 1893 bis Juli 1914. Die Textgestalt folgt wenn möglich der Fassung der Erstdrucke; sofern auf andere Druckvorlagen zurückgegriffen wurde, ist das im Kommentar begründet. Übernommen sind ebenfalls die unterschiedlichen orthographischen und Interpunktions-Gepflogenheiten der Vorlagen; lediglich die Reihenfolge von Abführungs- und Satzzeichen beim Ausgang wörtlicher Rede wurde entsprechend den heutigen Gepflogenheiten vereinheitlicht. Nur eindeutige Satzfehler sind korrigiert worden; solche Korrekturen werden im Stellenkommentar nachgewiesen. Einen Sonderfall stellt der Erstdruck des Essays *Der alte Fontane* dar. Hier wurde die häufig sinnstörende und unregelmäßig durchgeführte Großschreibung von Relativ- und Demonstrativpronomina, gelegentlich sogar Artikeln durchweg entsprechend Thomas Manns sonstiger Schreibweise vereinheitlicht. Vereinheitlicht wurde auch die typographische Gestalt der Texte. Unterschiede zwischen Fraktur- und Antiquasatz sind nicht wiedergegeben (jedoch im Fall des Essays *Fraktur oder Antiqua* im Kommentar vermerkt), unterschiedliche Formen der Hervorhebung (Fettdruck, Kursivdruck, Sperrung, Unterstreichung) einheitlich durch Kursivdruck wiedergegeben. Überschriften des Erstdrucks sind so weit wie möglich übernommen worden. Redaktionelle Sammeltitel, wie sie vor allem bei Antworten auf Rundfragen häufig vorkommen, sind in eckige Klammern gesetzt, ebenso Titelformulierungen oder -ergänzungen des Herausgebers. Werden Überschriften übernommen, die Thomas Mann anlässlich der späteren Wiederaufnahme eines Textes in einen Sammelband hinzugefügt hat, so sind sie mit einem * versehen.

Erstmals aus den Handschriften ediert werden im ersten Teilband *[Über Fiorenza I]* und *[Roman und Theater in Deutschland]* sowie im Kommentarband handschriftliche Fassungen zu folgenden Texten: *Im Spiegel*, *Auseinandersetzung mit Wagner*, *Über »Fiorenza«* [II], *[Die gesellschaftliche Stellung des Schriftstellers in Deutschland]*, *Der Literat* einschließlich der beiden erhaltenen Vorstufen und die verschiedenen Fassungen der umfangreichen *Notiz* über die Kunst Max Reinhardts; einbezogen worden sind darüber hinaus auch die Handschriften zu *Das Ewig-Weibliche*, *An einen jungen Dichter*, *[Beim Erscheinen der No. 5000 von Reclams Universal-Bibliothek]*, *Erkenne Dich selbst!* und *[Selbstbiographie IV]* sowie die handschriftlichen Korrekturen zum Erstdruck des *Gutachtens [über Pornographie und Erotik]*, das Münchner *Collegheft* und das *Geist und Kunst*-Konvolut einschließlich der Materialienmappe. Erstmals seit dem Erstdruck wieder veröffentlicht werden schließlich *[Männerstimmen über Frauen]*, *Das Theater als Tempel*, *[Glückwunsch zum zehnjährigen Bestehen der Deutschen Dichter-Gedächtnis-Stiftung]*, *[Über Eugen Reichels »Die Ahnenreihe«]* und das Grußwort *[Zum Bau der Berner Kunsthalle]*.

Der Kommentar erläutert und – sofern sich die entsprechenden Zeugnisse erhalten haben – dokumentiert die Entstehungsgeschichte aller Texte, für Thomas Manns Lebenszeit auch die Veröffentlichungsgeschichte, rekonstruiert – soweit erforderlich und ermittelbar – Debatten-Kontexte und Wirkungsabsichten, stellt Quellen und Vorlagen, Anregungen, Materialien vor oder zeichnet (wie in *Süßer Schlaf!*) größere Traditionslinien nach; er sucht, soweit sich die von Thomas Mann benutzten Exemplare einer Quelle erhalten haben, Lesespuren und Anstreichungen zum Sprechen zu bringen, schlüsselt im Stellenkommentar so weit wie möglich Anspielungen, kryptische Zitate und Verbindungen mit anderen Werken Thomas Manns auf – was in den Fällen, in denen ein einmal formulierter Gedanke, ein Bild oder eine Wendung über Jahrzehnte hinweg immer neu aufgenommen und variiert wird, jedoch nur exemplarisch und überblickshaft geschehen kann.

*

Dieser Band endet, zufällig und passend, mit dem Essay *Über Frank Wedekind* – dem vorläufig letzten Produkt der unverwüstlichen Theaterleidenschaft und dem singulären Fall eines Autorenporträts, das ganz aus der Vergegenwärtigung einer einzigen Dramenszene heraus entfaltet wird. Zuerst erschienen ist er im Juli 1914. Innerlich schon halb auf die kommenden neuen Töne eingestimmt und fast auf der Schwelle zu den Exzessen seiner Kriegsschriften, formuliert der neununddreißigjährige Thomas Mann hier noch einmal die Apotheose des Künstlers als eines existenziellen Außenseiters, eines keiner bürgerlichen Ordnung sich fügenden, einzelgängerischen und »aufsässigen Kumpans« – und lässt sie, wie in einer angedeuteten Abschiedsgeste, einmünden in »das Mysterium der Abdankung. Wer es fassen kann, der fasse es.« Denkt man an das, was dann kam, könnte man auch diesen Abschied von den Experimenten einer langen Friedenszeit zum »Rührendsten« zählen, »was dieser tiefe, gequälte Mensch geschrieben hat«.

*

Zu danken ist dem ›Gegenleser‹ Hermann Kurzke für seine Ermutigungen und Hilfestellungen, dem Zürcher Thomas-Mann-Archiv für seine Gastfreundschaft, Hans-Joachim Sandberg für viele freundschaftliche Gespräche, dem Lübecker Buddenbrookhaus, namentlich Manfred Eickhölter für Hilfe bei der Recherche zum Lübecker Skandal um Bilse und Dose, Hanns-Jonas Kruse für Unterstützung bei der Quellenerschließung zur Lessing-Kontroverse, Albert Meier und Heide Hollmer für Hilfe bei der Auffindung von Monacensia, Helmuth Nürnberger für die Identifikation entlegener Fontane-Zitate, Hermann Knebel für Unterstützung in Sachen Hebbel, Cristina Klostermann für unermüdlichen Ansporn und vielerlei Hilfen und Roland Spahr für seine umsichtige Begleitung, Wolfgang Kloft und Andreas Schwarz für die Erstellung des Registers. Besonderer Dank gebührt Stephan Stachorski für seine Hilfe bei technischen Problemen wie bei philologischer Spurensuche, für seine kritische Leseenergie und freundschaftliche Diskussionslust, Jack Frost für künstlerischen Beistand und Christine Detering für ihre nicht nachlassende Geduld.

H. D.

ZEICHEN, ABKÜRZUNGEN UND SIGLEN

Zeichen und Abkürzungen

⟨...⟩	Textverlust in der Handschrift
~~Wort~~	Vom Autor durchgestrichenes Wort
°Wort°	Vom Autor nachträglich eingefügtes Wort
Wort	Vom Autor rückgängig gemachte Streichung
Reg.	Regest-Nummer (S. unter Siglen *Regesten*)
TMA	Thomas-Mann-Archiv der ETH Zürich
*	Innerhalb der Bibliographie mit * versehene Titel befinden sich in Thomas Manns Nachlassbibliothek (TMA).

Siglen

ARE I-III	Thomas Mann: Aufsätze, Reden, Essays. 1893 bis 1913; 1914–1918; 1919–1925. Hg. v. Harry Matter. Berlin (DDR) 1983–1986.
AuN	Thomas Mann: Altes und Neues. Kleine Prosa aus fünf Jahrzehnten. Frankfurt/Main 1953.
Br. I-III	Thomas Mann: Briefe 1889–1936; 1937–1947; 1948–1955. Hg. v. Erika Mann. Frankfurt/Main 1961–1965.
BrF I, II	Theodor Fontane: Theodor Fontane's Briefe. Erste Sammlung. Briefe an die Familie. 2 Bände. Berlin 1905.*
BrFZ I, II	Theodor Fontane: Theodor Fontane's Briefe. Zweite Sammlung: Briefe an Freunde und Zeitgenossen. 2 Bände. Berlin 1910.*
DüD I-III	Dichter über ihre Dichtungen. Thomas Mann. Hg. v. Hans Wysling u. Marianne Fischer. 3 Bände. Zürich u. a. 1975–1981.
E I-VI	Thomas Mann: Essays. Hg. v. Hermann Kurzke u.

	Stephan Stachorski. 6 Bände. Frankfurt/Main 1993–1997.
Essays I-III	Thomas Mann: Ausgewählte Essays in drei Bänden. Band 1: Ausgewählte Schriften zur Literatur. Begegnungen mit Dichtern und Dichtung. In Zusammenarbeit mit Hunter Hannum hg. v. Michael Mann. Band 2: Politische Reden und Schriften. Ausgewählt, eingeleitet u. erläutert v. Hermann Kurzke. Band 3: Schriften über Musik und Philosophie. Ausgewählt, eingeleitet u. erläutert v. Hermann Kurzke. Frankfurt/Main 1977/78.
Gedichte 1881	Adelbert von Chamisso: Gedichte von Adelbert von Chamisso. Hg. v. Wilhelm Rauschenbusch. 3., verbesserte Aufl. Berlin 1881.*
GKFA	Thomas Mann: Große kommentierte Frankfurter Ausgabe. Werke – Briefe – Tagebücher. Frankfurt/Main 2002ff.
GOA	Friedrich Nietzsche: Nietzsche's Werke. Gesamtausgabe in Großoktav. 20 Bände. Leipzig 1894–1926
GuK	»Geist und Kunst«. Thomas Manns Notizen zu einem »Literatur-Essay«. Ediert u. kommentiert v. Hans Wysling. In: Scherrer, Paul/Wysling, Hans: Quellenkritische Studien zum Werk Thomas Manns. Bern/München 1967 (=TMS I), S. 123–233.
GW I-XIII	Thomas Mann: Gesammelte Werke in dreizehn Bänden. 2. Aufl. Frankfurt/Main 1974.
GWA 1–12	Thomas Mann: Gesammelte Werke in zwölf Bänden. Berlin (DDR) 1955.
HDA	Heinrich Heine: Historisch-kritische Gesamtausgabe der Werke. In Verbindung mit dem Heinrich-Heine-Institut hg. v. Manfred Windfuhr. Düsseldorfer Ausgabe. Hamburg 1973ff.
HM/Ewers	Heinrich Mann: Briefe an Ludwig Ewers

	1889–1913. Hg. v. Ulrich Dietzel u. Rosemarie Eggert. Berlin/Weimar 1980.
KSA	Friedrich Nietzsche: Sämtliche Werke. Kritische Studienausgabe in 15 Bänden. Hg. v. Giorgio Colli u. Mazzino Montinari. München 1980.
LL	Theodor Storm: Sämtliche Werke in vier Bänden. Hg. v. Karl Ernst Laage u. Dieter Lohmeier. Frankfurt/Main 1987.
NA	Friedrich von Schiller: Schillers Werke. Nationalausgabe. Begründet v. Julius Petersen. Weimar 1943ff.
Nb. I und II	Thomas Mann: Notizbücher 1–6 und 7–14. Hg. v. Hans Wysling u. Yvonne Schmidlin. Frankfurt/Main 1991/92.
PS	Adelbert von Chamisso: Peter Schlemihls wundersame Geschichte. München 1907.*
Regesten	Thomas Mann: Die Briefe Thomas Manns. Regesten und Register. Hg. v. Hans Bürgin u. Hans-Otto Mayer, unter Mitarbeit v. Gert Heine u. Yvonne Schmidlin. 5 Bände. Frankfurt/Main 1976–1987.
RuA	Thomas Mann: Rede und Antwort. Gesammelte Abhandlungen und kleine Aufsätze. Berlin 1922.
Schriften	Gesammelte Schriften und Dichtungen von Richard Wagner. 3. Aufl. Leipzig: E.W. Fritzsch, 1898.
SF/HF	Samuel Fischer/Hedwig Fischer: Briefwechsel mit Autoren. Hg. v. Dierk Rodewald u. Corinna Fiedler. Mit einer Einführung von Bernhard Zeller. Frankfurt/Main 1989.
TM/Amann	Thomas Mann: Briefe an Paul Amann 1915–1952. Hg. v. Herbert Wegener. Lübeck 1959.
TM/Bertram	Thomas Mann an Ernst Bertram. Briefe aus den Jahren 1910–1955. Hg., komm. und mit einem Nachwort versehen v. Inge Jens. Pfullingen 1960.
TM/Harden	Frank Wedekind/Thomas Mann/Heinrich

	Mann: Briefwechsel mit Maximilian Harden. Hg., komm. und mit einem einl. Essay v. Ariane Martin. Darmstadt 1996.
TM / HM	Thomas Mann / Heinrich Mann: Briefwechsel 1900–1949. Hg. v. Hans Wysling. 3., erweiterte Ausgabe. Frankfurt / Main 1995.
TM / Kerényi	Thomas Mann / Karl Kerényi: Gespräch in Briefen. Hg. v. Karl Kerényi. Zürich 1960.
TM / Martens I	Thomas Mann: Briefe an Kurt Martens I (1899–1907). Hg. v. Hans Wysling unter Mitwirkung v. Thomas Sprecher. In: TMJ 3 (1990), S. 175–247.
TM / OG	Thomas Mann: Briefe an Otto Grautoff 1894–1901 und Ida Boy-Ed 1903–1928. Hg. v. Peter de Mendelssohn. Frankfurt / Main 1975.
TMJ	Thomas-Mann-Jahrbuch. Begründet von Eckhard Heftrich u. Hans Wysling. Hg. v. Eckhard Heftrich u. Thomas Sprecher. Frankfurt / Main 1988ff.
TMS	Thomas-Mann-Studien. Hg. v. Thomas-Mann-Archiv der ETH in Zürich. Bern (1967–1988) und Frankfurt / Main 1991ff.
TMUZ	Thomas Mann im Urteil seiner Zeit. Dokumente 1891–1955. Hg. mit einem Nachwort u. Erläuterungen v. Klaus Schröter. 2., unveränderte Aufl. Frankfurt / Main 2000 (=TMS XXII).
WA	Johann Wolfgang von Goethe: Goethes Werke. Weimarer Ausgabe. Weimar 1887–1919.
WWV	Arthur Schopenhauer: Artur Schopenhauer's sämmtliche Werke. Hg.v. Julius Frauenstädt. 2. Aufl. Neue Ausgabe. Bände 2 u. 3: Die Welt als Wille und Vorstellung. Leipzig 1922.*

BIBLIOGRAPHIE

WERKE THOMAS MANNS

Werkausgaben

Aufsätze, Reden, Essays. 1893–1913; 1914–1918; 1919–1925. Hg. v. Harry Matter. Berlin (DDR) 1983–1986.

Ausgewählte Essays in drei Bänden. Bd. 1: Ausgewählte Schriften zur Literatur. In Zusammenarbeit mit Hunter Hannum hg. v. Michael Mann. Bd. 2: Politische Reden und Schriften. Ausgewählt, eingeleitet u. erläutert v. Hermann Kurzke. Bd. 3: Schriften über Musik und Philosophie. Ausgewählt, eingeleitet u. erläutert v. Hermann Kurzke. Frankfurt/Main 1977/78.

Essays. Hg. v. Hermann Kurzke u. Stephan Stachorski. 6 Bände. Frankfurt/Main 1993–1997.

Gesammelte Werke in zwölf Bänden. Berlin (DDR) 1955.

Gesammelte Werke in dreizehn Bänden. 2. Aufl. Frankfurt/Main 1974.

Große kommentierte Frankfurter Ausgabe. Werke – Briefe – Tagebücher. Frankfurt/Main 2002ff. (Aufstellung s. am Schluss dieses Bandes).

Einzelwerke

[Zum Bau der Berner Kunsthalle]. In: Steine gespendet zum Bau der Berner Kunsthalle von Schweizer und deutschen Poeten. Bern 1911, S. 33.

Collegheft. Hg. v. Yvonne Schmidlin u. Thomas Sprecher. Frankfurt/Main 2001 (=TMS XXIV).

[Über Eugen Reichels ›Die Ahnenreihe‹]. In: Die Zukunft, 21. Jg., Bd. 84, 5.7.1913, S. 34.

[Über Fiorenza I] Handschrift von 1904 oder 1905 im TMA (Sign.: Mp XI 13 c).

»Geist und Kunst«. Thomas Manns Notizen zu einem »Literatur-Essay«. Ediert u. kommentiert v. Hans Wysling. In: Scherrer, Paul/Wysling, Hans: Quellenkritische Studien zum Werk Thomas Manns. Bern/München 1967 (=TMS I), S. 123–233.

[Glückwunsch zum zehnjährigen Bestehen der Deutschen Dichter-Gedächtnis-Stiftung]. In: Festschrift der Deutschen Dichter-Gedächtnis-Stiftung, zum zehnjährigen Bestehen 1901–1910. Hamburg-Großborstel 1912, S. 88.

[Männerstimmen über Frauen]. In: Frauen-Fortschritt (Berlin), Jg. 1 (1910), Nr. 2, S. 2.

[Die künstlerischen und kulturellen Möglichkeiten des Freilichttheaters]. In: Die Freilicht-Bühne. Zeitschrift für Naturtheater- und Bühnenreform-Bestrebungen, 1. Jg., Nr. 1, 15.5.1909, S. 10.

Notizbücher 1–6. Hg. v. Hans Wysling u. Yvonne Schmidlin. Frankfurt/Main 1991.

Notizbücher 7–14. Hg. v. Hans Wysling u. Yvonne Schmidlin. Frankfurt/Main 1992.

[Roman und Theater in Deutschland]. Nach der Handschrift im TMA (dort als »Antwort auf eine Rundfrage über den ›augenblicklichen Stand der deutschen Litteratur‹. Frgmt. 2 Bl. [ca. 1911]« und als »Tagebuch-Aufzeichnungen von Thomas Mann zwischen 1910–1912« doppelt katalogisiert. Sign.: Mso 18 blau).

Das Theater als Tempel. In: Der Morgen (Berlin), 1. Jg., Nr. 7, 26.6.1907, S. 214–217.

Briefe

Briefe 1889–1936. Hg. v. Erika Mann. Frankfurt/Main 1961.

Briefe 1937–1947. Hg. v. Erika Mann. Frankfurt/Main 1963.

Briefe 1948–1955. Hg. v. Erika Mann. Frankfurt/Main 1965.

Thomas Mann an Ernst Bertram. Briefe aus den Jahren 1910–1955. Hg. v. Inge Jens. Pfullingen 1960.

Fischer, Samuel/Fischer, Hedwig: Briefwechsel mit Autoren. Hg. v. Dierk Rodewald u. Corinna Fiedler. Frankfurt/Main 1989. Briefwechsel mit Thomas Mann, S. 394–466.

Wedekind, Frank/Mann, Thomas/Mann, Heinrich: Briefwechsel mit Maximilian Harden. Hg., komm. und mit einem einl. Essay v. Ariane Martin. Darmstadt 1996.

Mann, Thomas/Mann, Heinrich: Briefwechsel 1900–1949. Hg. v. Hans Wysling. 3., erweiterte Ausgabe. Frankfurt/Main 1995.

Briefe an Kurt Martens I (1899–1907). Hg. v. Hans Wysling unter Mitwirkung v. Thomas Sprecher. In: TMJ 3 (1990), S. 175–247.

VON THOMAS MANN BENUTZTE LITERATUR

Quelle ist, was Thomas Mann bei Abfassung eines Textes vorgelegen haben muss. Sind die Ausgaben identifizierbar, werden sie angegeben und wird ggfs. nach ihnen zitiert; wenn nicht, wird eine moderne Standardausgabe zugrunde gelegt.

In besonders wichtigen Fällen wird doppelt zitiert: nach der Thomas Mann vorliegenden und nach einer modernen Ausgabe.

Im Fall der für eine Buchserie werbenden Texte Thomas Manns werden die nur aufzählend genannten, nicht besprochenen Titel nur im Register aufgeführt.

Anonym: Unsere Fürsten und wir (Prinzessin Fedora von Schleswig-Holstein). In: Der Kunstwart, April 1910, S. 1–11.

Andersen, Hans Christian: Schräge Märchen. Ausgesucht und aus dem Dänischen übertragen von Heinrich Detering. Mit einem Essay von Michael Maar. Frankfurt/Main 1996 (Die Andere Bibliothek, Bd. 141).

Balzac, Honoré de: Die Frau von dreißig Jahren (La femme de trente ans). Übers. v. Marie Spiro. Berlin/Leipzig 1908.

Bartels, Adolf: Handbuch zur Geschichte der deutschen Literatur. Leipzig 1906.

-: Die deutsche Dichtung der Gegenwart. Leipzig 1907.

-: Geschichte der deutschen Literatur. 2. Aufl. Leipzig 1909.

-: Rasse. 16 Aufsätze zur nationalen Weltanschauung. Hamburg 1909.

Baumeister, Adolf: Schillers Idee von seinem Dichterberuf. In: Marbacher Schillerbuch. Berlin/Stuttgart 1905.

Bielschowsky, Albert: Goethe. Sein Leben und seine Werke. 2 Bände. 8. Aufl. München 1905.*

Bilse, Fritz Oswald s. Kyrburg, Fritz von der

Bourget, Paul: Essais de psychologie contemporaine. Baudelaire, M. Renan, Flaubert, M. Taine, Stendhal. 4e édition. Paris 1885.

-: Kosmopolis. Roman in zwei Bänden. Übers. v. Emmy Becher. Stuttgart 1894.

Brandes, Georg: Die Hauptströmungen der Litteratur des 19. Jahrhunderts. Übers. v. Adolf Strodtmann. 5 Bände. 8. Aufl. Berlin-Charlottenburg 1900.*

-: Deutsche Persönlichkeiten. In: Gesammelte Schriften. Deutsche Original-Ausgabe. Erster Band. München 1902.*

-: Englische Persönlichkeiten. Dritter Teil: William Shakespeare. München 1904.

Brennert, Hans: Kritik und Schaffen. In: Die Kritik, 18.4.1896.

Brockhaus Konversations-Lexikon. 14. Auflage. Leipzig/Berlin/Wien 1892–1895.

Chamisso, Adelbert von: Gesammt-Ausgabe von Chamisso's Werken. Hg. v. Julius Eduard Hitzig. Leipzig 1836–1839.

-: Chamisso's Werke. Hg. v. Wilhelm Rauschenbusch. Zwei Bände. Berlin 1894.

-: Peter Schlemihls wundersame Geschichte. München 1907.*

Dehmel, Richard: Hundert ausgewählte Gedichte. Berlin 1918.

Dörler, Adolf Ferdinand: Sagen aus Innsbrucks Umgebung mit besonderer Berücksichtigung des Zillerthales. Innsbruck 1895.

Eckermann, Johann Peter: Gespräche mit Goethe in den letzten Jahren seines Lebens. Bd. 1–3. Leipzig 1894.

Fedora, Prinzessin von Schleswig-Holstein: s. Anonym

Flaubert, Gustave: Briefe über seine Werke. Ausgewählt und kommentiert von F[elix] P[aul] Greve, übersetzt von E. Greve. Minden (Westfalen) [1904].

Fontane, Theodor: Theodor Fontane's Briefe. Erste Sammlung. Briefe an die Familie. 2 Bände. Berlin 1905.*

-: Theodor Fontane's Briefe. Zweite Sammlung: Briefe an Freunde und Zeitgenossen. 2 Bände. Berlin 1910.*

-: Gesammelte Werke. Hg. v. Josef Ettlinger. 22 Bände in 3 Serien. Serie III, Bd. 22: Nachlaß. Berlin 1911.

Frank, Bruno: Requiem. München 1913.*

Fromer, Jakob: Das Wesen des Judentums. In: Die Zukunft, 18.4.1904. Buchausgabe 1905.

Goethe, Johann Wolfgang von: Goethes Gespräche. Hg. v. Woldemar Freiherr von Biedermann. Leipzig 1889.*
Grautoff, Otto: Lübeck. Leipzig 1908.
Grillparzer, Franz: Grillparzers sämtliche Werke in zwanzig Bänden. Hg. v. August Sauer. Bd. 19. 5. Aufl. Stuttgart 1892.*
h: [Theater: Kgl. Residenztheater, »Fiorenza«]. In: Bayerischer Kurier, Jg. 51, Nr. 353, 19.12.1907, Beilage Familienschatz.
Harden, Maximilian: Apostata. Berlin 1892.
-: Apostata. Neue Folge. Berlin 1892.
Hebbel, Friedrich: Sämtliche Werke. Historisch-kritische Ausgabe. Besorgt v. Richard M. Werner. 2., unveränderte Aufl. Berlin 1904.
Heine, Heinrich: Sämtliche Werke. Hg. v. Ernst Elster. Leipzig, Wien [1890].
Hildebrandt, Paul: Das Spielzeug im Leben des Kindes. Berlin 1904.
Hirschfeld, Georg: Der Kampf der weißen und der roten Rose. Stuttgart 1912.
Hoffmann, E. T. A.: Die Elixiere des Teufels. Berlin/Leipzig 1908.
Huch, Friedrich: Die Geschwister. Berlin 1903.
Huch, Ricarda: Die Blüthezeit der Romantik. Leipzig 1899.*
Hutter, Theodor: Ostmark-Klänge. Berlin 1895.
Jacobsohn, Siegfried: Samuel zieht die Bilanz. In: Die Schaubühne, Jg. 6, H. 3, 20.1.1910, S. 5–73.
Kerr, Alfred: Herr Sudermann, der D... Di... Dichter. Ein kritisches Vademecum. Berlin 1903.
-: Das neue Drama. 2. Aufl. Berlin 1907.
Kyrburg, Fritz von der [d.i. Fritz Oswald Bilse]: Aus einer kleinen Garnison. Ein militärisches Zeitbild. Braunschweig 1903.*
Lamprecht, Karl: Zur jüngsten deutschen Vergangenheit. Freiburg 1905.
Lessing, Theodor: Schopenhauer, Wagner, Nietzsche. München 1906.
-: Samuel zieht die Bilanz. Eine Satire. In: Die Schaubühne, Jg. 6, H. 3, 20.1.1910, S. 65–73.
-: Wider Thomas Mann. In: Die Schaubühne, Jg. 6, Nr. 10, 10.3.1910, S. 253–257.
-: Samuel zieht die Bilanz oder Tomi melkt die Moralkuh oder Zwei-

er Könige Sturz. Eine Warnung für Deutsche, Satiren zu schreiben. Hannover 1910.

Lessing, Gotthold Ephraim: Lessings Werke. Hg. v. Franz Muncker. 12 Bände. Stuttgart 1890.*

Leuß, Hans: Aus dem Zuchthause. Verbrecher und Strafrechtspflege. Berlin 1903.

Liliencron, Detlev von: Sämtliche Werke. Berlin 1904.

Lublinski, Samuel: Die Bilanz der Moderne. Berlin 1904.

-: Ausgang der Moderne. Ein Buch der Opposition. Dresden 1909.

Mann, Heinrich: Die Göttinnen oder Die Romane der Herzogin von Assy. München 1903.

-: Die Jagd nach Liebe. München 1903.

-: Professor Unrat oder das Ende eines Tyrannen. München 1905.

-: Abdankung. In: Simplicissimus (München), 22.1.1906, S. 508f. u. 511.

Manulescu, Georges: Ein Fürst der Diebe. Memoiren. 5. Aufl. Berlin 1905.

-: Gescheitert. Aus dem Seelenleben eines Verbrechers. Berlin 1905.

Martens, Kurt: Die Gebrüder Mann. In: Leipziger Tageblatt, 21.3.1906.

-: Der Freudenmeister. Berlin 1907.

Mendelssohn, Erich von: Nacht und Tag. Leipzig 1914.

Mercier, Louis-Sébastien: Französisches Theater der Vergangenheit. Szenen und Abhandlungen von Scudéry – Corneille – Scarron – Molière – Lesage – Diderot – Rousseau – Mercier. Übertragen u. eingeleitet v. Paul Wiegler. München und Leipzig [1907].

Mereschkowski, Dmitri Sergejewitsch: Tolstoi und Dostoiewski als Menschen und Künstler. Eine kritische Würdigung ihres Lebens und Schaffens. Übers. v. Carl von Gütschow. Russisch 1901/02, deutsch Leipzig 1903.*

-: Gogol. Sein Werk, sein Leben und seine Religion. München/Leipzig 1911.

Mesmer, Franz Anton: Allgemeine Erläuterungen über den Magnetismus und den Somnambulismus. Halle/Berlin 1812.

Nösselt, Friedrich: Lehrbuch der griechischen und römischen Mythologie. 4. Aufl. Leipzig 1853.

Pache, Alexander: Das Gesamtwerk Thomas Manns. In: Hamburger Nachrichten, 16.6.1907, Belletristisch-literarische Beilage, S. 24.

Panizza, Oskar: Das Liebeskonzil. Zürich 1894.

–: Meine Verteidigung in Sachen »Das Liebeskonzil«. Zürich 1895.

Pellico, Silvio: Meine Gefängnisse. Denkwürdigkeiten. Leipzig [1875].

Popper, Josef: Voltaire. Eine Charakteranalyse in Verbindung mit Studien zur Ästhetik, Moral und Politik. Dresden 1905.*

Reichel, Eugen: Die Ahnenreihe. Ein Roman in fünf Büchern. Berlin [1912].

Reuter, Gabriele: Aus guter Familie. Leidensgeschichte eines Mädchens. Berlin 1896.

–: Frau Bürgelin und ihre Söhne. Berlin 1899.

–: Ellen von der Weiden. Berlin 1901.

–: Frauenseelen. Berlin 1902.

–: Liselotte von Reckling. Berlin 1903, vordatiert auf 1904.

Schaukal, Richard: Thomas Mann und die Renaissance. In: Berliner Tageblatt, 5.3.1906, Beilage »Zeitgeist«.

Scherer, Wilhelm: Geschichte der Deutschen Litteratur. 7. Aufl. Berlin 1894.*

Schlegel, Friedrich: Fragmente. Ausgew. u. hg. v. Friedrich von der Leyen. Jena/Leipzig 1904.*

Schwabe, Toni: Die Hochzeit der Esther Franzenius. München 1902.

Scipio, Dr. Konrad: Zur Würdigung Heinrich Heines. In: Berliner Tageblatt, Nr. 10, 6.3.1893, Nr. 11, 13.3, Nr. 12, 20.3., Nr. 13, 27.3. u. Nr. 14, 3.4.1893, Beilage »Zeitgeist« (Wiederabdruck bei Höbusch 1996, S. 295–319).

Stern, Maurice Reinhold von: Dagmar, Lesseps und andere Gedichte. Dresden 1896.

Strauß, Emil: Freund Hein. Berlin 1902.

Strindberg, August: Strindberg's Werke. Deutsche Gesamtausgabe unter Mitwirkung von Emil Schering als Übersetzer vom Dichter selbst veranstaltet. München 1908ff.*

–: Die Beichte eines Toren (Le Plaidoyer d'un fou). Übers. v. Emil Schering. München 1910.

Sudermann, Hermann: Verrohung in der Theaterkritik. Zeitgemäße Betrachtungen. Berlin und Stuttgart 1902.

Vischer, Friedrich Theodor: Ästhetik oder Wissenschaft des Schönen. Zum Gebrauche für Vorlesungen. 4 Bände. Reutlingen 1846–1857.

Voltaire: Essay sur l'histoire générale et sur les mœurs et l'esprit des nations depuis Charlemagne jusqu'à nos jours. Seconde édition. Genève 1757.

Wassermann, Jakob: Caspar Hauser oder Die Trägheit des Herzens. Stuttgart 1908.

Weber, Carl von: Ehre ist Zwang genug. Ein Roman aus der Neuzeit. Dresden und Leipzig 1894.

Wedekind, Frank: Der Marquis von Keith. Schauspiel in fünf Aufzügen. München 1901.

-: Lulu. München 1903.

-: Franziska. Ein modernes Mysterium. München 1912.

Weiß, Karl: Von Gibraltar bis Moskau. Skizzen aus der Mappe eines Litteraten. Leipzig und Zürich 1895.

FORSCHUNGSLITERATUR

Banuls 1995 André Banuls: Thomas Mann und die französische Literatur. In: Thomas-Mann-Handbuch, hg. v. Helmut Koopmann. Stuttgart 1990, S. 212–229.

Bartels/Rudolph 1994 Bartels, Hans Peter/Rudolph, Oliver: Frühlingssturm! Thomas Manns Lübecker Schülerzeitung und andere Beiträge zu einem Jahrhundert Jugendpressegeschichte. Kiel 1994.

Basler 1954 Basler, Otto/Mathys, F. K./Weber, Friedrich H.: Für Thomas Mann. Basel 1954 (=Belletristische Schriftenreihe »Zer dornigen Ros«, 2).

Bayerdörfer 1978 Bayerdörfer, Hans-Peter u. a. (Hg.): Literatur und Theater im wilhelminischen Zeitalter. Tübingen 1978.

Böhm 1991 Böhm, Karl Werner: Zwischen Selbstzucht und Verlangen. Thomas Mann und das Stigma Homosexualität. Untersuchungen zu Frühwerk und Jugend. Würzburg 1991.

Bürgin/Mayer 1974 Thomas Mann. Eine Chronik seines Lebens. Zusammengestellt von Hans Bürgin u. Hans-Otto Mayer. Frankfurt/Main 1974.

Carstensen 1971 Carstensen, Jens: Bilse und Thomas Mann. In: Der Junge Buchhandel 12/1971 (Beilage zum Börsenblatt des deutschen Buchhandels 96, 3.12. 1971), S. 175–179.

Detering 1994 Detering, Heinrich: Das offene Geheimnis. Zur literarischen Produktivität eines Tabus von Winckelmann bis zu Thomas Mann. Göttingen 1994.

Detering 1999 Detering, Heinrich: »Das Ewig-Weibliche«. Thomas Mann über Toni Schwabe, Gabriele Reuter und Ricarda Huch. In: TMJ 12 (1999), S. 149–169.

Detering 2001 Detering, Heinrich: Herkunftsorte. Literarische Verwandlungen im Werk Storms, Hebbels, Groths, Thomas und Heinrich Manns. Heide 2001.

Ebel 1978 Ebel, Uwe: Reflexe der Brandes-Lektüre in Thomas Manns Essayistik. Zwei Studien über das Verhältnis Thomas Manns zu Georg Brandes. In: Wiecker, Rolf (Hg.): Festschrift für Steffen Steffensen. 70 Jahre. 1908–1978. München 1978 (= Text + Kontext 6.1/6.2), S. 300–334.

Eloesser 1925 Eloesser, Arthur: Thomas Mann. Sein Leben und sein Werk. Berlin 1925.

Ettlinger 1998 Ettlinger, Albert: Der Epiker als Theatraliker. Thomas Manns Beziehungen zum Theater in seinem Leben und Werk. Frankfurt/Main u.a. 1998 (=Trierer Studien zur Literatur, 15).

Fujita 1969 Fujita, Masaru: Ein umstrittener Spruch des alten Fontane. In: Fontane-Blätter (Potsdam), Bd. 1 (1969), H. 8, S. 410–422.

Hagen 1977	Hagen, Wolfgang: Die Schillerverehrung in der Sozialdemokratie. Zur ideologischen Formation proletarischer Kulturpolitik vor 1914. Stuttgart: Metzler 1977 (=Literaturwissenschaft und Sozialwissenschaft, 9).
Hansen 1975	Hansen, Volkmar: Thomas Manns Heine-Rezeption. Hamburg 1975.
Harpprecht 1995	Harpprecht, Klaus: Thomas Mann. Eine Biographie. Reinbek b. Hamburg 1995.
Harpprecht 1997	Harpprecht, Klaus: Fritz Oswald Bilse. Wie ein Leutnant mit literarischer Ader berühmt wurde. In: FAZ-Magazin Nr. 919, 20.10.1997, S. 29–38.
Hartmann 1999	Hartmann, Silvia: Fraktur oder Antiqua. Der Schriftenstreit von 1881 bis 1941. 2., überarb. Aufl. Frankfurt/Main u.a. 1999.
Heftrich 1991	Heftrich, Eckhard/Koopmann, Helmut (Hg.): Thomas Mann und seine Quellen. Festschrift für Hans Wysling. Frankfurt/Main 1991.
Heftrich 1993	Heftrich, Eckard: Geträumte Taten: »Joseph und seine Brüder«. Über Thomas Mann, Band III. Frankfurt/Main 1993 (=Das Abendland, N.F. 21).
Heftrich 1998	Heftrich, Eckhard u.a. (Hg.): Theodor Fontane und Thomas Mann. Die Vorträge des Internationalen Kolloquiums in Lübeck 1997. Frankfurt/Main 1998 (=TMS XVIII).
Heine/Schommer 1998	Heine, Gert/Schommer, Paul (Hg.): »Herzlich zugeeignet«. Widmungen von Thomas Mann 1887–1955. Lübeck 1988.
Höbusch 1996	Höbusch, Harald: Kunst und Kritik beim frühen Thomas Mann. Thomas Manns Ästhetik 1893–1913. Diss. University of California at Irvine 1996.
Hübinger 1974	Hübinger, Paul Egon: Thomas Mann, die Universität Bonn und die Zeitgeschichte. Drei Kapitel deutscher Vergangenheit aus dem Leben des Dichters 1905–1955. München/Wien 1974.

Huller 1974 Huller, Helene: Der Schriftsteller Friedrich Huch. Diss. München 1974.

Kluge/Götze 1975 Kluge, Friedrich: Etymologisches Wörterbuch der deutschen Sprache. 21. unveränderte Auflage. Berlin/New York 1975.

Koester 1996 Koester, Rudolf: Jakob Wassermann. Berlin 1996 (=Köpfe des 20. Jahrhunderts, 122).

Koopmann 1991 Koopmann, Helmut: Aneignungsgeschäfte. Thomas Mann liest Eckermanns »Gespräche mit Goethe«. In: Heftrich, Eckhard/Koopmann, Helmut (Hg.): Thomas Mann und seine Quellen. Festschrift für Hans Wysling. Frankfurt/Main 1991, S. 21–47.

Kreuzer 1993 Kreuzer, Helmut: Thomas Mann und Gabriele Reuter. Zu einer Entlehnung für den »Doktor Faustus«. (1963) In: Ders.: Aufklärung über Literatur. Ausgewählte Aufsätze. Bd. 2: Autoren und Texte. Hg. v. Wolfgang Drost u. Christian W. Thomsen. Heidelberg 1993, S. 149–156.

Kristiansen 1990 Kristiansen, Børge: Thomas Mann und die Philosophie. In: Thomas-Mann-Handbuch, hg. von Helmut Koopmann. Stuttgart 1990, S. 259–283.

Kruse 1998 Kruse, Jonas-Hanns: Untersuchungen zur Kontroverse zwischen Thomas Mann und Theodor Lessing. Examensarbeit Universität Kiel, Institut für Neuere Deutsche Literatur und Medien 1998.

Kurzke 1985 Kurzke, Hermann (Hg.): Stationen der Thomas-Mann-Forschung. Aufsätze seit 1970. Würzburg 1985.

Kurzke 1999 Kurzke, Hermann: Thomas Mann. Das Leben als Kunstwerk. Eine Biographie. München 1999.

Lehnert 1964 Lehnert, Herbert: Heine, Schiller, Nietzsche und der junge Thomas Mann. In: Neophilologus 48 (1964), S. 51–56.

Lehnert 1998 Lehnert, Herbert: Thomas Manns Politikverständnis, 1893–1914. In: Heftrich, Eckhard u.a. (Hg.): Theodor Fontane und Thomas Mann. Die Vorträge des Internationalen Kolloquiums in Lübeck 1997. Frankfurt/Main 1998 (=TMS XVIII), S. 77–97.

Lehnert/Segebrecht 1963 Lehnert, Herbert/Segebrecht, Wulf: Thomas Mann im Münchener Zensurbeirat (1912/13). In: Jahrbuch der Deutschen Schillergesellschaft 7 (1963), S. 190–200.

Lehnert/Wessell 1991 Lehnert, Herbert/Wessell, Eva: Nihilismus der Menschenfreundlichkeit. Thomas Manns »Wandlung« und sein Essay *Goethe und Tolstoi*. Frankfurt/Main 1991 (=TMS IX).

Maar 1995 Maar, Michael: Geister und Kunst. Neuigkeiten aus dem Zauberberg. München/Wien 1995.

Mann 1949 Mann, Viktor: Wir waren fünf. Bildnis der Familie Mann. (1949) Frankfurt/Main 1976.

Mann 1983 Mann, Golo: Der schönste Krimi aller Zeiten. [Über Jakob Wassermanns »Caspar Hauser oder Die Trägheit des Herzens«.] Zuerst in FAZ v. 9.1.1980, als Nachwort in der Neuausgabe des Romans München: dtv 1983 u.ö.

Marwedel 1987 Marwedel, Rainer: Theodor Lessing 1872–1933. Eine Biographie. Mit einer kommentierten Bibliographie 1933–1983. Darmstadt/Neuwied 1987.

Mendelssohn 1996 Mendelssohn, Peter de: Der Zauberer. Das Leben des deutschen Schriftstellers Thomas Mann. 3 Bände. Frankfurt/Main 1996.

Moultons 1958 Moultons, Thora: Friedrich Huch. Diss. Tübingen 1958.

Müller 1926 Müller, Marcel: Die »Deutsche Dichter-Gedächtnis-Stiftung«. In: Archiv für die Geschichte des Buchwesens. Hg. von der Historischen Kommission des Börsenvereins des Deutschen Buchhandels e.V., Bd. 26. Frankfurt/Main 1926, S. 131–215.

Ohl 1995 Ohl, Hubert: Thomas Manns Frühwerk und die Wiener Moderne. Eine Revision. Freiburg i. Br. 1995.

Paulsen 1981 Paulsen, Wolfgang: Zum Stand der heutigen Fontane-Forschung. In: Schiller-Jahrbuch 15 (1981), S. 474–508.

Pfäfflin / Kussmaul 1985 S. Fischer, Verlag. Von der Gründung bis zur Rückkehr aus dem Exil. Eine Ausstellung des Deutschen Literaturarchivs im Schiller-Nationalmuseum Marbach am Neckar. Ausstellung und Katalog: Friedrich Pfäfflin u. Ingrid Kussmaul. Marbach 1985.

Potempa 1968 Potempa, Georg: Bogen und Leier. Eine Symbolfigur bei Thomas Mann. Oldenburg 1968.

Potempa 1978 Potempa, Georg: »Wir Poeten und Artisten ...«. Ein unbekannter Briefwechsel von Thomas Mann mit Hugo Marcus. In: Neue deutsche Hefte 160 (1978), S. 708–720.

Potempa 1992 Potempa, Georg: Thomas Mann-Bibliographie. Das Werk. Mitarbeit Gert Heine. Morsum / Sylt 1992.

Rath 1919 Rath, Philipp: Bibliotheca Schlehmiliana. Ein Verzeichnis der Ausgaben und Übersetzungen des Peter Schlemihl. Nebst neun unveröffentlichten Briefen Chamissos und einer Einleitung. Berlin 1919 (= Bibliographien und Studien, hg. v. Martin Breslauer, 1).

Sandberg 1965 Sandberg, Hans-Joachim: Thomas Manns Schiller-Studien. Eine quellenkritische Untersuchung. Oslo 1965.

Scherrer / Wysling 1967 Scherrer, Paul / Wysling, Hans: Quellenkritische Studien zum Werk Thomas Manns. Bern / München 1967 (= TMS I).

Schröter 1964 Schröter, Klaus: Thomas Mann. Reinbek b. Hamburg 1964.

Schröter 1969 Thomas Mann im Urteil seiner Zeit. Dokumente 1891–1955. Hg. v. Klaus Schröter. Hamburg 1969.

Spiero 1913 Spiero, Heinrich: Detlev von Liliencron. Berlin 1913.

Sprengel 1992 Sprengel, Peter: Urszene im Café Luitpold. Theodor Lessings Satire auf Samuel Lublinski und die jüdische Kontroverse um Assimilation oder Zionismus. Mit unbekannten Zeugnissen. In: GRM, N.F. 42 (1992), S. 341–349.

Stolterfoht 1925 Stolterfoht, Hermann A. (unter Pseudonym Alfons Hermann): Aus Thomas Manns Schülerzeit. Eine Erinnerung zu seinem 50. Geburtstag. In: Niedersachsen, 30. Jg., Bd. 1, H. 6, v. 7. 6. 1925. Unter dem tatsächlichen Namen in: Lübecker General-Anzeiger, 50. Jg., Nr. 208, 6. 9. 1931.

Tebben 1999 Tebben, Karin: »Man hat das Prinzip zur Geltung zu bringen, das man darstellt.« Standortbestimmung Thomas Manns im Jahre 1904: »Gabriele Reuter«. In: TMJ 12 (1999), S. 77–97.

Thiede 1998 Thiede, Rolf: Stereotype vom Juden. Die frühen Schriften von Heinrich und Thomas Mann. Zum antisemitischen Diskurs der Moderne und dem Versuch seiner Überwindung. Berlin 1998 (= Reihe Dokumente, Texte, Materialien. Zentrum für Antisemitismusforschung der Technischen Universität Berlin, 23).

Vaget 1984 Vaget, Hans Rudolf: Thomas Mann-Kommentar zu sämtlichen Erzählungen. München 1984.

Vaget 1985 Vaget, Hans Rudolf: Thomas Mann und die Neuklassik. »Der Tod in Venedig« und Samuel Lublinskis Literaturauffassung. In: Kurzke, Hermann (Hg.): Stationen der Thomas-Mann-Forschung. Aufsätze seit 1970. Würzburg 1985, S. 41–59.

Vaget 1990	Vaget, Hans Rudolf: Die Erzählungen. In: Thomas-Mann-Handbuch, hg. v. Helmut Koopmann. Stuttgart 1990, S. 534–618.
Vaget 1998	Vaget, Hans Rudolf: Fontane, Wagner, Thomas Mann. Zu den Anfängen des modernen Romans in Deutschland. In: Heftrich, Eckhard u. a. (Hg.): Theodor Fontane und Thomas Mann. Die Vorträge des Internationalen Kolloquiums in Lübeck 1997. Frankfurt/Main 1998 (=TMS XVIII), S. 249–274.
Walach 1982	Walach, Dagmar: Adelbert von Chamisso, Peter Schlemihls wundersame Geschichte. Erläuterungen und Dokumente. Stuttgart 1982.
Wilpert 1988	Buddenbrooks-Handbuch. Hg. v. K. Moulden u. Gero von Wilpert. Stuttgart 1988.
Wittmann 1991	Wittmann, Reinhard: Geschichte des deutschen Buchhandels. Ein Überblick. München 1991.
Wysling 1967a	Wysling, Hans: Archivalisches Gewühle. Zur Entstehungsgeschichte der »Bekenntnisse des Hochstaplers Felix Krull«. In: Scherrer, Paul / Wysling, Hans: Quellenkritische Studien zum Werk Thomas Manns. Bern / München 1967 (= TMS I), S. 234–257.
Wysling 1967b	Wysling, Hans: »Ein Elender«. Zu einem Novellenplan Thomas Manns. In: Scherrer, Paul / Wysling, Hans: Quellenkritische Studien zum Werk Thomas Manns. Bern / München 1967 (= TMS I), S. 106–122.
Wysling 1973	Wysling, Hans: Thomas Mann, Notizen (Das 9. Notizbuch). Heidelberg 1973 (=Beihefte zum Euphorion, 5).
Wysling 1974	Wysling, Hans: Dokumente und Untersuchungen. Beiträge zur Thomas-Mann-Forschung. Bern / München 1974 (=TMS III).

Wysling 1982 Wysling, Hans: Narzißmus und illusionäre Existenzform. Zu den Bekenntnissen des Hochstaplers Felix Krull. Bern/München 1982 (= TMS V).

Wysling/Schmidlin 1994 Thomas Mann. Ein Leben in Bildern. Hg. v. Wysling, Hans/Schmidlin, Yvonne. Zürich 1994.

VERZEICHNIS DER ERWÄHNTEN EIGENEN WERKE

Kursiv gesetzte Seitenzahlen verweisen auf den Kommentarband

Abschied von Berthold Litzmann *218*
Albrecht s. Königliche Hoheit
Der alte Fontane 409; *83, 92, 180, 219, 229, 233, 267, 274, 340, 352f., 389, 391f., 435, 466, 558, 568, 578f., 581, 584, 586, 589, 597, 601*
– Verweise *36, 56, 86, 90, 96, 353, 431, 462, 479, 499*
Der alte Fontane (Fassung von 1919) *56, 360f., 383–387, 598*
[An die Redaktion der ›Saale-Zeitung‹] *579, 588*
[An die Redaktion der ›Staatsbürger-Zeitung‹ I] *225, 229, 557, 591*
[An die Redaktion der ›Staatsbürger-Zeitung‹ II] *225, 229, 352, 557, 591*
– Verweise *322, 431*
An die Redaktion des ›Svenska Dagbladet‹, Stockholm s. Brief an die Zeitung ›Svenska Dagbladet‹
An einen jungen Dichter *364, 584, 589, 602*
– Verweise *473, 550, 562*
[An Jakob Wassermann über ›Mein Weg als Deutscher und Jude‹] *271*
An unsere Leser [I] *29, 585*
– Verweise *9*
An unsere Leser [II] *577, 585*
– Verweise *20*
[Anmerkung zu ›Das Ewig-Weibliche‹] 60; *220*
[Ansprache bei der öffentlichen Gedenkfeier für Bruno Frank]
– Verweise *560*
[Ansprache in Lübeck] *520*
[Antwort auf eine Umfrage des ›Berliner Tageblatts‹] s. [Unsere Schriftsteller bei der Arbeit]
Anzeige eines Fontane-Buches *357, 362, 371, 373*
– Verweise *368, 372*
Aschenbach, Gustav von s. Der Tod in Venedig
Aufruf zur Gründung einer ›Deutschen Akademie‹ *341*
August Strindberg *467*
– Verweise *466*
August von Platen s. Platen – Tristan – Don Quichotte
Auseinandersetzung mit Wagner *181, 192, 198ff., 204, 463, 578, 586f., 589, 596, 599*
– Handschriftliche Fassung *424, 602*
– Überarbeitung in ›Rede und Antwort‹ (Über die Kunst Richard Wagners) *89f., 429*
– Verweise *171, 197, 331, 518, 565*
[Der autobiographische Roman] s. Der Entwicklungsroman

Der Bajazzo (*s. auch* Walter Weiler) 80; *96f., 103, 106, 109, 111ff.*
– 2. *99, 103*
Bei Friedrich Huchs Bestattung s. Friedrich Huch. Gedächtnisrede, gesprochen bei der Trauerfeier am 15. Mai
[Beim Erscheinen der No. 5000 von Reclams Universal-Bibliothek] *264, 596, 602*
– Verweise *120, 264, 461, 487*
Bekenntnis zum Sozialismus *483*
Bekenntnisse des Hochstaplers Felix Krull. Buch der Kindheit (1922) 210, 275, 332; *99, 108, 134, 241, 317, 365f., 388, 390, 456, 459, 469f., 485, 550, 554*
– Zweites Kapitel 80; *103f., 284*
– Fünftes Kapitel *456*
Verweise *198*
– Figur: Felix Krull *284*

Bekenntnisse des Hochstaplers Felix Krull. Der Memoiren erster Teil (1954) 291
– Erstes Buch
  Zweites Kapitel 80; 104, 113, 284
  Drittes Kapitel 520, 522ff.
  Fünftes Kapitel
  – Verweise 198
– Zweites Buch 136
– Figur: Felix Krull 284
Berichtigungen 319ff., 323, 591
– Verweise 477
Betrachtungen eines Unpolitischen 92, 217, 298, 300–303, 329, 383, 395, 491, 499, 565, 597
– Vorrede 135, 143, 277, 358, 381, 580f.
– Der Zivilisationsliterat 597
– Einkehr 89, 126, 152, 154f., 165, 357, 495ff.
– Bürgerlichkeit 92
– »Gegen Recht und Wahrheit« 287
– Von der Tugend 184, 283f.
– Einiges über Menschlichkeit 285
– Ironie und Radikalismus 240, 244f.
– Verweise 397, 498
Die Betrogene
– Figuren:
  Anna 564
  Rosalie von Tümmler 564
[Das Bild der Mutter] 46, 198, 437
Bilse und ich 95, 110, 112f., 169, 288f.; 36, 83, 123, 125, 127, 129, 131, 138, 168, 175, 180, 220f., 234, 258, 266, 272, 299, 318, 347, 351, 406, 449, 518, 544, 569, 578, 582, 586
– Überarbeitete Fassung von 1922 144f., 155–159, 161–164, 166f.
– Rezensionen 147f.
– Verweise 34, 63, 89, 91, 126, 130, 132, 550, 554
Bilse und ich. Vorwort [zur ersten Auflage] s. Vorwort [zur ersten Auflage der Buchausgabe von ›Bilse und ich‹] 578, 586
Bilse und ich. Vorwort [zur vierten Auflage] s. Vorwort [zur vierten Auflage der Buchausgabe von ›Bilse und ich‹]
[Biographische Mitteilung] s. [Selbstbiographie III]
[Biographische Notiz] s. [Selbstbiographie I]
Bishop, Johnny s. Wie Jappe und Do Escobar sich prügelten
›Braucht man zum Dichten Schlaf und Zigaretten?‹ 171, 281
Ein Brief [an den Buchhändler Heinrich Jaffe] 269, 578, 584, 596
– Verweise 454, 456
Brief an die Zeitung ›Svenska Dagbladet‹, Stockholm [An die Redaktion des ›Svenska Dagbladet‹, Stockholm] 300
Briefe an
– Paul Amann 104, 173
– Ludwig Aron 383
– Julius Bab 317, 393, 417, 420
– Hans Balzer 240
– Alexander von Bernus 430, 456
– Ernst Bertram 183, 417, 537
– Roland Biermann-Ratjen 21
– Ida Boy-Ed 138f., 144, 168, 179, 311f., 516, 519
– Hans Brandenburg 179
– Michael Georg Conrad 410, 458
– Paul Nikolaus Cossmann 537, 548, 551
– Richard Dehmel 94
– Guido Devescovi 392
– Hilde Distel 236
– Paul Ehrenberg 563
– Ludwig Ewers 272, 299, 304
– Otto Falckenberg 316, 323
– Samuel Fischer 190, 257, 462
– Georg Friedlaender 382
– Geller 303, 308
– Otto Grautoff 18f., 31ff., 36, 39, 53, 55, 62, 76f., 91, 151, 358, 367f., 594

– Emil Grimm *230*
– Maximilian Harden *92, 145, 234, 353ff., 362, 368*
– Frieda Laurentina Hartenstein *180*
– Gerhart Hauptmann *469*
– Moritz Heimann *178f., 220f., 266, 565*
– Anton W. Heinitz *359, 418*
– Hermann Hesse *300, 488*
– Julius Freiherr von der Heydte *524, 526f.*
– Hugo von Hofmannsthal *304*
– Korfiz Holm *456, 548, 561*
– Friedrich Huch 382; *541*
– Hans von Hülsen *357, 389, 418, 430*
– Heinrich Jaffe *485*
– Karl Kerényi *100f.*
– Alfred Kerr *190*
– Theodor Lessing 236; *318, 343*
– Samuel Lublinski *313, 316, 319, 321, 367*
– Klaus Mampell *543*
– Erika Mann *543f.*
– Heinrich Mann 173; *18, 70, 73, 75, 79f., 84, 95, 117, 132, 137f., 141, 145, 179f., 222ff., 227, 234, 237, 257, 286, 317, 367, 380, 388, 393, 480*
– Klaus Mann *323*
– Hugo Marcus 65f.; *81–84*
– Kurt Martens 115; *78, 118, 146f., 172, 189, 257f., 406, 482, 500, 526, 539*
– Gerda von Mendelssohn *548*
– Richard Moritz Meyer *147*
– Walter Opitz *236, 293, 299, 304f.*
– Paul Raché *72*
– Hans Reisiger *372*
– Henry H. Remak *357f.*
– Gabriele Reuter *79f.*
– Georg Martin Richter *79*
– Erich Rothacker *101*
– Arthur Schnitzler *273*
– Walther Schotte *138*
– Toni Schwabe *69, 222*
– Staatsbürger-Zeitung *s.* [An die Redaktion der ›Staatsbürger-Zeitung‹ I und II]
– Horst Stobbe *240*
– Atwood H. Townsend *91*
– Bruno Walter *298*
– Carl Maria Weber *128*
– Hans von Weber *560f.*
– Frank Wedekind *525f., 528f., 532, 567*
– Hans Wehberg *240*
– Oskar Wilda *533*
– Philipp Witkop *79, 389, 456*
– Stefan Zweig *568, 573*
[Briefe aus Deutschland]
– Dritter Brief *468*
– Sechster Brief *182*
Briefe von
– Georg Friedlaender *s. dort*
– Maximilian Harden *s. dort*
– Friedrich Huch *s. dort*
– Theodor Lessing *s. dort*
– Friedrich Wilhelm Leberecht Mann *s. dort*
– Heinrich Mann *s. dort*
– Agnes E. Meyer *s. dort*
– Frank Wedekind *s. dort*
Bruno Frank
– Verweise *560*
Bruno Frank, ›Requiem‹
– Verweise *93, 327, 415, 549*
Buddenbrooks. Verfall einer Familie 73f., 78, 88–91, 95, 97, 101, 180, 347, 376, 385f.; *28, 46f., 55, 68, 72, 75, 83, 89, 97, 127f., 131f., 134, 139, 148, 150f., 155f., 160, 226, 229, 238, 276, 286, 311, 313, 358, 372, 405, 420, 429, 453, 471, 475, 546, 578, 585*
– Achter Teil
  Achtes Kapitel *99, 103f.*
– Zehnter Teil
  Fünftes Kapitel *75*
  Achtes Kapitel *288*
– Elfter Teil
  Zweites Kapitel *286, 395f.*
– Figuren:
  Familie Buddenbrook
  – Christian (erst Christel genannt) *28, 103, 132*

[Buddenbrooks, Figuren, Forts.]
- Hanno (Johann Justus Kaspar) 80; *75, 103f., 109, 286, 395f., 538*
- Thomas (Senator; erst Johann Peter genannt) *317*
Kai Graf Mölln (erst Graf Holstein genannt) *395f.*
Edmund Pfühl *46*
Herr Schlemiel, Hausmeister *396*
- Rezensionen *90f., 276, 313, 389, 477*
- ›Buddenbrooks-Schlüssel‹ *128, 131*
- Verweise *47, 89, 128*
Die Bücher des deutschen Hauses *596*
- Verweise *120, 270, 461*

Carl von Weber: »Ehre ist Zwang genug« 51; *582, 585*
Castorp, Hans s. Der Zauberberg
Chamisso 407; *228f., 299, 393, 395ff., 402, 568f., 578, 581, 584, 591, 599*
- Verweise *26, 353, 362, 462, 477, 479, 557*
Chauchat, Clawdia s. Der Zauberberg
Collegheft 1894–1895 *61, 534, 602*
- Verweise *243, 555*

›Dagmar, Lesseps und andere Gedichte‹ 44; *404, 585*
Darf der Dichter Zeitgenossen porträtieren? s. Ein Nachwort
[De l'humour] 408; *579, 599*
- Verweise *75*
Dem Andenken Michael Georg Conrads
- Verweise *243*
Deutschland und die Deutschen *329, 464, 521*
[Dichterische Arbeit und Alkohol] 115; *118, 171, 579f., 587*
Dichters Tod (Gedicht) *20f.*
Dörler, Adolf Ferdinand, ›Sagen aus Innsbruck's Umgebung mit besonderer Berücksichtigung des Zillerthales‹ s. Tiroler Sagen

Doktor Faustus. Das Leben des deutschen Tonsetzers Adrian Leverkühn erzählt von einem Freunde *48, 79, 134, 329, 395, 422*
- Kapitel IV *172*
- Kapitel XXV *51*
- Kapitel XXIX *558*
- Kapitel XXXVIII *482*
- Figuren:
Helmut Institoris *558*
Adrian Leverkühn *172, 290*
Baptist Spengler *558*
- Verweise *552, 564*
Der Doktor Lessing 232f., 236; *231, 333, 339, 343, 378, 380, 413, 501, 589, 591, 593*
- Verweise *36, 63, 94, 143, 152, 230, 335, 420, 477, 549*
Die drei Gewaltigen
- Verweise *47*
Dûdu s. Joseph und seine Brüder. Joseph in Ägypten

Die Ehe im Übergang [Über die Ehe] *342*
Die Einheit des Menschengeistes *70f.*
Ein Elender (Plan einer Novelle) *134, 322, 327*
- Figur: Edhin Krokowski *322*
[Einleitung zu Fontanes Werken] *373f.*
Die Entstehung des Doktor Faustus. Roman eines Romans
- Verweise *560*
Enttäuschung *97*
Der Entwicklungsroman [Der autobiographische Roman] *551*
Erinnerungen ans Lübecker Stadttheater *28, 46, 199*
Erinnerungen ans Münchner Residenztheater *189*
Erkenne Dich selbst! *67, 564, 582, 586, 602*
- Verweise *40, 199, 276, 297, 454*
Essays of Three Decades *432*

Europa über August Strindberg *s.* [Zu August Strindbergs Tod]
Das Ewig-Weibliche 54, 59; *34, 78, 80, 85, 89, 259, 342, 453, 537f., 577, 580, 590, 592, 598, 602*
– Verweise *82, 139, 142, 223, 231, 472, 500, 535, 550*

Fiorenza 82, 171, 188ff., 287, 348f., 377; *18, 115, 117, 126, 134, 137, 148, 172, 179, 190f., 202, 208, 222, 256–259, 405, 480ff., 500, 553, 578, 585f., 599*
– Erster Akt *75, 453*
  2. Szene *259*
– Zweiter Akt 190
  1. Szene 190
  2. Szene 190
  3. Szene 190
– Dritter Akt 190
  5. Szene 188; *258*
  7. Szene *117, 153, 155, 259*
– Figuren:
  Aldobrandino 189f.; *257, 500, 553*
  Andreuccio 190; *257*
  Dioneo 190; *257*
  Ercole 190; *257*
  Fiore 82, 189; *257, 259*
  Fiores Vater 82
  Francesco Romano 190; *257*
  Ghino 190; *257*
  Giovanni de' Medici 189; *75, 256, 453*
  Giovanni Pico von Mirandola *259*
  Grifone 190; *257*
  Guidantonio 190; *257*
  Leone 190; *257*
  Lorenzo de' Medici 82, 188f.; *117f., 153, 155, 256ff., 480*
  Pandolfo 190; *257*
  Piero de' Medici *256*
  Girolamo Savonarola, Prior von San Marco 82, 110, 188ff.; *116f., 155, 256–259, 480*
  Simonetto 190; *257*
– Rezensionen 188; *202, 256*
– Verweise *497*
Fraktur oder Antiqua? 409; *595, 601*
[Der französische Einfluß] 73; *182, 354, 391, 417, 429, 587*
– Verweise *172, 328, 423, 459, 469*
Freud und die Zukunft
– Verweise *184*
Friedrich (Plan eines Romans) 210; *121, 291f., 347, 380*
– Friedrich-Notizbuch *381*
Friedrich Huch. Gedächtnisrede, gesprochen bei der Trauerfeier am 15. Mai *359, 557f., 587, 600*
– Verweise *72, 189, 295, 473*
Friedrich und die große Koalition. Ein Abriß für den Tag und die Stunde *292, 592*
[Frühlingssturm!] *295, 578, 585, 593*
– Verweise *243*
Für Fritz Behn *581*
– Verweise *129, 168, 565*
Fürsten-Novelle *s.* Königliche Hoheit

Gabriele Reuter 61; *70, 76, 82, 153, 163, 273, 342, 354, 582, 590, 598*
– Verweise *228, 254*
Gedanken im Kriege *300, 302, 592*
– Verweise *329*
Gedanken zum Kriege *300*
Gedenkrede auf Max Reinhardt *305*
Gefallen 78, 182, 185, 375; *97, 243, 246*
[Geist und Geld] *241*
Geist und Kunst (Litteratur-Essay) 86f., 210, 213, 354; *78, 123, 126, 183, 185f., 220, 228, 252, 266, 291, 293, 300, 305, 328, 338, 369, 378, 388f., 391f., 417f., 481, 488–494, 502, 540, 563, 588ff., 596f., 600, 602*
– 1. Notiz *480, 482*
– 2. Notiz *195, 252, 492*
– 3. Notiz *206, 490*
– 4. Notiz *333*
– 5. Notiz *490*

[Geist und Kunst, Forts.]
– 8. Notiz *135f., 198, 281, 331, 423, 490*
– 9. Notiz *95*
– 10. Notiz *229, 306, 330f., 336, 490*
– 11. Notiz *229, 331, 479*
– 12. Notiz *183, 333, 335, 339, 490, 492*
– 13. Notiz *297, 325, 491*
– 14. Notiz *490*
– 15. Notiz *424*
– 16. Notiz *490*
– 17. Notiz *208*
– 18. Notiz *65*
– 19. Notiz *220, 293, 297, 325f., 357*
– 20. Notiz *339, 493*
– 21. Notiz *187*
– 23. Notiz *189*
– 26. Notiz *192*
– 27. Notiz *35, 205f., 337, 490f.*
– 28. Notiz *35, 229, 353*
– 32. Notiz *330, 492*
– 36. Notiz *330*
– 37. Notiz *563*
– 40. Notiz *154, 165*
– 41. Notiz *492ff., 500*
– 42. Notiz *338, 491*
– 43. Notiz *183, 208*
– 45. Notiz *208, 306, 503*
– 46. Notiz *336*
– 48. Notiz *306*
– 49. Notiz *126, 480, 483*
– 52. Notiz *422*
– 53. Notiz *298f., 419*
– 54. Notiz *201f.*
– 59. Notiz *330, 367*
– 60. Notiz *423f.*
– 61. Notiz *100*
– 62. Notiz *242, 330f., 491, 494, 496*
– 64. Notiz *335*
– 66. Notiz *297, 340*
– 67. Notiz *300*
– 68. Notiz *78, 293f.*
– 73. Notiz *333*
– 74. Notiz *269, 487*
– 75. Notiz *301f.*
– 76. Notiz *298, 332, 423, 490*
– 78. Notiz *182, 205*
– 79. Notiz *209*
– 86. Notiz *95, 228, 353*
– 87. Notiz *204*
– 89. Notiz *423f.*
– 90. Notiz *490*
– 91. Notiz 211; *279, 293f.*
– 93. Notiz *205f., 338*
– 94. Notiz *293, 296*
– 96. Notiz *337, 422*
– 97. Notiz *298, 332, 491*
– 98. Notiz *35, 88, 228*
– 102. Notiz *293, 297, 303, 306, 389*
– 103. Notiz *294f., 489, 538, 540, 550*
– 105. Notiz *494*
– 107. Notiz *330*
– 110. Notiz 212; *293, 299*
– 111. Notiz 212; *293, 299, 491*
– 113. Notiz *330*
– 116. Notiz *205f., 338, 374*
– 118. Notiz *293, 300f., 544*
– 119. Notiz *293, 305f.*
– 122. Notiz *234, 504*
– 134. Notiz *294*
– 135. Notiz *294*
– 138. Notiz *296*
– 143. Notiz *78, 294*
– 144. Notiz *178f., 219ff., 580*
– Zum Litteratur-Essay – Notizen-Konvolut (60 Blätter) *34, 185, 208, 234, 252, 266, 296, 300, 302, 305f.*
– Ausschnittmappe *207*
[Wagner und Modernität] *296, 362*
Die Geliebten (Plan einer Novelle, später eines Romans ›Maja‹) *69f., 74, 121, 134, 291, 557*
– Figuren:
Adelheid *74*
Rudolf Müller *74*
– Maja *69*
Gesang vom Kindchen *539*
– Vorsatz *101*
[Die gesellschaftliche Stellung des

Schriftstellers in Deutschland] *94, 291, 324, 329, 366, 368f., 389, 423, 453f., 490, 495, 501, 589, 595ff., 602*
– Verweise *93, 181, 205, 324, 349, 378, 390, 421, 480, 489, 492, 498*
Giovanni *s.* Fiorenza
Gladius Dei *98, 330, 458f.*
Glückwunsch an einen Buchhändler *s.* Ein Brief [an den Buchhändler Heinrich Jaffe]
[Glückwunsch zum zehnjährigen Bestehen der Deutschen Dichter-Gedächtnis-Stiftung] *602*
Goethe als Repräsentant des bürgerlichen Zeitalters *464*
Goethe und Tolstoi (Essay-Fassung) *277, 551*
– Rangfragen *149*
– Rousseau *278*
– Erziehung und Bekenntnis *467*
Goethe und Tolstoi (Vortrags-Fassung) *464*
[Gutachten über Frank Wedekinds Schauspiel ›Lulu‹] *411, 594f.*
– Verweise *408, 472, 535, 567*
Gutachten [über Pornographie und Erotik] *251, 408, 479, 530, 578, 594f., 602*
– Verweise *486*
Gute Feldpost *300*

Hanno *s.* Buddenbrooks
Hans *s.* Tonio Kröger
Heinrich Heine, der »Gute« *21; 11, 20, 55, 252ff., 324, 585, 593*
– Verweise *44, 152, 169, 231*
[Humor und Ironie] *453*
Hundert Jahre Reclam *269ff.*
Die Hungernden *142, 233*
Hutter, Theodor, ›Ostmarkklänge‹ *s.* ›Ostmarkklänge‹

Ibsens ›Baumeister Solneß‹ *s.* [Über Ibsens ›Baumeister Solness‹]
Ibsen und Wagner *368*
– Verweise *172, 197*
Im Spiegel *9, 31, 237, 250, 267, 379, 533, 578, 584, 594*
– Handschriftliche Fassung *245–250, 602*
– Verweise *35, 43, 78, 92, 95, 97, 102, 149, 172, 366, 469, 522, 534, 570*

Jaakob *s.* Joseph und seine Brüder
Joseph und seine Brüder. Ein Vortrag *565*
Joseph und seine Brüder (Tetralogie) *70, 99, 184, 386, 565, 578*
– Die Geschichten Jaakobs
  Viertes Hauptstück: Die Flucht
  – Der Rote *101*
– Joseph in Ägypten *284, 323*
  Fünftes Hauptstück: Der Gesegnete Joseph wächst wie an einer Quelle *284*
  – Joseph wird zusehends zum Ägypter *171*
  – Bericht von Mont-kaws bescheidenem Sterben *284*
  Figuren:
  – Dûdu *323*
  – Gottliebchen *323*
  – Joseph *171, 284*
  – Mont-kaw *284*
– Joseph, der Ernährer
  Viertes Hauptstück: Die Zeit der Erlaubnisse
  – Urim und Tummim *284*
– Figuren:
  Jaakob *171*
  Joseph *171*
Die Juden werden dauern! Ein Brief an die ›Jüdische Revue‹ [›Warum braucht das jüdische Volk nicht zu verzweifeln?‹] *231*

Kinderspiele [I] *79; 101, 105, 109, 581*
– Verweise *197, 199*

[Kinderspiele] (Neufassung von 1940) *64, 101, 106, 109ff.*
Klaus Heinrich *s.* Königliche Hoheit
Der Kleiderschrank. Eine Geschichte voller Rätsel *98, 172*
Der kleine Herr Friedemann 376; *31, 46, 61, 148, 150f., 358, 405, 569f.*
– Der kleine Professor (vermutlich erste Fassung, verschollen) *458*
– Figur: Gerda von Rinnlingen *46*
Der kleine Herr Friedemann (Novellenband, 1898) 78, 185, 287; *97, 103, 463*
Königliche Hoheit (geplant als ›Fürsten-Novelle‹) 114, 118, 154, 170f., 173, 180, 210, 217, 238–243, 275, 287, 376f.; *75, 99, 121, 134, 148, 168, 175, 178, 193, 221f., 224, 228, 232, 236ff., 241, 290f., 305f., 311, 344–350, 358, 373, 388, 401, 569, 578, 585, 595*
– Doktor Überbein 119, 155; *175, 228, 348*
– Albrecht II. *76*
– Der hohe Beruf (›Martini-Scene‹) *558*
– Imma *348*
– Der Rosenstock *237*
– Figuren:
  Albrecht II. 242; *75*
  Chauffeur 173
  Ditlinde 242
  Dorothea (erst Maria da Gloria genannt) 241; *346*
  Fräulein von Isenschnibbe, genannt Jettchen *43*
  Johann Albrecht III. *346*
  Klaus Heinrich 118, 173, 180, 239f., 242; *75f., 175, 228, 238, 240, 346, 348ff., 570*
  Gräfin Löwenjoul 173; *224, 348*
  Axel Martini *558*
  Perceval (Hund, erst Adolph genannt) 173; *348*
  Dr. Sammet (erst Dr. Unkraut genannt) *228, 348, 590*
  Imma Spoelmann 173, 180; *238, 348*
  Samuel N. Spoelmann (erst Samuel Davis genannt) 173, 217, 241; *311f., 348*
  Dr. Raoul Überbein (erst Dr. Hutzelbein genannt) 173, 239, 241; *228, 348ff.*
– Fürsten-Novelle *99, 134, 224, 241*
– Verlagsprospekt *237, 239*
– Rezensionen *272, 344*
Kollegheft *s.* Collegheft
Kosmopolitismus *91*
[Kritik und Schaffen] 47; *31, 33f., 48, 54, 68, 123, 328, 580, 584f., 597*
– Verweise *152, 190, 491*
Der Künstler und der Literat *s.* Der Literat
Kultur und Sozialismus *176, 184*
Die Kunst des Romans *182, 192*
– Verweise *193*
Kunst und Kritik (geplanter Essay) *291, 488*

Lebensabriß *10, 21, 90, 97, 243f., 271, 313, 534f., 549, 563*
– Verweise *97, 243f., 534f.*
Leiden und Größe Richard Wagners *76, 121, 192, 199, 201, 203f., 282, 300, 359, 363, 423f.*
– Verweise *136, 197, 419, 423, 563*
Leverkühn, Adrian *s.* Doktor Faustus
›Das Liebeskonzil‹ *31f., 34, 251, 569, 585, 594*
– Verweise *227, 572*
Liliencron 76; *122, 243, 598*
– Verweise *36, 46, 102, 327, 340*
Lisaweta *s.* Tonio Kröger
Der Literat *34, 291, 300, 329ff., 333f., 369, 373, 381, 578, 583, 589f., 597, 601f.*
– Handschriftlicher Entwurf *501ff., 591, 602*
– Handschriftliche Vorlage *503–516, 602*
– Vorbemerkung *291, 544, 588*
  Verweise *126, 300*

– *s. auch* Geist und Kunst
– Verweise *142, 302, 324, 328, 339, 378, 421, 480, 540*
Litteratur-Essay *s.* Geist und Kunst
Little Grandma *342*
– Verweise *479*
Die Lösung der Judenfrage *34, 475, 591*
– Verweise *244, 331, 431, 477*
Lorenzo *s.* Fiorenza
Lotte in Weimar *132*
– Zweites Kapitel *132*
– Drittes Kapitel *132*
– Figuren:
  Lotte *132*
  Doktor Friedrich Wilhelm Riemer *132*
Lübeck als geistige Lebensform *313, 519f.*
Lübecker Theater *11, 19f., 27, 585, 587*
– Verweise *176, 199*
Luischen *98*
– Rezensionen *187*

[Männerstimmen über Frauen] *579, 591, 602*
Maja *s.* Die Geliebten
[Maler und Dichter] *379*
– Verweise *285*
[Maximilian Harden]
– Verweise *125, 546*
Meerfahrt mit Don Quijote *413*
Mitteilung an die Literaturhistorische Gesellschaft in Bonn *137, 150, 178, 181, 577, 589, 591*
– Verweise *303, 554*
Monolog (Gedicht) *245, 438*

Nacht (Gedicht) *20*
Ein Nachwort 88; *137f., 140, 145, 148f., 516, 518, 586*
– Verweise *149, 227, 343*
Naphta, Leo *s.* Der Zauberberg
Ein nationaler Dichter 40; *30, 33, 49, 585, 594*
– Verweise *201, 423, 454*
Noch einmal der alte Fontane *229, 357, 369, 387*
Notiz über Heine *227, 324, 484, 578, 589, 591*
– Verweise *25, 44, 169, 261*
Notizbücher I *570*
– Notizbuch 1 *24, 44–47, 189, 234*
– Notizbuch 2 *44, 47*
– Notizbuch 3
  Zweite Lage *281*
– Notizbuch 6 208; *287f.*
Notizbücher II
– Notizbuch 7 205, 208; *68, 70, 74, 82, 134ff., 200, 252, 280, 283, 286ff., 291, 363, 471, 482f., 557*
  Verweise *74f., 81, 347*
– Notizbuch 8 122; *176, 183, 204, 424*
– Notizbuch 9 212; *35, 44, 136, 150, 178f., 188f., 197f., 220f., 229, 266ff., 278, 288, 296, 325f., 331, 333, 335, 337, 380, 424, 538, 554, 557, 565*
  Verweise *347*
Notizen [I] 93; *584, 589*
– Verweise *277, 553*
Notizen [II] *134, 279, 291, 302, 304, 328, 338, 341, 350, 480, 544, 584, 588f., 596*
– Erste Fassung der ›Reinhardt‹-Notiz *306f., 389, 392, 602*
– Handschriftliche Fassung der überarbeiteten ›Reinhardt‹-Notiz *303f., 308, 310, 602*
– Verweise *30, 45, 78, 126, 183, 226, 312, 420, 459, 489*

[On Myself] *10, 83, 99, 103, 106–109, 313, 470*
– Verweise *197*
›Ostmarkklänge. Gedichte von Theodor Hutter‹ *30, 32, 585, 594*
[Otto Julius Bierbaum zum Gedächtnis] *581f.*
– Verweise *87, 404*

Pariser Rechenschaft 362
Peter Schlemihl 388, 430ff., 443, 448, 450, 591, 595
– Verweise 415, 447
Pfühl, Edmund s. Buddenbrooks
Piété sans la foi (Novelle, verschollen) 55
Platen – Tristan – Don Quichotte [August von Platen] 59, 446
›Politische Novelle‹
– Verweise 560
[Pornographie und Erotik] s. Gutachten [über Pornographie und Erotik]

Das Rassenbekenntnis Thomas Manns s. [An die Redaktion der ›Staatsbürger-Zeitung‹ II]
[Die Reclam-Bibliothek] s. [Beim Erscheinen der No. 5000 von Reclams Universal-Bibliothek]
Rede, gehalten zur Feier des 80. Geburtstages Friedrich Nietzsches am 15.Oktober 1924 [Vorspruch zu einer musikalischen Nietzsche-Feier] 325
Rede über das Theater 100, 179, 184, 194, 197, 201, 392
– Verweise 197
Rede und Antwort (Essayband 1922) 89, 138, 145, 155, 174, 179, 187, 209, 242, 253, 258, 281, 285, 484
– Verweise 100f., 144, 154, 167, 171, 174, 176, 186, 188, 190, 193–204, 208, 219f., 222f., 273, 286
Richard Wagner und der ›Ring des Nibelungen‹ 70, 580
– Verweise 423
Richard Wagner und kein Ende [Wagner und kein Ende]
– Verweise 397
[Roman und Theater in Deutschland] 182, 305, 328, 334, 339, 359, 388, 456, 589, 602
– 1. Abschnitt 389
– 2. Abschnitt 389
– 3. Abschnitt 389
– Verweise 274, 351, 353, 393, 540
Rundfrage über Karl Kraus s. [Über Karl Kraus]
Russische Anthologie s. Zum Geleit

Sammet, Doktor s. Königliche Hoheit
Savonarola, Girolamo s. Fiorenza
Schwere Stunde 110, 210; 117, 135, 142, 155, 242, 291, 339, 404, 466, 473, 482, 491, 595
– Figur: Schiller 142, 242
– Verweise 126
[Selbstbiographie I] (1904) 78; 96f., 250
– Verweise 533
[Selbstbiographie II] (1907) 243
[Selbstbiographie III] (1910) 595
[Selbstbiographie IV] (1913) 191, 358, 602
– Verweise 76, 97
Settembrini, Lodovico s. Der Zauberberg
›Das Sonntagskind‹ s. Lübecker Theater
Süßer Schlaf! 101, 170, 409, 578, 584, 602
– Verweise 25, 199, 566
Eine Szene von Wedekind s. Über Frank Wedekind

Tagebücher
– Tagebücher 1933–1934 373
Talent 266, 364
– Verweise 267, 499, 562
Das Theater als Tempel 117; 180, 183, 186, 220, 586, 602
[Die Theaterzensur] 408, 594
– Verweise 407, 529
[Theodor Fontane] 92, 357, 371f., 387, 557, 587, 589
– Verweise 354, 431, 460
Theodor Storm 59, 73, 190
Thomas Mann s. [Selbstbiographie I]
Thomas Manns Rassenbekenntnis s. [An die Redaktion der ›Staatsbürger-Zeitung‹ II]

Tiroler Sagen 35; *30, 34, 53, 585*
Tischrede bei der Feier des fünfzigsten Geburtstags
– Verweise *284*
Tobias Mindernickel *97*
Der Tod *97*
Der Tod in Venedig 332, 377; *42, 101, 142, 170, 172, 286, 300, 313, 389, 391, 395, 409, 420, 430, 456, 469, 482, 485, 536, 579*
– Zweites Kapitel *118, 170f., 219, 222, 303, 308, 313, 451, 464, 481*
– Viertes Kapitel *419, 421*
– Figur: Gustav von Aschenbach *118, 170, 219, 222, 291, 300, 303, 308, 338, 421, 481, 488, 579, 587*
[Tolstoi zum 80. Geburtstag] *467*
– Verweise *135*
Tonio Kröger 242; *69, 96, 98, 133, 136, 150, 153, 170, 366, 435, 470, 494, 557*
– 1. *350*
– 2. *461*
– 4. 106; *70, 84, 136, 153, 164, 227f., 241f., 277, 290, 490*
– 5. *89, 91*
– 7. *286*
– 9. *154, 453, 495*
– Figuren:
  Hans Hansen *43, 350*
  Lisaweta Iwanowna *70, 136, 153, 172, 227, 277, 366*
  Tonio Kröger 106f.; *47, 66, 70, 84, 136, 153, 164, 172, 227, 241f., 277, 290, 350, 366, 395, 435, 453, 538, 548, 590*
– Verweise *479*
[Trauerrede auf Bruno Frank]
– Verweise *560*
Tristan 287; *69, 136, 148, 423, 458*
– Figuren:
  Gabriele Klöterjahn 103
  Herr Klöterjahn 103
  Detlev Spinell 102f.; *137, 152*
– Faksimile-Ausgabe *242*
Tristan. Sechs Novellen (1903) 74, 78, 102, 376; *89, 97, 136, 152, 299*
– Motto *142*

[Über August Strindberg I] *s.* [Zu August Strindbergs Tod]
[Über August Strindberg II] *467*
– Verweise *466*
Über das Verhältnis zu Fontane *s.* Theodor Fontane
Über den Alkohol *s.* [Dichterische Arbeit und Alkohol]
Über die Ehe *s.* Die Ehe im Übergang
[Über die Kritik] 86, 108f.; *137, 152, 483, 588, 594*
– Verweise *34, 63, 154, 190, 491*
Über die Kunst Richard Wagners *s.* Auseinandersetzung mit Wagner. Überarbeitung in ›Rede und Antwort‹
[Über die Theaterzensur] *s.* [Die Theaterzensur]
Über eine Szene von Wedekind *s.* Über Frank Wedekind
Über einen Spruch Fontanes *383*
[Über Eugen Reichels »Die Ahnenreihe«] *602*
Über ›Fiorenza‹ [Für die ›Blätter des Deutschen Theaters‹] *s.* Zu ›Fiorenza‹
[Über ›Fiorenza‹ I] 82; *578, 584, 602*
– Verweise *258*
Über ›Fiorenza‹ [II]. Brief an eine katholische Zeitung *142, 586*
– Handschriftliche Fassung *258ff., 602*
– Verweise *480*
Über Frank Wedekind [Über eine Szene von Wedekind] *462, 578, 581, 584, 587, 603*
[Über Ibsens ›Baumeister Solness‹] *11f., 585, 587*
– Verweise *90, 180*
[Über Karl Kraus] *588, 600f.*
– Verweise *234*

[Über ›Königliche Hoheit‹ I] *347, 584*
– Verweise *311*
[Über ›Königliche Hoheit‹ II] *143, 182, 401, 584f., 587, 595*
– Verweise *175, 237*
[Über ›Kritik und Schaffen‹] s. [Kritik und Schaffen]
[Über Schiller] 83; *170, 473, 584*
– Verweise *134, 484*
Die Unbekannten
– Verweise *265*
[Unsere Schriftsteller bei der Arbeit] *390*

›Verkannte Dichter unter uns?‹
– Verweise *72*
Versuch über das Theater 123, 170f.; *28, 63, 99f., 138, 141, 173ff., 177, 180, 193, 220, 234, 266, 291, 295, 331, 352, 359, 373, 388f., 395, 417f., 422ff., 565, 569, 577f., 583, 587ff.*
– Kapitel I 123, 125, 127; *181*
– Kapitel II 127, 130, 132f., 136f.; *181*
– Kapitel III 137f., 141, 143; *27, 181, 183*
  Verweise *197*
– Kapitel IV 143, 145f., 149f., 152; *173, 175, 181*
– Kapitel V 152, 154, 157f.; *173f., 177, 180f., 183–187, 228*
  Überarbeitung *174*
  Verweise *174ff., 204*
– Kapitel VI 161, 163, 165, 168f.; *181, 183ff., 187, 208f., 279, 295, 305, 337, 350*
  Neufassung *181f., 187, 209–217*
– Rezensionen *187*
– Überarbeitung *174, 179, 186ff., 190f., 193–204, 208*
– Verweise *151, 234, 274, 327, 331, 351, 353, 391, 412, 422f., 489f., 540, 565*
Versuch über Schiller *117*
Versuch über Tschechow *499*
Vision *11, 15, 20*
[Volksromane] 84; *263f., 269, 579, 596*
– Verweise *93, 121, 150, 263, 461*
Vorspruch zu einer musikalischen Nietzsche-Feier s. Rede, gehalten zur Feier des 80. Geburtstages Friedrich Nietzsches
[Vorwort zu Bruno Franks ›Cervantes‹]
– Verweise *560*
Vorwort zu dem Roman eines Jungverstorbenen s. Vorwort zu einem Roman
Vorwort zu einem Roman [Vorwort zu dem Roman eines Jungverstorbenen] *266, 277, 467, 486, 538, 569, 600*
– Verweise *122, 135, 204, 229, 267, 295, 326, 353, 473, 499, 562*
Vorwort [zur ersten Auflage der Buchausgabe von ›Bilse und ich‹] 112; *138, 143ff., 152, 586f.*
– Verweise *176*
Vorwort [zur vierten Auflage der Buchausgabe von ›Bilse und ich‹] 89; *144, 147, 168, 406, 586*

Wälsungenblut 108; *130, 137, 151, 154, 165, 199, 227, 257, 273*
– Figuren:
  Frau Aarenhold *154*
  Herr Aarenhold *154*
  Herr von Beckerath *154*
– Verweise *89*
Wagner und kein Ende s. Richard Wagner und kein Ende
Wagner und unsere Zeit (Hg. E. Mann) *134*
Walter Weiler (Erstfassung von ›Der Bajazzo‹, verschollen) *109, 111–114, 358*
[›Warum braucht das jüdische Volk nicht zu verzweifeln?‹] s. Die Juden werden dauern! Ein Brief an die ›Jüdische Revue‹
Wassermanns ›Caspar Hauser‹ *46*
– Verweise *84*
Der Weg zum Friedhof *98, 538*
Weiß, Karl, ›Von Gibraltar nach Moskau‹ s. Ein nationaler Dichter

Ein Werk des Naturalismus *599*
– Verweise *404*
Wie Jappe und Do Escobar sich prügelten *388*
– Figur: Johnny Bishop *43*
Der Wille zum Glück *47, 61, 97, 271*
– Figur: Ada 33; *47*
Das Wunderkind *115*

Der Zauberberg (als Novelle ›Der verzauberte Berg‹ geplant) *17, 170, 284, 377, 453, 544*
– Drittes Kapitel
  Herr Albin *17*
– Viertes Kapitel
  Aufsteigende Angst. Von den beiden Großvätern und der Kahnfahrt im Zwielicht *497f.*
– Fünftes Kapitel
  Walpurgisnacht *284*
– Sechstes Kapitel
  Schnee *288ff.*
– Siebentes Kapitel
  Strandspaziergang *286*
  Vingt et un *284, 286*
– Figuren:
  Hans Castorp *17, 284, 377, 497*
  Clawdia Chauchat *284*
  Leo Naphta *544, 601*
  Mynheer Peeperkorn *284, 377*
  Rhadamanth *177*
  Lodovico Settembrini *336, 497, 601*
  Joachim Ziemßen *497*
›Ze Garten‹ 28; *30, 32, 38f.*, 585
[Zu August Strindbergs Tod] *277, 377*
Zu ›Fiorenza‹ [Über ›Fiorenza‹. Für die ›Blätter des Deutschen Theaters‹] *252, 254, 599*
– Verweise *126*
[Zum Bau der Berner Kunsthalle] *579, 602*
Zum Geleit [Russische Anthologie] *254, 277*
Zum sechzigsten Geburtstag Ricarda Huchs *70, 342*
– Verweise *338, 411*
Zum Tode Eduard Keyserlings *308, 358, 377, 411, 539*
– Verweise *189*
[Zum Tode Hans von Webers] *397*
– Verweise *486*
[Zur Begründung einer deutschen Heine-Gesellschaft] *324*
– Verweise *44, 169*
Zur jüdischen Frage *313*
Zweimaliger Abschied (Gedicht) *12*

VERZEICHNIS DER ERWÄHNTEN PERSONEN UND FREMDEN WERKE

Kursiv gesetzte Seitenzahlen verweisen auf den Kommentarband. Die nach dem Tod Thomas Manns erschienene Forschungsliteratur ist im Register nicht berücksichtigt

Abel, Niels Henrik 219; *324*

Der Abentheuerliche Simplicissimus Teutsch s. Grimmelshausen, Hans Jakob Christoffel von

Abshoff, Fritz
(Bearb.) *Bildende Geister. Unsere bedeutendsten Dichter und Schriftsteller der Gegenwart und Vergangenheit. Bd. I* *96*

Achill (Schaukelpferd von Thomas Mann) 79, 81; *102ff., 107, 110, 113*

Achilleus (Gestalt der griech. Mythologie) 81; *108, 113*

Açvagosha s. Aśvaghosa

Äschylos (Aischylos) 145

Aischylos s. Äschylos

Aksakow, Iwan Sergejewitsch 405

Alberich s. Richard Wagner, *Der Ring des Nibelungen*

Alexis, Willibald (eigtl. Georg Wilhelm Heinrich Häring)
Die Hosen des Herrn von Bredow 263; *372*

Alfons III., König von Asturien, Léon und Kastilien 41

Allmers s. Henrik Ibsen, *Klein Eyolf*

Altenberg, Peter (eigtl. Richard Engländer) *218, 543*
Pròdròmòs
– *Buchbesprechung 71*

A. M. s. Martens, Armin

Amann, Paul
Briefe von
– Thomas Mann s. *dort*

Andersen, Hans Christian 74; *90f.*
† *Dem Dichter Adalbert von Chamisso* (Gedicht) *444*
Jeg elsker dig (Ich liebe dich) (Gedicht) 45
Märchen 138; *90*
– *Die Galoschen des Glücks* 138; *198*
– *Die kleine Seejungfrau 49*
Mein Lebensmärchen
– 1. Kapitel *99*
Reisebücher *53*

Anna s. Frank Wedekind, *Der Marquis von Keith*

Anonym
Die jüdischen Autoren des S. Fischer Verlags 475

Anthes, Otto
Die Stadt der Buddenbrooks: Lübeck 129

Anton Reiser s. Moritz, Karl Philipp

Antonio s. Johann Wolfgang von Goethe, *Torquato Tasso*

Anzengruber, Ludwig 293; *411*

Apollon (griech. Gott) 32, 108; *40, 42, 105, 141, 152, 154, 165, 281, 283*

Apuleius, Lucius
Der goldene Esel 297; 413

Aram, Kurt (Pseud.) s. Fischer, Hans

Arendt, Otto *379*

Argonauten (Figuren der griech. Mythologie) *175*

Ariost (eigtl. Ludovico Ariosto) *555*
Orlando Furioso
– Figur: Rodomonte *555*

Aristoteles *196*

Arnim, Achim von – Brentano, Clemens
(Hg.) *Des Knaben Wunderhorn. Alte deutsche Lieder 208*

Arnold, Robert F[ranz] *555*

Aron, Ludwig
Briefe von Thomas Mann s. *dort*

Aśvaghosa *288*
Buddha-carita 288

Aufzeichnungen eines Jägers s. Turgenjew, Iwan S.
Auguste Viktoria, deutsche Kaiserin und Königin von Preußen *344*
Augustinus, Aurelius 339; *467, 552*
Confessiones (*Bekenntnisse*) 388; *467, 552*
Der Ausgang der Moderne s. Lublinski, Samuel
Avenarius, Ferdinand *94*
Unsre Fürsten und wir (Vor- u. Nachbemerkung) *344, 348*

Bab, Julius *123*
Briefe von
– Thomas Mann *s. dort*
Die Kunst der Erzählung 417
(Hg.) Adelbert von Chamisso, *Gedichte 393*
Bacchus (röm. Gott) 29; *42*
Bachofen, Johann Jakob *184*
Bahr, Hermann *11, 15, 251, 257, 465, 529f., 564*
Ball, Hugo *530*
Balzac, Honoré de 316; *264, 332, 391*
La comédie humaine 295, 297; *332, 413*
– *La femme de trente ans* (*Die Frau von dreißig Jahren*) *264*
Balzer, Hans
Briefe von
– Thomas Mann *s. dort*
Bang, Herman 124, 378; *68, 175, 189, 237, 277, 358, 538f., 555, 587*
Am Wege (*Ved Vejen*) 124; *189*
Fratelli Bedini 308
Hoffnungslose Geschlechter 55
Ihre Hoheit 350
Othello-Mohr (Gedicht) *175f.*
Tine 124; *189*
Die vier Teufel 308
Zwei Trauerspiele 189
Barlach, Ernst *399; 565*
Bartels, Adolf 174, 295, 346f.; *218, 225f., 228, 231, 244, 271, 322, 413, 477, 479*
Die deutsche Dichtung der Gegenwart. Die Alten und die Jungen 479
Deutsches Schrifttum. Betrachtungen und Bemerkungen 478
Geschichte der deutschen Literatur 477
Handbuch zur Geschichte der deutschen Literatur 174; *226*
Nochmals Thomas Mann 478
Rasse. Sechzehn Aufsätze zur nationalen Weltanschauung 226
Basarow s. Iwan S. Turgenjew, *Väter und Söhne*
Basedow, Johann Bernhard 241; *349*
Basler, Otto
Für Thomas Mann 390
Baudelaire, Charles *62*
Bauer, Julius – Wittmann, Hugo
Das Sonntagskind 24; *27*
– Figur: Sir Edgar 24
Baumeister, Adolf
Schillers Idee von seinem Dichterberuf 126, 336, 563
Baumeister Solneß s. Ibsen, Henrik
Beal, Samuel *288*
Beccaria, Cesare, Marchese de Bonesana *493f.*
Dei delitti e delle pene 493
Becher, Johannes R[obert] *530, 567*
Becker, Nikolaus *57*
Rheinlied 57
Beethoven, Ludwig van 50
Fidelio, op. 72 103
Behn, Familie *517*
Behn, Fritz 113, 363–371; *168, 516 bis 520*
Afrikanische Visionen (Lithographienmappe) *517*
Büste von Heinrich Theodor Behn *517*
Büste von Enrico Caruso 365
Büste von Hugo von Hofmannsthal 365
Büste von Benito Mussolini *517*
Büste von Max Reinhardt 365
Büste von Ida Roland 365
Büste von Richard Strauss 365

[Behn, Fritz, *Forts.*]
Haizuru, ein Bildhauer in Afrika 517
Porträtskulptur von E.T.A. Hoffmann *517*
Der Sieger (Bronzestatuette) *517*
Tanzender Massai 517
Behn, Heinrich Theodor *516f.*
Behn, Marie *516*
Behrend, Walter
Der abgekanzelte Lessing 317f., 320
Behrens, Peter *207*
Bendel (Chamissos Hausdiener) 326; *400*
Berg, Leo *123*
Bernini, Gian Lorenzo 166; *208*
Bernstein, Eduard *58, 225, 404, 595*
Vorwort zu *Freiheit und Arbeit. Kunst und Literatur* s. dort
Bernstein, Elsa (Pseud. Ernst Rosmer) *67; 84*
Bernstein, Max *358, 407*
Bernus, Alexander, Freiherr von 160; *186, 205, 337f.*
Briefe von Thomas Mann *s. dort*
Maria im Rosenhag 338
Sieben Schattenspiele 160; *206*
Bertram, Ernst *218, 223, 373*
Briefe von Thomas Mann *s. dort*
Bibel 22, 55; *23, 25*
Das Alte Testament 500
– *1. Buch Mose (Genesis)*
Josephs-Geschichte *272*
– *2. Buch Mose (Exodus)* 39; *141*
Verweise *52*
– *5. Buch Mose (Deuteronomium)* 39f.
Verweise *52*
Das Neue Testament
– *Evangelien* 207
nach Matthäus 22, 60, 260, 368; *25, 78, 371, 521, 573*
– Bergpredigt 207; *153, 287*
nach Markus 372
nach Lukas 110; *155, 203, 372*
nach Johannes 116; *41, 57, 172*
– *Apostelgeschichte 373*
Areopagrede des Apostel Paulus 145; *57, 201*
– *1. Korintherbrief 154*
– *Philipperbrief 327*
– *1. Timotheusbrief 141*
– *Offenbarung des Johannes (Apokalypse)* 189; *259*
Bie, Oscar 172, 376; *223, 535*
Biedermann, Flodoard, Freiherr von *s.* Johann Wolfgang von Goethe, *Goethes Gespräche*
Bielschowsky, Albert
Goethe. Sein Leben und seine Werke 175, 481f.
– *Goethe und die Philosophie 482*
Bierbaum, Gemma 334; *459*
Bierbaum, Otto Julius 73, 333f.; *87f., 170, 218, 277, 404, 458f., 486, 582*
Briefe an Gemma 459
Deutsche Chansons 459
Prinz Kuckuck 459
Stilpe 459
Biermann-Ratjen, Roland
Briefe von
– Thomas Mann *s. dort*
Die Bilanz der Moderne s. Lublinski, Samuel
Bilse, Fritz Oswald (Pseud. Fritz von der Kyrburg) 89ff., 95–98, 100, 110; *127ff., 139, 151, 155ff., 159, 166f., 318, 545, 603*
Aus einer kleinen Garnison. Ein militärisches Zeitbild 90, 95ff.; *128, 143, 149, 151, 155f.*
Birch-Pfeiffer, Charlotte *412*
Birukof, Paul *287*
(Hg.) *Leo N. Tolstois Biographie und Memoiren, Autobiographische Memoiren, Briefe und biographisches Material*
– Band 2 *287*
Bismarck, Otto, Fürst von Bismarck-Schönhausen 42, 249, 252, 270ff.; *45, 56, 355ff., 361, 364, 381, 384ff., 598*
Gedanken und Erinnerungen 553

Bizet, Georges 214; *301*
Bjørnson, Bjørnstjerne *86, 269*
Über unsere Kraft 70
– Erster Teil *86*
– Figuren:
Elias Sang 70
Rahel Sang 70
Blauer Reiter *521*
Blei, Franz *88, 123*
In memoriam Oscar Wilde 552
Bleibtreu, Karl
Die Revolution der Literatur 266; *375*
Die Verrohung der Literatur 125
Boccaccio, Giovanni
Il Decamerone 294, 297
Böcklin, Arnold *285*
Heiliger Hain 399; *285, 563, 565*
Böhlau, Helene 293; *410*
Bonifacius 133; *195*
Bonn, Ferdinand 50; *64f.*
Bonsels, Waldemar 112, 288; *137*
Die Biene Maja und ihre Abenteuer 137
Borgheim *s.* Henrik Ibsen, *Klein Eyolf*
Bossuet, Jacques-Béninge 227; *336*
Bourget, Paul 33; *33, 44, 54f., 62, 87, 581*
Cosmopolis (Kosmopolis) 40; *54*
– Épilogue *54f., 57*
– Figuren:
Dorsenne 40, 42; *54, 57*
Marquis Montfanon 40, 42; *54f., 57*
Le disciple 44
Essais de psychologie contemporaine 44, 54, 62
– 2. Essay *44*
Kapitel: *Du sentiment religieux chez M. Renan 44*
La terre promise 44
Boy-Ed, Ida *139*
Briefe von
– Thomas Mann *s. dort*
Brachvogel, Albert Emil 257; *369*
Friedemann Bach 369
Bräsig *s.* Fritz Reuter, *Ut mine Stromtid*
Brahm, Otto 276; *11, 305, 377, 392, 469, 535, 587*
Brandenburg, Hans
Briefe von
– Thomas Mann *s. dort*
(Auswahl) *Vorgoethesche Lyriker 422*
Brandes, Georg (eigtl. Morris Cohen) 49, 68; *64, 85, 143, 218, 466*
Deutsche Persönlichkeiten 364
– *Feldmarschall Moltke 364*
Englische Persönlichkeiten 201
– Dritter Teil: *William Shakespeare 46, 150f., 201*
2. Band *201*
Gestalten und Gedanken 372
Die Hauptströmungen der Litteratur des 19. Jahrhunderts 64
– Band I *Die Emigrantenliteratur* 150; *203*
– Band II *Die romantische Schule in Deutschland 64*
– Band V *Die romantische Schule in Frankreich 64*
– Band VI *Das Junge Deutschland 64*
Die Braut von Messina s. Schiller, Friedrich von
Brecht, Bertolt *190, 265*
Brennert, Hans 47; *61*
Kritik und Schaffen 47ff.; *61*
Brennus, Herr 41
Brentano, Clemens *281*
Gedichte *281*
Brentano, Clemens – Arnim, Achim von
(Hg.) *Des Knaben Wunderhorn. Alte deutsche Lieder 208*
Brentano, Peter *132*
Brief des Julius s. Friedrich von Schiller, *Philosophische Briefe*
Briest, der alte *s.* Theodor Fontane, *Effi Briest*
Broch, Hermann *543*
Brocken, Enrico von 89, 95ff., 113; *127f., 131, 139, 148, 156*

Brockhaus' Konversationslexikon 248; *363*
Artikel: *Adelbert von Chamisso* *402, 433, 440, 443f., 451*
Artikel: *Drama* 134; *186, 196, 202*
Brod, Max *253*
Heinrich Heine *253*
Brünnhilde s. Richard Wagner, *Der Ring des Nibelungen. Götterdämmerung*
Bruhns, Johann Ludwig Hermann (später João Luiz Germano B.) (Großvater von Thomas Mann) 78; *97*
Buddha (eigtl. Siddhattha Gotama) 208; *288*
Die Büchse der Pandora s. Wedekind, Frank
Bülow, Cosima von s. Wagner, Cosima
Bülow, Hans Guido, Freiherr von 50; *64*
Bürger, Gottfried August 266; *376*
Herzenserguß über Volkspoesie *376*
Lenore *376*
Buff, Charlotte s. Kestner, Charlotte
Buffon, Georges-Louis Leclerc, Comte de
Discours sur le style 260; *370*
Burckhard, Max *64*
Busse, Carl *95, 228*
Butter, Brüder 397; *562*
Byron, George Gordon Noel, Lord 255; *276*
Don Juan *95*

Caesar, Gaius Julius 41
De bello gallico 17f.; *12–16*
Calderón de la Barca, Pedro
Das Leben ein Traum
– Erster Aufzug *287*
– Figur: Sigismund 206; *287*
Carl August, Herzog von Sachsen-Weimar 118, 154; *128*
Carla s. Mann, Carla
Carlyle, Thomas 383; *544*
Caruso, Enrico 365
Casanova de Seingalt, Giacomo Girolamo *553*
Mémoires 295, 297, 388; *553*
Casper, Bernhard *377*
Cato, Marcus Porcius der Ältere 87; *126*
Cellini, Benvenuto
Autobiographie 388; *553*
Cervantes Saavedra, Miguel de
Don Quijote (Don Quixote, Don Quichote, Der sinnreiche Junker Don Quijote von der Mancha) *216f., 332*
C'est Lui (Gemälde) 208
Chamisso, Adelbert von (eigtl. Louis-Charles-Adelaide de Ch. de Boncourt) 277, 281, 283, 305–330; *395, 398, 402f., 430–434, 437–440, 442–449, 451f., 582, 584, 593, 599*
Abdallah. (Tausend und eine Nacht.) (Gedicht) 306; *434, 436*
– Figuren:
Abdallah 306; *436*
Der Derwisch 306; *436*
Die alte Waschfrau (Gedicht) 306, 318; *434, 436*
Bei der Rückkehr. Swinemünde im Oktober 1818 (Gedicht) 313; *442, 599*
Bemerkungen und Ansichten auf einer Entdeckungsreise unter Kotzebue 312
Berlin. Im Jahre 1831 *443*
Der Bettler und sein Hund (Gedicht) *434*
Der Birnbaum auf dem Walserfeld (Gedicht) *434*
Briefe an
– Rosa Maria Assing 309; *438*
– Hippolyte de Chamisso de Boncourt (Bruder von Adelbert v. Ch.) *398*
– Friedrich Baron de la Motte-Fouqué 311, 330; *440*
– Louis de la Foye 309; *438*
– Karl Bernhard von Trinius *447, 449*

Deutsche Volkssagen
– *Die Männer im Zobtenberge* (Gedicht) 307; *437*
  Figur: Johannes Beer 307; *437*
– *Das Riesen-Spielzeug* (Gedicht) 306; *437*
– *Die versunkene Burg* (Gedicht) 306; *437*
  Figur: Buhle 307; *437*
– *Die Weiber von Winsperg* (Gedicht) 306; *437*
Don Juanito Marques Verdugo de los Leganes (Gedicht) 316; *445*
Erscheinung (Gedicht) *434*
Fortunati Glücksäckel und Wunschhütlein *398*
Frauen-Liebe und Leben (Gedicht) 307, 315; *437*
Die Kreuzschau *434*
Lebens-Lieder und Bilder 315; *445*
Das Lied von Thrym (Gedicht) *434*
Peter Schlemihls wundersame Geschichte 277–286, 318–330, 407; *394–399, 402, 430ff., 434ff., 440, 442f., 446f., 449–452, 486, 591*
– *An meinen alten Freund Peter Schlemihl* 326; *448*
– *An Julius Eduard Hitzig von Adelbert von Chamisso* 326; *448*
– *An Fouqué von Hitzig* 326; *397, 403, 448*
– *De l'ombre* (Vorwort zur französischen Ausgabe von 1838) 327; *449*
– Kapitel I 279; *398*
– Kapitel II 279f.; *398f.*
– Kapitel III 280ff.; *399f.*
– Kapitel IV 282f.; *394, 400f.*
– Kapitel V 283f., 324; *401*
– Kapitel VI 284f., 324; *401*
– Kapitel VII 285; *402*
– Kapitel VIII 285; *401*
– Kapitel IX 285; *401f.*
– Kapitel X 285f.
– Kapitel XI 286, 324; *402*
– Figuren:
  Bendel, Diener 281f., 284, 323ff.; *394, 400*
  Fanny 282; *394, 399*
  Forstmeister (Minas Vater) 283f., 323; *400*
  der graue Mann 278f., 284, 320, 324; *394, 398, 401*
  der Kunstmaler 281, 322; *394*
  Mina 282f., 285f., 323; *394, 400*
  Minas Mutter 283, 285, 323
  Rascal, Diener 283, 286
  Schlemihl 277–281, 283ff., 320–327, 329f., 407; *393–396, 400, 435, 448, 451, 591*
  Thomas John 278, 285
Der rechte Barbier (Gedicht) 306; *437*
Reise um die Welt mit der Romanzoffischen Entdeckungs-Expedition in den Jahren 1815–1818 312; *442, 446*
– Einleitung (autobiographische Skizze) 312; *434, 438–442, 450*
Salas y Gomez (Gedicht) 316ff.; *434, 445*
Das Schloß Boncourt (Gedicht) 310; *433f., 438*
Die Sonne bringt es an den Tag (Gedicht) 306; *434, 436*
Der Szekler Landtag (Gedicht) 306; *434, 436*
Tragische Geschichte (Gedicht) 306; *434, 436*
Traum und Erwachen 314, 325; *448*
Über die hawaiische Sprache *451*
Übersicht der nutzbarsten und schädlichsten Gewächse, welche wild oder angebaut in Norddeutschland vorkommen 315; *444*
Vergeltung (Gedicht) 316
Das Vermächtniß 315; *445*
Vetter Anselmo (Gedicht) 306; *437*
Was soll ich sagen? (Gedicht) 317; *446*
Chamisso, Antonie von (Gattin von Adelbert v. Ch.) 330; *451*
Chettle, Henry 100; *151, 159*

Christus s. Jesus Christus
Cicero, Marcus Tullius 298
Claudel, Paul
L'annonce faite à Marie (Verkündigung) *184, 298*
Confiteor 23; *26*
Conrad, Michael Georg 26, 293, 333, 375; *35f., 97, 233, 243, 250ff., 261, 408, 410, 458f., 469, 529f., 534f.*
Briefe von
– Thomas Mann *s. dort*
Gutachten zu Oscar Panizzas ›Das Liebeskonzil‹ 26; *35ff.*
Cooper, James F[enimore] *104*
Lederstrumpf-Romane 81; *108, 113*
– *The Deerslayer (Der Wildtöter)* *105*
– *The Last of the Mohicans (Der letzte Mohikaner)* *105, 107*
– *The Pathfinder (Der Pfadfinder)* *105*
– *The Pioneers (Die Ansiedler)* *105*
– *The Prairie (Die Prärie)* *105*
– Figur: Lederstrumpf *104*
Corinth, Lovis *415, 529, 564*
Coriolanus s. Shakespeare, William
Corneille, Pierre 151; *203*
Cosmopolis s. Bourget, Paul
Cossmann, Paul Nikolaus
Briefe von
– Thomas Mann *s. dort*
Coster, Charles de
Ulenspiegel (La légende et les aventures héroiques et glorieuses de Thyl Ulenspiegel et de Lamme goedzak au pays de Flandres et ailleurs) 263; *216f., 372*
Courths-Mahler, Hedwig *470*
Cruikshank, George 286; *402*
Illustrationen zu Chamissos *Peter Schlemihl* 319; *402*
Curtius, Ernst *15*
Cyrano de Bergerac s. Rostand, Edmond
Czako *s.* Theodor Fontane, *Der Stechlin*

Die Dämonen s. Dostojewski, Fjodor M.
Dahn, Felix 85; *122*
Dante Alighieri 69; *85*
La Divina Commedia *332, 413*
Darwin, Charles Robert 204, 394; *205, 286*
David, Jakob Julius 385; *547*
Il Decamerone s. Boccaccio, Giovanni
Defoe, Daniel
Robinson Crusoe *216f.*
Dehmel, Richard 265, 347, 376; *11, 93ff., 123, 170, 233, 279, 297, 352, 358, 374, 404, 415, 456, 479, 535, 543*
Briefe von Thomas Mann *s. dort*
Hundert ausgewählte Gedichte *41*
Mein Trinklied (Gedicht) 29; *40f.*
– Dritte Strophe *41*
Dekobra, Maurice *453*
Desdemona *s.* William Shakespeare, *Othello*
Desiderius (König der Langobarden) *361*
Detering, Christine *604*
Deutschlandlied s. August Heinrich Hoffmann (von Fallersleben), *Das Lied der Deutschen*
Devescovi, Guido
Briefe von
– Thomas Mann *s. dort*
Diana (röm. Göttin; *s. auch* Artemis) *517*
Dichtung und Wahrheit s. Johann Wolfgang von Goethe, *Aus meinem Leben*
Dickens, Charles 74, 83; *90f., 122, 264*
Weihnachtserzählungen (A Christmas Carol) 193; *264*
Diderot, Denis *336*
Diederichs, Eugen *549*
Diedrich, Max
(Hg.) *Festbuch zur Pfingsttagung Deutscher Buchhandlungsgehilfen auf der Bugra 1914* *485*
Dietzi-Bion, Hedwig
Zur Einführung (in: *Steine gespendet zum Bau der Berner Kunsthalle …*) *465*
Dionysos (griech. Gott) 29, 32; *40, 42, 170, 174, 281, 283, 554, 557*

Distel, Hilde
Briefe von
– Thomas Mann *s. dort*
Dörler, Adolf Ferdinand 35; *48*
Führer durch das Zillerthal und seine Alpenwelt 30, 48
Sagen aus Innsbrucks Umgebung mit besonderer Berücksichtigung des Zillerthales 35–39; *48f.*
– Dörlers Widmungsgedicht für Erzherzog Ferdinand Karl von Österreich 35; *49*
– Vorwort *49f.*
– 5. Abschnitt
Figur: Meerfräulein 35; *48f.*
– 25. Abschnitt *50*
Figur: Kasermanndl 36; *50*
– 34. Abschnitt: *Der Schimmelreiter 50*
Figur: Schimmelreiter 35; *50*
– 62. Abschnitt *48, 50*
Figur: Venediger Manndl 36; *50*
– 68. Abschnitt: *Teufelsbeschwörer* 37; *51*
– 76. Abschnitt: *Das raufende Teufelchen* 36f.; *51*
Figuren:
– Bursche 36f.
– Teufelchen 37
– 78. Abschnitt: *Der Teufel wispelt* 37; *51*
Figuren:
– Bauer 37
– Bursche 37
– Dirne 37
– Teufel 37
– 80. Abschnitt: *Der grüne Jäger* 37f.; *51*
1. Teil *51*
– Figuren:
Dirn 37f.
Geliebter 37
Grüner Jäger 37f.
Kapuziner 37f.
– 89. Abschnitt: *Der schlafende Teufel* 38; *51*
Figuren:
– Bauernburschen 38
– Teufel 38
– 113. Abschnitt: *Unser Herrgott in Schwendau* 38f.; *48, 51*
Figuren:
– Altes Mütterchen 38
– Herrgott 38f.; *51*
– 117. Abschnitt: *Der Natternkönig* 36; *51*
Dohm, Gertrude Hedwig Anna *s.* Pringsheim, Gertrude Hedwig Anna
Dohm, Marianne Adelaide Hedwig, geb. Schleh (urspr. Schlesinger), gen. Miemchen bzw. Urmiemchen (Großmutter von Katia Mann) 346, 377; *342, 479*
Dohse, Richard *250*
Mecklenburgisches Dichterbuch 250
(Hg.) *Meeresumschlungen. Ein literarisches Heimatbuch für Schleswig-Holstein, Hamburg und Lübeck 250*
Don Carlos s. Schiller, Friedrich von
Don Juan s. Byron, George Gordon Noel
Don Quijote, Don Quichote, Don Quixote s. Cervantes Saavedra, Miguel de
Dorsenne *s.* Paul Bourget, *Cosmopolis*
Dose, Johannes Valentin 88f.; *127, 129, 131, 343, 603*
Der Muttersohn. Roman eines Agrariers 88; *127, 129, 131*
– Figur: Asmus Berg *127*
Dostojewski, Fjodor Michailowitsch 74, 85, 200; *90f., 122, 195, 234, 332*
Die Dämonen 133; *195*
Dülberg, Franz
Korallenkettlin 530
Dürer, Albrecht 379; *171*
Dujardin, Édouard *87*

Ebner-Eschenbach, Marie, Freifrau von *465*
Ecce homo s. Nietzsche, Friedrich

Eckermann, Johann Peter 252
Gespräche mit Goethe in den letzten Jahren seines Lebens 98, 169; *150, 221, 361, 392*
Eckhoff, John *43*
Ed, Christoph Marquardt *516*
Edda *555*
Eduard VII., König von England 241; *350*
L'éducation sentimentale s. Flaubert, Gustave
Effi Briest s. Fontane, Theodor
Eggel, Ilse, geb. Martens *43*
Erkenne Dich selbst! *43*
Ehrenberg, Paul *43, 69, 74, 287, 563*
Briefe von
– Thomas Mann s. dort
Die Hetzjagd *563*
Ehrengabe für Frank Wedekind (Aufruf) *568*
Eichendorff, Joseph, Freiherr von *281*
Gedichte *281*
Eickhölter, Manfred *603*
Eisenbart, Johann Andreas 168; *209*
Eisner, Kurt *123*
Eissi s. Mann, Klaus
Ekdal s. Henrik Ibsen, *Die Wildente*
Ekkehard, E[rich] *231*
(Hg.) *Sigilla Veri. (Ph. Stauff's Semi-Kürschner) Lexikon der Juden, -Genossen und -Gegner aller Zeiten u. Zonen, insbesondere Deutschlands* *231, 476, 478*
4. Band
Artikel: *Thomas Mann* *231*
Elisabeth, Kaiserin von Österreich *261*
Eloesser, Arthur *11*
Thomas Mann. Sein Leben und sein Werk *12–15, 21, 23, 25, 148, 435*
Elsa s. Richard Wagner, *Lohengrin*
Elster, Ernst *253*
(Hg.) Heinrich Heine, *Sämtliche Werke* *24*
Elster, Hanns Martin *242*
(Hg.) *Deutsche Dichterhandschriften* *242*
Embden, Charlotte von (Schwester Heinrich Heines) *261*
Enders, E. A. *562*
Enghaus, Christine *200*
Epaminondas 359; *500, 511*
Ephialtes (Gestalt der griech. Mythologie) *105*
Epiktet *398*
Epilog zu Schillers ›Glocke‹ s. Goethe, Johann Wolfgang von
Eri s. Mann, Erika
Ermatinger, Emil *465*
Ernst, Otto *269*
Vom Strande des Lebens *269*
Ernst, Paul *316*
Erklärung 232; *316*
Eselsroman s. Lucius Apuleius, *Der goldene Esel*
Essais de psychologie contemporaine s. Bourget, Paul
Essen, Siri von (Gattin August Strindbergs) *377*
Ettlinger, Josef *382f.*
Eulenberg, Herbert
[*Männerstimmen über Frauen. Eine Rundfrage*] *342*
Eulenburg, Philipp, Fürst zu E. und Hertefeld *233f., 380*
Eulenspiegel, Till 168
Euripides
Medea 118, 154; *175*
Ewers, Hanns Heinz *279*
Ewers, Ludwig
Briefe von
– Heinrich Mann s. dort
– Thomas Mann s. dort

Falckenberg, Otto *162*; *206, 209, 316, 530*
Briefe von
– Thomas Mann s. dort
Ein deutsches Weihnachtsspiel 162f.; *206, 212*
– Figuren:
Joseph 162f.; *212*
Drei Könige aus dem Morgenland 163; *212*

Das Kind Jesus 163
Maria 162f.; *212*
Doktor Eisenbart 168; *209*
(Hg.) Die Fahrt ins Wunderbare. Märchen deutscher Dichter *397*
Falke, Gustav *261*
Der Fall Wagner s. Nietzsche, Friedrich
Falstaff, John s. William Shakespeare, Die lustigen Weiber von Windsor
Faust s. Goethe, Johann Wolfgang von
Feodora, Prinzessin von Schleswig-Holstein (Pseud. F. Hugin) 238f.; *237, 344f., 347, 349*
Unsere Fürsten und wir 238; *237, 344–349*
Ferdinand Karl, Erzherzog von Österreich 35; *49*
Festgabe des Literarischen Vereins »Phoebus« bei seiner Heine-Feier 19. Januar 1908 *252, 578*
Festschrift der Deutschen Dichter-Gedächtnis-Stiftung, zum 10jährigen Bestehen 1901–1911 *461*
Feuerbach, Anselm, Ritter von 199; *275*
Fey s. Pringsheim, Alfred
Fichte, Johann Gottlieb 311; *47, 440*
Ficker, Ludwig von *542f.*
Fidelio s. Beethoven, Ludwig van
Fidus (eigtl. Hugo Höppener) *183, 518*
Fielding, Henry 454
Fielitz, Alexander von 33; *46*
Fink s. Pringsheim, Hedwig
Fiore, Gioacchino da s. Gioacchino da Fiore
Fischer, Hans (Pseud. Kurt Aram) *488*
Fischer, S[amuel], gen. Sami 332, 353; *236, 257, 271f., 430, 475*
Briefe an
– Arthur Schnitzler *236*
Briefe von
– Thomas Mann s. dort
Fischer, Samy s. Fischer, Samuel
Fischer, Tobias (Pseud.) s. Heimann, Moritz
Flake, Otto *556f.*
Rezensionen
– Erich de Mendelssohn, Nacht und Tag (Nachruf) *550f.*
Flameng, François
La méditation 288
Flaubert, Gustave 74, 123, 132f., 227; *62, 87, 90f., 185, 189, 191, 195, 334, 391*
Briefe über seine Werke (Hg. F. P. Greve) 124, 132f.; *91, 185, 189, 194f.*
Le candidat *189*
Le chateau des cœeurs *189*
Un cœeur simple (Ein schlichtes Herz) *195*
L'éducation sentimentale 127; *90, 191*
Madame Bovary 133; *91, 195*
Salammbô 263; *91, 372*
La tentation de Saint-Antoine (Die Versuchung des heiligen Antonius) *189*
Förster-Nietzsche, Elisabeth *94, 218*
Fontane, Emilie 245, 248, 267; *267, 361–364, 367, 369, 378, 380, 391*
Fontane, Friedrich *382*
Fontane, Martha, gen. Mete 246; *362, 366, 371, 377, 380f.*
Fontane, Theodor 71, 74f., 152, 244–275, 376; *36, 56, 86, 90, 92, 95, 185, 219, 352–358, 360f., 363f., 366, 368f., 371, 373–378, 380, 382–387, 392, 431, 460, 584, 593, 597f., 603*
Ahnen 263
Der alte Derffling (Gedicht) 268; *379*
Der alte Dessauer (Gedicht) 268; *379*
Der alte Zieten (Gedicht) 268; *379*
Die Alten und die Jungen (Gedicht) 266; *375f.*
An meinem Fünfundsiebzigsten (Gedicht) 268, 273; *378, 381*
Archibald Douglas (Ballade) 264; *373*
Auf der Treppe von Sanssouci (Gedicht) 250, 254; *364, 366*
Aus dem Nachlaß (Hg. J. Ettlinger) 246, 259; *360, 370*
Briefe an die Familie 245f., 248ff., 253ff., 257f., 267f., 270f.; *267, 360–364, 366f., 369, 371, 377f., 380f., 391*

[Fontane, Theodor, Forts.]
Briefe an Freunde und Zeitgenossen 245, 250ff., 254, 256–259, 262–267, 269–273; 354f., 360f., 364ff., 368ff., 372–382, 392
Briefe an Georg Friedlaender (Hg. K. Schreinert) 357
Briefe an seine Freunde 246
Briefe Theodor Fontanes (Hg. O. Pniower u. P. Schlenther) 383
Causerien über Theater 371
– Paul Schlenther, Vorrede 371
Effi Briest 245, 248, 262; 358, 362, 372
– Figuren:
der alte Briest 246; 359
Herr Buddenbrook 358
Effi 258; 370
Einzug (Gedichte) 268
– Einzug 1864 379
– Einzug 1866 379
– Einzug 1871 379
Ekkehart 263
Ellernklipp 258; 370
Gottfried Keller. Die Leute von Seldwyla – Neue Züricher Novellen – Otto Brahms ›Gottfried Keller‹ 259f.
Leben (Gedicht) 274; 382f.
Die Likedeeler (Plan) 262ff., 267; 355, 372
Maria Stuart (Ballade) 264; 373
Meine Kinderjahre
– 13. Kapitel 376
Die Poggenpuhls 262; 372
Der Quitzowen Fall und Untergang (Ballade) 273; 381
Rezensionen
– Schiller, Wallenstein. Die Piccolomini 152; 203
Der Stechlin 339, 353, 371f.
– 3. Kapitel 379
– Figuren:
Czako 260; 371
Rex 260; 371
Dubslav von Stechlin 246; 379
Woldemar 260
Wrschowitz 228; 339
Übersetzungen
– Shakespeare, Hamlet. Prinz von Dänemark 367
Unter ein Bildnis Adolf Menzels (Gedicht) 256; 369
Unterwegs und wieder daheim (Gedichte)
– 2 (Paris) 362
Wanderungen durch die Mark Brandenburg 270; 380
Was mir fehlte (Gedicht) 268; 379
Wo Bismarck liegen soll (Gedicht) 385f.
Fouqué, Friedrich, Baron de la Motte-F. 311, 318f., 329f.; 447, 451
France, Anatole (eigtl. Jacques-François-Anatole Thibault) 227, 331, 406, 408; 335, 454f.
Frank, Bruno 397; 93, 323, 327, 548f., 560f.
Aus der goldenen Schale 560
Die Nachtwache 560
Requiem 396ff.; 93, 560f.
– 2. Gedicht 397
– 4. Gedicht 562
– 9. Gedicht 397; 562
– 11. Gedicht 561
Die Schatten der Dinge 560
– Auf einen lebenden Dichter 560
Franke, Peter Robert 43
Fräulein Isenschnibbe und der Dichter Thos 43
Franz Joseph I., Kaiser von Österreich, König von Ungarn 261
Franzenius, Esther s. Toni Schwabe, Die Hochzeit der Esther Franzenius
Franziska s. Wedekind, Frank
Französisches Theater der Vergangenheit s. Wiegler, Paul
Frauenliebe und -leben s. Schumann, Robert
Freiheit und Arbeit. Kunst und Literatur Sammlung (Hg. Internationales

Komitee zur Unterstützung der Arbeitslosen) *58, 404f., 595*
Eduard Bernstein, *Vorwort 404f.*
Der Freischütz s. Weber, Carl Maria von
Frenssen, Gustav 54; *72, 127, 345*
Jörn Uhl 72
– 3. Kapitel *72*
Frenzel, Fritz (Pseud. August Bäbchen) 385; *547*
Freud, Sigmund *184*
Freund Hein s. Strauß, Emil
Freytag, Gustav 85; *122*
Fricka *s.* Richard Wagner, *Der Ring des Nibelungen. Die Walküre*
Friedenthal, Joachim
(Hg.) *Das Wedekindbuch 571*
Friederike Luise, Königin von Preußen (Gattin von Friedrich Wilhelm II.) 310; *439*
Friedl *s.* Mann, Friedrich Wilhelm
Friedlaender, Georg *365, 370, 382*
Briefe an
– Thomas Mann 339
Briefe von
– Thomas Mann *s. dort*
der Friedländer *s.* Wallenstein, Albrecht Wenzel Eusebius von, Herzog von Friedland
Friedländer, Saul *316*
Friedrich II., der Große, König von Preußen *56, 592*
Friedrich VIII., Herzog von Schleswig-Holstein, Sonderburg und Augustenburg *344*
Friedrich Wilhelm II., König von Preußen *439*
Friedrich Wilhelm III., König von Preußen *439*
Friedrich Wilhelm IV., König von Preußen 310, 314; *438*
Brief an Adelbert von Chamisso 438
Fromer, Jakob 177; *231f.*
Vom Ghetto zur modernen Kultur (Ghettodämmerung) 232
Das Wesen des Judentums 177; *232*
Fuchs, Georg *186, 201f., 207, 296*
Für Frank Wedekind [I] (Aufruf) *529f., 567*
Für Frank Wedekind [II] (Aufrufe) *568*
Für die Zeitschrift ›Die Aktion‹ (Aufrufe) *530, 567, 595*
Fürsten-Novelle *s.* Thomas Mann, *Königliche Hoheit*
Fürstenwerth, Ludwig 292f., 295f., 298; *407f., 479*
Fulda, Ludwig *251*

Die Galoschen des Glücks s. Hans Christian Andersen, *Märchen*
Galvani, Luigi *224*
Ganghofer, Ludwig 293; *311, 408, 411, 465*
Gast, Peter *s.* Köselitz, Heinrich
Gaudy, Franz, Freiherr von 314; *443*
Gautier, Théophile *334*
Gavarni (eigtl. Sulpice-Guillaume Chevalier) *334*
Die Geburt der Tragödie aus dem Geiste der Musik s. Nietzsche, Friedrich
Gegen das Verbot von Franz Dülbergs ›Korallenkettlin‹ (Aufruf) *530*
Gegen die Boykottierung Erich Mühsams (Aufruf) *529, 595*
Geheeb, Paul *549*
Geibel, Emanuel *15, 411*
Geiger, Willi 296f.; *413*
Gelber, Adolf 50; *64f.*
Geller, [?]
Briefe von
– Thomas Mann *s. dort*
George, Stefan 265; *205, 297, 338, 373f., 383f., 537, 586*
George-Kreis *373f., 537*
Gerberga (Gattin von Karlmann) 361; *513*
Gerhäuser, Emil 24, 139; *27f., 199*
Germania 42; *56*
Gerstäcker, Friedrich *537*
Giganten (Gestalten der griech. Mythologie) *105*

Gilm, Hermann von *473*
Gioacchino da Fiore (Joachim von F.) *483*
Gobineau, Joseph Arthur, Comte de *208*
La Renaissance. Scènes historiques 167; *208*
– Erste Szene *208*
Goeppinger, Robert
Illustrationen zu Falckenberg (Hg.), *Die Fahrt ins Wunderbare 397*
Goethe, Johann Wolfgang von 23, 33, 86, 90, 98, 102, 117, 131, 139, 153, 163, 169f., 226, 252, 257, 295, 299, 330, 348; *44, 47, 68, 77f., 109, 128, 143, 146, 149f., 158, 160, 175, 213, 221, 244, 291, 294, 332f., 337, 351, 366, 369f., 375, 392, 413, 416, 420, 473, 481, 484, 491, 493, 507, 554, 587*
Aus meinem Leben. Dichtung und Wahrheit 299, 387f.; *553*
– Erster Teil
2. Buch *99*
3. Buch
– 11. Kapitel 387; *552*
– Zweiter Teil
9. Buch *553*
– Dritter Teil
12. Buch *294*
14. Buch 76; *95*
– Vierter Teil
18. Buch *551*
Briefe an
– Gräfin Auguste zu Stolberg *552*
Briefwechsel mit Schiller s. Johann Wolfgang von Goethe – Friedrich von Schiller, *Briefwechsel zwischen Schiller und Goethe in den Jahren 1794–1805*
Dichtung und Wahrheit s. *Aus meinem Leben*
Egmont
– Fünfter Aufzug
Gefängnis *280*
Epilog zu Schillers ›Glocke‹ 378f.; *540*
Faust. Eine Tragödie 59f.; *44, 89, 92, 207, 214, 304*
– *Vorspiel auf dem Theater* 135f., 144, 162; *197, 201, 207*
– Prolog im Himmel 163; *208, 213*
– *Der Tragödie erster Teil 269*
Nacht 42, 162; *57, 207, 554*
Studierzimmer 21; *25*
Kerker 217
– *Der Tragödie zweiter Teil 76*
Erster Akt 387; *552*
– *Kaiserliche Pfalz – Saal des Thrones 486*
– *Weitläufiger Saal*
Mummenschanz 135; *197*
Zweiter Akt
– *Hochgewölbtes, enges gotisches Zimmer* 42; *56f.*
Fünfter Akt
– *Chorus mysticus: Alles Vergängliche …* 59; *70f., 76f., 592, 598*
– Figuren:
Baccalaureus *57*
Faust 33; *45, 47, 207*
Mephisto 21, 33; *25, 45, 47, 56, 486, 552*
Schüler *25*
Gespräche mit Eckermann s. Johann Peter Eckermann, *Gespräche mit Goethe in den letzten Jahren seines Lebens*
Goethes Gespräche (Hg. F. Frhr. v. Biedermann) 170, 389; *221, 365, 554*
Götter, Helden und Wieland 100
Künstlers Apotheose 356; *499, 507*
Die Leiden des jungen Werthers 90, 98, 133, 193; *132, 158, 195, 264*
– Figuren:
Albert 90, 98; *158*
Lotte 90, 98; *158*
Werther 330
Maximen und Reflexionen 131, 348; *193, 481*
Prometheus (Gedicht) 96; *149*
Der Schäfer (Gedicht) *288*
Spruch, Widerspruch (Gedicht) *294*

Torquato Tasso 303; *424*
– Zweiter Akt, 1. Szene 85; *122*
– Figuren:
Antonio 102; *151, 160*
Tasso 102; *151, 160*
Über epische und dramatische Dichtung (Entwurf) 194
Urworte, orphisch 341
Die Wahlverwandtschaften 133, 348; *195, 362, 482*
Wilhelm Meister 131, 299f.; *99, 103, 109*
– *Wilhelm Meisters Lehrjahre*
Viertes Buch
– 2. Kapitel *267*
– 9. Kapitel *95*
Figuren:
– Philine *76*; *95*
– Wilhelm Meister *95, 267*
(Übers.) Cellini, *Leben des Benvenuto Cellini 553*
Goethe, Johann Wolfgang von – Schiller, Friedrich von
Briefwechsel zwischen Schiller und Goethe in den Jahren 1794–1805 132; *194*
Götterdämmerung s. Richard Wagner, *Der Ring des Nibelungen*
Die Göttinnen oder Die drei Romane der Herzogin von Assy s. Mann, Heinrich
Goeze, Johann Melchior *148*
Gogol, Nikolai Wassiljewitsch 404f.; *569*
Die toten Seelen 332
Der goldene Esel s. Apuleius, Lucius
Goldsmith, Oliver *454*
Goncourt, Edmond-Louis-Antoine Huot de und Jules-Alfred Huot de *74*; *90, 188, 269, 333f.*
Henriette Maréchal 188
Renée Mauperin 90
Gorki, Maxim (eigtl. Alexej Maximowitsch Peschkow) 85; *122, 206, 225, 404, 596*
Nachtasyl 334; *206, 211, 459*
Goßler, Gustav von 252, 270; *365*
Gottfried von Straßburg
Tristan
– Figur: Tristan *47*
Gottschall, Rudolf
Poetik 192
Gottsched, Johann Christoph *167*; *63, 209, 547*
Versuch einer Critischen Dichtkunst vor die Deutschen 167; *63, 209*
Gould, George
Richard Wagner als Patient 362
Graaf, Botho s. Graef, Botho
Graef, Botho *389*; *554*
Grautoff, Otto *9f., 31f., 34, 90f., 198, 518, 563*
Briefe von Thomas Mann *s. dort*
Lübeck
– *Lübecker Kultur und Kunst im 19. Jahrhundert 518f.*
Rezensionen
– Thomas Mann, *Buddenbrooks 90f.*
Thomas Mann 91
Vorm Gewitter. Eine Skizze 20
Gregorius-Legende 534
Greve, E. *185*
Greve, Felix Paul *185*
Grieg, Edvard *33*; *45*
Ich liebe dich (Jeg elsker dig), op. 5 Nr. 3 (Text: H. Ch. Andersen) *45*
Peer Gynt, op. 23 45
Grillparzer, Franz 139, 206; *192, 286*
Des Meeres und der Liebe Wellen 286
– Dritter Aufzug *286*
– Figur: Priester 206; *286f.*
Grillparzers sämtliche Werke in 20 Bänden (Hg. A. Sauer) *185*
Reisetagebücher 128; *192*
Selbstbiographie 128, 301; *185, 192, 422*
Grimm, Emil *230*
Briefe von Thomas Mann *s. dort*
Grimm, Jacob und Wilhelm *193, 264*
Kinder- und Hausmärchen 131, 138, 193; *49, 193, 199, 264*
– *Aschenputtel* 138; *198*

Grimmelshausen, Hans Jakob Christoffel von
Der Abentheuerliche Simplicissimus Teutsch 168
Grönländer und Färinger-Geschichten 391; *549f., 555*
Der grüne Heinrich s. Keller, Gottfried
Guttmann, Herr und Frau *380*
Gyges und sein Ring s. Hebbel, Friedrich

h
Rezensionen
– Thomas Mann, *Fiorenza* 188f.; *256*
Habermann, Hugo, Freiherr von *407*
Habermann, Karl
Ze Garten. Ein deutscher Sang am Gardasee 28; *30, 38*
Hadrian I., Papst 361; *513*
Haeckel, Ernst *205, 287*
Kunst-Formen der Natur 287
Prinzipien der generellen Morphologie der Organismen 287
Die Welträtsel 287
Händel, Georg Friedrich *290*
Hahn, Julius 366; *521*
Hahn, Otto *521*
Halbe, Max 293; *408, 411, 524, 530*
Hamann, Johann Georg *294, 325*
Hamburgische Dramaturgie s. Lessing, Gotthold Ephraim
Hamlet s. Shakespeare, William
Hansen, Volkmar *152f.*
Harden, Keir *378*
Harden, Maximilian (eigtl. Maximilian Felix Ernst Witkowski) 86, 109, 179, 385; *24, 32, 36, 53, 123, 125, 145, 149, 180, 232ff., 333, 353ff., 359, 503f., 529, 542f., 546, 579*
Apostata 24
Apostata. Neue Folge 24, 234
Briefe an
– Theodor Fontane *355*
– Thomas Mann *354f.*
Briefe von
– Thomas Mann *s. dort*
Leutnant Bilse 97; 149
Nachruf auf Theodor Fontane *353, 369*
Der Prozeß (Artikel zum Strafprozeß gegen Eulenberg) *233*
Hardenberg, Friedrich Leopold, Freiherr von *s.* Novalis
Harriman, Edward Henry 217; *311f.*
Hart, Heinrich 264; *373*
Hart, Julius 264f.; *373*
Hartenstein, Frieda Laurentine
Briefe von
– Thomas Mann *s. dort*
Hartleben, Otto Erich 115, 376; *172, 535*
Hauptmann, Carl *456, 564*
Hauptmann, Gerhart 139, 166; *237, 392, 415, 469*
Briefe von Thomas Mann *s. dort*
Die Weber 266
Hauser, Caspar 197, 199; *272*
Haushofer, Max (Nationalökonom) *534*
Havemann, Julius
Rezensionen
– Thomas Mann, *Bilse und ich* (Thomas Mann) *148*
Hebbel, Christian Friedrich 146; *115, 185, 209, 217, 331, 496, 604*
Gyges und sein Ring 148; *202*
Mein Wort über das Drama 146, 168; *185, 201, 209f., 216f.*
Die Nibelungen 200
– *Meiner Frau, Christine Henriette, geb. Engehausen* (Widmungsgedicht) 141; *200*
Tagebücher 226; *332*
Heftrich, Eckhard *323*
Hegel, Georg Wilhelm Friedrich *192*
Ästhetik 182
Heiberg, Hermann *127*
Heigel, Karl Theodor von 293; *411*

Heilborn, Ernst *121*
(Hg.) *Das Fontane-Buch* *359, 383*
– Erster Teil
Fontanes Persönlichkeit *359*
Der Heilige s. Meyer, Conrad Ferdinand
Heiliger Hain s. Böcklin, Arnold
Heimann, Moritz (Pseud. Tobias Fischer) *180, 220f., 266*
Briefe von Thomas Mann *s. dort*
Heindl, Robert *251*
Geschichte, Zweckmäßigkeit und rechtliche Grundlage der Theaterzensur *251, 407*
Heine, Heinrich 21ff., 33, 49, 114, 187, 191, 218, 314; *21–26, 44, 46, 62, 64, 138, 152f., 168, 223, 227, 252–255, 261f., 321, 413, 443, 473, 484, 587, 591, 593*
Briefe *261*
Buch der Lieder
– Vorrede zur dritten Auflage (1839) *153*
Lorelei 97; *149*
Ludwig Börne. Eine Denkschrift 187; *84, 253, 255, 365*
– Einleitung 187; *255*
– Erstes Buch 187, 252; *253f.*
– Zweites Buch (*Briefe aus Helgoland*) 22, 187; *25, 253f.*
Neue Gedichte
– *Neuer Frühling*
XI: Ich wandle unter Blumen 138; *198*
Reisebilder *169*
– Teil 2: *Ideen. Das Buch Le Grand* *25*
VII. Kapitel *25*
IX. Kapitel *25*
XI. Kapitel 21; *24*
Die Romantische Schule *169*
– Erstes Buch 133; *195*
Romanzero
– Erstes Buch: Historien
Vitzliputzli *601*
– Nachwort 22f.; *25f.*
Zur Geschichte der Religion und Philosophie in Deutschland
– Erstes Buch 22; *25*
Heine, Peire (Mutter Heinrich Heines) *261*
Heinitz, Anton W[olfgang]
Briefe von
– Thomas Mann *s. dort*
Heinrich *s.* Mann, Luiz Heinrich
Hektor (Gestalt der griech. Mythologie) 81; *105, 108, 113*
Helios (griech. Sonnengott) 81; *105, 108, 113*
Helmholtz, Hermann Ludwig Ferdinand von 249
Hendel, Otto *460*
Hera (griech. Göttin) *280*
Herbst, Cristina, verw. Klostermann *604*
Hermann, Alfons *s.* Stolterfoth, Hermann A.
Hermann, Georg *316*
Hermes (griech. Gott) 81; *100, 105, 108, 113*
Hertz, Hans *372f., 379*
Hertz, Wilhelm (Verleger) 245; *361, 368, 376, 379f.*
Hertz, Wilhelm von (Literaturhistoriker) 375; *47, 534, 555*
Hesiod *102, 105*
Hesse, Hermann (Pseud. Emil Sinclair) *170, 218, 266, 465, 488, 501*
An einen jungen Dichter *266*
Briefe von
– Thomas Mann *s. dort*
Unterm Rad *550*
Heusler, Andreas *555*
Heuss, Theodor *316*
Heyden, August von *381*
Heydte, Julius, Freiherr von der 372ff.; *527*
Briefe an
– Mitglieder des Zensurbeirats *531f.*
Briefe von Thomas Mann *s. dort*
Heymel, Alfred Walter *486*
Heyse, Paul 256, 293; *121, 123, 170, 251f., 261, 352, 368, 374, 407, 412, 465*

Hildebrand, Adolf von 365; 517–521
Hildebrandt, Paul 99, 101, 104
Das Spielzeug im Leben des Kindes 100–104
Hillern, Wilhelmine von 293; 412
Hirschfeld, Georg 341ff; 252, 404, 421, 469, 471, 530
Der Kampf der weißen und der roten Rose 340–343; 469–472, 599
– Erster Teil, 6. Kapitel (Episode des Vaters) 341; 471f.
– Zweiter Teil, 2. Kapitel (Todesfahrt) 341; 471
– Dritter Teil 472
– Figuren:
Karlmann 342; 470, 472
Klementines Schwiegersohn 343
Benjamin Mohr 341f.; 471
Ulrika Rehbein 343
Klementine Rominger 342f.; 471f.
Juliane Tränkle 342; 471f.
Toni Tränkle 342; 472
Hirschfeld, Magnus 68, 74, 76
Hitler, Adolf 432
Hitzig, Julius Eduard 311, 316, 318; 403, 433, 439, 441, 445, 448, 450f.
Briefe an Fouqué 329; 451
(Hg.) Leben u. Briefe von Adelbert von Chamisso 439
Hjalmar s. Henrik Ibsen, Die Wildente
Die Hochzeit der Esther Franzenius s. Schwabe, Toni
Hodler, Franz 554
Hoffmann, E[rnst] T[heodor] A[madeus] (eigtl. E. T. Wilhelm H.) 286, 319; 194, 397, 403
Die Elixiere des Teufels 193; 265
Undine (Oper) 298
Hoffmann (gen. von Fallersleben), August Heinrich
Das Lied der Deutschen 97; 149, 156
Hofmann, Ludwig von 11, 554, 563
Frühlingssturm (Gemälde) 11
Die Quelle (Gemälde) 60
Hofmannsthal, Hugo von (Pseud. Loris) 68, 139, 165, 365; 191, 208, 218, 274, 297, 326
Briefe von
– Thomas Mann s. dort
Elektra 165; 208, 297, 299, 304
Ödipus und die Sphinx 165; 208
Rezensionen
– Wassermann, Die Schwestern. Drei Novellen 274
Terzinen (Gedicht) 68; 85
Hofmannsthal, Hugo von – Strauss, Richard
Elektra 297, 299, 304
Hofmiller, Josef
Artikel über Pocci 205
Hohenzollern, Haus 271
Holitscher, Arthur 103f., 113; 121, 137, 139, 142, 152
Hollmer, Heide 603
Holm, Korfiz (Pseud. Anthropos) 9
Briefe von Thomas Mann s. dort
Holtze, Friedrich 377
Holz, Arno 88, 123
Homer[os] 81, 128, 134, 302; 107f., 113, 192f.
Ilias 81; 102, 104f., 107f., 113, 280
– Zweiter Gesang 327
– Vierzehnter Gesang 280
– Figuren:
Hera 280
Hypnos 280f.
Kronion 102
Odysseus 224; 327
Thersites 327
Odyssee 102, 280, 332
– Zweiter Gesang 280
Homerische Hymnen 280
Hopf, Jacob
(Hg. zus. mit K. Paulsiek) Deutsches Lesebuch für Gymnasien, Realschulen und höhere Bürgerschulen 433
Huch, Friedrich 378–382; 72, 530, 537f., 540, 558, 599f.
Briefe an Thomas Mann 381

Briefe von
– Thomas Mann *s. dort*
Enzio 378; *540*
Der Gast 382; *541*
Gesammelte Werke *539*
Die Geschwister 54, 378; *72, 538*
– Umschlagzeichnung *72*
Mao 381; *538*
Peter Michel 378; *538*
Pitt und Fox. Die Liebeswege der Brüder Sintrup *538f.*
Das Requiem 381; *541*
Wandlungen *538*
Huch, Ricarda 293; *100, 218, 411, 465, 537*
Beitrag zu *Weihnachten. Thema mit Variationen* *100*
Die Romantik
– Erster Band: *Die Blütezeit der Romantik* *70, 140, 171, 552*
Kapitel: *Apollo und Dionysos* *171*
Kapitel: *Romantische Ironie* *491*
Huch, Roderich *537*
Huch, Rudolf *100, 261*
Hülsen, Hans von
Briefe von
– Thomas Mann *s. dort*
Hunding s. Richard Wagner, *Der Ring des Nibelungen. Die Walküre*
Hutter, Theodor 29f., 32; *39*
Aus der Jugendzeit (Gedichtband) *39*
Gegenreformation in Deutschböhmen *39*
Geschichte der Karlsbrücke in Prag *39*
Nordböhmische Sagen *39*
Ostmark-Klänge (Gedichtband) 29–32; *30, 39–42*
– Erster Abschnitt: *Gott* 29, 31; *39*
Zu Allerseelen 30; *41*
Wald-Andacht 30; *39, 41*
Wenn ich des Lebens müde 29f.; *41*
– Zweiter Abschnitt: *Heimath* 30; *39*
Im Wald 30; *41*
Ein Frühlingsmorgen auf der Ruine Hammerstein bei Reichenberg 30; *41*
– Dritter Abschnitt: *Nationale Lieder* *39*
Wach auf, mein Volk 30f.; *40f.*
– Vierter Abschnitt: *Liebe* 31; *39*
Das Hochlandmädchen 31f.; *41*
Ich fühle deiner Nähe Segen 32; *41*
– Fünfter Abschnitt: *In stillen Stunden* 32; *39, 42*
Im Herbste 32; *42*
– *Der Beruf des Dichters* *39*
Stimmen des Herzens (Gedichtband) *39*
Hymnen an die Nacht s. Novalis
Hypnos (griech. Gott) *280f.*

Ibsen, Henrik 24, 71, 74, 115, 139, 151, 166, 187, 200, 211f., 220, 249; *11, 18f., 27f., 64, 86, 90f., 96, 153, 172, 185, 197, 234, 254, 269, 277f., 297, 392, 466–469, 480, 484, 535, 587, 593*
Baumeister Solness 19, 115; *11f., 18f., 172, 179, 295, 480, 587*
– Zweiter Aufzug, 6. Szene 19; *19*
– Figuren:
Halvard Solness *19, 550*
Hilde Wangel *19*
Das Fest auf Solhaug *298*
Gespenster 151
Kaiser und Galiläer *254, 483*
– Erster Teil, 3. Akt *483*
Klein Eyolf 120; *51, 176, 295, 587*
– Erster Akt 120
– Dritter Akt 120, 156; *176*
– Figuren:
Alfred Allmers 120, 156; *176*
Rita Allmers *176*
Borgheim 120, 156; *176*
Eyolf *176*
Rattenmamsell *51*
Die Kronprätendenten 123; *188*
Nachgelassene Schriften
– Einführung *153*
Peer Gynt *45*
Rosmersholm 151; *84*
– Figur: Johannes Rosmer *84*
Sämtliche Werke in deutscher Sprache 152
Wenn wir Toten erwachen *18f., 83, 96, 295, 587*

[Ibsen, Henrik. *Wenn wir Toten erwachen,* *Forts.*]
- Figuren:
  Arnold Rubek 255; *83, 96, 368*
  Frau Rubek *368*
  Irene *368*
Ein Vers (Gedicht) 102, 212; *142, 152, 299*
Die Wildente 376; *535*
- Figuren:
  Hjalmar Ekdal *535*
  Großhändler Werle *376*
Ibsen, Sigurd (Sohn Henrik Ibsens) *18, 117*
Übersetzungen
- Henrik Ibsen, *Baumeister Solness 18*
Ich bin wie Leib dem Geist, wie Geist dem Leibe dir s. Platen-Hallermünde, August, Graf von
Ilias s. Homer
In einer Familie s. Mann, Heinrich
Isokrates 241; *349*
Isolde *s.* Richard Wagner, *Tristan und Isolde*
Itzenplitz, Familie 318; *447*

Jacobi, Heinrich *365*
Jacobsen, Jens Peter 74; *11, 64, 68, 90, 271, 555*
Niels Lyhne 133; *195*
Jacobsohn, Siegfried *513*
Jaffe, Heinrich 350ff.; *456, 485f.*
Briefe von
- Thomas Mann *s. dort*
Die Jagd nach Liebe s. Mann, Heinrich
Jean Paul (eigtl. Johann Paul Friedrich Richter) 127, 383; *191, 542*
Rede des toten Christus vom Weltgebäude herab, daß kein Gott sei 542
Jensen, Johannes V[ilhelm] *549, 555*
Jensen, Wilhelm 293; *121, 252, 412, 465*
Jesus Christus 33, 199; *44, 46, 172, 203, 276, 287, 573, 586*

Joachim von Fiore *s.* Gioacchino da F.
Jobs, Hieronymus *s.* Wedekind, Frank
Jörn Uhl s. Frenssen, Gustav
Johannes der Täufer *25, 519*
Joseph-Romane s. *Thomas Mann,* Joseph und seine Brüder
Jüngst, Hugo C. 191; *261 261f.*
Zur Begründung einer deutschen Heine-Gesellschaft 191; *261*
- *Redaktionelle Vorbemerkung* 191; *261f.*
Jung, C[arl] G[ustav] *184*
Jung-Stilling, Johann-Heinrich *553*
Heinrich Stillings Jugend. Eine wahrhafte Geschichte 388; *553*

Kadu, Ulea-Indianer (Freund von Adelbert von Chamisso) 315; *444*
Kainz, Josef *311*
von Kalb, Hofmarschall *s.* Friedrich von Schiller, *Kabale und Liebe*
Kandinsky, Wassily (Wassiljewitsch) *530, 567*
Kant, Immanuel 33, 159, 252; *47*
Kritik der Urteilskraft 141; *200*
Karl I., der Große, König der Franken, röm. Kaiser 272, 360; *381, 500, 513f.*
Karl August, Herzog von Sachsen-Weimar *s.* Carl August
Karlmann (Bruder Karls d. Großen) *513*
Karlweis, Marta
Jakob Wassermann. Bild, Kampf und Werk 272
Karpeles, Gustav (eigtl. Gerschon K.) *252, 261, 370, 375*
Katalog des Hellerauer Verlages 184
Katia, Katja *s.* Mann, Katia
Der Kaufmann von Venedig s. Shakespeare, William
Kausen, Armin 292, 295–298; *407f., 410, 413, 479*
Keith *s.* Frank Wedekind, *Der Marquis von Keith*

Keller, Gottfried 259f.; *109, 370*
Der grüne Heinrich 99, 103, 109
Die Leute von Seldwyla 370
– *Dietegen* 259
Kerényi, Karl (Karoly)
Briefe von
– Thomas Mann *s. dort*
Kerr (eigtl. Kempner), Alfred 47, 50, 86, 108f., 124, 126f., 136f.; *61ff., 123ff., 137, 154, 185, 190f., 198, 251f., 299, 322, 529, 543*
Briefe von
– Thomas Mann *s. dort*
Frank Wedekind 191
Gesammelte Schriften
– Erste Reihe: *Die Welt im Drama* (1917)
Einleitung zu den Gesammelten Schriften 124
4. Band *Eintagsfliegen 61*
Herr Sudermann, der D… Di … Dichter. Ein kritisches Vademecum 125
Das neue Drama (1905) *191*
– Vorwort *124*
– *Ernst Rosmer 191*
– *Anhang: Technik des realistischen Dramas 191, 195*
Rezensionen
– Hauptmann, *Der arme Heinrich 191*
– Thomas Mann, *Fiorenza. Erstaufführung im Kammerspielhaus 190, 257*
– Skowronnek, *Die kranke Zeit 61*
– Skowronnek, *Nr. 17* *61*
Technik des realistischen Dramas s. Das neue Drama. Anhang
Kessler, Harry Graf *94*
Kestner, Charlotte, geb. Buff *90, 98; 132, 158*
Kestner, Johann Christian *90, 98; 132, 158*
Key, Ellen *404*
Keyserling, Eduard (Graf) von 293; *186, 251, 358, 411*
Kielland, Alexander Lange *269, 469*
Garman & Worse 269
Kienzl, Hermann *316*
Kindheitsgeschichten (Novellenbuch, Bd. 6; Hausbücherei der Deutschen Dichter-Gedächtnis-Stiftung) *461*
Kipling, Rudyard 393; *556*
The Jungle Books (*Die Dschungelbücher*)
– Figur: Mowgli 393; *556*
Stalky & Co. 393; *556*
Klabund (eigtl. Alfred Henschke) *530*
Klages, Ludwig *314, 486, 537*
Klein Eyolf s. Ibsen, Henrik
Klein, Max *352*
Die kleine Stadt s. Mann, Heinrich
Kleist, Heinrich von 139, 207, 316; *230, 287, 332*
Das Käthchen von Heilbronn 298
Sämtliche Werke und Briefe in 6 Bänden (Hg. W. Herzog)
– *Brief an Wilhelmine von Zenge* 207; *287*
Klimsch, Fritz 366; *521*
Klingsor *s.* Richard Wagner, *Parsifal*
Kloft, Wolfgang *604*
Klopstock, Friedrich Gottlieb 301; *422*
Klostermann, Cristina *s.* Herbst
Des Knaben Wunderhorn. Alte deutsche Lieder s. Arnim, Achim von – Brentano, Clemens
Knebel, Hermann *603*
Knorr, Thomas *94*
Koch, Max *433*
Körner, Christian Gottfried
Briefe von
– Friedrich von Schiller *s. dort*
Köselitz, Heinrich (Pseud. Peter Gast) *334*
Kollwitz, Käthe *564*
Kosmiker 223; *326, 537*
Kosmopolis s. Bourget, Paul
Kotzebue, August von 312; *441*
Kotzebue, Otto von 312f.; *441*
Die kranke Zeit s. Skowronnek, Richard
Kraus, Karl 383f.; *233, 542ff.*
Die chinesische Mauer 543
Kretzer, Max *265*
Die Sphinx in Trauer 193; *265*

Krieg und Frieden s. Tolstoi, Lew N.
Kristiansen, Børge *140*
Die Kronprätendenten s. Ibsen, Henrik
Kronos (Vater des Zeus) *101*
Kruse, Hanns-Jonas *603*
Krusenstern, Adam Johann von *441*
Kubin, Alfred *564*
Umschlagzeichnung zu Thomas Mann, *Tristan. Sechs Novellen* *97*
Kundry *s.* Richard Wagner, *Parsifal*
Kurtzer, Elfriede
Lesbos in der Dichtung der letzten Jahrzehnte *68*
Kurzke, Hermann *603*

Lafontaine, August Heinrich 318, 320; *447*
Lahovary, Fürst (Pseud.) *s.* Manolescu, Georges
Lamprecht, Karl
Zur jüngsten deutschen Vergangenheit *483*
– *Weltanschauung* *540*
Lange, Friedrich
Reines Deutschtum. Grundzüge einer nationalen Weltanschauung *30*
Lange, Wilhelm
(Übers.) Turgenjew, *Väter und Söhne* *150*
Langen, Albert 54; *73, 487f.*
Laroche, Maximiliane von, verh. Brentano 132
Lasker-Schüler, Else *404, 543*
Lassalle, Ferdinand *205*
Lassen, Edvard (Eduard) 33; *45f., 199*
Laube, Heinrich *150, 221, 255, 554*
Lazarus, Moritz *375*
Ledebour, Carl Friedrich von *442*
Lederer, Hugo 366; *521*
Bismarck-Denkmal *521*
Lederstrumpf-Romane *s.* Cooper, James F.
Lehmann, Paul *290*
Thomas Mann. Zum heutigen Vortrag in der ›Literarischen Gesellschaft‹ *290*
Lemaître, Jules 49; *63f.*
Lenbach, Franz von 33; *45, 564*
Porträt von Katia Pringsheim *45, 564*
Lenin (eigtl. Wladimir Iljitsch Uljanow) *122*
Leo III., Papst 361; *514*
Leo XIII., Papst (eigtl. Vincenzo Gioacchino Pecci) 42; *57*
Leopold, Franz Josef
Titelkupfer zur Erstausgabe von *Peter Schlemihls wundersame Geschichte* *448*
Leopold II., König von Belgien 241; *350*
Lesage, Alain René
Histoire de Gil Blas *332*
Lesseps, Ferdinand de 45; *59*
Lessing, Carl Robert *379*
Lessing, Gotthold Ephraim *115, 148, 197, 335*
Anti-Goeze *148*
Hamburgische Dramaturgie 227; *334f., 424*
– 42. Stück *334*
Laokoon oder über die Grenzen der Malerei und Poesie *197*
Lessing, Maria, geb. Stach von Goltzheim (erste Frau von Theodor L.) *323, 326, 549*
Lessing, Sigmund (Vater von Theodor L.) *326*
Lessing, Theodor 218–221, 226, 232–236, 346; *36, 63, 94, 152, 230, 313–323, 326f., 333, 335, 343, 369, 477, 501, 549, 593, 603*
Artikel über Peter Behrens *207f.*
Briefe an
– Thomas Mann 236; *316, 318, 322*
Briefe von
– Thomas Mann *s. dort*
Ein Dokument der Zeit *322*
Das Ewig-Andere (Ms.) *322*
Der fröhliche Eselsquell *315*
Gegen Thomas Mann s. Wider Thomas Mann

Die Kunst, in zwanzig Minuten ein bedeutender Kunstkritiker zu werden 315
Samuel zieht die Bilanz oder der kleine Prophete 218–224, 232; *229, 313–320, 327*
Samuel zieht die Bilanz und Tomi melkt die Moralkuh oder Zweier Könige Sturz 152, 319–322, 324, 343, 478
Schopenhauer, Wagner, Nietzsche 105, 234; *152, 163, 343*
Wider Thomas Mann 232–236, 238; *318f., 321, 343, 477*
Zur Selbstwehr 321
Der letzte Mohikaner s. James F. Cooper, Lederstrumpf-Romane
Leuß, Hans
Aus dem Zuchthause. Verbrecher und Strafrechtspflege 500
Ley, Emma 396f.; *560f.*
Leyen, Friedrich von der *s.* Friedrich Schlegel, *Fragmente*
Lichtwark, Alfred *94*
Lie, Jonas *117, 269, 469*
Die Familie auf Gilje 269
Liebermann, Max *233, 415, 529, 564*
Lienhard, Friedrich 211; *30f., 226, 295*
Lieder eines Elsässers 30
Sommerfestspiele (Aufsatz) 211; *295f.*
Lietz, Hermann *549*
Liliencron, Detlev von (eigtl. Friedrich Adolf Axel Freiherr von Liliencron) 76f., 224, 229; *36, 46, 93ff., 122, 170, 327, 329, 340, 374f., 535, 595, 599*
Adjutantenritte und andere Gedichte
– Marschall Niel *46*
Auf dem Hühnengrabe (Nach der Jagd) (Gedicht) 76; *95*
Kriegsnovellen 93
Poggfred 76; *93, 95*
Sämtliche Werke 93
Eine Sommerschlacht 77, 85; *93, 95, 122*
Lipps, Theodor 293; *411*
List, Guido
Deutsch-Mythologische Landschaftsbilder 30
Liszt, Franz von *45, 207*
Littmann, Max 163; *204, 207*
Litzmann, Berthold *218, 223, 530*
Löhr, Julia Elisabeth Therese, geb. Mann, gen. Lula (Schwester von Thomas Mann) 80; *10, 43*
Lohengrin s. Wagner, Richard
Lombroso, Cesare *205*
Lope de Vega *s.* Vega Carpio, Lope Félix de
Loris *s.* Hofmannsthal, Hugo von
Lowe-Porter, Helen T[racy] *432, 452*
Lublinski, Samuel 218f., 221f., 224, 232f.; *229f., 313–318, 323, 482, 591*
Der Ausgang der Moderne 218f., 221; *313, 315, 325, 420*
– Zweites Buch: *Dichter und Werke* 222
Hugo von Hofmannsthal 325f.
Die Bilanz der Moderne 218f.; *142f., 313, 315*
Briefe an
– Theodor Lessing *319*
– Herwarth Walden *314*
Briefe von Thomas Mann *s. dort*
Rezensionen
– Thomas Mann, *Buddenbrooks 313, 389, 391*
Lucius *s.* Lucius Apuleius, *Der goldene Esel*
Ludwig, Otto *265*
Zwischen Himmel und Erde 193; *265*
Ludwig II., König von Bayern 159, 166; *204, 209*
Ludwig IX., der Heilige, König von Frankreich 241; *349*
Lüstenöder, Hans 29; *30, 39*
Luitgard (Gattin Karls d. Großen) *513*
Luitpold, Prinzregent von Bayern *368*
Lula *s.* Löhr, Julia, geb. Mann
Lulu s. Wedekind, Frank
Luther, Martin 22, 29; *25, 33*

Machiavelli, Niccolò 271
Mackensen, Fritz *345*
Märchen vom Mann ohne Schlaf 203; *285*
  Figuren:
  – Engel 203
  – Mann ohne Schlaf 203
Maeterlinck, Maurice *191*
Maffei, Francesco Scipione *334f.*
  Merope 227; *334f.*
Mahler, Gustav *297*
Mahrensee, Otto *s.* Erich von Mendelssohn, *Nacht und Tag*
Maillol, Aristide 399; *565*
Makart, Hans 139, 165; *199, 208*
Mallarmé, Stéphane *374*
Mampell, Klaus
  Briefe von Thomas Mann *s. dort*
Mann, Familie 91, 204, 345
Mann, *Carla* Augusta Olga Maria (Schwester von Thomas Mann) 80f., 235; *10, 108, 113, 272, 318*
Mann-Auden, *Erika* Julia Hedwig (Tochter von Thomas Mann) 183; *247, 291, 397, 543*
  Briefe von Thomas Mann *s. dort*
  (Hg.) Thomas Mann, *Wagner und unsere Zeit 134f.*
Mann, Friedrich Wilhelm Leberecht, gen. *Friedel* (Onkel von Thomas Mann) *91; 132*
  Briefe an Thomas Mann 132
  Inserat in den ›Lübeckischen Anzeigen‹ *132f.*
Mann, Gottfried Angelus Thomas, gen. *Golo* (Sohn von Thomas Mann)
  Rezensionen
  – Wassermann, *Caspar Hauser oder Die Trägheit des Herzens 273, 276*
Mann, Luiz *Heinrich* (Bruder von Thomas Mann) 71, 80, 347, 376, 383; *23, 30f., 34f., 43f., 53f., 69f., 73, 75f., 80, 85f., 100, 109, 112, 139, 186, 223, 225f., 229, 250, 259, 271f., 277, 306, 352, 388, 392, 404f., 433, 456, 494, 500, 529f., 535, 563, 582, 590, 593, 595*
  Abdankung s. Stürmische Morgen
  Beitrag zu *Weihnachten. Thema mit Variationen 100*
  Der blaue Engel s. *Professor Unrat*
  Die Branzilla 223
  Briefe an
  – Ludwig Ewers *23*
  – Thomas Mann *70*
  Briefe von
  – Thomas Mann *s. dort*
  Französischer Geist s. *Voltaire – Goethe*
  Geist und Tat 328
  Die Göttinnen oder Die drei Romane der Herzogin von Assy 69, 71, 75
  In einer Familie 44
  Die Jagd nach Liebe 73, 81
  – 4. Kapitel *82f.*
  – Figur: Claude Marehn 62; *82f.*
  Die kleine Stadt 242; *350*
  Professor Unrat oder Das Ende eines Tyrannen (Filmtitel: *Der blaue Engel*) *135*
  Stürmische Morgen (Novellenband)
  – *Abdankung 570, 573*
  Voltaire – Goethe (*Französischer Geist*) *328*
  Zur Psychologie der Juden 34
  Zwischen den Rassen 223
Mann, Johann Siegmund der Ältere (Urgroßvater von Thomas Mann) *102*
Mann, Julia, geb. da Silva Bruhns (Mutter von Thomas Mann) 78, 81, 181, 185, 307, 375; *10, 46, 97, 107, 113, 199, 246*
Mann, *Julia* Elisabeth Therese, gen. Lula (Schwester von Thomas Mann) *s.* Löhr, Julia
Mann, Katharina Hedwig, geb. Pringsheim, gen. *Katia* (Mielein) (Gattin von Thomas Mann) 183, 185, 346, 377; *45, 63, 91, 115, 241, 244, 247, 272, 291, 318, 321, 324, 473, 475, 549, 560*
Mann, *Klaus* Heinrich Thomas, gen. Eissi, Aissi (Sohn von Thomas Mann) 183; *247f., 397*

Briefe von
– Thomas Mann *s. dort*
Mann, Thomas Johann Heinrich (Vater von Thomas Mann) 78f., 91, 181, 185, 287, 345, 375; *46, 110, 246*
Mann, Karl Viktor, gen. Vicco, Viko (Bruder von Thomas Mann) 33; *10, 47, 537*
Wir waren fünf. Bildnis der Familie Mann *538*
Manolescu, Georges (Pseud. Fürst Lahovary) *553f.*
Ein Fürst der Diebe. Memoiren 388; *553*
Gescheitert. Aus dem Seelenleben eines Verbrechers 554
Marbacher Schillerbuch. Zur hundersten Wiederkehr von Schillers Todestag (Hg. Schwäbischer Schillerverein) *126, 336, 483, 563*
Marco, Hans *s.* Marcus, Hugo
Marcus, Hugo (Pseud. Hans Marco) 64; *81ff.*
Die Allgemeine Bildung in Vergangenheit, Gegenwart und Zukunft 81
Briefe von
– Thomas Mann *s. dort*
In Sachen eines philosophischen Gymnasiums 81
Marcus, Victor Wilhelm (Bürgermeister in Bremen) 363, 366
Maria Stuart s. Schiller, Friedrich von
Marlitt, E. (eigtl. Eugenie John) 259, 265; *370, 375*
Der Marquis von Keith s. Wedekind, Frank
Mars (röm. Gott) *511*
Martens, Armin *43*
Martens, Ilse *s.* Eggel, Ilse
Martens, Kurt 124, 197; *146, 170, 190, 257, 274, 530*
Briefe von
– Thomas Mann *s. dort*
Der Freudenmeister 125; *500*
Die Gebrüder Mann s. Literatur in Deutschland
Kaspar Hauser 124, 197; *190, 274*
Katastrophen 124
Literatur in Deutschland
– *Die Gebrüder Mann 146, 257, 482*
Roman aus der Décadence 124
Schonungslose Lebenschronik
– Zweiter Teil: 1901–1923 *524*
Die Vollendung 78
Martin, Louis *34*
L'Anglais est-il un juif? 34
Marx, Karl *205*
Masaryk, Tomás (Thomas) Garrigue *117*
Mathys, Fritz Karl
Für Thomas Mann 390
Die Thomas-Mann-Ausstellung im ABC 390
Matter, Harry *589*
Maupassant, Guy de 123; *87, 91, 189*
Gesammelte Werke in zwanzig Bänden 189
Medea (Gestalt der griech. Mythologie) 118, 154; *175*
Meeresstrand s. Storm, Theodor
Mehring, Franz *120*
Meibom, Heinrich *280*
Somne levis! (Gedicht) *280*
Meier, Albert *603*
Die Meistersinger von Nürnberg s. Wagner, Richard
Mendelssohn, Alexandra von (Mutter von Erich v. M.) 389
Mendelssohn, Erich von 389–394; *266, 538, 548–551, 555f., 600*
Bilder und Farben 391; *556*
Die Heimkehr 391; *549, 556*
Juliana 394f.; *551, 558*
– Figur: Juliana *558*
Nacht und Tag 389, 391–395; *266, 548–551, 554, 556, 559*
– XII. Kapitel 392; *556*
– Figuren:
Gruber *549, 556*
Otto Mahrensee 393; *549, 556f.*
Uglop *549*

[Mendelssohn, Erich von, Forts.]
Die Phantasten *556*
(Übers.) *Grönländer und Färinger Geschichten* 391; *549f.*, *555*
(Übers.) *Die Saga vom Freysgoden Hrafnkel* *555*
Übertragung der Gedichte von Jens Peter Jacobsen 391; *555*
Übertragung der Gedichte von Johannes V. Jensen 391; *549*
Mendelssohn, Gerda von, geb. Schack-Schou 391
Briefe von
– Thomas Mann *s. dort*
Mendelssohn, Ludwig von (Vater von Erich v. M.) 389; *557*
Mendelssohn, Peter de *418*, *434*
Menzel, Adolph von 229, 249, 256, 268; *340*, *364*, *379*
Menzel, Wolfgang 295; *413*, *479*
Mephisto *s.* Johann Wolfgang von Goethe, *Faust*
Mercier, Louis-Sébastien 164; *208*, *214f.*
Essai sur l'art dramatique 164f.; *208*, *214f.*
Merck, Johann Heinrich *554*
Mercur *s.* Hermes
Meredith, George *337f.*
Mereschkowski, Dmitri Sergejewitsch *254*, *278*, *569*
Gogol. Sein Werk, sein Leben und seine Religion 401f.; *571*
Tolstoi und Dostojewski als Menschen und als Künstler. Eine kritische Würdigung ihres Lebens und Schaffens *90*, *278*, *483*
Mérimée, Prosper 49; *64*
Mesmer, Franz Anton 203; *281*, *285*
Allgemeine Erläuterungen über den Magnetismus und den Somnambulismus 203; *282*, *285f.*
Meyer, Agnes E[lizabeth]
Briefe an
– Thomas Mann *435*
Meyer, Conrad Ferdinand *195*, *492*
Der Heilige *195*
Meyer, Johann Georg *275*
Meyer, Richard M[oritz] 229; *147*, *252*, *316*, *339*, *390*
Briefe von
– Thomas Mann *s. dort*
Rezensionen
– Thomas Mann, *Bilse und ich* (*Thomas Mann: Wir und die Dichter*) *147f.*
Meyerbeer, Giacomo (eigtl. Jakob Liebmann Meyer Beer) *206*
L'Africaine (*Die Afrikanerin*) 161; *206*, *211*
Michael, Friedrich
Rezensionen
– Thomas Mann, *Versuch über das Theater* (*Thomas Manns Othello*) *187f.*
Michelet, Jules 227; *336*, *454*
Millöcker, Karl 24; *27f.*
Das Sonntagskind 24; *27f.*
– Figur: Sir Edgar 24
Mime *s.* Richard Wagner, *Der Ring des Nibelungen*
Minne, Georg, Baron 399; *565*
Mörike, Eduard *280*
An den Schlaf (Gedicht) *280*
Moissi, Alexander *307f.*
Molière (eigtl. Jean-Baptiste Poquelin) 145
Les précieuses ridicules *338*
Moltke, Helmuth, Graf von 249; *56*, *364*
Montaigne, Michel Eyquem, Seigneur de 227, 358; *336*, *454*, *499*, *510*
Essais
– *De l'utile et de l'honneste* (*Vom Nützlichen und vom Rechten*) 271, 358; *381*, *499*, *510*
Montesquieu, Charles de Secondat, Baron de la Brède et de M. 227; *336*, *454*
Montfaucon (Montfanon), Marquis *s.* Paul Bourget, *Cosmopolis*
Moor, Franz *s.* Friedrich von Schiller, *Die Räuber*

Moor, Karl s. Friedrich von Schiller, *Die Räuber*
Morgenstern, Christian 376; *535*
Moritz, Karl Philipp
Anton Reiser 388; *553*
Morland, Jacques *87f.*
Morris, James 267; *378, 380f.*
Moses, Julius 175; *225, 227*
(Hg.) *Die Lösung der Judenfrage. Eine Rundfrage* 175, 178; *225, 230*
Motz (Hund von Thomas Mann) 183; *248*
Mowgli s. Rudyard Kipling, *The Jungle Books*
Mühsam, Erich *529, 595*
Müller, Georg 353; *487, 553*
Münch, Wilhelm
Gedanken über Fürstenerziehung aus alter und neuer Zeit 241; *350*
Münchhausen, Börries, Freiherr von *530*
Muncker, Franz *408*
Musil, Robert
Die Verwirrungen des Zöglings Törleß *550*

Nachtasyl s. Gorki, Maxim
Nagel, Theodor *9*
Gedicht *20*
Nana s. Émile Zola, *Les Rougon-Macquart*
Napoleon I. (Bonaparte), Kaiser der Franzosen 21f., 93, 208, 311; *22–25, 288, 439, 447*
Naumann, Friedrich *315*
1903–1913. Buchhandlung Heinrich Jaffe 350; *485*
Nibelungen-Lied *56*
Nicolai (eigtl. Scharling), Henrik *265*
Zur Neujahrszeit 193; *265*
Niedner, Felix *555*
Niel, Adolphe *46*
Niels Lyhne s. Jacobsen, Jens Peter
Nielsen, Harald *148*
Thomas Mann *148*
Nietzsche, Elisabeth (Schwester von Friedrich Nietzsche) s. Förster-Nietzsche, Elisabeth
Nietzsche, Friedrich Wilhelm 33, 73, 86, 105, 150, 187, 200, 234, 255, 383, 399; *12, 16, 21, 23f., 32, 40, 44f., 58, 62ff., 71, 77, 79, 89, 92, 114, 123, 126, 141, 143, 154, 163, 173, 175, 181, 184f., 188, 190, 200, 202, 204, 242, 245, 254f., 287, 299, 303, 319, 325, 330, 357, 367, 373, 380, 386, 420, 422, 489f., 492, 494, 540, 557, 564, 580, 584f., 587, 593, 600*
Also sprach Zarathustra. Ein Buch für Alle und Keinen *44*
Der Antichrist. Fluch auf das Christentum
– Nr. 29 *287*
Briefe an
– Heinrich Köselitz *334*
– Erwin Rohde 73; *89*
Ecce homo. Wie man wird, was man ist 228; *88, 255*
– *Warum ich so klug bin* *254f.*
Der Fall Wagner. Ein Musikanten-Problem 75, 123, 266; *88, 92, 181, 185, 188f., 245, 303, 307, 310, 490*
– 3. Abschnitt *375*
– 6. Abschnitt 84; *121*
– 7. Abschnitt *307f.*
– 8. Abschnitt *422*
– 9. Abschnitt 150; *202f.*
– Nachschrift *88*
Die fröhliche Wissenschaft (›la gaya scienza‹) 110, 228, 255; *155, 166*
– Vorrede zur zweiten Ausgabe *337*
– *›Scherz, List und Rache.‹ Vorspiel in deutschen Reimen*
[62.] *Ecce homo* (Gedicht) *337*
– Fünftes Buch
[361.] *Vom Probleme des Schauspielers* *367*
[368.] *Der Cyniker redet* *200f.*
Die Geburt der Tragödie. Oder: Griechentum und Pessimismus 29, 108; *40, 141, 176, 278, 281, 283, 369, 421*
– 5. Kapitel *196*

[Nietzsche, Friedrich, Forts.]
Götzen-Dämmerung oder wie man mit dem Hammer philosophiert 268; *76*
– *Streifzüge eines Unzeitgemäßen*
1. Abschnitt *544*
6. Abschnitt *73*
– *Die Arbeiterfrage*
40. Abschnitt *378*
Jenseits von Gut und Böse. Vorspiel einer Philosophie der Zukunft *44f.*
– *Drittes Hauptstück: Das religiöse Wesen*
48. Abschnitt *45*
– *Das siebente Hauptstück: Unsere Tugenden* *71*
232. Abschnitt *71, 77*
236. Abschnitt *71, 77*
239. Abschnitt *71, 77, 84*
– *Achtes Hauptstück: Völker und Vaterländer*
254. Abschnitt *492*
Menschliches, Allzumenschliches. Ein Buch *für freie Geister* *23, 380*
– Erster Band
Drittes Hauptstück: Das religiöse Leben
– 141. Aphorismus *490*
– 142. Aphorismus *490*
– 143. Aphorismus *490*
– 144. Aphorismus *490*
Viertes Hauptstück: Aus der Seele der Künstler und Schriftsteller
– 160. Aphorismus: *Geschaffene Menschen* 129; *193*
– Zweiter Band
Zweite Abtheilung: Der Wanderer und sein Schatten *252*
– 87. Aphorismus: *Gut schreiben lernen* *492*
– 95. Aphorismus: *Unsere Prosa* *492*
Nietzsche contra Wagner *88, 181, 185, 245, 490*
– *Wohin Wagner gehört* *88*
Unzeitgemäße Betrachtungen
– *Viertes Stück: Richard Wagner in Bayreuth* *92*
Der Wille zur Macht. Versuch einer Umwertung aller Werte 49; *63, 135*
– 829. Aphorismus *92*
Zur Genealogie der Moral. Eine Streitschrift 187; *45*
– *Erste Abhandlung: Gut und Böse, Gut und Schlecht* *23f., 254*
7. Abschnitt *254*
8. Abschnitt *254*
9. Abschnitt *254*
10. Abschnitt *254, 326*
– *Dritte Abhandlung: Was bedeuten asketische Ideale?* *63, 254*
6. Abschnitt *200*
26. Abschnitt *45*
27. Abschnitt *63*
Noah (biblische Gestalt) *171*
Nösselt, Friedrich
Lehrbuch der griechischen und römischen Mythologie für höhere Töchterschulen und die Gebildeten des weiblichen Geschlechts 81; *42, 99, 101f., 104–109, 113, 285*
Nordau, Max (urspr. Max Simon Südfeld) 385; *547*
Entartung *547*
Novalis (eigtl. Friedrich Freiherr von Hardenberg) 93; *136, 282*
Hymnen an die Nacht *281*
Novelli, Ermete 146; *201*
Nürnberger, Helmuth *603*

Odin *s.* Wotan (germ. Gott)
Odyssee *s.* Homer
Odysseus (Gestalt der griech. Mythologie) 141; *105, 200*
Odysseus *s.* Homer, *Illias*
Ofei *s.* Pringsheim, Alfred
Offenbach, Jacques *194, 206*
Les contes d'Hoffmann (*Hoffmanns Erzählungen*) 131; *194*
– Figur: Dichter Hoffmann 131
Offi *s.* Pringsheim, Hedwig
Opitz, Walter
Briefe von Thomas Mann *s. dort*

Oppermann, Moritz *365*
Orpheus (Gestalt der griech. Mythologie) *335*
Osterhuber, Joseph 292; *407f.*
Othello s. Shakespeare, William
Otos (Gestalt der griech. Mythologie, Sohn des Poseidon) *105*
Ovid (Publius Ovidius Naso)
Metamorphosen 280

Pache, Alexander *223*
Das Gesamtwerk Thomas Manns 171f.; *223*
Naturgefühl und Natursymbolik bei Heinrich Heine 223
Thomas Manns epische Technik 223
Pagels, Hermann Joachim *519*
Palestrina s. Pfitzner, Hans
Pallas Athene (griech. Göttin) 81; *104, 108, 113*
Panizza, Oskar 26, 402; *35f., 569*
Das Liebeskonzil. Eine Himmelstragödie in fünf Aufzügen 26; *31f., 34–37, 594*
Meine Verteidigung in Sachen ›Das Liebeskonzil‹ 26; *35–38*
– Stellungnahme Conrads 26, 28; *35ff.*
Parsifal s. Wagner, Richard
Pascal, Blaise 227; *336*
Paul, Jean s. Jean Paul
Paulsiek, K.
(Hg. zus. mit J. Hopf) *Deutsches Lesebuch für Gymnasien, Realschulen und höhere Bürgerschulen 433f.*
Paulson, Johannes 24
Pawel Petrowitsch s. Iwan S. Turgenjew, *Väter und Söhne*
P. E. s. Ehrenberg, Paul
Pellar, Hanns 297
Pellico, Silvio *365*
Meine Gefängnisse 252; *365*
Perfall, Anton von 293; *412*
Perrault, Charles
Märchen 49
Pfemfert, Franz *529f.*
Pfitzner, Hans 212; *296ff., 529, 587*
Der arme Heinrich 297f.
Palestrina 298
Undine (Bearbeitung der Oper von E.T.A. Hoffmann) *298*
Zur Grundfrage der Operndichtung 298
Pietsch, Ludwig *366*
Platen-Hallermünde, August, Graf von 169, 317; *59, 221, 321*
Gedichte
– *Du liebst und schweigst* 86; *125*
– *Ich bin wie Leib dem Geist, wie Geist dem Leibe dir 59*
– *Was gibt dem Freund, was gibt dem Dichter seine Weihe? 431*
Platon 298
Pniower, Otto
Der gerettete Fontane 383
Pocci, Franz, Graf 160; *186, 205, 213*
Pogodin, Michail Petrowitsch 404
Polykleitos der Ältere (griech. Bildhauer) 33; *45*
Popp, Hermann *408*
Popper, Josef (Pseud. Lynkeus)
Voltaire. Eine Charakteranalyse, in Verbindung mit Studien zur Ästhetik, Moral und Politik 175; *231*
Poritzky, Jakob Elias *552*
(Übers.) Augustinus, *Confessiones 552*
Posa s. Friedrich von Schiller, *Don Carlos*
Poseidon (griech. Gott) *105*
Possart, Ernst, Ritter von 124, 141, 293; *189, 204, 252, 412, 524*
Preetorius, Emil *397*
Illustrationen zu Chamissos ›Peter Schlemihl‹ 277, 284; *397, 401*
Presber, Rudolf 192; *121, 263, 530*
(Hg.) *Die Bücher des deutschen Hauses* 192f.; *121f., 263ff.*
– Band 1: Johann Wolfgang von Goethe, *Die Leiden des jungen Werther* 193; *264*
– Band 2: Otto Ludwig, *Zwischen Himmel und Erde* 193; *265*

[Presber, Rudolf, *Die Bücher des deutschen Hauses*, Forts.]
- Band 3: E.T.A. Hoffmann, *Die Elixiere des Teufels* 193; *265*
- Band 4: Friedrich Spielhagen, *Deutsche Pioniere* 193; *265*
- Band 5: Heinrich Zschokke, *Hans Dampf und Kleine Ursachen* 193; *265*
- Band 6: Max Kretzer, *Die Sphinx in Trauer* 193; *265*
- Band 7: William Thackeray, *Die Geschichte des Samuel Titmarsh und des großen Hoggarty-Diamenten* 193; *264*
- Band 8: Honoré de Balzac, *Eine Frau von dreißig Jahren* 193; *264*
- Band 9: Jacob und Wilhelm Grimm, *Kinder- und Hausmärchen* 193; *264*
- Band 10: Charles Dickens, *Weihnachtserzählungen* 193; *264*
- Band 11: Henrik Nikolai, *Zur Neujahrszeit* 193; *265*
- Band 12: Leo Tolstoi, *Kosaken* 193; *265*

Pringsheim, Familie 235, 346; *73, 130, 145, 227, 273, 318, 478*

Pringsheim, Alfred, gen. Fey bzw. Ofey (Schwiegervater von Thomas Mann) 183, 185, 346, 377; *130, 244, 247, 321, 324*

Pringsheim, Gertrude Hedwig Anna, geb. Dohm, gen. Fink bzw. Offi (Schwiegermutter von Thomas Mann) *145, 321f.*

Pringsheim, Katharina Hedwig, gen. Katia s. Mann, Katharina Hedwig

Professor Unrat s. Mann, Heinrich

Raabe, Wilhelm 379; *252, 412, 540*

Raché, Paul
  Briefe von
  - Thomas Mann *s. dort*
  Der Moloch. Roman von Jakob Wassermann (im Anhang: Rez. von *Buddenbrooks*) *276*

Racine, Jean 151f.; *203*

Die Räuber s. Schiller, Friedrich von

Raffael (Raffaelo Santi)
  Sixtinische Madonna 399; *565*

Rauschenbusch, Wilhelm 319; *433f., 443–446, 449ff.*
  (Hg.) *Chamisso's Werke 432, 434, 444*
  - Einleitung zu Band II *442, 444, 446–449, 451*
  (Hg.) *Gedichte von Adelbert von Chamisso 433f.*
  - Einleitung *433, 437ff., 441–446*

Reber, Franz von 375; *61f., 534*

Reclam, Anton Philipp *269f., 460*

Reclam, Ernst *269*

Reclam, Hans Emil *269*

Reclam, Hans Heinrich *269*

Reger, Max *297*

Reichel, Eugen 385f.; *546f.*
  Die Ahnenreihe 385f.; *546*
  - Figur: Familie Sohnreich *546*
  Aus dem Leben 546
  Gottsched 385; *547*
  Lebensbilder. Neue Novellen 546

Reinhardstoettner, Karl von *534*

Reinhardt (eigtl. Goldmann), Max 214f., 276, 334, 365; *234, 297, 303–310, 388, 392, 459, 520, 529, 587*

Reisiger, Hans
  Briefe von Thomas Mann *s. dort*

Remak, Henry H[eymann] H[erman]
  Briefe von Thomas Mann *s. dort*

Renan, Ernest 33, 40, 331, 408; *44ff., 55, 62, 87, 334, 423, 454f.*
  Histoire des origines du christianisme 44
  - Erster Band: *La vie de Jésus* (Das Leben Jesu) *44, 46*

Renée Mauperin s. Goncourt

Reni, Guido 33; *45, 564*

Repin, Ilja Jefimowitsch
  Illustrationen zu ›Freiheit und Arbeit‹ 404

Reuter, Fritz 138
  Ut mine Stromtid
  - Figur: Bräsig *379*

Reuter, Gabriele *62ff., 67–72; 34, 79ff., 83, 86, 410, 415, 465, 582, 590*
Aus guter Familie. Leidensgeschichte eines Mädchens 62f., 66, 68, 72; *81f., 85*
– Figuren:
Agathe Heidling *62, 66ff., 72; 82*
Fräulein Kriebler *66, 69; 85*
Landrat Raikendorf *66*
Briefe von
– Thomas Mann *s. dort*
Ellen von der Weiden 62; *81*
Frau Bürgelin und ihre Söhne 62; *81*
Frauenseelen 62; *81*
Liselotte von Reckling 62, 67–70, 72; *79ff., 83, 85f.*
– Erster Teil
10. Kapitel 69; *85f.*
– Zweiter Teil
3. Kapitel 69; *85*
4. Kapitel 69; *85*
7. Kapitel *86*
9. Kapitel 70; *86*
11. Kapitel *86*
– Figuren:
Lorenz Altenhagen 64, 69f.; *83*
Liselotte 69–72; *80, 85*
Daja Minstrel (eigtl. Meyer) 69ff.; *86*
Adelheid Runge 69; *85*
Exelsior Nicodemus Stuart 69; *85f.*
Selbstdarstellung in ›Im Spiegel‹ *81f.*
Vom Kinde zum Menschen. Die Geschichte meiner Jugend
– *Begegnung mit Friedrich Nietzsche 79*
– *Ibsen in Weimar 86*
Rex *s.* Theodor Fontane, *Der Stechlin*
Das Rheingold s. Richard Wagner, *Der Ring des Nibelungen*
Richter, Georg Martin
Briefe von
– Thomas Mann *s. dort*
Rilke, Rainer (René) Maria *225, 237, 486*
Der Ring des Nibelungen s. Wagner, Richard
Ritter, Peter R. 88; *127*
Rivière, Henri *286*
Marche à l'étoile 205; *286*
Rodenberg, Julius 250; *364*
Rodin, Auguste 225, 399; *330, 517, 565*
Röttger, Karl *322*
Roger des Genettes, Edma *195*
Rohde, Erwin *89*
Rohr, Mathilde von *369*
Roland, Ida 365; *520*
Rolland, Romain *302*
Romanzow, Nicolai, Graf *442*
Roon, Albrecht, Graf von *56*
Rosegger, Peter 385; *123, 465, 547*
Rosmer, Ernst *s.* Bernstein, Elsa
Rosmersholm s. Ibsen, Henrik
Rossetti, Dante Gabriel *338*
Rossini, Gioacchino
Der Barbier von Sevilla 276; *392*
Rostand, Edmond 225; *330, 373*
Cyrano de Bergerac 265; *330, 373*
Rothacker, Erich
Briefe von
– Thomas Mann *s. dort*
Rothschild, Familie 252
Les Rougon-Macquart s. Zola, Émile
Rousseau, Jean-Jacques 200, 227, 314; *122, 134f., 139, 204, 277f., 336, 454, 552, 557, 587*
Les confessions (Bekenntnisse) 85, 93, 388; *122, 135, 139, 552*
Du contrat social 214; *301*
Rubek *s.* Henrik Ibsen, *Wenn wir Toten erwachen*
Rudolf, Erzherzog, Kronprinz von Österreich *261*
Rückert, Friedrich 317
Ruederer, Josef 293, 376; *311, 411, 486, 524, 530, 535*
Ruemann, Wilhelm von *517*

Saar, Ferdinand von *121, 546*
Die Saga vom Freysgoden Hrafnkel 555
Sainte-Beuve, Charles-Augustin de 49; *62ff., 334*

Salammbô s. Flaubert, Gustave
Samiel 37; *48, 51*
Sand, George *189*
Sandberg, Hans-Joachim *603*
Sarcey, Francisque (eigtl. François Sarcey de Suttières) 125f.; *188*
Sauer, August *185*
Savonarola, Girolamo *208, 260*
Scharf, Ludwig 376; *535*
Lieder eines Einsamen. Gewidmet den Tschandalas der Liebe 76
Lieder eines Menschen 76
Tschandala-Lieder 76
Die Schaubühne als moralische Anstalt betrachtet s. Schiller, Friedrich von
Schaukal, Richard von 226; *225, 333, 369*
Rezensionen
– Thomas Mann, *Fiorenza (Thomas Mann und die Renaissance) 202*
Vom Tanzen 333
Schaumberger, Josef 376; *535*
Das Schauspiel und das Wesen der dramatischen Dichtkunst s. Richard Wagner, *Oper und Drama*
Scheerbart, Paul *404*
Schérer, Edmond *334*
Scherer, Wilhelm
Geschichte der deutschen Literatur 186, 195
– Kapitel: *Schauspiele 197*
Schewyrow, Stepan Petrowitsch *404*
Schickele, René *123, 556*
Schiller, Friedrich von 83, 86, 99, 132, 139, 150, 161, 210, 226f., 266, 348, 356; *21, 115, 117, 124f., 135, 142, 159, 176, 182, 194, 199, 206, 211, 242, 332f., 336f., 339, 366, 376, 392, 473, 481, 483f., 494, 499, 507, 563, 587*
Die Braut von Messina 121, 150, 157, 207; *173*
– Vierter Aufzug
Letzter Auftritt *287*
Briefe an
– Christian Gottfried Körner *125*
Briefe über die ästhetische Erziehung 200
Briefwechsel mit Goethe s. Friedrich von Schiller – Johann Wolfgang von Goethe, *Briefwechsel zwischen Schiller und Goethe in den Jahren 1794–1805*
Don Carlos 305, 350
– Figuren:
Philipp II. *350*
Posa *350*
Das Eleusische Fest 376
Gedanken über den Gebrauch des Gemeinen und Niedrigen in der Kunst 348; *482*
Die Jungfrau von Orleans
– Zweiter Aufzug 241
1. Auftritt *350*
– Figur: Karl VII. 241
Kabale und Liebe
– Zweiter Akt
6. Szene *206*
– Figur: Hofmarschall von Kalb 161; *206, 211*
Kleinere prosaische Schriften 174
– *Was kann eine gute stehende Schaubühne eigentlich wirken?* s. *Die Schaubühne als moralische Anstalt betrachtet*
Maria Stuart 348; *483*
Philosophische Briefe 86, 348; *124f., 483*
– Figuren:
Julius 86; *125f., 580*
Raphael *125*
Die Räuber 304
– Figuren:
Franz Moor *64*
Karl Moor 263; *372*
Die Schaubühne als moralische Anstalt betrachtet 117f., 122, 153f., 158; *174, 176f., 215*
– Figur: Radamanthus (myth. Totenrichter) *177*
Tonkunst 348; *482*
Über die ästhetische Erziehung des Menschen in einer Reihe von Briefen 499
Über naive und sentimentalische Dichtung 86, 348, 378; *135, 182, 422, 480f., 484, 491, 540, 580*

Wallenstein 141
– Figur: Wallenstein *271*
– *Die Piccolomini* 152; *203*
Wilhelm Tell 150; *173, 203*
– Zweiter Aufzug, 2. Szene (›Rütliszene‹) 121, 150, 157; *173, 203*
Schiller, Friedrich von – Goethe, Johann Wolfgang von
Briefwechsel zwischen Schiller und Goethe in den Jahren 1794–1805 132; *194*
Der Schimmelreiter s. Storm, Theodor
Schinkel, Karl Friedrich 160; *205, 211*
Schlaf, Johannes *88, 170, 225, 404, 530*
Schlaikjer, Erich
[*Männerstimmen über Frauen. Eine Rundfrage*] *342*
Schlegel, August Wilhelm
(Übers.) *Shakespeare's dramatische Werke*
– *Hamlet* *47f.*
Schlegel, Friedrich 110; *140, 166, 338, 552*
Fragmente (Hg. F. v. d. Leyen) 110; *155, 408*
– *Ideen* 110; *155, 166*
Schleh (urspr. Schlesinger), Marianne Adelaide Hedwig s. Dohm, Marianne Adelaide Hedwig
Schlemihl s. Adelbert von Chamisso, *Peter Schlemihls wundersame Geschichte*
Schlemihl, Peter (Pseud.) s. Thoma, Ludwig
Schlenther, Paul *311, 374, 376, 383*
Vorrede zu Fontane, *Causerien über Theater* *371*
Schmidt, Elise *375*
Schmidt, Erich *366*
Schmidtlein, German *125*
Schneckenburger, Max *56*
Die Wacht am Rhein (›*Es braust ein Ruf wie Donnerhall*‹) (Lied) 42; *56*
Schnitzler, Arthur 336f., 339; *170, 226, 233, 273, 462f., 465, 529*
Anatol 337; *463*
Briefe von
– Samuel Fischer *s. dort*
– Thomas Mann *s. dort*
Der einsame Weg *462*
Gesammelte Werke in zwei Abteilungen *462*
Der junge Medardus. Dramatische Historie 337; *463*
Leutnant Gustl *463*
Liebelei *463*
Reigen 337; *463*
Der Weg ins Freie *236f.*
Das weite Land 337; *463*
Zwischenspiel *462*
Scholz, Ernst s. Frank Wedekind, *Der Marquis von Keith*
Scholz, Wilhelm von *316*
Erklärung 232; *316*
Schopenhauer, Arthur *76, 93*, 211, 234; *12f., 16, 23, 89, 136, 140–143, 155, 204, 269, 281, 283, 287f., 294, 482, 490, 557, 569*
Über Schriftstellerei und Stil 211; *294*
Die Welt als Wille und Vorstellung 110, 159; *140, 155, 200, 204*
– Erster Band
Drittes Buch
– § 51 *287*
Viertes Buch
– § 68 *490*
– Zweiter Band
Kapitel 2: *Zur Lehre von der anschauenden, oder Verstandes-Erkenntniß* 141; *200*
Kapitel 3: *Ueber die Sinne* 141; *200*
Kapitel 19: *Vom Primat des Willens im Selbstbewußtsein* *282*
– 12. Abschnitt *282f.*
Kapitel 41: *Ueber den Tod und sein Verhältniß zur Unzerstörbarkeit unseres Wesens an sich* 381; *541*
Schott, Siegmund *370, 372*
Rezensionen
– Theodor Fontane, *Die Poggenpuhls* *372*
Schotte, Walther
Briefe von Thomas Mann *s. dort*

Schröder, Rudolf Alexander *486*
Schröter, Theodor *53*
Schüler, Karl 292f., 295, 297f.; *35, 251, 407–410, 485*
Schuler, Alfred *326, 537*
Schultze, Ernst *460f.*
Schultze, Th. *288*
Schulz, Carl
O wie wohl ist mir am Abend (Kanon) 116; *172*
Schumann, Robert
Frauenliebe und -leben, op. 42, 1–8 *437*
Schwab, Gustav 314; *443*
Schwabach, Erik-Ernst *556*
Schwabe, Toni 54; *68f., 90, 472, 538*
Der Ausbruch ins Grenzenlose *68*
Bleibe jung, meine Seele *74*
Briefe von
– Thomas Mann *s. dort*
Christiane. Ein Goethe-Roman *68*
Die Hochzeit der Esther Franzenius 54–59; *68–75, 590*
– Figuren:
Eliza 56
Esther 55–58; *69, 73ff.*
Lothar 56
Luise *75*
Maria 56
Adam Rude 56; *69*
Arne Rude 56f.; *69, 74*
Komm, kühle Nacht *68*
Schwarz, Andreas *604*
Schwegerle, Hans *519*
Scipio, Konrad 22f.; *21, 25f., 593*
Zur Würdigung Heinrich Heines 22f.; *21ff., 25*
Scott, Sir Walter 255
Scribe, Eugène *371*
L'Africaine (Libretto) *206, 211*
Feenhände *371*
Seneca, Lucius Annaeus *280*
Shakespeare, William 99f., 102, 134, 142, 144ff., 167; *150, 159, 161, 185, 187, 191, 196, 200, 243, 254, 307, 332, 534*
Coriolanus *306*
Hamlet 34; *47, 149, 304, 307, 310*
– Erster Akt
4. Szene 255; *366*
– Dritter Akt
1. Szene 34, 53, 116; *47, 67, 172*
– Figuren:
Hamlet 33, 116; *46f., 64, 172, 307f., 582*
Hamlets Vater *149*
Der Kaufmann von Venedig 146; *304, 310*
– Figur: Shylock 102, 146; *151, 161, 201*
König Heinrich IV.
– Figur: John Falstaff 100, 102; *151, 159, 161*
König Heinrich V.
– Figur: John Falstaff 100, 102; *151, 159, 161*
Die lustigen Weiber von Windsor
– Figur: John Falstaff 100, 102; *151, 159, 161*
Othello 119f., 156; *175, 187, 395*
– Erster Akt, 2. Szene 119, 155; *175*
– Dritter Akt, 3. Szene 119f., 155f.; *175*
– Figuren:
Brabantio *175*
Desdemona 119, 155; *175*
Othello 102, 119f., 155f.; *151, 161, 175f., 187, 201, 228*
Sonette 144; *201*
Shaw, George Bernard *390, 453, 466*
Shylock *s.* William Shakespeare, *Der Kaufmann von Venedig*
Siegfried (Gestalt der germ. Mythologie) *538*
Siegfried s. Richard Wagner, *Der Ring des Nibelungen*
Sieglinde *s.* Richard Wagner, *Der Ring des Nibelungen. Die Walküre*
Siegmund *s.* Richard Wagner, *Der Ring des Nibelungen. Die Walküre*
Siemens, Werner von *15*

Sigilla Veri s. Ekkehard, E[rich]
da Silva Bruhns, Julia *s.* Mann, Julia
da Silva Bruhns, Maria Luiza, geb. da Silva (Großmutter von Thomas Mann) *78; 97*
Simplizissimus *s.* Hans Jakob Christoffel von Grimmelshausen, *Der Abentheuerliche Simplicissimus Teutsch*
Sinclair, Emil (Pseud.) *s.* Hesse, Hermann
Sixtinische Madonna s. Raffael
Skowronnek, Richard 47, 50; *61f., 123*
Die kranke Zeit 47; *61*
Slevogt, Max *123, 415, 529, 553*
Smollett, Tobias *454*
Sophie, Großherzogin von Sachsen-Weimar *366*
Sophokles 150
Speyer, Wilhelm *549*
Spielhagen, Friedrich 255; *265, 367*
Deutsche Pioniere 193; *265*
Spinoza, Baruch de 348; *481f.*
Spiro, Eugen 297
Spitteler, Carl *465*
Spohr, Wilhelm
Fidus Kunst in ihrer Entwicklung bis zur Tempelkunst 183
Sprengel, Peter *314*
Stachorski, Stephan *604*
Stadler, Toni *407*
Staël, Germaine de 311; *195, 440*
De l'Allemagne 438
Stahl, Fritz *563*
Stalky & Co. s. Kipling, Rudyard
Stanhope, Henry, Lord, Earl of Chesterfield 199; *275f.*
Stauff, Philipp
(Hg.) *Semi-Kürschner oder Literarisches Lexikon der Schriftsteller, Dichter, Bankiers jüdischer Rasse und Versippung... 476, 478*
Stauffer-Bern, Karl 266; *377*
Stavenhagen, Bernhard 162; *207*
Musik zu *Ein deutsches Weihnachtsspiel* 162
Der Stechlin s. Fontane, Theodor
Stein, Herr *270*
Stendhal (eigtl. Marie-Henri Beyle) *62*
Stephanus, hl. *373*
Stephany, Friedrich *366, 376, 382*
Stern, Karl von *58*
Stern, Maurice Reinhold von 44f.; *58ff.*
Autobiographische Skizze *58*
Dagmar, Lesseps und andere Gedichte 44ff.; *58ff., 404*
– *Somniferum* 44
– *Dagmar. Episches Gedicht* 45; *60*
Ein Fest auf Haderslevhuus 60
– *Lesseps* 45; *59*
Suez 59
Paris 59
Panama 59
– *Zyklus: Im Glanz der Liebe* 45f.
Feierstunde 46f.
Proletarier-Lieder 58
Sterne, Laurence 351; *454, 486*
A Sentimental Journey through France and Italy 486
Tristram Shandy (The Life and Opinions of Tristram Shandy) 486
Stiehl, Karl
Rezensionen
– Millöcker/Wittmann/Bauer, *Das Sonntagskind 27*
Stieler, Eugen, Ritter von *407*
Stieve, Felix 375; *534*
Stilgebauer, Edward 234; *127, 343*
Der tolle Rittmeister 343
Vom Wege 343
Stobbe, Horst
Briefe von
– Thomas Mann *s. dort*
Stöcker, Adolf *22*
Störtebeker, Klaus 263; *372*
Stössl, Otto *316*
Stolberg, Auguste, Gräfin zu
Briefe von
– Johann Wolfgang von Goethe *s. dort*

Stolterfoht, Hermann A. (Pseud. Alfons Hermann) *12, 17f.*
Aus Thomas Manns Schülerzeit. Eine Erinnerung zu seinem 50. Geburtstag 12f., 15, 17f.
Storm, Theodor 55, 257; *15, 49, 59, 73, 189, 370*
Ein Fest auf Haderslevhuus 45; *60*
– Figuren:
Dagmar *60*
Rolf von Lembeck *60*
Meeresstrand (Gedicht) *73*
Der Schimmelreiter 50
Verzeiht 373
Strauß, Emil *72*
Freund Hein. Eine Lebensgeschichte 54; *72, 550*
Strauß, Johann (Sohn) *45*
Strauss, Richard 33, 212, 230, 365; *45f., 207, 296–299, 307, 340, 473, 529, 587*
Also sprach Zarathustra, op.30 297
Ein Heldenleben, op. 40 297
Don Juan, op. 20 45, 297
Feuersnot, op. 50 45
Guntram, op. 25 45
Salome, op. 54 297
Till Eulenspiegels lustige Streiche, op. 28 45, 297
Tod und Verklärung, op. 24 45, 297
Strauss, Richard – Hofmannsthal, Hugo von
Elektra, op. 58 297, 299, 304
Strindberg, Johan August 266, 339; *64, 189, 233f., 277, 377, 392, 466ff., 587*
Inferno 467
Le plaidoyer d'un fou (*Beichte eines Toren*) 267; *377*
Der Sohn einer Magd. Entwicklung einer Seele 467
Strindbergs Werke. Deutsche Gesamtausgabe 339; *468*
Tschandala 76
Stuck, Franz von *296; 413*
Sudermann, Hermann *123ff., 127, 203, 251*
Heimat
– Figur: Magda Schwartze 255; *367*
Johannisfeuer 152; *203*
Verrohung in der Theaterkritik 86; *125*
Sueton (Gaius Suetonius Tranquillus) 298
Suphan, Bernhard *366*
Swinburne, Algernon Charles *338*
Syfax 138

Taine, Hippolyte *62, 153, 334*
Tannhäuser s. Wagner, Richard
Tasso s. Johann Wolfgang von Goethe, *Torquato Tasso*
Tausendundeine Nacht 297
Figuren:
– Sindbad 236; *343*
Technik des realistischen Dramas s. Alfred Kerr, *Das neue Drama. Anhang*
Testamentum Johannis 57
Teutenberg, Adolf *279*
Thackeray, William Makepeace *264*
Die Geschichte des Samuel Titmarsh und des großen Hoggarty-Diamanten (The History of Samuel Titmarsh) 193; *264*
Therese, Prinzessin von Bayern 293; *412*
Thersites s. Homer, *Ilias*
Thoma, Hans *88, 277, 465, 564*
Thoma, Ludwig (Pseud. Peter Schlemihl) 293; *411, 488*
Thon, Osias
Briefe an
– ›Jüdische Rundschau‹ *316*
Tieck, Ludwig 49; *64, 171, 195*
Franz Sternbalds Wanderungen 171
– Figur: Lukas van Leyden *171*
(Übers.) *Shakespeare's dramatische Werke*
– *Hamlet 47*
Tieck, Ludwig – Wackenroder, Wilhelm Heinrich
Herzensergießungen eines kunstliebenden Klosterbruders 565
Tiergarten-Novelle s. Thomas Mann, *Wälsungenblut*

Titanen (Gestalten der griech. Mythologie) 81; *105, 108, 113*
Tolstoi, Lew (Leo) Nikolajewitsch, Graf 74, 200, 249, 339; *90f., 234, 265, 277f., 287, 467, 587*
Die Kosaken (Kasaki) 193; *265*
Krieg und Frieden 216f.
Mein Glaube 287
Topf, Gertrud *68*
Torquato Tasso s. Goethe, Johann Wolfgang von
Die toten Seelen s. Gogol, Nikolai W.
Touaillon, Louis 364, 366; *516, 520*
Kaiser-Wilhelm-Denkmal 364; *519*
Townsend, Atwood H[alsey]
Briefe von
– Thomas Mann *s. dort*
Trakl, Georg *543*
Trinius, Karl Bernhard von *447, 449*
Tristan und Isolde s. Wagner, Richard
Tristram Shandy s. Sterne, Laurence
Trübner, Wilhelm *311*
Tschang, Li Hung *374f.*
Tschudi, Hugo von 367; *521*
Tuaillon, Louis *s.* Touaillon, Louis
Turgenjew, Iwan Sergejewitsch 74, 98f., 102, 200; *91, 139, 157f., 160, 278, 333f.*
Aufzeichnungen eines Jägers 98; *150, 158*
Väter und Söhne 99, 133; *195*
– Nachwort 99; *150, 158*
– Figuren:
Basarow 99, 102; *151, 158, 161*
Pawel Petrowitsch 102; *151, 161*
Typhon (Gestalt der griech. Mythologie) 81; *101, 105, 108, 113*

Über Schauspieler und Sänger s. Wagner, Richard
Die undeutsche Litteratur der Gegenwart. Von einem Provinzler 30
Undine s. Hoffmann, E.T.A. *und* Pfitzner, Hans
Väter und Söhne s. Turgenjew, Iwan S.
Varnhagen von Ense, Karl August 311; *439*
Veda 499
Veden s. *Veda*
Vega Carpio, Lope Félix de 145; *201*
Vergil (Publius Vergilius Maro) 81; *107f., 113*
Verlaine, Paul 75; *91f., 172, 244, 522*
Sagesse II – III – V: Un grand sommeil noir 91
Vesper, Will 160; *205f., 337*
Vicco *s.* Mann, Viktor
Viebig, Clara *352, 530*
Vikko *s.* Mann, Viktor
Vischer, Friedrich Theodor 130, 132; *182, 193*
Ästhetik 185, 192f.
– Dritter Teil
§ 895 130ff.; *193*
§ 896 131; *193*
Vitzliputzli (atztekischer Kriegsgott; eigtl. Huitzilopochtli) (*s. auch* Heinrich Heine, *Romanzero*) *601*
Vitzthum von Eckstädt, Hermann, Graf (Pseud. Wilhelm Ludwig, W. L.) *9, 20, 43*
Untergang. Eine helgoländer Skizze 20
Vleuten, Carl Ferdinand van *170*
Voll, Karl *408*
Voltaire (eigtl. François-Marie Arouet) 175, 227, 331, 361, 408; *231, 335f., 381, 454f., 495, 513f., 583*
Essay sur l'histoire générale et sur les mœurs et l'esprit des nations depuis Charlemagne jusqu'à nos jours (Versuch über die allgemeine Geschichte, über die Sitten und den Geist der Nationen von Karl dem Großen bis in unsere Tage) 500
– 15. Kapitel 360; *500*
– 16. Kapitel 360; *500*
Essai sur les mœurs 272; *381*
Voß, Johann Heinrich
Homer-Übersetzungen 138; *199, 280, 327*

Wackenroder, Wilhelm Heinrich *338*
Wackenroder, Wilhelm Heinrich – Tieck, Ludwig
Herzensergießungen eines kunstliebenden Klosterbruders *565*
Wackernagel, Wilhelm
Deutsches Lesebuch 305f.; *434*
Wagner, Cosima, geb. Liszt *64*
Wagner, Richard 24, 33, 73ff., 99, 115, 117, 121f., 128, 131f., 136, 139f., 143f., 151, 153, 157–160, 165f., 211, 216, 226, 247, 249, 261, 301–304, 399; *11, 27f., 44f., 47, 62, 64, 73, 87ff., 92, 141, 159, 172, 181–185, 188f., 193, 196–202, 204, 206f., 209ff., 213, 281, 295, 297ff., 303, 306ff., 325, 330ff., 337, 357, 359, 362f., 373, 375, 380, 386, 417–424, 429, 459, 489–492, 563, 565, 585ff.*
Deutsche Kunst und deutsche Politik *423*
Das Kunstwerk der Zukunft *181, 185, 423*
Lohengrin *47, 199, 306*
– Erster Aufzug 139; *199*
– Dritter Aufzug *349*
– Figuren:
Elsa von Brabant 33; *47*
Lohengrin 139; *349*
Die Meistersinger von Nürnberg *64, 92, 204, 209, 306*
Eine Mitteilung an meine Freunde 151; *181, 185, 203*
Oper und Drama *181, 185, 332*
– Zweiter Teil: *Das Schauspiel und das Wesen der dramatischen Dichtkunst* 134f., 142, 160, 226, 301; *196f., 200, 203, 332, 422f.*
Vorrede 136; *197f.*
Kapitel I 134f.; *196f.*
Parsifal 121, 151, 157, 247, 265; *47, 173, 176, 191, 203, 208, 295*
– Zweiter Aufzug 165; *208*
– Figuren:
Klingsor 165; *208*
Kundry *282*
Parsifal 33; *47, 339*
Religion und Kunst *540*
Der Ring des Nibelungen. Ein Bühnenfestspiel 74, 128, 145, 247, 302; *89, 182, 363, 422, 429*
– *Das Rheingold* (Vorabend) 128, 151; *363*
Vorspiel 151
Figur: Wotan 128; *552*
– *Die Walküre* (Erster Tag) 151; *199*
Erster Aufzug
– Dritte Szene 128; *192*
Figuren:
– Fricka 141
– Hunding 140; *199*
– Sieglinde 128, 140, 301; *192*
– Siegmund 140
– Wotan 128
– *Siegfried* (Zweiter Tag) 151, 303; *205, 424*
Erster Aufzug
– Zweite Szene (Mime – Wanderer) 128; *192*
Figur: Der Wanderer 301
– *Götterdämmerung* (Dritter Tag) *73, 418*
Vorspiel (Nornenszene) 128, 301; *192*
Dritter Aufzug
– Dritte Szene 59, *67; 76, 85*
Figur: Brünnhilde *67; 76, 85*
– Figuren:
Alberich *323*
Mime 301; *323*
Siegfried 145, 303
Wotan 128, 301; *50f., 359*
Siegfrieds Tod (Entwurf) 151
Tannhäuser 247; *363*
– Figur: Tannhäuser 139
Tristan und Isolde 93, 97, 115, 209, 302; *47, 64, 134ff., 157, 172, 281f., 422f.*
– Zweiter Aufzug 58; *73*
Zweite Szene *149*
– Figuren:
Isolde *149*
Tristan 33; *47*

Über die Benennung »Musikdrama« *295*
Über Schauspieler und Sänger 145, 159f., 163; *185, 204f., 207*
Die Wahlverwandtschaften s. Goethe, Johann Wolfgang von
Die Walküre s. Richard Wagner, *Der Ring des Nibelungen*
Wallenstein, Albrecht Wenzel Eusebius von, Herzog von Friedland 271
Wallenstein s. Schiller, Friedrich von
Walter, Bruno, gen. Kuzi
Briefe von
– Thomas Mann *s. dort*
Der Wanderer *s.* Richard Wagner, *Der Ring des Nibelungen. Siegfried*
Wanderungen durch die Mark Brandenburg s. Fontane, Theodor
Wandrey, Conrad *373*
Stefan George 373f.
Theodor Fontane 357
Was bedeuten asketische Ideale s. Friedrich Nietzsche, *Zur Genealogie der Moral*
Wassermann, Jakob 197ff.; *84, 218, 226, 271–274, 276, 466, 590*
Briefe an
– Samuel Fischer *276*
Caspar Hauser oder Die Trägheit des Herzens 197ff., 368; *271–276, 521*
– Erster Teil
6. Kapitel: *Daumer stellt die Metaphysik auf die Probe 275*
Schlußkapitel: *Die geheimnisvolle Mission und was ihrer Ausführung im Wege steht 276*
– Zweiter Teil
4. Kapitel: *Anbetung der Sonne* 198; *275*
5. Kapitel: *Man erfährt einiges über Herrn Quandt sowie eine vorläufig noch ungenannte Dame 275*
6. Kapitel: *Joseph und seine Brüder 272*
7. Kapitel: *Schloß Falkenhaus* 198; *274*
– Figuren:
Feuerbach 199; *274f.*
Caspar Hauser 197, 199; *272, 275f.*
Lehrer Quandt 198; *275*
Lord Stanhope 198f.; *275f.*
Christus-Roman (geplant) 199; *276*
Die Juden von Zirndorf 67, 199; *84, 272*
– Figur: Agathon 199
Das Los der Juden (Artikel) *273*
Mein Weg als Deutscher und Jude 271, 273f.
Melusine 271
Der Moloch 199; *276*
Rezensionen
– Thomas Mann, *Königliche Hoheit 272*
Die Schwestern. Drei Novellen 274
– *Clarissa Mirabell 274*
– *Donna Johanna von Castilien 274*
– *Sara Malcolm 274*
Thomas Mann. Zum 50. Geburtstag, 6. Juni 272
Wassermann, Max *272*
Waßmann, Hans 334; *459*
Weber, Carl von 52f.; *66, 582*
Ehre ist Zwang genug. Ein Roman aus der Neuzeit 51ff.; *66*
– Figuren:
Leo 51f.; *66*
Leos Schwester 51
Mädchen, Geliebte von Leo 52
Offizier 52
Weber, Carl Maria
Briefe von
– Thomas Mann *s. dort*
Weber, Carl Maria von
Der Freischütz, op. 77 *48*
Weber, Friedrich H.
Für Thomas Mann 390
Weber, Hans von 277, 353; *397, 486f., 561*
Briefe von
– Thomas Mann *s. dort*
Die Weber s. Hauptmann, Gerhart
Wechsler, Ernst 250; *364*

Wedekind, Frank (Pseud. Hieronymus Jobs) 139, 293, 372f., 383, 400–403, 405f.; *191, 206, 233, 297, 330, 459, 465, 524–527, 529ff., 543, 564, 567ff., 571, 584, 594f.*
An jedes Mitglied des Münchner Zensurbeirates 525
Briefe an
– Thomas Mann *528*
Briefe von Thomas Mann *s. dort*
Die Büchse der Pandora 372; *527, 529*
– Erster Aufzug *531*
[Der] Erdgeist 527
– Dritter Aufzug *531*
Franziska 373; *525, 532*
Frühlings Erwachen 524
Herr von der Heydte (Gedicht) *527*
Lulu 372ff.; *524, 527f., 530f., 567, 594*
Der Marquis von Keith 400, 402–406; *568, 571*
– Erster Aufzug 406; *570, 572*
– Dritter Aufzug 406; *570, 573*
– Fünfter Aufzug 400ff., 406; *570 bis 573*
– Figuren:
Anna 400; *571, 573*
Marquis von Keith 400–406; *568–573*
Molly 406; *573*
Sascha, Laufbursche 406
Ernst Scholz, Graf Trautenau 400–406; *568f., 571ff.*
Schloß Wetterstein 529
Tod und Teufel 529
Totentanz 529
Die Zensur 525
Wehberg, Hans
Briefe von
– Thomas Mann *s. dort*
Weisgerber, Albert 297
Weiß, E[mil] R[udolf] 299; *416*
Weiß, Karl 41f.; *53, 56*
Von Gibraltar nach Moskau. Skizzen aus der Mappe eines Litteraten 40–43; *30, 53, 56f.*
– Vorwort zur zweiten Auflage 40; *53–56*
– *Von Gibraltar nach Cadix* 41; *53*
– *Mondnacht im Löwenhof der Alhambra* 41; *53*
– *Von der Höhe des Kapitols* 41; *56*
– *Pompeji 53*
– *Thorwaldsen-Museum in Kopenhagen 53*
– *Am Niederwalddenkmal* 42; *56*
– *Kapelle der Sixtinischen Madonna in Dresden 53*
– *Die Heimat der Heimatlosen auf Sylt* 42
Die Welt als Wille und Vorstellung s. Schopenhauer, Arthur
Wendt, Johann Amadeus *446*
Werle *s.* Henrik Ibsen, *Die Wildente*
Werther *s.* Johann Wolfgang von Goethe, *Die Leiden des jungen Werthers*
Westermann, Fritz *375*
Whitman, Walt[er] *540*
Wichman, Herman *370*
Widmann, Josef Victor 385; *547*
Widukind *s.* Wittekind
Wiegler, Paul
(Hg.) *Französisches Theater der Vergangenheit* 164; *208, 214*
Wieland, Christoph Martin
Briefe an einen jungen Dichter 266
Wilda, Oskar *96f., 250*
Briefe von Thomas Mann *s. dort*
Thomas Mann 96
Wilde, Oscar
An Ideal Husband
– Dritter Akt *552*
– Figur: Lord Goring *552*
Phrases and Philosophies for the Use of the Young 551f.
Der Wilde Jäger (Gestalt in der germ. Mythologie) 37
Wildenbruch, Ernst von *469*
Die Wildente s. Ibsen, Henrik
Der Wildtöter s. James F. Cooper, Lederstrumpf-Romane

Wilhelm I., Deutscher Kaiser und König von Preußen 249, 364; *56, 516*
Wilhelm II., Deutscher Kaiser und König von Preußen 117, 153, 240; *59, 94, 128, 233, 329, 340, 344, 349f., 381*
Wilhelm Meister s. Goethe, Johann Wolfgang von
Wilhelm Tell s. Schiller, Friedrich von
Der Wille zur Macht s. Nietzsche, Friedrich
Wilson, Thomas Woodrow *496*
Winterstein, Eduard von *480*
Witkop, Philipp
Briefe von
– Thomas Mann *s. dort*
Witkowski, Georg *408*
Wittekind (Widukind) 361; *385f., 513*
Wittmann, Hugo – Bauer, Julius
Das Sonntagskind 24; *27*
– Figur: Sir Edgar 24
Wolfram von Eschenbach
Parzival
– Figur: Parzival *47*
Wolzogen, Ernst Ludwig, Freiherr von 376; *279, 535*
Wotan (germ. Gott) 35; *48, 50f., 345*
Wotan *s.* Richard Wagner, *Der Ring des Nibelungen*
Wrschowitz *s.* Theodor Fontane, *Der Stechlin*
Wysling, Hans *417, 588*
Geist und Kunst. Thomas Manns Notizen zu einem ›Literatur- Essay‹ 293
(Hg.) Thomas Mann, *Notizbücher* s. unter Thomas Mann

Zähler, Joseph 24
Zeller, Bernhard
(Hg.) *S. Fischer Verlag. Von der Gründung bis zur Rückkehr aus dem Exil* (Katalog) *237ff.*
Zeus (griech. Gott; *s. auch* Jupiter) 81; *100f., 105f., 108, 113*
Zils, Wilhelm
(Hg.) *Geistiges und künstlerisches München in Selbstbiographien 533f.*
Zöllner, Karl *373, 376, 379*
Zola, Émile 249, 383; *205, 333, 469, 471, 544*
Les Rougon-Macquart 67, 121, 471
– *Nana* 84; *121*
Figur: Nana *121*
– *Pot-Bouille* 52; *67*
Zschokke, Heinrich *265*
Erzählungen 193; *265*
– *Hans Dampf* 193; *265*
– *Kleine Ursachen* 193; *265*
Zschorlich, Paul *315*
Zweig, Stefan *123, 170, 186, 316, 543*
Briefe von Thomas Mann *s. dort*

INHALT

Die erste Seitenzahl verweist auf den Kommentarband, die zweite auf den Textband

[Frühlingssturm!]	9	17
[Über Ibsens »Baumeister Solness«]	18	19
An unsere Leser [I]	20	20
Heinrich Heine, der »Gute«	21	21
Lübecker Theater	27	24
An unsere Leser [II]	29	25
[»Das Liebeskonzil«]	30	26
»Ze Garten«	38	28
»Ostmarkklänge. Gedichte von Theodor Hutter.«	39	29
Erkenne Dich selbst!	43	33
Tiroler Sagen	48	35
Ein nationaler Dichter	53	40
»Dagmar, Lesseps und andere Gedichte«	58	44
Kritik und Schaffen	61	47
Carl von Weber: »Ehre ist Zwang genug«	66	51
Das Ewig-Weibliche	68	54
[Anmerkung zu »Das Ewig-Weibliche«]	78	60
Gabriele Reuter	79	61
[Der französische Einfluß]	87	73
Liliencron	93	76
[Selbstbiographie I]	96	78
Kinderspiele [I]	99	79
[Über »Fiorenza« I]	115	82
[Über Schiller]	117	83
[Volksromane]	119	84
[Über die Kritik]	123	86
Ein Nachwort	127	88
Notizen [I]	134	93

Bilse und ich	137	95
Vorwort [zur ersten Auflage der Buchausgabe von »Bilse und ich«]	168	112
[Dichterische Arbeit und Alkohol]	170	115
Das Theater als Tempel	173	117
Versuch über das Theater	178	123
Mitteilung an die Literaturhistorische Gesellschaft in Bonn	218	169
Die Lösung der Judenfrage	225	174
[Maximilian Harden]	233	179
[Über »Königliche Hoheit« I]	236	180
Im Spiegel	240	181
[Selbstbiographie II]	250	185
[Die Theaterzensur]	251	186
Notiz über Heine	252	187
Über »Fiorenza« [II]	256	188
[Zur Begründung einer deutschen Heine-Gesellschaft]	261	191
»Die Bücher des deutschen Hauses«	263	192
An einen jungen Dichter	266	194
[Beim Erscheinen der No. 5000 von Reclams Universal-Bibliothek]	269	196
Wassermanns »Caspar Hauser«	271	197
[Tolstoi zum 80. Geburtstag]	277	200
[Die künstlerischen und kulturellen Möglichkeiten des Freilichttheaters]	279	201
Süßer Schlaf!	280	202
[An die Redaktion der »Saale-Zeitung«]	290	210
Notizen [II]	293	211
[Die interessanteste Zeitungsnachricht des Jahres]	311	217
Der Doktor Lessing	313	218
[Die gesellschaftliche Stellung des Schriftstellers in Deutschland]	328	225

[Männerstimmen über Frauen]	342	231
Berichtigungen	343	232
[Über »Königliche Hoheit« II]	344	238
[Theodor Fontane]	352	244
Der alte Fontane	354	245
[Roman und Theater in Deutschland]	388	275
Peter Schlemihl	393	277
[Selbstbiographie III]	404	287
Vorwort [zur vierten Auflage der Buchausgabe von »Bilse und ich«]	406	288
Gutachten [über Pornographie und Erotik]	407	292
Fraktur oder Antiqua?	414	299
Auseinandersetzung mit Wagner	417	301
Chamisso	430	305
[De l'Humour]	453	331
[Unsere Schriftsteller bei der Arbeit]	456	332
[Otto Julius Bierbaum zum Gedächtnis]	458	333
[Glückwunsch zum zehnjährigen Bestehen der Deutschen Dichter-Gedächtnis- Stiftung]	460	335
Dank [an Arthur Schnitzler]	462	336
[Zum Bau der Berner Kunsthalle]	465	338
[Zu August Strindbergs Tod]	466	339
Ein Werk des Naturalismus	469	340
Talent	473	344
[An die Redaktion der »Staatsbürger-Zeitung« I]	475	345
[An die Redaktion der »Staatsbürger-Zeitung« II]	477	346
Zu »Fiorenza«	480	348
Ein Brief [an den Buchhändler Heinrich Jaffe]	485	350
Der Literat	488	354

Für Fritz Behn 516 363
[Gutachten über Frank Wedekinds
Schauspiel »Lulu«] 524 372
[Selbstbiographie IV] 533 375
Friedrich Huch. 537 378
[Über Karl Kraus] 542 383
[Über Eugen Reichels »Die Ahnenreihe«] 546 385
Vorwort zu einem Roman 548 387
Bruno Frank, »Requiem« 560 396
[Maler und Dichter] 563 399
Über Frank Wedekind 567 400

Anhang

Nachwort und Dank 577
Zeichen, Abkürzungen und Siglen 605
Bibliographie 609
Verzeichnis der erwähnten eigenen Werke 625
Verzeichnis der erwähnten Personen
und fremden Werke 638

Große kommentierte Frankfurter Ausgabe

Band 1.1: Buddenbrooks
Textband

Band 1.2: Buddenbrooks
Kommentarband

Band 2.1: Frühe Erzählungen 1893–1912
Textband

Band 2.2: Frühe Erzählungen 1893–1912
Kommentarband

Band 3.1: Fiorenza, Lyrik, Gesang vom Kindchen
Textband

Band 3.2: Fiorenza, Lyrik, Gesang vom Kindchen
Kommentarband

Band 4.1: Königliche Hoheit
Textband

Band 4.2: Königliche Hoheit
Kommentarband

Band 5.1: Der Zauberberg
Textband

Band 5.2: Der Zauberberg
Kommentarband

Band 6.1: Späte Erzählungen 1919–1953
Textband

Band 6.2: Späte Erzählungen 1919–1953
Kommentarband

Band 7.1: Joseph und seine Brüder I
Die Geschichten Jaakobs
Der junge Joseph
Textband

Band 7.2: Joseph und seine Brüder I
Die Geschichten Jaakobs
Der junge Joseph
Kommentarband

Band 8.1: Joseph und seine Brüder II
Joseph in Ägypten
Joseph, der Ernährer
Textband

Band 8.2: Joseph und seine Brüder II
Joseph in Ägypten
Joseph, der Ernährer
Kommentarband

Band 9.1: Lotte in Weimar
Textband

Band 9.2: Lotte in Weimar
Kommentarband

Band 10.1: Doktor Faustus
Textband

Band 10.2: Doktor Faustus
Kommentarband

Band 11.1: Der Erwählte
Textband

Band 11.2: Der Erwählte
Kommentarband

Band 12.1: Bekenntnisse des Hochstaplers Felix Krull
Textband

Band 12.2: Bekenntnisse des Hochstaplers Felix Krull
Kommentarband

Band 13.1: Betrachtungen eines Unpolitischen
Textband

Band 13.2: Betrachtungen eines Unpolitischen
Kommentarband

Band 14.1: Essays I: 1893–1914
Textband

Band 14.2: Essays I: 1893–1914
Kommentarband

Band 15.1: Essays II: 1914–1926
Textband

Band 15.2: Essays II: 1914–1926
Kommentarband

Band 16.1: Essays III: 1926–1933
Textband

Band 16.2: Essays III: 1926–1933
Kommentarband

Band 17.1: Essays IV: 1933–1939
Textband

Band 17.2: Essays IV: 1933–1939
Kommentarband

Band 18.1: Essays V: 1939–1945
Textband

Band 18.2: Essays V: 1939–1945
Kommentarband

Band 19.1: Essays VI: 1945–1950
Textband

Band 19.2: Essays VI: 1945–1950
Kommentarband

Band 20.1: Essays VII: 1950–1955
Textband

Band 20.2: Essays VII: 1950–1955
Kommentarband

Band 21: Briefe I: 1889–1913

Band 22: Briefe II: 1914–1923

Band 23: Briefe III: 1924–1932

Band 24: Briefe IV: 1933–1938

Band 25: Briefe V: 1939–1942

Band 26: Briefe VI: 1943–1947

Band 27: Briefe VII: 1948–1951

Band 28: Briefe VIII: 1952–1955

Band 29: Tagebücher 1918–1921

Band 30: Tagebücher 1933–1934

Band 31: Tagebücher 1935–1936

Band 32: Tagebücher 1937–1939

Band 33: Tagebücher 1940–1943

Band 34: Tagebücher 1944–1946

Band 35: Tagebücher 1946–1948

Band 36: Tagebücher 1949–1950

Band 37: Tagebücher 1951–1952

Band 38: Tagebücher 1953–1955